ANTONIO

CW01667667

Malombra

www.suissebookedizioni.ch

Per l'edizione italiana:
CRESCERE Edizioni
www.edizionicrescere.it
www.libreriaremainder.it

ANTONIO FOGAZZARO

MALOMBRA

Versione integrale riveduta e corretta a cura di
Annarita Celentano

PARTE PRIMA

Cecilia

Capitolo I - In un paese sconosciuto

Uno dopo l'altro, gli sportelli dei vagoni vengono chiusi con impeto: "forse", pensa un viaggiatore fantastico, "dal ferreo destino che, ormai senza rimedio, porterà via me e i miei compagni nelle tenebre".

La locomotiva fischia, e colpi violenti scoppiano di vagone in vagone, sino all'ultimo; il convoglio va lentamente sotto l'ampia tettoia, esce dalla luce dei fanali nell'ombra della notte, dai confusi rumori della grande città nel silenzio delle campagne addormentate: si svolge sbuffando, mostruoso serpente, tra il labirinto delle rotaie, sinché, trovata la via, precipita per quella ed urla, tutto battiti dal capo alla coda, tutto un tumulto di polsi viventi.

V'è poca probabilità d'indovinare che cosa pensasse, poi, quel viaggiatore fantastico, rapito tra fiotti di fumo, stormi di faville, oscure forme d'alberi e di casolari. Forse studiava il senso riposto dei bizzarri e incomprensibili geroglifici ricamati sopra una borsa da viaggio ritta sul sedile di fronte a lui; poiché vi teneva fissi gli occhi, di tanto in tanto muoveva le labbra, come chi tenta un calcolo, e quindi alzava le sopracciglia, come chi sperimenta di riuscire nell'assurdo.

Erano già passate alcune stazioni, quando un nome gridato, ripetuto nella notte, lo scosse. Una folata d'aria fresca gli disperse le fila sottili del ragionamento; il convoglio era fermo e lo sportello aperto. Egli scese in fretta; era il solo viaggiatore per...

«Signore», disse una voce rauca e vibrante, «è Lei che va dai signori del Palazzo?»

Questa domanda gli fu fatta a bruciapelo, da un uomo che gli si piantò di fronte con la sinistra sul cappello e una frusta nella destra.

«Ma...»

«Oh, perbacco!», disse l'uomo, grattandosi la nuca; «Chi dev'essere allora?»

«Ma come si chiamano questi signori del Palazzo?»

«Ecco, vede, da noi si dice *i signori del palazzo* e non si dice altro. Per esempio, a dire così: *per un dieci miglia*, tutti, qui intorno, capiscono; Lei, mettiamo, viene da Milano, e allora è un'altra storia. Queste sono sciocchezze, io lo so benissimo il nome; ma adesso vattelo a ricordare! Noi povera gente non abbiamo tanta memoria. È poi un nome così tanto fuori dal comune!».

«Sarebbe...»

«Aspetti; Lei taccia e non mi confonda. Ehi, tu, dalla lanterna!»

Un guardiano si avvicinò lentamente con le braccia penzoloni, facendo dondolare la sua lanterna a fior di terra.

«Non bruciarti i calzoni, ché Vittorio non te li paga», disse il giovinotto di poca memoria. «Tira su quell'impiastro di una lanterna. Qua, prestamela un momento».

E, dato di piglio alla lanterna, la sbatté quasi sul viso al forestiero.

«Ah, è lui, è lui, è lui tal e quale come mi hanno detto. Un giovinotto, occhi neri, capelli neri, nera mica male anche la faccia. Bravo signore».

«Ma chi ti ha detto...?»

«Lui, il signore, il conte!»

«Oh, diavolo», pensò quello, «un uomo che non ho mai visto e che scrive di non avermi mai visto!»

«To'!», esclamò l'altro, lasciando cader la frusta e cacciandosi la mano in tasca. «Proprio vero che più asino di così la mia vecchia non mi poteva fare neanche a volere. Il signor conte non mi ha dato un coso per farmi riconoscere? Ce l'ho ben qui. Tolga!»

Era un biglietto da visita profumato di tabacco e di monete sucide. Portava questo nome:

CESARE D'ORMENGO

«Andiamo», disse il forestiero.

Fuori della stazione c'era un calessino scoperto. Il cavallo, legato alla palizzata, col muso a terra, aspettava rassegnato il suo destino.

«S'accomodi, signore: non è troppo morbido, ma capisce, siamo in campagna. Iiih!»

Il lesto vetturale, afferrate le redini, balzò d'un salto al cassetto, e cacciò il cavallo, a suon di frusta, per una stradicciola oscura, così tranquillamente come se fosse stato mezzogiorno.

«Mica ha paura, vede...», disse, «...benché sia scuro come in bocca al lupo, questa strada, la cavalla e io, la teniamo sulla punta delle dita. Iiih! Ho menato giù due forestieri anche la notte passata, due signori di Milano come Lei. Gran brava persona il signor conte!», soggiunse poi, tirandosi a sedere di sghembo e cacciandosi sotto le cosce il manico della frusta.

«Che brav'uomo! E signore, ehi! Ha amici in tutte le sette parti del mondo. Oggi ne capita uno, domani un altro, tutti fior di gente, gran signori, sapienti, che so io. Già, Lei ne sarà pratico!»

«Io? È la prima volta che vengo qua».

«Ah, vedo. Ma conoscerà almeno il signor conte?»

«No».

«O bello, o bello!», disse il vetturale con accento di profonda meraviglia. «Una brava persona, sa! Sono suo amico», soggiunse senza spiegare se appartenesse alla categoria dei gran signori o a quella dei sapienti. «L'ho servito tante volte. Mi ha fatto bere un bicchiere anche oggi. Non so se fosse vin di Francia o d'Inghilterra, ma che vino! Iiih!»

«Ha famiglia?»

«Signor no. Cioè...»

A questo punto, le ruote di destra saltarono sopra un mucchio di ghiaia.

«Taci e guarda dove vai», disse il viaggiatore.

Il vetturale, allora, tirò giù bestemmie e frustate a furia sulla povera bestia, che riprese subito il galoppo.

Passarono sopra un torrente. Sul ponte faceva chiaro. A destra si vedeva la striscia biancastra delle ghiaie perdersi per campagne sterminate; a sinistra e di fronte umili colline appoggiate ad altre maggiori; dietro a queste, gioghi cornuti che spiccavano sul cielo grigio.

Non si udì più che il trotto del cavallo, e, di tanto in tanto, lo scrosciare della grossa ghiaia sotto le ruote, e l'abbaiare pertinace dei cani rinchiusi. Cavallo, cocchiere e viaggiatore procedevano silenziosi insieme, come portati dallo stesso intento allo stesso fine: porgendo l'immagine, così, dei fragili accordi e delle meditate alleanze umane, poiché il primo tendeva segretamente alla dolcezza della tepida stalla, il secondo a un certo vino di certa rubiconda ostessa, buon vino, spumante di risate e di franchi amori; e colui ch'era il più intelligente e il più civile dei tre, non conosceva affatto né la propria via, né la meta.

Corsero fragorosamente attraverso paeselli oscuri, deserti, dove le case sembravano difendere, accigliate, il sonno della povera gente; passarono davanti a giardini, a piccole ville vanitose, in fronzoli, che avevano un'aria sciocca nell'ombra solenne della notte. Dopo un lungo tratto di pianura, la strada saliva e scendeva poggi che parlavano del sole e parevano guardar tutti là, verso l'Oriente; finché sguisciò dentro una valle angusta e scura tra selvosi fianchi di monti. Ne radeva talvolta l'unghia estrema, talvolta se ne torceva lontano come per ribrezzo di quell'ispido tocco; alla fine, vi si gettò risolutamente addosso. Il cavallo si mise al passo, il vetturale saltò a terra e disse chiaramente, con la sua frusta sbaldanzita, è un affar lungo.

«Dunque», chiese il forestiero, accendendosi un sigaro, «ha famiglia o non ha famiglia?»

«Altro che averne, caro Lei. Ho una donna brutta, vecchia e rabbiosa come il demonio».

«Non te, il conte!»

«Ah, il signor conte! Chi ha da saperlo? Dei signori non si sa mai niente. Alle volte pare che ce l'abbiano, la famiglia; c'è la donna, ci sono i figli; e poi quando lui è lì per metter giù il capo, gli sono addosso i corvi, e alla donna, vatti a far benedire, le tocca di cavarsela; alle volte vivono come i frati, e quando siamo lì *al busillis*, tracchete, è qua la signora con le lacrime e con le unghie. Fortunata in tutto quella gente lì! Io, se mi faccio una morosa, dopo quindici giorni mi pianta; ma la donna l'avrò fra i piedi finché non scoppia. Il signor conte c'ha vissuto solo per un pezzo; ora sta insieme a una ragazza. Chi dice sia sua figlia, chi sua nipote, ma è la sua morosa senza dubbio. Queste bestie ignoranti di paesani dicono ch'è brutta. Vedrà se è brutta. Ah, io dovevo nascere signore!»

Qui, per consolarsi, il bizzarro giovinotto tirò una furiosa frustata alla cavalla che portò via correndo l'altro interlocutore e ruppe così il dialogo. Giunta, dopo una lunga fatica, al collo dell'erta, si fermò a prender fiato. Lassù la scena mutava. Monti ripidi salivano a destra e a sinistra, lasciando appena posto alla strada; altri monti si mostravano, a fronte della discesa, un po' sfumati sopra le vette nere degli alberi che cominciavano, poco sotto il collo, a fiancheggiarla.

Il vetturale risalì al cassetto e scese di trotto alle grandi fauci fronzute del viale che gli si aprirono rapidamente. Fra tronco e tronco, la vista veniva allargandosi; cresceva la luce, comparivano distese di vigneti.

Un lume, spiccatosi dal lato destro della strada, venne di fronte al cavallo, che si fermò.

«Ebbene?», chiese una voce.

«Oh, c'è, c'è», rispose il vetturale saltando a terra. «Se comanda, signore, è qui. Pagato, signore. S'è per un bicchiere, signore. Lei è buono padrone, nessuno Le può dir niente. Tante grazie».

«Ehi, piglia la borsa del signore».

«Felice notte. Iiih!»

«Il signor Silla?», disse l'uomo della lanterna, un domestico, all'aspetto.

«Per l'appunto».

«Servito, signore».

S'avviò silenzioso, con la borsa nella destra e la lanterna nella sinistra, giù per un viottolo fiancheggiato di rozzi muricciolі, dove la luce balzellante saltava e guizzava, cacciandosi avanti, e traendosi dietro le più nere tenebre.

Invano il signor Silla guardava curiosamente al di sopra dei muri; appena poteva discernere qualche fantasma d'albero proteso dal pendio, a braccia sparse, in atto di stupore e di supplica. D'improvviso, un tocco vibrato di campanello lo fece trasalire; la guida s'era fermata a un cancello di ferro. Subito qualcuno aprì; i ciottoli del viottolo, la soglia del cancello furono inghiottiti dall'ombra; ora passava sotto la lanterna una sabbia fine fine e, ai lati, nere piante dai rami folti, impenetrabili. Dopo la sabbia, erba e vestigia incerte di un sentiero tra un denso fogliame di viti; poi larghi scalini nerastri, sconnessi, a cui si giungeva per fianco. Non se ne vedeva né principio, né fine; solo si udiva, verso l'alto e verso il basso, un discorrer modesto di acqua cadente. La guida scendeva cauta per quelle pietre mal ferme che rendevano un suono metallico. Nella fioca luce della lanterna apparivano, a intervalli regolari, due tronchi enormi e due grigie figure umane, ritte, immobili a fianco della scalinata. Finalmente, gli scalini cessavano, minuta ghiaia rosea passava sotto la lanterna, grandi foglie di *arum* le passavano a fianco, e lì da presso, nel buio, uno zampillo gorgogliava quietamente il suo racconto blando. La guida prese a sinistra, girò il canto di un alto edificio, salì due scalini e introdusse ossequiosamente il nuovo arrivato per una gran porta a vetri.

Nel vestibolo illuminato c'era un signore vestito di nero da capo a piedi, che gli venne incontro facendo inchini profondi e stropicciandosi le mani a tutt'andare.

«Benvenuto, signore. Il signor conte si è ritirato, perché l'ora è un poco, come si dice...? Un poco tarda, tarda; il signor conte ha incaricato me di farle le sue scuse. Appunto ho l'onore di essere il segretario del signor conte. Prego, signore, si accomodi, prego. Io credo che il signore avrà bisogno di un poco di ristoro: oh! prego, prego».

Il cerimonioso segretario scortò l'ospite per una scala signorile e lo accompagnò sino al primo piano. Lì, ottenutane la promessa che sarebbe ridisceso a cena, lo affidò al servo, ed andò ad aspettarlo in un salotto dove era preparata una cena per due, e dove l'altro commensale non tardò a comparire. Questi non aveva accettato di sedere a cena per desiderio di cibo, ma per curiosità dell'uomo singolare che lo richiedeva.

Il signor segretario mostrava di essere sui cinquant'anni. Due occhietti azzurrognoli gli fiammeggiavano nel viso rugoso e giallastro fra due liste di capelli non più fulvi e non ancora grigi. Portava la barba intera che gli durava infuocata. Il pelo e il viso, la rigida rapidità degli atti, certe consonanti pietrificate e certe vocali profonde che gli uscivano di bocca come d'un burrone, lo scoprivano subito per tedesco. Anche il taglio antiquato e la nitidezza dell'abito nero, i solini inflessibili, il candido sparato della camicia erano da tedesco e da gentiluomo. Se non che, strana cosa, ai polsi il gentiluomo finiva. Le mani erano grandi, fosche sparse di cicatrici, con la pelle avvizzita e screpolata sul dosso, callosa nel palmo. Vi erano incise lunghe ore di sole, di gelo, di lavoro faticoso. Avevano perduta ogni pieghevolezza; non sapevano più esprimere il pensiero come lo esprime la mano intelligente dell'uomo colto. Parlavano in vece loro, con brusca energia, con passione, le braccia e le spalle mobilissime. Parlava, soprattutto, il viso.

Era un viso brutto e gaio, ridicolo e geniale, sfavillante di vita: un labirinto di rughe sottili che si contraevano, si spianavano intorno a due occhietti chiari, ora aperti e gravi, ora stretti, per ilarità o per collera o per dolore, in due scintille, sempre vivacissimi. Subiti rossori, soffi di sangue gli salivano dal collo, si spandevano, sfumavano per la fronte lasciando il giallore di prima intorno al naso, sempre porporino e lucente. Insomma, l'anima del segretario era tutta lì, sul viso; la si vedeva sentire, dolersi, godere, fremere come un lume agitato dal vento dietro una tela chiara. Parlava con voce sincera, varia di toni e focosa più di una voce meridionale, comica spesso nell'accento, nei salti dal basso all'acuto, ma efficacissima. E parlò molto quella sera a cena, assaggiando appena i cibi, vuotando spesso il bicchiere. Incominciò con un profluvio di cerimonie, di amabilità un po' rigide, esagerate, che non trovavano eco nel riserbo freddo dell'ospite; entrò quindi in qualche discorso generale, parlò dell'Italia da uomo che, avendo veduti molti costumi e molte città, possiede larga conoscenza d'uomini e di cose contemporanee, e porta in ogni argomento, con tranquilla sicurezza, giudizi insoliti, vedute nuove che forse non reggono sempre alla critica pacata, ma sorprendono il volgo. Non mostrava però lo scetticismo di chi ha viaggiato molto, né la manifesta propensione al *nihil admirari*. Tutt'altro; le cavità sonore della sua gola erano piene di vocali esclamative che esplodevano ad ogni momento. Quel commensale gli doveva esser molto simpatico per mettergli tanta parlantina, serbando dal canto suo un contegno asciutto che poteva parere altero. Il segretario lo guardava con occhi sempre più dolci, più affettuosi, insisteva perché pigliasse di questo e di quello, cominciava ad arrischiare qualche famigliarità, qualche domanda che lo costringesse ad uscire dalle sue trincee.

«E che cosa si dice a Milano», esclamò a un tratto gettandosi indietro sulla spalliera della seggiola e piantando ritti sull'orlo della mensa forchetta e coltello stretti ne' pugni, «cosa si dice a Milano di Ottone il Grande?»

Visto lo stupore dell'ospite a tale inattesa domanda, egli diede in una grottesca risata: «Io voglio parlare di questo Bismarck», soggiunse poi pronunciando la parola *Bismarck* a gola piena, con un fremito di voluttà da' capelli a' piedi, come se, nella tortura del parlare italiano, quelle due sillabe gli portassero un refrigerio, un soffio d'aria natia.

Il nobile conte era ancor lontano, in quella notte estiva del 1864, dal successo e dalla gloria: ma il suo compatriota ne parlò, senz'attendere risposta, per dieci minuti, con foga, con ammirazione mista di odio e di terrore.

«In Europa lo credono un pazzo», conchiuse. «Ma per Dio...! *Wir haben sechs und dreissig Herren*, signor. Un altro pezzo di questa trota? Noi abbiamo trenta e sei padroni; vedrete fra dieci anni. Avete mai bevuto Johannisberg? È una vergogna per quest'uomo che il primo vino del mondo si fa in Germania e non è suddito del suo re. Non è uomo da soffrire a lungo simili cose!»

«Oh», esclamò il loquace segretario cacciandosi le mani nei capelli, tirandoseli su fra le dita con uno slancio di desiderio. «Oh, questo Johannisberg, oh!» E stringeva ridendo gli occhietti brillanti come se assaporasse il nettare sospirato.

«In una stanza Voi sentite se si è sturata una bottiglia di Johannisberg. Un altro bicchiere, signor; io prego. È solamente Sassella e non ha più odore che se fosse acqua, ma per vino italiano può passare. Scusate molto la mia franchezza, signor; in Italia il vino non si sa fare, né bere».

«Neppure bere?»

«No, oh, no, neppure bere. *Wenig nur verdirbt den Magen. Und zu viel erhitzt das Haupt.* Voi conoscete la mia lingua? No? Bene, è Goethe che dice questo: "Poco guasta lo stomaco e troppo infiamma la testa". Gli Italiani o s'ubbriacano o bevono acqua. Dico per esagerazione, signore, per esagerazione. Bere una bottiglia al giorno è come bere acqua. I più saggi lo bevono per igiene del ventricolo: capite? Nessuno per igiene del cuore, *ad exhilarandum cor*! Ridete? Siamo così tutti un poco latinisti in Germania, anche questi pitocchi e questi cani principi! Ebbene, tutti dovrebbero bere fino alla letizia, nessuno fino alla pazzia. Il vino è una gioventù perpetua. Finché io vivo voglio avere vent'anni per tre o quattro ore al giorno; ma io non ne avrò mai dieci: questa è la differenza».

Intanto il limpido Sassella scendeva dalle bottiglie, gli anni del segretario si staccavano, spiccavano il volo, a quattro a quattro, dalle sue vecchie spalle. Queste si rialzavano baldanzose dalla virilità declinante alla perfetta, che poi cedeva alla giovinezza matura. Scendeva il limpido Sassella; ed ecco arrivare l'età felice degli impeti subitanei d'affetto, del facile intenerirsi, delle pronte e cieche amicizie. Il segretario stese le braccia, porse la barba sveva verso il compagno suo temperante e taciturno, gli afferrò una mano con ambedue le proprie, gliela strinse forte.

«Perbacco, signore, non avremo diviso il pane e il vino senza sapere i nostri nomi, eh? Il signor conte mi ha ben detto il vostro, ma l'ho dimenticato».

«Corrado Silla», rispose il giovane.

«Silla, ah, Silla, bene. Io spero che non scriverete mai sulle Vostre liste di proscrizione Andreas Gotthold Steinegge di Nassau, bandito dal suo collegio per aver troppo amato il vino, dalla sua famiglia per aver troppo amato le donne, dal suo paese per avere troppo amato la libertà. Sapete, caro signor Silla, l'ultima è stata una pazzia. Oh, adesso sarei *Kammerrath* a Nassau, come il fu Steinegge mio padre, o colonnello come quella canaglia di mio fratello. Ma la libertà, *die Freiheit*, capite? È una parola pneumatica».

Detto questo, il signor segretario abbracciò rapidamente con ambedue le mani la seggiola, se la portò dietro con impeto; poi, incrociando le braccia, stette a guardare Silla, che non capiva.

«Come, una parola pneumatica?»

«Oh, già! già! Voi non capite? Infatti è un poco difficile. Ci sono, carissimo amico signor Silla, le parole algebriche, le parole meccaniche e le parole pneumatiche. Io vado a spiegarvi questo che mi ha insegnato un amico mio di Wiesbaden, fucilato dai maledetti prussiani nel 1848. Le parole algebriche discendono dal cervello e sono segni di equazione tra il soggetto e l'oggetto. Le parole meccaniche sono formate dalla lingua come articolazioni necessarie del linguaggio. Ma le parole pneumatiche vengono bell'e fatte dai polmoni, suonano come strumenti musicali, nessuno sa cosa vogliano dire e ubriacano gli uomini. Se invece di *Freiheit*, invece di libertà si dicesse una parola di dieci sillabe, quanti eroi e quanti matti di meno! Sentite, carissimo giovane, io sono vecchio, io sono solo, io non ho denaro, io potrò morire sulla strada come un cane, ma se stanotte mi dicessero: *Steinegge*, *alter Kerl*, vuoi servire domani la Nazione, essere *Kammerrath* a Nassau, sedere al tuo focolare, vedere tua figlia che non vedi da dodici anni, io, vecchio pazzo, direi: "No, per Dio! Viva la libertà!"»

Diede un gran pugno sulla tavola, ansando, soffiando rumorosamente con le narici, a bocca chiusa.

«Bravo!», esclamò Silla, commosso suo malgrado. «Vorrei essere un vecchio pazzo come Lei».

«Oh, no, no, non desiderate questo! Non dite questo così a cena! Bisogna ben sapere quanto costa gridare "viva la libertà" e quanto vale, oh! Non parliamone».

Seguì un momento di silenzio.

«Lei è del Nassau?» disse Silla.

«Sì, ma lasciamo stare; questa è un'idea triste. Io non voglio idee tristi, io sono molto ilare adesso, molto felice, perché voi mi piacete immensamente, sì, sì, sì, sì!»

Batteva e ribatteva il mento al petto, come se avesse una molla nella nuca; scintille di riso gli schizzavano dagli occhi.

«Voi non partirete già domani», disse egli.

«Mah! Lo vorrei certo».

«Oh, il signor conte non Vi lascerà».

«Perché?»

«Perché io credo che Vi vuole molto bene».

«Se non mi conosce neppure!»

«Uuuh, puffff'», sibilò Steinegge chiudendo del tutto gli occhi e chinandosi fino a metter la barba nel piatto, con le braccia allungate sotto la tavola.

Pareva un testone di gnomo.

«Mi conosce?» disse Silla.

«Io credo che mi ha parlato per un'ora di Voi oggi».

«E che cosa Le ha detto?»

«Ah!», esclamò il segretario rizzandosi e alzando le mani al soffitto, «non sono a questo punto, signore, non sono a questo punto. Vi è ancora posto per molto Sassella fra la vostra domanda e la mia risposta».

Diede di piglio alle due bottiglie, fece atto di pesarle, le scrollò e le depose. Erano vuote.

«Non vi è più amicizia», disse egli sospirando, «né sincerità, né cuore. È forse meglio andare a letto, signore».

Benché sul pianerottolo della scala, fra il primo e il secondo piano, un orologio da muro suonasse il tocco e mezzo quando Silla si trovò nella stanza che gli era stata assegnata, egli non aveva affatto sonno. Ritto in piedi e immobile, fissava la fiammella della candela, come se quella chiara luce avesse potuto dissipare le ombre del suo cervello. Si scosse a un tratto, pigliò il lume e intraprese un viaggio che riuscì forse meno istruttivo, ma più commovente di quell'altro famoso del conte De Maistre. La stanza era grande, alta e quadrata. Un pesante letto di legno scolpito; di fronte al letto, fra due larghe finestre, un cassettone coperto di bianco; sopra il cassettone, una cornice dorata intorno a certa figura curiosa, mezza in luce, mezza in ombra, che si muoveva con una candela in mano; una scrivania; alcune grandi seggiole a braccioli: ecco quanto uscì dall'ombra sotto il lume indagatore che andava lungo le pareti, ora salendo, ora scendendo, ora a curve, a zig-zag come un fuoco fatuo, non senza molte incertezze. A capo del letto pendeva un'ammirabile testa d'angelo pregante, dipinta alla maniera del Guercino. Quasi supina, si sporgeva per scorcio. Nella bocca socchiusa, nelle narici dilatate, negli sguardi, direi quasi veementi, passava lo slancio dell'intensa preghiera. Si sarebbe detto che quei guanciali fossero usi sorreggere la testa di grandi peccatori, e che nelle ore del sonno, quando giacciono interrotte le immagini e le opere della colpa, uno spirito pietoso alzasse le grida a Dio per costoro. La fiammella della candela di Silla pareva affascinata da quel quadro. Se ne ritraeva talvolta con impeto, ma per fermarsi subito e tornargli appresso e percorrerlo di su, di giù, per ogni verso, guardarlo da destra, guardarlo da sinistra. Poi se ne staccò lentamente e rifece la via di prima, quasi ne fosse rimasta in aria la traccia, seguendo le stesse giravolte, prendendo le stesse salite e le stesse discese. Stavolta qualche cosa era mutato lungo la via. Quando il lume giunse di fronte a quella tal cornice sopra il cassettone, vi apparve tuttavia dentro la figura mezza in luce, mezza in ombra; ma non si esprimeva curiosità bensì commozione e stupore. Difatti, se quello specchio avesse potuto serbare le immagini ripercosse durante la sua vita sterile e vana, vi sarebbero apparse, fra le altre, una testa malinconica di donna, una testolina gaia di fanciullo molto simili tra loro nei lineamenti e negli occhi. Come talvolta in un'acqua cheta le montagne si contemplano ridenti al mattino, indi la nebbia le oscura sì che lo specchio pare voltato col piombo all'insù; finalmente quel velo si solleva alquanto e ricompaiono nell'acqua le facce brune dei monti; così ricompariva nel vetro fedele, dopo molti anni, l'immagine del fanciullo, fatta da un pensoso viso virile.

Silla si voltò, si avvicinò tremando al letto, lo guardò lungamente; deposta la candela a terra, giunse le mani, si piegò a baciare il legno freddo e lucente. Poi, rialzatosi, uscì in due salti sulla scala, senza prendere il lume. Un cieco istinto lo spingeva a cercare il conte all'istante, a parlargli. Ma tutto era buio e silenzioso, non si udiva che il tic-tac dell'orologio. Il signor Steinegge era già sicuramente a letto; e poi, avrebbe egli saputo rispondere? Silla tornò pian piano in camera. Sul chiarore della candela, posata a terra di là dal letto, questo si disegnava come un gran dado nero. Se qualcuno vi fosse stato a giacere, non lo si sarebbe visto, e la fantasia di Silla poteva ben comporvi tale persona che vi aveva riposato un tempo, raffigurarvela malata, schiva del lume triste, sopita forse, ma viva. S'avvicinò al letto in punta di piedi, vi si buttò su a braccia distese.

Ella dormiva altrove, in una camera più angusta, sopra un letto più freddo, la madre sua pura e forte; ma a lui pareva sentirvela ancora; si sentiva tornare nel cuore la fanciullezza, tante minute memorie del letto e della stanza, l'odore di una cassettina di sandalo cara a sua madre, tante parole indifferenti di lei, della gente di casa, tanti diversi aspetti di quel viso scomparso. Quando si rialzò e, tolta la candela, si guardò attorno, gli parve impossibile non avere riconosciuto a prima giunta il quadro, le sedie, lo specchio, che lo guardavano tutti, e lo rimproveravano.

"Ma come mai", pensava Silla, "come mai quegli arredi dell'antica stanza di sua madre si trovavano messi lì, in una casa sconosciuta, presso un uomo di cui egli non aveva mai veduto il viso, né tanto poco udito proferire il nome da chicchessia? Veramente erano stati venduti parecchi anni prima della morte di sua madre, e il conte d'Ormengo poteva ben averli acquistati per caso. Per caso? Ah no, non era possibile".

Sedette alla scrivania, trasse dal portafogli una lettera di gran formato, la lesse, la rilesse con attenzione febbrile. Diceva così:

R... 10 agosto 1864

Signore,

noi non ci siamo mai visti e Lei, molto probabilmente, non ha mai inteso il mio nome, benché appartenga a una vecchia razza italiana che lo ha sempre portato in casa e fuori, a piedi e a cavallo, molto come si deve. È tuttavia necessario, per Lei e per me, che noi ci parliamo. Siccome io ho cinquantanove anni, Lei verrà da me.

Troverà un calesse posdomani sera alla stazione di... sulla linea Milano-Camerlata; e troverà alla mia casa l'ospitalità poco cerimoniosa che io pratico con gli amici più saldi, i quali hanno poi la compiacenza di rispettare le mie abitudini. Mi permetto di dirle che vi è tra queste l'abitudine di aprire la finestra se un camino fuma in casa mia, e di aprire, se vi fuma un uomo, la porta.

Io l'aspetto, caro signore, nel mio romitaggio.

Cesare d'Ormengo

Null'altro. La sapeva pure a memoria quella lettera, ma avrebbe voluto cavarne fuori qualche parola sdrucciolata forse dietro le altre, scoprirvi, battendo e origliando a' vocaboli, delle cavità coperte, de' doppi fondi. Nulla; ossia il doppio fondo v'era e si sentiva; ma tanto fondo da non potervi arrivare né mano, né occhi.

Era un amico o un nemico, questo signore che gli gettava silenziosamente in viso la memoria di sua madre e del tempo felice?

Nemico no. Scriveva con la franchezza rude d'un gentiluomo antico; i suoi grandi caratteri inclinati nell'impeto della corsa, spiravano sincerità. La sua ospitalità era poco cerimoniosa davvero; non lasciarsi vedere! Anche per questo bisognava credere alle parole cordiali che ne accompagnavano l'offerta; originale, dunque, ma benevolo.

E quali ragioni poteva egli aver avuto di raccogliere quegli oggetti in casa sua, tanti anni addietro, e di chiamar lui, adesso, a colloquio? Mai, mai Silla non aveva udito quel nome né da sua madre, né da suo padre, né da altri. Lasciò cadere la lettera e si coprì il viso con le mani. Un barlume sorgeva nella sua mente. Forse un barlume del vero, sì. Quegli arredi erano stati venduti all'indomani di un rovescio economico; certa gente di rapina, Silla lo ricordava confusamente, era calata in casa sua nell'interesse proprio o di potenti creditori, che si tenevano all'ombra per essere amici di famiglia o per altre meno disoneste ragioni; oltre allo sperpero de' beni stabili, quadri e suppellettili di gran valore erano state portate via a vilissimo prezzo, rubate quasi in un piglia piglia indecente. Il conte d'Ormengo poteva essere stato uno dei creditori, avere troppo approfittato in quei momenti dell'opera di qualche rapace agente, desiderare adesso di aggiustare i conti con la propria coscienza. Qualcuno forse gli aveva detto ch'egli, Silla, era rimasto senza impiego, e versava in angustie. Perciò s'era fatto avanti, parlava di necessità per l'uno e per l'altro, inalberava sulle prime righe della sua lettera la bandiera dell'onoratezza; e l'avergli assegnata quella camera era un modo d'entrare in discorso prima di vedersi.

Il rumore sordo di un passo sopra la sua testa lo scosse. Stette alquanto in ascolto e gli parve di udir aprire una finestra. La sua camera ne aveva due: pensò un momento e ne aprì risolutamente una.

Rimase stupefatto, con le mani alle imposte. Il cielo era lucido come il cristallo. La luna falcata sorgeva a sinistra sopra alte montagne, illuminava debolmente a' lati della finestra una grande muraglia grigia, severi profili di altre finestre; la grande muraglia cadeva a piombo in uno specchio terso d'acqua distesa e chiara a ponente verso umili colline, oscura dall'altra parte. Si udivano alle spalle stormire foglie non viste; soffi leggeri correvano, si spandevano, svanivano sull'acqua.

«Piace?», disse una voce che partiva dall'alto, un po' alla destra di Silla. «Un piccolo *Foehn*, un piccolo *Foehn*».

Era la voce di Steinegge che, appollaiato lassù a una finestra, fumava come un piroscafo. Il conte dormiva molto lontano e molto sodo, se il suo segretario si attentava di parlar così a voce alta, malgrado il silenzio notturno e l'eco sonora del lago sottoposto. Egli si affrettò a raccontare a Silla ch'era stato in galera a Costantinopoli per cause politiche e che le maledette sentinelle turche gli rompevano il sonno ogni due ore col loro fastidioso grido: "Allah-al-Allah!" Da quel tempo gli era rimasta l'abitudine di svegliarsi ogni due ore per tutte le notti. Veniva alla finestra in camicia e fumava: guai se lo avesse saputo il conte! Egli era stato avvezzo a fumare sino a diciotto Virginia il giorno, quando serviva, come capitano, negli usseri austriaci, prima del 1848. Aveva passato poi qualche giorno senza mangiare, senza tabacco mai. Il regime del conte lo faceva soffrire, gli metteva i nervi sottosopra.

«La prego», gli disse Silla, interrompendone le chiacchiere, «sa Lei perché il signor conte mi ha fatto venire?»

«Voglio tornare in una galera turca se so una parola sola, signore. So che il signor conte Vi conosce; non altro».

Silla tacque.

«Aaah! Aaah! Aaah!», soffiava Steinegge esalando fumo e beatitudine.

«Che lago è questo?», disse il primo.

«Non sapete? Non siete mai stato? Molti, moltissimi italiani non sanno, io credo, che vi è questo piccolo lago. È curioso che lo debba io insegnare a Voi».

«Dunque?»

«Oh, il diavolo!»

Un colpo di vento sul viso strappò quella esclamazione a Steinegge che fu appena in tempo di gettare il sigaro e di chiudere la finestra. Il sigaro passò come una stella cadente sugli occhi di Silla, i vetri suonarono in alto, le foglie stormirono dietro la casa. Steinegge, tremando per aver lasciato entrare una boccata di fumo, fiutando l'aria infida, tornò a letto, a sognare che usciva dalla galera turca e che il *padishah*, sorridente, gli offriva la sua pipa imperiale colma di buon tabacco di Smirne.

Silla rimase a lungo tempo alla finestra. La notte pura, il vento, l'odore delle montagne lo ristoravano, gli versavano silenzio nei pensieri, pace in fondo al cuore. Non si avvedeva, quasi, del passar del tempo, seguiva con attenzione inconscia i ghiribizzi del vento sul lago, le voci, il sussurro del fogliame, il viaggio della luna limpida. Udì una campana solenne suonare le ore da lontano. Le due o le tre? Non sapeva bene, si alzò sospirando e chiuse la finestra. Bisognava coricarsi, riposare un poco per avere la mente lucida all'indomani, quando si sarebbe trovato con il conte. Ma il sonno non veniva. Riaccese il lume, camminò un pezzo su e giù per la stanza; non giovava. Cercò risolutamente ricordi e pensieri lontani dalle incertezze presenti, e parve finalmente aver trovato qualche cosa, perché sedette alla scrivania, e, dopo aver riflettuto a lungo, scrisse, interrompendosi cento volte, la seguente lettera:

A Cecilia

Fu il mio libro *Un sogno*, che mi ottenne, signora, l'onore gradito della Sua prima lettera. Mentre Le rispondevo facevo appunto un sogno, un altro sogno assai migliore, assai più alto del libro. Le dirò quale? No. La farei sorridere; ora lo pseudonimo che sta in fronte a quel libro e a piè di questo scritto copre uno spirito non vano ma orgoglioso. Ebbi la Sua seconda lettera, e, come molte illusioni che hanno già tentato e deriso la mia giovinezza, anche quel sogno si è perduto davanti a me; io vedo vuota, squallida, senza fine la via faticosa. Noi non ci possiamo intendere e ci diciamo addio; Ella, nascosta nel Suo domino elegante, Cecilia, io chiuso nel mio *Lorenzo* ch'Ella dice volgare e mi è caro per essere stato portato qualche giorno, cinquant'anni addietro, da un grande poeta che io amo. Per parte mia, nessuna curiosità mi pungerà mai, signora, a ricercare il Suo nome vero; Le sarò grato s'Ella non farà indagini per conoscere il mio.

Quando Ella mi scrisse chiedendomi la mia opinione sulla libertà umana e sulla molteplicità delle vite terrestri di un'anima, pensai che solo una donna di gran cuore, poiché si diceva dama, potesse commuoversi di problemi tanto superiori alle cure consuete del volgo signorile. Mi parve intendere che la Sua non fosse vaghezza di mente oziosa che, tra un piacere e l'altro, forse tra un amore e l'altro, entra per capriccio a veder cosa fa chi pensa, studia e lavora; e, per capriccio, vuole assaggiare il liquore amaro e forte della filosofia o della scienza. Dubitai persino che qualche avvenimento della Sua vita, taciuto da Lei, Le avesse posto in cuore il sospetto, l'ombra di quegli arcani intorno ai quali mi domandava un giudizio. E risposi con folle ardore, lo confesso, con una ingenuità di espressione che dev'essere di pessimo gusto nel Suo mondo falso, perdoni la licenza d'una maschera che non vuole offender Lei, nel Suo mondo falso, dove le donne dissimulano le rughe e gli uomini la giovinezza. È vero, ho fatto da zotico borghese che stende amichevolmente la mano a una nobile signora cui non fu presentato. Ella ritira la Sua, mi punge con piccoli spilli brillanti che non fanno sangue ma dolore, mi sprizza in viso il Suo spirito, lo spirito di cui vive l'intelligenza della gente raffinata sino alla massima sottigliezza e leggerezza, come certe creature gracili vivono di dolci. Io apprezzo e non stimo lo spirito, signora; peggio s'è spirito alla francese come il Suo, scettico e falso. Eccolo là davanti a me nello specchio d'un'acqua che ondulando sotto la luna ne volge il dolce lume in vano riso e in fugaci scintille. I suoi sarcasmi non mi feriscono;

sarò cinico; dirò che ho visto delle donne prese, forse malgrado loro, d'amore, difendersi così, come poveri uccellini prigionieri, a beccate innocue; ma davvero non era una *flirtation* da ballo in maschera che mi poteva tentare; era la corrispondenza intima, seria con un'anima appassionata per quelle stesse alte cose che affascinano il mio pensiero. Avevo deciso di non risponderle più; attribuisca questa lettera ad una notte insonne, in cui mi giova riposare il cuore stretto da certe penose incertezze. Non ricordo se ci siamo incontrati mai in una vita anteriore; non so quale aristocratica stella di madreperla sarà degna di accogliere Lei quando avrà fuggito questo nostro borghese pianeta ammobiliato, questo sucido astro di mala fama dove non c'è, per una dea, da posare il piede; ma...

Forse venne meno in quel punto il lume della candela, o una nube di sonno si levò finalmente nel cervello dello scrittore. Comunque fosse, al mattino Silla dormiva e a mezzo foglio si protendeva tuttavia nel vuoto come una lama dentata in atto di ferire, l'ambigua parola: *ma...*

Capitolo II - Il Palazzo

«Di qua, signore», disse il servo che precedeva Silla, «il signor conte è in biblioteca».

«È questa la porta della biblioteca?»

«Sì, signore».

Silla si fermò a leggere le seguenti parole, una libera citazione del profeta Osea, incise in una lastra di marmo sopra la porta:

Loquar ad cor eius in solitudine

Parole poetiche e affettuose che prendevano dal marmo una solennità austera, parevano più che umane nel loro senso indefinito, nella rigidezza grave delle morte forme latine, mettevano venerazione.

Il servo aprì l'uscio e disse forte: «Il signor Silla».

Questi entrò frettoloso, trepidante. Parecchi eruditi e bibliofili lombardi conoscono la biblioteca del Palazzo; una vasta sala, pressoché quadrata, illuminata da due ampie finestre nella parete di ponente, verso il lago, e da una porta a vetri che mette al giardinetto pensile, sopra la darsena. Un grande camino antico di marmo nero, sormontato da putti e fregi di stucco, si apre nella parete di fronte alle finestre, e una colossale lampada di bronzo pende dal soffitto sopra un tavolo rotondo, zeppo, per solito, di giornali e di libri. Il mobile più singolare della sala è un grande orologio da muro, bellissimo lavoro del XVIII secolo, ritto fra le due finestre. La cassa, scolpita a mezzo rilievo, mostra scene allegoriche delle stagioni, che da una Fama volante e suonante scendono ad un'altra Fama addormentata, cui cadono le ali e la tromba. Il quadrante è sorretto da vaghe danzatrici, le ore; e sopra di esso si vede spiccare il volo una figurina alata col motto a' piedi: Psiche.

Ignoro se la nobile famiglia, cui appartiene da pochi mesi il Palazzo, vi abbia lasciata intatta la biblioteca; allora grandi scaffali altissimi ne nascondevano le pareti: i libri vi si erano andati accumulando da più generazioni di signori, molti disformi tra loro di opinioni e di gusti, cosicché ne durava la contraddizione in quelle scansie, e certe categorie di libri parevano attonite di sopravvivere a chi le aveva raccolte. Non vi era un libro di scienza fisica tra moltissime opere forestiere e nostrali di scienze occulte: dietro a libri d'ascetica o di teologia si celavano opuscoli soverchiamente profani. La biblioteca deve la sua fama a copiose e bellissime edizioni antiche di classici greci e latini, non che a un ricchissima collezione di novellieri italiani, di scritti matematici e d'arte militare, tutti anteriori all'Ottocento. Il conte Cesare scompigliò la raccolta dei classici greci e latini; cacciò i filosofi e i teologi verso le nuvole, come diceva lui, si tenne sotto la mano storici e moralisti; fece incassare e gettare in un magazzino umido i novellieri e i poeti, tranne Dante, Alfieri e le canzoni piemontesi di Angelo Brofferio. Vennero a prenderne il posto parecchie opere straniere di soggetto storico, politico o anche puramente statistico, per lo più inglesi; nessun libro entrò sotto il regime del conte che trattasse di letteratura, né d'arte, né di filosofia, né di economia pubblica; quasi nessuno che venisse di Germania, perché egli non sapeva il tedesco.

Era là, seduto al tavolo; una lunga e magra figura nera. Si alzò all'entrare di Silla, gli venne incontro e gli disse con accento piemontese, spiccatissimo: «Voi siete il signor Corrado Silla?»

«Sì, signore».

«Vi ringrazio molto». Proferite queste parole con voce dolce e grave, il conte strinse forte la mano al giovane.

«Suppongo», riprese poi, «che Vi siate meravigliato di non avermi veduto iersera».

«Di altre cose piuttosto...», continuò Silla, ma il conte gli troncò le parole.

«Oh bene, bene, mi fa piacere perché sono gli asini e i furfanti che non si meravigliano mai di niente. Però il mio segretario Vi avrà detto, in italiano o in tedesco, che io uso di coricarmi prima delle dieci. Vi pare un'abitudine meravigliosa? Lo è veramente, perché la tengo da venticinque anni. E come Vi ha condotto quel briccone di vetturale?»

«Benissimo».

Il conte fece sedere Silla; sedette egli stesso e soggiunse: «Ora vorreste sapere dove Vi ha condotto?»

«Naturalmente».

Silla tacque.

«Oh, comprendo bene il Vostro desiderio, ma mi permetterò di non dirvi niente fino a stasera. Intanto Voi mi fate il favore d'essere un amico che viene a regalarmi il suo ozio annoiato, o un letterato che vuole assaggiare dei miei libri e del mio cuoco. Che diavolo, io non parlo di affari con un ospite appena entrato in casa mia. Questa sera chiacchiereremo. Credo che non starete poi tanto male qui da non poter trattenervi ancora».

«Tutt'altro», rispose Silla con impeto, «ma Lei deve dirmi...»

«D'una sorpresa che avete trovato qui? Sì, può essere che io Vi debba quello; ma io mi rivolgo alla Vostra cortesia per pregarvi di non parlarmene prima di stasera. Intanto venite: Vi farò vedere il mio Palazzo, come dicono questi zoticoni di paesani che potrebbero lasciare alla gloriosa civiltà moderna i nomi molto grandi per le cose molto piccole. La mia casa è una conchiglia», diss'egli, alzandosi in piedi. «Già, una conchiglia dove son nati molti molluschi che hanno avuti umori differenti. Forse il primo aveva sì, degli umori un poco ambiziosi; Voi vedete qui dentro che ha lavorato il guscio alla diavola, senza risparmio. Non ce ne fu poi nessuno che avesse umori epicurei, per cui la conchiglia è molto incomoda. Quanto a me, ho l'umore misantropo e faccio diventar nero il guscio ogni giorno di più».

Silla non osò insistere nella sua domanda; subiva un fascino. Il conte Cesare, lungo e smilzo oltre il credibile, con quel suo testone d'irti capelli grigi, con quegli occhi severi nel volto ossuto, olivastro e tutto raso, sorprendeva. Nel suo vocione di basso profondo si sentivano tesori di dolcezza e di collera. Questa voce si muoveva sempre con un'onda appassionata, gettando, piene di vita e di originalità, le frasi più volgari; veniva vibrante su dalle cavità di un gran cuore, di un petto di bronzo, all'opposto di certe malfide voci acute che scoppiettano, si direbbe, alla punta della lingua.

Egli vestiva un soprabito nero, lungo sino al ginocchio, con certe manicacce sformate da cui usciva la mano bianca e bellissima. Portava un cravattone nero; de' solini si vedevano appena le punte.

«Prima di tutto», disse egli additando le librerie, «mi permetto di presentarvi la società dove passo molte ore tutti i giorni. Vi è della gente come si deve, vi sono dei furfantoni e una forte maggioranza di imbecilli che io ho mandato, da buon cristiano, quanto più vicino al regno dei cieli ho potuto. Là ci sono poeti, romanzieri e letterati. Posso ben dire questo a Voi, sebbene siete un poco uomo di lettere, perché l'ho detto anche al cavalier d'Azeglio, il quale, con tutte le sua manie di scombiccherar tele e di scriver frottole, ha un certo fondo di buon senso, e si è messo a ridere. Ci sono anche molti teologi lassù. Là, quei domenicani bianchi. Vengono da un Vescovo di Novara, mio prozio, che aveva molto tempo da buttar via. Quanto a' miei amici, spero che ne farete la conoscenza Voi stesso. Sono tutti sotto gli occhi e sotto la mano. E adesso andiamo, se Vi piace, a fare questo giro».

Prese il braccio di Silla e uscì con lui.

Il Palazzo sta sull'entrata di un recondito seno dove il piccolo lago di... corre ad appiattarsi fra due coste boscose. Costruito nello stile del XVII secolo, fronteggia il mezzogiorno con l'ala sinistra e con la destra il ponente. Una loggia di cinque arcate verso il lago e tre verso il monte, corre obliqua tra le due ali, congiungendone i primi piani sopra un enorme macigno nero che si protende sull'acqua. Morso dallo scalpello del giardiniere, quel masso ha dovuto accogliere qua e là del terriccio dove portulache, verbene e petunie se la ridono alla spensierata. L'ala dritta, dov'è la biblioteca, edificata forse come dimora d'estate, si specchia gravemente nelle acque della cala. In faccia, a cinquanta passi, ha una solitaria costa vestita di noccioli e di carpini; a destra un vallone erboso dove il lago muore; vigneti e cipressi le salgono dietro il tetto a spiar nell'acqua verde, tanto limpida che quando d'estate, sul mezzogiorno, vi entra il sole, lo sguardo vi discende lungo tratto per le grandi alghe immobili e vede giù nel profondo qualche rara ombra di pesce passar lentamente sui sassi giallastri.

L'ala sinistra guarda il lago aperto, montagne in faccia, montagne a levante; a ponente, verso la pianura, uno sfondo di colline, di prati rigati di pioppi cui si curva un arco di cielo. Tra levante e mezzogiorno il lago gira dietro un promontorio, un alto scoglio rossastro, a nascondervi la sua fine oscura; piccolo lago di misura e di fama, ambizioso però e orgoglioso della sua corona di monti, appassionato, mutabile; ora violetto, ora verde, ora plumbeo; talvolta, verso la pianura anche azzurro. Là è il suo riso, là si colora delle nuvole infocate al tramonto e brilla d'una sola fiamma quando il vento meridiano lo corruga sotto l'alto sole d'estate. Da tutte le altre parti, si spiegano i manti delle montagne boscose sino alla cima, macchiate da cenerognole *scoscenditure*[1] di scogli, da ombre di valloni, da praticelli di smeraldo. A levante, il lago mette capo a una valle; i monti vi ascendono a scaglioni verso l'Alpe dei Fiori, lontane rocce dentate che tagliano il cielo. Dentro quella valle, a breve distanza del lago, si vede la chiesa di un paesello; e anche dal lato opposto, sul ciglio della costa che scende a morir nelle praterie, biancheggia un campanile fra i noci.

Alle spalle del Palazzo, il piccone e il badile hanno vigorosamente assalita la montagna e conquistatone il cortile semicircolare, dove mormora un getto cristallino che ricade ondulando tra gli eleganti *gynerium* e le ampie foglie degli *arum*, quasi fiore animato di quella vegetazione tropicale. Altri due grandi mazzi ovali di fiori e di foglie si spandono ai lati di questo, fuor dalla ghiaia candida e fine. Per le muraglie di sostegno, addossate al monte, serpeggiano e s'incrocicchiano le mille braccia delle passiflore, delle glicine, de' gelsomini, fragili creature amorose che cercano dappertutto un sostegno e lo vestono, grate, di fiori. Due fasci di passiflore si abbrancano pure agli angoli interni dei due fabbricati e salgono a gittar le fronde scarmigliate sin dentro la loggia.

A mezzo della muraglia di sostegno, propriamente in faccia alla loggia, sale il monte, tra il versante di mezzogiorno e quello di ponente, un'ampia scalinata a ripiani, fiancheggiata di cipressi colossali e di statue. A destra e a sinistra si stendono reggimenti di viti, allineate in ordine di parata. Alcuni dei cipressi han perduto la cima e mostrano la fenditura nera d'un fulmine; i più sono intatti e potenti nella loro augusta vecchiaia. Paion ciclopi enormi che scendano solennemente dal monte a lavarsi; e mettono intorno a sé il silenzio dello stupore.

Delle statue, appena otto o dieci durano su piedestalli, mascherati da fitti “domino” d’edera. Ne stendono fuori le braccia ignude e accennano, simili a minacciose sibille o piuttosto ninfe già sopraffatte e irrigidite da una strana metamorfosi. Il figlio del giardiniere seguiva, infatti, quest’ultima interpretazione e usava porre loro in mano dei fasci di erbe e di fiori.

A sommo della scalinata sta un’ampia vasca appoggiata ad una elegante parete greggia a mosaico bianco, rosso e nero, ripartito in cinque arcate intorno ad altrettante nicchie, ciascuna con la sua urna di marmo; in quella di mezzo una Naiade ignuda e ridente si curva sull’urna, la inclina col piede; e n’esce a fiotti l’acqua che dalla vasca è condotta per un tubo nascosto a zampillare nel cortile, tra i fiori. Sul piedestallo della statua sono incise le famose parole di Eraclito:

Panta réi

Dalla biblioteca, posta all’estremità di ponente della villa, si esce ad un giardinetto pensile coperto quasi tutto dall’ombra d’una superba magnolia. Una scaletta scoperta ne discende al cortile presso alla porticina della darsena e al cancello d’uscita. Si va di là, per un’umile stradicciola, a R...

All’altro capo della villa, una massiccia balaustrata corre sul dorso agli scogli sporgenti dall’acqua. Dentro dalla balaustrata c’è un gran viale; dentro dal viale una lista di aiuole fiorite, quindi un’alta e spaziosa serra d’agrumi che nella buona stagione manda i suoi avamposti, certi enormi vasi di limone, a specchiarsi dai pilastrini della balaustrata nel lago chiaro. In fondo al viale, il muro di cinta è dissimulato da una selvetta di abeti che lo accompagna su pel[2] monte, come un nastro nero, avvolgente la casetta del giardiniere presso il cancello, che mette, per un ripido viottolo conosciuto da noi, alla strada provinciale.

Con i suoi cipressi, con le vigne, con la collana d’abeti, con il lago a’ piedi, la villa sarebbe assai graziosa da guardare in fotografia attraverso le lenti d’uno stereoscopio, se la scienza sapesse riprodurvi i verdi cupi e i brillanti, le acque diafane e il mobile riverbero del sole sulle vecchie mura. Si potrebbero immaginare, davanti alle sue finestre, ampie distese di lago, felici paesi, altre ville, altri giardini ridenti fra l'acqua e il cielo. Anche veduto con la sua scena solitaria e severa, il Palazzo non è triste. Fuori del recinto le sponde che guardano a mezzogiorno verdeggiano di ulivi frequenti, parlano di dolci invernate; e per la gran porta aperta laggiù, verso la pianura dove il sole tramonta, entrano le immagini e quasi il suono della intensa vita delle opere umane; per là escono gli occhi e l'anima quando hanno bisogno di veder lontano, d'immaginare liberamente. Il Palazzo domina quel deserto con la sua grandiosità signorile; chi vi abita può credersi padrone di quanto vede; credersi un re superbo a cui nessuno osa accostarsi, i monti difendono il trono e le onde lambiscono i piedi.

«Dicono che non è male la vista qui», disse il conte entrando in loggia con Silla. «Pare anche a me sufficientemente passabile. Leggete là». Gli additò una lapide sopra l'arco posteriore di mezzo.

Silla lesse:

EMANUEL DE ORMENGO
TRIBUNATU MILITARI APUD SABAUDOS FUNCTUS
MATERNO IN AGRO
DOMUM
MAGNO AQUARUM ATQUE MONTIUM SILENTIO CIRCUMFUSAM
AEDIFICAVIT
UT SE FESSUM BELLO
POTENTIUM INGRATITUDINE LABORANTEM
HUC
VESPERASCENTE VITA RECIPERET
ATQUE NEPOTES
IN PARI FORTUNA
PARI OBLIVIONE
FRUERENTUR.

MDCCVII.

«Eh!», esclamò il conte, ritto, dietro Silla, sulle gambe aperte e con le mani congiunte sul dorso. «Questo mio buon bisavo[3] ha assaggiati e sputati i re, come vedete. È per questo che io non ne ho mai voluto rigustare, e credo non servirei un re, se non quando dovessi scegliere tra lui e il canagliume democratico. Un uomo di ferro, quello lì. Non c'è che principi e democrazie per rompere e buttar via uno strumento simile. Uuh! Voi non lo credete?»

«Io sono devoto al re», rispose commosso il giovane, «e mi sono battuto con lui per l'Italia».

«Ah, per l'Italia! Molto bene. Ma Voi mi dite il caso di un giorno e io parlo di istituzioni che si giudicano sulla testimonianza dei secoli. Anch'io tengo un segretario democratico e gli voglio molto bene perché è il più buono e onesto bestione della terra. Del resto se avete un ideale non lo voglio guastare, qualunque esso sia, perché senza ideale il cuore cade nel ventre».

«E il Suo ideale?» disse Silla.

«Il mio? Guardate un poco».

Il conte si affacciò al parapetto verso il lago.

«Voi vedete dove ho scelto la mia dimora, tra le manifestazioni più alte della natura, in mezzo ad una magnifica aristocrazia che non è punto[4] ricca, ma è potente, vede molto lontano, difende le pianure, raccoglie forza per la vita industriale del paese, genera aria pura e vivificante, e non prende niente per tutti questi benefizi, altro che la sua preminenza e la sua maestà. Io non so se Voi capite ora qual è il mio ideale politico e perché vivo fuor del mondo; *res publica mea non est de hoc mundo*. Andiamo».

Il conte era un cicerone diligentissimo, faceva osservare a Silla ogni minimo oggetto che potesse parer notevole, spiegava i concetti dell'antenato di ferro, fondatore del Palazzo, come se avesse abitato nel suo cervello. Quel vecchio soldato aveva fatto le cose da gran signore. Casa d'inverno, casa d'estate; tre piani per ciascuna: cucine, cantine, magazzini ed altre stanze di servizio affondate a mezz'altezza nel suolo; scalone architettonico nell'ala di levante; grandi sale di parata ai primi piani. Queste erano state dipinte, con una fantasia sgangherata, da un ignoto pittore che vi aveva tirato giù delle architetture romanzesche, tutte logge, terrazze e obelischi, roba dell'altro mondo; e delle farraginose scene militari, certe zuffe di cavalleria assai lontane dai precetti di Leonardo, scorrettissime nel disegno, ma non prive di vita.

«Sento», disse il conte facendole vedere a Silla, «sento dai miei buoni amici che questo pittore è stato un goffo; anzi qualcuno si degna di dire un bue. Io non me ne intendo niente, ma mi fa molto piacere di udire quello, perché non amo gli artisti».

Verissimo; non li amava, né li intendeva. Possedeva molti quadri, alcuni dei quali eccellenti, raccolti in gran parte da sua madre, nata marchesa B... di Firenze, che amava la pittura con passione. Il conte non ne capiva un iota e faceva sbigottire i suoi amici, snocciolando pacatamente le maggiori empietà. Avrebbe voltato di buon grado con la faccia al muro un ritratto di Raffaello e fatto fodere di un Tiziano; non ne gustava la vista più che della tela greggia e non avrebbe nascosto, per tutto l'oro del mondo, il suo pensiero. Gli erano meno odiosi i pittori arcaici, perché li trovava meno artisti, più cittadini. Non sapeva poi ragionare[5] questo suo giudizio. Aveva invece in uggia particolare la pittura di paesaggio che stimava indizio di decadenza civile, arte ispirata dallo scetticismo, dal disprezzo dei doveri sociali e da una specie di materialismo sentimentale. Non era uomo da disperdere i quadri prediletti da sua madre, ma li teneva prigionieri in un lungo corridoio al secondo piano a tramontana, sopra la sala da pranzo, dove aurore e tramonti s'intirizzivano nelle loro cornici dorate.

Nell'entrare per uno dei due usci che mettono capo a questo corridoio, parve a Silla che qualcuno fuggisse per l'altro; vide un lampo negli occhi della sua guida. Le tre finestre del corridoio erano spalancate; ma, poteva venire dalle finestre quell'odore di *mown-hay*[6]?

Uno degli antichi seggioloni di cuoio addossati alle pareti a eguali intervalli e spiranti gravità prelatizia, era stato trascinato sghembo vicino alla finestra di mezzo, in faccia a un Canaletto meraviglioso; e sul davanzale della finestra c'era un libro aperto, tutto sgualcito ma candidissimo.

«Vedete», disse il conte, chiudendo tranquillamente le invetriate della prima finestra, «io tengo qui delle possessioni strabocchevoli[7]. Tengo montagne, boschi, pianure, fiumi, laghi e anche una discreta collezione di mari».

«Ma qui», esclamò Silla, «vi sono tesori!»

«Ah! La tela è molto vecchia e d'infima qualità».

Così dicendo, il conte mise il seggiolone a posto.

«Ma come, tela! Ma questo soggetto veneziano, per esempio?»

«Neppure Venezia mi piace, che pure, assicurano, vale qualcosa. Pensate questo!»

Prese il libro ch'era sul davanzale della seconda finestra, lo chiuse, guardò il frontespizio, e, come facesse la cosa più naturale del mondo, lo gettò nel cortile, e chiuse la finestra. In quel punto si udì un colpo furioso, un frangersi di lastre, un grandinar di vetri rotti sulla ghiaia. Il conte si volse a Silla continuando il suo discorso come se nulla fosse stato.

«Io non ho mai potuto soffrire quella lurida, puzzolente, cenciosa città di Venezia, che perde a brani il suo manto unto e bisunto di vecchia cortigiana, e mostra certa biancheria sudicia, certa vecchia pelle schifosa. Voi dite in cuor vostro: "Quest'uomo è una gran bestia!" Non è vero? Sì, me lo hanno fatto capire degli altri. Ooh! Naturalmente. Notate che io sono un grande ammiratore de' veneziani antichi, che ho parenti a Venezia e forse qualche poco di sangue veneziano nelle vene, del migliore. Cosa volete? Sono un animale grosso ma nuovo in Italia, dove, grazie a Dio, le bestie non mancano. Dove trovate un italiano bastantemente colto che vi parli come vi parlo io dell'arte? La grande maggioranza degli uomini educati non ne capisce niente, ma si guarda molto bene dal confessarlo. È curioso di star ad ascoltare un gruppo di questi sciocconi ipocriti davanti ad un quadro o a una statua, quando fanno una fatica del diavolo per metter fuori dell'ammirazione, credendo ciascuno di aver che fare con degli intelligenti. Se potessero levarsi la maschera tutti ad un tratto, udreste che risata!»

S'affacciò alla terza finestra, e chiamò: «Enrico!»

Una voce quasi infantile rispose dalla cucina: «Son qui! Vengo!»

Il conte attese un poco, e poi disse: «Portami su quel libro». Quindi chiuse la finestra.

Silla non si poteva staccare dai quadri.

«Starei qui un giorno», diss'egli.

«Anche Voi?»

Anche! L'altro chi era? Era forse la giovane signora di cui gli aveva parlato il vetturale? Il seggiolone fuor di posto, il libro, il profumo di *mown-hay* erano indizi del suo recente passaggio? Quella porta chiusa in fretta, quel lampo degli occhi del conte? Silla non aveva ancor visto al palazzo che il conte, Steinegge e i domestici. Nessuno gli aveva nemmanco parlato d'altre persone.

Alcune ore più tardi, dopo aver girato per lungo e per largo il palazzo e il giardino senza trovar nessuno ed essersi ritirato per qualche tempo nella sua stanza, notò, entrando nella sala da pranzo con il conte e Steinegge, che quattro posate erano state disposte ai quattro punti cardinali della tavola. I commensali Nord, Sud e Ovest presero il loro posto; ma l'ignoto commensale dell'Oriente non compariva. Il conte uscì, tornò dopo dieci minuti, e fece portar via la posata.

«Credevo che avrei potuto presentarvi mia nipote», diss'egli a Silla, «ma pare ch'ella non si senta bene».

Silla disse una parola di rammarico; Steinegge, rigido più che mai, seguitò a mangiare, tenendo gli occhi sul piatto; il conte pareva molto rannuvolato, e persino il cameriere che serviva aveva una fisionomia misteriosa. Per quasi tutto il pranzo non si udì nella sala scura e fresca che il passo ossequioso del cameriere, il tintinnio delle posate e dei bicchieri che si allargava tra gli echi della volta. Per le finestre socchiuse, entrava un ampio strepito di cicale, si vedevano brillar nel sole le fronde del vigneto, cangiar colore l'erbe piegate via via dal vento. Là fuori si doveva stare più allegri.

NOTE

1. Termine largamente utilizzato nel lessico ottocentesco (come, ad esempio, da Vittorio Imbriani), col significato di: "versanti", "facciate".
2. *Per il*. Si tratta di un'arcaica forma sincopata.
3. Bisnonno.
4. Affatto.
5. Argomentare.
6. "Fieno tagliato". Non sono rari, in Fogazzaro, gli anglicismi (l'inserimento di vocaboli e locuzioni tipiche della lingua inglese), dovuti in primis alla sua dichiarata affezione per i grandi autori (e per i romanzi) inglesi (non a caso, è stato spesso considerato tra i prosecutori del romanzo gotico inglese). È bene tener presente, inoltre, l'importanza attribuita ai sensi (in questo caso all'olfatto) nella percezione della realtà (come scrive la Parrino, lo stesso profumo di mownhuy ritornerà, qualche tempo dopo, anche in un testo di Huysman).
7. Grossi possedimenti.

Capitolo III - Fantasmi del passato

Il sole era tramontato e le cicale non cantavano più. La costa boscosa in faccia alla biblioteca si disegnava nera sotto il limpido cielo aranciato che posava un ultimo lume caldo sul pavimento della sala presso alle finestre, e, fuori, sulle foglie lucide brune della magnolia, sulla ghiaia del giardinetto. Per la porta aperta entrava l'aria fresca del vallone e lo stridio dei passeri intorno ai cipressi.

Il conte, seduto allo stesso posto della mattina, si teneva coperto il viso con ambe le mani, appoggiando i gomiti al tavolo. Silla, in faccia a lui, aspettava che parlasse.

Ma il conte pareva di pietra; né parlava, né si muoveva. Solo qualche volta le otto magre dita nervose si alzavano dalla fronte tutte insieme, si tendevano; poi, ripiegandosi, parevano volersi imprimere nell'osso. Silla guardava rotear sul pavimento l'ombra d'un pipistrello che non trovava la via di uscire, batteva le librerie, il soffitto angosciosamente.

Anche dentro alla fronte severa del vecchio gentiluomo v'era un'angoscia di parole che non trovavano la via di uscire. Era l'ora che turba il cuore; quell'ora in cui, mancando la luce, le cose e le anime si sentono libere, quasi, da una vigilanza fastidiosa; i monti paiono coricarsi a grande agio sul piano, le campagne dilagano sopra i villaggi e casali, le ombre pigliano corpo, i corpi sfumano in ombra, nel cuore umano affondano le impressioni, i pensieri del presente, e vien su un movimento confuso di ricordanze lontane, di fantasmi che inteneriscono e fanno sospirare in silenzio.

Ad un tratto il conte alzò con impeto il viso e disse: «Signor Silla!»

Tacque un momento e riprese lentamente: «Quando avete letto la mia lettera, il nome che vi trovaste sotto Vi era sconosciuto?»

«Sconosciuto».

«Non era nella memoria Vostra la traccia più lieve di questo nome?»

«Nessuna».

«Dalle persone con le quali avete vissuto non udiste mai parlare di qualcuno il cui nome non era pronunciato e che avrebbe potuto trovarsi un giorno nelle circostanze più difficili della vita?»

«No. Da chi ne avrei inteso parlare?»

Il conte esitò un istante, poi ripeté a voce bassa: «Dalle persone con le quali avete vissuto».

«Mai».

«Vi ricordate almeno di aver veduta la mia fisionomia?»

Silla era sorpreso di tanta insistenza.

«Ma no», diss'egli.

«Eppure», ripigliò il conte, «or sono diciannove anni, un giorno in cui vi si era punito severamente per avere spezzato un vaso di cristallo, all'uscire da uno stanzino buio, dove Vostro padre vi aveva tenuto chiuso per parecchie ore, vedeste un momento il mio ritratto».

Silla balzò in piedi; il conte si alzò pure e, dopo un momento di silenzio, girato il tavolo, andò a piantarsi presso il suo interlocutore, voltando il viso al chiarore morente del crepuscolo.

«Vi ricordate?» diss'egli.

Silla rispose stupefatto. Non ricordava il ritratto, ma sapeva benissimo d'aver spezzato il vaso di cristallo e d'essersi rifugiato, dopo il castigo, nella stanza di sua madre.

«Vedete che Vi conosco da lungo tempo. Ne dubitate? Adesso vado a dirvi quello che so di Voi».

Il conte si pose a camminare su e giù, parlando. Si udiva il suo vocione andare e venire per la sala piena d'ombra: si vedeva la sua figura bizzarra illuminarsi e oscurarsi a vicenda, quando passava davanti alle finestre.

«Voi siete nato nel 1834 a Milano, in via del Monte di Pietà. Vostra madre Vi diede il suo latte, Vostro padre vi diede una culla d'argento e una bambinaia brianzola che doveva esser creduta dal mondo la Vostra balia. Questa donna è morta appena lasciato il Vostro servizio. Voi non la potevate soffrire, non è vero?»

«Non lo ricordo; me l'hanno detto, però; me l'ha detto più volte mia madre».

«Sicuramente. Volete sapere qual è il Vostro ricordo più lontano? Questo. Avevate cinque anni. La sera di un giorno in cui vi era stato in casa Vostra un insolito affaccendarsi di servi, un trambusto d'operai e si eran portate montagne di dolci e di fiori, Vi posero a letto prima dell'ora solita. A tarda notte, foste svegliato da un suono di musica. Poco dopo, l'uscio della camera si aperse. Vostra madre venne a chinarsi sopra di Voi, Vi baciò e pianse».

«Signor conte!», esclamò Silla con voce soffocata, «come fa Lei a sapere queste cose?»

«Alcuni anni più tardi», continuò senz'altro il vocione del conte, «quando Voi ne avevate tredici, nel '47 insomma, avvenne in casa Vostra qualche cosa di straordinario».

Il vocione tacque, il conte si fermò, lontano da Silla, con le spalle alla porta del giardinetto.

«Non è vero?» diss'egli.

Silla non rispose.

Il conte riprese la sua passeggiata.

«È forse crudele», proseguì «di ricordare queste cose, ma io non sono amico di certe mollezze sentimentali moderne; io credo che è molto bene per l'uomo di ripassare ogni tanto le lezioni e i precetti ch'egli ha avuto, direttamente o indirettamente, dalla sventura, e di non lasciarne estinguere, di rinnovarne il dolore, perché è il dolore che li conserva. E poi il dolore è un gran ricostituente dell'uomo, credete; e in certi casi è un confortante indizio di vitalità morale, perché dove non vi è dolore, vi è cancrena. Dunque, nel '47 accadde in casa Vostra qualche cosa di straordinario. Andaste a dimorare parecchi giorni a Sesto, in casa C... La carrozza che vi ricondusse a Milano, si fermò davanti ad un'altra casa, in via Molino delle Armi. Era una casa molto diversa da quella del Monte di Pietà e vi avete fatto una vita molto diversa. Non più servi, non più ricche suppellettili. Voi sapete, una parte di quelle suppellettili, dove si trova».

«Ma come?» lo interruppe Silla.

«Furono vendute, naturalmente».

«Ma perché Lei?»

«Quello è diverso, ne parleremo in seguito. Cosa dicevo? Ah,

Voi siete dunque andato ad abitare un quinto piano in via Molino delle Armi. Dalla finestra di una camera da letto si vedevano queste montagne. Lassù avete cominciato a fare anche Voi il solito sogno di diventare qualche gran cosa e di empire il mondo del Vostro nome».

«Signor conte», disse Silla, «mi pare che basti. Dica cosa desidera da me!»

«Più tardi. Non è vero che basta. Vado a dirvi dei fatti della Vostra vita che non sapete Voi stesso. Vi è dunque venuta questa salutare follia della gloria, che Vi ha preservato, con una promessa fatta di niente, dalle solite corruzioni. Sciaguratamente avete pensato a procacciarvi la gloria con gli scritti invece che con le azioni. Lasciatemi dire; sono un vecchio. Con gli scritti letterari, poi! E non avete avuto la forza di carattere, la fiducia in Voi stesso che ci voleva per seguire da uomo questo proposito. Invece di chiudervi nel Vostro bozzolo della letteratura, siete andato a Pavia. Cosa avete studiato a Pavia?»

«Leggi».

«Tutto fuorché leggi avete studiato. Lo so, volevate una carriera proficua, pensando a Vostra madre; ma allora bisognava volere virilmente: tagliarsi via mezzo cuore e andare avanti col resto. Cosa avete fatto al vostro ritorno da Pavia? Avete pubblicato un romanzo. Ecco il fatto che non sapete. Quel poco di oro che Vostra madre Vi diede perché servisse alla stampa del libro, non era punto[8], come ella Vi disse e Voi avete creduto, un dono de' suoi parenti; il giorno prima ella aveva portato al gioielliere i suoi ultimi brillanti, una memoria cara di famiglia».

«Il Suo diritto?» esclamò Silla slanciandosi verso il conte. «Il Suo diritto di sapere queste cose?»

«Il mio diritto? Questione molto oziosa. Vostro diritto è sicuramente di vedermi in faccia».

Il conte suonò.

Silla taceva, ansante. Il conte andò ad aprire l'uscio, e aspettò fin che udì il passo nel corridoio.

«Lume!» diss'egli; e andò a sedersi al tavolo.

«Non è vero, non è vero!» disse Silla sottovoce. «Non fui questo sciagurato ch'Ella dice! Me lo provi, se può».

Il conte non rispondeva.

«Io», continuò Silla, «che avrei dato il sangue per mia madre, che l'adoravo, che non volevo neppure quel denaro perché i parenti di mia madre non potevano soffrire ch'io scrivessi, e, conoscendoli, temevo s'irritassero contro mia madre per causa mia!»

Il conte si pose l'indice alle labbra. Un domestico entrò con il lume, lo pose sul tavolo e si ritirò.

«Quando io affermo una cosa, mio caro signore», disse il conte, «è provata».

«Ma in nome di Dio, chi!»

«Adesso lasciamo stare. Io non voglio accusarvi di avere accettato un sacrificio simile. Voi non lo sapevate. Del resto la vita è così. Vi è sempre nei giovani questa baldanza ridicola di credere che la terra è beata del loro piede e il cielo del loro sguardo, mentre i loro genitori pestano fango e spine per portarli avanti, nascondendo quello che soffrono proprio negli anni in cui il loro corpo invecchia, il loro spirito è stanco, e tutte le dolcezze della vita, ad una ad una, se ne vanno».

«Dio! Se fosse vero, mi vituperi, m'insulti!»

«Io non vi ho fatto venire in casa mia per vituperarvi. E poi, se avrete figli, pagherete. Bisognerebbe vituperar Voi, me e tutta questa buffonesca razza umana. Proseguiamo. Il Vostro libro non ebbe fortuna; per verità mi pare di potermi rallegrare con Voi, che la fortuna non è Vostra amica. Nel '58...»

Il conte si fermò e poi riprese a voce bassissima:

«Non è a temere che Voi dimentichiate mai il colpo che riceveste nel 1858».

Tacque daccapo, e per qualche momento durò, non interrotto, il silenzio.

«Devo pur dirvi, a questo punto», riprese il conte, «che se io V'intrattengo sui casi della Vostra vita oltre quanto sarebbe necessario per dimostrare che Vi conosco bene, è perché intendo di meglio giustificare in tal modo le proposte che vado a farvi. Dunque, nel '59 avete fatto il Vostro dovere e Vi siete battuto per l'Italia. Vostro padre...»

«Signor conte!»

«Oh, Voi mi conoscete molto male se potete credere che io voglia offendere davanti a un figlio la memoria di suo padre, anche se quest'uomo ha commesso degli errori e ha meritato delle censure. State tranquillo. Vostro padre non era più a Milano quando vi siete tornato Voi. Era nel paese straniero dove intendo che ha cessato di vivere due anni sono, nel maggio del '62. Vi trovaste solo colla[9] Vostra letteratura. Allora foste improvvisamente chiamato a insegnar lingua italiana, geografia e storia in un istituto privato, di cui non conoscevate neppure il nome. Avete mai saputo come quei signori abbiano scelto appunto[10] Voi?»

«No».

«Non importa. In quel tempo avete avuto una offerta dai parenti di Vostra madre, dai Pernetti Anzati, non è vero? Volevano che entraste nella loro Filatura e Vi offrivano un lauto assegno; non è così?»

«Sì, ma è forse Lei che mi ha fatto eleggere?»

«Non importa, Vi dico. Avete rifiutata l'offerta dei Pernetti Anzati. Fatto bene, molto nobilmente. Meglio un lavoro che frutta poco pane e molta civiltà, di un lavoro che converte in denaro il tempo, la salute e una buona parte dell'anima. Ma adesso l'istituto al quale appartenevate ha fatto cattivi affari e venne chiuso. Io credo che Voi non sarete malcontento di occuparvi in qualche altro modo degno, ed è per questo che Vi ho pregato di venire da me».

«La ringrazio», rispose Silla asciutto asciutto. «Prima di tutto, posso vivere».

«Oh!» interruppe il conte. «Chi parla di questo? Lo so benissimo. I Pernetti Vi passano l'interesse di una parte della dote di Vostra madre che si trattennero sempre, un migliaio e mezzo di lire circa. E poi?»

«E poi», proruppe Silla con forza, «voglio sapere finalmente chi è Lei, perché si occupa di me!»

Il conte indugiò un poco a rispondere.

«Io sono un vecchio amico della famiglia di Vostra madre, e Vi porto molt'affezione per la memoria di persone che mi furono assai care. Le circostanze della vita ci hanno tenuti lontani fino ad oggi; un male che noi ripareremo. Vi basta quello?»

«Perdoni, non mi può bastare; è impossibile!»

«Ebbene, mettiamo un poco da parte la mia amicizia. In fine dei conti non è un beneficio che io Vi offro, è un favore che Vi domando. Io so che avete molto ingegno, molta cultura, che siete probo e che Vi è mancata la Vostra occupazione ordinaria. Io ho a proporvi un lavoro di lunga lena, mezzo scientifico mezzo letterario, di cui ho raccolto i materiali e che amerei fare io stesso se fossi mai stato uomo di penna, o almeno, se avessi l'età Vostra. Questi materiali sono tutti qui, presso di me, e io desidero mantenere una continua comunicazione d'idee con la persona che scriverà il libro, il quale dovrà quindi essere scritto in casa mia. Questa persona mi farà le sue condizioni, naturalmente».

«Io non esco di qua, signor conte», rispose Silla, «se Ella non mi dice come ha potuto sapere le cose che ha narrate!»

«Dunque non volete che trattiamo di questo lavoro?»

«Così, no».

«E se io adoperassi i buoni uffici di una persona che ha grande autorità sopra di Voi?»

«Pur troppo, signor conte, non vi è nessuno al mondo che abbia grande autorità sopra di me».

«Io non Vi ho detto che questa persona sia viva».

Silla provò una scossa, un formicolio freddo nel petto.

Il conte aperse un cassetto del tavolo, ne trasse una lettera e gliela porse.

«Leggete», diss'egli, e si gettò addietro sulla spalliera della seggiola con le mani in tasca e la testa china sul petto.

L'altro afferrò rapidamente la lettera, ne lesse la soprascritta e fu preso da un tremito violento che gli tolse di proferir parola. V'era scritto di pugno di sua madre:

PER CORRADO

Tremava così forte che poté a mala pena aprir la lettera. La voce cara di sua madre gli pareva venir dal mondo degli spiriti per dir parole non potute dire in vita e sepolte nel suo cuore sotto una pietra più grave di quella della tomba. Le parole erano queste:

Se ti è cara la memoria mia, se credi ch'io abbia fatto qualche cosa per te, affidati all'uomo giusto che ti dà questa lettera. Dal paese della pace dove spero m'abbia posato la misericordia di Dio quando la leggerai, ti benedico.

La mamma

Nessuno dei due parlò. Si udì un singhiozzo disperato, prepotente; poi più nulla. Ad un tratto Silla, contro la sua ragione, contro la sua volontà, il suo cuore istesso[11], guardò il conte con tale angosciosa domanda negli occhi sbarrati, che quegli menò un furibondo pugno sul tavolo esclamando: «No!»

«Dio! Non ho voluto dir questo!» gridò Silla.

Il conte si alzò in piedi e allargò le braccia.

«Amica venerata», diss'egli.

Silla piegò la testa sul tavolo e pianse.

Il conte aspettò un momento in silenzio e poi disse a bassa voce: «Vidi Vostra madre per l'ultima volta un anno prima del suo matrimonio. Ella mi ha scritto poi molte lettere di cui Voi eravate il solo argomento. Ecco perché io conosco molti particolari intimi della Vostra vita. Dopo il '58 sono stato informato da certi amici miei di Milano. Voi comprenderete facilmente perché abbiate ritrovato in casa mia quelle suppellettili; esse mi ricordano la persona più virtuosa e più rispettabile che mi abbia onorato della sua amicizia».

Silla stese ambedue le mani verso di lui senz'alzare il capo dal tavolo.

Il conte gliele strinse affettuosamente, le tenne qualche momento fra le sue.

«Dunque?», diss'egli.

«Oh!» rispose Silla alzando la testa.

Era detto tutto.

«Bene», rispose il conte, «adesso uscite, uscite subito, andate a pigliar aria. Vi faccio accompagnare dal mio segretario».

Suonò e fece venire Steinegge che si mise, tutto sorridente, agli ordini del signor Silla. Egli si professava lieto dell'onorevolissimo incarico. Non sapeva se gli abiti che si trovava indosso fossero degni dello stesso onore. Sì? Ringraziava. Se n'andò finalmente con Silla, strisciando inchini e facendo infinite cerimonie ad ogni uscio, come se al di là della soglia vi fosse stata una torpedine. Appena uscito dal cancello del cortile, mutò modi e parole. Prese a braccetto il compagno: «Andiamo a R...», disse, «bisogna bere un poco, caro signore».

«No», rispose Silla, distratto, non sapendo ancora bene in che mondo si fosse.

«Oh, non dite *no*, io vedo. Voi siete serio, molto serio; io poi sono serissimo».

Steinegge si fermò, accese un sigaro, sbuffò una gran boccata di fumo, batté con il palmo della destra la spalla del suo interlocutore e disse *ex abrupto*: «Oggi sono dodici anni, mia moglie è morta».

Fece un passo avanti, poi voltossi[12] a guardar Silla, con le braccia incrociate sul petto, le labbra strette, le sopracciglia aggrottate.

«Andiamo, voglio raccontarvi questo».

E, ripreso il braccio di Silla, tirò avanti a passi sgangherati, fermandosi di tratto in tratto su' due piedi.

«Io, per il mio paese, mi sono battuto nel 1848, Voi sapete. Io lasciai il servizio austriaco e mi battei nel Nassau per la libertà. Bene, quando si calò il sipario fui gettato per grazia alla frontiera con mia moglie e mia figlia. Sono andato in Svizzera. Là ho lavorato come un cane, col piccone, sopra una linea di ferrovia. Non dico niente, questo è un onore. Sono di buona famiglia, fui *Rittmeister*, ma fa niente, questo è un onore, di aver lavorato con le mie mani. Il male era che non guadagnavo abbastanza. Pensate, signor, mia moglie e mia figlia pativano la fame! Allora con l'aiuto di alcuni compatrioti, si andò in America. Sì, signor, sono stato anche in America, a New York. Ho venduto birra, ho guadagnato. Oh, andava bene. *Es war ein Traum*. Sapete? Era un sogno. Mia moglie s'ammalò di nostalgia. Si stava bene a New York, si prendevano dollari, si avevano molti amici. Ebbene, cosa è tutto questo? Partiamo, arriviamo in Europa. Io scrivo a' miei parenti. Sono tutti reazionari e bigotti; io sono nato cattolico, ma non credo ai preti; non mi rispondono. Che importava loro se mia moglie moriva? Scrivo ai parenti di mia moglie. Cose da ridere, signor. Quelli mi odiavano perché avevano creduto di dare la ragazza a un ricco e il poco che mio padre non aveva potuto togliermi era stato confiscato dal governo. Oh, è bellissima. Però mio cognato venne a Nancy, dov'ero io. Mia moglie partì con la bambina, sperando guarire presto e ritornare. L'accompagnai alla frontiera. Stava male; dovevamo lasciarci a mezzogiorno. Un'ora prima mi abbracciò e mi disse: "Andrea, ho visto il paese da lontano: basta, restiamo insieme". Capite, signor? Voleva morire con me. Otto giorni dopo...»

Steinegge compì la frase con un gesto e si cacciò a fumare furiosamente. Silla taceva sempre, non gli dava retta, forse non l'udiva neppure.

«I parenti di mia moglie», continuò l'altro, «hanno preso la bambina. È stata una carità perché la piccina non sarebbe stata bene con me solo, e con questo pensiero ch'ella si trovava meglio io ho potuto soffrire molto allegramente. Ma credete che non mi hanno mai data una notizia? Io le ho scritto ogni quindici giorni, sino a due anni or sono; non mi ha risposto mai. Potrebbe anche non essere più al mondo. Cosa è questo? Si beve, si fuma, si ride, ooh!»

Dopo questo epilogo filosofico il segretario tacque. Era notte oscura. La stradicciola tagliava per isghembo un pendio cespuglioso dal vallone del palazzo alle prime nere casupole di R... Abbasso, il lago dormiva. Nel Palazzo si vedevano ancora illuminate le finestre della biblioteca e altre due nella stessa ala, sull'angolo del secondo piano; una verso ponente, l'altra verso mezzogiorno. Prima di toccar le casupole, il sentiero svoltava fra i due muriccioli bassi, in un avamposto di granoturco e di gelsi.

«Dove andiamo?» domandò Silla affacciandosi all'entrata scura del villaggio.

«Solo un poco avanti», rispose Steinegge, incoraggiandolo.

«Le sarei grato se ci fermassimo qui».

Steinegge sospirò.

«Come volete. Fuori del ciottolato, allora».

Ritornarono un passo indietro dai muriccioli e sedettero sull'erba, dalla parte del ponte.

«Io faccio come volete, signor», disse il segretario, «ma questo è molto male per Voi di non bere. Gli amici delle ore tristi sono pochi e il vino è il più fedele. Non bisogna trascurarlo. Mostrategli di vederlo volentieri, Vi accarezza il cuore: trattatelo male e, se un giorno ne avrete bisogno, Vi morderà».

Silla non rispose.

Era dolce a contemplare, nello stato d'animo suo, la notte senza luna e senza stelle. Dal vallone spirava una tramontana fresca, pregna d'odor di bosco.

Erano lì da pochi minuti quando udirono a destra fra le casupole un suono cupo di molti passi, che si allargò subito all'aperto e si fermò.

«Ooh, Angiolina!» chiamò qualcuno.

Silenzio.

«Ooh, Angiolina!»

Una finestra si aperse e una voce femminile rispose:

«Che volete?»

«Niente, vogliamo. Siamo qui al caffè della valle a prendere come i signori, e vogliamo far quattro chiacchiere».

«Maledetti ubriaconi, è questa l'ora di far chiacchiere? Dovevate stare all'osteria a far chiacchiere».

«Ci è troppo caldo», saltò su un altro. «Si sta meglio qui a cavallo de' muri. Non sentite che bel freschino? Come volete fare a dormire? L'è pazzia stare a letto con questo caldo. Non è andato a letto neppure il vecchio del Palazzo stasera. Non vedete che ha ancora acceso il lume?»

«Non si vede da qui. Sarà il lume della signora donna Marina».

«Oh adesso! Mai più. C'è bene anche quello, ma le due finestre chiare, abbasso, sono quelle dei libri. Ho mica da saperlo? Sono stato giù l'altro giorno a metterci due lastre».

«Ci hanno ad essere de' forestieri», disse un terzo.

«Sì, c'è un giovinotto di Milano. L'ha detto il cuoco stasera alla Cecchina. Ci deve essere per aria di combinar qualche cosa con la signora donna Marina».

«Stia allegro chi la toglie, quella lì, che toglie un bel balocco, sì!» disse la donna. «Ha detto così la signora Giovanna alla

Marta del signor curato, che hanno attaccato lite anche oggi e che lui, il vecchio, le ha sbattuto giù il libro dalla finestra, e lei allora ha fatto il demonio. La signora Giovanna tiene dal suo padrone, ma già sono matti tutti e due. Solo per il nome non la vorrei quella lì, se fossi un uomo. Ha un gran nome da strega, sapete. Malombra!»

«Oh sì, sì, come ha ragione quella donna, da strega!» disse piano Steinegge. «Questo è divertente».

«E mica Malombra, è Crusnelli».

«Malombra!»

«Crusnelli!»

«Malombra!»

Si riscaldavano, gridavan tutti insieme.

«Andiamo via», disse Silla.

Si alzarono e ridiscesero verso casa.

Quando giunsero in fondo al seno del Palazzo, dove faceva tanto buio che Steinegge si pentì di non aver preso seco[13] la lanterna, saltò su nel silenzio il suono chiaro e dolce d'un piano. Rischiarò la notte. Non si vedeva nulla ma si sentivano le pareti del monte intorno alle note limpide, si sentiva, sotto, l'acqua sonora. In quel deserto l'effetto dello strumento era inesprimibile, pieno di mistero e di immaginazioni mondane. Era forse un vecchio strumento stanco, e in città, di giorno, si sarebbe disprezzata la sua voce un poco fessa e lamentevole; pure quanto pensiero esprimeva lì nella solitudine buia! Pareva una voce affaticata, assottigliata dall'anima troppo ardente. La melodia, tutta slanci e languori appassionati, era portata da un accompagnamento leggero, carezzevole, con una punta di scherzo.

«Donna Marina», disse Steinegge.

«Ah», sussurrò Silla, «che musica è?»

«Ma!» rispose Steinegge «pare *Don Giovanni*, Voi sapete: *Vieni alla finestra*. Suona quasi sempre a quest'ora».

In biblioteca non c'era più lume.

«Il signor conte arrabbia adesso» disse Steinegge.

«Perché?»

«Perché non ama la musica e quella lo fa apposta».

Silla zittì con le labbra.

«Come suona!» diss'egli.

«Suona come un maligno diavolo che abbia il vino affettuoso», pronunciò Steinegge. «Vi consiglio di non credere alla sua musica, signor».

NOTE

8. Affatto.
9. Con la.
10. Proprio.
11. Forma arcaica di "stesso".
12. Si voltò.
13. Con sé.

Capitolo IV - Cecilia

Donna Marina Crusnelli di Malombra
alla signora Giulia De Bella

...26 agosto 1864

Graziosissima toilette! Ma come t'è venuta la povera idea dei *myosotis*? Non ti scordar di me, a destra; non ti scordar di me, a sinistra; non vi scordate di me, signori e signore. Forse uno è caduto sulle spalline di quel caro D... un altro ha preso fuoco nei favoriti rossi del conte B... un terzo l'ha raccolto da terra il bambino lungo della padrona di casa e lo custodisce nella grammatica latina. Buon Dio, se non ne fosse rimasto alcuno per tuo marito! Quando lo darò io un ballo campestre, vedrai come sarò.

Mandami una boccettina d'*egnatia*; ho i nervi scordati come un pianoforte di collegio. È mezzanotte e non possiamo dormire né io, né il lago che se ne lagna qui sotto. Vi è *Saetta* qui, grogne[14] nelle sue catene e vorrebbe farsi sciogliere, partire con me. Bell'idea! Vi verrebbero i brividi a te e ai prodi che pasci a quest'ora di *cigarettes* e di thè, se mi poteste vedere vagar sola per le onde, in lancia, come una selvaggia. Ma no, ti sacrifico il capriccio di *Saetta* e anche il mio: perché davvero, se non ti avessi a scrivere, uscirei volentieri.

Dimmi, perché l'inchiostro di mio zio non asciuga mai? Dimmi, perché, in settembre, viene al Palazzo mia cugina la contessa Fosca Salvador e Sua Eccellenza Nepomuceno, detto Nepo, figlio della medesima?

Sì, ci penso. Perché no? Perché non potrei sposare il *sior Nepo* e andarmene lontano e dimenticare persino il nome di questa prigione odiosa? I Salvador hanno in Venezia un palazzo tra bizantino e lombardo, color mattone, piantato nell'acqua verde fra due rii deserti e puzzolenti, tutti belletta e cenci. Sai, una macchia d'Oriente, un Canaletto, un Guardi vivo da starvi volentieri due mesi all'anno, non però con la vecchia contessa ch'è un gran sacco scucito di chiacchiere trite e peste. Nepo non so che sia. Lo vidi una volta a Milano. Ha un'aria soddisfatta, un parlar molle e rotondo che me lo fece parer di fior di latte sbattuto. Intesi dire allora ch'era studiosissimo di economia politica e che, aspettando la liberazione del Veneto, si preparava a farsi eleggere deputato del paese dove ha la sua contea di risaie. Perciò G..., che non lo poteva soffrire, lo chiamava un personaggio d'anticamera. La contessa Fosca, che io ho udita parlare di mio zio con orrore, ha annunciata questa visita con due lettere, una per mio zio, una per me, tenerissima, tanto che non ha creduto di metterci neppure una consonante doppia.

Altra novità: abbiamo al Palazzo un principe nero. Ti parlerò di lui: un tema che potrà forse conciliarmi il sonno, fermare la mia penna che va e va come punta da una tarantola.

Nero, prima di tutto, sì, lo è molto, tranne forse ai gomiti della redingote; principe, no, in nessun modo. È un piccolo borghese, in apparenza. Lo chiamo "principe nero" per il suo contegno chiuso di personaggio misterioso.

E poi per la leggenda. Oh, c'è una leggenda! Sai che la munificenza di mio zio mi ha concesso per barcaiolo il figlio del giardiniere, un paggio malizioso di tredici anni. Un po' da lui, un po' dalla mia cameriera, un po' dai muri che ne sono pieni, ho udito i sussurri che seguono alle spalle questo signore. Egli sarebbe figlio di un'antica amorosa di mio zio, morta a Milano, anni sono, in miseria; lo si sarebbe richiamato qui per predisporre, adagio adagio, un matrimonio di famiglia.

Capisci, Giulia? L'austero anacoreta avrebbe avuta la sua Capua! Giulia, io non ho ancora conosciuto un uomo degno d'essere amato da me, ma io amo l'amore, i libri e la musica che ne parlano, e non mi lascerò far la morale da un libertino depurato nel vuoto! Quanto al pericolo che si pretenda tingere la mia mano di questa roba poco pulita, lo sai bene: è un pericolo per loro, non per me.

È arrivato al Palazzo un quindici giorni sono, prima della notte, come un vero pacco di contrabbando. Il giorno dopo ebbi una gran scena drammatica con mio zio, il quale pretende aver diritto di vita e di morte sui miei libri francesi, presi fuori delle mie camere; e mi buttò orsinamente[15] dalla finestra un de Musset che avevo lasciato davanti al mio caro Canaletto. Quel giorno vidi il principe nero da lontano, ma non discesi a pranzo benché mio zio venisse a pregarmene, tutto mansueto come diventa sempre dopo le sue violenze. Il giorno dopo quel signore partì; ritornò il 18 con armi e bagagli e si accampò definitivamente qui. Comprendi che in questi dieci giorni ho pur dovuto trovarmi con lui.

Io credo tutto, sai, quello che se ne dice: ma mio zio mi conosce e mi fa della diplomazia. Non mi ha mai parlato di lui né avanti, né dopo il suo arrivo. Già le relazioni nostre sono tali che tutto il mondo può andare e venire dal Palazzo senza ch'egli me ne parli. Lo tiene sequestrato quasi tutto il giorno in biblioteca. A tavola non discorrono che di studi. Chi non sapesse il fondo delle cose direbbe che vuol fargli sposare il signor Steinegge e non me, perché li fa lavorare insieme, li manda a passeggiare insieme, ogni dopo pranzo, anche quando piove. Del resto, questi due signori, sono stati presi d'amicizia fulminante l'uno per l'altro. Te l'ho già descritta, mi pare, l'antipaticissima figura che sta qui a tradurre dal tedesco per mio zio? *Les deux font la paire*. Tempo addietro colui voleva far meco[16] il grazioso e lo spiritoso, ma l'ho messo molto bene a posto; e ora ci ho messo anche il suo amico che, il giorno dopo la sua presentazione, si è dimenticato sino a stendermi la mano. Per verità mi ha inteso in aria e si è trattenuto prima di stenderla, ma ne cominciò l'atto. Una mano niente affatto borghese; simile a quella di mio zio che l'ha di razza. Dopo si è tenuto bene, orgogliosamente; debbo rendergli questa giustizia. Nota che gli ho fatto impressione, senza mia colpa. L'ho sentito fin dal primo momento e posso ben dirlo, perché la cosa è tanto poco lusinghiera! Io non sono come te, cara Giulia, che per cinque minuti civetteresti, sii sincera, con un commesso viaggiatore. Il principe nero, se vuoi saperlo, mostra una trentina d'anni; non è bello, ma neanche si può dir brutto; ha degli occhi non privi d'intelligenza; alla mia cameriera potrebbe anche piacere. A me è antipatico, odioso, odiosissimo. Bada bene, non per gelosia di ereditiera in pericolo; non so abbassarmi a queste cose, non le comprendo neppure. E basta.

Cosa faccio? Sempre la stessa vita. Leggo, suono, scrivo, passeggio, vado in barca, e adesso mi batto anche alla pistola con la noia. Alla lettera! Sai le belle pistole da sala che il povero papà aveva regalate a miss Sarah e a me? Dopo quattr'anni, mi son ricordata d'aver qui le mie e tiro sulle statue del giardino, specialmente sopra una Flora annerita che somiglierebbe tutta alla mia istitutrice, se riuscissi a farle un viso butterato come l'aveva lei. Mi piglio poi dei divertimenti extra. Per esempio, una sera o l'altra voglio andar io al *rendez-vous*[17] notturno che il vecchio medico ridicolo del paese cerca d'ottenere da Fanny. Mi affretto di dirti che aspetto la luna.

Oh, e la corrispondenza amorosa? Troncata, mia cara, troncata netta dall'ultima lettera di *Lorenzo* che mi hai spedita. Così non avrai più scrupoli, non farai più ritirar lettere ferme in posta, almeno per conto mio. Egli voleva una passione azzurra, un legame filosofico sentimentale alla tedesca, figurati! E si è offeso del mio tono leggero, mi ha scritto, per rompere, una tirata piena di fuoco e d'orgoglio con certe sciabolate che vi gettano un ghiaccio nel sangue. Mi fa l'onore di attribuirmi qualche spirito; e poi, giù una sciabolata: cos'è lo spirito? Un vano e freddo luccicare di acque percosse dalla luna. Io domando: se le acque che luccicano sono lo spirito, cos'è la luna? Anch'essa è fredda, ma non è vana, è reale e solida. Che il luccicare dello spirito non venga da qualche freddo lume di verità, da qualche alta e desolata negazione! Allora lo detesto anch'io come questo pedante di Lorenzo, perché credo, non però come quando ci trovavamo all'ultima messa di S. Giovanni alle Case Rotte; molto diversamente. Non c'è più nessuno che mi possa dire: *Mademoiselle*![18] Ah se tu sapessi, Giulia, cosa vi è nel mio cuore e quale tormento sono le insonnie per me! Ma né tu né altri mai lo saprà.

Perdonami, ti bacio un momento e vado alla finestra a sentir discorrere le onde.

Ritorno a te. Fortunatamente le onde hanno una voce monotona, sono poverissime d'idee e si ripetono a sazietà; pare che recitino il rosario. E il sonno viene, viene con le ombre leggere della contessa Fosca, del conte Nepo e dei loro bauli.

Addio, *myosotis*.

Marina

Poi ch'ebbe scritta questa lettera nervosa, donna Marina si alzò, andò a contemplarsi in uno specchio. Dall'ampio accappatoio usciva, come da una nuvola bianca, il collo sottile, elegante, e fra due fiumi di capelli biondo-scuri, ove lucevano due grandi occhi penetranti, fatti per l'impero e per la voluttà. Il viso, il collo, il seno, di cui si vedeva una riga tra il bianco, avevano lo stesso pallore caldo. Si guardò un momento, si gittò[19] alle spalle con una scrollata di testa i due fiumi di capelli e chi sa quanti pensieri torbidi, andò a posar la candela sul tavolino da notte, picchiando forte il marmo con l'argento, come per fare oltraggio al silenzio e alla solitudine.

Ed ora che, perseguitata nel sonno da qualche tenace inquietudine, ella dorme agitando di frequenti sussulti le lenzuola, mentre tutti gli abitatori del vecchio Palazzo dormono pure, parliamo a voce bassa di donna Marina e di quello che aveva in cuore.

NOTE

14. Digrignante.
15. Forma oggi arcaica. "In modo burbero".
16. Con me.
17. "Appuntamento". Si tratta di un francesismo, anch'esso tipico del linguaggio moderno del Fogazzaro.
18. Ancora un francesismo. Vedi nota precedente.
19. "Gettò". Forma arcaica.

Capitolo V - Strana storia

Ell'era figlia unica di una sorella del conte Cesare e del marchese Filippo Crusnelli di Malombra, gentiluomo lombardo che visse in Parigi tra il '49 e il '59, sciupandovi un pingue patrimonio, mobilizzato in fretta e in furia dopo Novara. Marina perdette colà sua madre e passò dalle mani di una severa istitutrice belga a quelle di una *governess* inglese, giovane, bella e vivace. Quando il marchese tornò a Milano, nel novembre del '59, Marina aveva diciott'anni, una flora romantica in testa, una guida stordita al fianco e sulle labbra un sorriso sarcastico che le faceva pochi amici. In quell'inverno 1859-60 che lasciò a Milano splendida memoria di sé, lo spensierato marchese Filippo volle rientrare da Parigi nella società milanese col fracasso d'una vettura da Posta che tuona per le borgate. Diede pranzi, balli e cene dove *miss Sarah* faceva gli onori di casa. Alcune vecchie dame parenti del marchese mossero gravi rimostranze al "caro Filippo" con la solennità di chi adempie un alto ufficio ed esprime in pari tempo il giudizio di una casta venerabile. Cadute a vuoto le loro parole, ruppero le relazioni diplomatiche e non vollero più saperne, di quel "povero Filippo". Così almeno usavano dire agli amici, provocandone la maldicenza adulatrice a carico del marchese, di *miss* Sarah e di Marina; sopra tutto[20] di *miss* Sarah. E gli amici venivano spesso a portar loro qualche ghiotta primizia di scandalo, tutta avvolta di parole blande. "La X e la Y hanno rifiutati gli inviti del marchese; altre lettere dell'alfabeto li accettano, ma sono sempre d'un freddo con *miss* Sarah! La R. le ne ha fatte intendere di ben chiare, come sa far lei. Pare che *miss* ricondurrà presto Filippo a Parigi: forse con l'esercito francese. Corrono dei *mauvais propos*[21] che sentono il *punch* e i sigari; si dice che *miss* partirà con la cavalleria, donna Marina con l'artiglieria, e Filippo, povero Filippo! Lo fanno partire con la fanteria.

Perché con la fanteria?

Perché nei suoi affari si comincia a non veder chiaro, anzi a vederci molto scuro, un buco nero, un pozzo, una voragine. Pare che questo *gran train* gli pesi, che lo subisca, che sia voluto da Sarah, la quale non sa il vero stato delle cose e amerebbe gittar Marina sulla testa di qualcheduno e poi fare il gran colpo... si capisce! S'è fatto avanti per Marina quello sventurato del ragazzo Ratti; ma suo padre, avute certe informazioni da Parigi, lo ha spedito a Costantinopoli. Quell'eterno freddurista di R... ha detto che se *i rat* scappano, è segno che casa Crusnelli sta per affondare.

Queste cose raccontavano alle vecchie dame gli amici. Infatti si cominciava a parlar così, in Milano, delle condizioni economiche del marchese; ma erano voci timide ancora, vaghe e non credute da molti. Dicevano, in gran parte, il vero; tuttavia Dio sa quanto *champagne* avrebbe potuto scorrere ancora in onore di donna Marina, se un temuto aneurisma di suo padre non fosse scoppiato come la folgore portando via lui, lo *champagne* e *miss* Sarah.

Il conte Cesare d'Ormengo fu chiamato a far parte del Consiglio di famiglia per Marina. Il Consiglio fu ancora in tempo di salvare l'onore del nome e una piccola dote. Il conte Cesare e il defunto marchese non erano stati amici mai; da moltissimi anni non si vedevano neppure. Ma il conte era il parente più prossimo di Marina e fu il solo che le offrisse la propria casa. Marina avrebbe rifiutato se le fosse stato possibile. L'aspetto, i modi, i discorsi austeri dello zio le ripugnavano; ma gli amici del tempo felice s'erano dileguati; i parenti di suo padre le mostravano certa grave commiserazione con un nocciolo nascosto di rimproveri che ella indovinava fremendo di sdegno; sola non poteva vivere; quindi accettò. Accettò freddamente, senza ombra di gratitudine, come se il conte Cesare, suo zio materno, adempisse un dovere e si procacciasse per giunta il beneficio di una compagna nella tetra solitudine che abitava. Ella non vi era andata mai: aveva però inteso descrivere più volte la tana *dell'orso*, come diceva suo padre, che *l'orso* aveva abbandonata nel 1831, per tornarvi ventott'anni dopo, nel 1859. Non si sgomentava della futura dimora; anzi si compiaceva dell'idea di questo palazzo perduto fra le montagne, dove vivrebbe[23] come una regina bandita che si prepari nell'ombra e nel silenzio a riprendere il trono. Il pericolo di seppellirvisi per sempre non si affacciava neppure al suo pensiero, perché ella aveva una fede cieca e profonda nella fortuna, sentivasi[24] nata agli splendori della vita, era disposta ad aspettarne con altera indolenza il ritorno.

Arrivò al Palazzo con suo zio una sera burrascosa. Il conte l'accompagnò egli stesso alle camere che le aveva assegnato nell'ala di levante, verso il monte. Le aveva fatte arredare con semplicità elegante, aveva provveduto al loro riscaldamento per l'inverno e nella camera da letto aveva collocato il ritratto di sua sorella, lavoro dell'Hayez. Marina vi si lasciò accompagnare, guardò senz'aprir bocca le pareti, il soffitto, gli arredi, il quadro, ascoltò le spiegazioni di suo zio su questo e su quello, aperse le finestre e disse tranquillamente che voleva una camera sul lago.

Ella amava le onde e la tempesta, né le fecero paura la fronte corrugata e gli occhi lampeggianti del conte: tenne fermo freddamente contro le osservazioni, sempre più acri ch'egli le venne facendo e che troncò, a grande sorpresa di lei, con un risoluto: "Sta bene".

Dato a bassa voce un ordine a Giovanna, la sua vecchia governante, il conte uscì. Allora la governante si pose in cammino, con il lume in mano, seguita da un lugubre corteo di servi e di bauli. Marina volle venir ultima con Fanny, la sua giovane cameriera. Attraversarono tutto il palazzo da capo a fondo. Spesso, nel passare da una camera a un'altra, Marina si fermava a guardar indietro nel buio, costringeva la intera carovana a sostare. Tutte le facce si voltavano a lei, quella della vecchia governante seria seria, quelle dei servi tra torbide e sgomente.

Quando il convoglio entrò nella loggia che congiunge le due ali del palazzo, Marina affacciossi[25] alla balaustrata verso il lago, diede un'occhiata alla scura costa che fronteggia l'ala di ponente, aggrottò le ciglia e disse alla governante:

«Dove mi porti?»

Immediatamente gli uomini posero a terra i bauli. La vecchia posò il lume sopra un baule, s'accostò a Marina, giunse le mani, e crollando il capo chino sulla spalla destra, sussurrò con accento di commiserazione profonda:

«In un gran brutto sito, cara la mia bella signora».

«Allora non ci vado».

«Sarebbe ben meglio», interruppe uno dei portatori.

«Oh sì, voialtri», gli rispose la vecchia in aria severa, «e il signor padrone? Dio ce ne guardi».

«Ma insomma», esclamò Marina con impazienza, «è un granaio, è un armadio, è un pozzo questa camera?»

«Oh, la camera è bella».

«Ma dunque?»

«Ma dunque», saltò su l'oratore di prima, un vecchio contadino, mezzo letterato, «mi perdoni se mi prendo l'arbitrio di *loquire in tre*[26]; c'è dentro il diavolo, eccola; non so se mi spiego».

«Zitto, voi, andiamo, prudenza! Che c'entrate voialtri!»

«Prudenza? L'è così, già, signora Giovanna: la prudenza insegna che non c'entriamo né noi né lei».

«Avanti tutti!» disse Marina. «Obbedite al signor conte».

E andò con Giovanna.

Colui si volse a' compagni e fe' con la mano destra l'atto di cacciarsi le mosche dalla fronte.

Entrarono in un lungo corridoio e, percorsane la metà, si misero per una scala a sinistra, salirono ad un altro corridoio, nel piano superiore.

Quando Giovanna aperse l'uscio temuto, Marina le strappò di mano il lume ed entrò rapidamente. Vide una stanza discretamente ampia, molto alta, con il pavimento di mattoni, le pareti mal vestite d'una sdrucita tappezzeria gialla, il soffitto a mezza volta con un affresco nel mezzo, un gran carcame di letto, con il suo padiglione che pareva una corona di vecchio nobile spiantato, e pochi seggioloni antichi, fidi compagni di quella grandezza decaduta. Marina fece aprir le imposte e si gittò sul davanzale di una finestra, tuffando il capo nel buio, nel vento, nel fragore misto delle onde e dei boschi, tutto voci di rampogna e di minaccia che le parevano amiche dell'irritato conte; piene in pari tempo di una potenza superiore e malvagia.

Marina restò lì lungo tempo, affascinata, senz'avvedersi dell'affaccendarsi febbrile, delle commosse esclamazioni di coloro che, dietro a lei, mettevano all'ordine la camera, vi portavano masserizie e biancherie. Più volte in passato le erano comparse immagini non evocate di luoghi solitari e selvaggi in cui il suo pensiero posava un momento, senza desiderio né ribrezzo. Adesso le tornavano a mente. Ricordava qualche cosa di simile a questo nero deserto. Alla Scala? Sì, una notte, al veglione della Scala; un'altra notte, in casa sua, coricandosi dopo una gran festa, le era balenata una tetra visione di solitudini montane. Non s'era curata di quei fantasmi. Ed ora, ecco il vero.

«Signora», disse timidamente Giovanna.

Marina non rispose.

«Signora!»

Silenzio.

«Signora donna Marina!»

Questa trasalì e si voltò bruscamente. Non c'era più che la vecchia in camera: gli altri se n'erano andati.

«Ebbene?» diss'ella.

«Per questa sera avrà pazienza così. Domani speriamo che il signor padrone cambierà idea. Se no, cercheremo di fare un po' meglio. Comanda qualche cosa?»

«Sicuro».

Data questa laconica risposta, Marina piantò lì l'attonita vecchierella, fece due o tre giri per la stanza e le tornò davanti.

«Questo diavolo? Dov'è questo diavolo?»

«Ah, cara madonna, non lo so, io. Son cose che si dicono così... sa bene. Io non so».

«Cosa dicono?»

«Oh, non abbia paura, sa!»

«Cosa dicono?»

«Dicono che qui dentro c'è l'anima d'un povero morto che sarebbe poi il padre del signor conte, il suo papà grande di Lei».

Marina rise. «Dunque mio zio è figlio del diavolo!»

«Ah Signore, cosa dice mai questa signora qui! No che non era il diavolo il papà del padrone; però era forse un poco suo parente. Ha da sapere ch'egli tenne qui dentro, come in prigione, la signora contessa, mica la mamma del padrone, la prima ch'era una genovese, giovane un bel pezzo più di lui. C'era un vecchio qui a R... che si ricordava di averla veduta e diceva che era così bella che somigliava un bambino. È bene che questa povera signora è venuta matta; e alla notte, neh, faceva dei versi e cantava delle ore e delle ore sulla stessa musica, che i pescatori di R... quando andavano fuori di notte la sentivano lontano un miglio. Si figuri che hanno persino dovuto mettere le inferriate alle finestre. Mi ricordo io quando il povero conte vecchio la fece tirar giù. Perché io, La vede, sono nata qui, al Palazzo. Questa povera signora se ne andò presto all'altro mondo. Quando, degli anni dopo, è morto anche lui, il signor papà grande, la gente cominciò a dire che nella casa ci si sentiva e che i rumori venivano proprio da questa camera. E dissero che l'anima del marito, in pena d'essere stata così cattiva, il Signore l'aveva condannata a star qui dentro settantasette volte tanti anni quanti vi era stata la moglie. Ancora adesso non c'è uno di questi paesani che si possa far dormire qui per un milione».

«Storia insipida», mormorò Marina. «Cosa c'è qui sotto?»

«Una camera da letto ch'era poi quella della Sua nonna; dopo non c'è stato più nessuno».

«E sopra?»

«La stanza della frutta».

«E quella finestra lì dove guarda?»

«Guarda verso il largo del lago, perché qui siamo sull'angolo».

«E quella porta lì?»

«Quella porta lì mette a una camera grande come questa, sulla facciata come questa, dove potrà dormire la Sua signora donzella».

A questo punto s'udì nel corridoio vicino uno scoppio di pianti e di lamenti. Era Fanny che singhiozzava disperatamente addossata al muro. Ripeteva fra i singhiozzi di voler andar via, di voler andare a Milano subito subito.

Giovanna rimase stupefatta della pazienza, della bontà, della grazia che Marina pose in opera con quel la ragazza caparbia e irragionevole, riducendola poco a poco alla calma senza ottenerne mai una risposta diretta. Voleva andare a Milano a casa sua; casa sua, è vero, non l'aveva, ma sarebbe andata a casa di qualchedun altro: a Milano c'erano almeno cinquanta case di signori da carrozza, dove andare lei, sarebbe come pioverci la manna dal cielo, e le si erano già fatte, prima di lasciar Milano, delle magnifiche offerte: un luogo simile non lo avrebbe mai potuto immaginare; più di una settimana non resterebbe[27] per tutto l'oro del mondo; l'idea di dormire in quell'orrore di camera l'aveva fatta impazzire; i regali eran belli e buoni, ma più di quindici giorni o di un mese lei non resterebbe[28] per tutti i regali della terra anche in un'altra stanza; del salario a lei non importava nulla; se restasse, resterebbe[29] per affetto alla sua padrona e non per un aumento di salario; del resto, non si sentiva poi neanche bene; provava un gran bisogno di mangiare qualche cosa di sostanzioso e di bere qualche cosa di forte. Così, lasciato a Giovanna l'incarico di trovare per Fanny una camera da letto meno vicina alla dimora degli spettri, fu fatta la pace, e Marina prese possesso del suo appartamento.

Anche il burbero zio fu in seguito ammansato da Marina, senza umili scuse né moine a cui non avrebbero piegato né lui né lei, ma con un riserbo dignitoso, e, quando il rigido conte cominciò a dar qualche segno di sgelo, con certi discorsi studiati, con certe attenzioni appena accennate che lo ruppero e lo sconvolsero affatto. Sulle prime l'atteggiarsi di Marina gli riusciva misterioso e sospetto; poi fu il bizzarro contegno di lei in quella sera burrascosa, che diventò nella sua memoria un enigma inesplicabile. Allora offerse a Marina un'altra stanza più gaia nell'ala sinistra del Palazzo. Marina rifiutò; si compiaceva della leggenda paurosa narrata da Giovanna. La solitudine stessa, la tristezza del vecchio Palazzo pigliavano fra le pareti della sua camera un che di fantastico e di patetico; ed ella sentiva gli occhi de' domestici e de' contadini che bazzicavano per casa seguire la sua persona con ammirazione mista di spavento. Ottenne invece dal conte, che alla Giovanna parve opera di stregoneria, di fare alto e basso nella sua camera a piacer suo. Ne strappò le sdrucite tappezzerie gialle e vi stese in luogo loro certi bellissimi arazzi che il conte serbava in granaio, stimandoli poco o nulla; sovrappose ai mattoni un tavolato lucido a scacchiera, cui gittò su, di fianco al letto e a piè di una greppina[30] di velluto marrone, dei tappeti di arazzo. Il vecchio letto coronato rimase, ma la sua corte venne rudamente congedata. Una combriccola più pomposa di suppellettili, dame e cavalieri dell'antico regime, tutti boria e sorrisi studiati, ultimo avanzo invenduto degli splendori di casa Crusnelli, venne da Milano a pavoneggiarsi intorno al malinconico monarca.

Quando si moveva tra queste eleganze invecchiate e tetre la delicata figura di Marina nell'abito celeste a lungo strascico che talvolta indossava per capriccio nelle sue camere, ella pareva caduta dall'affresco del soffitto, da quel cielo sereno, dal gaio seguito di un'Aurora ignuda che vi guidava i balli delle Oreadi e delle Naiadi: caduta in un tenebroso regno sotterraneo dove il suo fiore giovanile brillava ancora, ma di bellezza meno gaia e meno ingenua. Quella dea lassù, tutta rosea da capo a piedi, non aveva negli occhi come questa il fuoco della vita terrena né il fuoco del pensiero; e benché pigliasse nel cielo uno slancio superbo con tutti i simboli della sua divinità, pareva, rispetto a Marina, una sguattera glorificata.

Nella stanza vicina, che aveva ispirato tanto orrore a Fanny, Marina fece collocare il suo Erard, ricordo del soggiorno di Parigi, e i suoi libri, un fascio di ogni erba, molto più di velenose che di salubri. D'inglese non aveva che Byron e Shakespeare in magnifiche edizioni illustrate, regali di suo padre, Poe e tutti i romanzi di Disraeli, suo autore favorito. Di tedeschi non ne aveva alcuno. Il solo libro italiano era una *Monografia storica della famiglia Crusnelli* pubblicata in Milano per le nozze del marchese Filippo, nella quale si facean risalire le origini della famiglia a un signore Kerosnel venuto in Italia al seguito della prima moglie di Giovan Galeazzo Visconti, Isabella di Francia contessa di Vertu. C'era pure un Dante, ma nella tonaca francese dell'abate di Lamennais, che lo rendeva molto più simpatico a Marina, diceva lei. Non le mancava un solo romanzo della Sand; ne aveva parecchi di Balzac; aveva tutto Musset, tutto Stendhal, le *Fleurs du mal* di Baudelaire, *René* di Chateaubriand, Chamfort, parecchi volumi dei *Chefs d'oeuvre des littératures étrangères* o dei *Chefs d'oeuvre des littératures anciennes* pubblicati dall'Hachette, scelti da lei con uno spirito curioso e poco curante di certi pericoli; parecchi fascicoli della *Revue des deux Mondes*.

La grossa barca di casa dovette stringersi alla parete per far largo a *Saetta*, lancia elegante venuta dal lago di Como, che ci aveva l'aria di un'allieva della scuola di ballo accompagnata dalla mamma. Il signor Enrico, detto Rico, figlio del giardiniere, diventò ammiraglio della squadra. Sperò, sulle prime, in una divisa degna di *Saetta*, sollecitata da Marina; ma su questo punto il conte, un aristocratico pieno di generose contraddizioni, fu irremovibile; dichiarò che per l'onore della dignità umana avrebbe preferito un Rico senza calzoni e senza scarpe a un Rico in livrea, fosse pure livrea di battelliere. E lo stesso Rico, essendosi un giorno arrischiato a dirgli che a Como e a Lecco aveva veduto parecchi suoi simili molto contenti della loro livrea, si udì rispondere, in onore della dignità umana, ch'era un grandissimo asino. Marina gli fece allestire un abito scuro da signorino, nel quale il vanitoso Rico entrava, rosso come un gambero, sprizzando riso da tutti i pori; fino a che gli diventò famigliare come le solite brache paterne *ad usum delphini*[31]. Anche il vecchio giardino ebbe un ritorno di giovinezza e di civetteria dopo la venuta di Marina. Nuovi fiori si addensarono nelle aiuole, una fascia di ghiaia immacolata le cinse. E foglie e fiori furono composti all'ossequioso giardiniere nel nome della marchesina, in mezzo alla grande aiuola ovale tra l'aranciera e il viale lungo il lago. Perché il giardiniere e gli altri servi guardavano a lei come all'avvenire e gareggiavano di zelo per conciliarsene il favore. Tranne Giovanna, però. Giovanna non guardava così lontano, non aveva timori né speranze, devota al padrone, rispettosa verso la "signora donna Marina", seguitava quietamente la sua vita.

Del conte non si può dire che andasse rimettendosi a nuovo come parte della sua casa, né che rifiorisse come il suo giardino. Ma pure anche la sua persona e il suo volto riflettevano qualche nuovo lume, perché la gioventù, la bellezza e la eleganza, unite in una persona, irradiano intorno a sé, volere o non volere, uomini e cose. Si radeva più spesso, non gli si vedevano più certi cappelli archeologici da spaventare le passere, certi zimarroni ereditati in apparenza dall'antenato di ferro.

Steinegge, con Marina, era ossequioso e freddo. L'aveva preceduta al Palazzo d'un mese appena: strano segretario, incapace di scrivere due righe d'italiano corretto. Il conte l'aveva preso, sulla raccomandazione del Marchese F. S. di Crema, per spogli e traduzioni sì dal tedesco che dall'inglese, la quale ultima lingua, Steinegge, figlio di una istitutrice di Bath, conosceva perfettamente. All'arrivo di Marina il pover'uomo si era creduto in dovere di fare lo spiritoso e il galante. Tante amarezze, tante miserie patite non avean potuto spegnere del tutto in lui i sentimenti cavallereschi della sua gioventù. Era stato un ardito ufficiale, de' primi a cavallo, de' primi con la sciabola in pugno, de' primi nei nobili amori; poteva egli diportarsi con Marina da scriba melenso? Si diede a sfoderarle complimenti antiquati e galanterie fuori di corso, versi di Schiller e di Goëthe. Il successo non fu splendido. Marina non degnava avvedersi del segretario che per significargli con un gesto del viso, con una parola ironica, quanto poco stimasse le sue cortesie, il suo spirito, la sua vecchia e magra persona; e che, se le piaceva di essere amabile col conte, non voleva dire che lo sarebbe con tutti. Da quanto lo zio le aveva detto di Steinegge, ella lo giudicava un avventuriero volgare; a lei, vissuta a Parigi tra una società spesso mescolata di queste figure torbide, il tipo non ispirava curiosità di sorta. Aveva in odio, per giunta, la lingua tedesca, lo spirito tedesco, l'amore tedesco, la musica tedesca, la gente, il paese, il nome, tutto. Diceva d'immaginare la Germania come una pipa, una enorme testa rotta di gesso, dal muso di borghese obeso, a cui bruci senza fiamma nel cervello aperto del tabacco umido, malsano, e n'escano spire di fumo denso, forme azzurrognole, mobili dal grottesco al sentimentale, nuvolette che diventano nuvole, nuvoloni; i quali poco a poco vi calano addosso, vi avviluppano, vi tolgono di vedere e di respirare. Un giorno, mentre Steinegge le parlava con molto calore d'ideali femminili tedeschi, di Margherita e di Carlotta, ella gli disse con la sua indifferenza aristocratica: «Sa che effetto mi fanno Loro tedeschi?»

E gli espose quell'amabile paragone. Mentre parlava, sul viso giallastro di Steinegge correva fuoco sino alla radice dei capelli, e gli occhi gli si stringevano in due scintille.

Quando Marina ebbe finito rispose: «Signora Marchesina, questa vecchia pipa rotta ha avuto fiamma e avrà: intanto io Vi consiglio molto non toccare perché brucia». Da quel giorno Steinegge tenne per sé complimenti e squarci poetici.

Marina aveva il suo disegno: conquistar lo zio, impadronirsene del tutto, farsi portare almeno per qualche mese a Parigi o a Torino o a Napoli, in qualunque gran corrente di vita e di piacere che non fosse Milano; navigare con questa e commettere il resto alla fortuna. Lo aveva concepito la sera stessa del suo arrivo al Palazzo, dopo essersi misurata con il conte e averne assaggiato il metallo. Lottò prima di decidersi, con il cuore altero che non voleva piegarsi a simulazioni, benché si sentisse morire, lì dentro, di scoramento. Rimediato allo strappo di quella prima sera con un contegno dignitoso e tranquillo, cominciò poco a poco a lodare il Palazzo, il giardino, i cipressi aristocratici, il lago, le montagne, il soggiorno, come persona che s'adagia in un riposo nuovo, ne piglia volentieri le abitudini e sente penetrarsi di benevolenza per le cose stesse che la circondano. Lasciò cadere ad una ad una quasi tutte le numerosissime corrispondenze. Il conte non ebbe più ad aggrottar le ciglia sulla pioggia di lettere cifrate, stemmate e profumate che il Rico portava dalla Posta nei primi tempi. Le parole pungenti sfuggitegli qualche volta all'indirizzo di queste amiche, di queste complici delle follie passate, per poco non avevano scompigliato i disegni di Marina, cui facevano groppo alla gola, in quei momenti, risposte sdegnose da soffiar via d'un colpo il lavoro paziente di mesi. I suoi cari libri francesi, romanzi e poesie, non uscirono dalla loro stanza che di soppiatto o quando il conte non avrebbe potuto vederli. Egli era un fiero dispregiatore d'ogni cosa francese, salvo che del vino di Borgogna e di Bordeaux. Alto repubblicano, soleva dire che i Francesi fanno all'amore con le idee belle e grandi, le guastano senza rispetto come fantesche, e finalmente le piantano malconce e svergognate per modo che gli altri perdono la voglia di toccarle. Li detestava come inventori della formola: *liberté, egalité, fraternité*, dove il secondo termine, diceva lui, si caccia dietro al primo per ammazzarlo a tradimento. E poiché nel disprezzo come nell'ammirazione non aveva misura, diceva che tutti gli scrittori francesi insieme non valevano la nota del bucato di Giovanna; che Voltaire, per esempio, era uno smisurato buffone; che lo scriba Thiers con la sua strategia era un ridicolo retore Formione e sarebbe insultato da Bonaparte, se tornasse al mondo, come colui lo fu da Annibale. Quando parlava di Lamartine "questa gran chitarra che una repubblica ebete si pose in capo sul serio", certi rudi e gagliardi paroloni piemontesi mezzo sepolti nella memoria gli si smuovevano dentro, venivan su con lo sdegno e gli uscivano come cannonate. Picchiava poi sodo sulla folla, picchiava su i poeti e i romanzieri francesi con furore, perché la poesia moderna e il romanzo, in qualunque lingua, gli erano odiosi.

«La società è inferma», soleva dire, «e questi asini poltroni di letterati non fanno che eterizzarla continuamente».

Per questo Marina non gli faceva vedere i suoi libri francesi. Gli parlava invece spesso e sinceramente di religione.

Il conte aveva una religione tutta propria, forse non troppo logica, ma ben salda e tenace come le altre sue opinioni. Credente in Dio e nello spirito immortale, partiva dal testo *gloria in excelsis Deo et in terra pax hominibus bonae voluntatis* per dividere nettamente le cose del cielo dalle cose della terra, e operare, secondo la sua espressione, il decentramento religioso.

«Sappia», disse una volta ad un cattolico troppo zelante, «sappia che Domeneddio, per festeggiare la nascita di suo figlio, ha dato agli uomini la costituzione».

E poi, per dimostrargli che Dio regna glorioso *in excelsis* e non governa in terra, gli citò imperturbabilmente Lucrezio come se costui fosse un redattore della *Civiltà Cattolica.* Ciò posto, affermava che gli uomini sono liberi di vivere sulla terra seguendo quella idea del vero e del bene che ciascuno è in grado di formarsi.

Le opinioni di Marina non erano così nette e precise. Aveva seguite le pratiche cattoliche per inconscio moto del sangue, per l'impulso della vigorosa fede di lontani antenati. Tali fredde pratiche eran bastate lungo tempo a far sì ch'ella si credesse cattolica e bastarono perché le ribellioni del pensiero e del senso cui fu presto in grado di conoscere sia nei libri, sia nel vero, le comparissero gloriose e calde di gagliarda vita di fronte al suo sterile cattolicismo, come la divina ribellione di foglie e di fiori che rompe i vincoli dell'inverno. Nel suo nuovo soggiorno troncò risolutamente ogni pratica religiosa. Ella vedeva che suo zio non ne seguiva alcuna ed era curiosa di penetrarne le ragioni, desiderava udirsi approvare, confermare nel suo proposito, scoprire tanti sicuri argomenti di non credere, onde il pensiero moderno, ella lo sentiva, doveva esser padrone. Ma il conte secondava poco e male i suoi desideri: non era forte in filosofia religiosa, giudicava la religione piuttosto storicamente che filosoficamente. Erano i mali relativi alla lotta delle religioni positive e l'aspetto delle loro evoluzioni regolari, conformi ad una legge generale di sviluppo e di decadenza, che lo avevano reso scettico. Non amava però fare propaganda del suo scetticismo; anzi gli avvenne una volta di dire a Marina che non sarebbe forse un gran male se tutte le donne andassero a messa. Ella rispose che oramai, se credesse e andasse a messa, vorrebbe anche poterla dire; ma che la parte attiva dell'impostura era tutta presa dagli uomini.

A lei la uguaglianza della chiesa ripugnava quanto a suo zio la uguaglianza politica. Non era irreligiosa di natura; pensava qualche volta che vi dovrebbe[32] essere una religione speciale per le classi più alte, una religione liberissima, senza pratiche, quasi senza legge morale o almeno con una legge morale trasformata, dove al concetto del bene e del male fosse sostituito il concetto meno volgare del bello e del brutto, del buono e del cattivo gusto. Lo squisito intelletto della bellezza e dell'armonia starebbe[33] invece della coscienza morale; i sensi non sarebbero[34] combattuti, ma governati con l'intelletto della loro poesia. Un Dio, sì, ci vorrebbe[35] per l'altra gioventù, per l'altra bellezza al di là della tomba.

Il conte abborriva la musica, e Marina si guardava bene dal toccare il suo piano quand'egli era in biblioteca. Però gli contraddiceva risolutamente in fatto di pittura, esprimendo senza ritegno la sua ammirazione pei[36] quadri ch'egli apprezzava meno. Marina si compiaceva d'un dipinto arcaico come d'una suppellettile di lusso, ma comprendeva soltanto le opere del gran secolo dello splendore e della forza. Quelle dei migliori maestri veneziani le affrettavano il sangue nelle vene, le ispiravano uno strano turbamento di ambizioni e di desideri ch'ella non sapeva spiegare a se stessa. Il conte aveva in salotto uno stupendo ritratto di gentildonna attribuito a Palma il Vecchio. Gli occhi di Marina scintillavano posando su quella bellezza dal viso ardito e sorridente, dalle spalle possenti ch'emergevano col seno dall'abito sfarzoso di broccato giallo. In questo argomento dell'arte il conte si mostrava assai mansueto; neppure le contraddizioni vivaci lo irritavano; anzi gli avveniva spesso di guardar Marina con dolcezza mentr'ella combatteva focosamente pe' suoi pittori prediletti; il vecchio si ricordava allora della propria madre e taceva.

Malgrado il favore che veniva acquistando presso lo zio, Marina provava un'avversione sempre crescente per quest'uomo austero, sprezzatore delle lettere, delle arti, d'ogni eleganza, che le infliggeva la vergogna di nascondere, almeno in parte, l'animo suo. Ella non era nata ipocrita e fu mille volte per prorompere e dire al conte che non lo poteva soffrire, che non intendeva dovergli gratitudine alcuna, né rispetto, né ubbidienza. Ma non lo fece. Dopo quest'impeti frenati a fatica, pigliava *Saetta* e partiva, ora sola, ora col Rico, si gettava a qualche riva solitaria e saliva rapidamente la montagna con un vigore cui nessuno avrebbe attribuito alla sua graziosa persona. I contadini che la incontravano ne stupivano. Gli uomini e le ragazze la salutavano, le donne no. Dicevano tra loro che colei andava sempre per demoni di boschi e di sassi, e a messa non ci aveva mai portati i piedi: ch'era un'altra scomunicata come la *Matta del Palazzo*, quella di una volta.

Quando era giunta a chetare i nervi con la stanchezza, Marina ridiscendeva al lago, dove *Saetta* l'attendeva pazientemente, custodita spesso dal giubboncello e dalle scarpe del Rico: mentre questo operoso signore correva i dintorni a coglier frutta, o a disporre trappole per ghiri, archetti per gli uccelli, con una destrezza che tutti i monelli del paese gl'invidiavano.

Curioso ragazzo, quel Rico. Era il primo de' primi alla caccia, alla pesca, al nuoto, alle sassate e alla scuola. Leggeva e rileggeva con passione i libricini toccati in premio e il *Guerrin Meschino*, principio e fine della biblioteca di famiglia. Copriva qualche volta con grande onore le funzioni di chierico della parrocchia e si vantava di declamare il suo latino come "on scior curat"; per cui passava sdegnoso e altero nella sua tonachella bianca fra la minor caterva dei sudici marmocchi ammucchiati alla balaustrata dell'altare maggiore. Ai padroni era devoto ciecamente. Diceva di voler bene prima al Signore, poi alla mamma, poi ai "sciori", poi al papà, poi alla "sciora maestra", poi al "scior curat". Non c'erano per lui altri "sciori" al mondo che quelli del Palazzo. Ne parlava come se fosse una cosa sola con essi, opponendo sempre "il nostro palazzo", il "nostro giardino", la "nostra lancia" alle cose di cui gli si raccontavano meraviglie. Aveva la lingua d'un passero; giuocasse, lavorasse o mangiasse, gli era uno scoppiettio continuo di chiacchiere e di risa, salvo quando si trovava in presenza del conte, che allora ammutoliva. Conosceva tutti i pettegolezzi del paese e possedeva un fondo inesauribile di fiabe, di leggende popolari. Marina lo interrogava spesso sulle tradizioni relative alla *Matta del Palazzo*. Egli le raccontava in mille modi, intrecciandovi il lavoro della sua capricciosa e poetica fantasia, specialmente nella catastrofe del dramma. Un giorno l'eroina scompariva *insalutato hospite*[37], per andarsene "drizza" a casa del diavolo; un altro giorno il marito la faceva buttar giù nel Pozzo dell'Acquafonda in Val Malombra, come la gente del paese chiamava un vallone deserto della montagna di fronte al Palazzo; l'ultimo feudo di Marina, diceva lei. Ma lo scioglimento preferito dal poeta era questo: l'infelice prigioniera usciva di notte dal suo carcere attorcigliata intorno a un raggio di luna e si dileguava nell'azzurro.

Marina si divertiva di questi racconti e della cronaca del paese che il ragazzo le narrava con una mistura incredibile di malizia e d'ingenuità. Ella era da quasi un anno al Palazzo e di viaggio non si parlava. La sua salute se ne risentiva veramente. Sofferenze nervose non gravi, ma frequenti, cominciarono a travagliarla. Ella disegnò subito di trarne profitto; intanto ogni lieve distrazione le era cara, persin quelle che le fornivano le chiacchiere del Rico.

Giunse così l'aprile del 1863, giunse, nei tranquilli splendori del tramonto, una sera sinistra per Marina.

Laggiù a ponente, nubi colossali ardevano nel cielo e nel lago divisi dall'umile striscia nera dei colli; ardevano le cime verdi in faccia al Palazzo, e, a levante, i picchi inaccessibili dell'Alpe dei Fiori. Al basso durava nell'ombra un qualche lume, un tepore del sole recente, *vestigia risus*[38]; e da ogni valloncello calavano ad increspar il lago, per breve tratto, soffi pregni degli odori primaverili. Vi si spandeva pure ed entrava per tutti gli echi delle valli il suono festoso delle campane di R... La gran porta nera della chiesa parrocchiale versava sul sagrato, che tocca a levante il ciglio della costa verso il lago, un lento fiume di gente accalcata che si spandeva poi rapidamente. Gli era un rimescolio, uno schiamazzo come d'una gran frotta di pulcini, di paperi cui la *gastalda*[39] abbia aperto l'uscio dei campi. Folla e grida intorno ai rivenditori di ciambelle e di confetture, folla e grida intorno ai venditori di zufoli e di trombette che si spargevano sonando dappertutto. Sotto i noci e fra le macchie d'alloro che pendono sopra la chiesa, strepitavano bevitori e mangiatori. Un po' in disparte si raccoglieva il fiore del bel sesso di R... e dei dintorni; mamme e nonne tutte linde, ridenti nelle loro cuffie, spose poderose chiuse in certe campane di seta nera con tanto di catena d'oro, di pendenti d'oro, di spilloni d'oro; ragazze serie e pudibonde sotto i cappellini e nastri di una civetteria furiosa. I preti giravano lentamente tra le ondate della folla, pettoruti, accesi in faccia, col berretto a croce sulla nuca, e il sigaro di virginia in bocca. Un branco di monelli s'era precipitato per l'uscio del campanile ad avvinghiar freneticamente le corde delle tre campane che suonarono e suonarono senza misura né decoro, come vecchie impazzite, sinché il sagrestano assalì quei demoni a moccoli, a scappellotti, a strappate; e fattili rotolar fuori dall'uscio in un mucchio, assestò loro un calcio collettivo e diede alla chiave una furibonda mandata. Il Rico, ch'era lì presso col suo zufolo in bocca, aiutò, ci duole il dirlo, le prepotenze dell'autorità ecclesiastica, e si mise ad inseguire i rei gridando: «Aspetta me! Aspetta me!». Ma nessuno lo aspettò, ed egli, correndo all'impazzata, capitò invece come un montone tra le gambe del cappellano di..., il quale gli diede del "maledetto asino", una buona scrollata e uno scapaccione di congedo. Il Rico se ne andò mogio mogio, a guardar gli strumenti della banda di V... che aveva suonato in chiesa, alla brava, fior di polke e di *galopp* e s'era attavolata a bere lì da presso. Il ragazzo, fiutando gli ottoni sfolgoranti, udì quella gente che parlava d'andar più tardi al lago a suonare. Gli venne in mente di domandare subito alla sua padrona se volesse prendere *Saetta* e godere lo spettacolo. Corse via come una lepre, saltò il muricciuolo del sagrato e sparve giù pel bosco verso il sentiero del Palazzo, che passa a mezza costa.

Marina passeggiava quella sera in giardino lungo la balaustrata del lago con un signore piccolo dal lungo soprabito scuro, dai vasti piedi, che non sapeva come camminare né dove tener le mani e sorrideva di continuo. Era il povero mediconzolo di R... che tutti chiamavano *el pitòr* per la sua debolezza di tingersi la barba.

«Che peccato, dottore», diceva ella appoggiandosi alla balaustrata e guardando il tramonto «che peccato che quest'aria mi faccia così male! Com'è cattivo Lei a non metterci dentro qualche cosa per me!»

Il *pitòr* ci mise dentro un sospiro, giunse le mani, piegò il capo sulla spalla destra, e cominciò col suo solito risolino:

«Se potessi, signora marchesina, se potessi...»

E non poté dir altro.

«Pensi. Non si potrebbe farmi una casina di ferro e vetro come si fanno per le palme e per le muse e soffiarvi dentro un'aria molle, un'aria tenera e non celestiale? Perché non parla, dottore? Dica, se non mi fanno la casina, cosa succederà del mio cuore e dei miei nervi?»

«Non si può sapere, signora marchesina, non si può sapere: possono soffrir molto, specialmente il cuore. ("Se non fossi tanto asino" pensò il *pitòr* "qui potrei dire qualche cosa di grazioso".) Sicuro; quando, La vede, si ha un cuore sensibile...»

«All'aria...» suggerì Marina.

«All'aria», capitombolò il pover'uomo, «si può andar soggetti, nei paesi di montagna, a frequenti palpitazioni che poi, neh, rinnovandosi spesso e con violenza, finiscono con generare una viziatura organica, la quale può condurre quando che sia a un precipizio».

«Quanto è amabile, dottore! E i nervi?»

«Ma sicuro, ci sono anche i nervi. I Suoi nervi, stando sempre in quest'aria, farebbero, La vede, la rivoluzione. Vorrebbero comandar loro e far da prepotenti, La mi capisce? Quest'aria Le va benissimo per tre o quattro mesetti l'anno, mica di più».

«Proprio così, dottore?»

«Proprio così».

«Si guardi bene», disse Marina facendo il viso serio serio, «si guardi bene dal ripetere queste cose a mio zio. Mio zio penserebbe che io desidero cambiare soggiorno. Io non gli chiederò mai questo sacrificio, caro dottore; respirerò piuttosto il veleno della buona madre natura. Non sono né vecchia né brutta, e non ci tengo affatto a diventarlo. Ci tiene, Lei, dottore, a invecchiare?»

Come uno zuccherino di menta inglese al primo posarsi sulla punta della vostra lingua vi irradia per le viscere un'aura non capite bene se di fuoco o di gelo, una specie di puro lume sensibile al gusto, che sembra invader tutto l'esser vostro, così le ultime inattese parole di Marina e lo sguardo che le accompagnò, irradiarono nelle viscere del turbato *pitòr* un'aura di refrigerio insieme e di ardore, un arcano lume sensibile a quell'occhio interno che ciascuno di noi possiede. Dio sa in quale recondita occhiaia. Benché vecchio e brutto, egli era di temperamento amoroso; inclinato a spicce e caute galanterie campagnuole[40], era pur capace di fiamme donchisciottesche. Si figurava d'essere innamorato di Fanny, una ghiottornìa[41] squisita per lui; ma ora quel complimento di Marina, di una dea a cui non aveva mai osato alzare il pensiero, gli fece perdere il lume dell'intelletto. E non vide agli angoli della bocca di lei l'impercettibile riso. Non vide neppure il conte Cesare che si accostava lentamente, a capo chino, con le mani congiunte tra la schiena e il soprabito tutto aperto e rovesciato all'indietro.

«Che sta scritto sulla ghiaia, zio?» gli disse Marina sorridendo.

«Vi sta scritto», rispose il conte, «che voi avete camminato troppo e che questo diabolico dottore vi ha fatto furiosamente la corte. Non è vero, dottore? Metta, metta il Suo cappello. Dunque, come ha trovato mia nipote?»

«Quasi benissimo», interruppe questa. «Glielo dimostri Lei

con i suoi termini, dottore. Quanto a me, non posso soffrire il discorso orribile ch'Ella farà, e Le do la buona sera».

Così dicendo, Marina stese al dottore una sottile manina profumata, ricca, nel suo candore quasi trasparente, di occulte malizie, di elettricità senza nome, di espressioni potenti e rapide oltre alla parola; e, significatogli con essa di non parlare, mosse verso casa. Ell'aveva un lume singolare negli occhi. Si teneva sicura che il dottore avrebbe rappresentato al conte la necessità di portarla per qualche tempo in aria diversa, e non avrebbe taciuta la eroica abnegazione di lei che si disponeva di affrontare una legione di malattie pur di non chiedere sacrifici allo zio. Da questo sperava molto.

Stava per entrare in casa quando le comparve davanti il Rico trafelato, che buttò fuori in fretta e in furia le sue luminose idee e, avuta la risposta, saltò nel vestibolo, ricomparve carico di cuscini e di scialli, e via come il lampo alla darsena, seguito lentamente da Marina.

Quanto era dolce la sera e come scivolava bene sull'acqua chiara la piccola *Saetta*! Il Rico era in lena; la sottile prora nera parea volare tra cielo e cielo e la poppa correva tra i grandi ovali segnati dai remi. Ad ogni tratto il rematore si fermava a guardare verso la riva di R... Le barche non venivano, ma si udivano dall'alto ondate di musica ora più ora meno sonore. Certo la banda s'era fermata in piazza a far ballare le ragazze e i giovinotti. Il Rico propone di andar verso riva, ma donna Marina gli ordina di fermarsi al largo e di aspettare. Egli comincia un'enfatica apologia della banda forestiera, del famoso suonatore che ha imparato a Como, di quell'altro prodigio che ha imparato a Lecco, dei loro strumenti; donna Marina gli ordina di tacere. Tacere lui?

«Non suonano più, ecco, vengono, son qua; no, non vengono ancora, adesso s'imbarcano; oh, dei lumi! Son lanterne! Son palloni! Ora sì che vengono proprio. Suonano, suonano».

«Rema», disse Marina, «verso la musica».

Vengono prima a paro due barche illuminate, piene zeppe di suonatori ritti in piedi che soffiano a più potere nei flauti, nei clarinetti, nelle trombe, tenuti in riga a cannonate di gran cassa; poi vengono altre barche oscure col pubblico. Dopo ogni pezzo scoppia da quest'ultime barche un subisso di grida, di applausi, di apostrofi ai rematori, ai timonieri, all'uno, all'altro, di strilli modulati acutissimi. La flottiglia si avanza lenta per la quiete del lago tutto bruno, passa davanti a Marina.

Suonano un *potpourri* di canzoni popolari lombarde e a tutta quella buona gente ci si rimescola il sangue di tenerezza e d'orgoglio. Sono i loro amori, le loro allegrezze, è il loro fiore d'un giorno; è il canto uscito dalle loro viscere che si spande glorioso e potente fra le care montagne. I suonatori ci mettono uno slancio, un fuoco insolito, i remi rompono l'acqua tuonando, le vecchie barche saltano avanti, tutti cantano colla[42] musica:

L'è sett'anni che son maridada
Perché s'era la bella biondin.

Forza ai remi! Anche quel vecchio battelliere di poppa si ricorda del suo buon tempo, e si mette a remar con l'arco della schiena e mette fuori anche lui la sua voce sconnessa:

Passeggiando per Milan

L'era un giorno ch'el pioveva,
La mia bella la piangeva,
Per vedermi andà soldà.

Canta, canta, vecchio battelliere di poppa. Spendi nel canto l'ultimo vigore della tua voce, l'ultimo fuoco del tuo cuore. Non fosti chiuso tu pure, quand'eri giovane e bello, da due braccia amorose?

Il Rico si lascia trasportare dall'entusiasmo, e dimentico dei doveri del proprio stato, mette a profitto i suoi polmoni di acciaio per remare e cantare ad un punto:

Oh che pena, oh che dolore.
Che brutta bestia che l'è l'amore!

Non si muove un atomo d'aria. Sui fianchi ombrosi delle montagne ogni fil d'erba, ogni fogliolina recente ascolta immobile la dolce musica lontana che parla d'amore; sui pioppi dei prati ascoltano gli usignoli; al chiarore delle fiaccole e delle lanterne salgono a fior d'acqua grossi pesci attoniti; e il lago, zitto come olio, palpita lievemente sulla traccia chiara delle barche rigata dal raggio azzurrino di Vespero.

Quella sera l'aria dei monti non nuoceva a Marina. Ell'avrebbe forse preferito un fresco sul Canal Grande o una serenata a Bellagio, dove la fragranza, per così dire, delle più squisite voluttà mondane è nell'aria ed entra sino al cuore; ma tuttavia sapeva apprezzare l'agreste poesia di quella sera d'aprile sul lago e la ingenua semplicità, non sempre volgare, dei canti usciti dalla fantasia del popolo. E, pensando che probabilmente avrebbe presto lasciato lago e montagne, pensiero pieno d'inquiete speranze, li giudicava senza inimicizia, assaporava la musica e ammirava la scena come ghiottornìe[43] rare, gratissime per una volta a palati fini e curiosi come il suo; così avrebbe gustato un quadrettino fiammingo, un'aria di Cimarosa.

Poi, quando i suoni e i canti si andarono dileguando da lontano e *Saetta* mosse lentamente, quasi a malincuore, verso il Palazzo, le impressioni di quella sera si addentravano poco a poco nell'anima sua rammollita dal voluttuoso languore che l'aprile ispira: e vi si mesceva una gran sensazione di sgomento, simile a certe doglie che ci saettano e passano e passano e poi ce ne scordiamo: e si trova in seguito ch'erano frettolose messaggere di un grosso male in cammino. L'orologio di R... suonò le nove. Non le parve la solita campana. Come poteva avere un'altra voce? Stette in ascolto. Le balenò alla mente d'essersi trovata un'altra volta sul lago, esattamente nello stesso luogo e alla stess'ora, d'aver ascoltata la campana e fatto lo stesso pensiero che il suono era diverso dal consueto. Ma quando?

Le era accaduto parecchie altre volte, specialmente nell'adolescenza, di venir sorpresa da simili riproduzioni di circostanze e di pensieri, senza poter ricordare l'epoca del suo primo passaggio. Ne aveva parlato. Suo padre s'era stretto nelle spalle: che si ha a fare attenzione a simili sciocchezze? Miss Sarah aveva detto: «E dunque?»

Le amiche l'avevano assicurata che a loro succedeva la stessa cosa ogni giorno. Marina non ne parlò più, ma ci pensò ancora.

Questi lampi di reminiscenza solevano riferirsi a circostanze tra le più indifferenti della vita. Le rimaneva perciò sempre dubbio se si trattasse di reminiscenze vere e proprie o di allucinazioni. Stavolta non era così. Pensando e ripensando, si persuase di non essersi trovata *mai* sul lago a quell'ora; era dunque un'allucinazione.

Quando scese al Palazzo, il conte si era già ritirato. Ella passeggiò un tratto su e giù per la loggia, entrò nelle sue stanze, prese un libro, lo gettò via, ne prese un altro, gittò anche quello, si provò a scrivere una lettera e, dopo aver pensato alquanto con la penna in mano, stracciò il foglio, si trasse due anellini, li buttò sulla ribalta abbassata dello stipo antico che le serviva di scrivania, e andò al pianoforte. Suonò uno dei suoi pezzi prediletti, la gran scena dell'evocazione delle monache nel *Roberto*. Ella non intendeva, non suonava che musica d'opera.

Suonò come se gli ardori delle peccatrici spettrali fossero entrati in lei, più violenti. Alla tentazione dell'amore si fermò, non poté proseguire. Quel foco interno era più forte di lei, la opprimeva, le toglieva il respiro. Chinò la fronte sul leggio. Pareva che ardesse anche quello. Si alzò in piedi, guardando nel vuoto. La divina musica vibrava ancora nell'aria, le pareva di respirarla, di sentirla nel petto: ne le correva uno spasimo voluttuoso per le braccia.

Finalmente abbassò gli occhi sul pavimento, li posò involontariamente su qualche cosa che brillava a' suoi piedi. Guardò, senz'averne coscienza, quel punto brillante che a poco a poco le venne fermando la fantasia, finché lo vide e lo raccolse. Era uno degli anellini buttati da lei sulla ribalta dello stipo. Cercò l'altro. Sulla ribalta non c'era, nell'interno dello stipo non c'era, sul pavimento neppure. Marina s'irritò, frugò persino sotto lo stipo. Nulla. Cacciò ancora la mano nel vuoto che si apriva sopra il piano stesso della ribalta, fra due ordini di cassetti. Frugando là dentro, si accorse di un piccolo foro nel piano, e, introdottovi l'indice, vi sentì l'anello. Non potendovi entrare con due dita, cercò di levarnelo serrandolo tra il polpastrello dell'indice e il legno. Con sua meraviglia non le riuscì, l'anello pareva preso e trattenuto da un uncino. Mentre Marina faceva ogni sforzo di vincere questa resistenza, s'udì lo scatto di una molla; il piano, dove posava la mano di Marina, cadde di alcuni centimetri, l'anello vi ruzzolò su. Marina, sorpresa, ritirò la mano in fretta; poi, rifrugando, trovò che, in fondo, la mano entrava più addentro di prima e che v'erano, in quella ultima cavità, degli oggetti.

Ne li trasse ad uno ad uno. Erano un libro di preghiere, uno specchietto piccolissimo con la cornice d'argento, una ciocca di capelli biondi legati con un brandello di seta nera, e un guanto.

Marina, attonita, faceva passare e ripassare ciascun oggetto sotto la fiammella della candela. I capelli erano finissimi; parevano d'un bambino. Il guanto, a un bottone solo, era piccolo, stretto, allungato; aveva l'atto d'una cosa viva: conteneva ancora, per così dire, lo spirito della mano delicata che l'aveva portato un giorno. A chi erano appartenuti quegli oggetti? Quale amore, quale occulto disegno li aveva nascosti là dentro? Marina frugò da capo nella cavità misteriosa sperando trovare uno scritto, ma senza frutto. Riprese a esaminare gli oggetti. Le pareva che ciascuno d'essi si struggesse di parlare, di gridare: «Intendi!». Finalmente, voltando e rivoltando per ogni verso lo specchietto, s'avvide di qualche segno tracciato a punta di diamante sul vetro. Erano lettere e cifre segnate da una mano incerta. Con paziente attenzione Marina arrivò a leggere la seguente laconica scritta:

IO – 2 MAGGIO 1802

Parve a Marina che una luce lontana e fioca sorgesse nell'anima sua. 1802! Non viveva in quel tempo al Palazzo la infelice prigioniera, la pazza della leggenda? Forse era lei. Quel guanto, quei capelli erano reliquie sue.

Ma nascoste da chi?

Marina, quasi senza sapere che si facesse, afferrò il libro di preghiere e ne sfogliò le pagine.

Ne cade un foglio ripiegato, tutto, tutto coperto di caratteri giallognoli, sbiaditissimi. Ella lo apre e vi legge:

2 MAGGIO 1802
PER RICORDARMI

Ch'io mi ricordi, nel nome di Dio! Altrimenti perché rinascere? Ho pregato la Vergine e Santa Cecilia di rivelarmi il nome che mi sarà imposto allora. Non vollero. Ebbene, qualunque sia il tuo nome, tu che hai ritrovato e leggi queste parole, conosci in te l'anima mia infelice. Avanti di nascere hai sofferto TANTO, TANTO (questa parola era ripetuta dieci volte in caratteri assai grandi) col nome di Cecilia.

Ricordati! MARIA CECILIA VARREGA di Camogli, infelice moglie del Conte Emanuele d'Ormengo.

Ricordati la sera del 10 gennaio 1797 a Genova in casa Brignole; ricordati il viso bianco, il neo sulla guancia destra della santa zia, suor Pellegrina Concetta.

Ricordati il nome RENATO, l'uniforme rosso e azzurro, gli spallini e i ricami d'oro al collo e la rosa bianca al ballo Doria.

Ricordati il carrozzone nero, la neve e la donna di Busalla che mi ha promesso di pregare per me.

Ricordati la VISIONE avuta in questa camera, due ore dopo mezzanotte, le parole di fuoco sfolgoranti sulla parete, parole d'una lingua ignota e tuttavia chiarissime in quel punto alla mia intelligenza che vi intese il conforto e la promessa divina. Mi è impossibile trascrivere quei segni, non ne ricordo che il senso. Dicevano che rinascerei, che vivrei ancora qui fra queste mura, qui mi vendicherei, qui amerei Renato e sarei riamata da lui: dicevano un'altra cosa buia, incomprensibile, indecifrabile, forse il nome che egli porterà allora.

Vorrei scrivere la mia vita intera, non ne ho la forza: bastino quei cenni.

Cambiati nome! Che io torni a essere Cecilia. Ch'egli ami Cecilia!

Questo stipo[44] era di mia madre, nessuno ne conosce il segreto. Vi pongo lo specchietto a cornice d'argento che la mamma ha avuto a Parigi da Cagliostro. Mi vi sono guardata a lungo, a lungo: lo specchietto ritiene la fisonomia dell'ultima persona che vi si è guardata. Vi ho incisa la data con la pietra del mio anello.

Questi sono i miei capelli. Non li conosci? Pensa. Strana cosa parlare a te come se tu non fossi io stessa! Come son belli e fini i miei capelli! Vanno sotterra senza un bacio d'amore, senza una carezza. Come son biondi! Vanno sotterra.

Anche tu, piccola mano mia! Metto coi capelli un guanto per ricordarmi di te, piccola mano. Nota che il pollice del guanto mi è corto. Chi sa se avrò una manina così bella, così morbida? La bacio. Addio!

Ho pochi giorni a vivere. È la sera del 2 maggio 1802. Non so l'ora, non ho orologio.

Le finestre sono aperte. Ecco le mie sensazioni: un'aria tepida, un odor di bosco, un cielo verdognolo, così soave! E queste voci sul lago e queste campane e queste lagrime[45] mie calde, possibile non le ricordi?

Anima mia, imprimi bene in te stessa questo. Il conte Emanuele d'Ormengo e sua madre sono i miei assassini. Ogni pietra di questa casa mi odia. Nessuno ha pietà! Per un fiore, per un sorriso, per una calunnia! Oh, ma adesso no! Adesso con la volontà, col desiderio immenso, son tutta sua, tutta!

Son cinque anni e quattro mesi che son qui, che essi non parlano a me e che io non parlo ad essi. Quando mi porteranno in chiesa, ci verranno anche loro, forse. Saranno vestiti a lutto, mostreranno alla gente un viso triste e risponderanno ai preti: *lux perpetua luceat ei*[46]. Allora, allora vorrei rizzami sul cataletto[47] e parlare!

Madre mia, padre mio, è vero che siete morti, che non potete difendermi? Ah, d'Ormengo, vili, vili, vili! Almeno non soffrono.

Debbo arrestarmi un momento. I miei pensieri non mi obbediscono, si muovono tutti in una volta, si aggruppano qui in mezzo alla fronte, vi fanno una smania che non ha sollievo.

Addio, sole; a rivederci[48].

Porta nera, porta nera, non aprirti ancora!

Calma. Alcune regole per quel giorno.

Quando nella seconda vita avrò ritrovato e letto il presente manoscritto, m'inginocchierò immediatamente a ringraziar Dio; quindi, paragonati i miei capelli d'adesso a quelli d'allora, provato il guanto e, guardata la immagine nello specchio, spezzerò a quest'ultimo il vetro che dev'essere rinnovato per poter servire un'altra volta, e riporrò tutto nel segreto. Poi converrà premere sull'uncino per far tornar su il piano orizzontale.

Aver fede cieca nella divina promessa: lasciar fare a Dio.

Sieno[49] figli, sieno nipoti, sieno parenti, la vendetta sarà buona per tutti. Qui aspettarla, qui.

Cecilia

Marina lesse avidamente e non intese.

Rilesse. Al passo: «Tu che hai ritrovato e leggi queste parole, conosci in te l'anima mia infelice», si fermò. Prima non le aveva notate.

L'occhio suo si fermò su quelle parole, e le mani, che tenevano il foglio, tremarono. Ma per poco. Ella proseguì a leggere e le bianche mani tremanti parvero pietrificate.

Giunta alle parole «m'inginocchierò immediatamente a ringraziar Dio», chiuse il manoscritto tenendovi dentro l'indice della mano destra e rimase immobile in piedi, con la testa china sul petto.

Riaperse il manoscritto, lo rilesse per la terza volta. Poi lo depose e prese la ciocca di capelli. Le sue mani si movevano lentamente, non avevano più nulla di nervoso. La fisonomia era marmorea; non v'erano scritte né incredulità, né fede, né pietà, né paura, né meraviglia.

Un passo pesante nel corridoio. Marina si trasformò. I suoi occhi scintillarono, il sangue le corse al viso, chiuse con impeto la ribalta dello stipo e si slanciò alla porta.

Era Fanny che aveva un passo da corazziere.

«Vattene», disse Marina.

«Ah, Signore, che furia, cos'è accaduto?»

«Nulla, non ho bisogno di te stasera, vattene a letto», ripeté Marina più ricomposta nella voce e nel viso. Fanny se ne andò.

Marina stette in ascolto de' suoi passi finché la udì scendere le scale. Allora tornò allo stipo.

Esitò a riaprirlo, ne considerò i geroglifici, le figure enigmatiche d'avorio intarsiato nell'ebano, che avevano in quel momento per lei la espressione funebre di spettri saliti a galla in una nera corrente infernale. Si decise e riabbassò la ribalta.

Trasalì; lo stipo era stato chiuso in furia e lo specchietto era andato in pezzi secondo la volontà di Cecilia. Rilesse l'ultima pagina del manoscritto, si sciolse i capelli, ne tolse in mano una treccia e l'accostò alla ciocca di Cecilia; i vivi e i morti non si rassomigliavano affatto.

Prese il guanto. Come n'era fredda la pelle! Metteva i brividi. No, neppure il guanto andava bene: era troppo piccolo.

Marina ripose nel segreto il manoscritto, il libro, il guanto, i capelli, la cornice con i pezzi dello specchietto e premette forte sull'uncino. La molla scattò, il piano risalì a posto. Ciò fatto, cadde ginocchioni, appoggiò le braccia sulla ribalta dello stipo e si nascose il viso. La candela che ardeva sopra di lei e le illuminava di riflessi dorati le onde diffuse dei capelli, parve allora la sola cosa viva nella camera. La fiamma aveva delle strane inquietudini, dei sussulti, degli slanci e dei languori inesplicabili; si veniva lentamente abbassando come se fosse ansiosa di calare all'orecchio di Marina e sussurrarle: «Che hai?»

Ma neppure se lo spirito di luce avesse parlato così al piccolo orecchio di rosa, si sarebbe udita risposta. Quella figura inginocchiata non aveva più sensi né voce. Il cuore le batteva appena; il sangue stesso, forse, era quasi fermo. La sua forte intelligenza e la sua volontà, chiuse nel cervello, fatto intorno a sé un gran silenzio, combattevano il fantasma uscito dallo stipo aperto davanti alla graziosa persona col truce proposito d'infiltrarlesi nel sangue, di avvinghiarlesi alle ossa, di suggerle la vita e l'anima per mettersi al loro posto. In altri momenti lo scetticismo che Marina teneva dall'uso del mondo non l'avrebbe nemmeno lasciata accostare da qualsiasi fantasma; ma quel sottile velo di scetticismo che copriva sempre il pensiero in tempo di calma come una crittogama di acque stagnanti, si era squarciato e disperso nell'incomprensibile turbamento di spirito che l'aveva assalita tornando al Palazzo.

La sua prima impressione nell'afferrare la strana idea suggerita nel manoscritto era stata di sgomento. L'avea vinta subito con un atto di volontà, con il proposito di esaminar freddamente, d'intender ogni parola. Raccoltasi poi nella meditazione intensa di quanto aveva letto, udì una imperiosa voce interiore che le disse:

«No, non è vero».

E subito dopo diffidò di questa voce stessa che non parlava più. Ella non poteva aver valore che per essere la conclusione di efficaci argomenti attraverso i quali fosse passato il suo pensiero con la rapidità del fulmine. Bisognava farlo tornare indietro, fargli rifare, passo passo, la via.

Quella donna non era sana di mente. Lo diceva la tradizione, lo confessava lei stessa, lo significava la concitazione, il disordine febbrile delle sue idee, quand'anche il concetto sostanziale dello scritto non bastasse per sé a dimostrarlo. Questo concetto di una seconda esistenza terrena aveva esso almeno qualche cosa di originale che potesse far sospettare un'ispirazione superiore, far prendere sul serio le visioni di Cecilia? No, era una ipotesi antica come il mondo, notissima, che l'infelice poteva assai facilmente avere udita o letta, che aveva trovato, al dì del dolore, nella propria memoria. Allora essa l'aveva afferrata, ne aveva tratto il suo ristoro, ne aveva vissuto: l'idea era diventata, a questo modo, sangue del suo sangue. Visioni? Le pareti avevano risposto alla povera demente ciò ch'ella chiedeva loro con la più grande energia di volontà e di immaginazione. Avean risposto con fuoco, sì. Con chiarezza? No. Che significavano i capelli, il guanto, lo specchio? perché far paragonare la mano, i capelli morti con la mano e i capelli vivi? Sperava costei di rinascere o di risorgere?

Lo scritto era dunque un frutto del delirio. Solo qualche ricordo della vita anteriore che si destasse ora nell'animo di lei, Marina, potrebbe dimostrare l'opposto.

«Apriti, anima!»

Ella interrogò se stessa sui ricordi accennati nel manoscritto come chi si curva sopra un pozzo buio e profondo e chiama e sta in ascolto se qualche voce, se qualche eco risponda.

Camogli? Nessuna eco, nessuna memoria. Genova? Silenzio. Suor Pellegrina Concetta, Renato? Silenzio. Palazzo Doria, palazzo Brignole, Busalla, Oleggio? Silenzio, sempre silenzio. Così talvolta, ad alta notte, in qualche sala d'aspetto ingombra di gente e male illuminata da un fumoso lume a petrolio, si grida una sequela di nomi di paesi e di città lontane; nessuno si move; nessuno risponde. Aspettano un altro treno. Ma chi sa se vi hanno viaggiatori per quella linea che non hanno udito perché dormono nei loro mantelli, laggiù all'altro capo della sala, seduti dietro la gente ritta?

«È una pazzia», si disse Marina, «e io che mi stillo il cervello a questo modo, sono ridicola! Ridicola!» ripeté ad alta voce e balzò in piedi.

La parola uscita dalle labbra le parve più aspra della parola stessa concepita nel pensiero. Più aspra, non solo; anche eccessiva e falsa. Ne rimase ferita come se non l'avesse pronunciata lei. In pari tempo le entrò prima nel cuore, poi per tutte le membra una agitazione sorda, un'alternativa di stanchezza e d'impaziente ardore, una cupa resistenza alla volontà.

Meraviglioso il caso che l'aveva portata, nel fiore della gioventù e della bellezza, da Parigi, a quella stanza disabitata da settant'anni! Meraviglioso il caso che aveva appiccato l'anello all'uncino del segreto, sì che ella potesse leggere: «Tu che hai ritrovato e leggi queste parole, conosci in te l'anima mia infelice!»

Delirio! Ma dove era una traccia di vaniloquio in quello scritto? Concitazione sì, disordine sì, ma una prigionia di cinque anni, un concetto così straordinario nella mente! Concetto antico! Ma non sarebbe questa una ragione di credere? Marina tremò, le parve sentirsi chiamare, pregare da tante anime ignote che avevano avuta questa fede, le parve seguire un momento il loro slancio. E il sangue le correva sempre più tempestoso, la intelligenza, la volontà venivano mancando.

Non ricordava Camogli né Genova, Renato né Pellegrina Concetta, non un giorno della esistenza precedente, non un'ora; ma quanti istanti! Quante volte non le era balenata la ricordanza di istanti perduti fra le tenebre d'un passato ignoto! Quella sera stessa, le campane! Le corse un ghiaccio pel sangue, un'oppressione indicibile la strinse alla gola. Ebbe allora lo sgomento di affogare, l'istinto di salvarsi. Abbracciò quest'idea che non poteva esser lei Cecilia, perché c'era del sangue d'Ormengo nelle sue vene; ma il cuore implacabile disse: «No, che importa il sangue? Tu odi, hai sempre odiato tuo zio, la vendetta è più squisita così; Dio, perché tu la compia meglio, ti ha posto dentro, irriconoscibile, alla famiglia del nemico».

Ma ella adesso aveva paura, voleva sottrarsi alla lotta; diè di piglio al lume e passò nella camera da letto. Le finestre erano aperte; un soffio di vento le spense la candela. Volle riaccenderla, ma non sapeva che si facesse, e non vi riuscì. Si gittò spossata alla finestra per aver ristoro. Colà le tornò subito a mente come, la sera del suo arrivo al Palazzo, guardando da quella finestra, nella notte, avesse creduto di riconoscere un antico sogno, una immagine sinistra, apparsale altre volte nelle ore gaie della sua vita mondana. Fu l'ultimo colpo; una commozione senza nome le oscurò il pensiero e la vista, credette d'udire mille sussurri levarsi intorno a lei, mescolarsi per l'aria, confondersi in una voce sola; si portò ambe le mani alla fronte e cadde a terra.

Nell'oscuro lume delle stelle diffuso sul pavimento davanti alla finestra giaceva la bianca persona come sciolta dal sonno. Chi avrebbe detto che vi fosse là una donna svenuta? Nel palazzo tutti dormivano; i grilli e gli usignoli cantavano allegramente; i soffi brevi e vivaci della chiara notte di aprile entravano curiosi per le finestre aperte, frugavano, bisbigliavano dappertutto; e da una barca lontana indugiatasi più delle altre sul lago veniva il canto spensierato:

"E cossa l'è sta Merica?
L'è un mazzolin di fiori
Cattato alla mattina
Par darlo alla Mariettina
Che siamo di bandonar".

Solo lo zampillo del cortile raccontava in aria di mistero agli *arum* una storia lunga lunga ch'era ascoltata con religioso silenzio. In tutto il cortile non si moveva fronda. Era forse la storia della donna svenuta là presso, ma non riusciva possibile a orecchio umano intenderne sillaba, né sapere, perciò, se la donna vi fosse chiamata Marina di Malombra o Cecilia Varrega.

Conseguenza di quella notte fu per Marina una violenta febbre cerebrale di cui nessuno poté indovinare la causa. È quasi impossibile che l'inferma non si sia fatta sfuggire durante il delirio qualche allusione al fatto straordinario onde avea riportato impressioni sì gravi; ma quelle allusioni dovettero essere assai rade e vaghe, perché non fecero sospettare di nulla. La volontà gagliarda di Marina, benché sconnessa e rotta dal male, lavorava ancora per un impulso ricevuto prima. Essa voleva tacere. La presenza del conte Cesare era il più terribile cimento per lei. Quando vedeva il conte, e anche solo all'udirne i passi pel corridoio vicino, l'ammalata diventava furibonda, urlava, smaniava senza articolar parola; per modo che, dopo i primi giorni di malattia, le visite dello zio cessarono. Questa ripugnanza fu molto commentata dai domestici e dalle comari pettegole di R... Si fabbricarono parecchie novelle assurde. La interpretazione più creduta fu che il conte voleva sposare Marina, contro la inclinazione di lei, e che la ragazza n'era impazzita. Il chiarissimo professore B..., chiamato da Milano in aiuto del povero *pitòr* che non sapeva più in qual mondo si fosse, credette di dover tastare il conte su questo delicato argomento dell'antipatia violenta che l'ammalata gli dimostrava, e lo fece con moltissimo garbo, mettendo avanti l'interesse medico della questione. La risposta del conte non fu altrettanto diplomatica.

«Mia nipote», diss'egli, «mi deve forse qualche beneficio; non però tanto grande da odiarmi per questo. Ella è una giovane molto intelligente e io sono un vecchio quasi rimbambito; ho motivo di credere che siamo, in molte cose, agli antipodi; malgrado tutto questo non mi è mai passato pel capo di sposarla, come probabilmente vi avrà detto il nostro medico, il quale beve come una spugna tutto quello ch'è stupido; e non lo fa apposta. Tornando a mia nipote, le nostre prime impressioni reciproche furono disgustose più del necessario; però ci abbiamo versato su molto zucchero, e, per parte mia, non sentivo più quel sapore. Del resto io credo, caro professore, che quando uno ha messo il suo cervello a rovescio, se dice nero, bisogna intender bianco».

La scienza del prof. B..., aiutata dall'umile ignoranza del suo collega, vinse il male. Dopo un mese e mezzo Marina comparve in loggia. Era pallida, aveva gli occhi assai più grandi del solito e velati da un languore attonito. Si sarebbe detto che il vento dovesse curvarla come un sottile getto di acqua. Il vigore e la bellezza tornarono rapidamente, ma un osservatore attento avrebbe notato che l'espressione di quella fisonomia era mutata. Tutte le linee apparivano più decise; l'occhio aveva tratto tratto degli stupori insoliti, oppure un fuoco triste che non gli si era mai veduto. Quel velo di dissimulazione, in cui Marina si era venuta avvolgendo, scomparve. La memoria delle sue piccole ipocrisie d'una volta la irritava. La sua eleganza, prima correttissima per non offendere l'austero zio e per accordarsi con l'ambiente, pigliò un accento strano, provocatore. Candidi stormi di biglietti stemmati, cifrati e profumati si incrocicchiarono daccapo nel regio antro postale di R... Uno stillicidio di drammi e di romanzi francesi si avviò dalla libreria Dumolard al Palazzo. Il piano gittò a tutte le ore, fosse o no il conte in biblioteca, un fuoco vivo di Bellini, di Verdi e di Meyerbeer e Mozart. Meyerbeer e Mozart erano i soli due maestri cui Marina perdonava d'esser tedeschi; al primo in grazia della sua cittadinanza francese, al secondo in grazia del solo *Don Giovanni*.

Ricominciarono le corse sfrenate pel lago e pei monti, malgrado venti e piogge, di giorno e di notte; corse nelle quali il Rico faceva con entusiasmo la parte di guida, di cavaliere devoto e di cane fedele. Inoltre, con grande stupore degli abitanti di R..., Marina si pose a frequentare la chiesa, dove in passato non aveva mai posto piede. Per vero dire questo suo risveglio di pietà era assai bizzarro, perché alla messa festiva non la si vedeva mai comparire. Andava in chiesa quando non c'era nessuno, talvolta di mattina, talvolta di sera. Un giorno che la trovò chiusa andò risolutamente dal curato a cercar la chiave. La serva del curato ebbe a rimaner di stucco aprendo l'uscio alla "Signora del Palazzo", e più ancora udendosene chiedere la chiave della chiesa. Il suo primo istinto fu di chiuderle la porta in faccia, non che di rifiutare la chiave; ma le labbra osarono solo dire che ne avrebbe riferito al padrone, al quale corse subito raccomandandogli di trovare un pretesto per non dar la chiave a quella strega. Il padrone la rimproverò aspramente e andò egli stesso ad aprir la chiesa a Marina, che aveva già conosciuta in qualcuna delle sue rade visite al Palazzo.

Non è difficile immaginare come procedessero, in tale stato di cose, le relazioni fra zio e nipote. Essi potevano paragonarsi a due punte metalliche fortemente elettrizzate, che non s'accostano mai l'una all'altra senza scambiare scintille che vorrebbero essere folgori. A viaggiare Marina non ci pensava più. Durante la sua convalescenza il medico gliene aveva parlato, facendole presentire, per incarico avutone, l'assenso del conte. Ella rispose che non intendeva affatto muoversi dal Palazzo, che l'aria le faceva benissimo e che il signor dottore non ne capiva niente.

Ella e il conte non si vedevano, si può dire, che a pranzo, ma si combattevano sempre. Persino le suppellettili del palazzo erano penetrate di quella sorda inimicizia e parevano pigliar parte quando per l'uno quando per l'altra. Certe finestre, certi usci si pronunciavano due o tre volte al giorno. Marina li faceva aprire, il conte li faceva chiudere. Un povero vecchio seggiolone del corridoio dei paesaggi vi perdette il suo decoro e la sua quiete. Quasi ogni giorno un decreto lo traslocava in faccia a un grande Canaletto, e un altro decreto lo ricacciava al posto di prima. Fanny, nell'esercizio delle sue funzioni, portava sempre alto il nome e i voleri della sua "signora"; gli altri domestici accampavano quelli del padrone; la buona Giovanna cercava di metter pace, ma non riusciva spesso che a guadagnarsi qualche impertinenza di Fanny, e se ne struggeva in silenzio. Il conte abborriva i profumi, per cui Marina ne usava un po' più che non permetta il buon gusto. Libri francesi dimenticati qua e là per la casa ridevano in viso al vecchio gallofobo che ne fremeva sino al vertice de' capelli. I fiori più belli del giardino sparivano appena sbocciati, malgrado il tempestare del conte contro il poco vigile giardiniere e contro Fanny a cui gli piaceva attribuire quei guasti. Con lei, naturalmente, non si imponeva ritegni; per poco un giorno non la gittò nel lago. Fu una fortuna per Fanny, perché il conte, pentito di quell'eccesso, non mandò ad effetto il suo proposito di farla inesorabilmente cacciare. Però i rabbuffi spesseggiavano[50] sempre e violenti, molte volte più del ragionevole, perché miravano a passar lei da banda a banda e cogliere Marina.

A fronte di questa il conte, di solito, si frenava, fosse per la memoria di sua sorella che aveva molto amata, o per un sentimento cavalleresco, o per timore di uscire da' giusti limiti. Il nuovo contegno della giovane aveva provocato sulle prime recisi rimproveri fatti da lui con un tono tra il grave e l'acerbo, ribattuti da lei con freddezza nervosa, piena di recondita emozione. Il conte si ritrasse tosto[51] da quella via pericolosa e si appigliò al sistema del silenzio accigliato; silenzio carico di elettricità, interrotto soltanto, come si è già detto, da fugaci scintille, da lampi di sdegno per parte dell'altra. Qualche volta scoppiavano dei mezzi temporali che lasciavano il tempo scuro di prima. Il povero Steinegge non godeva punto[52] fra questi due litiganti: Marina trovava modo di offenderlo a ogni momento.

«Signor conte», diss'egli un giorno al conte Cesare, «so che ho la disgrazia di dispiacere molto alla signora marchesina. È forse la mia vecchia fisonomia che non posso cambiare. Se la mia presenza può aumentare i vostri piccoli differenti[53] di famiglia, ditemelo! Io vado».

Il conte gli rispose che, per ora, in casa sua ci comandava lui; che se il principe di Metternich offrisse al signor Steinegge il posto di direttore delle sue cantine di Johannisberg, si permetterebbe[54] al detto Steinegge di partire, altrimenti, no.

Circa un anno dopo la scoperta del segreto, Marina ebbe dal libraio Dumolard, insieme a quattro o cinque novità francesi, un libro italiano. Era un racconto stampato dalla tipografia V... Portava per titolo: *Un sogno*, racconto originale italiano di Lorenzo. Possiamo aggiungere che la copia spedita a Marina e trattenuta da lei per noncuranza, era la trentesima spacciata in due mesi dalla pubblicazione.

Marina non aveva punto[55] stima de' libri italiani e pochissima voglia di legger questo. Se lo lesse fu per una storditaggine di Fanny che glielo portò una mattina a bordo di *Saetta* invece dell'*Homme de neige*. Giunta nella sua rada prediletta della Malombra, si accorse dell'errore, e dopo la prima dispettosa sorpresa, si rassegnò a tentar di leggere.

Il soggetto del libro è questo: un giovanotto, spossato ed esaltato da soverchie[56] fatiche cerebrali, ha un sogno di straordinaria vivezza nel quale egli crede di vedere rappresentato sotto forme allegoriche il proprio avvenire. I fatti, interpretati da lui secondo questa convinzione, vengono confermando la prima parte del sogno. Passano quindici anni. Tutta la prima parte del sogno, serena e lieta, si è avverata. Ora è la seconda parte, di cui si aspetta il compimento. Questa seconda parte predice un amore impetuoso, violento, un delirio dello spirito e dei sensi onde il protagonista dev'essere tratto a catastrofi spaventose. A trentasei anni, costui, padre di famiglia, uomo grave che vive ritirato dal mondo per la segreta paura del suo sogno, si trova con grande angoscia preso d'amore per una donna cui fu avvicinato da necessità ineluttabili. Questa donna è per altezza d'animo un ideale più facile a trovarsi oggidì nella vita che nei romanzi. Essa divide la passione di lui malgrado sforzi eroici di volontà. Lottano ambedue per dividersi, per salvarsi; ma il cielo, la terra e gli uomini cospirano per farli cadere. Sull'orlo dell'abisso in cui troveranno la sventura, il disonore e fors'anco[57] la morte, sfugge all'uomo il segreto della fatalità misteriosa che lo perseguita e cui non vale a resistere. In quel momento supremo la donna magnanima si sdegna di cedere al destino e non al proprio cuore, non alla felicità dell'amante. Con lo sdegno la sua coscienza religiosa si rialza. Gli amanti si dividono innocenti. L'uomo a poco a poco dimentica, vive tranquillo e felice. La donna muore.

Il racconto è scritto con pochissima esperienza della società e delle cose, ma con qualche acume d'osservazione psicologica. Le descrizioni della natura sono tollerabili, l'elemento fantastico non vi è adoperato troppo male. Insomma, se non vi fosse tanto calore virtuoso, se non vi mancassero affatto gli studi fotografici di appartamenti e di vesti, non che le prove che l'autore conosce un poco anche il nudo, se lo stile fosse più facile e borghese; sovra tutto se vi si dicesse *bono* e *bona* invece di quel buono e *buona* che bastano a rivelare un povero ingegno, un uomo vergognosamente sfornito di dottrina filologica e di gusto affatto indegno di comparire tra gli scrittori odierni, una testa da parrucca; se tutte queste condizioni si fossero avverate e se l'autore si fosse date le mani attorno, *Un sogno* avrebbe probabilmente trovato miglior fortuna.

A Marina parve andare a sangue, perché, quando l'aperse, l'ombra violacea della montagna copriva gran tratto di lago oltre la rada; quando lo posò, il sole brillava per le vette dei boschi pendenti sopra il suo capo e l'ombra violacea moriva a pochi passi dalla sponda in un bel verde smeraldo.

Tornò al Palazzo con la mente piena di quel libro. Avrebbe voluto conoscerne l'autore, parlargli. Credeva egli in quello che aveva scritto? Credeva si potesse resistere al destino e vincerlo? Se il destino era stato vinto, poteva dirsi destino? Se non poteva dirsi destino, v'hanno dunque spiriti maligni che si pigliano giuoco di noi, rappresentandoci il falso colle[58] apparenze del vero e rappresentandocelo in modo da colpire fortemente la nostra fantasia?

Nessuno rispondeva a tanta furia di domande e Marina voleva risposta. Non indugiò un momento. Senza neppur pensare a chi né come avrebbe diretta la lettera, buttò giù d'un fiato otto fitte paginette di una calligrafia inglese alquanto irregolare, battezzata già da miss Sarah per *angloitaliana*. Le otto paginette sfolgoravano di brio. Marina vi aveva preso un tono di maschera elegante che sa mescolare con garbo aristocratico le parole ironiche alle serie, e colorire la grazia con l'alterezza[59]. Sottoscrisse "Cecilia" e, dopo un istante di incertezza, aggiunse il seguente poscritto:

Vorrei pur sapere se credete possibile che un'anima umana abbia due o più esistenze terrestri. Se l'etereo autore di *Un sogno* non usa di colombe né di rondinelle postali, come si potrebbe sospettare, mandi semplicemente la sua risposta al dottor R... ferma in posta. Milano.

Poi Marina scrisse quest'altro biglietto alla signora Giulia De Bella:

Aiutami a fare una piccola follia ben timida e ben savia[60]. Sono tutta meravigliata di aver letto, non so più bene se per amore o per forza, un romanzo italiano. Arriccia il tuo nasino ma ascolta. Questo romanzo è un buon signore timido con i guanti troppo scuri e la cravatta troppo chiara ch'entra impacciato nel tuo *salon*, saluta mezza dozzina di persone prima di te, oscilla un quarto d'ora tra una poltrona, una seggiola e uno sgabello, e si decide finalmente pel[61] posto più lontano dalle signore. Ma poi, quando parla, non somiglia a nessun altro del tuo circolo. Ha delle idee, del fuoco, è un uomo. Ne hai, cara, degli uomini nel tuo circolo? Se ne hai, *pardon*.

Non importa punto[62] conoscere il nome né la persona dell'autore che ci si dice semplicemente Lorenzo. Potrebb'essere borghese, Matteo e biondo. M'è venuto invece il capriccio di una corrispondenza letteraria e ne posso avere tanto pochi dei capricci, che li soddisfo tutti subito. Y. che scrive a X.! Deve essere delizioso, specialmente se X. risponderà a Y. Potrebbe accadere che X. fosse una consonante di spirito; questa divertirebbe assai la povera Y. che si annoia come una regina. Ora X. non ha nemmanco[63] a sapere di dove gli piova la mia lettera; vedi se non è una follia savia! Tu dunque, amica mia, farai gettare alla posta l'accluso dispaccio diretto all'autore di *Un sogno* presso la tipografia V... Ma, come pensi bene, non basta. Ti compiaceresti di far cercare fra qualche giorno alla posta se vi fossero lettere per il dottor R... e di spedirmele se ve ne sono? Gli ho dato, contando sopra te, questo indirizzo, il meno compromettente possibile. La cosa è tanto innocente che potresti desiderar di chiedere il permesso di tuo marito per farla. In ogni caso taci il mio nome. Vi sarà poi qualche cosa per te. Ti manderò un pezzo di lago pel tuo giardino di via Bigli, per le *manchettes* della S... e per le mani illustri del professor G...

I miei omaggi *à ton très-haut seigneur et maître*, se lo vedi.

Addio, cara. Sto rileggendo un libro vecchio, l'*Amour* di Stendhal. È scritto *au bistouri*.

Marina

La signora De Bella, che aveva fatto per curiosità qualche follia meno savia di questa, rispose tra scherzosa e corrucciata, minacciò l'amica con la punta della sua morale di gomma e conchiuse accettando; con la riserva sottintesa di leggere le lettere prima di spedirle. Ell'era, sovra tutto, una donna di coscienza.

La risposta dell'autore di *Un sogno* non si fece attendere lungamente. Egli vi sosteneva con maggior cuore che vigore logico le opinioni espresse nel suo romanzo intorno alla fatalità e alla potenza invincibile dello spirito umano che vuole. Dimostrava come, negli avvenimenti a cui deve necessariamente concorrere la volontà dell'uomo con atti che toccano la sua coscienza morale, questa volontà sia un elemento principale che ne determina la forma; un'incognita variabile che introdotta nei calcoli fondati su leggi naturali fisse ne rende sempre incerto il risultato. Negava poscia[64] l'azione prestabilita e necessaria della volontà che è assente al male. Posto in sodo come basti alla dimostrazione della libertà umana che l'uomo possa sempre decidersi per il bene, sosteneva che lo può. Diceva che può sempre attingere l'impulso determinante al bene, dal fondo dell'anima sua stessa, da un punto di misterioso contatto con Dio ond'entra in lei una forza non calcolabile. È un gran torto, soggiungeva, della psicologia moderna, di non avere sufficientemente osservato i fatti interiori che vengono in appoggio di tale contatto. Colà sta la grande guarentigia[65] della libertà umana.

Quest'azione divina ch'entra dunque innegabilmente nell'origine delle azioni umane, non si oppone ella per sua natura al male morale, e non esclude, *a priori*, che sia mai necessario? Il mistico scrittore cercava poi dimostrare che neppure alla prescienza divina potrebbe appoggiarsi una teoria fatalista, perché prescienza e divinità sono due termini contraddittori, inconciliabili, come tempo e infinito, e nulla se ne può dedurre.

Tutti questi argomenti erano posti innanzi con una ingenua foga che poteva salvare l'autore di *Un sogno* della taccia di pedante, ma generava il sospetto che egli volesse convincere, oltre alla sua corrispondente, sé stesso.

Spiriti maligni che si pigliano giuoco di noi, proseguiva, ve ne hanno certo, e possono anche illudere con le apparenze della fatalità. Tutto fa credere che, come noi esercitiamo un potere sopra gli esseri che ci sono inferiori, così siamo soggetti, entro certi limiti, all'azione di altri esseri che ci superano in potenza. Siamo forse soliti attribuire al caso quello che è opera loro.

I sogni profetici, i presentimenti, le subitanee inspirazioni[66] artistiche, le illuminazioni fugaci della nostra mente, i ciechi impulsi al bene e al male, certe inesplicabili allegrezze e malinconie, certi movimenti involontari della nostra memoria, sono probabilmente opere di spiriti superiori, parte buoni, parte malvagi.

Tali considerazioni - scriveva Lorenzo - cadono tutte se non si ammette Dio. Esprimeva quindi la speranza che Cecilia non fosse atea, nel qual caso, avrebbe, a malincuore, troncato ogni corrispondenza con lei.

Veniva in seguito alla pluralità delle esistenze terrestri. Lorenzo credeva alla pluralità delle esistenze. Lo stato dello spirito nel corpo umano è indubbiamente, diceva, uno stato di repressione, uno stato di pena, la quale non può riferirsi che a colpe commesse prima della incarnazione terrestre. I dolori degli innocenti e, in genere, la distribuzione ineguale del dolore e del piacere tra gli uomini, senza riguardo ai meriti e ai demeriti della vita presente; la sorte delle anime che escono pure dalla vita dopo un'ora della loro venuta ottenendo quel premio che ad altri costa lunghi anni di lotte durissime, non possono meglio spiegarsi che con l'attribuire alla nostra esistenza attuale un carattere di espiazione insieme a quello di preparazione. Ammesso il principio della pluralità delle esistenze, l'autore di *Un sogno* diceva che la ragione umana non può andare più avanti, e che il problema se le nostre vite anteriori sieno[67] state terrestri o siderali va lasciato alla fantasia[68].

La lunghissima lettera, un volume, finiva col voto molto poeticamente espresso che la corrispondenza misteriosa avrebbe continuato. La signora De Bella venne presto a capo, con le sue dita industriose, della busta, ma non resse a tanta filosofia e dalla prima pagina saltò alla chiusa; poi scrisse sulla sopraccarta: «Sono sicura ch'è perfettamente morale; è così pesante!»

Marina invece divorò lo scritto. Sorrise appena dell'ingenuità di quell'uomo che rispondeva con tanta foga a un'incognita. Palpitò leggendo il nome di Cecilia a capo della lettera e nella chiusa. Naturalissimo che ci fosse; ma pure n'ebbe una impressione profonda.

Passato qualche tempo, riscrisse dissimulando affatto le sue vere impressioni. Non parlava più in questa seconda lettera di fatalità né di esistenze precedenti; come per trarre scintille di spirito dal suo corrispondente, se ne aveva, lo veniva pungendo in mille modi. Scherzava sulla pedanteria della sua risposta, sulla sua pietà, sulla goffaggine del suo pseudonimo: gli chiedeva con un tono di curiosità impertinente se vi fosse qualche cosa di vero nel suo racconto, se avesse pubblicati altri lavori, perché si tenesse celato. La lettera fu ricevuta da Corrado Silla un quindici giorni prima della sua partenza per il Palazzo. Noi sappiamo come rispose.

NOTE

20. "Soprattutto". Forma arcaica.
21. "Cattiverie", "maldicenze". Francesismo.
22. Che ama dire freddure, battute argute.

23. "Avrebbe vissuto.
24. "Si sentiva". Forma arcaica molto ricorrente nel testo, con la particella impersonale "si" posposta al verbo.
25. "Si affacciò". Vedi nota 24.
26. Latinismo.
27. Sarebbe rimasta.
28. Vedi sopra.
29. Se fosse restata, lo avrebbe fatto per…
30. Tipico divano da riposo del XIX secolo, con spalliera da un solo lato (per garantire la posizione distesa del corpo giacente). Tale termine avrà, poi, ancora occorrenza in Pirandello.
31. Tipico latinismo.
32. "Vi sarebbe dovuta".
33. "Sarebbe stato".
34. "Sarebbero stati".
35. "Ci sarebbe voluto".
36. "Per i" forma arcaica sincopata.
37. Latinismo. Letteralmente: "senza aver salutato l'ospite"; "svignarsela".
38. Latinismo: "la traccia d'un sorriso".
39. La gastalda era la donna che si occupava della casa, e talvolta anche della gestione della campagna. La gastalda è anche una commedia del Goldoni.
40. Un'altra forma arcaica, con numerosissime occorrenze nel testo, che vuole il dittongo -uo, in luogo della vocale solitaria *-o*.
41. "Ghiottoneria".
42. Forma arcaica: "con la".
43. Vedi nota 41.
44. Armadietto, comodino.
45. Forma arcaica.
46. "Risplenda di luce perpetua". Passo tratto da una tipica preghiera per i defunti.
47. Il sostegno della bara.
48. Forma arcaica di "arrivederci".
49. Forma arcaica di "siano".
50. "Erano frequenti, continui". Forma arcaica, nonché aulica (d'uso non comune).
51. "Subito". Forma arcaica.
52. "Affatto".
53. "Discrepanze, divergenze".
54. "…avesse offerto… si sarebbe permesso…"
55. Vedi nota 52.
56. "Eccessive"..
57. "Forse anche".
58. "Con le".
59. "L'alterigia"
60. "Saggia, assennata". Forma arcaica.
61. "Per il"
62. Vedi nota 52.
63. "Nemmeno"
64. "poi".
65. "Garanzia. Tutela".
66. "ispirazioni".
67. "siano". Forma arcaica.
68. Lorenzo (e, probabilmente, qui è la spiritualità del Fogazzaro che volutamente trapela), l'autore di *Un sogno*, considera la volontà umana, una forza potentissima e del tutto estranea al male, come mossa da un altrettanto invisibile potenza superiore, che è alla base d'ogni azione stessa della mente, solitamente ed erroneamente attribuita al caso.

Capitolo VI - Una partita a scacchi

«Sì, il Cristianesimo, lo capisco bene», disse il conte, pigliando in mano un alfiere e guardandolo attentamente. «Non so chi sia la bestia che vuol tenerci così al buio».

Le imposte erano socchiuse e le tendine calate. Silla si alzò per fare un po' di luce.

«No, Vi prego; vengano loro, questa gente! Volete aver la compiacenza di suonare? Lì, presso alla porta, quel bottone, due volte. Il Cristianesimo! Oh, io non Vi propongo di scrivere contro il Cristianesimo. Voi mi dite che finalmente il principio d'eguaglianza è stato portato nel mondo dal Cristianesimo. Cosa volete dire con questo? Che prima del Cristianesimo non vi fossero democrazie? Io intendo che il nostro libro consideri il principio di eguaglianza dov'è più mostruoso, ossia nel campo politico; e fra gli altri pregiudizi da fare in polvere vi sarà anche il pregiudizio che l'autore di questa brutale eguaglianza politica sia stato Cristo. Del resto, sentite: uguali davanti a Dio sarà benissimo; quello è un punto di vista molto lontano; ma uguali tra di noi! Ci vuole una grande durezza, una grande miopia fisica e intellettuale per sostenere che siamo uguali tra di noi. Se vi è qualche cosa che colpisce gli uomini è la loro disuguaglianza naturale nel corpo e nell'anima. Il mio cuoco è molto più simile ad Annibale e a Scipione Africano di un gorilla, ma non è loro eguale; e tutti i retori dell'89 e gli ambiziosi lecca-popolo di poi non lo faranno diventare tale. Scacco al re».

«Non si può. Ma, scusi, ci son pure negli uomini i grandi caratteri fondamentali comuni che tutti conoscono e tante altre uniformità più nascoste. Io credo che gli uomini si rassomiglino moralmente assai più di quel che pare. E queste uniformità non devono essere riconosciute dalle leggi, non giustificano il principio di eguaglianza e le sue applicazioni ragionevoli? C'erano democrazie anche prima del Cristianesimo, sì; tutti i principii del Cristianesimo c'erano, si può dire, anche prima; ma esso ha loro fornito, volere o non volere, una base, uno stimolo e un ideale.

Guardi l'immensa importanza attribuita a qualunque anima: guardi il precetto dell'amore tra gli uomini; nulla uguaglia più potentemente dell'amore!»

«Scusatemi, vi è ancor molto fumo di gioventù in questo che dite. Lasciamo stare che la democrazia moderna è fatta di cupidigia e di superbia, non di amore; io Vi dico che l'amore tende a mantenere la ineguaglianza! Io Vi dico che più un servo ama il suo padrone, più un soldato ama il suo generale, più una donna ama un uomo, più un debole ama un forte, più un piccolo ama un grande, più queste disuguaglianze sono rispettate. È la cupidigia, è la superbia che tende a distruggerle».

«Ma Lei suppone l'amore da una parte sola», esclamò Silla, «dalla parte dell'inferiore. Lo supponga un po' anche dall'altra».

«Sicuramente lo suppongo. Volete Voi dirmi che Dio per amore si è fatto uomo? Io non entro in questo campo. Io dico che chi ama, se è intelligente, non si spoglia, non può né deve spogliarsi della funzione sociale che gli spetta. Io dico che la Vostra religione, se aiuta a far rispettare le disuguaglianze create dalla legge umana, molto più deve far rispettare le altre che portano la impronta di una volontà superiore. Ha ben altro a fare il Vostro amor del prossimo che impastare repubbliche democratiche, predicar l'eguaglianza fra i pedoni e gli altri pezzi, perché son tutti di legno e abitano un solo scacchiere! Mio caro, è mezz'ora che Vi ho detto: scacco al re».

«Non si può: c'è il cavaliere».

Il conte chinò sullo scacchiere il suo testone selvoso.

«Già!», diss'egli. «Non ci si vede. Ma guardate un po' s'è venuto nessuno! No, non voglio che apriate Voi».

Si alzò e suonò egli stesso.

«Mi perdoni», disse Silla, «è necessario che io Le faccia una domanda».

«Fate».

«Secondo Lei, è anche la nascita... fra le disuguaglianze da rispettare?»

«Per Dio! Lo credo bene. Vi regalo delle centinaie di gentiluomiciattoli d'adesso per un quattrino al paio, ma non capite che la disuguaglianza degl'individui crea la disuguaglianza delle famiglie e che le grandi famiglie sorte per un potente impulso e tenute alte lungo i secoli, hanno una funzione organica nella società umana, sono in certo modo esseri superiori che vivono quattro, cinque, seicento anni e dispongono perciò di una forza assai più grande della comune, possono conservare lungamente molte buone abitudini, contrapporre l'interesse della patria a quello di una generazione passeggera, acquistare in pro dello Stato una esperienza straordinariamente lunga, servire di guida e di esempio al popolo?»

«Ha suonato?», disse il cameriere entrando.

«Chi diavolo vi ha detto», esclamò il conte, «di tener le finestre chiuse a questo modo?»

«Non sono io che ho chiuso; deve essere stata la signora Fanny».

Il conte calò un pugno sul tavolo.

«Dov'è questa signora Fanny?»

«Credo che sia giù lì nel cortile».

«A far che, nel cortile?»

Il cameriere esitò un momento.

«Non lo so», diss'egli.

Il conte si alzò, andò ad aprire bruscamente la finestra, guardò giù, brontolò un'esclamazione piemontese e disse al cameriere:

«Vengano su tutt'e due».

Il cameriere s'inchinò.

«Ah, non lo sapevate!» esclamò il conte.

Quegli, mogio mogio, uscì.

«Pare impossibile!» disse il conte. «Quell'asino di dottore che fa la ruota intorno alla cameriera di mia nipote. In giardino come due colombi!»

Un minuto dopo entrò il *pitòr* tutto rosso, ed esclamando «Che combinazione! che combinazione!» disse di essere *giusta* venuto per fare una partitina...

«Con Fanny», interruppe il conte.

Il dottore rise molto e disse che il conte aveva voglia di ridere. Non pareva, però, a guardarlo; e il dottore, ridendo di meno, lo guardava sempre.

Disse poi che la signora Fanny non aveva *volsuto* venire perché era stata chiamata dalla sua padrona.

«Cedo il mio posto al dottore», disse Silla, alzandosi. Il dottore protestò che non voleva assolutamente, che gli bastava di stare a vedere e che già il conte a giuocar con lui non si divertiva. Ma Silla insistette; temeva una scena e non gli garbava di assistervi.

«Tornerò», diss'egli «ripiglierò la partita più tardi».

Uscito lui, Fanny, tutta imbronciata, porse il viso per la porta e disse: «Cosa comanda?»

«Che veniate avanti».

Fanny aperse l'uscio un po'di più, ma non si mosse.

«Che veniate avanti!» gridò il conte.

Ella fece un passo.

«E che non v'immischiate di aprire né di chiudere imposte nelle mie camere! E che non perdiate tanto tempo in giardino dove non c'è niente per voi!»

Il povero dottore, sulle spine, aveva insinuata la punta del naso fra il re e la regina, e fissava fieramente il pedone avanzato del re nemico.

«È la marchesina...» cominciò Fanny provocante, facendo girar la maniglia dell'uscio.

«Dite alla marchesina di venir qua», interruppe il conte.

Fanny se ne andò battendo l'uscio e brontolando.

«Sciocca!» disse il conte, ritirando la sua regina dalla seconda casa dell'alfiere del re avversario, dove l'aveva portata senza avvedersi che un cavaliere la minacciava.

Fece un'altra mossa e soggiunse:

«Non le pare, dottore?»

«È magari un po' leggerina, sì, già», rispose vigliaccamente il *pitòr*, spingendo due passi il pedone della regina e offendendo il pedone del re avversario.

«Tenga bene a mente, caro dottore», disse il conte, «non si perda colle pedine, specialmente quando giuoca in casa mia; non Le tornerebbe conto davvero».

Il dottore fece fare al suo cavaliere un salto fantastico.

«Cosa fa?» disse il conte.

Quegli si batté la fronte, ritirò il pezzo e disse ch'era ottuso per il gran caldo, ch'era partito di casa alle undici e aveva fatto quattro o cinque visite sotto il sole bruciante.

«Oh!» esclamò il conte trasalendo e guardando l'orologio. «E io che dimenticavo! Debbo andar a incontrare alcuni amici».

Al dottore non parve vero di poter troncare quella partita penosa.

«Tralasciamo, tralasciamo», diss'egli, «verrò bene un'altra volta».

Ed ecco da capo Fanny.

«La signora marchesina desidera sapere», disse ella, «cosa il signor conte vuole da lei».

«Ditele che la prego di voler finire, in vece mia, una partita a scacchi con il signor dottore».

«Ah Signore», esclamò questi, «che non si disturbi mica per me!»

«Andate», disse il conte.

Gli occhi del dottore, poi che rimase solo, brillarono.

«Ah che non mi perda con le pedine?», disse egli tra sé, fregandosi le mani. «Per la tua bella faccia! Togli su».

Aveva poc'anzi ottenuto da Fanny un appuntamento per quella notte alla cappelletta, un luogo solitario, a riva del lago, poco discosto dal Palazzo. Fanny avea promesso che vi sarebbe venuta con la lancia dopo mezzanotte. Era irrequieto, girava pel salotto, cercava uno specchio per vedersi felice e farsi delle congratulazioni. Non c'erano specchi là, non c'erano che i vetri aperti della finestra, dove gli riuscì d'intravvedere una languida immagine del suo viso beato. Guardò giù nel cortile dove era stato visto dal conte a colloquio con Fanny, e mormorò:

«Maledetta finestra!»

Il conte attraversava il cortile e saliva imperterrito la scalinata arsa dal sole, fra le grandi ombre ferme dei cipressi, lo stormire, il luccicar delle vigne corse dal vento meridiano. Il dottore gli diede un'occhiata e, sicuro del fatto suo, se la svignò in cerca di Fanny.

Intanto il pedone della regina bianca e il pedone del re nero, stretti corpo a corpo per obliquo e immobili, si domandavano se vi fosse pace o armistizio o Consiglio di guerra. Ma né loro né altri in tutto il campo ne sapeva nulla. Si diceva bensì, tra i neri come tra i bianchi, che la campagna era male condotta, senza energia, e che l'azione militare era subordinata a una azione diplomatica molto varia, molto estesa, a cui prendevano parte successivamente, per diversi scopi, parecchie Potenze. Infatti là era una partita come quelle che i venti giuocavano qualche volta sul piccolo lago, sfiorandolo appena, facendovi correr su le veloci, da opposte parti, piccole macchie brune, mentre la guerra grossa urlava in alto, sopra le cime delle montagne fra i nuvoloni pieni di mistero e di inimicizie.

«Sono qui», disse Silla entrando, e si fermò sui due piedi. Come mai non c'era nessuno? Si accostò allo scacchiere. La partita non era terminata: tutt'altro; dopo che l'aveva lasciata lui non s'erano fatte che due mosse. Si guardò attorno e, visti sopra una sedia il cappello e la mazza del dottore, suppose che almeno costui sarebbe tornato presto e si mise alla finestra.

Pensò alle parole del conte sulla uguaglianza politica, sui privilegi della nascita. Era una fosca nube che sorgeva davanti a lui. Veramente, non aveva studi speciali in questi argomenti, ma dall'Università in poi era stato nutrito d'idee opposte a quelle del conte, avea respirato la vibrata aria democratica della società moderna e ora non credeva quasi possibile che un repubblicano come il conte avesse simili convinzioni. Adesso intendeva certe frasi, discorsi precedenti del conte, di cui, a prima giunta, non aveva potuto afferrare il senso e rimproverava se stesso[69] di aver troppo leggermente accondisceso a farsi suo collaboratore.

Quando il conte gli aveva manifestato il tema del lavoro che aveva in animo di affidargli e a cui proponeva questo titolo: *Principii di politica positiva*, Silla avea bene espresso le sue riserve sulla questione che vi si dibattesse fra la repubblica e la monarchia, ma non aveva pensato a quest'altro dissidio. Il conte aveva subito accettate queste riserve, dichiarando che mai, in nessun caso, gli avrebbe proposto di sacrificare le proprie opinioni; che forse, trattando l'argomento in generale e con principii positivi, avrebbero potuto accordarsi molto più facilmente di quanto paresse probabile; che ad ogni modo avrebbero discusso tutto. E s'eran posti immediatamente all'opera incominciando con una esposizione rapida delle vicissitudini della scienza dai Greci in poi. Ma ora Silla sentiva aprirsi un dissenso molto più profondo. Che fare? Accettare una discussione nella quale potrebbe[70] rimaner vinto per mancanza di studi? Era un pericolo grave. D'altra parte, quale fierezza e quale audacia nelle idee del conte, quale disprezzo delle opinioni volgari e della corrente umana! Sarebbe stata un'umiliazione inesprimibile ritirarsi senza lotta, riconfondersi con la moltitudine, lasciando solo quest'uomo nell'attitudine così nobile di uno contro tutti. No, bisogna stare a fronte di lui, e non a fianco delle passioni, dei pregiudizi democratici; sostenere la nobiltà e la grandezza del principio di eguaglianza, con l'aiuto di quello stesso spiritualismo religioso che deve poi regolarne l'applicazione, secondo un ideale elevatissimo di fraternità; ammettere di buon grado gli errori, le ingiustizie, la cecità, le insopportabili pretese del sentimento democratico moderno; ma poi combattere; combattere sopra tutto l'orgoglio aristocratico, i privilegi della nascita. In quest'ultimo pensiero il sangue di Silla si veniva riscaldando, il cuore gli batteva più rapido, buttava fuoco dal petto e fiere parole di passione che non erano dirette al conte.

No, Silla, poco a poco, involontariamente, s'immaginava di fronte a donna Marina, la vedeva passare con la sua indifferenza altera, tanto più pungente quanto più la persona era delicata e graziosa, con il suo freddo sguardo che scintillava solo talvolta incontrando quello del conte. A lei Silla dirigeva mentalmente la sua eloquenza. Non ne aveva ottenute tre parole in venti giorni; anche senza parlare ella gli aveva ben fatto intendere che non lo stimava degno né di cortesia né di attenzione. Almeno Silla credeva così, e fino dai primi giorni si era regolato con lei secondo questa idea, opponendo alterezza ad alterezza, non senza soffrirne però, non senza una specie di voluttà amara che in presenza di lei gli stringeva forte il cuore. E ora gli pareva di attraversarle il cammino, di fermarla, volesse o no, di chiederle cosa credesse mai...

«Dunque, dottore?» disse una voce dietro a lui.

Silla si voltò in fretta. Era ben lei, donna Marina, seduta davanti allo scacchiere.

«Io prendo il nero», diss'ella, guardando attentamente i pezzi.

Ell'era dunque venuta leggera come una fata, o Silla si era ben lasciato affondare nei suoi pensieri!

Egli non si mosse.

«Dottore!» disse Marina con accento di sorpresa. Alzò la testa e vide Silla.

Aggrottò un istante le sopracciglia, tornò a guardare attentamente lo scacchiere, e disse con la sua voce gelida:

«Dov'è il dottore?»

«Non lo so, signorina».

«Avvicini un poco le imposte», soggiunse Marina quasi sottovoce, senza guardarlo.

Silla finse di non aver inteso, si staccò dalla finestra e passò dietro a lei, per uscire. Ella non alzò il capo, ma quando Silla fu presso all'uscio, gli disse, sempre sullo stesso tono: «La prego, avvicini un poco le imposte».

Silla tornò indietro silenziosamente, senz'affrettarsi, avvicinò le imposte e si avviò da capo alla porta.

«Sa giuocare?» disse donna Marina.

Silla si fermò, sorpreso.

Ell'aveva alzata la testa, finalmente; ma adesso faceva scuro nella camera e non si poteva vedere l'espressione del suo sguardo. La voce suonava tuttavia di fredda insolenza. Silla s'inchinò.

Donna Marina aspettava forse che si offrisse per finire la partita con lei; ma questa offerta non veniva. Accennò allora la sedia vuota in faccia a lei e con un gesto della mano destra, senza muovere affatto la testa. Evidentemente quella mano non aveva detto "prego" ma "permetto".

Silla si sentì vile. Era forse la sottile fragranza entrata nella camera, la stessa fragranza sentita il giorno del suo arrivo nella galleria dei paesaggi, che ora gli ammorbidiva l'orgoglio, gli diceva, a nome di Marina, tante cose blande. Voleva rifiutare e non poteva.

«Ha paura?» disse donna Marina.

Silla prese la sedia vuota. «Di vincere, signorina», rispose.

Ella alzò gli occhi in viso. Adesso Silla poteva quasi sentire il tepore di quel viso; adesso vedeva bene i grandi occhi freddi che lo interrogavano insieme con le labbra.

«Perché, di vincere?»

«Perché non so farmi inferiore se non lo sono».

Ella alzò impercettibilmente le sopracciglia come altri avrebbe alzato le spalle, guardò lo scacchiere tenendo l'indice arcuato sul mento, e disse: «Movo io».

Porse la mano, la tenne un momento sospesa sui pezzi.

La lama di luce ch'entrava fra le imposte socchiuse le batteva sui capelli capricciosi, sulla guancia pallida, sull'orecchio delicatissimo, sulla piccola mano bianca sospesa in aria, lumeggiata, nell'ombra, di trasparenze rosee, mostrava una bella figura tranquilla, intenta al giuoco. Silla non era così tranquillo, pensava involontariamente, guardandola, che l'avrebbe baciata e morsa. Donna Marina prese il pedone della regina bianca e lo gittò nel bossolo.

«Crede proprio di non essere inferiore?» diss'ella.

«Non so come Lei giuochi[71]», rispose Silla movendo un alfiere.

Ella mise[72] un breve riso metallico guardando l'alfiere nemico, e disse: «Vede, io so invece come giuoca Lei. Lei giuoca prudente. Ha paura di perdere, non di vincere».

A questo punto il dottore spinse l'uscio, e vista la partita impegnata, si fermò. Marina parve non vederlo. Quegli richiuse l'uscio piano piano.

«Cosa fa adesso?» proseguì Marina con accento più vibrante. «Perché non esce fuori con la Regina? Perché non attacca sinceramente?»

«Io non attacco. Mi basta difendermi, e Le assicuro, marchesina, che lo posso fare abbastanza bene. Perché vorrebbe Lei che attaccassi?»

«Perché allora la finirei più presto».

«Secondo».

«Si provi», disse Marina.

Silla chinò la testa, con intensa attenzione, sullo scacchiere.

Donna Marina fece un atto d'impazienza e si alzò in piedi.

«È inutile che studii[73] tanto», diss'ella. «Le assicuro che non vincerà. Non vincerà», ripeté scompigliando con la mano e rovesciando i pezzi.

«Io non ho giuocato contro di Lei altra partita che questa, e credo che non giuocherò più».

«Meglio per Lei».

«Oh, né meglio né peggio».

«Sicuro», diss'ella con accento sarcastico. «Ella non è qui per giuocare contro di me; è qui per fare degli studi profondi con il conte Cesare, non è vero? Che studi sono?»

Silla godeva di sentirla irritata; era una vittoria.

«Di nessun interesse per Lei, signorina», rispose.

Ella restò un momento pensierosa e poi tornò a sedere.

Quali dubbi, quali pensieri di conciliazione le passavano pel capo? Recò ambedue le mani a una crocettina d'oro che le pendeva dal collo tra l'abito aperto e giocherellò con essa piegando il mento al seno, scoprendo un po'delle braccia tornite.

«Molto bassi questi studi, dunque», diss'ella.

«Oh, no».

«Ah. Lei crede allora che sieno troppo alti per me?»

«Non ho detto questo».

«Vediamo; è matematica?»

«No».

«Metafisica?»

«No».

«Scienze occulte, forse? Il conte ha bene dello stregone; non trova, signor... signor... Come si chiama Lei?»

«Silla».

«Non trova, signor Silla?»

«No, signorina».

«Molto deciso, Lei».

Seguì un momento di silenzio. Si udì la voce del conte mista ad altre voci di persone che scendevano per la scalinata.

Silla si alzò in piedi.

«Aspetti un poco», diss'ella bruscamente. «Non voglio sfingi davanti a me. Cosa scrive Lei con mio zio?»

«Un libro noioso».

«Capisco; ma di che tratta?»

«Di scienza politica».

«Ella è uomo di Stato?»

«Qualche cosa di meglio: sono artista».

«Di canto?»

«La marchesina ha un grande spirito!»

«E Lei è molto orgoglioso!»

«Forse».

«E con quale diritto?»

Dicendo queste parole, Marina sorrise di un riso enigmatico di cui Silla non capì il veleno.

«Di rappresaglia» rispose.

«Oh!» esclamò Marina. Un lampo di sdegno le passò negli occhi.

L'uno e l'altro pensarono in quel momento a un predisposto legame, fosse pure d'antagonismo, di inimicizia, nel loro futuro destino.

«È dunque vero», disse Marina sottovoce, «che Lei giuoca un'altra partita qui al Palazzo?»

«Io?», rispose Silla, sorpreso. «Non so cosa Lei voglia dire».

«Oh, lo sa! Ma Lei giuoca coperto, giuoca prudente, non ha ancora mosso la Regina. Povero orgoglio il Suo! E parla di rappresaglie! Non mi conosce, Lei. Mi hanno scritto poco tempo fa che sono superba, che vorrei vivere in una stella di madreperla, e che in questo pianeta borghese, in questo sudicio astro di mala fama, non c'è posto, per me, da posare il piede. Risponderò che il posto l'ho trovato e...»

«Ecco mia nipote», disse il conte entrando con alcune persone.

Silla non si mosse. Guardava Marina con gli occhi sbarrati. La sua corrispondente, Cecilia, lei!

«Il signor Corrado Silla, mio buon amico», soggiunse il conte, «il quale ha ancora la testa negli scacchi, a quanto pare».

NOTE

69. Oggi si preferisce la forma: sé stesso (Serianni).
70. "Avrebbe potuto".
71. Forma arcaica.
72. "Emise". Caduta della e- iniziale per aferesi (un fenomeno linguistico che consiste proprio nella soppressione di una vocale o di una sillaba a inizio parola).
73. Forma arcaica di "studia".

Capitolo VII - Conversazioni

Quel giorno la gentildonna veneziana di Palma il Vecchio fu scherzosamente pregata di uscire dalla sua cornice e di sedere a pranzo. La bella donna rispose col solito sorriso. Benché la mensa brillasse di argenti, di cristalli e di fiori, non valeva ad allettare lei, cresciuta fra magnificenze orientali. E poi, quale squallida comitiva di adoratori a' suoi piedi! Chi la pregava di scendere era il comm. Finotti, deputato al Parlamento, prossimo alla sessantina, con gli occhi tutti fuoco e il resto tutto cenere. C'era pure il comm. Vezza, letterato, aspirante al Consiglio superiore d'istruzione pubblica e al Senato, piccolo, tondo, imbottito di dottrina e di spirito, caro a molte signore ma non a quella lì, che non era letterata né ipocrita e rideva di quegli occhiali d'oro, di quel carnierino grigio corto, di quelle forme da soldatino di gomma. C'era il prof. cav. ing. Ferrieri: fisonomia nervosa, occhio intelligente, sorriso scettico, cervello e cranio perfettamente lucidi. Neppure costui poteva allettare la bella veneziana. Ella era troppo del XVI secolo e lui troppo del XIX. Nato con una scintilla di poeta e d'artista, l'avea convertita in agente meccanico. C'era l'avvocatino Bianchi, giovinotto elegante, timido, con un'aria di sposina imbarazzata, tutto tepido ancora del nido di famiglia. Anche di lui sorrideva dall'alto la esperta dama. Altre facce nuove non c'erano, perché non poteva contarsi fra queste la trista[74] figura del dottore, sdrucciolato, senza invito nella sala da pranzo.

Chi aveva portato quegli ospiti al Palazzo era stato il solitario fiumicello ch'esce dal lago a ponente, fra i pioppi. Alcuni capitalisti di Milano avevano incaricato il prof. Ferrieri di recarsi a visitare l'emissario del piccolo lago di... e a studiare se ci fosse forza bastante per una grande cartiera. Il professore doveva schizzare un progetto sommario, tastare il Municipio di R... per la costruzione di un tronco di strada e fors'anche per la cessione gratuita di un fondo comunale. Egli era un ingegnere di molta fama; quattro sgorbi col suo nome avrebbero fatto piovere gli azionisti. Aveva portato con sé suo nipote avvocato per la parte legale dell'affare. Il commendatore politico e il commendatore letterato, vecchi amici del conte Cesare e dell'ingegnere, si erano accompagnati a questo per fare al Palazzo una visita promessa fino dal 1859.

Il pranzo fu eccellente e largamente innaffiato di spirito. I motti dell'onorevole deputato si urtavano con le freddure dell'uomo di lettere, con gli epigrammi incisivi dell'ingegnere professore. Il vocione del conte copriva spesso le altre voci, il tintinnio delle posate e dei cristalli, il cozzo sguaiato dei piatti e tutto quanto. Il giovane avvocato taceva, mangiava poco, beveva acqua e guardava Marina. Steinegge e il dottore bisbigliavano insieme, scambiavano qualche rara parola con Silla. Questi, distratto, assorto in altri pensieri, tante volte non rispondeva loro nemmeno, o rispondeva a sproposito.

Marina pure era taciturna.

I due commendatori, suoi vicini, chiedevano aiuto alla Natura, all'Arte, al cielo e alla terra per farla parlare e non riuscivano a trarle di bocca che radi monosillabi. Però il suo viso, il suo sguardo, che non si rivolse mai a Silla, non esprimevano preoccupazione alcuna. Il commendator Vezza, che aveva la mania di saper tutto, le domandò, per ultimo tentativo, se conoscesse un certo punto di ricamo di nuova introduzione, che a Milano tutte imparavano. Ella gli rispose con una sommessa esclamazione di meraviglia sdegnosa che turbò molto il dotto uomo e lo spinse a buttarsi subito fra i discorsi degli altri. Si parlava della futura cartiera. L'ingegnere vantava le nuove macchine che si sarebbero introdotte per fare e adoperare la pasta di legno. Steinegge si stupiva che la pasta di legno fosse una novità per l'Italia; secondo lui l'uso n'era divulgatissimo in Sassonia. Il Vezza osservò che in Italia usavano gli azionisti di pasta di legno e le azioni di cenci; fece poi dei commenti agrodolci su questo germanismo industriale tanto riprensibile, secondo lui, quanto il germanismo letterario. La discussione s'infervorò subito. Il Finotti sosteneva il Vezza; l'ingegnere lo combatteva. Steinegge, rosso rosso, fremeva in silenzio, versava Sassella, versava Barolo sulle piaghe del suo amor proprio nazionale.

«Quella è la miglior poesia italiana, non è vero?» gli disse ridendo l'ingegnere.

Steinegge giunse le mani, soffiò e alzò gli occhi al cielo senza parlare, come un vecchio serafino estatico.

«Ben detto, signor Steinegge, bravo», gridò l'onorevole deputato. «Cesare, tra poco ci capita la Giunta di R..., non è vero, per conferire qui con Ferrieri sotto i tuoi auspici? Bisogna inzupparmela di questo Barolo. Per quanto siano duri quei signori, l'amico se li mangerà facilmente, uno dopo l'altro».

«Oh, non li conosci», rispose il conte. «Essi berranno il mio vino e le ragioni del signor professore, loderanno tutto e non si decideranno a niente. Questa gente, più la si accarezza, meno si fida. E non ha poi tutti i torti».

«Già! *Timeo*! Ma intanto lui, il professore, non porta nessun dono, e poi, per fortuna, ha un profilo così poco greco! Non Le pare, marchesina?»

Marina rispose asciutto[75] che non si occupava di greco.

«E lui son quarant'anni che va dimenticando di essersene occupato male», disse il professore. «Non gli dia retta. Del resto, non sono greco ma ho il Pattolo[76] in tasca. Duecentocinquanta fra operai e operaie, una dozzina d'impiegati tecnici e amministrativi, l'esempio, sopra tutto l'esempio! Sapete quanti opifici si potranno piantare con quell'acqua lì! Dopo verrà la necessità d'una ferrovia».

«Prova generale», sussurrò il commendator Vezza.

«Insomma il Municipio di R... mi deve buttare ai piedi la strada, il terreno e il diploma della sua cittadinanza».

«Castelli di carta. Ah, una trota, *salmo pharius*. Rossa, di fiume. Queste ce le guasterai di sicuro con la tua carta».

Ciò detto, il comm. Vezza impegnò con il conte, l'ingegnere e Steinegge un dialogo assai vivo sulle trote d'ogni razza e paese, sulle reti, sugli ami, sulla piscicoltura. Intanto, l'uomo politico trovò modo di avviarne uno più intimo col dottore, suo vicino, intorno a Corrado Silla; ne raccolse con voluttà le maldicenze che correvano sulla origine del giovane. Quando poteva mettere il dito sopra una debolezza umana di quel genere, una debolezza di puritano, inaspettata, curiosa, era felice.

«Dunque», diceva il comm. Vezza, «per le trote di fiume s'infilza sull'amo una mosca... o un lombrico...»

«O un poeta tedesco», suggerì l'ingegnere.

«No, chi ne mangia? Neppure un ingegnere. Gli è per pigliare i sindaci lacustri che s'infilza sull'amo un pezzo grosso dell'Università incartato in un progetto...»

Qui il commendatore si cacciò in fretta una mano sulla bocca, perché, annunciati dal cameriere, entravano il Sindaco e la Giunta di R...

Movimento generale, strepito di sedie, presentazioni cerimoniose, silenzio, tintinnio di tazze, brindisi eloquente del commendator Vezza alla futura prosperità del Comune di R... "così degnamente e sapientemente rappresentato". Dell'amo non parlò. Il Sindaco e la Giunta lo guardavano trasognati, con la vaga inquietudine di chi sente farsi gran lodi e non sa perché, e teme d'esser caduto in qualche imbroglio. Poi tutti si alzarono. Il conte, l'ingegnere, l'avvocatino e la Giunta si strinsero a conferire insieme.

Il comm. Finotti diede il braccio a donna Marina sussurrandole alcune parole francesi e sorridendo, probabilmente all'indirizzo delle autorità che spandevano un disgustoso odore di fustagno. Si respirava uscendo da quel caldo nell'ombra fresca della loggia, dove veniva su dal cortile un soave odore di *rhyncospermum*[77] fiorito. Anche il lago davanti al Palazzo taceva per un gran tratto nell'ombra. Le montagne in faccia e l'acqua in cui si specchiavano eran dorate. Il ponente splendeva, sereno. A levante, l'Alpe dei Fiori, infocata, toccava il cielo nero, tempestoso.

«Bello!» disse il comm. Finotti appoggiandosi alla balaustrata; «bello, ma troppo deserto. Come Le passa il tempo in quest'eremo, marchesina?»

«Non passa del tutto», rispose Marina.

«Ci sarà però nei dintorni qualche essere umano lavato e pettinato da poter dire due parole».

«Ce n'è uno dipinto».

Accennò il dottore che stava presso l'entrata della loggia ascoltando a bocca aperta un vivacissimo dialogo tra il Vezza e Steinegge. Silla si teneva in disparte, guardava il getto d'acqua nel cortile.

«Ma Cesare», insiste il Finotti, «ha sempre ospiti. Anche adesso, mi pare...» soggiunse con una voce piena di domande sottintese, guardando la giovane signora, che sporse il labbro inferiore senza rispondere.

«Come mai è amico di Cesare?», disse il commendatore sottovoce.

«Non lo so».

«Io però lo invidio».

«Perché?»

«Viver vicino a Lei!»

«Può essere assai poco piacevole agli altri se non garbano a me», disse Marina con l'accento e l'atto di chi vuol troncare un discorso.

«Vezza!» gridò forte il Finotti, «come puoi star a parlare di trote, perché tu già parli di trote o di granchi, dove c'è una dama? Vedo che al mio garbatissimo amico dottore ci fai una pessima impressione».

Il garbatissimo amico si sviscerò in proteste. «Marchesina», disse il Vezza, avvicinandosi «oda come si ricompensa l'abnegazione di un amico che vi cede il primo posto!»

«L'aveva Lei?», rispose Marina con uno dei suoi sorrisi; e senz'attender la replica, si rivolse a Steinegge: «Tre sedie», diss'ella.

V'erano cinque persone in loggia e neppur una sedia.

«Quando una signorina ordina», rispose Steinegge dopo un momento di silenzio «un capitano di cavalleria può portarne trenta».

Il commendatore Finotti osservò Silla. Era pallido e guardava Marina con fuoco così sdegnoso che parve sospetto a quel dilettante di psicologia pratica.

«Tutti in piedi?» disse il conte affacciandosi in quel punto alla loggia con l'ingegnere, l'avvocato e le Autorità. «Caro Steinegge, abbia la bontà di dire che portino delle sedie. Il professore desidera vedere se e come si potrebbe stabilire un barraggio regolatore delle piene del lago; se occorra qualche altra operazione alla soglia dell'emissario. Io lo accompagno. Questi signori preferiscono rimanere».

«Noi leveremo l'incomodo», disse uno degli assessori.

«Che diavolo!» replicò il conte. «Bisogna far visita a mia nipote, adesso. Quando crede, professore...»

Il professore distribuì in fretta sorrisi e strette di mano ai cinque dignitosi municipali e partì col conte.

«Noi faremo ballare gli orsi», sussurrò il commendator Finotti a donna Marina.

Ma gli orsi non erano tanto orsi quanto s'immaginava lui. Tre di essi, gli assessori supplenti e il Sindaco si conoscevano abbastanza per non aprir bocca mai. Gli altri due, gli assessori effettivi, potevano dar dei punti, per furberia, al signor commendatore. Per scioltezza di scilinguagnolo[79] non gli stavano troppo al disotto, posto ch'erano contadini; grassi se si vuole, ma contadini da gerla e da zappa.

«Siamo poveri *alfabeti* di campagna», diceva uno di loro. Avevano finissimo il fiuto della canzonatura.

Si parlò, naturalmente, della cartiera. Il Finotti fece una pittura, a gran tratti di scopa, delle meraviglie industriali che si sarebbero vedute, dei favolosi guadagni che avrebbe fatto il paese. I due approvavano col capo a più potere, fregandosi i ginocchi con le mani.

«Com'è diventato aguzzo il mondo!» disse il più vecchio.

«E noi restiamo sempre tondi» rispose l'altro. «Almeno se non ci piallano un poco».

«Comune ricco, già», disse il Finotti.

«Sì, quattro sterpi e un paio di viaggi d'erba, su quelle croste là in faccia, dove tutti si servono. Quando li avremo mangiati per far la strada della cartiera, allora diventeremo ricchi; ma per adesso... Allora sì. Sarà forse per quel vino che ci ha favorito, per sua grazia, il signor conte, allora mi pare che abbiamo da diventar signori bene. È un gran vino; ma sarà mica traditore? Cosa ne dice Lei, signor tedesco, che lo vedo qualche volta dalla Cecchina gobba?»

«Ah! Ah!» soffiò Steinegge senza capir bene.

«Ehi!» esclamò il Vezza accorgendosi dei nuvoloni neri che ingrossavano a levante. «Vuol far temporale!».

«Oh signor no», disse l'assessore che aveva parlato prima, «per adesso no; stanotte, forse».

«Come si chiamano quei sassi là in alto dove batte il sole?»

«Noi li chiamiamo *l'Alpe dei fiori*. Da ragazzo ci sono stato anch'io lassù, a far fieno. Potevano metterci nome l'Alpe del diavolo ch'era *più* meglio[80]».

«C'è bene, lassù, il buco del diavolo», disse l'altro assessore.

«Ah, c'è un buco del diavolo?» disse Silla, «E perché lo chiamano così?»

«Ma, io non saprei mica, vede. Bisogna domandare alle donne. Loro contano un sacco di storie!»

«Per esempio, dicono che per quel buco si va all'inferno, che è un piacere, dritti come *i*, e che i beniamini del diavolo piglian tutti quella strada là. Ci fanno anche il nome a tre o quattro che ci son passati».

«Ah sì?» disse il commendator Finotti. «Sentiamo».

«Proprio non mi ricordo, sa...»

«Gente del paese, già?»

«Del paese e mica del paese. Non mi ricordo».

Qui l'onorevole Sindaco uscì, in mal punto, dal suo prudente silenzio.

«Pare impossibile, Pietro», diss'egli, «pare impossibile che non vi ricordiate. La matta...!»

«Che asino!» mormorò fra i denti il poco riverente assessore; e non disse altro.

«Bravo Sindaco. A Lei! Lei deve ben sapere da che parte vanno all'inferno i Suoi sudditi, diavolo! Racconti dunque! Non sarà mica un segreto d'ufficio, spero».

Il Sindaco, accortosi troppo tardi di aver posto un piede in fallo, si andava contorcendo sulla sedia.

«Storie vecchie», rispose, «storie vecchie. Sarà un affare di forse seicento anni fa».

«Uuf, seicento! Non saranno neanche sessanta», disse un altro municipale che fino allora era stato zitto.

«Bene, bene, sessanta o seicento, è sempre una storia vecchia, e qui ai signori può interessar poco».

Ma il povero Sindaco, preso alle strette, non trovò modo di schermirsi; e, per non aver più quel peso sullo stomaco, lo buttò fuori a un tratto. Ecco, questa matta era la prima moglie del povero conte vecchio, qui del Palazzo; una genovese, che ha scappucciato, pare, un tantino, e suo marito l'ha condotta qui, l'ha tenuta come in castigo, ed è stato qui anche lui finché è morta; la gente dice che il diavolo se l'è portata a casa per di là».

Mentr'egli parlava, Marina si alzò, gli voltò le spalle. I suoi colleghi gli fecero gesti di rimprovero. Il Vezza disse a caso:

«È la barca di Cesare quella là?»

«Bei tempi!» esclamò Silla con voce sonora.

Tutti, tranne Marina, lo guardarono sorpresi.

«Tempi di forza morale», proseguì senza badare a quelle occhiate. «Di forza morale organica. Adesso si hanno le convulsioni, gl'impeti di passione sfrenata, e, in fondo, egoista. Se una donna tradisce, la si ammazza o la si scaccia. Vendicarsi e liberarsi: ecco lo scopo. Allora no. Allora vi era qualche gentiluomo capace di seppellirsi con la colpevole in un deserto e di dividere la espiazione senz'aver divisa la colpa, rompendo tutti i vincoli del mondo, per rispetto a un vincolo sacro, benché doloroso».

Marina, senza voltarsi, sfrondò nervosamente con la destra un ramo di passiflora.

«Può essere stata una vendetta atroce», disse il Finotti, «un omicidio lento e legale. Che ne sa Lei?»

«Non lo so; non credo che il padre del conte Cesare sia stato capace di questo. E poi, ci occupa, ci commuove la pena; ma la colpa? Chi era questa donna? Chi ci può dire?»

Donna Marina si voltò.

«E Lei», diss'ella con voce rotta dalla collera, «chi è, Lei? Chi ci può dire neppure il Suo vero nome? S'indovina!»

Aperse con impeto l'uscio che metteva nell'ala di ponente e scomparve.

Medusa non avrebbe impietrato meglio di lei quel gruppo d'uomini.

Silla sentiva di dover dire qualche cosa, e non sapeva che. Gli parve di aver toccato un gran colpo di mazza sulla testa e di barcollare. Finalmente, a stento, raccapezzò un pensiero.

«Signori», diss'egli, «sento che mi si è gettata un'ingiuria: non so quale, non intendo!»

Le parole no, ma l'accento, le braccia, gli occhi, dicevano: “Se avete inteso, parlate”. I commendatori e il medico protestarono silenziosamente, col gesto, di non saper nulla, gli altri stavano a bocca aperta.

Steinegge prese Silla a braccetto, lo trasse via dicendogli: «Adesso conoscete, adesso conoscete».

La Giunta di R... e il dottore si ritirarono subito.

«Bel finale!» disse il commendator Vezza, passato il primo sbalordimento. «Hai capito tu?»

«Eh altro», rispose il Finotti. «È chiaro come l’acqua».

«Torbida».

«Ma che? Vuoi sentire? Quel giovinotto lì, piovuto al Palazzo dalle nuvole, è un peccatuccio dell’amico Cesare. Alla damigella ci ha seccato mortalmente. Capisci, vedersi portar via sotto il naso uno zio siffatto! Ci sarebbe, per salvar tutto, la solita combinazione, e questa scommetto che è l’idea di Cesare, ma! A Parigi o a Milano o nel mondo della luna ci deve essere un *ma* con un cilindro etereo e dei calzoni ideali. Sarà biondo, sarà bruno, sarà quel diavolo che vuoi: c’è sicuramente. Dunque, niente combinazione; guerra! Non è chiaro?»

«Non sai niente, caro mio. Che si possa arrischiare un sigaro?» Qui il commendator Vezza si divertì ad accendere il sigaro, sciupandovi silenziosamente una mezza dozzina di fiammiferi. «Sì, la Mina Pernetti Silla, bella donna, bellissima donna! È stata veramente amica di Cesare, ma una amica!»

Il commendatore gittò in alto una boccata di fumo, l’accompagnò su con l’occhio e con la mano disegnando in aria degli zeri allegorici.

«Lei», proseguì, «era figlia di un consigliere d’appello tirolese. Sai che Cesare fu espulso di Lombardia nel 1831? Credo che volesse liberarar l’Italia per potersi sposare poi senza scrupoli quella tirolesina bionda. Ell’avrà avuto un ventidue anni. Il papà l’avrebbe arrostita piuttosto che darla a un liberale. Lei tenne saldo, povera ragazza, a non volersi maritare, fino a ventisei anni. Suo padre, un mastino, credo che la mordesse. Un bel giorno piegò il capo e prese un figuro, un austriacante marcio che fece denari con le imprese e poi se li mangiò tutti, andò via con i tedeschi nel '59 e dev'esser morto a Leibach, credo. La Mina e Cesare non si videro mai più, ma si scrissero sempre non d'amore, veh! neppur per sogno. Quello lì? Quello lì è un giansenista che non va a messa. Ella non gli scriveva che di suo figlio, lo consultava. È morta nel '58, e tutto questo io l'ho saputo dopo, da un'amica sua. Ora domando io se è chiaro. Domando io cos'ha da temere la marchesina di Malombra, che ragioni aveva...»

«Sì, sì, sarà tutto vero, vuol dire che lei non sa le cose a questo modo. Ma poi, come mi parli di ragioni in una testolina così bella? Non vedi, perdio! Che occhi? Lì dentro ci sono tutte le ragioni e tutte le follie. Averla per un'ora, una donna così bella e così insolente. Si deve impazzire di piacere».

«Peuh!», disse il letterato, «è troppo magra».

Ma l'onorevole deputato fece di questa censura una confutazione così scientifica che non può trovar posto in un lavoro d'arte.

NOTE

74. Forma arcaica di "triste".

75. "In tono asciutto, sbrigativo".

76. Antico fiume (oggi denominato: Sarabat) della Lidia (antica regione della Turchia asiatica), dove pare, un tempo, fosse stata trasportata della sabbia d'oro. In tal caso, è utilizzato nell'accezione simile ad: "avere l'oro in tasca".

77. Gelsomino.

78. "Sbarramento". Francesismo.

79. "Parlantina". Il termine trova almeno altre due occorrenze classiche: una in Manzoni, l'altra sarà in Pirandello.

80. "Calco" tipico della parlata popolare.

Capitolo VIII - Nella tempesta

«Debbo accendere il lume, signor?» disse Steinegge a bassa voce.

Era notte fatta. Da un gran pezzo Steinegge e Silla stavano seduti nella stanza di quest'ultimo, uno in faccia all'altro, senza parlare. Pareva che vegliassero un morto.

Steinegge si alzò, accese in silenzio una candela e tornò a sedere.

Silla teneva le braccia incrociate, il capo chino sul petto, gli occhi a terra. Steinegge era inquieto, guardava Silla, guardava il lume, guardava il soffitto, metteva una gamba a cavalcioni dell'altra che poi pigliava bruscamente la rivincita.

«Presto bisognerà scendere, signor», diss'egli. «Credo che il signor conte è ritornato da un pezzo».

Silla non rispose.

Steinegge aspettò un poco, poi si alzò, tolse il lume e si avviò adagio alla porta.

L'altro non si mosse.

Steinegge lo guardò, ritirò il collo tra le spalle con un *ah* di sommessione[81], depose il lume e venne a piantarsi davanti a Silla.

«Sono un imbecille, signor, non so dir niente, ma sono amico. Vi giuro che se potessi rispondere io per lei, farvi sortire quel colpo di sciabola che dovete aver nel cuore, me lo piglierei volentieri pur di vedervi più contento».

Silla si alzò, gli gettò le braccia al collo.

Steinegge, rosso rosso, impacciato, andava dicendo: «Oh no... signor Silla... io ringrazio...», e si sciolse piano piano da quell'abbraccio. La sventura, la miseria, le amarezze d'ogni sorta lo avevano umiliato sino a renderlo schiavo della familiarità di coloro cui egli attribuiva una condizione sociale superiore alla sua.

«Bisogna esser così un poco filosofi», diss'egli. «Bisogna disprezzare questa persona. Credete che non ha offeso me otto e dieci e venti volte? Non ricordate stasera quando mi ha parlato, come a un servo? Io ho disprezzato sempre. Quella non ha cuore, né una briciola. Voi dite quella, voi italiani, una donna onesta, perché non fa questo che sapete. Voi dite donne vili le altre. Ma io dico: questa, questa» (Steinegge batteva rabbiosamente le sillabe) «questa è vile. Insulta me perché sono povero, insulta Voi per passione avara».

«Per passione avara?»

«Sì, perché immagina che il signor conte vuol porre Voi nel testamento».

«Dunque», diss'egli «ha proprio voluto dire...»

«Mah!»

«Come, come mai?» ripeté Silla angosciosamente.

«Eh! Qui lo hanno detto tutti».

«Lo hanno detto tutti?»

Dopo un lungo silenzio, Silla si avvicinò lentamente a Steinegge, gli posò le mani sulle spalle e gli disse con voce triste e tranquilla: «E Lei, crede Lei che se vi fosse una macchia sulla memoria più sacra ch'io m'abbia, sarei rimasto qui a farne testimonianza?»

«Non ho mai creduto questo. Il signor conte non Vi avrebbe chiamato qui; conosco molto bene il signor conte».

«Caro Steinegge, se noi ci lasciamo per non rivederci più, come potrebbe accadere, si ricordi di un uomo che si direbbe, non perseguitato come Lei, no, ma deriso, continuamente, amaramente deriso da *qualcheduno fuori del mondo* che si diverte a vederlo soffrire e lottare, come i bambini guardan soffrire e lottare una farfalla che han gettata nell'acqua con le ali malconce. Mi si diede un cuore ardente e non la potenza né l'arte di farmi amare, uno spirito avido di gloria e non la potenza né l'arte di conquistarla. Mi si fece nascere ricco, e nell'adolescenza, quando avrei cominciato a godere i vantaggi di quello stato, mi si precipitò nella povertà. Mi si promise testé quiete, lavoro e amicizia, quello che l'anima mia sospira, perché alla gloria ho rinunciato; e adesso mi si strappa via tutto d'un colpo. Vede, ho avuto una madre santa, l'ho adorata e sono io la causa che si oltraggi la sua memoria; io che dovevo immaginar quest'accusa e non la ho immaginata per una incurabile inesperienza degli uomini e delle cose!

Mettiamo tutto in due parole: sono inetto a vivere, me ne convinco ogni giorno più. E ho una salute di ferro! Le dico queste cose perché L'amo, caro Steinegge, e voglio ch'Ella mi porti nel Suo cuore. Non le ho mai dette a nessuno. Dica, non Le pare una derisione? Bene...», qui gli occhi di Silla sfavillarono e la sua voce diventò convulsa, «...non lo è. Io ho la forza in me di resistere a qualunque disinganno, a qualunque amarezza; e questa forza non me la sono procurata io. Ne userò, lotterò con la vita, con me stesso, con la sfiducia terribile che mi assale di quando in quando; e sono convinto che Dio si servirà di me per qualche...»

Si bussò all'uscio.

Il conte Cesare faceva dire a Silla ch'egli era con gli ospiti e lo pregava di scendere. Silla pregò Steinegge di andar lui in vece sua e di portare le sue scuse, allegando alcune lettere urgenti da scrivere.

Steinegge uscì tutto impensierito. Che intendeva mai fare il signor Silla?

La stessa questione si agitò lungamente nelle regioni inferiori del palazzo. Madamigella Fanny aveva informato per la prima i suoi colleghi della "gran lezione" data dalla sua signorina a quel "tulipano nero", il quale, agli occhi di Fanny, aveva il gran torto di non essersi mai avveduto che erano belli ed arditi. Il cuoco possedeva le informazioni della Giunta con parte della quale aveva bevuto un litro, dopo il fatto, dalla Cecchina gobba. Raccontò che in quel punto il signor Silla tremava tutto, era più bianco di un foglio di carta.

«Chi sa[82], signor Paolo», gli disse Fanny, «chi sa che faccia faranno adesso a trovarsi insieme quei due lì! Già la mia marchesina non ha paura di nessuno».

Allora qualcuno disse che il signor Silla si era ritirato in camera e che per quella sera non sarebbe disceso. Il *zuruch*[83] che gli aveva tenuto compagnia un pezzo, n'era uscito tutto stravolto. Altro fatto strano; il signor Silla aveva mandato a riprendere i suoi rasoi che il giardiniere doveva portar seco[84] a Como per farli affilare.

«Sta a vedere», disse Fanny, «che quello stupido lì è capace di ammazzarsi senza dare un quattrino di mancia a nessuno!»

«Zitta! Andiamo!» disse la Giovanna. «Se il signor padrone avesse a sapere di questi discorsi! E poi, per quel che ci ha fatto Lei!»

«A me non tocca», rispose Fanny. «Sicuro che non mi degnerei di attaccargli neppure un bottone. Ho visto la bella roba da straccione che ha! Più *chic* il dottore, di quello lì».

Appena nominato il dottore, Fanny fece una risatina.

«Povero dottore!» diss'ella, e giù un'altra risatina; poi un'altra, poi un'altra; né volle mai dire perché ridesse.

E anche nella sala dov'erano riuniti gli ospiti del Palazzo, a chi si pensò se non a Silla e a quello che farebbe?[85] Nessuno ne parlò, perché donna Marina era presente e il conte non sapeva ancor nulla dell'accaduto. Il conte non capiva queste lettere urgenti dodici ore prima della partenza della posta, ma tacque. Marina era gaia. Nel riso argentino che saltava spesso dalla sua voce dolce e vellutata, come il sonaglio di un folletto nascosto, si udiva una nota trionfante. Qualche volta rideva anche lei come Fanny, senza ragione, distratta. Rise molto appena partito il dottore. Insomma non pareva punto preoccupata dell'assenza di Silla.

Le ore passavano e la luna veniva su piano piano dietro i nuvoloni ancora fermi a levante, che si squarciavano qualche volta sotto di lei agitando frange d'argento intorno alla sua faccia regale, e si richiudevano. Ella sfolgorava in quei brevi momenti sui vetri della finestra di Silla, guardava nella camera sino al fondo.

Quegli scriveva. Il ronzio della sua penna rapida era interrotto da slanci veementi e da radi silenzi. Le pagine succedevano alle pagine; doveva averne riempite parecchie quella penna, quando si fermò. Silla le rilesse, pensò un poco.

«No!» diss'egli, e stracciò lo scritto.

Prese un altro foglio. Stavolta la penna non correva più. Il pensiero dell'uomo lottava con la parola, con se stesso forse.

Suonarono le undici e mezzo. Silla aperse la finestra e chiamò Steinegge. Lo aveva udito camminare.

«Scenda subito», diss'egli.

Steinegge corse alla finestra, fece atto, nel primo impeto del suo generoso cuore, di gittarsi abbasso, poi scomparve, e, in meno che non si dice, fu nella camera di Silla, con il soprabito male infilato e senza calzoni. In quel momento né lui né Silla pensarono che fosse in arnese ridicolo.

Silla gli andò incontro. «Parto», diss'egli.

«Parte? Quando parte?»

«Adesso».

«Adesso?»

«Credeva Lei ch'io potessi dormire ancora sotto questo tetto?»

Steinegge non rispose.

«Vado a piedi sino a... e là aspetterò il primo treno per Milano. Lei mi farà il favore di consegnare questa lettera al conte Cesare. Qui ci son pochi denari che La prego di distribuire, come crederà meglio, ai domestici. Per fortuna non avevo ancora fatto venire i miei libri; ma lascio qui un baule. Avrà Ella la bontà di spedirmelo?»

Steinegge affermò del capo; ma non poteva parlare, aveva un groppo alla gola.

«Grazie, amico mio. Quando avrà fatta la spedizione me ne avverta con una lettera ferma in posta e vi unisca la chiave che Le lascio, perché vi sarà ancora qualche cosa di mio da raccogliere».

«Oh, ma volete proprio partire così?»

«Proprio così voglio partire. E sa cosa ho scritto al conte? Gli ho scritto che le mie idee sono troppo lontane dalle sue perch'io possa accettare la collaborazione offertami; e che onde evitare spiegazioni spiacevoli, onde sottrarmi al pericolo di cedere, parto a questo modo chiedendogliene perdono e protestandogli la mia gratitudine. Uno scritto cortese nella forma e villano nel fondo, uno scritto che lo deve irritare contro di me, lo sdegno di accusarla; le avevo scritto e poi ho stracciata la lettera: ma ella intenderà che ho voluto rispondere a lei spezzando netti d'un colpo i legami che le han dato argomento d'insultarmi. E tutti gli altri intenderanno, spero».

«Per questa donna!» fremé Steinegge, scotendo i pugni.

«Ma Lei non sa il peggio», mormorò Silla. «Lei non sa quanta viltà v'è in me. Glielo voglio dire. Il solo pensiero di posar le labbra sopra una spalla di questa donna mi fa venir le vertigini, mi mette i brividi sotto i capelli. È amore? Non lo so, non lo credo; ma guai se per soffocare l'angoscia e la collera di esserne odiato, non ci fosse ancora in me qualche forza indomita di cui ringrazio Dio! Sì, è così. Lei n'è stupefatto, lo comprendo, ma è così. Però, vede, sono un uomo, il sangue vigliacco deve obbedirmi, vado via. Mi stringa la mano; qualche cosa di più, mi abbracci».

Steinegge non seppe proferire che tre *ooh* soffocati, abbracciò Silla con un cipiglio da nemico mortale e l'affetto tempestoso d'un padre. Poi trasse di tasca un vecchio portasigari sdruscito[86] e lo porse con ambo le mani all'amico. Questi lo guardò attonito.

«Vostro a me», disse Steinegge.

Allora l'altro intese e trasse egli pure un portasigari ancora più vecchio e sdruscito. Se li scambiarono tacendo. Prima di partire, Silla diede un ultimo sguardo, un appassionato saluto mentale alle memorie di sua madre; gli parve che l'angelo pregasse per lui, per l'aiuto di Dio in altri cimenti ancor più gravi, nascosti nel futuro. Uscì nel cortile per una finestra a piano terreno. Non volle che Steinegge lo accompagnasse, gli strinse ancora la mano, e attraversata in punta de' piedi la ghiaia traditrice, salì lentamente la scalinata fra i cipressi, fermandosi nelle nere ombre oblique che fendevano, come grandi crepacci, le pietre illuminate dalla luna.

Egli si voltava allora a guardar la vecchia mole severa da cui si partiva, secondo le previsioni umane, per sempre. Ascoltava il tenero lamento dello zampillo giù nel cortile, la voce grave della grossa polla su in capo alla scalinata. L'una e l'altra voce chiamavan lui; quella sempre più fievole, questa sempre più forte. Non gli era più possibile veder la finestra di lei; ma guardava là quell'angolo del tetto che copriva la stanza sconosciuta, e la immaginava nei più minuti particolari con la rapidità e la vigoria intensa della passione. Ne respirava veramente il tepore odoroso, vedeva saettarvi per la finestra di levante un raggio di luna, rigare il pavimento, sfiorar un'onda di vesti vôte[87], brillar sopra uno spillo caduto, sulla punta brunita d'uno stivaletto adunco, scivolar sul letto bianco, battere a una delicata mano sottile e morirvi mandando fiochi bagliori su pel braccio ignudo. A questo punto gli si oscurava la fantasia, una stretta nervosa gli si propagava dal petto a tutta la persona ed egli riprendeva frettoloso, per liberarsi da quello spasimo, la via.

Non è a stupire se la sbagliò. Non era facile, per verità, fra parecchi sentieri che fuggono in mezzo agli uniformi filari di viti, scegliere quello che conduce al cancello. Silla ne prese uno alquanto più basso. Si avvide dell'errore, quando trovò, dopo un tratto abbastanza lungo, che scendeva verso il lago. Pensò che al postutto[88] non era sicuro di rinvenire la chiave del cancello, posta di solito, ma non sempre, in un buco del muro di cinta, e ricordò che ci doveva esser lì presso un'altra uscita per la quale passavano qualche volta i coltivatori del vigneto. La trovò infatti. Il muro di cinta era diroccato per metà e dal campo vicino un gelso spingeva i rami per la breccia. Silla fu presto dall'altra parte, a pochi passi da un approdo che serviva ai coloni del campicello lungo il lago. Un sentiero piano move da quell'approdo a raggiungere nel suo punto più basso la strada provinciale di Val... ora toccando l'orlo del lago, ora appiattandosi fra siepi e muricciuoli, ora tagliando qualche pendio erboso, rotto da radi ulivi.

Silla si sforzava invano, camminando, di pensare all'avvenire, alla vita di sacrificio e di lavoro indomito che l'aspettava. Malediva la notte piena di voci lascive e la luna voluttuosa, ormai alta nel sereno. Appoggiò la fronte ardente ad un tronco di ulivo, senza sapere che si facesse. Quel tocco ruvido e freddo lo ristorò, lo acquietò come avrebbe acquietato un metallo vibrante.

Si ripose tosto[89] in cammino perché lampeggiava. In faccia a lui nuvoloni torvi di levante si movevano finalmente, si allargavano verso le montagne, invadevano il cielo con tante cime rigonfie, fluttuanti come una marea furiosa che volesse salire fino alla luna. Gittavano lampi continui, silenziosamente, verso il lume di lei, fuggitiva. Ad un tratto Silla si ferma e tende l'orecchio.

Ode il sommesso borbottar del lago ne' buchi dei muricciuoli, il lamento dell'allocco nelle selve della riva opposta, il canto dei grilli e il lieve sussurro di un soffio per le viti folte, per le frondi[90] bigio-argentee degli ulivi.

Null'altro?

Sì, due remi cauti, lenti che tagliano l'acqua a lunghi intervalli. Se vicini o lontani, non s'intende bene; sul lago, a quell'ora, solo un orecchio esperto può misurare le distanze dei suoni.

I remi tacciono.

Ecco il sordo rumore d'una chiglia che striscia sui ciottoli della riva. Anche i grilli ascoltano. Poi, più nulla. I grilli uniscono ancora il loro canto a quello dell'allocco lontano, ai borbottamenti del lago pei buchi dei muricciOli. Silla non poteva discernere questa barca che approdava; vedeva soltanto l'acqua chiara tremolar tra le foglie. Andò avanti. Il sentiero sbucava presto sulla ghiaia d'un piccolo golfo, all'altro capo del quale grossi macigni neri si protendevano nell'acqua. Si rizzava sopra quelli, fra caprifichi e rovi, una cappelletta; e ne sporgeva a piè della cappelletta, la sottile poppa nera d'una lancia. Doveva esservi una cala tra i macigni. Non c'erano altre lance che *Saetta* sul lago, e Silla lo sapeva. Ma chi era venuto con *Saetta*?

Sospettò del Rico e si fermò per non essere scoperto. Vide un'ombra levarsi tra gli arbusti dietro la cappelletta, correr giù, scomparire. Subito dopo sprizzò di là un riso argentino. Impossibile non riconoscerlo; donna Marina! Silla, per istinto, si slanciò avanti, udì una esclamazione di terrore, vide l'ombra di prima ricomparire alla cappelletta e fuggir su tra gli arbusti, mentre donna Marina chiamava invano:

«Dottore! Dottore!»

Silla riconobbe il medico, ma non stette a pensare neppure un momento perché si trovasse lì. Udì la chiglia della lancia strisciare indietro dalla riva e saltò alla cappelletta quando la prora, ormai silenziosa, era per uscire dalla cala e Marina, deposto il remo di cui s'era fatta puntello, stava assettandosi i guanti.

«Si fermi!» diss'egli ritto sul ciglio del macigno.

Ella diè un lieve grido e impugnò i remi.

Non era possibile lasciarla partire così. A piè del macigno la ghiaia rideva a fior d'acqua. Silla saltò, afferrò la catena della lancia. Marina diede due colpi disperati di remo, ma *Saetta* obbedì presto al pugno di ferro che la tratteneva.

«Bisogna udirmi, adesso!» disse il giovane.

«Lei mi dirà prima di tutto», rispose Marina fremendo, «se il nobile mestiere che ha esercitato stanotte è un Suo passatempo consueto, o se Ella è ai servigi di mio zio!»

«Fra che abbietta gente ha vissuto, signorina? È questa la Sua nobiltà? Allora Le giuro che la mia vale di più; e ho ben ragione di sperare che il mio nome venga ricordato ancora con onore quando non vi sarà più memoria del Suo!»

Salito sopra un sasso sporgente, scoperta la maschia fronte, Silla dominava la barchetta e la donna, palpitanti dinanzi a lui.

Marina non voleva lasciarsi dominare, batteva l'acqua con un remo, rabbiosamente.

«Avanti», diss'ella, «alla seconda scena. Intanto Lei fa una vigliaccheria di tenermi qui per forza».

Silla gittò la catena.

«Vada», diss'egli «vada pure se ha cuore. Sappia solo che non recito una commedia, recito un oscuro dramma di cui la seconda scena Le è indifferente».

«Ah, e la prima no?» riprese Marina lasciando cadere i remi e incrociando le braccia.

«La seconda scena», proseguì Silla senza badare all'interruzione, «non ha luogo qui. Stia tranquilla; da questa notte in poi non vedrà più né il dramma, né il protagonista. Se ha sospettato, nel candore, nel disinteresse dell'anima Sua, ch'io fossi più d'un amico per l'uomo di cui Ella è nipote ed erede, si rassicuri, neppure amico gli sono più forse; perché pochi momenti or sono, di nascosto, come un malfattore, ho lasciato per sempre la sua casa ospitale, dov'è spuntato, in qualche angolo freddo e ombroso, questo vile sospetto. Se lei poi ha temuto», qui la voce di Silla tremò, «di qualche sinistro disegno su donna Marina di Malombra e Corrado Silla, è stato un inganno ben grande il Suo. Se il conte me ne avesse parlato, gli avrei tolta questa illusione, perché Lei è troppo al di sotto di quell'altero cuore ch'io voglio, capace di disprezzare, come le disprezzo io, la ricchezza e la fortuna. E adesso, marchesina, ho l'onore...»

«Una parola!» gridò Marina avvicinandoglisi di fianco con due colpi di remi, perché una repentina brezza di levante portava via adagio adagio la lancia. «Il Suo dramma fantastico non va. Ella ha la bontà di farsi una parte eroica. Facile; ma c'è la critica, signor Silla. Dove ha scoperto Lei questa cosa ridicola che io sono una ereditiera sospettosa? Non ha mai veduto quanto mi curo di mio zio? E come osa Lei parlare di progetti sulla mia persona? Le pare che voglia turbarmi di quanto mio zio e Lei possano aver l'impudenza di pensare e di dire?»

Intanto *Saetta* dilungava da capo per la brezza ringagliardita. Marina diede un colpo di remi e si voltò a guardar Silla. La lancia corse un istante contro il vento, contro le onde che gorgogliavan forte sotto la chiglia, e girò subito, respinta, sul fianco sinistro. La luce della luna mancava rapidamente. Fiocchi veloci di nubi, come spume, l'avevan raggiunta, oltrepassata: ora giungevano i cavalloni grossi ed ella vi affondava, non pareva più che un fanale rossastro, perduto nella tormenta, vicino a spegnersi.

«Allora?» esclamò Silla. «Perché?»

Le altre parole si perdettero nello schiamazzo improvviso delle onde intorno a lui. Una raffica violenta gittò *Saetta* sul sasso dov'egli stava.

«Scenda!» gridò curvandosi ad afferrar la sponda della lancia perché non vi urtasse. «Subito!»

«No, spinga via, vado a casa!»

Benché fossero tanto vicini da potersi toccare, riusciva loro difficile intendersi. Le onde, cresciute di botto smisuratamente, tuonavano sulla riva con un fragore assordante; il timone, la catena, i remi della lancia abballottata[91] strepitavano. Silla vi si stese su, l'allontanò dalla riva con una disperata spinta e vi cadde dentro.

«Al timone!» gridò afferrando i remi. «Al largo! Contro il vento!»

Marina obbedì, gli sedette in faccia stringendo i cordoni del timone. Ormai il cielo era tutto nero, non ci si vedeva più. Si udiva il tuonar delle onde sulla riva sassosa, sui muricciuoli. Là era il pericolo. *Saetta*, spinta troppo vigorosamente, alzava la prua sull'onda, la spaccava cadendo a gran colpi sordi; entrava nelle più grosse come un pugnale; allora la cresta spumosa ne saltava dentro, correva sino a poppa. La prima volta, sentendo l'acqua, Marina alzò in fretta i piedi, li posò su quelli di Silla. Nello stesso punto un lampo spaventoso divampò per tutto il cielo e pel lago biancastro, per le montagne di cui si vide ogni sasso, ogni pianta scapigliata. Marina sfolgorò davanti a Silla con i capelli al vento e gli occhi fissi nei suoi. Era già buio quando egli ne sentì nel cuore il fuoco. E quei piedini premevano i suoi: premevano più forte quando la poppa si alzava; ne sdrucciolavan quindi e vi si riappiccicavano. I due remi gli saltarono in pezzi. Cacciò fuori gli altri due ch'erano nella lancia, remò con furore, perché la notte, le voci della natura sfrenata, quel tocco bruciante, quell'inatteso sguardo gli gridavan tutti di esser vile. E i lampi gliela mostravano ogni momento, lì, palpitante, col viso e il petto piegati a lui. Non era possibile! Fece uno sforzo, si alzò in piedi e passò sull'altra panca più a prua.

«Perché?» diss'ella.

Anche nella voce di lei v'era una commozione, un'elettricità di tempesta.

Silla tacque. Marina dovette comprendere, non ripeté la domanda. Si vide al chiarore dei lampi un denso velo bianco a levante, una furia di piova in Val... Non veniva però avanti: la rabbia del vento e delle onde diminuiva rapidamente.

«Può voltare», disse Silla con voce spossata, accennando col capo, «il Palazzo è là».

Marina non voltò subito, parve incerta.

«La Sua cameriera l'aspetta?»

«Sì».

Allora torneremo alla cappelletta. Fra dieci minuti il lago è quieto: io scenderò lì».

«No», diss'ella. «Fanny non mi aspetta. Dorme».

Voltò *Saetta* e mise la prora al Palazzo. Non parlarono più né l'uno né l'altra. Quando giunsero al Palazzo faceva meno scuro e il vento era caduto affatto, ma le onde strepitavano ancora lungo i muri, tanto da non lasciar udir la barca.

Anche il sangue di Silla si veniva chetando. Passarono sotto la loggia. Quella vista gli rese la sua freddezza altera.

«Lei mi ha detto stamattina», diss'egli, «che non La conoscevo.

La conosco invece molto bene».

Marina credette forse che volesse alludere alla scena avvenuta lì, e non rispose.

«Guardi com'entra in darsena», diss'ella dopo un momento di silenzio.

«Io lascio i cordoni».

Silla entrò con precauzione. Solo passando adagio adagio per l'entrata, ella gli rispose piano:

«Come può dire di conoscermi?» Ma bisognava ora badare a non urtar il battello, approdar bene, presso la scaletta. Ed era così buio! *Saetta* strisciò sul fondo sabbioso, si fermò. Silla uscì, tentò con la mano la parete grommosa[92] dello scoglio in cui è scavata la darsena, trovò questa scaletta che mette al cortile e continua poi nell'ala destra del Palazzo, sino all'ultimo piano.

«La scala è qui», diss'egli porgendo la mano a Marina che ripeté nel prenderla:

«Come può dire di conoscermi?» E saltò, dalla prua a terra: ma, imbarazzatasi nella catena, cadde in braccio a Silla. Egli se ne sentì il petto sul viso, strinse, cieco di desiderio, la profumata persona, calda nelle vesti leggere: la strinse fino a soffocarla, le sussurrò sul seno una parola; e lasciatala scivolare a terra corse via per la scaletta, saltò nel cortile.

Marina rimase immobile, con le braccia stese avanti. Non era un sogno, non c'era inganno, non c'era dubbio possibile; Silla aveva detto: "CECILIA".

NOTE

81. "Sottomissione".
82. Forma arcaica di "chissà".
83. Steinegge.
84. "Con sé", dal latino secum, posposto per anastrofe al pronome.
85. "Avrebbe fatto".
86. "Scucito". Forma antica e non comune, già occorsa in Dante e Boccaccio (poi anche in Tomasi e in Calvino), e in altri testi dello stesso Fogazzaro.
87. "vuote".
88. Forma arcaica: "alla fine, dopotutto".
89. "subito, presto".
90. "fronde", f. arcaica.
91. "Sballottata", forma aulica. In riferimento alle onde, già presente in Collodi.
92. "Incrostata", germanismo già presente, ad esempio, in Dante.

Capitolo IX - Piccola posta

Donna Marina di Malombra alla signora Giulia De Bella

Dal Palazzo, 2 settembre 1864

Sospetto di aver indovinato il nome dell'autore di *Un sogno*. Mi occorre di saperlo con sicurezza e di sapere il suo indirizzo. Ti do la mia parola che non è per andarlo a trovare! Sguinzaglia, ti prego, i tuoi cortigiani. Alla tipografia V... con un po' d'arte si deve trovar tutto.

Marina

La signora Giulia De Bella a Donna Marina di Malombra

Varese, 4 settembre

Hai pigliato fuoco? I miei cortigiani son tutti dispersi. Qualcuno m'ha detto iersera che la tipografia V... è chiusa da un mese. Direi di voltare pagina. Però ti prometto che, se ne saprò qualche cosa, ti scriverò tosto.

Giulia

PARTE SECONDA

Il ventaglio rosso e nero

Capitolo I - Notizie di Nassau

Il 6 settembre grande aspettazione[93] al Palazzo. I radi, timidi fili d'erba che bucavano la ghiaia bianca e rosea del cortile, eran tutti scomparsi. Una pompa nuova di vasi schierati vi ostentava fiori e fogliami signorili; parevano dignitari e dame in attesa di un corteo reale. Il popolo delle passiflore, dei gelsomini, delle altre piante arrampicate a' muri, guardava, dall'alto, con mille occhi.

Per ora, il solo Steinegge, tutto azzimato,[94] passeggiava gravemente tra questa curiosità rispettosa, fermandosi a guardar su per la scalinata se comparisse qualcheduno a parlare, attraverso le inferriate della cucina sepolta per metà nel suolo, con il "signor Paolo" che si vedeva passare e ripassare da un fornello all'altro dietro le sbarre come un orso bianco.

Guardò l'orologio. Erano le una e mezzo. Il conte aveva detto che sarebbe stato di ritorno dalla stazione, con i Salvador, presso a poco a quell'ora. Steinegge s'incamminò, facendo un viso ossequioso, su per la scalinata.

Ecco gente lassù. Ecco il gran cappello del conte che copre quasi anche il suo domestico. E la contessa Fosca? E il conte Nepo?

Nessuno era disceso dal treno di Milano. Il conte Cesare, arrabbiatissimo colla[95] cugina, col cugino, con tutti i cugini screanzati dell'universo, trovò modo di tempestare[96] col cuoco, fece disfare i letti apparecchiati, andò in bestia con Steinegge perché gli era venuto incontro e con Marina perché non era venuta. Durante le sue diatribe, *Saetta* brillava al sole da lontano e non s'affrettava punto. Gli giovò di sfogarsi a questo modo. Mezz'ora dopo, rianimò con una parola gentile lo sbalordito Steinegge e disdisse gli ordini dati *ab irato*[97] a Giovanna. Con Marina le cose procedettero diversamente. Cinque giorni eran passati dopo la partenza improvvisa di Silla; il conte e sua nipote non avevano ancora scambiato parola. Egli era stato in procinto di partire per Milano; poi, mutato pensiero, forse per il prossimo arrivo dei Salvador, aveva scritto a Silla. Di questo arrivo s'era occupato moltissimo. Aveva persino fatto il miracolo di andare alla stazione. La Giovanna pensò che quei signori di Venezia dovevano essere qualche cosa più del re; e gli altri domestici dissero al giardiniere che poteva far a meno d'annaffiare, perché sarebbe infallibilmente piovuto prima di sera.

Marina, nei primi quattro giorni dopo la partenza di Silla, non si lasciò vedere, neppure a pranzo. Fanny disse al conte che la sua marchesina aveva l'emicrania; agli altri disse che era una luna tremenda, che non ci capiva niente e che a momenti anche lei non ne poteva più.

Quel giorno Marina uscì con *Saetta* e comparve poi a pranzo mentre il conte e Steinegge parlavano dell'opera di Gneist[98] sul *Self-government*, di cui Steinegge stava facendo un sunto. Il conte seguitò a discorrere senza volger il capo né gli occhi, come se il suo interlocutore non si fosse alzato in piedi e non avesse fatto un profondo inchino verso la porta. Solo quando, finito il pranzo, si alzò, egli le disse con insolita freddezza e tranquillità:

«Favorite di passare da me fra un'ora».

Marina lo guardò come sorpresa; poi disse con un leggero scatto d'ironia sulla prima sillaba: «Favorirò».

Aspettò quasi un'ora e mezzo; poi mandò Fanny a vedere se il conte fosse in biblioteca. La risposta fu che ve l'aspettava da mezz'ora[99].

Ella entrò nella biblioteca a passo lento, con l'aria di chi pensa al mondo della luna, fece un largo giro verso la porta che mette nel giardino e venne a lasciarsi cadere sopra una sedia a bracciuoli[100], di fronte al nemico.

«Vi avverto prima di tutto», cominciò il conte, «che coloro i quali mi fanno l'onore di abitare in casa mia, mi debbono di essere civili. Non è una pigione[101] troppo forte e da oggi in poi me la pagherete, perché io ho la debolezza di esigere, presto o tardi, i miei crediti. Se non conoscete le monete potrò darvi qualche piccola lezione».

Gli occhi di Marina scintillarono, le sue labbra si apersero[102].

«Non rispondete», tuonò il conte.

Ella balzò in piedi. Voleva ribellarsi, parlare, e non poteva. Forse troppe parole le facevan ressa alla gola; forse nel momento di prorompere temé[103] tradire il segreto di cui sentiva confusamente che doveva riserbarsi per un giorno premeditato, per un'ora invariabile, prefissa dalla sua volontà e dal destino.

«Non rispondete», ripeté il conte. «Voi odiate me e la mia casa, ma non vi tornerebbe comodo, io credo, essere pregata di partire subito. Non rispondete».

Marina ricadde a sedere in silenzio.

«Non potete supporre che io ignori l'oltraggio fatto da voi al mio amico Silla, il quale è andato via per causa vostra, e non potete supporre che, conoscendolo, io vi sia rimasto indifferente. Non so se la parola umana possa esprimere tutto quello che il vostro atto m'ispira. Bene, io non ricercherò i motivi molto oscuri della condotta che voi tenete. Certo non conviene né a voi né a me di convivere a lungo. V'è una frase enormemente stupida: i legami del sangue. Io non credo che il vostro sangue abbia due globuli simili ai miei. Ad ogni modo, non è indispensabile appiccarsi con questi legami. Meglio tagliarli. Oggi non vi siete curata di trovarvi a casa quando dovevano arrivare i miei cugini Salvador. Vi avverto che mio cugino ha un gran nome, una bella sostanza e pensa a prender moglie».

«Ah!» disse Marina e sorrise guardandosi la piccola mano bianca che tormentava il braccio della poltrona.

«Non fate esclamazioni drammatiche. Non andate a pensare che vi si vogliano far violenze. Io non so se il colore dei vostri occhi piacerà a mio cugino e non posso neanche sapere se la sua voce vi toccherà il cuore. È utile, io credo, nel vostro caso, conoscere le disposizioni di mio cugino. Potete approfittarne o no, come vi piacerà meglio».

«Grazie. E se il signor cugino non mi va, quando debbo partire?»

Marina aveva parlato pian piano, guardandosi gli anelli, a mano spiegata, l'uno dopo l'altro; poi serrò il pugno, se l'accostò al viso, quasi per numerarvi le vene azzurrognole; lo lasciò finalmente cadere e alzò sul conte due grandi occhi ingenui.

«Ma», disse il conte «quando debbo! Mi pare siate in fatto voi, col vostro contegno, che mostrate desiderio di andar via. Sarebbe forse più leale e più sincero dire: Quando posso? ».

«No, lo posso sempre. Sono maggiorenne e possiedo abbastanza per mantenere me e una vecchia dama di compagnia che mi lasci sola. Quando debbo? Io non desidero andar via».

Il conte la guardò attonito. Quei grand'occhi limpidi non dicevano nulla, proprio nulla. Aspettavano una risposta.

«Non desiderate andar via? Desiderate dunque che me ne vada io? Eh? Quello vi farebbe comodo? Ma per Dio santo, parlate chiaro. Se non desiderate andar via, che diavolo desiderate? Perché vi comportate con me come se io fossi un carceriere? Che vi ho fatto io?»

«Lei? Niente».

«Chi dunque? Steinegge? Che vi ha fatto Steinegge?»

«Paura».

«Come, paura?»

«È tanto brutto!»

Il conte si rizzò sul suo seggiolone e, impugnandone con violenza i bracciuoli, porse verso sua nipote la fronte corrugata e gli occhi fiammeggianti.

«Oh», diss'egli, «se credete farvi gioco di me, la sbagliate: se avete voglia di scherzare, scegliete male il vostro momento. Quando ho la compiacenza di domandarvi cosa vi offende in casa mia, non bisogna mica rispondermi come una cingallegra[104] parigina; bisogna parlare sul serio!»

«A che serve se Ella ha risoluto che io parta?»

«Chi ha detto questo? Io ho detto che non siamo fatti per vivere assieme e vi ho indicato una possibile occasione di mutar soggiorno e compagnia. E prima di tutto ho dichiarato che dovrete in avvenire essere civile con me e con i miei ospiti onde non costringermi a un pronto provvedimento».

Marina non aveva ancora risposto, quando entrò la Giovanna, tutta commossa.

«Signor padrone, quei signori sono qui!»

«Diavolo», esclamò il conte alzandosi, e uscì in fretta.

Marina andò a gittarsi sul seggiolone rimasto vuoto, vi si dondolò con le braccia incrociate, il capo appoggiato alla spalliera, le gambe accavalciate e la punta brillante d'uno stivalettino nero slanciata in aria come una sfida.

Si udivano parecchie voci al piano terreno, o meglio una voce sola, a getto continuo, sonora, colorita, con accompagnamento di altre voci note e ignote, di risa brevi, rispettose.

«Oh che viaggio», diceva quella voce, «oh che paesi, oh che gente! Hai la mia borsa, Momolo? Vi racconterò, creature. Chi sei tu, bellezza? La sua cameriera? Brava, cara. E dov'è questo benedetto Cesare? Sta sulle tegole a quest'ora? Dimmi, tesoro, cos'hai nome? Fanny? Senti, Fanny, quel palo bianco là è un frate o un cuoco? Ma che ci prepari un brodo, benedetto da Dio. Nepo, sei languido, *fio*? Oh Dio, Cesare, che vecchio, che brutto!»

Con quest'ultime parole gridate nelle palme delle mani di cui s'era coperta il viso, la contessa Fosca Salvador salutò il conte Cesare che le veniva incontro frettoloso con una faccia che voleva e non poteva essere allegra. Peggio fu quando la contessa volle dargli un bacio e lo affogò in un diluvio di chiacchiere. Egli ne perdette quasi la testa. Continuava a rispondere sì sì sì col suo vocione più grosso, stringeva la mano a Nepo e stava per fare lo stesso col vecchio domestico della contessa, malgrado i suoi grandi inchini e il suo ripetere: «Eccellenza, Eccellenza».

«*Ciò*», gridò la contessa, «sta a vedere che mi bacia Momolo. C'è di meglio se volete baciare: ma voi già siete un orso».

Il conte Cesare stava sulle brace. Avrebbe volentieri mandato al diavolo tutta la compagnia. I discorsi della contessa gli mettevano rabbia. Momolo e le due donne che stavano silenziosi dietro Sua Eccellenza ebbero pure da lui uno sguardo poco benevolo. Se avesse poi veduto nel cortile, tra le macchie di fiori, la nuova macchia nera di bauli, casse e borse accatastate!

«È una invasione, caro conte, una invasione», ripeteva Nepo girando per il vestibolo quasi a tentoni perché ci si vedeva poco, e frugandone ogni angolo col naso per trovar posto al suo bastone, al soprabito, al cappello.

«L'ho proprio detto alla mamma ch'era un abusare...»

«Sì, me l'ha detto e io gli ho risposto: Abusiamo, benedetto. Cosa sarà? Mio cugino non ha egli un cuor di Cesare? Oh se avessi mai saputo che bisognava fare questo dio di strada, vi dico in fede, non avrei abusato. Caro il mio caro *pampano*, non dite niente che si doveva venir stamattina? Non sapete?»

«Sì, sì, mi racconterete quello», disse il conte che non ne poteva più. «Intanto venite di sopra».

«Vengo, anima mia, se posso. Vi raccomando il mio Momolo e la mia Catte. Son vecchietti, povere creature, credo che saranno mezzi morti. Tiratemeli su. A proposito, Catte, dov'è quella ragazza? Non ha veduto, signor orso, che *cocola* le ho condotto?»

Non era dunque una seconda cameriera la giovinetta vestita di nero che stava dietro la vecchia Catte? No, ell'aspettava che la prima tempesta dell'incontro si chetasse. Si fece avanti e disse al conte Cesare parlando in buon italiano, ma con un forte accento straniero:

«La prego, signore, di volermi dire se il signor capitano Andrea Steinegge abita qui».

«Sicuramente, signorina», rispose il conte, meravigliato. «Il mio buon amico Steinegge sta qui. Egli non usa veramente di farsi chiamare capitano, ma...»

«Era capitano, signore. Capitano austriaco, agli usseri di Liechtenstein».

«Oh, non ne dubito, signorina. Credo anzi che una volta il signor Steinegge mi ha raccontato quello. E Lei desidera vederlo?»

La voce ferma della giovinetta parve mancare. Si udì appena un bisbiglio.

«Eh?», ripete il conte con accento benevolo.

«Sì, signore».

«Ora è fuori, ma verrà presto. La prego di salire ad aspettarlo».

«Grazie, signore. Rientrerà egli da questa parte?»

«Da questa parte».

«Allora se permette, resto qui».

Il conte s'inchinò, ordinò di portare un lume per la signorina e si avviò di sopra con gli ospiti. La contessa Fosca gli raccontò che quella ignota signorina era discesa con loro dal treno, e aveva chiesto, com'essi, una vettura per il Palazzo; che vedendola, pover'anima, sola soletta (e alla stazione non c'era mezzo asino da farsi trascinar via) le aveva offerto di venire, se voleva, con loro, posto che in paese si fossero trovate vetture, come infatti a grande stento se ne trovarono.

«Chi sia e cosa voglia», aggiunse la contessa, «non l'ho inteso. Già ha detto pochissime parole; e, volete che ve la dica? *Mio fio* sostiene che parlò italiano e io ho sempre creduto che parlasse tedesco. Estenuata poi! Questo sì l'ho capito. Grazie tante: un viaggio di questa sorte!»

Il conte non fiatò.

«Che duro, la mia anima», mormorò Sua Eccellenza tra sé. «E Marina! Dov'è questa briccona di Marina? È a cena forse? Perché dico...»

In quel momento entrò Marina. Ella abbracciò la contessa, strinse la mano al cugino con grazia disinvolta e si lasciò dire dalla prima un mondo di dolcezze, di complimenti, sulla sua bellezza, con dei risolini pazienti, delle strette a quattro mani, dei brevi: «Cara! Che cara!»

Sua Eccellenza Nepo parlava intanto con il conte Cesare. Sua Eccellenza era un giovanotto sui trent'anni, bianchissimo di carnagione, con un gran naso aquilino male appoggiato a sottili baffetti neri, con un paio di occhioni neri a fior di testa, il tutto incorniciato da una ricciuta zazzera nera e da un collare di barba nera che pareva posticcia su quella pelle di latte e rose. Aveva le mani assai piccole e bianche. Parlando sorrideva sempre. Il suo passo breve, ondulato, i gomiti quasi sempre stretti alla vita, il parlare stridulo, frettoloso, mettevano intorno a lui un'aura femminile che feriva subito chi lo incontrava la prima volta. A Venezia lo chiamavano il conte *Piavola*. Non mancava però d'ingegno, né di coltura, né di ambizione. Aveva emigrato[105] nel 1860 ed era venuto in Torino per educarsi alla politica. Colà studiava economia e diritto costituzionale, frequentava le sale dei pochi ministri che tenevano società, le Camere e le *tote* dei baracconi di piazza Castello. Gli era venuta l'idea di entrare in diplomazia, ma non aveva ancor preso gli esami: si teneva sicuro che, liberato il Veneto, un collegio, dove era grande proprietario, lo avrebbe inviato alla Camera.

Ed ora, mentre la vena inesauribile della contessa Fosca gittava chiacchiere sul capo di Marina, egli, dal canto suo, torturava già il conte Cesare con la propria biografia, con la relazione de' suoi studi, delle sue speranze. Il conte, che sapeva poco dissimulare, stava lì ad ascoltarlo, quasi sdraiato sulla seggiola, col mento sul petto, le mani in tasca e le gambe sgangherate; e alzava il capo a ogni tanto per dargli una occhiata fra l'attonito e l'infastidito.

Quando Dio volle un domestico annunciò che la cena per i signori era pronta. La contessa Fosca volle a forza il braccio di suo cugino. Nepo s'affrettò di offrire il suo a Marina, che l'accettò con un leggero cenno del capo, guardando la contessa e continuando a parlare con lei. S'era fatto un braccio aereo; non toccava quasi quello di Nepo; appena entrata nella sala da pranzo, se ne sciolse.

Intanto la giovinetta vestita di nero aspettava seduta nel vestibolo. Essa non pareva udire le voci né i passi sopra il suo capo, non pareva avvedersi dei servi che andavano e venivano chiamandosi, ridendo, gittandole occhiate curiose, diffidenti. Si era tratta accanto la sua borsa da viaggio e guardava la porta.

S'udì un passo di fuori, sulla ghiaia; Steinegge si affacciò alla porta. Ella levossi[106] in piedi.

Steinegge la guardò un momento, meravigliato, e passò oltre. La giovine signora fece un passo e disse a mezza voce:

«*Ich bitte*[107]».

Il povero vecchio tedesco, colto così all'impensata, si sentì dar un tuffo nel sangue da quelle due semplici parole pronunciate con l'accento di Nassau. Non seppe dire altro che: «*O mein Fräulein*»[108] e le porse ambe le mani.

«È Lei», rispose la giovinetta con voce tremante e sempre in tedesco, «è Lei il signor capitano Andrea Steinegge di Nassau?»

«Sì, sì».

«Credo ch'Ell'abbia laggiù una famiglia».

«Sì, sì».

«Io ho notizie...»

«Ha notizie? Notizie della mia bambina? Oh, signorina!» Giunse le mani come davanti a un santo. I suoi occhi brillavano, le labbra eran convulse, tutta la persona esprimeva un desiderio solo, angoscioso. Lo aveva ben detto la contessa Fosca che la povera signorina era estenuata. Diventò pallida pallida, e mormorò a Steinegge che, ansando, le aveva cinta la vita con un braccio:

«Niente, un poco d'aria».

Egli la portò più che non l'accompagnasse fuori, l'adagiò sopra un sedile di ferro, e, divorato da mille angosce, immaginando dover udire da lei tutte le sciagure possibili, forse la più grande, le prese ambedue le mani, parlò con voce carezzevole, dolce, a quella ignota fanciulla del suo paese, così sola in terra straniera. Ritrovò nella memoria tenere espressioni del tempo andato, sante parole paterne, taciute per anni e anni, colorate ora di soavità religiosa dal rispettoso *Lei* che le accompagnava. Intese ella, rinfrancandosi, il rispettoso *Lei* o intese solamente dirsi *mein Kind*, "fanciulla mia?". Perdette la memoria delle prime parole scambiate o la voce affettuosa le fece credere che tutto il suo segreto fosse stato detto? Gittò le braccia al collo di Steinegge e si sciolse in lacrime.

Pare incredibile; Steinegge a prima giunta non capì. Egli portava sempre viva nel cuore l'immagine di sua figlia quale l'aveva lasciata bambina di otto anni, piccina piccina, con due occhi grandi e dei lunghi capelli biondi. L'atto, le lacrime della giovinetta gli dicevano "è lei", ma egli comprendeva e non comprendeva nel tempo stesso, non poteva così rapidamente immaginare una trasformazione simile.

«Oh, papà!» diss'ella fra la tenerezza e il rimprovero. Allora solo il suo cuore e la sua mente s'illuminarono insieme. Con parole rotte, incoerenti, si buttò ginocchioni a' piedi di sua figlia, le afferrò una mano, se la strinse alle labbra. Con la infinita gioia che gli faceva veramente male a tutto il petto, alla gola, sentiva pure una gratitudine umile senza confine.

«Edith, cara, cara Edith, bambina mia», diss'egli con voce soffocata. «Ma è Lei proprio Edith? Ma come puoi esser tu?»

È carità pel povero Steinegge non ripetere le parole assurde che gli uscirono di bocca in quei momenti deliziosi. La improvvisa gioia intorbida il pensiero, come certi liquori forti e soavi intorbidano l'acqua pura.

Edith taceva, rispondeva a suo padre serrandogli la grossa mano tra le sue, nervose, appassionate. Un lume brillò sulla porta del palazzo e vi rimase fermo.

«Papà», disse subito Edith, «mi presenti».

Steinegge si levò a malincuore. Non aveva badato a quel lume impertinente: sarebbe rimasto lì tutta la notte solo con lei e non capiva tanta fretta d'essere introdotta. Non pensò né l'anima sua leale poteva immaginare quali false, perfide parole fossero state sussurrate a sua figlia contro di lui. Edith non le aveva volute credere, ma qualche dubbio angoscioso n'era ben rimasto in lei, ella temeva, almeno, che anche lì in quella casa sconosciuta si potesse pensar male di suo padre. Essa conosceva già il mondo assai meglio di lui che ne aveva veduto tanto.

Entrarono, la figlia a braccio del padre. Era la curiosa Fanny, che stava sulla soglia con una candela in mano.

«Buona sera», disse Edith.

Fanny, che non teneva in gran stima "lo straccione" Steinegge, arrischiava un risolino beffardo quando Edith passò davanti a lei salutandola. Il risolino le morì sulle labbra ed ella s'inchinò graziosamente senza salutare.

«In qual modo», pensava, «il vecchio *zuruch* può avere dimestichezza con una damigella così?»

Aveva visto una bellezza delicata e seria, una persona elegante; aveva notato il passo, l'atto di saluto, la voce dolce e bassa, la semplicità severa dell'abito; e con la sua esperienza delle vere signore, aveva giudicato assai bene di Edith.

«Fateci lume», disse Steinegge.

Fanny lo guardò, meravigliata. Dove aveva egli preso tanta audacia? Di solito osava appena pregare i domestici. Davvero pareva cresciuto di un palmo e camminava impettito come un soldato che dia il braccio a una regina. Fanny obbedì.

Steinegge presentò sua figlia senza la umiltà ossequiosa ch'è debito di chi presenta una parente ai propri superiori. Il conte Nepo e donna Marina si mostrarono freddissimi. Il conte Cesare fu cordiale. Si alzò in piedi, prese con sincera compiacenza la mano della giovinetta e le parlò col suo vocione benevolo della stima e dell'amicizia che aveva per suo padre. La contessa Fosca chiedeva spiegazioni all'uno e all'altro e non arrivava mai a capire. Quando ci arrivò: «Oh che caso, oh che caso!» non rifiniva più dal fare esclamazioni di meraviglia, congratulazioni e domande di ogni genere.

«Perché va a sedere così lontano, benedetta?» diss'ella a Edith. «Di contentezza non si cena, sa; e dopo cena, La ci vorrà bene più di prima al papà. Venga qua, cara da Dio, venga qua».

Edith si scusò con garbo. Il conte, indovinando che padre e figlia desideravano rimaner soli, osservò che forse la viaggiatrice abbisognava sopra tutto di riposo e invitò Steinegge ad accordarsi con Giovanna per la stanza di madamigella Edith, la quale avrebbe potuto farsi recar da cena colà più tardi, se lo desiderasse.

Giovanna condusse Edith in una stanza attigua a quella di suo padre. Questi camminava intanto su e giù pel corridoio, entrava e usciva dalla sua camera, parlando forte alle pareti, al pavimento e sovra tutto al soffitto, fermandosi ad ascoltare i passi e le voci delle due donne nella camera vicina, con lo sguardo torbido e il viso ansioso, come se temesse di non udire più nulla, di trovar che il vero non era più vero. Finalmente Giovanna uscì e discese le scale.

Poco dopo quell'uscio si schiuse da capo e una voce disse piano: «Papà».

Steinegge entrò e abbracciò sua figlia. Non potevano parlare, si guardavano. Ella sorrideva fra le lagrime silenziose; egli si mordeva il labbro inferiore, mostrava negli occhi un dolore pungente, uno spasmo in ogni muscolo del viso. Edith comprese, gli appoggiò la testa sul petto e mormorò: «Ella è contenta, papà?»

Il povero Steinegge tremava come una foglia, faceva sforzi incredibili per frenare la commozione. Edith si trasse dal seno un piccolo medaglione, l'aperse e lo diede al padre. Questi non lo volle guardare e glielo restituì subito dicendo "Sì, sì" battendosi una mano sul cuore. Stette muto per qualche minuto ancora, poi andò risolutamente a spegnere il lume.

«Adesso racconta», diss'egli. «Perdonami se faccio così. Voglio solo udire la tua voce e figurarmi che non sono passati tanti anni. Ti rincresce?»

No, non le rincresceva. La immagine che aveva serbata di suo padre nella memoria era venuta lentamente trasformandosi col tempo, s'era elevata e abbellita; proprio all'opposto del pover'uomo. Anche per Edith v'era adesso qualche cosa di straniero nell'aspetto di lui; anch'essa aveva bisogno di abituarvisi prima di potergli parlare a cuore aperto. Nelle tenebre, invece, la voce di cui tante volte, lassù a Nassau, aveva cercato di ricordare il timbro esatto, la cara voce paterna le correva dentro per tutti i nervi, le riempiva il petto, le riportava impetuosamente nel cuore i più minuti ricordi dell'infanzia. Anche a lei piaceva parlare così, all'oscuro.

E raccontò quei dodici anni passati con il nonno materno, due zii e le loro famiglie. Il nonno, morto da pochi mesi, era stato assai buono per lei, ma non aveva permesso mai che in casa si pronunciasse neppure il nome del proscritto. Edith ne parlò con delicata pietà e temperanza, dissimulando, scusando, per quanto era possibile, gli odii tenaci del vecchio, imbevuto di pregiudizi che nessuno della famiglia si era mai curato di combattere. Steinegge non la interruppe mai; era ansioso di udire l'ultima parte del racconto, di sapere come Edith, che aveva lasciate senza risposta tutte le sue lettere, si fosse poi decisa di abbandonare patria e parenti per venire in traccia[109] di lui. Quest'ultima parte fu la più difficile e amara per la narratrice. Fino alla morte del nonno essa non aveva ricevuto alcuna lettera di suo padre. Morto il nonno, ne aveva trovata per caso una direttale da Torino e aveva saputo in pari tempo che fino a due anni prima moltissime altre lettere erano arrivate per lei da vari paesi e che tutte erano state trattenute e distrutte.

Qui il racconto fu interrotto da un'espansione[110] di Steinegge contro quei maledetti bigotti ipocriti furfanti vili che son capaci di queste azioni da assassini. Tempestò sbuffando per la camera buia e non si fermò se non quando ebbe rovesciate due sedie. Allora udì un passo leggero venire a lui, si sentì una mano sulla bocca. Tutta la sua ira cadde. Egli baciò quella mano e la tolse con ambo le sue.

«Hai ragione», disse, «ma è orribile!»

«Oh no, è basso, basso, molto più basso di noi, papà». Ella continuò narrando come quella lettera vecchia di due anni e mezzo, l'avesse quasi fatta impazzire. La sapeva a memoria. Ripeté le preghiere appassionate fatte agli zii onde ricuperare qualche altra lettera. Ma erano tutte scomparse e neppure una ne poté tornare in luce. Si spezzarono invece i fragili legami che tenevano unita Edith alla famiglia materna dopo la morte del nonno. Ella ebbe la sua parte dell'eredità, modicissima perché gli eredi erano parecchi e la famiglia, non molto ricca, aveva sempre vissuto signorilmente. Chiese di poterne disporre subito e l'ottenne a condizioni inique che ella accettò senza discutere. Partì subito per l'Italia, sola, con la sua piccola eredità, seimila talleri, e una lettera per un impiegato della Legazione di Prussia a Torino, che prestava i suoi buoni uffici anche ai cittadini del Nassau. Si recò difilata a Torino; quel signore si adoperò molto per lei e fu presto in grado di farle sapere dove avrebbe potuto trovare suo padre. Edith terminò con dire come si fosse accompagnata ai Salvador.

Steinegge osservò allora ch'era forse suo dovere scendere nel salotto prima che gli ospiti del conte si ritirassero. Accese il lume per Edith e la pregò di attenderlo, si sarebbe sbrigato in pochi minuti. Escì[111] in fretta e scese la scala senza badare che la lampada sospesa sul pianerottolo del primo piano era spenta e che nessuna voce si sentiva tranne quella dell'orologio. Scoccò da questo, mentre passava Steinegge, un tocco sonoro. Pareva dicesse: «Ferma!».

Quegli si fermò, accese uno zolfanello. Le undici e mezzo! Lo zolfanello si spense e Steinegge rimase immobile con la mano distesa in aria. Possibile? Avrebbe creduto che fossero le nove e mezzo. Risalì la scala in punta di piedi e spinse pian piano l'uscio della camera di Edith.

Ella era ritta davanti alla finestra aperta, teneva stretta alla persona con le mani giunte la spalliera d'una seggiola e curva sul petto la testa.

Steinegge si fermò; gli si era stretto il respiro. Sentiva forse gelosia dell'Invisibile cui saliva allora, oltre le stelle, il pensiero di sua figlia? Non lo sapeva bene neppur lui, che sentisse. Era un freddo, un'ombra fra Edith e sé. Egli non aveva mai nella sua mente distinto Iddio dai preti, dei quali parlava sempre con disprezzo, benché fosse incapace di usare la menoma[112] scortesia al più zotico e bigotto chierico della cristianità. Aveva spesso pensato con dolore che sua figlia sarebbe stata educata dai preti, e ora, solo per averla veduta pregare, gli pareva che lo avrebbe amato meno, si sgomentava del futuro.

Edith s'avvide di lui, depose la seggiola e disse:

«Avanti, papà».

«Ti disturbo?»

Ella si meravigliò del tono sommesso e triste della domanda e rispose con un *no* attonito, levando le sopracciglia come per dire: "Perché mi domandi così?" Lo volle accanto a sé, alla finestra.

Era una notte senza luna, quieta. Il lago non si distingueva dalle montagne. Appena si vedeva a piedi dell'alta finestra una striscia biancastra, il viale di fronte all'arancera, lungo il lago. Tutto il resto era un'ombra che cingeva da ogni parte il cielo grigio, e dentro a quell'ombra si udiva di tratto in tratto il breve e dolce mormorar dell'acque chete, che, rotte dal guizzo d'un pesce, si dolevano e si riaddormentavano.

Edith e suo padre conversarono ancora lungamente a voce bassa, per un inconscio rispetto alla silenziosa maestà della notte. Ella gli domandava mille cose della vita passata, dalla separazione in poi; faceva domande disparatissime, perché ne aveva preparato un tesoro da lunga pezza e ora le venivano sulla bocca alla rinfusa, alcune gravi come questa: se avesse mai sofferto di nostalgia, alcune puerili come quest'altra: se ricordasse il colore della tappezzeria del salottino dov'ella aveva dormito e sognato di lui per dodici anni. Al povero Steinegge si spandeva nel petto una dolcezza ricreante, un calore d'orgoglio. Raccontando ad una ad una le sue tribolazioni alla giovinetta che ne palpitava e ne piangeva, quel che aveva sofferto gli pareva niente a fronte della consolazione presente.

Un suono di campane passò sul Palazzo, andò a echeggiare nelle valli, a perdersi nei fianchi selvosi dei monti. V'era l'indomani una sagra in Val...

«Perché suonano, papà?»

«Non lo so, cara», rispose Steinegge. «*Die Pfaffen wissen es*, il "pretume"[113] lo sa».

Appena pronunciate queste parole, sentì di aver detto male e tacque. Tacque anche Edith.

Il silenzio durò qualche minuto.

«Edith», disse finalmente Steinegge, «sarai stanca non è vero?»

«Un poco, papà».

Era sempre tenera quella cara voce argentina; Steinegge si consolò.

Era sempre tenera quella voce, ma vi suonava dentro stavolta una nuova corda delicatissima, mesta, appena sensibile. Poi che Steinegge si fu congedato con un bacio, Edith tornò alla finestra e parve parlare a lungo con Qualcuno al di là delle nubi. Intanto, suo padre non poteva trovar posa[114]. Tornò cinque o sei volte a picchiar all'uscio per chiederle se aveva acqua, se aveva zolfanelli, a che ora voleva essere svegliata, se le dovevano portare il caffè, se desiderava questo, se desiderava quello. Fu tentato di coricarsi lì all'uscio, come un cane fedele; finalmente, poco prima dell'alba, andò a coricarsi bell'e vestito sul suo letto.

NOTE

93. “Attesa”, f. arcaica.
94. “Agghindato”, provenzalismo di f. aulica.
95. “Con la”, f. arcaica.
96. “Infuriarsi”.
97. “Da arrabbiato”, latinismo.
98. Un giurista e politico tedesco del XIX secolo.
99. “L’aspettava lì…”.
100. Forma arcaica.
101. “Affitto”. Il conte intende dire che i suoi coinquilini devono ripagarlo della sua ospitalità con l’essere civili. Continua in tono ostico verso Marina, sottolineando che se la ragazza non conosce tale moneta, ossia l’essere civile, sarà sua premura insegnargliela.
102. “Aprirono”, f. arcaica.
103. “Temette”, f. arcaica.
104. “Cinciallegra”.
105. Oggi si predilige la forma: “era emigrato”.
106. “Si levò”
107. “Io chiedo…”
108. “Oh, signorina…”
109. “In cerca di…” locuzione arcaica.
110. “Una sfuriata”.
111. “Uscì”, f. arcaica.
112. “minima”
113. Forma chiaramente dispregiativa.
114. “pace”.

Capitolo II - I Salvador

«*El xe largo e longo, Ecelenza*»[115], disse alla contessa Fosca la sua fedele Catte, versandole il caffè in una tazza larghissima, mentre la contessa, alzando la testa dal cuscino e facendosi puntello de' gomiti, considerava con occhi diffidenti il vassoio, la tazza, la sottocoppa, la zuccheriera, il bricco levato in aria e il filo arcuato del caffè cadente.

«Benedetta Venezia!» diss'ella.

«Eh, Eccellenza, benedetta Venezia!»

«*La xe aqua, ciò*», disse la contessa con una smorfia deponendo la tazza sul vassoio dopo avervi appena posate le labbra.

«Acqua schietta, Eccellenza. Ce l'ho detto io a quella vecchia. Questa è la secchia (Catte accennò alla tazza) e questo è il pozzo (Catte accennò il bricco). Oh che casa, Eccellenza! La vecchia ha fatto il muso per le lenzuola e io le ho cantato che Sua Eccellenza non può dormire se non è nelle sue lenzuola».

«Questo ci[116] hai detto?»

«Sì, Eccellenza».

«Hai fatto bene, *sa'*. Le ho tolte per l'albergo, ma già che vi sono... Vestimi, che presto sarà ora di Messa».

«Come La comanda, Eccellenza. La cameriera giovane, quella della marchesina Marina, mi ha dato ragione, se non fallo, perché tanto l'una che l'altra parlano peggio dei levantini. Sa, Eccellenza, cosa si capisce? Che qui padroni e servitori, con buon rispetto parlando, son tutti cani e gatti».

«Dimmi, dimmi. Quest'altra calza, *siora sempia*![117] Dimmi dimmi. Non c'è male queste gambe, ancora, ah?»

«Eh, Eccellenza, quante sposine vorrebbero...»

«Sì, dimmi, *vecia*[118], conta su. Cani e gatti, ah?»

«Eh cani e gatti, Eccellenza. Il signor conte e la signora marchesina non si possono vedere. La si appoggi a me. Piano, Eccellenza, piano, che il letto è alto. Quando si guardano pare che si vogliano mangiare. Così ci[119] ha detto il cuoco a Momolo[120], perché pare che il cuoco non tenga né dall'uno né dall'altra. Ne contano di belle».

«Conta su».

«Ma non so, Eccellenza, se posso, perché c'entra il signor conte...»

«Eh, stupida, quando vi dico di contar su, il vostro dovere è di contar su!»

«Come La comanda, Eccellenza. Ecco, si vuole che il signor conte, tempo fa, volesse prendere la signora marchesina e che la signora marchesina si disperasse perché, ohe poveretta, giovane la è, anima mia».

«Contate su senza tante anime».

«Come La comanda, Eccellenza. Dunque la signora marchesina si ammalò e andava a *torzio*[121] colla testa; da quel tempo non ha più potuto vedere il conte; e il signor conte ha dovuto metterla via; ma anche lui è diventato rabbioso con lei. Dopo è nato un altro pettegolezzo d'un giovane...»

«D'un giovane?»

«Per servirla, Eccellenza».

«Che giovane?»

Sua Eccellenza era inquieta.

«Qua vien lo sporchetto, Eccellenza. Il suo nome di questo giovane non è il suo nome[122]. Pare che ci sia un pasticcio... non so se mi spiego».

«Eh, insensata, fra me e te, abbiamo duecento anni, e pigli tutti questi giri?»

«Come La comanda, Eccellenza. Questo giovane ha un altro nome, ma è figlio del signor conte. Eccola tonda».

Sua Eccellenza si slacciò la cuffia da notte e rimase un momento immobile, a bocca aperta, guardando Catte. Poi si strinse nelle spalle.

«Sciocchezze, insulsaggini»,[123] diss'ella, «bugie. E dunque?»

«Adesso vien l'imbroglio. Non ho capito se ci fosse del tenero fra costui e la signora marchesina o se abbiano trovato da ridire fra di loro, e che lui, voglio dire, che lei ne abbia dette quattro a lui, o se il conte volesse che lei lo togliesse, questo giovine, e che a lui non le piacesse, o che la si fosse messa in pensiero, si sa, per la roba, *ciò*, e che lui...»

Sua Eccellenza buttò via la cuffia.

«Uff, che caldo che mi fai! Cosa vuoi che capisca? Dammi quell'affare! Quell'affare, sì, quell'affare! Non capisci? Vai alla Sensa?»[124]

Catte andò a pigliar la parrucca di Sua Eccellenza e si dispose a mettergliela.

«E poi?» disse la contessa.

«E poi... La permetta, Eccellenza, che siamo un poco storti. Ecco così. No, ancora un pochetto».

Sua Eccellenza soffiava come una macchina a vapore.

«La senta, Eccellenza. Chi è adesso che ha da dire che la è parrucca[125]? Dopo tutto, la porta anche la Madonna. La compatisca, Eccellenza. Dunque un bel dì non so come, è nato un *bordelo*[126], grida tu che grido anch'io, non so se si siano anche pettinati[127], l'amico senza dire "cani vi saluto" infilò la Calle[128] e chi s'è visto s'è visto. Cose di sei giorni sono. E quel tedesco, Eccellenza, che *macia*![129] Stamattina è venuto giù lui a prendere il caffè da portare alla sua tedeschetta. C'era abbasso anche il signor conte, perché quello è proprio *el massariol*,[130] lo si trova dappertutto, pare che vi comparisca[131] di sotto terra».

«Tacete, pettegola», interruppe la contessa Fosca. «Ho tanto di testa. Cosa volete che me ne faccia di tanti pettegolezzi? Fate presto. Specchio. Brava, gioia. La Madonna porta ella quell'affare sul naso? Questo si acquista con darvi libertà, che non fate più attenzione a niente. Presto. Sua Eccellenza è alzato?»

«Credo di sì. Ho visto Momolo portargli gli abiti».

«Bene, andate a dirgli di venire da me. Presto!»

«Subito, Eccellenza».

«Per diana, tu puzzi ancora di baccalà, *ciò*», soggiunse Catte fra i denti, chiudendo l'uscio dietro di sé.

Non era colpa della contessa Fosca se suo padre, dopo essere stato *sbrodegher*,[132] aveva venduto ai veneziani e alla terraferma uno sterminio di baccalà. Quando il conte Alvise VI Salvador si degnò di sposarla, i suoi concittadini le inflissero il nomignolo di contessa Baccalà. Ella sapea tuttavia liberarsene presto per la sua bonarietà disinvolta, per la franchezza con la quale parlava della propria origine, per la sua schietta e allegra ignoranza. Con l'andar del tempo si fece voler bene persino dalle gran dame più schizzinose; il tanfo dei negozi paterni andò perdendosi; ci voleano le nari maligne di Catte per coglierlo ancora.

In vent'anni di matrimonio il fu conte Alvise VI, buttando via quattrini a destra e a manca con l'aiuto dell'allegra signora, aveva cominciato a rivedere qua e là il fondo della cornucopia, su per giù come prima del suo matrimonio. Alla sua morte la contessa Fosca si trovò in possesso di latifondi sterminati, di debiti colossali, e di un ragazzetto mingherlino, ammirato in casa e fuori di casa, come un grande ingegno. La contessa volle sapere a puntino in quali acque navigasse; si spaventò, si raccomandò alla Madonna dei Miracoli, ad avvocati, a santi, a uomini d'affari; ebbe la fortuna di trovare una valente e proba persona, l'avvocato Mirovich, che accettò di mettersi a *pope*[134] e promise condur la barca a salvamento[135]. Si introdussero grandi economie nella famiglia, si mise Nepo in collegio, si vendettero due tenute in Friuli; e certe anticaglie polverose, degne agli occhi della contessa d'esser buttate in rio, uscirono dal granaio del Palazzo per finire al Museo Britannico.

Mentre le guaste fortune di casa Salvador si andavano racconciando, Sua Eccellenza Nepo assodava la sua riputazione in collegio. Aveva memoria prodigiosa, parola assai facile; non era sfornito d'ingegno, se ne attribuiva con l'aiuto dei maestri e di compagni adulatori, moltissimo. Escito di collegio, studiò leggi a Padova.

Nell'Università il suo nome non si levò sugli altri. Con il grosso degli studenti, scapestrati aperti, democratici *intus et in cute*,[136] egli, delicato e molle, non poteva accordarsi. Non ebbe adulatori; fu addetto a una chiesuola timida di eleganti, motteggiata, satireggiata dagli altri. Trovava modo di sdrucciolare spesso a Venezia e d'indugiarvisi. Si occupava di economia politica e sapeva fare l'elegante, comparir signore, applicando segretamente la legge del minimo mezzo.

I suoi primi passi nella società furono fortunatissimi. Egli era una speranza bianca e rosea di mamme e di figliuole, una speranza di quei patrioti che desideravano alta la illustre nobiltà veneziana. Quando si annoveravano nei crocchi i giovani più valenti di Venezia, qualcuno cominciava a dire “c’è Salvador”. Gli bastava per questo, a lui patrizio, conoscere il tedesco, l’inglese, essere abbonato all’*Économiste* e al *Journal des Économistes*, andare a qualche seduta dell’Istituto, spiegare da Florian cosa avessero fatto di tanto noioso i pionieri di Rochdale[137] per seccare l’universo. In pari tempo svolazzava intorno alle gran dame e alle belle dame senza bruciarsi le ali e nemmanco il cordoncino dell’occhialetto; scherzava impunemente con loro, le consigliava nelle più gravi minuzie, acquistandone a poco a poco certa stima *sui generis*, per cui esse non potevano parlar di Nepo Salvador senza farne gran lodi e sorridere. Il suo nome illustre e la buona opinione che molti avevano di lui, piuttosto per desiderio e per fede che per conoscenza dell’uomo, prevalsero un pezzo su questi equivoci sorrisi e sui giudizi che poche persone, a quattr’occhi, facevano di lui. Finalmente i sussurri si propagarono, diventarono mormorii, bisbigli, voci; il credito di Nepo si sdrucì rapidamente da ogni parte; il suo perpetuo occhialetto, le fogge esagerate degli abiti, il portamento effeminato, la vanità ridicola, gli *stomeghezzi*,[138] le taccagnerie male nascoste, furono liberamente derise; i suoi amici si confidarono il gran dubbio che sapesse pochino pochino, e quando uno diceva «talento, però», un altro rispondeva «ehu, memoria». Nepo Salvador diventò il conte *Piavola*.

Nel 1860 due o tre valentuomini, amici di casa Salvador e teneri, per l’onor di Venezia, del nome patrizio, accordatisi fra loro, si misero attorno a Nepo onde persuaderlo a emigrare. Bisognava prepararsi all’avvenire, come facevano tanti altri delle migliori famiglie, con la esperienza della libertà, con l’amicizia dei pezzi grossi di Torino. Nepo era ambizioso, cominciava a sentire un freddo intorno a sé; abbracciò subito l’idea. La contessa Fosca odiava religiosamente col suo grosso patriottismo, i tedeschi, ma non poteva comprendere che diavolo fosse questa libertà cui bisognava prepararsi tanto tempo prima, né quale onore fruttasse l’essere deputato, cioè, com’ella concluse dopo infinite spiegazioni, l’essere *mandato in tanta malora dal calegher, dal forner, dal frao*,[139] ecc.

A una amica che le domandò se partiva lei pure, rispose stizzita: «Io? Cosa volete che vada a fare? Il deputato?»

Non partì, ma faceva di tratto in tratto delle visite a suo figlio. S'incontravano a Milano per abbreviare il viaggio e perché Nepo amava far conoscere sua madre a' suoi amici. Colà videro spesso i Crusnelli di Malombra, loro cugini per parte della madre di Marina. Fra i d'Ormengo e i Salvador v'era stata alleanza fin dal 1613, quando Emanuele d'Ormengo, inviato di Carlo Emanuele I a Venezia, s'invaghì di Marina Salvador e la sposò. Nel 1797 Ermagora Salvador, esule da Venezia, trovò a Ginevra i d'Ormengo, fuggiaschi dal Piemonte, e, un anno dopo, condusse in moglie Alessandrina Felicita, zia del conte Cesare e madre, in seguito, di Alvise VI. Il lusso tutto moderno del marchese Filippo abbagliò Fosca, benché nel suo palazzo di Venezia vi fossero da secoli ricchezze dieci volte maggiori. Ella pensò subito ad un matrimonio e ne parlò a Nepo, il quale arricciò il naso e rispose in tono cattedratico che un giovanotto non può legarsi senza una gran passione, e che quando si ha l'amicizia delle più belle e colte signorine di Venezia e di Torino non è facile innamorarsi a prima vista di altre persone; che, al postutto[140], lo sfarzo dei Malombra gli piaceva e non gli piaceva.

«Un oracolo!» pensò sua madre, quando improvvisamente casa di Malombra si sfasciò. Ella si compiacque assai che Marina fosse stata raccolta dallo zio Cesare. Lo aveva conosciuto a Venezia un trent'anni addietro; lo sapeva ricchissimo e senz'altri eredi che questa nipote. Non osò tuttavia riparlare a Nepo di matrimonio, dopo la teoria dei giovinotti dalle belle amiche. Fu Nepo che un paio d'anni dopo la catastrofe, trovandosi con lei a Milano, escì a parlarle della povera Marina, delle sue disgrazie, dei suoi begli occhi; le disse che certe idee respinte una volta, al tempo della prosperità di Marina, adesso gli si riaffacciavano, gli entravano meglio di prima nel cuore intenerito.

«*Taso, ma no la bevo, vissere*»[141] disse tra sé la contessa Fosca. Nepo osservò pure che correva loro obbligo, essendo in Lombardia, di visitare il conte Cesare, parente dei più stretti che avessero. La contessa, prima di avventurarsi in un paese sconosciuto, volle informazioni e consigli da donna Costanza R..., una vecchia dama milanese di sua conoscenza. Le informazioni sul cugino furono scarse: strano, misantropo, ricchissimo, senza eredi più prossimi di Marina. Di costei donna Costanza seppe solamente dire che la credeva un follettino, ma buona e pia. La vedeva sempre, quand'era a Milano, all'ultima messa di San Giovanni.

Casa Malombra, già, non se ne parla, principi buonissimi. Anche il povero Filippo, testa un po' *fêlée*[142], ma buonissimo, neh! Proprio buono, ecco, povero Filippo! E poi, cara, *gran seigneur*!»[143] Donna Costanza concluse che bisognava scrivere prima, e poi, secondo la risposta, regolarsi.

La contessa Fosca scrisse un capolavoro diplomatico. V'erano intarsiati non pochi errorucci di ortografia e di grammatica; ma nessuno si sarebbe atteso dalla contessa uno scritto così artificioso. V'era espresso il desiderio di rivedere il conte dopo tanti anni, di stringere con l'amicizia i legami del sangue. Non era egli, dopo tante disgrazie, il più prossimo dei parenti superstiti del povero Alvise? Tali erano pure i sentimenti di Nepo. Ella avrebbe voluto intrattenersi con lui dell'avvenire di questo suo figlio; e qui grandi elogi al medesimo. Lo vedeva disposto ad accasarsi. Ove cadrebbe la sua scelta? Certo sopra una famiglia degna, una fanciulla virtuosa; ma ella, come madre, doveva pur pensare a quello che i benedetti giovani non curano mai. Qui veniva un quadro né troppo scuro né troppo chiaro delle finanze Salvador. Insomma, ell'aveva bisogno di amici autorevoli e prudenti.[144] Verrebbe volentieri al Palazzo con Nepo, se però il tempo, se la salute, se questo se quello permettesse. Desiderava pure tanto abbracciare la cara Marina di cui si ricordava sempre con tenerezza. Aggiungeva uno speciale bigliettino affettuoso, sulle generali, per essa.

Il conte Cesare rispose brevemente che si compiaceva delle buone qualità di Nepo, e approvava, riguardo al matrimonio, le idee della cugina; che avrebbe gradito assai la visita e sperava riuscirebbe gradita anche a sua nipote. Questa mandò due righe di fredda cortesia irreprensibile, che diedero un po' da pensare alla contessa Fosca, perché gittavano un'ombra sulla lettera dello zio, la quale poteva interpretarsi per un assenso anticipato con la solita clausola "se piace". Ma donna Costanza le fece riflettere che, nel caso di Marina, un gran riserbo era della più stretta convenienza. Così Sua Eccellenza s'imbarcò e fluttuava in alto mare, quando dopo le chiacchiere e le inattese rivelazioni di Catte, comparve Nepo.

Sua madre lo accolse con una faccia sepolcrale, lo fece sedere e dopo un solenne: «*Fio*[145], qui nasce questo», gli spifferò d'un fiato tutta la storia di Catte, tenendo indietro il più grosso, smorzando e rallentando la voce sempre più. Finì col metter fuori la supposta paternità del conte e ripeté in forma di epilogo, con voce sommessa ma solenne:

«Un *fio*!»

Nepo rimase imperterrito. Disse ch'era ormai interamente sicuro di piacere a Marina, poiché ella si trovava male in casa dello zio. Quanto al figlio, non valeva la pena di occuparsene. La contessa non voleva credere a' propri occhi e se lo fece ripetere due volte.

«Eh, so quello che dico!» esclamò Nepo impazientito.[146] «Se sposerò mia cugina non sarà per i denari. Sciocchezze, cara mamma, queste».

Fosca andò sulle furie, sempre sottovoce. Nepo si stringeva nelle spalle e taceva; ma quando sua madre dichiarò che sarebbe partita la sera stessa, egli, giuocando furiosamente, prima delle sopracciglia e del naso, poi del capo, scosse via l'occhialino, assalì la contessa a rimproveri, a sarcasmi e affermò che non sarebbe partito quand'anche si fossero dati la posta al Palazzo tutti i Silla dell'universo.

«Che Silla?» interruppe Sua Eccellenza. «Chi è questo Silla? È quell'amico?»

Nepo si morse le labbra.

«Ma rispondi! È questo il *fio*?»

«Non c'è figli».

«To', to', to'», disse Fosca appuntando[147] l'indice a Nepo che le voltava le spalle, tutto ingrugnato. «Tu lo sapevi, tu? Come diavolo hai fatto? Tu lo sapevi, eh? Come lo hai saputo?»

Nepo fece un atto d'impazienza e uscì brontolando dalla camera.

Sua Eccellenza gli guardò dietro, alzò le sopracciglia, porse il labbro inferiore e sussurrò: «*Xelo*!»

NOTE

115. Forme tipiche del dialetto veneto (che colora ulteriormente il già brulicante "plurilinguismo" del Fogazzaro).
116. Pronome tipicamente usato, ancora oggi, nell'italiano (parlato) medio, a sostituzione delle forme canoniche: "gli" o "le".
117. "Signora tonta, sciocca...", in dialetto veneto.
118. "Vecchia", ancora in dialetto veneto.
119. Vedi nota 116.
120. Tipico nome veneto (si ricordi, a tal proposito, il Momolo cortesan del Goldoni).
121. "Andare a torsio" è un tipico modo di dire veneziano: "andare a zonzo", senza combinare alcunché di buono. In questo caso, però, sta a significare: "andar fuori di testa".
122. Da notare l'anafora (la ripetizione) dell'aggettivo "suo", per indicare la confusione della serva chiacchierona nel voler dire, in realtà, tutto il contrario, ossia che ciò (il nome) che verrà detto come "suo" (del giovane in questione) non lo è, e che tale aggettivo perde dunque la sua accezione canonica.
123. "Dicerie, calunnie".
124. La Sensa era una tipica festività della Repubblica di Venezia che coincideva con l'Ascensione. "Andare alla Sensa" è, dunque, un modo di dire tipicamente veneziano: nei giorni della Sensa, gli abitanti di Venezia erano costretti a procedere per le strade, a causa della ressa di gente, molto lentamente, prima di poter arrivare a piazza San Marco. Di qui: "andare alla Sensa" significa "essere molto lenti, procedere con eccessiva lentezza".
125. Costruzione tipica del dialetto veneto.
126. "Bordello", con scempiamento (caduta della consonante doppia) tipico del dialetto veneto. "Caos".
127. "Picchiati, strappati i capelli".
128. La Calle è una tipica strada veneziana.
129. "Macchia", dialetto veneziano.
130. Si tratta di una creatura che popola l'immaginario contadino del trevigiano: pare si tratti di un folletto che si diverte a fare burle ai più.
131. "Compaia", f. arcaica.
132. "Insudiciatore".
133. "La fine delle sue ricchezze (la cornucopia è, da sempre, considerata simbolo di abbondanza e di ricchezza)".
134. "A capo".
135. "In salvo", f. arcaica.
136. "Dentro e sotto la pelle". L'espressione, tratta da una satira del Persio, viene spesso utilizzata per indicare una conoscenza profonda d'un'altra persona, anche nei suoi difetti.
137. Cittadina inglese del nord-est.
138. "Mollezze femminili, da donnicciole. Smorfie vane".
139. Rispettivamente: "calzolaio, fornaio, fabbro".
140. "Alla fine", tipica locuzione arcaica.
141. "Taccio, ma non me la bevo, cuore mio", in dialetto veneziano. Vissere sta per "viscere" appunto: "care le mie viscere (il mio bene, il mio cuore)."
142. "Storta", francesismo.
143. Ancora un francesismo.
144. "Sarebbe venuta... se avesse permesso"; costruzione arcaica del periodo ipotetico (come già e ancora in altre occorrenze).
145. "Figlio", dialetto veneziano.
146. "Spazientito".
147. "Puntando".

Capitolo III - Ascetica

Le campane di R... suonavano, un'ora dopo, a distesa, e l'allegro suono cadeva sui tetti del paesello, si spandeva giù per i prati, cercava per le colline, per le montagne, ogni casupola dispersa. Una riga di fazzoletti oscuri si vide salir lentamente la via tortuosa della chiesa, scivolar nella gran porta nera come formiche nel formicaio; poi vennero frotte rapide di gai fazzoletti rossi e gialli, qualche tardo ombrellino pretensioso, altre frotte di cappelli a cencio che si aggrupparono nel sagrato.

Steinegge passò anche lui fra quei gruppi con Edith, l'accompagnò in chiesa e ne uscì un momento dopo. Prese il sentiero che s'inerpica su pel[148] monte imminente alla chiesa e salì fino a certi sassi imboscati d'allori; là, uscì dal sentiero e si gittò[149] a sedere.

Ecco la contessa Fosca, tutta trafelata, benché sia venuta in barca fino a R...; dietro a lei Giovanna e Catte; poi, a rispettosa distanza, Momolo guarda trasognato come se fosse nel mondo della luna. Sua Eccellenza è scandolezzata[150] del cugino che non viene a Messa e della cuginetta che ha scelto quel momento per farsi accompagnare a spasso da Nepo. Sua Eccellenza si propone di pregare fervorosamente per sé e per suo figlio che non è in colpa se perde Messa per certi riguardi che il Signore capirà. Essa vede Edith e va a sederle vicino con grande scompiglio delle contadine che per far largo alla grossa signora s'inginocchiano a terra fuori del banco. Ed ecco suona il campanello, escono i chierici in cotta bianca, esce il prete affondato nel piviale, l'organista pianta mani e piedi sull'organo, gli uomini entrano in chiesa. Dopo cinque minuti, per la porta laterale, compare Marina seguita da Nepo. Passando tra le file degli uomini fa cenno al suo cavaliere di pigliarvi posto ed entra in una cappella. Nepo, elegantissimo, capita fra due colossi puzzolenti, si fa piccino piccino e volta il viso immelensito a guardar giù per la chiesa, cercando Marina. Trova Catte inginocchiata presso alla Giovanna, trova Momolo ritto presso alla porta; trova un pezzo di cielo puro e di verde lucente con certe fronde mosse dal vento, che gli ridono in faccia, trova gli occhi attoniti di sua madre, ma non la crudele che s'è pigliato il gusto di fargli rinnegar la Messa a parole per poi condurvelo e piantarlo lì fra quel tanfo di plebe.

Ella non pensava punto[151] a lui. Il prete aveva intonato *Credo in unum Deum*, e il popolo, fra i suoni dell'organo, seguiva: *Patrem omnipotentem*. Un lampo illuminò nel cuore di Marina la via percorsa; la scoperta del manoscritto, le promesse arcane a Cecilia, l'amore intravveduto negli occhi di Silla, la stretta delle sue braccia veementi, il nome sussurrato da lui quella notte, la probabilità ch'egli fosse il suo corrispondente anonimo portato a lei da un destino, e la passione, sì, la benedetta passione sorda, muta, lenta, prepotente, che dopo tanto desiderio, tanti barlumi dileguati, dopo tanto fastidio di sciocchi corteggiatori, veniva. Ella ebbe uno slancio di fede e di gratitudine verso un Dio ignoto, certo diverso da quello che si adorava lì presso a lei: non così freddo, non così lontano: benefico e terribile come il sole, ispiratore di tutti gli ardori onde splende la vita. E si sentiva come presa in mano da questo Iddio, portata dal suo favore onnipotente. Teneva il viso tra le palme, si ascoltava il cuore batter forte, gustava le sensazioni acute, quasi dolorose, che le si destavano per tutto il corpo, pensando all'infallibile compiersi delle promesse divine, all'amore fatale che l'avrebbe esaltata tutta, anima e sensi, oltre alla torbida natura umana. Di questo non le entrava neppure un dubbio. Ripensava tutte le difficoltà da doversi superare per toccar la meta, le smarrite tracce di Silla, lo sdegno di lui, fors'anche l'oblio; la sepoltura del Palazzo dove il caso non poteva aiutare; la inimicizia dello zio, quel ridicolo Nepo. Provava un piacere acre e forte rappresentandosi questi ostacoli; tutti vani contro Dio, *Patrem omnipotentem*.

A Lui, a Lui si abbandonava. Curva sul banco la flessuosa persona, pareva una Tentazione penitente. La contessa Fosca le dava delle occhiate oblique, lavorando a più potere di ventaglio e battendo via con le labbra frettolose un chiacchierio muto di preghiere interminabili. Si compiaceva di vederle quell'attitudine pia. Immaginava gl'inchini che il vecchio *nonzolo* di S. Maria Formosa avrebbe fatto a sua nuora. Nepo era alla tortura; si portava e riportava al naso il fazzoletto profumato, guardava sottecchi i suoi vicini colossali e, quando si buttavano ginocchioni con tutti gli altri fedeli, egli non osava stare ritto, calava adagio adagio, pieno di angoscia pei suoi calzoni color tortora. Che differenze dall'ultima Messa di S. Filippo, da quel giardino di *tote* e di *madame* eleganti, da quell'ambiente di cristianesimo depurato! Si consolava pensando alla cugina.

«Natura aristocratica», diceva tra sé. «Debbo essere il suo ideale, il suo Messia. Non vuole che me ne accorga troppo, è naturale».

Suonò il campanello dell'elevazione. Nepo, in ginocchio, col capo devotamente chino, pensava:

«Milleduecento ettari in Lomellina, ottocento nel Novarese, palazzo a Torino, palazzo a Firenze».

Invece Edith non abbassò il viso. Era pallidissima, guardava davanti a sé con occhio grave e tranquillo. Solo un tremito delle mani tradiva il fervore dell'accorata preghiera che passava su tutte le teste chine, moveva diritto a Dio, gli diceva in faccia: «Signore, Signore, tu che sai quanto l'hanno offeso, non sarai pietoso con lui?»

Il suo viso pensoso non esprimeva la rassegnazione ascetica, ma una volontà ferma e intelligente, velata di tristezza.

E lui intanto, il nostro onesto amico Steinegge, ascoltava *Messa in excelsis*, seduto fra gli allori, abbracciandosi le ginocchia. Egli era proprio uscito di chiesa perché il pavimento gli scottava. Da quanti anni non aveva posto piede nelle prigioni, come diceva lui, di Domeneddio! Non aveva osato lasciar sua figlia sull'entrata della chiesa; ma, appena oltrepassata la soglia, quando Edith si avviò a pigliar posto nei banchi riservati alle donne, egli si pentì di aver male presunto delle sue forze. Non erano tanto i suoi odi fieri quanto un sentimento d'onore che lo spingeva indietro. Il buon vecchio lupo uscì dal gregge.

Accovacciato lassù, come un lupo malinconico, non curava affatto la deliziosa scena di monti, di acque, di prati che rideva davanti a lui; né udiva i blandimenti delle fronde che gli sussurravano intorno. Guardava giù il tetto della chiesa e ascoltava il suono confuso di canti e d'organo che ne saliva tratto tratto. Aveva un pensiero solo e lo lavorava per tutti i versi: «Agli occhi suoi sono un reprobo».

Pensiero amaro. Aver tanto combattuto, tanto sofferto, custodito l'onore contro la fame atroce, contro tutte le violente voglie del corpo estenuato, tutte le viltà della stanchezza; averlo così custodito quasi più per lei che per sé, amarla come l'amava, ed esserne giudicato un reprobo! Dovrebbe egli dunque umiliarsi davanti ai preti che l'avevano fatto maledire dai parenti suoi e da sua moglie ed erano in colpa degli stenti, della morte di lei?

«Finirò così», pensò, «mi avvilirò, purché Edith mi voglia bene». Gli venne un'idea. «Se dicessi una parola a questo Dio, posto che ci sia?!»

Si alzò in piedi e si mise a parlare in tedesco, a voce alta: «Signor Dio, ascoltatemi un poco. Non siamo amici? Sia. Io ho detto molto male dei preti, di Voi, né a Voi non ho mai parlato[152]. Se tuttavia Voi volete trattarmi da nemico, io Vi prego di fare i conti. Dicono che siete giusto, e lo credo, signor Dio. Guardate nel vostro libro la partita Andrea Steinegge fu Federico di Nassau; guardate se non ho pagato abbastanza. Voi siete molto grande; io molto piccolo; Voi sempre giovane, io sono vecchio e stanco. Cosa volete prendermi ancora? L'amore di mia figlia Edith! Non ho altro, signor Dio. Guardate se potete lasciarmelo. Se non potete, spazzatemi via, per Dio, e finiamola».

Al suono della propria voce Steinegge si commoveva e s'inteneriva sempre più. Mise un ginocchio a terra.

«Vi conosco poco, signor Dio, ma la mia Edith Vi vuol bene e io posso adorarvi, se volete. Vedete, m'inginocchio; ma intendiamoci noi e lasciamo da banda i preti. Forse posso darvi qualche altra cosa. Io ho la mia salute ch'è di bronzo. Pigliate questa. Fatemi morire a poco a poco, ma non mettetevi fra Edith e me. Io non posso inginocchiarmi davanti ai preti e mentire. Sono leale, sono un soldato».

«Signor Dio», qui Steinegge posò a terra anche l'altro ginocchio e abbassò la voce. «Io ho paura d'aver molto peccato nella mia giovinezza. Ho amato il giuoco e le donne peggiori. Tre volte, sulle dodici che mi son battuto in duello, ho provocato io, ho ferito l'altro e avevo torto. Credo che questi siano stati tre peccati; li ho sempre avuti nel cuore. Signor Dio della mia Edith, Vi domando perdono».

Non disse altro e tornò a sedere, commosso, ma contento di sé. Gli pareva d'aver fatto un gran passo. Parlando a Dio, la sua scarsa fede si era tanto accresciuta ch'egli ora ne aspettava qualche risposta. Provava almeno la soddisfazione dell'uomo povero che ha necessità di parlare a un potente di cui teme lo sdegno, e, per non essere ribattuto dai servi, lo affronta sulla via, gli dice le sue ragioni con la brusca brevità che il tempo richiede, n'è ascoltato in silenzio e pensa quel silenzio copra un principio di combattuta pietà. Accese un sigaro per vincere la commozione che gli stringeva la gola. Il capitano Steinegge non doveva piangere. Fumò con furia, con rabbia. Appena chetato l'animo, guardando a terra con il sigaro fra l'indice e il medio della destra, gli parve che i fili d'erba tra sasso e sasso uscissero a dir qualche cosa di solenne o di incomprensibile e che rispondesse loro il mormorar dei cespugli. Ed egli, benché tedesco, non aveva mai compreso il linguaggio della natura, non era mai stato sentimentale! Il sigaro gli si spense in mano. Che voleva dir questo? Si scosse, si alzò in piedi e discese verso la chiesa.

La gente ne usciva; prima gli uomini che si fermavano sul sagrato in capannelli, poi le donne. Steinegge ristette sul sentiero a guardare la corrente variopinta che sboccava dalla porta maggiore; aspettava il cappellino nero di Edith. La corrente si venne rallentando e diradando. Quando cessò il pericolo di urtarsi a gomiti villani, comparvero la contessa Fosca e Marina, seguite da Nepo; poi tre o quattro vecchierelle: poi più nessuno. Anche i capannelli si sciolsero, il sagrato si votò. Steinegge, inquieto, venne a dare un'occhiata in chiesa. Non v'erano più che due persone, il curato inginocchiato sul primo banco presso l'altar maggiore e, otto o dieci banchi più indietro, Edith.

Steinegge si ritirò adagio adagio e sedette sul muricciolo del sagrato. Gli batteva il cuore. Qual viso gli farebbe Edith! Ella uscì subito, frettolosa e sorridente; gli disse che s'era accorta di lui senza vederlo, perché aveva già imparato a conoscere il passo suo, e gli domandò scusa d'averlo fatto attendere. Nella fretta d'uscire, aveva dimenticato l'ombrellino.

«Signor papà», diss'ella scherzando, «Le rincrescerebbe?» Il signor papà corse in chiesa e, prima di giungere al banco dov'era stata Edith, incontrò il curato che gli veniva incontro porgendogli l'ombrellino e gli fece due o tre inchini.

«È Suo?» disse il curato.

«È di mia figlia».

«Se volesse vedere il coro, la sagrestia... Abbiamo un Luino, un Caravaggio... dico, se crede...»

«Oh grazie, grazie», disse Steinegge che all'udire Luino e Caravaggio era rimasto a bocca aperta.

«Allora, se vuol dirlo alla Sua signora figlia...»

Steinegge s'inchinò, uscì a fare l'ambasciata e ritornò subito con Edith.

Il curato si fece loro incontro con una certa cordialità impacciata, strofinandosi le mani e suggendo l'aria con le labbra strette, come chi ha messo un dito nell'acqua troppo calda. Mostrava presso a sessant'anni. Aveva fronte alta, sguardo vivace e ingenuo, il viso, la voce, il passo della sincerità. Da tutta la sua persona spirava non so quale energia temperata di timidezza. Mostrò a Steinegge e a Edith i due quadri, che portavano alla meglio i loro nomi pomposi. Il Caravaggio del coro era un *Martirio di S. Lorenzo*, barocco nel disegno e nei lumi, ma pieno di vita. Steinegge non capiva niente di pittura e ne fece grandi elogi. Edith tacque. Il Luino della sagrestia era una bionda testa della Vergine, luinesca senza dubbio, soave. Edith ne fu commossa. Disse al curato con la sua voce quieta, ch'era straniera e che sentiva allora per la prima volta la dolcezza dell'Italia. Come mai quella povera chiesa di campagna poteva possedere un tesoro tale? Il curato divenne rosso e rispose che veramente il quadro era stato suo, un ricordo di famiglia; che gli era parso ispirato da Dio e degno perciò di un luogo santo; e che nella sua chiesa tanto povera e umile Maria ci stava opportunamente. Poi chiese permesso alla signorina, con accento d'ingenuo desiderio, di farle vedere la biancheria più fine e i paramenti più ricchi. Tutto era distribuito col massimo ordine nel grande cassettone della sagrestia, dai purificatori candidi e odorati di lavanda sino al piviale delle maggiori solennità appena giunto da Novara. Il curato spiegava e ripiegava ogni cosa con garbo femminile.

«Vedo bene, signore», diss'egli a Steinegge, «vedo bene, che Ella vorrebbe dirmi: *Ad quid perditio haec*? Un vecchio prete non deve avere i gusti di una giovane signora. Che vuole? Questa povera gente ha piacere così. Intendono di onorar Dio, e Dio vede il cuore».

Non disse quanto avesse aiutato il voto dei parrocchiani con le proprie economie pertinaci e dure; perché egli, nato da famiglia signorile, aveva abbandonata ai molti fratelli la sua parte dell'eredità paterna. I fratelli, che lo conoscevano bene e lo amavano, gli avevan regalato, poco tempo prima della visita degli Steinegge, un bell'organo di Serassi. Al primo *Dominus vobiscum* della prima Messa solenne celebrata con l'organo nuovo, don Innocenzo era rimasto per due minuti fermo con le braccia aperte a bearsi dell'onda sonora e del luccicar delle canne, là sopra la porta maggiore. Ora volle mostrare agli Steinegge anche l'organo. Edith era così affabile, suo padre tanto compito, che don Innocenzo vinse presto del tutto la propria timidezza, e uscito di chiesa con essi, dimenticò il caffè che l'aspettava, per far loro mille domande curiose sulla Germania, sui luoghi, sui costumi, sulle arti, persino su Goëthe, Schiller e Lessing, soli autori tedeschi di cui conoscesse il nome e avesse letto qualche opera. Pareva a lui che un tedesco dovesse conoscer tutta la Germania da capo a fondo e ogni fatto, ogni parola de' suoi compatrioti illustri d'ogni tempo. Un altro nome tedesco ricordava, Beethoven. S'informò anche di quello. Raccontò che a sedici anni aveva sentito eseguire da una signora una suonata di Beethoven che gli era parsa piena di voci sovrumane. Povero don Innocenzo! Arrossiva ancora.

Gli occhietti chiari di Steinegge scintillavano di contentezza. Rispondeva a tutte le domande del curato con una foga, una parlantina vibrante d'orgoglio nazionale. Edith sorrideva talvolta in silenzio e talvolta faceva, in omaggio al vero, qualche osservazione pacata che garbava poco al curato. A lui piacevano i giudizi assoluti e le pitture esagerate di Steinegge che lo portavano violentemente in un mondo affatto nuovo, affascinante.

«Lasci stare via, signorina», disse una volta quasi impazientito. «Mi lasci credere alle belle cose che dice il suo signor padre. Io sono un prete che non ha visto niente, non ha udito niente e non sa niente; mi pare però che debba aver ragione lui».

Steinegge al sentirsi dir questo e chiamare *signor padre*, fu quasi per abbracciarlo malgrado la tonaca nera.

Intanto, la piccola comitiva era giunta al cancelletto di legno che mette nell'orto della canonica. Don Innocenzo pregò i suoi compagni di entrar a prendere il caffè. Steinegge accettò subito; a lui e al prete pareva già d'esser vecchi conoscenti. Piccina, tutta bianca, a mezz'altezza fra il paesello e la chiesa, ma alquanto in disparte, la canonica di R... volta le spalle al monte e guarda, acquattata nel suo orticello fiorito, i prati che si spandono fino al fiume. L'orto, quadrato, è chiuso da un muricciolo basso. Dalie e rosai vi fan la guardia, lungo i cordoni di bosso, agli erbaggi e ai legumi. Dietro alla casa ascende il declivio erboso, ombreggiato da meli, peschi e ulivi. Le stanzette sono pulite e chiare. Quelle della fronte hanno un paradiso di vista. Il curato la fece ammirare a' suoi ospiti con grande compiacenza, mostrò loro il suo salotto, il suo studio dove teneva parecchi cocci di tegami preistorici trovati in certi scavi presso il lago e ch'egli stimava un tesoro. La sua segreta amarezza era di non aver trovato alcun ciottolo sì tagliente da potersi onestamente chiamare arme preistorica. Steinegge pigliava grande interesse alle sue spiegazioni che avrebbero fatto sorridere un dotto, perché il povero prete entusiasta si accendeva di ogni novità che penetrasse, per mezzo di qualche libro o di qualche giornale, nella sua solitudine, e su briciole di dottrina spezzata e guasta tirava su i soliti edifici assurdi del pensiero solitario.

Edith preferiva guardare i prati macchiati dalle ombre di grossi nuvoloni, i tetti neri del paesello, quasi appiattiti fra gelsi e noci; a sinistra e più abbasso della canonica, il lembo di lago che di colà si vede, come lamina d'acciaio brunito, mordere il verde chiaro delle praterie.

«Che Le pare, signorina, di questa Italia?» disse il curato.

«Non lo so», rispose Edith, «ne avevo in mente un'altra, più diversa dal mio paese. Ho veduto in Germania molti paesaggi italiani di pittori nostri, ma i soggetti eran presi sempre a Roma o a Venezia o a Napoli. I viaggi di Goëthe o di Heine non me li hanno lasciati leggere. Mi vergogno a dirlo; la più profonda impressione me l'ha lasciata un pessimo acquerello, la prima cosa che mi colpì in una casa dove sono stata dodici anni. Rappresentava il Vesuvio e v'era scritto sotto: *Scene d'Italia*. Era come una piccola macchia rossa sopra una grande macchia azzurra. Solo guardando ben da vicino si potevano discernere le linee della montagna, il mare e una barca piena di figure stranamente vestite. Per lunghissimo tempo non ho potuto figurarmi l'Italia né gli italiani diversi da quella pittura».

«È naturale», disse don Innocenzo, che entrava avidamente in tutti gli argomenti curiosi di conversazione. «Guardi; a ragazzi d'ingegno molto acuto io non farei mai vedere negli anni più teneri immagine alcuna di Dio né di Santi, perché quelle immagini possono restar loro profondamente, ostinatamente impresse nella fantasia, a segno, in qualche caso, da rendere assai difficile, più tardi, lo sviluppo di una elevata fede religiosa. Quel vecchione barbuto appiccicato all'idea di Dio, aiuta molto, senza che se ne accorgano, il loro razionalismo nascente. V'ha chi diffida del culto dei Santi per non poterli affatto concepire come spiriti puri, operanti nell'universo; e questo in grazia delle impressioni riportate in fanciullezza dalle immagini che li rappresentano spesso brutti e mal vestiti, seduti sulle nuvole a guardar per aria. Non crede, signore?»

Steinegge costretto a ragionar di Santi e non osando scusarsene, stava per dire qualche grossa corbelleria; ma Edith si affrettò a parlare.

«Pure», diss'ella, «se tutte le immagini fossero di Dürer o del Suo Luino! Colla[153] impressione dei sensi resterebbe una impressione religiosa».

«Non lo credo, signorina», rispose don Innocenzo sorridendo e arrossendo. Edith indovinò subito il suo pensiero. Ella riconobbe che in Germania il sentimento artistico era retaggio di pochi, ma soggiunse che lo credeva comune in Italia, benché da quando aveva passato le Alpi fossero apparsi più volte indizi del contrario. Don Innocenzo le confessò ch'egli stesso non ne aveva punto. Il suo Luino gli dava sicuramente gran piacere, ma questo gli accadeva pure davanti ad altri dipinti mediocrissimi.

«Non sarà così», osservò Edith «ma se fosse così, Le mancherebbe il buon giudizio artistico e non il sentimento. Sarebbe un fuoco senza luce».

Don Innocenzo non conosceva la grazia delicata dell'ingegno femminile colto. A prima giunta Edith non gli era piaciuta moltissimo; gli pareva un po' fredda nella sua affabilità. Conversando con lei mutò presto, come sogliono gli uomini della sua tempra, il primo giudizio. Adesso era ammirato di quella sua parola sempre corretta e semplice ma viva di un sentimento riposto, di un'intelligenza molto fine, molto ardita.

«S'Ella venisse al Palazzo, signor curato», disse Steinegge, «vedrebbe molti quadri, oh moltissimi belli quadri che ha il signor conte».

«Ci vado un paio di volte l'anno e mi pare d'averla veduta anche Lei, colà! Ci andrei più spesso, ma so che il signor conte non ama molto i preti...»

Steinegge diventò rosso; gli dispiacque d'aver provocato queste parole.

«Eh», disse don Innocenzo facendosi alla sua volta di bragia[154], «eh, cosa importa? Non li amo neppure io i preti, sa!»

«Ah», esclamò Steinegge stendendogli le braccia come se il curato gli avesse dato una notizia più lieta che credibile.

«Non si scandolezzi[155], signorina», continuò questi. «Parlo degl'italiani. In Italia i preti» (don Innocenzo, con gli occhi accesi, co' denti stretti, faceva suonar l'erre come trombe di guerra) «non tutti, ma molti sa, e i giovani specialmente, sono una trista genìa[156], ignoranti, fanatici, ministri di odio...»

«Si capisce che ne fu seminato», disse Edith, severa, mentre Steinegge metteva la sua gioia in gesti.

«Lo hanno seminato e lo seminano», rispose don Innocenzo, «e ci cresce intorno a tutti, dico intorno a tutti che portiamo quest'abito; e si perdono anime ogni giorno. Basta, basta, basta!»

Guai quando il curato toccava questo tasto; la collera gli saliva alla testa, le parole gli uscivano aspre e violente oltre ogni misura. Ad irritarlo così bastava poco: un numero di qualche giornale clericale che il vicario foraneo, gesuita di tre cotte, gli mandasse facendo lo gnorri, con dei segni ammirativi a fianco degli articoli più acri; una lettera fremebonda di qualche collega bandito dalla curia a parole e perseguitato a fatti per opinioni politiche. Allora cominciava a soffiare, a bollire, a ringhiare sinché rompeva tutti i freni con queste sfuriate gagliarde e finiva come aveva cominciato, buttando fuori frasi rotte, invettive stroncate, stritolate dai denti. Si rasserenava poi subito e rideva con gli amici presenti della propria collera.

«Non è mica sempre così cattivo. La vede, signorina...», disse piano a Edith, in dialetto, la vecchia serva di don Innocenzo, portando via il vassoio del caffè.

Edith non capì.

«Dice che sono cattivo, ed è purtroppo vero. Non posso frenarmi. Spero che mi compatiranno. Si fermano qualche tempo al Palazzo?»

«Non sappiamo», rispose Edith.

«Non sappiamo», ripeté a caso Steinegge.

«Scusino; è perché spererei di poter trovarmi con Loro qualche altra volta».

Steinegge, conquistato, si confuse in complimenti. «Mio amico, io lo spero», diss'egli stendendo la mano.

«Certo, certissimo», rispose il prete, stringendogliela forte. «Ma prima di partire vengano a vedere i miei fiori».

Questi famosi fiori erano due pelottoni[157] di gerani e di vaniglie schierati lungo il muro della casa; oltre alle dalie, rosai e ai begliuomini[158] disseminati per l'orto.

«Belli, non è vero?» disse don Innocenzo.

«Bellissimi», rispose Steinegge.

«Prenda una vaniglia per la Sua signorina».

«Oooh!»

«Prenda, via, andiamo, ch'io non le so fare, no, queste cose».

«Edith, il signor parroco...» Così dicendo Steinegge, con la vaniglia in mano, si avvicinò a sua figlia, che stava un po' discosto presso il muricciuolo.

Edith ringraziò sorridendo, prese la vaniglia, l'odorò, ne guardò il gambo spezzato, e sussurrò:

«Questo è mite di cuore».

Don Innocenzo capì. «Ha ragione», diss'egli umilmente.

«Oh no», esclamò Edith, dolente d'aver dette quelle parole e d'essere stata subito intesa. «Mi dica, dove sta Milano?»

«Milano... Milano...», rispose don Innocenzo schermendosi gli occhi dal sole con la mano destra. «Milano è laggiù a mezzogiorno, un po' verso ponente, dritto oltre quel gruppo di colline».

«Signori», gridò la fantesca da una finestra, «se vogliono andare al Palazzo, sarà meglio che facciano presto, perché vuol piovere».

Piovere! Splendeva il sole, nessuno s'era accorto di minacce. Pure la vecchia Marta aveva ragione. Dalle montagne del lago venivan su certi nuvoloni più densi e più neri dei soliti che il vento meridiano vi porta in giro.

«Marta!» chiamò il curato. «Un ombrello per i signori».

Steinegge protestò. Marta fece al padrone un cenno che l'ingenuo uomo non intese.

«Cosa c'è? Un ombrello, dico!»

Marta fece un altro segno più visibile, ma invano.

«Eh? Che avete?»

Marta, indispettita, lasciò la finestra brontolando contro gli uomini di talento che non capiscono niente. Poi comparve in orto con un coso verde in mano e lo porse sgarbatamente al curato, dicendogli:

«A Lei! Che tolga! Bella roba da offrire! Cosa hanno a dire di noi al Palazzo?»

«Cos'han da dire? Che non ne ho altri. Gran cosa! Ecco, *quod habeo tibi do*[159]».

Infatti don Innocenzo aveva più cuor che ombrello. Quello sconquassato arnese di tela verde non ne meritava più il nome. Marta non si tenne da dire piano a Edith: «Ne aveva uno di bello. L'ha dato via. Dà via tutto!»

Gli Steinegge scesero per un viottolo che gira nei prati intorno al paese, tocca il lago e risale un poco sino a raggiungere la stradicciuola del Palazzo.

Intanto Marta sfogava il suo corruccio col padrone, che rispondeva mansueto: «Ho fatto male? Bene, sì, via, tacete, avete ragione».

Egli era contento della nuova amicizia e pensava che per via degli Steinegge gli si aprirebbero forse più spontaneamente le porte del Palazzo secondo il suo vivo desiderio; perché quella casa smarrita fuor del gregge gli stava più a cuore delle altre novantanove raccolte sotto la chiesa.

Il cielo rideva ancora alle spalle degli Steinegge e li minacciava in viso. Ad una volta del sentiero Edith si fermò a guardare indietro.

«Vedi, papà», diss'ella sorridendo, «andiamo dall'idillio nella tragedia».

«Oh, no, no, non c'è tragedia:

Drauss ist alles so prächtig
Und es ist mir so wohl!»

«Ancora ti ricordi le nostre canzoni, papà?»

Egli si mise a cantare:

«Aennchen von Tharau hat wieder ihr Herz
Auf mich gerichtet in Freud, und in Schmerz,
Aennchen von Tharau, mein Reichtum, mein Gut.
Du meine Seele, mein Fleish und mein Blut».

Cantava con gli occhi pieni di riso e di lagrime, camminando due passi avanti a Edith per non lasciarsi vedere in viso da lei. Pareva un ragazzo ubriacato dall'aria odorosa dei prati e dalla libertà. Edith non pensò più alla tragedia, malgrado la faccia scura dei monti e qualche grosso gocciolone che cadeva sul fogliame dei pioppi presso al lago e segnava di grandi cerchi le acque tranquille. Ella fu presa dall'allegria commossa di suo padre. La piova rara e tepida, suscitando intorno ad essi una fragranza di vegetazione, li eccitava. Chi avrebbe riconosciuto la Edith del giorno prima? Ella coglieva fiori, li gettava a suo padre, correva, cantava, come una bambina. Si fermò ad un tratto guardando il lago e cominciò una canzone triste:

«Am Aarensee, am Aarensee».

«No, no», gridò Suo padre, e corse a lei. Ella fuggì ridendo e ripigliò più lontano:

«*Da rauschet der vielgrüne Wald*».

Si compiaceva che suo padre non le permettesse quella canzone triste e si divertiva a stuzzicarlo. Inseguita da lui continuò fuggendo: «*Da geht die Jungfrau*».

Rallentò la corsa e la voce sulle parole «*Und klagt*», si lasciò raggiungere prima di dire «*ihr Weh*» e baciò la mano che le chiudeva la bocca.

«Mai, mai, papà», diss'ella poi, «sin che mi tieni con te. Non sai che siamo un po' matti tutti e due? Piove!»

Steinegge non se n'era accorto. Aperse a grande stento lo sgangherato ombrello verde che brontolò sotto la piova, fra il sussurro dei prati e il bisbiglio degli alberi, sullo stesso tono, presso a poco, della vecchia Marta. Pure poteva esser contento di quello che udiva sul conto del suo padrone. Steinegge singolarmente non rifiniva di lodarne l'aspetto e le parole oneste, a segno che Edith gli domandò se l'onestà fosse tanto rara in Italia. Egli protestò con un fiume d'eloquenza per togliere ogni sospetto che potesse pensar male degli italiani, ai quali professava gratitudine sincera perché, in fin dei conti, erano i soli stranieri da cui avesse ricevuto benefici.

Da tutte le sue calde parole usciva questo, che egli non credeva rara l'onestà fra gl'italiani, ma fra i preti. Questa conclusione non la disse, o gli parve, nella sua ingenuità, Edith non l'avesse a capire. S'affrettò di soggiungere che sperava poter vedere presto il signor curato.

«Ma, papà», disse Edith fermandosi su' due piedi e fissando i suoi begli occhi gravi in quelli di suo padre, «possiamo noi restar qui?»

Steinegge cadde dalle nuvole. Non aveva ancora pensato a questo. La felicità d'aver seco sua figlia oscurava nella sua mente ogni pensiero dell'avvenire. Edith, col suo delicato e acuto senso delle cose, dovette ricondurlo dalle nuvole in terra, fargli comprendere com'ella non potesse lungamente approfittare della ospitalità del conte, presa prima che offerta. Disse che le doleva essergli causa di questo e forse di altri sacrifici ancora; e rise dolcemente nel vedere a questo punto suo padre gittar l'ombrello ed afferrarle, stringerle le mani senza poter articolar parola.

«Hai ragione, caro papà», diss'ella, «temo di essere una giovane ipocrita».

Allora gli raccontò che quel signore della Legazione prussiana le aveva consigliato di por dimora a Milano, dove c'era una numerosa colonia tedesca molto ricca e legata alla cittadinanza. Affiderebbero a una buona banca il tesoro dei *Nibelunghi*, come chiamava la sua eredità; ella darebbe lezioni di tedesco e il signor papà vivrebbe come un caro vecchio *Kammerrath*, collocato a pipare dopo lunghe fatiche. Piglierebbe un quartierino lontano dai rumori, alto se occorre, ma tutto aria e luce. Si farebbe cucina tedesca e il signor *Kammerrath* avrebbe ogni giorno a pranzo la sua birra di Vienna o di Monaco. Steinegge diventò rosso rosso e diede in un grande scoppio di riso agitando l'ombrello e gridando:

«No, ah no, questo no».

Edith non sapeva che suo padre era un antico dispregiatore di tutte le birre più famose della gran patria tedesca. Intese quindi male quell'esclamazione e insistette, dicendo che si darebbero ben altri sfoggi d'opulenza. Nelle domeniche della buona stagione si uscirebbe di città, si farebbero delle corse bizzarre attraverso i campi per finire in qualche solitario paesello silenzioso. Chi sa? Se gli affari prosperassero molto, il signor capitano potrebbe tre o quattro volte l'anno uscire a cavallo con la signorina sua figlia[160].

«Tu cavalchi?» disse Steinegge stupefatto.

Edith sorrise. «Sai, caro papà», diss'ella, «da bambina che passione avevo per i cavalli! Quando i miei cugini imparavano a cavalcare, il povero nonno ha voluto che insegnassero anche a me. Ho imparato subito. Sa cosa mi diceva, quando mi vedeva a cavallo, il mio maestro di musica?»

«Tu sai la musica?» esclamò Steinegge ancora più stupefatto.

«Ma, papà, non ho mica più otto anni, sai! Mi diceva che si vedeva ben di chi ero figlia. E del mio italiano non mi parli? Sai che l'ho imparato in questi ultimi sei mesi?»

Appunto di questo suo padre non s'era ancora ben persuaso; ch'ella non avesse più otto anni. E del vario sapere che veniva sorprendendo in lei si sorprendeva come d'un miracolo, si inteneriva, con quel senso di timida ammirazione che aveva provato insieme alla gioia del rivederla! Povero Steinegge! Al cancello del Palazzo si trasse da banda per lasciar passare Edith e si tolse involontariamente il cappello.

«Papà!» disse Edith ridendo.

«Che?» Steinegge non capiva.

«Ma, il cappello?»

«Ah! Oh... Sì!» Il pover'uomo se lo ripose in testa, proprio mentre il conte Cesare salutava Edith e le veniva incontro nel cortile col sorriso più benevolo che abbia illuminato una faccia severa.

NOTE

148. "Per il..." forma arcaica già segnalata.
149. "Gettò", forma arcaica già segnalata.
150. "Scandalizzata", f. arcaica segnalata anche dalla Crusca.
151. "Affatto".
152. Uso arcaico della doppia negazione, tipico della sintassi latina.
153. "Con la..."
154. "Brace"
155. "Scandalizzi"
156. "Una stirpe, una razza triste".
157. Ossia: "due file ordinate". Si tratta di una variante più rara di "plotone". (Treccani).
158. Tipo di erba, meglio nota come "balsamina".
159. "Ti dono ciò (quel poco) che ho".
160. Utilizzo arcaico del condizionale presente in luogo del passato.

Capitolo IV - Intermezzo

Era corsa[161] una settimana dall'arrivo di Edith e dei Salvador al Palazzo. La contessa Fosca pretendeva d'aver avuto, i primi due giorni, una gran soggezione sia per il muso lungo del cugino, sia per il muso lungo delle montagne. Guai, diceva lei, se le fosse mancato il conforto di Marina! Sarebbe partita subito. E concludeva che a questo mondo non bisogna mai disperar di nulla, fuorché di veder Cesare pettinato. Adesso si trovava proprio come in paradiso; Cesare si era sbottonato, gli altri si erano sbottonati, aveva potuto sbottonarsi anche lei e – oh Dio – si respirava. Adesso non c'era pericolo che la contessa Fosca avesse soggezione. O per complimenti a Marina o per blandizie a suo figlio, o per rabbuffi al conte e a Steinegge, o per apostrofi strambe ai domestici, o per esclamazioni e soliloqui, la sua voce era sempre in aria. In questo non somigliava di certo alla gentildonna veneziana del Palma, ch'ella giurava e spergiurava, Palma o non Palma, essere il suo ritratto fattole a tradimento un trent'anni addietro, probabilmente quando era andata al ridotto da dogaressa del 500. Nepo recitava al conte in tono oratorio, per abituarsi alla Camera, delle lunghe tirate d'economia politica, gli raccontava di aneddoti politici della capitale. A Marina parlava di mode e di tutte le contessine e le marchesine che aveva conosciuto a Torino, riferendo i dialoghi tenuti con loro e avendo cura di intercalarvi spesso: "Voi Salvador, voi Maria, voi Emma, voi Fanny ecc." Le dedicava pure le sue goffe spiritosaggini insolenti; le nascondeva i libri, le mutava un guanto, faceva dondolar *Saetta* quando andavano sul lago. Sfoggiava senza pietà per Marina le toelette più irresistibili, a tinte austere la sera, tenere la mattina; tanto tenere che qualche volta Nepo, profumato come era, pareva un boccone di crema alla vaniglia. E il glorioso corno degli avi magnanimi, quel corno

che valeva assai più che una corona

si era sciolto,

Benché re de tutti i corni,

in una minutaglia di cornetti burla, piovuta sui bottoni, sulle spille, sui fazzoletti del pusillanime nipote, malgrado la spiccata antipatia della contessa Fosca per questo emblema che le suggeriva dei motti democraticissimi. Steinegge, a cui la contentezza sprizzava da tutti i pori, era il cavaliere ufficiale di Sua Eccellenza che aveva molta bontà per lui.

«Il cucchiaio che va a spasso con la scodella», diceva la contessa quand'egli le dava il braccio. Però prima di accordargli tanta confidenza si era fatto spiegar che non era austriaco né amava gli austriaci; e ci volle del buono perché potesse capacitarsi che: «*L'è todesco e no l'è todesco*».

«Vorrete dire che è *todesco*, ma non tiene ai *todeschi*?» esclamava la povera donna. E finiva con dire: «Mi fido, mi fido».

Ne domandò allo stesso Steinegge, al quale, poi, accordò sincera amicizia, giungendo fino a raccontargli certi aneddoti molto scabrosi con sì poca prudenza che Steinegge, se Edith era vicina, fremeva.

Steinegge pareva rabbonito con la stessa Marina, forse perché tra pochi giorni avevano a separarsi partendo egli con Edith per andare a stabilirsi a Milano; ed era questo un piacere comune. Marina prendeva qualche volta a braccetto Edith per fare un giro in loggia o in giardino. Edith non sembrava lieta di questi favori e se ne schermiva. Il suo contegno con Marina era freddo quanto glielo consentiva la sua condizione di ospite: e non mancava in quel riserbo un'ombra di alterezza. Non si poteva accusarne il sangue tedesco. Per la contessa Fosca, Edith mostrava viva simpatia, e anche pel conte Cesare, benché in tutt'altro modo. E il conte Cesare era affettuoso con lei, aveva combattuto i suoi propositi di immediata partenza, le si apriva più assai che a suo padre: le parlava della sua vita solitaria con l'amarezza pacata che copre dolori profondi, e le diceva di sentirsi scossa la salute ferrea goduta sin allora. Con i Salvador, tanto agli antipodi della sua natura, il conte si mostrava paziente oltre il prevedibile. A Marina non rivolgeva quasi mai la parola. I loro sguardi non entravano direttamente l'un nell'altro in nessun caso; correvano obliqui a incrociarsi in un punto X più o meno lontano, come certe linee ipotetiche di teoremi geometrici.

L'umore di Marina era dei più mutabili. Da lunghe ore di calma taciturna passava ad impeti di nervoso brio. Civettava un momento con Nepo a segno di stordirlo, di levarlo da terra; poi non lo guardava più, non gli rispondeva. Viveva, si può dire, d'aria; e non era mai stata così bella. Sotto le due bende ondulate di capelli che scendevano curve fin presso le sopracciglia, quasi a nascondere un segreto pensiero, i suoi grandi occhi gittavano fuoco assai più spesso del solito. Nella sua persona, musica inesprimibile di curve armoniose dall'orecchio finissimo alla punta del piede arcuato, si vedeano alternarsi l'energia e il languore di una vita nervosa, esuberante. Insomma ella era come un nodo di ombra, di luce e di elettrico; che cosa chiudesse, nessuno lo sapeva.

Quasi ogni giorno si facevano gite sul lago o sui monti. Era la contessa Fosca che metteva fuoco, per così dire, alla brigata, senza farne mai parte. Ne aveva abbastanza di girar per casa! Perdeva spesso la tramontana sulle scale o nei corridoi. Allora chiamava Catte, chiamava Momolo. Catte era già pratica d'ogni buco quanto un vecchio topo; ma il povero Momolo non ne poteva venire a capo e non era infrequente il caso che all'appello della contessa rispondesse quasi di sotterra la sua voce lamentevole.

«Pronto, Eccellenza; ma non so da che parte».

Gli Steinegge erano andati due volte alla canonica e don Innocenzo avea fatto anche lui una visita al Palazzo. Quanto al dottore, non vi si era più veduto.

Bella e allegra compagnia era quella che pranzava nel tinello. Motti, burle, grossi equivoci, galanterie bernesche, botte e risposte di taglio e di punta, sussurri maligni, risate, strilli, mugolii di mangiatori disturbati, s'urtavano, s'incrociavano, si mescolavano sotto le volte basse. Un tocco di campanello troncava netto quel tripudio di ranocchi indiavolati; poi scappava fuori daccapo una voce, un'altra, una terza, tutto il concerto. La Giovanna se ne crucciava inutilmente. Chi faceva le spese di tanto chiasso era per lo più Momolo che sapeva dir solo: «Andiamo, andiamo, da bravi!».

Da Momolo, i beffeggiatori passavano al parlare veneziano, a Venezia stessa; ma allora bisognava sentire e veder Catte, riconoscere che cinque o sei lombardi son pochi davvero per azzuffarsi a parole con una brava *calèra*[162] del buon sangue veneziano. Con quattro frustate in giro li faceva stare indietro tutti, poi ne sceglieva uno e lo tempestava di motti e di frizzi, voltandogli addosso le risate della compagnia, sprecando un tesoro di spirito e concludendo, inebetita la vittima, che non c'era gusto.

«Andate là», diceva qualche volta Fanny, «stiamo più allegri noi che i *sciori*[163]».

Allora si chiudeva il torrente delle risate e si aprivano i mille rivoli del pettegolezzo. Tutta la compagnia bisbigliava. Alla Giovanna quei bisbigli non piacevano; ma Catte sosteneva che a *nu, poarini*[164], era lecito, lecitissimo ascoltare alle porte, leggere le lettere, dar ordine alle tasche ed ai cassetti dei padroni. Non vanno alla commedia i padroni? Dunque anche la povera servitù ha da potersi godere la sua *matta* commedia, già che in casa la danno per niente. E se non la vogliono dare, *ciò*[165], la si prende. Quello non è rubare; agli occhi e alle orecchie non ci resta attaccato niente. Se si mette la mano in un cassetto è a fin di bene e non per brutte cose, e, dopo, uno si lava nell'acqua dei padroni.

La commedia in scena era questa: *S. E. Nepo e il suo matrimonio*. Quella gente aveva fiutato il titolo in aria per istinto. Si era ancora al prologo; un prologo occulto da cogliersi negli sguardi, negli atti, nelle parole più indifferenti, forse in qualche colloquio recondito in cui gl'interlocutori credevano non essere uditi neppure dall'aria. Catte ne aveva parlato lungamente a Fanny, rispondendo agli elogi che la cameriera civettuola faceva della *bellèssa* di Nepo, della *bianchèssa* di quelle mani da *popòla* e della sua gran *scichèssa* in generale. Catte le aveva rappresentata la cosa come un gran beneficio cui la Provvidenza, aiutata dalle Eccellenze Salvador, stava per recare a donna Marina. Ella magnificava non poco le ricchezze de' suoi padroni, i due palazzi di Venezia, di qua e di là dall'acqua, la colossale villeggiatura con i porticati lunghi come le procuratie, i reggimenti di statue, i granai capaci di sfamare tutti i topi e i pidocchi di Venezia, e la famosa aia grande come la Piazzetta.

Fanny beveva queste notizie e le spandeva tra i colleghi: «Che senta, che senta! La dice così e così».

Pareva che stesse per ereditar lei tutta questa roba. Gli altri facevano spallucce. Che ne importava loro? E chiedevano a Fanny s'ella credeva di andar a far la principessa. Fanny, piccata, rispondeva: «Che sciocchezze!».

Principessa no, ma *intanta*[166] non sarebbe più stata ad ammuffire in quel mostro d'un sito, fabbricato dal diavolo per i suoi figli. Allora le si faceva osservare che il matrimonio non era poi mica ancora sicuro; e qui cominciavano le congetture, si avviavano delle conversazioni come questa:

«Lui già è innamorato morto».

«Ho visto io ieri che alzandosi da tavola lei aveva impolverata la punta d'uno stivaletto».

«Puf, mica vero».

«Come, mica vero? Ce lo dico io. E poi si mangian su cogli occhi».

«Invece no. Lei non ci guarda quasi mai. È lui che è sempre lì a questo modo!»

«Storie!»

«Già si sa che la signora Fanny non vuol credere».

«Perché non voglio credere, signor Paolo?»

«Non ha preso su qualche mezza oncia, Lei, dal signor conte?»

«Ebbene, cosa c'è dentro?»

«Qualche bacio?»

«Bugie, bugiacce! Non ha vergogna? Nessuno me ne ha fatto dei baci a me».

«Eh lasciate dire, benedetta. C'è la libertà qui. *Prima se lassa far dopo se lassa dir*; voi non c'entrate. E poi cos'è un bacio. Tempo buttato via».

«Oh che *süra*[167] Catte!»

«Cosa dice Momolo? Che si faccia l'affare o no?»

«Cosa volete che dica? Bezzi cercan bezzi[168]».

«Ehi, guarda un po', è mica da merlo quella risposta lì. Già, l'è così la storia. Lui le fa l'asino, tanto per parere; e lei che ci vuol bene al padrone qui come al fumo negli occhi, lei se lo lascia fare tanto per cavarsela; ma l'è tutta una macchina dei vecchi. Han denari come terra e voglion fare un mucchio solo».

«Tacete, ha ragione qui lui! Stamattina la contessa ha preso una rabbia, perché sono andata in sala mentre l'era sola col signor conte e poi è venuto il Sindaco e non andava mai via, mai via e mai via, che bisognava vedere! Certo la ci voleva parlare e non ha potuto, perché poi sono tornati a casa gli altri. È chiara, neh, *süra* Catte?»

«Come questo caffè, *vecia*».

Catte aveva poi dei colloqui intimi con Fanny nelle passeggiate vespertine che facevano insieme.

Donna Catte, *Picoleta ma furbeta*, sapeva divertirsi alla commedia per conto suo e recitare per conto degli altri. Perché mai cercava ella, così acuta e sarcastica, il favore della scipita Fanny? Perché la blandiva con tutti i possibili *cocolezzi*?[169] Perché la faceva sempre parlare di donna Marina? Essa la strizzava come un limone, ed ebbe presto finito di spremerne il sugo, che non era molto davvero, benché contenesse ogni sorta di cose. Le informazioni e i giudizi di Fanny, accomodati e cuciti da Catte a modo suo, erano porti a S. E. la contessa Fosca che li accoglieva con gravità solenne come avrebbe fatto, in argomenti di Stato, uno dei *Cai* antenati di suo marito. Ella seppe così che Marina era amica intima di Fanny e le confidava tutto; che godeva di una salute regolarissima e non aveva in tutta la persona un difetto, una cicatrice, che non aveva potuto soffrire il signor Silla; che portava biancheria di seta; che leggeva una quantità di libri gialli e rossi; che era mite come un'agnellina. Fanny aveva detto qualche altra cosa, una cosina ghiotta che Catte offerse alla contessa con molta arte, con uno straordinario sfoggio di segretezza, ecco: pareva a Fanny che la marchesina fosse innamoratissima di Sua Eccellenza il conte. Ma la contessa con quell'aria di dabbenaggine spensierata, sapea osservare e se ne intendeva di questi argomenti.

«All'udire la grande notizia alzò gli occhi in viso a Catte, la guardò un poco e disse solo: Sei vecchia, tu?»

«Gesummaria, Eccellenza!»

«Anch'io, *sa*!»

NOTE

161. “Trascorsa”.
162. “Dialettica”.
163. “Signori”.
164. “A noi, poverelli…” (ossia ai servi).
165. Tipico intercalare veneto.
166. Alterazione dialettale di “intanto”.
167. “Signora”, forma dialettale.
168. *Bezzi*: denari. “I denari cercano, vogliono, i denari”.
169. “Moine”.

Capitolo V - Il ventaglio rosso e nero

Una mattina la contessa Fosca e il conte Cesare si trovarono soli a colazione. Tutti gli altri erano andati a vedere il posto della futura cartiera insieme all'ingegnere Ferrieri, al Finotti e al Vezza, ritornati, il primo per gli affari, gli altri due per vedere un Orrido vicino, pochissimo conosciuto, dove s'era combinato di andare il giorno dopo.

La contessa Fosca pareva ancora più gaia del solito, aveva la parrucca per isghembo e lanciava al conte delle occhiate serie che non s'accordavano con il suo cicaleccio scherzoso. Parlava di cento cose, saltando di palo in frasca. Il conte le rispondeva a monosillabi, a brevi parole buttate là per voltar da sé la corrente. A ciascuna di queste risposte la contessa cambiava argomento, senza maggior frutto. Non se ne mostrava stizzita. Tutt'altro; anzi era sempre più amabile, tanto che il conte tra i suoi *già, certo, sicuramente*, le lanciò due occhiate di cui la prima alquanto lunga voleva dire: «Che diavolo c'è?», e la seconda, assai breve: «Ho capito».

Poi non la guardò più.

La contessa tacque un momento, si buttò indietro sulla spalliera della seggiola e si pose a giuocare frettolosamente col suo ventaglio verde, facendosi svolazzar i nastri della cuffia intorno al faccione ridente.

«Che peccato, Cesare?» diss'ella.

«Ma!»

«Che peccato non esser più giovani!»

«Oh, sicuramente».

«Si sarebbe andati a spasso anche noi, e invece ci tocca di star qui a guardarci come due trabaccoli[170] marci in cantiere».

Il conte non poté trattenere un movimento combinato di tutte le rughe del viso.

«Eh», gridò la contessa, «pensate voi se io sono andata giù un pochetto, d'essere un bel capo, voi? Che arie!»

Qui la contessa, vociferando sempre, si versò da bere.

«Eh, perché mi fate quegli occhi? Credete che spanda? Non ho mica la tremarella, sapete. È la tovaglia di santa Costanza, questa? Perché, *digo*, credo che siate di quel tempo. Dunque, cosa si diceva? Mi avete fatto perder la testa con le vostre smorfie. Oh Dio che caldo! E star qui con voi! Era ben meglio che fossi andata a vedere questa maledetta cartiera. Quelli si divertono! Via, siate buono! datemi una pesca. Se si divertono! Grazie, tesoro. Dite sì o no che si divertono?»

«Non lo so».

«Non lo so? Io sì che lo so. Bello quel *non lo so*!»

«Vi piace quella pesca?»

«No, non val niente. Cosa c'entra la pesca? Lasciate star le pesche, caro voi. Che uomo che si perde con le pesche! Cosa dicevamo?»

«Io? Niente».

«Niente fa bene per gli occhi e fa male per la bocca. Parlate, dite su. È un'ora che parlo io. Mi fate compassione. A questo modo scoppierete. Contate su. Perché non volete che quei ragazzi si divertano?»

«Udite», disse il conte sorridendo, «io mi sono divertito molto da un'ora a questa parte e siete voi che mi fate compassione. Voi volete passare piano piano un'acqua un po' larga e profonda e andate su e giù per la riva, cercando il ponte che non c'è. Non vi resta che saltare, cara cugina. Saltate pure, non vi farete male».

La contessa diventò scarlatta, e spinse via bruscamente il suo piatto su cui posava un calice pieno di barolo. Il calice si rovesciò sulla tovaglia, il conte trasalì, cacciò fuori tanto d'occhi e Sua Eccellenza esclamò:

«Niente, caro. Nozze! Ecco».

Il conte sbuffava. Ci vollero tutte le tradizioni cavalleresche della sua casa per trattenerlo dal prorompere contro l'avventata cugina. Le macchie lo irritavano come se avesse avuto per blasone la pulitezza. Suonò furiosamente il campanello e gridò al servo: «Via tutta questa roba! Subito».

Fu una cannonata che gli portò fuori in foco e strepito quel groppo di collera e lo lasciò vuoto, tranquillo.

«Vi è passata, caro?» disse la contessa dopo che fu sparecchiato.

Il conte non rispose.

«Anche a me», soggiunse tosto Sua Eccellenza. «Parliamo dunque di questo affare. Sentite, Cesare. Voi a quest'ora, col vostro gran talento che avete, mi conoscete. Io sono ignorante, sono una povera scempia, ma *de cuor*. Sono tutta cuore. Quando si tratta delle mie viscere, della mia creatura, mi rimescolo tutta, quelle poche idee mi vanno in un mucchio, non vedo più niente, non so più niente. Sono una povera femmina così. Aiutatemi voi, Cesare, consigliatemi voi, guardate voi, dite voi, tutto voi, tutto voi. Voi siete del sangue del povero Alvise. È Alvise che mi dice di mettermi nelle vostre mani per nostro *fio*, per il mio Nepo».

Pronunciato questo nome, la contessa, intenerita, si asciugò gli occhi con un immenso fazzoletto

«Perdonatemi, Cesare», diss'ella. «Sono madre, sono vecchia, sono insensata».

La voce singhiozzante della signora non era piacevole e non divertiva affatto il conte Cesare, che aveva tirato indietro per isghembo[171] la sua seggiola, e, posta una gamba a cavalcioni dell'altra, la dondolava in su e in giù, guardando la gentildonna veneziana del Palma.

Gli era nuovo quell'aspetto lagrimoso di sua cugina, e gli piaceva ancora meno degli altri. Dopo qualche momento di silenzio in cui la contessa si tenne il fazzoletto sul naso e sull'occhio sinistro, il conte voltò il capo verso di lei e continuando nel maneggio della gamba e ribattendo col dito medio della mano destra Dio sa che nota sulla tavola, disse: «Dunque?»

«Dunque, oh Dio, qui vedo certe cose che mi fanno paura. Mi capite. Anche in delicatezza non posso tacere. I ragazzi son ragazzi, si sa; ma noi altri dobbiamo aver giudizio anche per loro».

«Avete paura? Ma ditemi un poco, non era la vostra intenzione questa?»

«La mia intenzione, benedetto? Ma no che non era la mia intenzione. La mia intenzione era di farvi conoscere *mio fio*[172], di fare che gli voleste bene, che gli deste dei buoni consigli anche su questo punto del prender moglie. Mi ha rifiutato due o tre partitoni, proprio coi fiocchi, non so perché. Ho cercato, ho fatto cercare se avesse qualche intrigo, qualche pasticcio. Niente, non ha niente. Non è mica un frate, grazie a Dio, e avrà fatto anche lui, si sa, quello che fanno tutti i ragazzi, sfido! Però con prudenza, con giudizio, da *vecio*[173]. D'impegni neppure l'ombra! Dunque? Questa cosa non mi lascia dormire. Io non posso parlare. Egli crede che si cerchi solo l'interesse. Oh Dio, madre sono, e devo pensarle tutte. Lui non vede che il cuore, lo spirito, il talento, la bellezza, il suonare, il cantare e tante altre cose fatte di aria e niente come queste. Cose ottime, ma non bastano. Pensai che forse per ora non volesse legarsi. Ma no: seppi di certo che l'idea l'aveva; un'idea, là, per aria. Son dunque venuta, vi torno a dire, perché gli deste dei buoni consigli. Marina? Ecco il mio torto. Non ho pensato che poteva innamorarsi di Marina. Sentite, Cesare. Io sono Betta dalla lingua schietta. Parliamoci candidamente, benché la sia vostra nipote. Quella ragazza ha fatto un gran cambiamento. Nepo e io l'abbiamo conosciuta a Milano. Con tutte le sue ricchezze, con tutte le sue grandezze, a *mio fio* non è piaciuta niente affatto. Gli pareva superba, aristocratica. Perché *mio fio*, in punto aristocrazia, ha tutte le vostre idee, che si usano adesso, dopo che c'è l'Italia. *Mio fio* non è mica uno di questi *spuzzette* che vi tiran di naso se non avete quattro quarti. Allora vostra nipote non gli piacque troppo. Non mi è dunque neppur passato per la testa che cambiasse il vento. E ho avuto torto perché adesso, lasciatemelo dire, la è proprio una gioia, un *bombon*. E poi le sue disgrazie! Non ho pensato alle sue disgrazie, non ho pensato al cuore che ha *mio fio*. Per il cuore Nepo è tutto me. Il gran cuore, figlio caro, è un peso che tira a fondo, chi ha gran cuore...»

«Ebbene?» interruppe il conte a cui pareva tempo di concludere

«Ebbene, non dovrei parlar così a Voi che siete suo zio, il suo secondo padre, ma Vi ho già detto la confidenza che ho. Ecco, non so se si possa lasciar andare avanti questa cosa. Vedo il diritto, vedo il rovescio, vedo questo, vedo quello, vorrei e non vorrei. Oh Dio, che *strucacuor*![174]»

La contessa si portò ancora il fazzoletto agli occhi. In quella[175] un uscio si aperse, e comparve Catte recando la tabacchiera di Sua Eccellenza. Costei si voltò inviperita e gridò tutto d'un fiato con voce stridente:

«*Cavève vu, che ve lo go dito tante volte che no vogio che stè a secar co se parla*![176]»

Catte posò la tabacchiera sopra una seggiola e si ritirò in fretta.

Il conte restò ammirato delle mobili emozioni di sua cugina, la quale, ripiegato lentamente il capo, si riportava il fazzoletto agli occhi.

«Adesso», diss'egli, «posso dire una parola io?»

«Oh, benedetto, se l'aspetto come la manna del cielo!»

«Tutte queste cose che avete visto Voi, io non le ho viste; forse sarò miope. Ma lasciamo stare. Non è poi necessario che due persone perdano prima il sonno, l'appetito e la testa, per poter poi vivere insieme passabilmente. A ogni modo, non ci vedo chiaro neppur io in questa faccenda».

Gli occhi languidi e lagrimosi della contessa si ravvivarono di botto. Ella si posò il fazzoletto sulle ginocchia.

«Io non so vedere», seguitò il conte, «quale razza di felicità possa uscire dalla unione di Vostro figlio e di mia nipote».

«*Ciò*!» esclamò Sua Eccellenza sbalordita.

«Mia nipote ha molto ingegno e una testa delle più bizzarre che Domeneddio e il diavolo possano mettere insieme quando lavorano a chi più può».

«Ma che spropositi, Cesare!»

«Niente affatto. Non lo sapete ancora che la marca di fabbrica di quei due signori si trova in tutte le cose di questo mondo? Bene; mia nipote avrebbe bisogno di un marito d'acciaio, forte e brillante. Vostro figlio non è d'acciaio sicuramente. Oh, io non lo disprezzo per questo. Gli uomini di acciaio non si trovano mica a dozzine. Io credo che vostro figlio, il quale, tra parentesi, non ha le mie idee sull'aristocrazia, non sia il marito che ci vuole per Marina».

La contessa Fosca, ch'era venuta slacciandosi la cuffia, dondolando il capo, e soffiando, rispose:

«Cos'è questo fare? Cos'è questo parlare? Cos'è questa roba? Sapete che mi fate venir caldo? Non ho capito bene il vostro discorso, ma se mai fosse contrario a *mio fio*[177], come mi è parso, ho l'onor di dirvi con tutto il rispetto al vostro talento, che non intendete niente. Andate a Venezia a domandare di *mio fio*; sentirete. No, che non è d'acciaio; d'oro è. Di acciaio sarete voi e anche di stagno se occorre. Venite fuori con certe cose che mi fanno proprio uscir dai gangheri. D'acciaio? Si è mai sentito? D'acciaio si fanno le penne, anima mia».

La contessa interpose qui un breve silenzio e alcuni gravi colpi di ventaglio.

«Che roba!», continuò. «Non ve ne intendete. Oh, non ve ne intendete, figlio caro. E quella poveraccia di Marina, neppur quella conoscete, signor orso. Eh, no no, caro».

E giù quattro colpi di ventaglio.

Intanto, il conte la guardava con uno stupore troppo espresso per essere del tutto sincero.

«Ma allora», diss'egli, «è vero, io non comprendo niente. Se avete queste idee, perché diavolo Vi fa paura che vostro figlio faccia la corte a mia nipote?»

«Sentite, Cesare, io avrò tutti i difetti e tutti i torti del mondo, ma son sincera. Mi prenderete in mala parte se parlo schietto? C'è anche questa, che se *mio fio* lo viene a sapere che vi faccio certi discorsi, poveretta me, non ho più bene, non ho più pace. Mi raccomando, Cesare. Volete che ve lo dica? Questa cosa mi fa groppo in gola, stento a buttarla fuori. È una umiliazione grande, è una cosa contraria al mio carattere, ma i fatti sono fatti, il dovere è dovere».

La contessa posò il ventaglio sul tavolo, si ripose il fazzoletto in tasca, si riannodò la cuffia, e poi ricominciò lenta e grave: «Ecco qua. Purtroppo la famiglia Salvador di adesso non è più la famiglia Salvador di una volta. Il povero Alvise è stato molto disgraziato nei suoi affari; e poi abbiamo avuto il '48, e s'è fatto quel che s'è fatto. Non faccio per dire, ma se non era la roba mia i Salvador sarebbero andati a pescar *moleche*[178]. La roba mia, quando Alvise mi sposò, era tanta. Magari fosse vissuto ancora, benedetta l'anima sua! Si sarebbe in malora; ma contenti. Di quei pensieri, di quelle fatiche, di quelle privazioni ho avuto, figlio caro, che non Vi dico niente. Sempre mangiacarte[179] per casa.

Le campagne in man dei ladri; il fattore, capo. Mangia tu che mangio anch'io. Con duemila duecento campi in Polesine, mi toccava di comperare il riso per famiglia; non Vi dico altro. Oh Dio, che vita! Basta, a forza di stenti e di sacrifici, si drizzò la barca. Ma a questo punto dipende da Nepo che non si torni indietro; tutto dipende dal matrimonio che farà Nepo. E adesso ditemi, Cesare; se colla vostra bontà, se col vostro gran cuore non aveste raccolto quella povera Marina, come vivrebbe? Ditemi, benedetto, come vivrebbe?»

«Col suo, vivrebbe».

«Col suo?»

La contessa Fosca aprì tanto d'occhi.

«Sicuramente. La liquidazione della sostanza di mio cognato ha dato ottantamila lire d'attivo».

«Bene, pane e acqua, parliamoci schietto».

«Io non sono veramente così gran signore da dir questo. Io apprezzo ottantamila lire. A me basterebbero».

«Bene, diremo: pane, acqua e pomi. E poi bisognerebbe vedere se vi basterebbero. E poi prendete una sposina giovane, bella, tutta fuoco, piantatevi a Torino o a Milano con dei maledetti nomacci di questa sorta, lunghi come da qui a Mestre, con una fila mai più finita di palle e di corni, perché ci hanno a essere anche quelli, vestitela, spogliatela, divertitela, scarrozzatela e anche... sto per dire... sì insomma, arrischiate di far crescere la famiglia, e mi saprete dire, coi vostri ottantamila *cossa xeli*, quanti salti farete. Io vi parlo col cuore in mano, perché vi considero di famiglia, Cesare. La mia prima idea era quella di portar via Nepo sul momento; ma cosa avreste detto di me? Ho pensato di parlarvi prima come farei a un fratello; e così ho fatto».

«Vi ringrazio molto dell'onore», disse il conte. «Voi mi fate onore assai più che non crediate. Il consiglio che io vi do è di partire subito».

La contessa tacque, ferita al cuore.

Si udirono in quel silenzio mortale due mosche azzuffarsi dentro una zuccheriera.

«Eh certo», diss'ella. Pareva che Sua Eccellenza, dopo tante ciarle, si fosse trovata a un tratto senza fiato.

«Del resto», disse il conte «è molto possibile che non partirete. Dipenderà da mia nipote».

«Come, da vostra nipote?»

«Sicuramente. È la mia coscienza che mi ha imposto di darvi quel consiglio, perché non credo che mia nipote e vostro figlio si convengano. Ma voi non avete questa opinione, neppure vostro figlio pare che l'abbia, e potrebbe darsi che non l'avesse neppure mia nipote, la quale è perfettamente in grado e in diritto di avere una opinione. Allora capite bene che io non potrei né vorrei far prevalere la mia».

«Andate *alla Sensa*, Cesare? Dopo tutto quello che vi ho detto...»

Il conte si alzò e la interruppe.

«Volete favorire nella mia biblioteca? Ho la debolezza di trattare sempre gli affari in quel luogo».

La contessa voleva replicare qualche cosa, ma suo cugino, aperto l'uscio, le accennò che passasse. Intascò poi la tabacchiera posata da Catte e seguì la contessa. Quando Sua Eccellenza si fu accomodata in un seggiolone della biblioteca, il conte si mise a camminare su e giù per la sala, muto, con la testa bassa e le mani in tasca, secondo il suo solito. Sua Eccellenza lo guardava senz'aprir bocca, sbalordita. Fatti cinque o sei giri, il conte le si fermò in faccia, la guardò un momento e disse: «Che vi pare di trecentoventimila franchi?»

Il viso di Sua Eccellenza diventò paonazzo. Ella balbettò qualche parole inintelligibile.

«Trecentoventimila miei e ottantamila suoi fanno quattrocentomila. Che vi pare di quattrocentomila franchi?»

«In nome di Dio, Cesare, cosa volete dire? Non capisco!»

«Oh, voi capite perfettamente», disse il conte con un accento inesprimibile. «È un mistero pel quale non vi mancava né la fede né la speranza prima di parlare con me. Io ve ne ringrazio molto. Voi mi avete fatto l'onore di credere che provvederei con sufficiente larghezza al collocamento di mia nipote, benché non ne abbia alcun obbligo ed ella non porti il mio nome. Non è questo?»

Sua Eccellenza si slacciò da capo la cuffia e proruppe:

«Sa Lei, *sior*, cosa ho l'onore di dirle? Che a questo modo si tratta con i facchini e non con le dame. Mi meraviglio che in quella fresca età Ella non abbia ancora imparato a trattare il mondo. E mi meraviglio che con i suoi strambezzi, con i suoi zimarroni[180], e con la sua zazzera[181]. La creda di poter fare e dire tutto quello che Le salta in testa. Ella sarà nobile, caro, ma non La è cavaliere. Credete che, se si trattasse di me, non Vi direi: Teneteveli i Vostri bezzi? Credete che rimarrei un'ora di più in questa casa dove mi si manca di rispetto? Ringraziate Dio che di me non si tratta, perché io non ho bisogno né di *mio fio*, né di altri, e del mio ne avanza e non saprei che farmi dei Vostri trecento *pun*! Né dei Vostri quattrocento, *pun pun*! E io, povera insulsa, che vengo a parlarvi come a un fratello! Ringraziate Dio, Vi dico, che sono vecchia e userò prudenza con *mio fio*; se sapesse che gli si attribuiscono mire d'interesse sarebbe capace di sacrificare il suo cuore, la sua felicità e tutto quanto».

Il calore di quest'arringa non era punto simulato. La contessa Fosca, dopo aver condotto suo cugino al punto che voleva lei, si reputava offesa di sentirselo a dire. E c'entrava forse nel suo dispetto quest'altra piccola delusione, che il conte non avesse detto addirittura, com'ella sperava: «Marina è mia erede».

Il conte stette mansuetamente ad ascoltare le sfuriate di sua cugina, come se non fosse affar suo: e si appagò di rispondere:

Il vino che versate lascia macchia; le parole no».

La contessa non parve udirlo. Ella si era già alzata e muoveva brontolando verso l'uscio. Suo cugino in piedi, chino sul petto il capo formidabile, la guardava sorridendo: forse perché Sua eccellenza pareva una papera che, offesa da qualche villano nel suo pasto o nei pacifici colloqui con le amiche o nella contemplazione solitaria, dopo una schiamazzata e una corsa se ne va grave e degna ma tuttavia commossa, mettendo ad intervalli le voci brevi e sommesse dello sdegno suo che si placa. Quando ella fu presso all'uscio, il conte si scosse.

«Aspettate», diss'egli.

Sua Eccellenza si fermò e girò un poco la testa a sinistra.

Il conte le venne alle spalle, porgendole un oggetto che teneva con la mano e batteva con la destra.

Sua Eccellenza girò la testa un altro poco e gittò un'occhiata obliqua alle mani del conte; dopo di che girò tutta la persona. Era una tabacchiera aperta che il conte le tendeva. Sua Eccellenza esitò un poco, fece una smorfia, e disse bruscamente:

«È Valgadena?»

Il conte, per tutta risposta, ripicchiò la tabacchiera con due dita.

Sua Eccellenza porse il pollice e l'indice, soffregandone i polpastrelli uno contro l'altro, con inquietudine voluttuosa; li immerse quindi nel tabacco morbido e disse con voce alquanto rabbonita:

«La fu una grande indegnità, sapete, Cesare». S'accostò alle nari la sua presa. «Una cosa orribile» diss'ella.

E fiutò il tabacco. Lo fiutò una, due, tre volte, abbassò il capo sulla tabacchiera, aguzzò le ciglia e afferrò la sinistra del conte.

«Ohe», diss'ella, «anche ladro siete?»

Il conte rise e le diede la tabacchiera dicendo:

«Siamo intesi, non manca più che l'assenso di Marina».

Sua Eccellenza uscì e gli chiuse, con poco garbo, la porta in faccia. Passando per la loggia vide le due barche di casa che tornavano. Allora Sua Eccellenza si affrettò di salire nella sua stanza per lasciarvi il suo ventaglio verde e pigliarne un altro nero a fiori rossi, con il quale tornò in loggia e si affacciò, facendosi vento, alla balaustrata.

Le due barche brillavano al sole, sul lago verde, a qualche centinaio di metri. I remi scintillavano nell'entrare e nell'uscir dall'acqua. Un gaio miscuglio di voci e di risa veniva all'orecchio di Sua Eccellenza, quando più quando meno forte, secondo il vento. Quelle barche parevano farfalline cadute nell'acqua, che vi si dibattessero faticosamente agitando le ali, lasciando dietro a sé due lunghe, sottili tracce convergenti. *Saetta* precedeva con la bandiera ammiraglia; un po' a sinistra si vedeva la coperta bianca del battello. Marina, Nepo, il Finotti ed il Vezza venivano con *Saetta*; nel battello stavano gli Steinegge, il Ferrieri e don Innocenzo, che s'era imbattuto per caso nella brigata e s'era unito a' suoi amici e all'ing. Ferrieri, anche perché questi, conosciutolo per il parroco del paese, gli aveva fatto un po' la corte. Nel battello si conversava tranquillamente. Edith difendeva la sua lingua nativa contro l'ingegnere che l'accusava, un po' volgarmente, di asprezza. Ella sosteneva che l'idioma tedesco è capace di una particolare dolcezza a tempo e luogo, come nella poesia, e ha pei movimenti dell'anima parole dolci come *Liebe*, *weh*, *fühlen*, *sehnen*, che acquistano dal prolungamento della vocale un suono misterioso e profondo. Diceva queste cose interrottamente, timidamente, nel suo italiano freddo, irrigidito. Mentre ella parlava, suo padre guardava don Innocenzo, guardava l'ingegnere, guardava persino il barcaiuolo, con certi occhi scintillanti che dicevano: «Eh, che vi pare?»

Don Innocenzo ascoltava con attenzione vivissima e andava rimasticando fra i denti le parole tedesche citate da Edith, esagerandone l'accento onde persuadersi che fossero armoniose, mettendo degli *hmm*, *hmm*, di dubbio. L'ing. Ferrieri s'imbarazzava nella discussione più che non convenisse a un uomo di spirito; rispondeva breve e anche a sproposito alle chiamate che venivano dalla lancia.

Nella lancia remava il Rico, regnava e governava donna Marina elegantissima nel suo abito di flanella color tortora, tutto liscio, abbondante e fedele in pari tempo alle linee della bella persona, come se ne fosse stato il solo vestimento. Dalla cintura di cuoio giallo chiaro le cadeva sul fianco sinistro una minuta pioggia di catenelle d'oro. Un piccolo medaglione d'oro le pendeva sul gran nodo della cravatta di seta color marrone. Un cappellino rotondo pure color marrone, a penna d'aquila, le posava sul delicato viso un accento di capriccio altero. Portava i guanti del colore della cintura, e stringendo i cordoni verdi del timone appuntava i gomiti indietro, rivelava intera l'eleganza del busto, il disegno delle gambe di cui l'una si ripiegava indietro, l'altra slanciava verso il Rico la punta d'uno stivaletto tutto scuro picchiettato di bottoncini bianchi. Ell'aveva il Finotti a destra e il Vezza a sinistra. Nepo se ne stava seduto malinconicamente a prora. Marina lo trattava male quel giorno, il povero Nepo. L'aveva guardato una volta sola, entrando nella lancia, per fargli comprendere che cedesse il posto migliore ai nuovi ospiti. I due commendatori non avevan fatti complimenti, le si eran seduti a' fianchi con prontezza giovanile, il Finotti acceso in volto di fuoco mefistofelico, il Vezza irradiato dallo stesso placido sorriso di cui lo illuminava talvolta la visione beatifica di una coscia di tacchino ai tartufi. Non riconoscevano più la Marina fredda e silenziosa dell'altra volta. Questa nuova Marina sfavillava di spirito e di civetteria. Il commendatore politico avrebbe dato, non dico il suo collegio, ma tutti gli amici suoi per essere, un'ora, il suo amante; il commendatore letterato avrebbe dato tutte le vecchie *bas-bleu* conservatrici di Milano che lo tenevano nella bambagia come una reliquia classica. L'uno e l'altro le parlavano della bellezza e dell'amore, tanto per avvicinarsi in qualche modo a lei, per sentir meglio la elettricità della sua presenza; il Finotti con un linguaggio fremente di passione sensuale, mal coperta; il Vezza con la sua rettorica blanda e la sua vanità beata. Parlava di lettere scrittegli da sconosciute lettrici delle sue opere; lettere odorate, diceva lui, di quei vapori che l'amore esala come il vino delicato e bastano a inebriare chi ha i sensi squisiti. Allora il Finotti lo canzonava, diceva di non invidiargli il vecchio vino santo delle sue venerabili amiche di Milano, vino scolorato, vino da *conviva satur* che sta per levarsi dalla tavola e dalla vita. Egli amava il vino giovane, pieno di luce e d'ardore, che va come un fulmine alla testa, al cuore, alla coscienza, perché quello solo sa dove diavolo sia la coscienza, il vino che ha indosso tutto il fuoco del sole e tutte le passioni della terra, carico di colore e di gas, che fa saltare le bottiglie e gli scrupoli.

«Senta, signor Vezza», disse Marina *ex abrupto*, «rispondeva Lei a quelle lettere?»

Il signor Vezza, che si prendeva il suo dolce "commendatore" col caffè mattutino della serva, come al caffè vespertino della dama e sempre di grande appetito, soffriva della privazione inflittagli da Marina. Ma bisognava rassegnarsi; Marina non accordava a nessuno titoli che non fossero di nobiltà.

«Rispondevo alle belle signore», diss'egli.

«Sentiamo questa meraviglia di finezza», disse Marina guardando con aria negligente il remo del Rico.

«Non c'è finezza, marchesina. Si potrebbe dire che nelle lettere anonime delle belle donne c'è sempre un'ombra di riservatezza e in quelle delle brutte c'è sempre un'ombra di abbandono; ma sarebbe volgarità. È l'istinto che bisogna avere, l'istinto della bellezza. Quando Lei, marchesina, entra in un primo piano, bisogna che lo studente, assopito al quarto sul Diritto Costituzionale qui dell'amico Finotti, trasalisca! Che ne dice Lei, conte?»

Ma Nepo non dava retta alla conversazione. Nepo stava guardando con grande interesse il Palazzo. Pensava se sua madre sarebbe in loggia, se avrebbe in mano il ventaglio verde o il ventaglio nero e rosso o il fazzoletto bianco. Se la contessa non era in loggia, voleva dire che non aveva potuto fare il gran discorso; se c'era, il ventaglio verde significava mala riuscita, il rosso e nero buona; il fazzoletto bianco voleva dire: *Marina avrà tutto*.

Egli si scosse alla domanda del Vezza e rimase a bocca aperta. Non aveva capito. Marina si strinse impercettibilmente nelle spalle e parlò al Finotti. Il Rico, ch'era sempre molestato e canzonato da Sua Eccellenza, voltò la testa e lo sbirciò con due occhi scintillanti di malizia.

«Bada a vogare, imbecille», gli disse a mezza voce Sua Eccellenza. Il Rico rise silenziosamente mordendosi le labbra e tenne fermi sull'acqua i remi grondanti, per aspettare il battello che ad ogni tanto restava indietro. Si udì il Ferrieri discorrer forte. Il Vezza lo chiamò, e non avutane risposta, disse qualche cosa su lui e la signorina Steinegge. Marina porse una boccuccia come per dire "cattivo gusto" e l'altro sussurrò sorridendo.

«Matematico!»

«Va!» disse Marina al Rico.

La prora lunga e sottile guizzò avanti dividendo le immobili acque verdi.

Rade foglie addormentate su quello specchio le venivano incontro, passavano veloci al suo fianco si dilungavano a poppa, si perdevano. Anche il Palazzo le cresceva in faccia, si allargava, si alzava, spalancava porte e finestre; i cipressi, dietro quello, si staccavano dalla montagna e venivano incontro alla barca; la montagna stessa moveva dietro a loro. La macchia nera nel terzo arco della loggia diventava una donna, una matrona, la contessa Fosca con un farfallone rosso e nero sul petto. Si udì lo zampillo del cortile, si udì la voce della contessa:

«Siete qua, benedetti?»

«Siamo qua. Bellissima gita, mamma, allegria perfetta, molti incidenti, nessun accidente. Ossia mi correggo, un accidente solo; mia cugina ha avuto molto spirito e io non ne ho avuto punto».

Gridando questo, Nepo si adattò solennemente le lenti sul naso e contemplò Marina.

Pareva un altro uomo. Aveva scosse le braccia per far scendere i manichini sino alle nocche delle dita e guardava sua cugina con un sorriso da trionfatore sciocco. Marina fece mostra di non aver inteso la sua impertinenza e si voltò a vedere se veniva il battello. Intanto la prora di *Saetta* e Nepo e il Rico e i commendatori e la dama e la bandiera entravano via via nella fredda oscurità della darsena, dove la voce di Nepo rimbombava già tra le grandi volte umide e l'acqua verde come una lastra di smeraldo.

Egli scosse il capo per farsi cader le lenti dal naso, saltò vezzosamente a terra con le braccia aperte e le ginocchia piegate, porse la mano agli altri e poco mancò non li facesse stramazzar nell'acqua dalla lancia che il freddurista Vezza chiamava *bilancia* per la sua sensibilità ad ogni squilibrio di peso. Quando venne la volta di Marina, le stese ambedue le mani, strinse forte quelle di lei; ella corrugò un momento la fronte, saltò a terra e si sciolse. Sulle scale la comitiva incontrò Fanny addossata a un angolo, con gli occhi bassi. Li alzò con un sorrisetto su Nepo, che veniva ultimo. Pareva aspettarsi qualche cosa: ma Nepo, che aveva arrischiato i primi giorni ora una parolina ora una carezza silenziosa, le passò davanti senza neppur guardarla. Ella fece il viso scuro e scese lentamente.

Il conte Cesare venne, molto festoso, a incontrare i suoi ospiti a capo della scala e fu gentilissimo con don Innocenzo. La contessa Fosca abbracciò Marina come se non l'avesse vista da dieci anni e non salutò Steinegge che al suo quarto inchino. Marina lasciò subito la sala dove si era raccolta tutta questa gente, e così fece Edith.

Intanto il conte, il Ferrieri e don Innocenzo disputavano, in un canto, della nuova cartiera in relazione all'igiene e alla moralità del paese che, secondo il conte, ne avrebbe guadagnato poco. Don Innocenzo, inesperto entusiasta d'ogni progresso, sbalordito dalla descrizione del futuro edificio, delle macchine potenti commesse nel Belgio, per esso, era più roseo, non voleva veder guai. Gli altri s'erano aggruppati presso una finestra e discorrevano di politica. La contessa voleva assolutamente sapere dal Finotti per quanto tempo gli austriaci sarebbero rimasti a Venezia. Il Finotti che aveva già seduto al centro sinistro della Camera subalpina, andava a Corte, ci godeva favore e non poteva soffrire i ministri, prese subito un'aria d'importanza, di mistero, e disse che a Venezia si sarebbe potuto andar presto, ma con altri uomini. La contessa non poteva darsi pace di questa cattiva direzione della diplomazia italiana, sbuffava, voleva che il Finotti insegnasse la strada buona al re, che la insegnasse ai ministri. Se i ministri non potevano impararla si cambiassero, questi stolidi, si buttassero in acqua. Figurarsi, se a Venezia sapessero queste cose! Già, ella aveva visto a Milano il ritratto del ministro in capo; a cosa doveva esser buono, *la me anima*, con quel dio di naso?

Nepo la interruppe, rosso, rosso, dicendole che di politica lei non capiva niente e che la finisse con tante sciocchezze. Fu come un rovescio d'acqua diaccia. Steinegge aggrottò le ciglia, gli altri tacquero. La contessa Fosca, avvezza a questi omaggi filiali, osservò tranquillamente che spesso le donne hanno più politica degli uomini.

«Sempre», disse il Vezza, «e il gabinetto di Torino non val niente in confronto del Suo, contessa».

Anche il Finotti e lo Steinegge si stemperarono in complimenti. Nepo si trovò impacciato, si adattò con ambe le mani l'occhialino sul naso, e facendosi vento col fazzoletto, uscì in loggia.

Mentre egli vi metteva piede, Marina pure vi entrava dalla parte opposta.

Ella vide Nepo, parve esitare un momento, andò lentamente ad appoggiarsi alla balaustrata verso il lago, nell'ombra di una colonna: e voltò la testa a guardar suo cugino.

Nepo non poteva dare addietro. Avrebbe voluto parlar con sua madre, saper da lei precisamente come fosse andato il colloquio con il conte Cesare, prima di muovere un passo avanti; ma poiché sapeva che le cose in complesso eran procedute bene, come mai ritirarsi davanti al silenzioso invito degli occhi di Marina! Dicevano chiaro: «Vieni, siamo soli».

Malgrado la sua vanità egli era imbarazzato. Non aveva tentato fino a quel giorno che sartine, modiste e cameriere, limitandosi con le dame e con le damigelle a colloqui fraterni. Il cuore non gli diceva nulla e la mente ben poco.

Andò a mettersi a fianco di Marina, appoggiò le braccia sulla balaustrata e scosse dal naso l'occhialino.

«Cara cugina», diss'egli.

Le lenti cadendo sul marmo andarono in pezzi. Nepo ne sciolse le reliquie dal cordoncino, le esaminò e le lasciò cadere sul macigno sottoposto sospirando:

«Erano di Fries».

Recitata questa concisa orazione funebre, ripigliò:

«Cara cugina».

Dietro a lui uscivano sulla loggia le voci della contessa Fosca, del conte Cesare, degli altri, mescolate alla rinfusa in un guazzabuglio scordato.

«Caro cugino», rispose Marina, guardando fuori del piccolo golfo il lago aperto dove i primi fiati della brezza meridiana chiazzavano qua e là di rughe plumbee le immagini dei nuvoloni bianchi e del sereno. V'ebbe un momento di silenzio. Bolliva sempre là in sala il guazzabuglio delle voci scordate.

«Quali deliziose giornate non ho passato qui con Voi, cara cugina!»

«Davvero?»

«Perché, perché non potrebbe esser sempre così?»

Egli aveva trovato il motivo e continuò a voce bassa, con accento enfatico, come se recitasse la perorazione di un discorso parlamentare.

«Perché queste deliziose giornate non possono essere il preludio di una vita deliziosa a cui tutto c'invita, le nostre tradizioni di famiglia, la nostra nascita, la nostra educazione, la nostra simpatia?»

Marina si morse il labbro inferiore.

«Sì», ripigliò Nepo, infervorandosi al suono della sua voce stessa e frenando a stento un gesto oratorio. «Sì, perché anch'io, che pure ho vissuto nella migliore società di Venezia e di Torino e vi ho stretto cordiali amicizie con una quantità di belle ed eleganti signorine, anch'io sin dal primo vedervi ho provato per Voi una simpatia invincibile...»

«Grazie», sussurrò Marina.

«...una di quelle simpatie che diventano rapidamente passioni in un giovanotto come me, sensibile alla bellezza, sensibile alla grazia, allo spirito, sensibile alle squisitezze più recondite e più delicate della eleganza. Perché Voi, cara cugina, Voi possedete tutte queste cose, Voi siete una statua greca, animata in Italia, educata a Parigi, come diceva con meno ragione il ministro dell'Inghilterra parlando della contessa C... Voi potrete un giorno rappresentare con molto splendore la mia casa nella capitale, sia in Torino, sia in Roma; perché io finirò certo per avere alla capitale una posizione degna del mio nome, degna di Venezia. Io Vi parlo, cara cugina, un linguaggio più serio che appassionato, perché qui non comincia ora un romanzo, ma prosegue una storia».

Nepo si fermò un momento per applaudirsi mentalmente di questa frase in cui il pensiero e la voce correvano insieme ad un tonfo di tanto effetto nella parola *storia*.

«È la storia», proseguì, «di due illustri famiglie, sostegno l'una della più gloriosa repubblica, ornamento l'altra della più illustre monarchia italiana, sorte, la prima nell'estremo oriente, l'altra nell'estremo occidente d'Italia, che strinsero parentela in tempi remoti di prepotenze straniere e di discordie nazionali, quasi preludendo e augurando alla futura Unità; che in tempi più vicini, in tempi calamitosi per i loro due Stati rinnovarono il patto, e che stanno per riconfermarlo ancora in mezzo agli splendidi avvenimenti del nuovo gran patto nazionale».

Nepo era spossato dall'improba fatica di contenere la sua voce e la sua eloquenza. Chi sa dove sarebbe andato a finire, con le migliaia di frasi che aveva in testa, senza una buona strappata di redini.

«Marina», diss'egli, «volete esser contessa Salvador? Io aspetto con piena fiducia la Vostra risposta».

Marina guardava tuttavia il lago e taceva. Le voci della sala si spensero in quel momento; la contessa Fosca s'affacciò alla loggia. Ella si ritirò subito, rientrò in casa parlando forte; ma gli altri fecero irruzione in loggia.

«Mi appello a Lei, marchesina», gridava il commendator Finotti, seguito dal commendator Vezza che si stringeva nelle spalle sorridendo e ripetendo: «Ha torto, ha torto».

Soltanto allora Marina si scosse come per uscire dalla corrente dei suoi pensieri, disse sottovoce a Nepo: «A domani» e lasciò la balaustrata.

Nepo si voltò corrucciato a guardar gl'interruttori e vide dietro ad essi sua madre, che gli diceva con un lungo sguardo lamentevole e con le braccia aperte: «Come si fa?»

NOTE

170. Erano delle piccole imbarcazioni, molto usate proprio lungo l'Adriatico, per il cabotaggio (una navigazione di tipo prevalentemente costiero).
171. Tipica i- prostetica (vocale d'appoggio a inizio parola) d'origine arcaica.
172. "Mio figlio", in dialetto veneziano.
173. "Vecchio", ancora forma dialettale.
174. "Strazia cuore".
175. "Il quel momento..."
176. "Cosa vuoi tu? Ve l'ho detto tante volte che non voglio che mi stiate a seccare quando discorro di cose serie!"
177. Vedi nota 173.
178. Granchi verdi in fase di muta, tipici della laguna veneta.
179. Funzionari, avvocati, notai etc.
180. Tipici soprabiti (alla stregua d'un mantello) maschili. In questo caso, citati a metafora della ricchezza del conte.
181. Capigliatura. Anch'essa simbolo, attributo, di nobiltà e ricchezza.

Capitolo VI - L'Orrido

Si doveva partire per l'Orrido alle dieci del mattino, c'era da percorrere il lago sino alla sua estremità di levante e poi da salire la valle che lo alimenta con il torrentello di cui appunto sono lavoro le caverne dell'Orrido. Andavano tutti, tranne il conte.

Nepo fu in piedi per tempo e scese in giardino, dove aveva veduto qualche volta Marina passeggiare prima di colazione. Quel giorno ella non venne. Nepo, orbo[182] del suo occhialino, girava a destra e a sinistra, frugando quasi con il lungo naso le macchie e i cespugli, odorando l'aria, palpitando al lontano apparire del giardiniere scamiciato. Marina non si lasciò vedere neanche a colazione; non era cosa insolita.

Venne solo Fanny a pregare Edith da parte della marchesina di voler salire un momento da lei. Scesero quindi insieme al battere delle dieci. Nepo non poté avere da Marina che un "buon giorno" svogliato, buttatogli dall'alto come un mozzicone di sigaro. Ella prese il braccio di Edith e discese in darsena, lasciando addietro la contessa Fosca, Nepo, i tre grandi uomini e Steinegge. Quando costoro entrarono in darsena, *Saetta* ne usciva con Edith, Marina e il Rico. Vi ebbero proteste.

«Buon viaggio», disse Marina, «noi procediamo».

La sua voce non poteva essere più dolce, non poteva essere più grazioso il cenno con il quale accompagnò le parole; pure nessuno insistette.

La contessa Fosca guardò Nepo, seria; questi volle fare il disinvolto e gridò un complimento alle crudeli fuggitive. Il Ferrieri e i commendatori parvero molto seccati.

Le due barche si dilungarono verso quello stretto dove il lago fa un gomito e corre ad appiattarsi dietro un alto promontorio selvoso, fra salci e canneti. *Saetta* precedeva il battello d'un buon tratto, malgrado le voci supplichevoli che partivano spesso da quest'ultimo perché la lancia bizzarra non avesse a correr tanto. Esso pareva un uomo gottoso che anfanasse dietro un nipotino monello sfuggitogli di mano. Marina non mostrava udire quelle voci, e al Rico bastò un'occhiata per intendere che non dovea smettere né rallentar di remare. Presto, di *Saetta* non apparve ai viaggiatori del battello che un punto bianco, la bandiera, oscillante lontano tra l'azzurrognolo confuso del lago e dei vapori mattutini ancora avvolti alle montagne.

Edith era commossa. Quella gran luce in cui nuotava la barchetta, i milioni di brillanti che il sole spandeva sulle acque increspate dalla brezza, i verdi vivacissimi dei monti vicini, le tinte del fondo sfumate, calde, non le ricordavano più la Germania come i prati stesi davanti alla canonica di don Innocenzo. Ella non poteva parlare; sospirava.

«Qual sentimento prova?» le chiese Marina dopo un lungo silenzio.

«Non lo so; desiderio di piangere», rispose Edith.

«E io di vivere, d'esser felice».

Edith tacque, sorpresa dal subito fuoco che brillò nel viso e sollevò il petto di Marina.

«Ho molta stima di Lei», soggiunse questa bruscamente.

Edith la guardò attonita.

«So benissimo», ripigliò l'altra, «di esserle antipatica; fa niente».

«Ella non mi è antipatica», rispose Edith con voce ferma e grave. Marina si strinse nelle spalle.

«Va come puoi», gridò al Rico, gettando i cordoni del timone e voltandosi a Edith per parlare. Ma Edith la prevenne.

«So», diss'ella, «che non è stata gentile con mio padre, e per questo non posso essere affettuosa con Lei. Vorrei dire la cosa in tedesco, perché in italiano non so se dico bene. Ella tuttavia intenderà il mio sentimento; non ho nessuna antipatia».

«Ella si stabilisce a Milano?» chiese Marina.

«Sì».

«Mi scriva, da Milano».

Edith pensò un momento e rispose: «Non posso scriverle come amica».

«Ella è schietta, signorina Edith; non più di me, però; non ho detto di avere amicizia per Lei, ho molta stima. Già non c'è amicizia fra donne. Non domando lettere sentimentali, vuote e false. Cosa vuole che ne faccia? Domando alcune informazioni. Non c'è bisogno di amicizia per questo».

«Né di stima».

«Di stima sì. Non domando servigi a persone che non stimo, e sono sicura ch'Ella mi renderà questo malgrado i Suoi risentimenti. Non mi ha già fatto il piacere, stamattina, di venire in barca con me sola?»

«Quali informazioni desidera?»

«Vede? Lo sapevo. Le dirò più tardi quali informazioni».

Dopo qualche tempo Marina se ne uscì con quest'altra domanda: «Sua madre era nobile?»

«Sì».

«Si capisce».

Edith si fece di fuoco. I suoi occhi intelligenti lampeggiarono.

«Non conosco persona più nobile di mio padre», diss'ella.

«Che Le pare di mio cugino?» domandò Marina senza curarsi di quella risposta, come se non potesse pervenire all'altezza sua.

«Non lo conosco».

«Non lo ha visto, non lo ha udito parlare?»

«Oh, sì».

«Rema», disse Marina al Rico, battendo forte un piede sul fondo della lancia. Udendo parlare di Nepo quegli porgeva la sua testolina curiosa e muoveva appena le braccia. All'ordine di Marina rise arrossendo, poi fece il viso serio e diede due gran colpi di remo, cacciando indietro a destra e a sinistra due gran vortici di spume. Tacendo le signore, cominciò lui a metter fuori qualche parola, nomi di paesi e di montagne. Marina aveva ripigliati i cordoni del timone e non gli badava; Edith gli fece delle domande; allora la sua parlantina ruppe gli argini. Dai monti di Val... si udiva, di quando in quando, un fioco squittir di bracchi portato dal vento. Il Rico spiegò ad Edith che quelli non eran cani, ma spiriti, gli spiriti della *Caccia selvatica*. Chi si fosse abbattuto a vederla doveva morire entro pochi giorni. Edith si compiacque di ritrovare la tradizione tedesca, e domandò se ci fossero strade per quei monti. Il ragazzo rispose che v'erano dei sentieri, fra i quali uno buonissimo che si poteva prendere per ritornare a piedi dall'Orrido al Palazzo.

Intanto la lancia passava davanti a Val Malombra, radeva l'alto promontorio coronato di selve. L'acqua vi era profondissima sotto gli scogli protesi. Il Rico sosteneva che il lago vi s'inabissava dentro caverne smisurate, perché sopra quegli scogli v'era una buia fessura, detta il *Pozzo dell'Acquafonda*, dove gittando pietre le si udivano schiaffeggiar l'acqua. E cominciò a dire come converrebbe esplorar quelle caverne occulte. Marina si impazientì e lo fe' tacere.

Saetta entrò poco dopo nell'ombra, approdò fra due salici grigiastri, sulla ghiaia bianca di un torrentello che versava al lago, di pozzanghera in pozzanghera, tremole fila d'acqua silenziosa. Dietro ai salici tacevano prati oscuri, freddi; e si celavano a manca insieme al torrente, nelle ombre azzurrognole della valle tortuosa. Ardeva in alto, al sole, il dorso delle montagne; quel buco nero lì pareva la tana del novembre. Quando anche il battello ebbe girati gli scogli del promontorio, si udì la contessa gridare: «Che freddo! che orrore!», si vide un agitarsi, uno stendere di braccia che infilavano soprabiti, e il conte Nepo che si avvolgeva al collo un fazzoletto bianco.

Il Rico doveva guidar la compagnia all'Orrido, ma prima di partire, sorse la questione della contessa Fosca. Sua Eccellenza aveva creduto che l'Orrido fosse quello lì; interrotta da un baccano di proteste, si meravigliava delle meraviglie altrui; il luogo le pareva brutto abbastanza. E ora cosa si pretendeva da lei infelice? Che sgambettasse per due o tre ore su quel dio di sassi? Che stesse lì ad aspettar gli altri in quella sorbettiera? Nepo sbuffava, la rimproverava di non esser stata a casa. Steinegge protestò con enfasi, il Vezza a fior di labbra, che non avrebbero mai lasciata sola la signora. Né il Finotti né l'ingegnere dissero parola, la conclusione si fu che Sua Eccellenza avesse a recarsi con Steinegge a un'osteria che si vedeva brillare al sole a un chilometro lontano dove la strada provinciale tocca il lago. Il Rico affermava che si poteva calarvi direttamente dall'Orrido per un altro sentiero. Quando il battello si staccò dalla riva il commendator Finotti domandò qualche cosa al Rico e si voltò poi a gridare:

«Coraggio, contessa! È qui vicino l'Orrido!»

«*Xelo colù*?»[183] chiese Sua Eccellenza agli altri, additando il commendatore.

La comitiva si pose in cammino pel torrente seguendo il Rico che saltava di sasso in sasso come un ranocchio. Prime gli tenevano dietro Edith e Marina, poi veniva il Ferrieri, gran camminatore, gran valicatore di montagne. Alle sue spalle trottava Nepo, tutto sbilenco, sudando per l'angoscia di camminar frettoloso sui ciottoli aguzzi. Egli si studiava d'intenerir Marina sul fatto dei due commendatori di retroguardia che mettevano veramente pietà.

«Caro cugino», disse Marina voltandosi indietro e fermandosi. «Vi prego di rappresentar qui mio zio e di tener compagnia ai suoi tre ospiti».

Nepo e il Ferrieri, capìta l'antifona, rallentarono il passo e si raccolsero, mogi mogi, a' commendatori che avanzavano, il Finotti bollente e ansante, l'altro seccato e scorato. Come videro le signore dilungarsi anche dagli altri due, cadde loro la speranza di raggiungerle e sostarono a respirare un poco, fremendo contro Marina, maledicendo chi aveva messo fuori pel primo la bella idea di venire a quello sconsolato massacro di piedi. Intanto sopravvenne loro il Rico, mandato da Marina perché non avessero a smarrire la strada. Marina stessa non la conosceva, ma se l'era fatta insegnare dal ragazzo e camminava rapidamente senza parlare.

Edith le teneva dietro, silenziosa e nervosa essa pure, ma per altre cagioni[184]. Intorno a lei e più ancora dentro a lei suonava una sola parola: «Italia! Italia!»

Da quando era venuta al Palazzo, se si trovava sola, se le sfuggiva un momento il pensiero di suo padre e dell'avvenire, le sfolgorava subito il cuore questa parola: «Italia!» Allora stendeva la mano per toccare qualche cosa di vero, di solido, e guardando l'orizzonte o qualche striscia bianca di strada lontana, palpitava e si perdeva in un desiderio indistinto. Adesso ell'aveva bisogno di fermarsi spesso per guardare a misura che la via saliva, lo svolgersi lento e maestoso delle montagne, in alto il verde pieno di sole che saliva fino al cielo sereno, dietro a lei, al basso, il lago che s'allargava sempre più verso ponente.

«Ah», disse Marina entrando nel sole, «ci siamo».

Ella saltò di gioia tuffandosi nella luce e nel calore. Passava allora fra due campicelli di grano saraceno. Una nuvola di farfalle si alzò dai fiori bianchi del grano, vi aleggiò sopra per breve tempo e tornò a posarvisi.

«Pare neve», disse Marina volgendosi per la prima volta, a Edith.

Ma Edith era rimasta qualche passo addietro.

«Vengono?», le gridò Marina.

«Odo la voce di Suo cugino e del ragazzo», rispose Edith.

Marina fece una piccola smorfia.

«Venga con me», diss'ella.

Il sentiero toccava, due passi più su, un gruppo di stalle seduto sullo spigolo del monte che si gira per andare all'Orrido. Quelle rozze stalle sedevano dentro una larga macchia di fango puzzolente, all'ombra chiara di alcuni noci tutti sforacchiati di raggi di sole. Non ci si udiva, non ci si vedeva anima vivente; tutto taceva. Qualche gerla abbandonata presso gli usci chiusi, qualche pezzo di corda accavallato al pozzale della cisterna, l'aspetto della profonda valle e un sussurro di lontane cascate invisibili accrescevano il silenzio. Il sentiero indicato dal Rico passava tra le stalle; Marina pigliò un altro viottolo che sale dritto a una cappelletta. Ella fe' cenno a Edith di sedere e disse piano:

«Aspettiamo che passino».

In quella cappelletta era dipinto un Redentore coronato di spine, bruttissimo, a' piedi del quale si leggeva:

Quantunque, o passegger, ti sembri un mostro,
Io sono Gesù Cristo, Signor Vostro.

L'erba intorno brillava ancora di rugiada e di vento puro, vivificante, che faceva lievemente stormire le foglie dei noci.

Edith guardava quell'immagine pia, omaggio di gente semplice al re del del dolore, le veniva in cuore una dolcezza tenera, triste; mille pensieri le venivano in mente sulla fede del povero pittore, del povero poeta, delle donnicciuole[185] che andando ai campi o tornandone affaticate dovevano alzare gli occhi a quegli sgorbi con maggior devozione ch'ella non avesse provato guardando Maria dipinta dal Luini. Avrebbe voluto profondarsi in questi pensieri, e non poteva; si sentiva legata da una catena dura e fredda, comprendeva confusamente di soffrire della vicinanza di uno spirito umano affatto discorde dal suo, appassionato di altre passioni, chiuso e superbo. Fra lei e il sole, Marina, ritta, scalfiva il suolo con la punta dell'ombrellino, figgendovi[186] gli occhi e serrando le labbra; la sua ombra cadeva pesante sopra Edith, le entrava nel sangue.

Intanto le voci dell'altra comitiva salivano sempre più distinte. Si udì un passo frettoloso fra i muri delle stalle e subito dopo sbucò dietro la cappelletta il viso sfavillante del Rico. Vedendo le signore si fermò di botto, aperse la bocca; ma un'occhiata fulminea di Marina gli troncò la parola. Spiccò un salto verso alcuni cespugli di more, ne colse e ridiscese di corsa. Le grosse voci dei commendatori gorgogliarono fra le stalle. Il commendator Finotti raccontava delle oscenità con la più franca energia di linguaggio, da libertino mezzo che fruga nelle immondizie della parola per trovarvi la sua giovinezza. Si udì il Ferrieri dirgli ridendo: «Il letame t'ispira».

Marina, indifferente, diede una rapida occhiata a Edith: ma Edith non poteva conoscere quella feccia di linguaggio e non batté ciglio né mutò colore. La sua compagna si strinse nelle spalle e aspettò in silenzio che le voci si spegnessero, quindi sedette presso Edith.

«Le informazioni», diss'ella, «riguardano una persona che Lei conoscerà a Milano».

«È sicura», rispose, «che conoscerò questa persona?»

«Lei dovrà conoscerla».

«Dovrò?»

«Dovrà, dovrà. Non per far piacere a me, sa, perché succederà così. Insomma non importa. Lei conoscerà a Milano questa persona ch'è un amico di Suo padre».

«Si chiama Silla?»

Gli occhi di Marina lampeggiarono.

«Come lo sa?» diss'ella.

«Mio padre mi ha parlato di questo signore suo amico».

«Che Le ha detto Suo padre?»

Edith non rispose.

«Ha paura?» disse Marina duramente.

Edith arrossì. «Non conosco questa parola», diss'ella.

Dopo un breve indugio Edith alzò il viso e guardò Marina: «Sicuramente il vero», diss'ella.

«Il vero! Non parli del vero. Nessuno lo sa, il vero. Suo padre Le avrà detto che io ho insultato questo signore?»

«Sì».

«E ch'egli, una notte, è andato in fumo?»

«Sì».

«Proprio in fumo? Non le ha detto dove si trova ora? Sì che glielo ha detto; Lei non vuole ora ripeterlo a me, ma Suo padre glielo ha detto sicuramente».

«Io credo», rispose Edith con un leggero accento d'alterezza offesa, «io credo che i miei discorsi con mio padre le debbano essere affatto indifferenti. So che un signor Silla, di Milano, è amico di mio padre, il quale non ha forse altri conoscenti in quella città. Per questo ho pensato ch'Ella volesse alludere a lui e ho proferito il suo nome. Mi dica, ora, se crede, cosa desidera da me pel caso che io conosca a Milano questo signore».

Marina stette un momento pensosa, con l'indice al mento, come se un sì e un no si dibattessero nel suo segreto; indi parve salir dalla terra una vampa nella bella persona. Ella fremé da capo a piedi, protese il petto ansante, le sue labbra si apersero, nessuno può dire quello che dissero gli occhi. Edith trasalì, attese parole imprevedute.

Ma le parole non vennero. La bocca si chiuse, la persona si ricompose, la strana luce degli occhi si spense.

«Niente», diss'ella. «Andiamo».

Edith non si muoveva.

«Venga», ripeté Marina; «Ella è troppo tedesca. Mi basta di sapere dove il signor Silla abita e cosa fa. Me lo scriva subito. Vuole?»

«Signorina», disse Edith, «anche in Germania si può comprendere e sentire qualche poco. Non desidero sapere i Suoi segreti, ma se posso fare un'opera buona per Lei...»

«Ah, virtù! Egoismo!» disse Marina. Una vecchierella curva sotto una gran gerla di fieno sbucò tra stalla e stalla davanti a lei, si fermò e a gran fatica le alzò incontro la testa con un sorriso di bontà e di meraviglia, dicendo:

«Reverissi.[187] Son venute a fare una passeggiata?»

Era un'immagine di miseria sucida, sorta dal suolo fetido e dalle vecchie stalle diroccate, scalza, con degli stinchi magri e neri di uccello da preda, con il mento appoggiato a due lisci gozzi rossicci e un guazzabuglio di cernecchi grigi sulla fronte. L'occhio era dolce e sereno.

«Che vita, povera donna!» disse Edith.

«Non sono mica poi tanto povera. La vede. Son mica signora, magari, ma il mio vecchio guadagna ancora qualche cosa, e io, come posso, neh, perché son già settantatré e passa, la gerla voglio portarmela qualche anno ancora. E poi il Signore ci sarà anche per noi due. Dunque, *reverissi*, neh, stieno bene, facciano una buona passeggiata».

Ella curvò il capo sotto il carico e fece atto di riprendere tentennando il cammino fra i ciottoli, i frantumi di tegole e le immondizie. Marina trasse il suo portamonete d'avorio e glielo pose bruscamente in mano.

«Ah, cara Madonna![188]», esclamò la vecchierella, «io non lo voglio. Non lo voglio, cara Lei. Non lo voglio proprio mica. Ciao, ciao», soggiunse poi intimorita da un gesto e da un'occhiata di Marina. "Ah, *signèli*, è troppo. *Ciao*, *ciao*, come vuole Lei. Ah, *signèli*![189]»

«Buon giorno», disse Marina, e passò avanti.

Escita dal tanfo di letame e di putredine, ella si voltò; dovette leggere una parola benevola sul viso di Edith.

«Io non sono virtuosa», diss'ella, «io non ridomanderò questo a Dio. Io non sono amichevole verso coloro che non amo, con il nobile fine di acquistare un biglietto pel paradiso. Del resto, Lei non può fare per me che quanto Le ho detto; scrivermi dove abita, che fa il signor Silla».

Edith tacque.

«Teme», disse Marina, «ch'io voglia farlo assassinare?»

«Oh no, so bene che non lo ama», rispose Edith sorridendo.

Marina si sentì afferrare il cuore da una mano fredda. Ella passava allora presso la cisterna. Buttò le braccia sul parapetto e porse il viso al fondo. Il solo suono della parola *ama* le riempiva l'anima. *Non lo ama* aveva detto Edith: ma la negazione era caduta inavvertita, non la magica parola *ama*. Avvenne allora di Marina come di una corda musicale inerte che chiude in sé la sua nota silenziosa, ma se una voce ignara di lei passa cantando nella stanza ove giace, e tocca tra l'altre questa nota, sull'istante tutta la corda vibra. *Ama*, *ama*, *ama*! In fondo al nero tubo della cisterna brillava un picciol disco sereno rotto da una scura testa umana. Marina chiamò involontariamente a mezza voce:

«Cecilia!»

La voce percosse l'acqua sonora e tornò su con un rombo sinistro. Marina si rizzò e riprese il cammino senza parlare.

Girarono le coscia della montagna, discesa giù a destra fino ai greti del torrente. Il fragore di cascate lontane, che si udiva dalle stalle, parve saltar loro in faccia col vento della vallata. Acque potenti non si vedevano; s'indovinavano là davanti in una gola stretta, chiusa da altri monti carichi di fosche nuvole meridiane e nell'ombra di una lunga spaccatura tortuosa che discendeva da quella gola nella valle fra una nera costa imboscata, a frane rossastre, e una massiccia cornice di campicelli, di pratelli verdi, illuminati dal sole. A fianco della gola si vedeva una chiesa bianca appollaiata sopra un sasso eminente: sotto di lei una spruzzaglia di tetti scuri, di capanne accovacciate nei prati. E praterie nitide, arrotondate, erano gli alti dorsi delle montagne a destra e a sinistra, sparsi di macchiuzze nere, di mille tintinnii che facevano una larga voce sola, oscillante, pura. Il sentiero fendeva i declivi erbosi, drappi di fiori tremanti nel vento fresco d'autunno.

Marina si fermò guardando la gola in capo alla valle.

«Dev'esser là», diss'ella.

«Cosa?», domandò Edith.

«L'Orrido. Questo rumore vien di là. Oggi l'Orrido ha un gran fascino per me».

«Perché?»

«Perché ci voglio entrare con mio cugino. Lei tace, non si commuove. Non pensa quale emozione trovarsi sola, in una caverna, con lui? Ha resistito Lei al fascino di mio cugino? Due occhi che vanno al cuore. E che spirito! N'è inzuppato, poverino. Non parliamo d'eleganza. È un *Watteau*, mio cugino. Dev'essere tutto bianco e rosa, un impasto di *cold-cream*, un f*ondant*! Non le pare? Dica, non m'invidierebbe se diventassi contessa Salvador?»

«Vedo che non lo diventerà», rispose Edith.

«Perché? Conosco una persona che si sposò per odio».

«Non per disprezzo, io credo».

«Per odio e per disprezzo insieme. Son due sentimenti che si possono incontrare benissimo nel tallone acuto d'uno stivaletto. Questa persona se ne servì per *fouler aux pieds* con quattro colpi suo marito e parecchie altre cose odiose e spregevoli».

A Edith pareva impossibile che si avesse a tenere questo linguaggio là in alto, davanti alla innocenza solenne delle montagne. Pensò alla povera mamma sepolta lontano; se vedesse la sua figlioletta in tale compagnia, se udisse tali discorsi! Ma Edith non correva pericolo. Ella non ignorava il male, viveva sicura nella propria conscia purità. Lasciò che Marina continuasse a sua posta.

«Quest'amica mia si era innamorata di un altro. Si scandolezza?»

Edith non rispose.

«Via, non facciamo come se ci fosse qui il signor papà o il signor zio o un qualunque signore in calzoni. Quanti anni ha, Lei?»

«Venti».

«Dunque! Deve ben sapere quello che succede nel mondo. Taccia, mi lasci dire. Non credo a certi candori. Dunque l'amica mia aveva un amante e volle, il perché non importa, volle arrivare ad esso passando col suo stivaletto acuto sopra un marito spregevole, sopra una razza odiosa. Che male c'è? Gli uomini proibiscono questo e quello. Bravi. Ma con quale diritto? Coloro che Iddio congiunse nessuno divida. Non è così? Presso a poco. Bene, questo è bello, questo è grande. I preti sono stupidi con le loro spiegazioni. Domando se è Dio che mette cotta e stola e borbotta quattro parole per congiungere alla cieca due corpi e due anime. Dio li congiunge prima che si amino, prima che si vedano, prima che nascano; li porta, attraverso tutto, l'uno all'altro! Quelli poi che congiunge l'uomo, ossia le famiglie, un calcolo, un errore, un prete che non sa che cosa si faccia, quelli Dio li divide! Cosa dicevo? quest'amica mia sposò con odio e con disprezzo; passò così!»

Slanciò avanti la persona fremebonda, e batté col piede a terra con tanta energia che parve a Edith ne dovessero saltar scintille.

S'udì una voce acuta da lontano:

«Signora donna Marina!»

Era la voce di Rico. Egli comparve presto, correndo; quando vide la sua padrona smise di correre e gridò:

«Han detto così di far piacere...»

Marina gli accennò bruscamente con l'ombrellino di venire avanti.

Egli tacque subito, spiccò altri due salti e giunse ansante, accigliato nella sua gravità di ambasciatore e nella paura di lasciar cadere qualche briciola del messaggio.

«Han detto così di far piacere a venire un po' più in fretta, perché è tardi e c'è giù la signora contessa che aspetta».

«Dove sono?» disse Marina.

«Uno è qui vicino che viene incontro a Loro, e gli altri sono nel paese».

Non andò[190] molto che apparve sua Eccellenza Nepo seduto sul suo fazzoletto accanto al sentiero. Si guardava attorno con un'aria sgomentata[191] e si faceva vento con un piccolo ventaglio giapponese. Quando sopraggiunsero le signorine precedute dal Rico, si alzò in piedi e, scordandosi per un momento di essere gentiluomo, gridò, prima di salutare, al ragazzo:

«Perché non mi hai aspettato, imbecille?»

«Pare che avesse ragione di non aspettare», osservò Marina freddamente.

«Voi siete molto cattiva con me», rispose Nepo a mezza voce.

Marina non parve gradire quel tono intimo, pieno d'allusioni, e disse asciutta asciutta:

«Quanto c'è di qui all'Orrido?»

«È subito qui», mormorò il Rico fra i denti.

«Cielo clemente, un'eternità c'è!» gemette Nepo. «Non è stata un'idea molto felice quella di farci arrampicare fin quassù. Il commendator Vezza e il commendator Finotti sono mezzi morti. Io sono un grandissimo camminatore e mi ricordo d'esser salito a piedi, quand'ero studente, da Torreggia al convento di Rua, negli Euganei, che non è piccola bagatella; ma qui non so, è un camminare diverso: si fa meno strada e più fatica. Cosa volete che vi dica? Da noi anche i monti hanno più creanza».

Approfittò d'un momento ch'Edith era uscita di strada per cogliere un ciclamino e disse a Marina non senza un dispettoso lagno nella voce e nel volto:

«E la vostra risposta?»

«Presto», diss'ella.

«Quando?»

«Venite nell'Orrido con me».

Nepo non parve contento, ma non poté chiedere spiegazioni, perché Marina aveva preso il braccio di Edith e a lui appena bastava la lena di tener loro dietro.

I commendatori e il Ferrieri erano seduti presso la porta dell'osteria di C... sopra una pancaccia addossata al muro, e parlavano a un vecchio calvo, scamiciato, dalla pelle color mattone, accoccolato sulla soglia dell'osteria con una lunga pertica fra le gambe ignude; era il navicellaio, il degno Caronte dell'Orrido.

L'Orrido sta a poche centinaia di passi dal paese. Il fiume di C... nasce qualche chilometro più in su, si raccoglie lì tra le caverne immani in cui scendono a congiungersi due opposte montagne, corre per breve tratto in piano, all'aperto, poi trabocca sotto il paese di rapida in rapida, di cascata in cascata sino in fondo della valle, per morire ignobilmente nel lago, là dove approdò la brigata del Palazzo. Uscendo da C... si trova presto un ponticello di legno che gitta la sua ombra sopra una luce di sparse spume, di acque verdi, di ghiaiottoli candidi. Non si passa il ponticello; si piglia invece a sinistra pel letto del fiume. Colà le acque blande ridono e chiacchierano correndo via tra la gaia innocenza dei boschi con certi brividi memori di passate paure. Di scogli non appariscono[192] che strisce oblique a fior di terra, tappezzate di scuri muschi, di fiocchi d'erba, di ciclami pomposi. Guardandolo in su dalle ghiaie si vedono a dritta e a manca disegnarsi sul cielo le due sponde come due colossali ondate di vette fronzute, due alte dighe vive, luccicanti al sole, di roveri, di faggi, di frassini, di sorbi che si rizzano gli uni dietro gli altri, si curvano in fuori per veder passare l'onde allegre, agitano le braccia distese, plaudendo. Presto si giunge a un gomito del fiume. Non più sole, non più verde, non più riso d'acque: immani fauci di pietra vi si spalancano in viso e vi fermano con il ruggito sordo che n'esce, con il freddo alito umido che annera là in fondo la gola mostruosa. Il ruggito vien su dalle viscere profonde; l'acqua passa per la bocca degli scogli, grossa, cupa, ma silenziosa. Una sdrucita barchetta è lì incatenata a un anello infisso nella rupe. Porta due persone oltre il barcaiuolo. Si risale la corrente con quella barchetta che pare non voler saperne, torce il muso ora a destra ora a sinistra e scapperebbe indietro senza la pertica di Caronte. Il fragore cresce; la luce manca. Si passa tra due rupi nere, qua rigonfie come strane vegetazioni, gemme enormi della pietra, là cave e stillanti come coppe capovolte; tutte rigate ad intervalli eguali, scolpite a gengive su gengive dal fondo alla cima. In alto, il cielo si restringe via via tra scoglio e scoglio, e scompare. La barchetta salta in una fessura buia, piena d'urla, si dibatte, urta a destra, urta a sinistra, folle di spavento, sotto gli archi echeggianti della pietra che, morsa nelle viscere dal flutto veloce, si slancia in alto, si contorce. Dal sottilissimo strappo che fende il manto boscoso di quelle rupi filtra nelle tenebre un verdognolo albore, un lividore spettrale che macchia cadendo le sporgenze della roccia, vien meno di sasso in sasso e si perde prima di toccar l'acqua verde cupa; si direbbe un raggio di luce velata di nuvole, sull'alba.

Da quell'andito si entra nella "sala del trono" rotondo, tempio infernale con un macigno nel mezzo, un deforme ambone per la messa nera, ritto fra due fasce enormi di spuma che gli cingono i fianchi e gli spandono davanti in una gora larga, tutta bollimenti e spume vagabonde, levando il fracasso di due treni senza fine che divorino a paro una galleria. È da quel masso che viene alla caverna il nome di “sala del trono”.

Si pensa ad un re delle ombre, meditabondo su quel trono, fissi gli sguardi nelle acque profonde, piene di gemiti e di guai, piene di spiriti dolenti. Per una spaccatura dietro al trono sprizza nella caverna un getto di luce chiara.

Caronte staccò la barchetta dall’anello e con un urto poderoso la fe’ scorrere dalla ghiaia nell’acqua. Intanto, il Rico saltellava come una cutrettola pe’ sassi sporgenti del torrente e otto o dieci marmocchi s’erano appollaiati dietro la comitiva a guardar fiso[193] come uccelletti curiosi di un grosso gufo. Il Vezza che capiva pochino le bellezze naturali, e il Finotti che non le capiva affatto, ammiravano rumorosamente l’orrida magnificenza del luogo. Il Ferrieri non si curava di unirsi a’ loro entusiasmi e ne parlava tranquillamente a Edith. Le diceva di sentirsi freddo più del ghiaccio davanti a simili scene, sin da quando, nella prima giovinezza, si era schiacciato e ucciso dentro al cuore un poeta, incomodo inquilino; soggiungeva però di dubitare ora, per la prima volta, che quello spregevole parassita fosse ben morto; gli pareva di sentirlo a muoversi, di sentire un calore insolito...

«Avanti, signori», disse Marina.

Infatti, Caronte aveva terminato di disporre la navicella e accennava alle due signore di entrarvi.

«Mio cugino ed io», disse Marina, «saremo gli ultimi».

«Allora noi due saremo i primi, signorina Edith».

Così dicendo il Ferrieri avvolse alle spalle della sua bella compagna lo scialletto celeste ch’ella portava sul braccio. Edith non se ne avvide, quasi; pareva affascinata dalla bellezza nera delle rocce spalancate davanti a lei. Entrarono ambedue nella barchetta e si allontanarono. Era bello veder passare tra quelle porte infernali la barchetta, lo scialle celeste, il vecchio pittoresco ritto sulla prora colla sua lunga pertica. Presto scomparvero; prima Caronte, poi lo scialle celeste, poi la piccola poppa bruna. Dopo una decina di minuti ricomparvero la pertica ferrata, Caronte, lo scialle celeste.

«Dunque? Dunque?» gridarono il Vezza e il Finotti.

Nessuno rispose. Appena nello scendere a terra Edith e il Ferrieri dissero qualche fredda parola di ammirazione. Edith era triste e grave, l'ingegnere rosso fino al vertice del cranio; il barcaiuolo attendeva impassibile che si raccogliesse la seconda spedizione. Edith restò presso Marina e il Ferrieri si allontanò a capo basso, studiando i ciottoli. Il Finotti e il Vezza partirono insieme, di mala voglia.

Nepo era inquieto. Non parlava, ma si moveva di continuo, guardava qua, guardava là, crollava la testa per iscuoter via l'occhialino che non aveva più; tuffò due o tre volte i piedi nell'acqua per andare di sasso in sasso in mezzo al torrente a spiar il ritorno della barchetta. Quando fu discosto, Marina disse sottovoce a Edith, accennando il Ferrieri:

«Anche lui, eh, con i suoi modi di gentiluomo! Ho capito quando siete usciti di barca. Tutti eguali».

«È una vergogna, una vergogna!» disse la giovinetta fremendo.

«È stato molto audace?»

Edith arrossì. «Chi mi manca di rispetto solo per un momento, e con il menomo atto, è molto audace», diss'ella.

«Signor Ferrieri», disse Marina ad alta voce.

Il Ferrieri si voltò. Voleva parere impassibile e non poteva.

«Favorisca di scendere dalla contessa Fosca, che si annoierà molto. La signorina ed io scenderemo dopo, col ragazzo, probabilmente da un'altra parte».

V'era nella voce vibrante di Marina il risentimento involontario della donna che coglie un uomo, anche indifferente, ai piedi di un'altra.

Il Ferrieri s'inchinò e partì.

«Non si usa fare quello che ho fatto io adesso», disse poi Marina a Edith. «Appena un vecchio *chaperon* lo farebbe. L'ho fatto per Lei, perché Ella non abbia più a trovarsi con quel calvo Lovelace che Le mette tanto ribrezzo; e perché qualche volta non m'importa di quello che si usa».

«Grazie», rispose Edith.

La barchetta ritornò con i commendatori.

«Conte!» disse Marina.

Nepo fu per rispondere «Contessa!» ma non fece che aprire le labbra ed entrò, dopo Marina, nella barchetta.

«E Ferrieri?» chiese il Vezza.

«Ci precede abbasso», rispose Marina.

Ma ella era già a quattro passi dalla riva e le sue parole confuse al ruggito sordo del fiume non si distinguevano quasi più.

Si strinse nello scialle, piegò il viso per schermirsi dal vento freddo che la spruzzava di minute goccioline d'acqua, stillanti dalle rocce. Guardava con occhi vitrei venirle incontro nell'ombra l'acqua grossa, veemente, senza una voce, senza una ruga.

La barchetta si accostava all'andito tenebroso che precede la "sala del trono". La figura del vecchio ritto sulla prora pigliava, tra gli scogli lucidi e neri, un colore sempre più fosco, i colpi della pertica ferrata sparivano nel fragore assordante delle cascate interne. Non ci si vedeva quasi più. Nepo si chinò verso Marina, le prese una mano.

«Ah!» diss'ella, come offesa; ma non ritrasse la mano. Nepo la strinse fra le sue, felice; non sapeva che dire; gli pareva tutto fosse detto; stringeva a più riprese quella mano fredda, inerte, come se volesse spremerne un concetto, una frase, una parola. Ebbe un'idea. Tenne con la sinistra la mano di Marina e le cinse la vita col braccio destro. Marina si strinse in sé e si slanciò avanti.

«Fermo, Cristo!» urlò il barcaiuolo. Non ci si udiva, non ci si vedeva più. Il fragore uniforme metteva nella fronte e nel petto una contrazione penosa.

Nepo rallentò la sua stretta. Non comprendeva quel guizzo di Marina. Parlò. Gli era come parlare con la testa tuffata nella corrente; ma egli, sbalordito, parlava egualmente. E sentì la vita di Marina ribattere indietro al suo braccio. Trasalì di piacere, allargò avidamente la mano che le cingeva il busto, come una branca di bestia immonda, fatta audace dalle tenebre; allargò le dita nella cupidigia di avvinghiare tutta la voluttuosa persona, di trapassar le vesti e profondarsi[194] nella morbidezza viva. Marina s'era ricacciata indietro con la cieca bramosìa di stritolare quel braccio che la irritava come una sferza e s'era volta a insultar Nepo, non udita e non vista. L'acqua, il vento, le pietre stesse urlavano cento volte più forte, sempre più forte. Schiacciavano con la loro collera, con la loro angoscia colossale, la piccina collera, le spregevoli angosce umane. Schiacciavano, buttavano via sottosopra le parole come polvere. La brutale natura prepotente voleva parlar sola. Nepo sentiva il caldo busto di Marina stringersi e dilatarsi ansante sotto la sua mano; gli pareva di discernere, nel frastuono, una fioca voce umana; immaginava parole d'amore e porgeva le labbra in cerca delle labbra di lei, fiutando le tenebre, aspirando un tepore profumato, pieno di vertigini.

Allora un vigoroso colpo di pertica fece che la barca girasse l'ultima svolta dell'andito buio saltando in un diffuso chiarore verdognolo che pareva ascendere dall'acqua trasparente. Nepo non ebbe tempo di veder Marina in viso. Il barcaiuolo ritto sulla prora si era voltato verso di loro. Nepo lasciò prontamente Marina e finse di guardare in alto. Il vecchio barcaiuolo aveva addossato lo scafo allo scoglio puntando la sua pertica alla parete opposta, e, con il braccio libero, trinciava di gran gesti, mostrava la cavità, le gobbe mostruose della pietra.

«Bellissimo!» gridò Nepo.

Caronte si toccò l'orecchio e fe' con l'indice un segno negativo: indi agitò in su e in giù la mano distesa, accennando in pari tempo del capo come per promettere qualche cosa di più bello, e ricominciò a lavorar di pertica.

Marina, pallida, serrate le labbra, chiusa nello scialle bianco che le stringeva le spalle, pareva un'anima peccatrice, fuggita nello sdegno alle ombre dei fiumi infernali, mezz'irritata, mezzo stupefatta.

La "sala del trono" si spalancò a prora come una visione verde dorata con la sua gran cupola informe. Il macigno nero nel mezzo, i tonanti fiotti di spuma e i bollimenti dell'acqua lungo le pareti gibbose; ma la barchetta, invece di entrarvi, scivolò a destra in un seno cieco di acqua tranquilla e si arenò. Una gigantesca cortina di pietra cadeva dall'alto a formar quella cala, schermandola in parte dal fragore dell'acqua. Colà, parlando forte, si poteva farsi intendere. Il barcaiolo domandò a Marina se l'Orrido le piacesse, e soggiunse, sorridendo con cert'aria di benigno compatimento, che piaceva a tutti i signori. Quanto a lui non ci trovava di buono che le trote. Diceva che in quel posto lì eran frequenti, e volle che Nepo e Marina si voltassero a guardar nell'acqua, promettendo ne avrebbero visto balenar qualcuna sul fondo.

Nepo, voltandosi, venne a sfiorar la guancia di Marina. «Non mi toccate», diss'ella duramente, senza guardarlo.

Egli attribuì quelle parole alla luce indiscreta e non se ne commosse che per dire con mal piglio al barcaiuolo:

«Cosa ne facciamo delle tue trote, imbecille? Andiamo!»

I suoi modi con gl'inferiori, da gentiluomo maleducato, gli avevano già procacciato uno schiaffo a Torino da un garzone di caffè e potevano procacciargli altrettanto e peggio da Caronte; ma costui non intese che l'ultima parola, e risospinta indietro la barca nella corrente, la fece entrare nella caverna grande, l'addossò al trono, dove l'acqua era più tranquilla, e ricominciò la sua mimica di cicerone muto. Accennò con la mano che si poteva salire sul macigno e uscir quindi per la spaccatura della rupe dall'Orrido. Marina si gettò addietro lo scialle, balzò in piedi sul sedile della barchetta, respinse l'aiuto dell'attonito barcaiuolo e, posando i piedi sopra i risalti del masso, in due slanci gli fu sopra. Di là accennò imperiosamente a Nepo di seguirla. Nepo, ritto in barca, andava tastando il sasso, titubava e guardava di sbieco Caronte. Questi lo levò di peso e l'appoggiò allo scoglio; come a forza di raspar con mani e piedi vi si fu appiccicato, lo urtò su, con la palme, alla cima.

L'acqua, entrando furiosamente, piena di luce, per la fenditura della roccia, si frangeva, a tergo del trono, in due branche spumose che lo allacciavano. Dal trono si passava oltre, si usciva all'aperto per una assicella lunga e sottile gittata sopra i sassi sporgenti dell'acqua. Tenevano quella via i pescatori di trote.

Marina, seguita da Nepo, si avviò per l'assicella dopo aver accennato al barcaiuolo che l'attendesse. All'uscita dell'Orrido si apriva una scena severa che sarebbe parsa selvaggia a chi non vi fosse salito dalle caverne inferiori. Il torrente saltava giù allo scoperto per immani scaglioni, brillando al sole come una rete di fila d'argento, a grandi maglie irregolari, piene di fragore, fra due scogliere protese in atto di chiudersi una sull'altra, mezzo ignude, mezzo cenciose nei loro brandelli di bosco. Marina salì presso alcuni tassi rachitici che uscivano a lambir con le loro frondi nere un pietrone ritto a fianco della bocca dell'Orrido, ove il terribile fragore era grandemente affiochito. Si sdrucciolava assai per quel ripido pendìo erboso inzuppato di rugiada nella sua ombra perpetua. Non v'era sentiero, ma solo qualche forte impronta di passi nella terra rossastra.

Nepo saliva a grande stento, abbrancandosi con le mani ai ciuffi d'erba. Sostò a pochi passi da Marina per pigliar fiato.

«Fermatevi lì», diss'ella. «Avete più coraggio all'oscuro».

«Oh, adesso poi», disse Nepo, «non mi fermo certo».

«Fermatevi!»

Nepo si fermò, rannuvolato, inquieto. Aveva prima pensato ch'ella volesse procacciargli un colloquio fuori della vista importuna del barcaiuolo. Ora non comprendeva più. Si stizziva in cuor suo con Marina; ma gli era pur entrato da pochi minuti un sentimento o, per meglio dire, una sensazione nuova.

Dalla piccola mano di velluto, dal busto caldo, ansante che aveva stretti, gli si era infiltrato nel sangue un turbamento insolito per lui, che usava dire di sentirsi uomo con le pedine, angelo con le dame.

Tacquero un momento tutti e due.

«Dunque lo volete?» disse Marina.

«Ah», rispose Nepo allungando le braccia.

Nuova pausa.

«Perché lo volete?»

«Che domanda, mio Dio!»

«Non è vero?» diss'ella sorridendo. «Avete ragione».

Lo guardò ben fiso con lo sguardo penetrante che le compariva e scompariva nella pupilla a suo talento, e disse con voce più forte: «Ma io non Vi amo!»

«Oh anima mia!» disse Nepo intendendo male. E si arrampicò fino a lei.

Ella fece un passo indietro, sorpresa.

«Non Vi amo!» ripete.

Nepo impallidì, ammutolì; poi proruppe a voce bassa, ma concitata:

«Non mi amate? Come, non mi amate? E cinque minuti fa in quella barca all'oscuro...»

«Ah sì? V'è parso?»

«Ma, mio Dio, se quella barca potesse parlare!»

«Direbbe male di Voi. Vi siete ingannato; non Vi amo!»

Nepo la guardava con le sopracciglia inarcate e le labbra semiaperte.

«Però Vi accetto», diss'ella.

Nepo mise un *ah* soffocato, si trasfigurò nel viso e stese le mani verso di lei.

«Dunque Vi basta?» diss'ella.

Nepo volle rispondere con un abbraccio, ma ella fu pronta ad appuntargli l'ombrellino al petto.

«Scendete subito», disse. «Il barcaiuolo potrebbe andarsene. Io non vengo con Voi; giro l'Orrido di fuori. No, non ci vengo. Voi, venire con me? Non Vi voglio. Andate. Non siete contento adesso? Dite alla signorina Steinegge e al ragazzo che mi aspettino al ponte. Voialtri precedeteci. Non ci aspettate laggiù alla barca. Non aspettateci neppure a pranzo. Quando sarete a casa parlate pure a Vostra madre e a mio zio. Subito, prima che io ritorni. Andate».

Egli non ne voleva sapere di andarsene. Implorò un bacio, non l'ebbe; anche la piccola mano di velluto, anche un lembo della veste furono negati alle sue labbra.

Afferrò l'ombrellino e baciò quello, impregnato esso pure dell'odore di lei. Le acque e le frondi ne risero; ed egli se ne andò contento e malcontento insieme, agitato dalla torbida poesia de' sensi che non è del tutto abbietta e mette almeno qualche volta in ogni anima il suo fervor vitale, il suo cupo fiore di un giorno.

Quando Marina arrivò al ponte, Edith era là ad attenderla con il Rico. Rifecero in silenzio la via percorsa il mattino sino ad una vecchia pietra ove era scritto, con la relativa freccia: *"Ai monti"*. Lì presero per una stradicciuola che accennava ad un collo assai depresso tra la scogliera che è sopra C... e altri dorsi erbosi.

Erano presso al collo quando Marina, che precedeva Edith, si fermò e le disse bruscamente:

«Sa? Sono stata leale».

Edith non comprese e non rispose. Ella non pose mente alla emozione febbrile che vibrava nella voce e luceva negli occhi di Marina. L'anima sua era tutta nello spettacolo della valle che si trasformava salendo, negli orizzonti che si allargavano tra le ondulazioni delle cime verdi ed altre cime azzurrognole, nella tremula nota continua delle campanelle vaganti per i pascoli, nelle voci acute e gravi di acque che passavano cantando sul fondo di riposti valloncelli e fra l'erba dei prati cadenti, onde saltavano talvolta sulla via per fuggire dall'altra parte. Ella camminava più lenta, contemplando il cielo così puro al di sopra delle passioni di tante montagne sfolgorate in fronte dal sole obliquo a cui tutte parevano guardare, unite in qualche grande pensiero, in qualche sublime preghiera senza parole. Sospirava e sentiva scendersi al cuore l'aria piena di questo spirito muto delle montagne. Non comprendeva come si potesse pensare ad altro, non sentiva più, come al mattino, l'influenza penosa di Marina; era libera. Giunta sul collo del monte, disse guardando la nuova scena che le si apriva davanti:

«È una poesia».

Marina non aperse bocca. Edith vide, accostandosele, che ella aveva gli occhi pieni di lagrime; si fermò, sorpresa. Marina le prese il braccio con forza, e, accennato al Rico di andare avanti, uscì con lei di strada, rapidamente, camminando sul prato; ad un tratto abbracciò la sua compagna e proruppe in singhiozzi disperati. Singhiozzò, singhiozzò sull'omero sottile di Edith, stringendole convulsa le braccia, parlando con le labbra impresse nelle sue vesti, scotendo forte, a ogni tratto, la testa. Edith, commossa, tremava da capo a piedi, si sentiva vibrare nel petto il rombo di quella voce soffocata e non poteva coglierne alcun suono distinto; provava nel cuore una pietà grande, come se il cuore avesse intese le cose singhiozzategli sopra; provava un affannoso bisogno di trovar parole di conforto, e non sapeva.

Ripeteva: «Si cheti, si calmi», ma senza frutto, che Marina scoteva allora la testa con maggior violenza. Chinò il volto e le posò la bocca sui capelli, esitò un momento, lottando con qualche occulto pensiero, baciò finalmente quella testa altera, così umiliata, e ne provò consolazione come d'una vittoria. A poco a poco i singhiozzi si chetarono. Marina alzò lentamente il capo e si staccò da Edith.

«È passato», diss'ella «grazie».

«Mi parli», disse Edith affettuosamente. «Se Lei mi vedesse il cuore...»

«Le ho parlato», rispose Marina. «Le ho detto tutto».

Ella ebbe ancora due o tre singhiozzi convulsi, senza lagrime. Edith voleva che sedesse. «No, no», rispose «è passato».

Si morse il labbro sino a sangue e si affrettò a ripetere: «È passato, è passato».

Ella s'era appoggiata a un grosso macigno bianco intagliato a traforo dai ghiacci, che usciva dal prato fra cespugli di mugo, come una scapola enorme di qualche mostro fossile mai sepolto. Ci aveva posate ambedue le spalle, e volto il viso sulla spalla destra, si guardava la mano rabbiosamente attorta agl'intagli bizzarri del sasso.

«Mi dica...» ripeté Edith.

Marina voltò la testa e strappò il fiore azzurro da un lungo stelo che saliva presso a lei.

«Che fiore è?» diss'ella bruscamente. «Pare aconito». E lo porse a Edith.

Questa prese il fiore senza guardarlo, volle insistere. Marina fu ripresa da un assalto nervoso violento. Stavolta abbracciò il masso, vi soffocò i singulti. Pareva sitibonda di entrar nella pietra, di gelarvi, di irrigidirvi per sempre.

E intorno a lei era tanta pace!

Le campanelle delle vacche empivano del loro tremolio i silenzi solenni della montagna, mettevano voci di vita innocente nei pascoli, nelle selvette compatte, verde-dorate di giovani faggi, in giro a rade macchie metalliche d'abbeveratoi stagnanti. Presso quel sasso gli aconiti rizzavano nel sole fuggente la loro pompa, le felci curvavano le grazie leggere del fogliame color di aprile, ciclami vanitosi gittavano[195] i lunghi gambi ignudi de' loro fiori. Tutti circondavano Marina di pace, di dolcezza grave, silenziosa.

Si udì la voce lontana del Rico che gridava:

«Uuh-hup! Uuh-hup!»

Voci di mandriani rispondevano:

«Uuh-hup! Uuh-hup!»

Parean saluti al sole che aveva levato il suo raggio dall'erba e saettava la cima del sasso bianco. Il tremolio diffuso delle campanelle s'avvicinava da tutte le parti all'alpe di C... accovacciata in un seno erboso sotto le scogliere. Le vacche vi si avviavano a file, a drappelli, accodandosi le une alle altre sugli angusti sentieri, trottando giù dai brevi pendii, sbracandosi lente nei prati, fermandosi di tratto in tratto a levar il muso e muggire.

Il Rico gridava sempre:

«Uuh-hup!»

Marina si scosse, si volse a Edith e le disse:

«Andiamo. Adesso è passato davvero».

Edith la pregò ancora di parlare, di confidarsi a lei.

«Le ho detto tutto», rispose da capo Marina. «Non potrei ora ripeter quello che Le ho detto. Non lo sento più. Metta che vi fosse in me un sentimento ch'io ignoravo. Ad un tratto ha divampato, mi ha preso alla gola, al cervello, dappertutto. Ma è stata una vampa sola. Adesso è morto. Non lo sento più. Non so più nemmeno se fosse dolore o sgomento. Sa, quando si entra in una via sconosciuta viene sempre questo dubbio: "E se sbaglio? Se mi perdo?" Non dura, ma viene. Senta; se in avvenire udrà parlare di me, contro di me, si ricordi questa sera. Allora capirà, forse».

«Spero che non udrò parlare contro di lei».

«Oh!»

Tornate sul sentiero, trovarono il Rico fermo ad aspettarle. Si faceva tardi, era freddo. Scesero in fretta verso Val... Marina non parlava, seguiva i suoi pensieri. Solo dopo una mezz'ora di cammino prese il braccio di Edith e le disse:

«Glielo racconti».

«A chi?» rispose Edith.

Marina trasalì, le lasciò andare il braccio e non disse più nulla.

Il sasso bianco, sgretolato dal gelo, ritto fra il mugo, le felci e gli aconiti sotto il cielo pallido della sera, sapeva forse per quali angosce oscure un corpo e un'anima si fossero dibattuti insieme sopra i suoi fianchi duri, freddi, senza pietà. Se vi dormiva il torbido spirito, l'*insensatum cor* della montagna, poté sognare che un altro core, appena incatenato alla colpa e alla sventura era corso a palpitar forte, quasi a frangersi addosso a lui, in un impeto di dolore atroce scoppiatogli su da profondità che oltrepassano la coscienza; poté sognare quanto si soffra anche fuor del suo carcere cieco, anche nel mondo sperato dei sensi, del pensiero e dell'amore. Non si udivano più le campanelle delle vacche, salivano dalle valli fiocchi di nebbia, saliva dall'Orrido, come un gran pianto, la voce del fiume, e là in alto il sasso bianco si faceva sempre più triste, sempre più cupo, tra il mugo, le felci e gli aconiti, sotto il cielo pallido della sera.

NOTE

182. "Cieco". Privato del suo occhialino.
183. "È lui?", dialetto veneziano.
184. "Ragioni", forma arcaica.
185. Forma arcaica.
186. "Fissandovi", f. arcaica.
187. "Riverisco".
188. In questo caso, col significato di "signora", o "mia signora"; un possibile calco anche del *midons* cortese.
189. Probabile fusione popolare di "Signore" e "cieli".
190. "Non passò molto tempo..."
191. "Sgomenta".
192. "Appaiono", forma arcaica.
193. "Fissamente".
194. "Sprofondare".
195. Forma arcaica.

Capitolo VII - Un passo del destino

Suonavano le otto quando Edith e Marina giunsero alla scalinata dei Cipressi. C'eran le stelle, ma i vecchi alberi colossali le nascondevano, tanto che il Rico, da buon cavaliere, si fermò a gridare con quanto fiato aveva: «Lume!»

Dopo di che scese a salti, come un gatto, per le tenebre.

Un lume comparve nella loggia e una voce gridò: «Son qui?»

Poi il lume scomparve.

«Oh, signora Fanny!» rispose il ragazzo. «Porti giù il lume! Faccia in fretta!»

Il lume ricomparve subito nel cortile.

Edith e Marina, che scendevano adagio, poterono udire un battibecco tra il Rico e Fanny e, a quando a quando, la voce della contessa Fosca. Fanny aveva una candela e il Rico voleva un lanternino. La contessa ripeteva: «Non avete trovato Momolo? Non avete trovato Momolo?»

«Signora no, ne abbiam mica trovato di Momoli. Lei, signora Fanny, vada colla candela, che io andrò a pigliare il lanternino».

Fanny e la contessa si avviarono alla scalinata.

«Marina!» chiamò Sua Eccellenza.

«Contessa!» rispose Marina ancora invisibile.

«Non hai trovato *mio fio*, tesoro? Non hai trovato Momolo? Oh Dio, che scala di Ponzio Pilato! Mi sorprendo di Momolo, perché te l'ho mandato incontro cinque minuti fa. *Mio fio* sarà mezz'ora che ti è andato incontro. Aspetta, tu col lume, cosa sei tu, viscere, che c'è un maledetto scalino mezzo rotto. Ecco. Dove sei, Marina! Vieni, cara! Alzate quella candela, benedetta! Oh Dio, Marina, non ti vedo ancora!»

Il Rico le passò avanti con il lanternino, facendo gli scalini a tre a tre. Lo si vide fermarsi tosto e ridiscendere. Dietro al lanternino luccicavano nell'ombra certi grandi bottoni d'acciaio che la contessa conosceva. Ella si fece avanti e abbracciò Marina. L'abbracciò con impeto a più riprese e le sussurrò all'orecchio: «Dio ti benedica, delizia, eri il sogno del mio cuore». E non finiva di baciarla.

Marina taceva. Edith chiese a Fanny se suo padre era in casa. Fanny non lo sapeva.

«No, tesoro», disse la contessa spiccandosi da Marina. «No, è uscito da un pezzetto con uno di quei tre re magi; non con quel-l'asino di stamattina che voleva farmi veder l'Orrido; con quel-l'altro lungo, quel della piazza».

La contessa Fosca non ricordava mai o quasi mai il nome delle persone che conosceva da poco tempo. Parlava sempre di quello dal naso lungo, di quello dalla bocca storta, di quello dagli occhiali.

Marina, appena sciolta dagli amplessi della contessa, le gittò un frettoloso "Arrivederci", e discese con Fanny.

Sua Eccellenza prese il braccio di Edith e scese con lei adagio adagio, discorrendo e interrompendosi ogni momento per la paura di cadere.

«Che angelo, quella Marina! Piano. Che sentimento, che talento! Piano, benedetta, piano. E bella! Un momento, viscere; non son mica un saltamartino come Voi. Dunque, cosa vi pare? Non sapete? Non vi ha detto niente quella briccona? Neppure una parolina? Tutta delicatezza. Oh Dio, io rotolo giù, figlia cara. A piano. Dimmi, tesoro, era ella di buon umore adesso, venendo giù da quelle maledette montagne?»

Edith capiva sempre poco il linguaggio della contessa. Ora lo capiva meno che mai.

«Beata, non è vero», riprese la contessa. «Beata, poveretta. Eh, la ho vista. È l'ultimo scalino questo? Commossa, *la me anima*. In nome di Dio che siamo abbasso».

Attraversarono il cortile, precedute dal lanternino del Rico. I raggi lunghi e sottili si trascinavano barcollando per la ghiaia candida, saltavano, si allargavano sulle grandi foglie vellutate degli *arum*, scintillarono un momento sulle perle e i brillanti del getto d'acqua, il quale raccontava e raccontava la sua vecchia storia monotona e malinconica.

Presso alla porta del Palazzo la contessa si fermò, trasse Edith a sé e le disse sottovoce: «Oh, insomma, Ve lo dico io. Io ho già in testa che siate una furbaccia[196] e che sappiate tutto. Marina sposa *mio fio*».

In quella una voce flebile chiamò dall'alto: «Eccellenza!»

«Chi è! Cosa è nato?» disse la contessa guardandosi alle spalle.

«Son Momolo, Eccellenza».

«Dove diavolo vi siete ficcato!»

«Son qua, Eccellenza».

«È su lì», disse il Rico ridendo come un matto del suo riso argentino, malizioso. Corse sotto la muraglia che sostiene il vigneto e alzò la lanterna quanto poté.

«Eccolo su!» diss'egli.

Si videro le gambe nere di Momolo.

«Come hai fatto, bestia, per andar lì?»

«Niente, Eccellenza, ho perso la strada... Mi pareva anche a me adesso che non dovesse andar bene. Se ha la bontà, Eccellenza, di mandarmi, dopo, il putto col lume, mi trovo subito, non la dubiti, Eccellenza».

Il putto dal lume rideva a crepapelle.

«Il conte Nepo lo hai visto?»

«No, Eccellenza».

«Bene, adesso verrà qua questo birichino a farti lume e dopo andrete insieme incontro al conte Nepo, e gli direte che la marchesina è arrivata».

«Servirla, Eccellenza».

Il Rico risalì la scalinata col lanternino e la contessa entrò in casa senza badare se Edith ve l'avesse preceduta o no.

Edith era immobile al posto e nell'atto in cui l'avevano colta le parole della contessa Fosca. N'era rimasta sbalordita. Ripensando gli strani discorsi, lo strano contegno della sua compagna di passeggio, comprendeva questo solo: che i Salvador facevano compassione e che Marina faceva paura. Finalmente alla voce di Nepo che tempestava per la scalinata con Momolo e il Rico, si scosse, entrò in casa pensando un altro pensiero, il pensiero del Ferrieri. Il Ferrieri non era poi stato tanto temerario quanto Marina avrebbe potuto credere. Lo aveva tocco la bellezza quieta e intelligente di Edith, il suo contegno così diverso da quello delle ragazze troppo timide o troppo ardite ch'egli conosceva. Sognava aver trovato una donna simile all'alta idea che portava in mente al di sopra degli opifici, delle macchine, delle ferrovie, de' suoi scolari, de' suoi maestri, della sua fredda scienza. Stimava che quell'incontro, a quarantadue anni, fosse l'ultima offerta della fortuna, e tutta la sua giovinezza inaridita rinverdiva. Aveva presso a che deliberato di parlare a Steinegge prima che a Edith. Nel buio dell'Orrido, stando presso a lei, smarrì il suo sangue freddo, le prese le mani con forza, le parlò e non poté, pel gran fragore, essere inteso. Comprese, prima dalla violenta ripulsa, poi dal volto di lei, quanto l'avesse offesa; comprese troppo tardi come in quel luogo una violenta dichiarazione d'amore potesse venir male interpretata. Infatti Edith l'aveva interpretata male e ora andava pensando perché mai suo padre fosse uscito, cosa insolita, col Ferrieri.

Intanto sopraggiunse Nepo infuriato per non aver saputo combinar con Marina, e gridando: «Non è possibile, non è possibile!» oltrepassò Edith, senza salutarla, nel vestibolo, mentre il Rico, fermo sulla porta con il suo lanternino, se la rideva di cuore e Momolo brontolava: «Ohe, bardassa, rispettiamo Sua Eccellenza, *digo*».

Nepo si abbatté sulle scale in Fanny che scendeva in fretta a cercare di Edith per il pranzo. «Dov'è la signora marchesa?» diss'egli senza fermarsi.

«Dov'è?» rispose Fanny, saltando giù per una diecina[197] di scalini.

«Nella sua camera», gridò dal fondo della scala, mentre lui n'era già al primo pianerottolo, dove sua madre lo attendeva impaziente.

«Dov'è?» diss'egli sottovoce. «Cosa ti ha detto? Sa che hai parlato al conte Cesare?»

A tante domande la contessa rispose con altrettante:

«E tu cos'hai fatto che non venivi più? Dove ti sei perso? Hai trovato Momolo? Va là, diglielo tu che ho parlato al vecchio. Fa presto. L'hanno chiamata a pranzo. In salotto la[198] non c'è ancora. Sarà in camera sua. Aspettala in loggia. Va là!»

Quale ignoto spirito d'inquietudine si era infiltrato per le pietre del palazzo? Tutti vi erano nervosi come Nepo e la contessa Fosca. Il signor Paolo rumoreggiava in cucina, indispettito di dover servire un secondo pranzo. Catte aveva toccato una ramanzina dalla contessa per certo bottone, e girava di qua, di là, cercando non so che cosa, borbottando fra i denti di non aver mai visto la padrona così *cagna* come quella sera. Un domestico correva su e giù dalla cucina al salotto con piatti, bottiglie e bicchieri, sbattendo gli usci co' piedi, alla disperata. Ferrieri e Steinegge rientravano dalla passeggiata agitatissimi l'uno e l'altro. Il conte Cesare, il Finotti e il Vezza discutevano in sala il primo annuncio della Convenzione di settembre.

Il Vezza le saettava freddi sarcasmi da spettatore indifferente, spruzzati d'aceto clericale; il Finotti, futuro membro della Permanente, la combatteva con furore; e il conte Cesare la giudicava, con le sue idee da patrizio romano antico, un colpevole mezzo termine, un dire al nemico "non ho paura solo delle tue armi, ma anche della tua ombra" e si riscaldava contro il re, il Ministero, il Parlamento, le classi dirigenti che governando a quel modo, fornivano un pretesto al ribollire del "democraticume" balordo e borioso. Il conte Cesare parlava più acre del solito, temeva che il Finotti ed il Vezza lo pigliassero per un alleato e non risparmiava nelle sue invettive gli amici politici dell'uno né dell'altro.

Marina, malgrado l'avessero avvertita di scendere a tavola, sedeva ancora, nella sua camera da letto, al tavolino ovale che le serviva qualche volta da scrittoio e a cui ora appoggiava i gomiti, reggendosi le tempie con le palme. La candela che ardeva davanti a lei le metteva de' bagliori aurei nei capelli e rivelava fila azzurrognole di vene all'angolo della sua fronte bianca, mezzo coperto dal mignolo roseo; gittava sugli arredi lucidi dispersi nella stanza oscura dei fiochi riflessi, come occhi di spiriti che guardassero la donna pensosa. Sul velluto azzurro d'uno scannello aperto fra i suoi gomiti c'era un foglietto cenerognolo con un grande viluppo di rabeschi d'oro, un'orgia di quattro lettere attorcigliate insieme; sotto a queste, un drappello di zampine di mosca, in battaglia: più giù, al posto del capitano, un nome solo: *Giulia*. Le zampine di mosca dicevano così:

Sai che trasporto anch'io la mia capitale da via Bigli a Borgonuovo? Così ha voluto l'imperatore. Son corsa ieri a dire addio alla mia buona vecchia via erbosa. Che orrore i trasporti di capitale! Ho lasciato Sua Maestà nella polvere con gl'imballatori e i tappezzieri e son tornata qui per mandarti subito un petit pâté chaud. È un gruppettino di casi di romanzo, molto bene impasticciati, e ha in mezzo il signor Corrado Silla, autore di Un sogno, domiciliato in Milano, via S. Vittore.

Ti racconterò il gruppettino di casi che me l'han fatto scoprire, ma un'altra volta; quando potrò dirti qualche cosa di più.

Adieu, ma belle au bois dormant. Domani viaggio per affari: vado a ballare a Bellagio. Poveri myosotis[199]*! Chi se ne ricorda? Stavolta sarò in bianco. Avrò dei coralli e avrò anche delle magnifiche alghe del Baltico che mi manda G... da Berlino con un sonetto. Quello non l'avrò.*

Giulia

Si batte alla porta e la voce di Fanny disse: «La non viene? La non si sente bene?»

«Vengo», rispose Marina. Balzò in piedi e con un impeto d'orgogliosa gioia stese all'indietro le braccia aperte, alzò il viso trionfante, guardò in alto, davanti a sé. Si slanciò fuori, scivolò giù dalle scale e in loggia trovò Nepo, inquieto.

«Finalmente, angelo mio!» diss'egli. «La mamma ha parlato allo zio. È contentissimo. E Voi?»

Le cinse con un braccio la vita, aspettando.

«Felice!» diss'ella, e gli sgusciò di mano con una delle sue risate argentine che suonò via per la loggia e al di là dell'altra porta nella sala di conversazione, dove tutti, tranne il conte Cesare, si alzarono in piedi ed ella passò correndo leggera come una fata, con un cenno del capo e un sorriso.

«Atalanta, Atalanta», disse il commendator Vezza, guardandole dietro. Nepo entrò a precipizio, tutto rosso, con gli occhi che gli schizzavano dalla testa, incespicò sulla soglia e venne ad abbracciarsi al Vezza per non cadere.

«Scusi, caro commendatore», diss'egli con un impertinente

tono corbellatore, «speravo d'abbracciare qualche cosa di meglio».

«Maledetta bestia!» pensò il commendatore. «Si figuri!» diss'egli, asciutto, asciutto.

«Non è vero, zio?» rispose l'altro pigiando sulla parola *zio*. «Lei se lo può bene immaginare, zio, chi speravo, a buon diritto, abbracciare. Onorevoli signori, loro sono liberi di trarre dalle mie parole, da tutte le mie parole, le induzioni... più legittime, le induzioni... più ragionevoli!»

Egli strascicava e ripeteva i sostantivi, meditando l'epiteto, vibrando poi con un ampio gesto oratorio.

«...Le induzioni... più naturali! Io credo di non poter meglio... sviscerare! Dirò, questo vocabolo».

E passò, tronfio, nel salotto.

Il conte non si poté tenere: «*Burattin*!» diss'egli fra i denti, in piemontese.

«Eueueuh!» sbuffò il Vezza, sfogandosi. «Lo hai sviscerato».

«Ma!» disse il Finotti accennando il salotto alle sue spalle col pollice della mano destra e facendo una smorfia eloquente.

Il conte tacque.

«Dobbiamo...?» riprese l'altro stendendogli la mano.

«Uuuh», esclamò il conte.

Era una smentita o un rifiuto sdegnoso di felicitazioni?

Nessuno lo domandò. Non si udirono che le voci del salotto.

Nel salotto la contessa Fosca e Nepo assistevano al pranzo di Marina e di Edith, la quale comprendeva essere di troppo e non vedeva l'ora che il pranzo fosse finito per raggiungere suo padre. Questi passava e ripassava in sala, davanti alla porta aperta del salotto, gittando a Edith delle occhiate strane.

«Dio, che delizia, questo paese, cugina!» disse Nepo, ispirato. «Quell'Orrido, che luogo indimenticabile!»

Egli guardava Marina con i suoi grandi occhi miopi, a fior di testa, appoggiando i gomiti sulla tavola.

«Il cuore mi palpita quando vi penso. Questa notte non scenderà sonno sulle mie pupille. Ah! È inutile, mamma, tu non puoi comprendere con la tua anima il segreto incanto di quella grotta. Ah!»

Si alzò in piedi e dimenò le braccia come un forsennato estatico; dopo di che abbracciò sua madre che si mise a gridare:

«Matto, matto, lasciami stare coi tuoi *spiritessi*[200]».

«Senti questa, senti questa, mamma», diss'egli, rizzandosi, mentre la contessa ripeteva a Marina, «è in *boresso*, è in *boresso*[201]».

Marina chiamò il Finotti, che guardava curiosamente dalla sala.

«Lascialo stare, colui», disse la contessa.

«Finotti!» ripeté Marina.

Quegli entrò, tutto ringalluzzito.

«Sentite questa, sentite questa», gridava l'infatuato Nepo.

«Qua, Finotti».

Marina lo fece sedere fra Edith e sé.

«Sentite questa. Ero tanto esaltato dalle bellezze dell'Orrido che, quando siamo giunti con mia cugina sotto il gran pietrone nero dell'ultima grotta, io, comunque profano alle discipline di quella nobile arte ch'è la ginnastica, saltai!»

«Oh!» interruppe Marina.

«Non è vero, come saltai?» riprese l'altro guardandola e aspettando con le braccia in aria.

«*Quite a new way of leaping*», gli rispose Marina.

«Per carità, Marina, non starmi a parlar francese, viscere, che a Venezia, con questo maledetto francese non si può vivere. Cosa hai detto?»

«Le tue solite sciocchezze, mamma! Marina ha parlato inglese e non francese».

«Scusi», uscì a dire il Finotti per riconciliarsi la signora contessa Fosca ch'era diventata rossa rossa, e si versava un conforto di Barolo. «Scusi conte; che inglese! che francese! Quando si ha la fortuna di nascere col miele profumato in bocca di quel caro dialetto fatto per le Grazie a scuola di Venere, perché guastarsi il palato col francese e coll'inglese? La contessa ha ragione».

«Andate là che vi credevo peggiore. Sì davvero vi credevo peggiore. Così mi piace; difendere anche me, povera *Giopa*. Sarà quel che volete la nostra lingua, ma almeno non è piena di ossi e di spine come le altre. Non dicono che i nostri vecchi, benedetta l'anima sua, parlavano veneziano anche al Papa? Io non sono nata nobile, ma sono veneziana vecchia, sa. Mio bisnonno è morto pescando *cape da deo*, e mio nonno ha servito sotto Sua Eccellenza Anzolo Emo. Parlerò turco, ma francese no e inglese manco. Il povero Alvise la pensava come me. Sbattezzatemi se ha mai detto due parole altro che in veneziano. Ma adesso non tocca più far così. Adesso tocca vergognarsi di esser veneziani. Andate dalla... e dalla... e dalla... sentirete che musica. No no no. Con il forestiere, non dico, pazienza; ma tra noi altre? Sci, sci, sci, sciù, sciù, sciù? Povere *squinzie*!»

Qui la contessa Fosca volle prender fiato col Barolo; ma, appena accostato il calice alle labbra, lo posò sputando e schiamazzando, tra le risate di Nepo che aveva trovato modo, durante la sua filippica, di versarle nel vino mezza saliera.

«La ho chiamata come uomo di spirito fra questa gente di spirito», disse piano Marina al Finotti.

«Ah, marchesina», rispose questi sospirando, «a che serve lo spirito? Vorrei essere un imbecille di venticinque anni».

Intanto la contessa e Nepo facevano un tal baccano che il conte Cesare, il Vezza e Steinegge entrarono anch'essi nel salotto. Il Ferrieri si affacciò un momento all'uscio, ma non entrò; colse anzi il destro di allontanarsi inosservato e non comparve più per tutta la sera.

Marina, visto entrar lo zio, si alzò da tavola e si avviò alla sala a braccio di Nepo.

«Carino coi Vostri salti», gli diss'ella ridendo. Mentr'egli rispondeva solennemente, *ore rotundo*, la coppia passò davanti al conte Cesare e Marina fissò lo zio con due occhi scintillanti di gaiezza. La contessa Fosca, ancora indispettita del brutto tiro giuocatole da suo figlio, passò senza guardarlo, facendosi vento.

Il conte trasse l'orologio. Erano le nove e mezzo, un'ora affatto straordinaria per lui.

«Questi signori avranno bisogno di riposo», diss'egli volgendosi agli Steinegge e ai commendatori. Poi, senz'attendere la risposta, ordinò di approntare le candele, ed entrò in sala, dove ripeté l'antifona.

«Io penso», diss'egli ai Salvador, «che dopo tante fatiche e tante emozioni avrete bisogno di riposo».

«Ma carissimo zio... cominciò Nepo avanzandosi verso di lui con le braccia aperte, a passi brevi e frettolosi.

L'altro non lo lasciò proseguire.

«Oh, sicuramente, che diavolo!» diss'egli. «Adesso si approntano le candele».

Nepo fece un voltafaccia e tornò verso Marina, ritirando il capo tra le spalle e alzando le sopracciglia.

La contessa Fosca s'interpose.

«Ma via, Cesare», diss'ella piano al conte, «che originale che siete! Stasera che i miei putti avrebbero tanto gusto di parlarvi, di dirvi...»

«Sì, sì, sì, sì», s'affrettò a rispondere il conte, «intendo molto bene quello, intendo molto bene quello. Ecco le vostre candele».

Non c'era da replicare.

«E voi», disse il conte quando si trovò solo con Marina, «non andate, voi?»

«Non ha niente da dirmi? Non è contento che io abbia seguito i Suoi consigli?»

«I miei consigli? Come, i miei consigli?»

«Ma certo».

Si parlavano a dieci passi, guardandosi a sbieco.

«Spiegatevi», disse il conte; e, posata in furia la candela che aveva presa, le si voltò a fronte.

Presso Marina, sopra un tavolino di marmo addossato alla parete, v'era un vaso di cristallo, con fronde d'olea e fiori sciolti. Ella piegò il viso dicendo: «Non se ne ricorda?» e odorò i dolci profumi moribondi.

«Io?» rispose il conte recandosi la mano al petto. «Io vi ho consigliata?»

Marina rialzò il capo dai fiori.

«Lei, Lei», diss'ella. «Poche ore prima che i Salvador arrivassero qui. Fu in biblioteca. Lei mi disse che noi due non eravamo fatti per vivere insieme, che Suo cugino aveva una posizione splendida e pensava a prender moglie, che vi pensassi».

«Bene, bene, può essere che io abbia detto quello», replicò il conte imbarazzato, frugandosi con la mano i capelli. «Ma io allora non conoscevo appunto[202] mio cugino e voi non avete creduto di consultarmi prima di accogliere la sua domanda».

«Adesso lo conosco. Lo trovo un perfetto gentiluomo pieno d'intelligenza, molto distinto, molto brioso, simpaticissimo, come lo trova Lei, insomma».

«Come lo trovo io?»

«Ma, sì! Non ha dichiarato stasera alla contessa che Lei è contentissimo del matrimonio?»

«Sicuramente. Poi che voi non avete stimato di dover prendere la mia opinione e avete deciso da sola, io ne sono contentissimo. Ma mi preme affermare...»

Il conte si fermò per l'entrata di Catte.

«Oh, per amor di Dio», esclamò costei tutta sorpresa e quasi ritraendosi. «Mi scusino tanto. Credevo che non ci fosse più nessuno. Ero venuta a prendere il ventaglio di Sua Eccellenza».

«Qui non c'è ventagli», disse il conte, brusco, vibrandole un'occhiata che la sgomentò.

«Eh, nossignore, nossignore" mormorò la povera innocente Catte, e ritirò per la porta la sua magra persona, il suo lungo naso.

«Mi preme affermare», ripigliò il conte dopo un istante di silenzio, «che io non vi ho consigliata».

Marina sorrise.

«Ma io La ringrazio», diss'ella, «del Suo consiglio, io sono felicissima».

Il conte avrebbe voluto adirarsi e stavolta non poteva. Vero che Marina aveva deciso senza consigliarsi prima con lui; ma restavano sempre sulla coscienza sua le parole dette in biblioteca e ora ricordate da lei. Non era uomo da cavillare con la propria coscienza per acchetarla. Soltanto adesso quelle parole gli tornavano a mente; ne esagerava la gravità e si doleva di averle proferite.

«E siete contenta?»

«Rispondere di no, adesso, sarebbe un po' tardi, ma io sono felicissima, l'ho già detto».

«Udite, Marina».

Da gran tempo il conte non aveva parlato a sua nipote con la grave dolcezza che pose in queste due parole. La figlia della sua cara sorella morta avea preso una risoluzione che l'allontanava per sempre da lui. Non credeva che sarebbe stata felice, e ora temeva essere in colpa egli stesso di queste nozze male promettenti. Temeva essersi lasciato trarre a imprudenti parole dal risentimento delle gravi offese recategli da sua nipote, dal desiderio di non vederla più, di non udirne la voce irritante. Tale desiderio, fitto e saldo nell'animo suo fino a quel punto, ora, in sul compiersi, veniva meno.

Perché Marina non si moveva, fece egli stesso alcuni passi verso di lei e le disse: «Per il Vostro decoro in questa circostanza penso io».

«Per il mio decoro?»

«Sicuramente. Voi entrate in una famiglia molto ricca. Dovete entrarvi a fronte alta». La mano destra del conte gli era uscita di tasca per metà, nell'aspettazione istintiva di un'altra mano che venisse in cerca di lei. Ma l'aspettativa riuscì vana e quella mano ridiscese lentamente. Zio e nipote rimasero un momento immobili a fronte. Poi egli prese una candela e andò a caricar l'orologio a pendolo sul piano del caminetto.

Intanto, Marina prese l'altra candela e uscì silenziosamente, senza che il conte, intento a girar la chiave, mostrasse avvedersene. Ella non chiuse neppure l'uscio dietro a sé; tuttavia, appena fu uscita, il conte s'interruppe, voltò la testa e stette un poco a guardar la porta semiaperta. Indi terminò di caricar l'orologio e uscì egli pure, a capo chino, meditabondo, per andarsene a letto.

La vecchia casa dormiva inquieta. Più d'una gelosia chiusa appariva rigata di lume; da più d'un uscio sfuggivano bisbigli, s'incontravano nei corridoi vuoti, sulle scale deserte; come quando ciascuno di noi si dispone nel silenzio e nella solitudine al riposo notturno, che i nostri segreti escono dalle loro celle recondite, si spandono bisbigliando per tutta l'anima.

Steinegge era nella stanza di sua figlia. Le aveva dato una grande notizia; la domanda formale della mano di lei, fattagli poche ore prima dall'ingegnere Ferrieri. Il povero Steinegge aveva la febbre addosso. Sentiva confusamente che, avuto riguardo al valore e alla condizione sociale del Ferrieri, la[203] era una grande fortuna; sentiva che l'ingegnere doveva essere un onest'uomo: di questo lo persuadeva il colloquio, avuto con lui. Il Ferrieri gli aveva lealmente aperto il suo cuore, gli aveva narrato l'episodio dell'Orrido, esprimendo la speranza che Edith avrebbe accettate le sue scuse, parlando di lei col toccante rispetto di un fanciullo di sedici anni. Poi gli aveva lungamente ragionato di sé, della sua famiglia, nulla celandogli né del bene né del male; gli aveva tratteggiata la vita seria e tranquilla, ma signorile, che offriva a Edith. Steinegge sentiva che avrebbe perduto per lo meno gran parte di sua figlia; n'era accorato e si sdegnava in pari tempo seco stesso di questo egoismo invincibile. S'era fatto quindi uno scrupolo di magnificare a Edith l'uomo e le sue parole. Ma egli era troppo commosso per potersi spiegare a dovere. Le aveva impasticciato il discorso del Ferrieri, mettendone a fascio il capo e la coda, lardellandolo di esclamazioni: «Un uomo nobile! Un uomo grande!» confondendosi, ripigliandosi ad ogni momento.

Quand'ebbe finito, Edith venne a posargli le mani sulle spalle.

«Che mi consigli, papà?» diss'ella.

Il povero Steinegge non fu in grado di rispondere a parole, ma fece un gesto energico, un'affermazione disperata con il capo e con le braccia.

Finalmente, a furia di volontà, poté articolare queste due parole: «Grande fortuna».

Edith gli posò il capo sopra una spalla e parlò; le cose che aveva in cuore non osava metterle fuori mostrando il viso.

«Sa? C'è qualcuno che mi dice: "Non ha più il suo paese, non ha più vecchi amici, non ha più la sua giovinezza; ma io sono tranquilla perché tu sei al posto mio, presso di lui, e gli darai tutto il cuore, tutta la tua vita"».

«Oh, no, no, no, no!» interruppe Steinegge.

«Mi dice così, papà». E poi aggiunge: «Non ti dividerai ora da tuo padre, se...»

Qui Edith, abbassò la voce: «...se speri che siamo tutti uniti un giorno, meglio, oh, molto meglio che negli anni tristi in cui il papà ha tanto faticato, tanto sofferto per me, per te stessa».

Steinegge chiuse le braccia intorno a sua figlia, ripetendo:

«No, no, no!»

«Ma... e poi, papà», disse Edith rialzando il viso sereno. «C'è anche un'altra piccola cosa. Questo signore non mi piace».

«Oh, impossibile! Pensa, bambina mia, che forse si potrebbe restare insieme lo stesso».

«No, no! Sai bene, dovrei essere prima una moglie e poi tua figlia. Figurati! E i nostri progetti? La nostra casettina, le nostre passeggiate? E poi, davvero, io posso perdonare se vuoi, al signor Ferrieri: ma egli non mi piace. Gli dirai così: la mia signora figlia non può accettare che le sue scuse. Non è vero che gli dirai così, papà?»

«No, non è possibile, non farai questo. Io sono vecchio; e se...»

Edith gli pose una mano sulla bocca.

«Papà», diss'ella, «perché addolorarmi? È inutile».

Steinegge non sapeva se mostrarsi allegro o dolente. Gesticolava, faceva mille smorfie; buttava esclamazioni teutoniche, come tappi di champagne che partissero uno dopo l'altro. Prima di lasciar la camera tornò a supplicare Edith di pensarci, di riflettere, d'indugiare. Uscito finalmente, bussò pochi minuti dopo all'uscio per dirle ch'ell'era ancora in tempo di mutare la sua risposta, e che avrebbe potuto consultare il conte Cesare. Ma Edith gli troncò le parole in bocca.

«Almeno», diss'egli obbedendo alle sue abitudini cerimoniose, «almeno lo ringrazierò a nome tuo il signor Ferrieri, gli dirò: "Mia figlia Le è riconoscente..."»

«Non mi pare necessario, papà. Digli che accetto le sue scuse».

«Ah, bene».

E Steinegge rientrò nella sua camera proprio nel momento in cui la contessa Fosca, assaporando voluttuosamente con la sua vecchia pelle la morbida frescura delle lenzuola di casa Salvador, congedava Catte così:

«*No la me piase gnente, no la me piase gnente, no la me piase gnente. Stùa*[204]».

Tacevano i bisbigli nei corridoi, le persiane rigate di luce si oscuravano di botto, una dopo l'altra; ma la vecchia casa non dormiva ancora quieta. Nell'ala di ponente le finestre della camera d'angolo verso il lago erano aperte e tuttavia lucenti come occhi giallastri d'un gufo mostruoso. Marina vegliava.

Era uscita dalla presenza del conte con il cruccio d'un pensiero molesto, con l'ombra sul cuore delle ultime parole pronunciate da lui. Il cruccio si sprofondava, l'ombra si allargava sempre più, a misura che quelle parole velate pigliavano nella sua mente il loro significato certo, suonavano e risuonavano nella sua memoria, chiare, irrevocabili; come quando una stilla d'inchiostro cade quasi inavvertita sulla carta umida, che si allarga presto per ogni verso e si profonda. Mentr'ella attraversava lentamente la loggia col lume in mano, il pavimento che la reggeva, il tetto sopra il suo capo, le colonne, gli archi eran pieni di una voce sola, ed era la voce stessa di quel molesto pensiero fermo in fondo alla sua coscienza: beneficio. Beneficio dell'uomo che odiava e doveva odiare. No, non avrebbe riconosciuto questo debito mai. Non sarebbe mai giunta, questa bugiarda voce, a toccare i suoi odii, i suoi amori. Mai. Passò nel corridoio, e le parole dello zio le rimorsero il cuore tormentosamente; davanti, sull'altra scala, le appariva la smilza figura di lui, la gran testa severa illuminata di dolcezza.

Solo quando entrò nella propria camera, fra le pareti pregne de' suoi pensieri più occulti, della essenza di lei stessa, custodi di tante cose sue e delle segrete voci de' suoi libri prediletti, delle sue lettere, solo allora si sentì forte, e la sorda irritazione del suo cuore trovò un concetto, una via.

Un pugno d'oro nel viso; ecco le parole del conte; ecco il beneficio. Gratitudine per questo? Le pareva di levarsi da terra in un impeto d'alterezza, di scuotere da sé il denaro immondo, di scuoterlo addosso a Nepo Salvador. Li disprezzava egualmente l'uno e l'altro; li odiava; più dell'uomo, il denaro. Non ne aveva mai sentito come ora il tocco ributtante; era vissuta lungo tempo nel suo splendore senza vederlo, senza voler pensare che la luce intorno a sé fosse luce di una rapida corrente d'oro, versata da mille mani sucide e volgari, portata via da mille altre; e non luce della sua nobiltà, della sua bellezza, del suo genio elegante. V'era bene stata un'eclissi momentanea dopo la morte di suo padre ma più sul volto delle persone che su quello delle cose intorno a lei. Sapeva che nel mondo il denaro è un dio; è voluttuoso sprezzare un dio. Era voluttuoso per lei irritare con le sue freddezze di gran dama la borghesia opulenta, bene aristocratizzata nelle donne, male negli uomini. Pretendeva che a questa gente si vedesse negli occhi e sulla fronte il bagliore dell'oro, che la loro voce avesse un suono metallico, che lo strascico d'ogni signora borghese ripetesse una fila di cifre.

Schizzar su lei un getto d'oro non era beneficarla: altra gente si benefica così. Era piuttosto ferirla perché il denaro del conte Cesare doveva essere avvelenato d'inimicizia. Peggio ancora; intendeva egli forse saldare a quel modo la partita di tante prepotenze, di tante offese oblique e dirette? Certo lo intendeva. Come mai non l'aveva ella pensato prima?

Suonò il campanello, per Fanny. Fanny faceva dei risolini in quella sera, apriva ogni tanto la bocca come se volesse parlare e non osasse, attendesse un invito.

«Spero», diss'ella finalmente sciogliendo una treccia della sua padrona, «che se Lei avesse ad andar via di qua, non mi abbandonerebbe mica, non è vero?»

«Fa presto», rispose Marina.

«Faccio presto, faccio presto. Come la mi piace mai quella signora contessa! Come la mi è cara!»

E pigliò a sciogliere un'altra treccia.

«È vero che a Venezia non ci sono carrozze? Sarà però sempre meglio di qua, dico io. Non è vero?»

Marina non rispondeva.

«Com'era contenta la signora contessa stasera! Mi ha fatto quasi un bacio. Povera donna! Mi vuol proprio bene. Mi ha detto che sono un tesoro. Povera signora! A me non sta bene di ripeterlo, ma mi ha proprio detto così. Lo dice anche la signora Catte, povera signora Catte, che di cameriere come me ce ne son poche dalle sue parti. È brava anche lei però. Bisogna vedere come cuce bene. Cuce quasi tanto bene come me. La mi ha detto adesso...»

«Fa presto».

«Faccio presto, faccio presto. La mi ha detto adesso che il signor conte ha voluto mangiarla, perché...»

«Hai finito?»

«Sì, signora».

«Bene, vattene».

«Non vuole che La spogli?»

«No, non voglio niente. Vattene».

Fanny esitò un poco...

«È in collera con me?»

«Sì», disse Marina per sbrigarsene, «sì, sono in collera. Vattene».

E si alzò scuotendo il fiume dei capelli biondo bruni che le cascava alle spalle sull'accappatoio.

«Perché è in collera?» disse Fanny.

«Per niente, per niente, vattene».

«Che La senta», ripigliò Fanny rossa rossa, «se fosse per certi bugiardoni qui di casa che Le avessero contate delle storie, non stia a crederci, perché dei signori giovani e belli ne ho conosciuti tanti e nessuno mi ha mai toccato un dito...»

«Basta, basta, basta!» la interruppe Marina, «non so che cosa tu voglia dire, non voglio saperlo. Non sono in collera. Ho sonno. Va, va».

Fanny se ne andò.

«Oh, carino», mormorò Marina, poi che rimase sola. «Benissimo, questo».

Ella rilesse il biglietto della signora De Bella.

Non ritrovò le impressioni di prima. Tutt'altro. Giulia aveva scoperto la traccia di Corrado Silla, aveva scritto subito, la lettera era giunta poco dopo che lei, Marina, aveva promesso a Nepo di sposarlo. E che perciò? Era un caso straordinario da vederci quello che ci aveva visto lei sulle prime, un passo del destino? Ella sapeva ora che Silla era a Milano, conosceva la sua abitazione. Gran cosa! Lo avrebbe saputo egualmente pochi giorni dopo, da Edith. Ma c'era solo un'ombra di lontano indizio che Silla dovesse tornare presto o tardi al Palazzo? Non v'era. Dunque? A che poteva riuscire questo aspettare inerte un dubbio destino?

Su tale domanda il suo pensiero si fermò e poi si annientò ad un tratto, lasciandole la impressione di un gran vuoto e tutti i sensi tesi nell'aspettazione[205] istintiva di qualche segno, di qualche voce delle cose in risposta. Udì il colpo sordo di un uscio chiuso da lontano; poi più nulla. Neppure un atomo si moveva nel silenzio grave della notte. Le scure pareti, le suppellettili sparse nella penombra della stanza, chiuse nella loro immobilità pesante, non parlavano più a Marina. I fiochi bagliori accesi come occhi di spiriti nelle arcane profondità del lago lucido, la guardavano senza espressione alcuna. Subitamente le si ridestò il pensiero e insieme le cadde il cuore.

Ella si vide salire in un carrozzone da viaggio con Nepo Salvador, sentì una frustata che sperdeva tutte le sue illusioni stupide, sentì la scossa della partenza, le ingorde braccia di Nepo; a questo punto si rialzò nello sdegno, confortata; non era possibile, nelle braccia di Nepo non sarebbe caduta mai, sposa o no. Ma questa idea ne trasse un'altra con sé.

Ella aveva chiuso la lettera nello scannello ed era venuta a deporre l'accappatoio sulla sua bassa poltroncina di toeletta, di fronte allo specchio. Vi cadde a sedere, si guardò per istinto nello specchio illuminato da due candele che gli ardevano a lato sui loro bracci dorati. Si contemplò in quella tersa trasparenza sotto l'alto lume delle candele che le batteva sui capelli, sulle spalle, sul seno, e pareva rivelare una voluttuosa ondina sospesa in acque pure e profonde. Sotto i capelli lucenti il viso velato di ombra trasparente pendeva avanti, sorretto al mento da una squisita mano chiusa, più bianca del braccio rotondo che si disegnava appena sul candore dorato del seno, sulla spuma sottile di trine che cingeva le carni ignude. Le spalle non somigliavano punto a quelle opulente della gentildonna del Palma. Non vi appariva però alcun segno di magrezza, e avevano nella loro grazia delicata, nel contorno alcun poco cadente, una espressione di alterezza e d'intelligenza, quali splendevano nei grandi occhi azzurri chiari, nel viso leggermente chinato al seno. E mai, mai, labbro di amante vi si era posato! Allora Marina, palpitando, lo immaginò. Immaginò che qualcuno, il cui viso ell'aveva veduto l'ultima volta al chiarore dei lampi, venisse da lontano, per la notte oscura e calda, ebbro di speranza e delle voci amorose della terra; che avanzasse sempre, sempre, senza posa; che varcasse, più muto d'un'ombra, le porte obbedienti del Palazzo, ascendesse brancolando le scale, spingesse l'uscio...

Ella si levò in piedi soffocata da un'oppressione senza nome, emise un lungo respiro, cercando sollievo; ma l'aria tepida, profumata, era fuoco. Ah lo amava, lo amava, lo invocava, lo stringeva nelle sue braccia!

Spense in furia i lumi dello specchio, ricadde di fianco sulla poltrona e, abbracciatane la spalliera, vi fisse il viso, la morse.

Giacque lì un lungo quarto d'ora, tutta immobile fuor che le spalle sollevate da un palpitar forte e frequente. Si rialzò, alfine, cupa; e pensò.

Perché non aver trattenuto Silla dopo udito il nome terribile? Perché, s'ella aveva perduto in sulle prime e moto e senso e volontà, non s'era slanciata poi quella notte stessa dietro a lui, a caso ma con l'istinto della passione, dietro a lui ch'ella aveva amato, come dubitarne? al primo vederlo, malgrado se stessa, con dispetto e rabbia, dietro a lui che l'aveva stretta nelle braccia chiamandola Cecilia? Non si compiva così la predizione del manoscritto ch'ella sarebbe amata con questo nome? Perché non fuggire, non cercare di lui subito? Perché questa commedia con Nepo Salvador?

C'era bene il perché, e Marina non poteva dimenticarlo a lungo.

Quelle ultime parole del manoscritto!

«Lasciar fare a Dio. Sieno figli, sieno nipoti, sieno parenti, la vendetta sarà buona su tutti. Qui, aspettarla qui».

E i fatti non accennavano già confusamente da lontano com'ella potrebbe raggiungere insieme la vendetta e l'amore?

Le tornò la fede. Si alzò, prese la candela, venne sulla soglia dell'altra stanza e porse il capo a guardare lo stipo del secreto, alzando il lume con la sinistra. Era là, appena visibile nell'ombra della parete, nero a tarsie bianche, come un sarcofago dove fossero incisi caratteri arcani. Marina lo contemplò, dorata i capelli e le spalle ignude dal vivo chiaror tremulo che si spandeva intorno a lei per breve spazio di pareti e di pavimento. Ai suoi piedi oscillava l'ombra rotonda del candeliere. Fu assalita, pietrificata da una delle sue reminiscenze misteriose. Le pareva esser venuta su quella soglia un'altra volta, anni ed anni addietro di notte, discinta, con i capelli sciolti, aver visto ai suoi piedi l'ombra oscillante del candeliere, il lume intorno a sé per breve spazio di pareti e di pavimento, e, là davanti, lo stipo nero, i caratteri arcani.

NOTE

196. "Furbacchiona".
197. Forma arcaica.
198. Forma dialettale.
199. Una variante di fiori, meglio noti come: "Non ti scordar di me".
200. "Follie". Dialetto veneto.
201. "Ha la ridarella". Ancora in dialetto veneto.
202. "Affatto".
203. Si tratta sempre d'una struttura linguistica dialettale.
204. "Quella lì non mi piace per niente, proprio per niente…"
205. "Attesa". Forma arcaica.
206. Mobile. Una sorta di armadio più piccolo.

PARTE TERZA

Un sogno di primavera

Capitolo I - In aprile

Il cane è fedele.

«*Der Hund treu ist*».

«Oh no, *treu ist*, ufff, caro Silla, questo è un grande sproposito. Se io dico *dass der Napoleon kein treuer Hund ist*, questo è molto bene anche in grammatica. Egli vuole il Reno, *der Kerl*! Avete fuoco?»

«Sì, ma lasciate stare la politica».

«Oh», rispose Steinegge allungando il collo e porgendo il mento sino a posar il sigaro sul fiammifero acceso che Silla gli tendeva, «ooh...» Tirò quattro o cinque frettolose boccate di fumo. «Io non parlavo per voi italiani», diss'egli. «*Der Hund ist treu*».

Silla prese la penna e scrisse.

Erano seduti uno in faccia all'altro ad una tavola quadrata d'abete, onestamente solida, senza tappeto né vernice.

Steinegge si teneva aperta dinanzi una vecchia grammatica scucita, sciupata, tutta sgorbi e disegni grotteschi. Silla aveva un calamaio e dei fogli.

«Che vi pare di quella grammatica?» disse questi scrivendo.

Steinegge voltò e rivoltò il libro con un sorriso malizioso.

«Io non so», diss'egli, «se posso domandare quanto costa».

«Quarantacinque centesimi».

«Ah, quarantacinque centesimi. Questi sono cinque sigari. Molto. Basterebbero dieci giorni per me. Il bue è malato, caro amico».

«*Der Ochs ist krank*. Dieci giorni?»

«Va bene, scrivete. Dieci giorni. Io non fumo, io profumo così un poco ogni tanto per il mio naso il mio cervello».

Steinegge rise allegramente.

«Mia figlia crede», soggiunse sottovoce «che io fumo due sigari al giorno... Ooh, fff! sarebbe una pazzia. Io accumulo denaro. In cinque mesi venti lire! È qualche cosa. Eh? Non è male. Avete scritto? L'asino... l'asino... l'asino... Dov'è quest'asino? Ah, l'asino è magro».

«*Der Esel ist mager*».

«Scrivete. Questo è l'ultimo; questo è profondo. Dunque io voglio fare un piccolo regalo...»

Steinegge accennò col pollice rovesciato all'uscio cui voltava le spalle.

«Voi mi consiglierete. Voi siete un giovane molto elegante».

Silla sorrise. Tutta la sua eleganza brillava in una spilla, una grossa perla cinta di rose d'Olanda legate in argento, ricordo di sua madre. Portava sempre guanti scuri, cravatte scure, abiti scuri. Aveva bensì la persona elegante, e le vesti, anche dozzinali, ne pigliavano nobiltà. Ma in fatto gli si vedevano certe lumeggiature sul dorso delle maniche da' gomiti in giù, e certe sfumature di colore intorno al bavero punto richieste dall'eleganza.

«Guardate», diss'egli spingendo a Steinegge il foglio di carta dove aveva scritto.

«Prego perdonare, perché io sono cieco come un conte Rechberg», rispose Steinegge, traendo la busta degli occhiali e applaudendosi con una risata. Spense il sigaro e inforcò gli occhiali sulla punta del naso. Leggeva con le sopracciglia alzate e con la bocca aperta: pareva si studiasse di guardarvisi dentro.

Silla prese la grammatica che aveva trovata in una tana di libri vecchi presso il Duomo. Era certo appartenuta a qualche allegro scolaro dei tempi austriaci che l'aveva tutta imbrattata di nomi, di date, di caricature e aveva scritto attraverso le file delle coniugazioni:

Su nell'irto, increscioso Alemanno
Su, Lombardi...

Dopo qualche momento di silenzio l'uscio cui aveva dianzi accennato Steinegge si schiuse adagio, adagio. Silla si alzò in piedi. Al rumore della sua sedia l'uscio si chiuse da capo.

«Molto bene, caro amico" disse Steinegge posando il quaderno.

«Voi scrivete più bene che io il carattere tedesco. Non è credibile come il piccone e il badile mi hanno rovinata la mano. Sapete, in Svizzera».

«Caro professore», disse Silla, «siamo alla dodicesima lezione».

«Ebbene?»

Silla trasse dal portafoglio un piego.

«Oh!» esclamò Steinegge, voltandogli le spalle e correndo per la stanza a capo chino e a braccia aperte. «*Das nehme ich nicht, das nehme ich nicht*!Non voglio, non voglio!»

«Ma come? Non Vi ricordate i nostri patti?»

«Oh, caro amico, io sarei vile di prendere il Vostro denaro. Io voglio chiamare mia figlia...»

«Fermo! Se non accettate, esco di qua e non ci vediamo più».

«Date, date, date a me questa maledetta canaglia di soldi. Voi non volete un piacere da un povero vecchio amico».

«No, non lo voglio, sono orgoglioso, ho un cuore di ferro».

«Oh, Voi avete un cuore molto meglio che di oro, e anche io. So che mi amate; prenderò. Ma perché studiate questo tedesco?»

«Per capirvi quando parlate italiano».

Steinegge rimase un pochino mortificato.

«No, no, è uno scherzo», disse Silla prendendogli affettuosamente le braccia. «Lo studio per capire Goethe, e un certo... scrittore nostro, italiano; ma più Goethe, forse. Non Ve l'ho già detto?»

«È vero, ma io temevo adesso un'altra cosa. Sapete, mia figlia è ricca e guadagna denari con le sue lezioni. Il conte mi manda sempre roba tedesca da tradurre in francese e manda anche cento lire per mese. Cento lire, eh? Voi vedete, io sono ricco».

«E io dunque?»

«Scusatemi», disse Steinegge inchinandosi, «io credo bene, io credo bene; anche Voi, certo».

Non abbagliava però, in casa Steinegge, lo splendore della ricchezza. Quella lì era una stanza bassa d'angolo, sotto il tetto. Aveva due balconi a ringhiera di ferro, uno a mezzogiorno e l'altro a levante, le pareti tappezzate di carta azzurra a righe più scure, il soffitto dipinto a cielo sereno e nuvoli. Un letto di ferro pure inverniciato, coi suoi pomi lucenti d'ottone alle spalliere, coperto di percallo perlato a fiori rossi, stava accostato alla parete di ponente sotto un quadrettino piccino dove una ciocca di capelli biondi si disegnava sul raso bianco incorniciato d'ebano. Tra l'uscio della scala e l'altro che metteva nella camera di Edith, un caminetto di pietra grigia portava con civetteria due lucernine a petrolio a' due capi e nel mezzo un bicchiere modesto, un mazzolino di viole mammole ignude. In faccia al caminetto, sopra la mole tozza di un massiccio cassettone a piano di marmo cenerognolo, odoravano pochi *calicanthus*, simili a delicate fantasie meste di un poeta convalescente. Tra il balcone di levante e la porta della camera di Edith, si rizzava una stretta palchettiera a tre piani, zeppa di libri e sormontata dal busto, piccino, di Federico Schiller. In mezzo alla stanza la bianca tavola di abete strillava per avere il suo tappeto azzurro e nero, il suo manto di ricchezza e di nobiltà da nascondervi sotto le quattro gambe.

Pei due balconi si spandeva sino al fondo della stanza la gran luce vitale dell'aprile, mettendo dal cielo sereno un bagliore azzurrognolo sui fogli sparsi per la tavola, e sul soffitto un riflesso caldo di opposte case, arse dal sole cadente. Quand'anche non si fosse veduto per quei due meravigliosi quadri dei balconi tanto arco di cielo e tanto mare disordinato di tetti sconvolti per ogni verso fra poche fenditure di grandi vie, rappezzati di vecchio e di nuovo, d'ombra e di luce, rotti da ciuffi d'alberi verdognoli, da strisce di muri bianchi, irti di fumaiuoli e d'abbaini, quand'anche non si fosse veduta a piè dei balconi la nera fascia del Naviglio e un lungo arco di via parallela, punteggiato di moscerini umani che si traevano dietro lentamente il loro lungo filo d'ombra, si sarebbe pur sempre sentita la smisurata altezza di quella camera nella luce, nell'aria, nei suoni vasti e sordi che ascendevano lassù in un'onda sola, continua.

«Vi prego», disse Steinegge, togliendo calamaio e fogli dalla tavola e posandoli sulla palchettiera, «aiutate me a mettere il tappeto. Mia figlia ama molto questo».

Presero il tappeto azzurro e nero e lo spiegarono sulla tavola, che non strillò più. La stanzetta prese un'aria quieta, contenta, che si rifletté sul viso del nostro vecchio amico.

«Grazie», diss'egli. «Molte grazie. Oh, Voi non sapete con

quanto piacere io faccio queste cose. Non sapete cosa io provo quando tocco solo una di queste sedie. Erano diciassette anni che non toccavo una sedia mia, eh? Capite? Diciassette anni. Questo legno è così dolce! Io ringrazio Dio, caro amico. Voi siete giovane, Voi non pensate a questo vecchio signore; anche io per un pezzo non ho pensato, ma adesso io ringrazio...! Sentite».

Steinegge afferrò Silla pel braccio e se lo trasse vicino. I suoi occhi scintillavano sotto le ciglia aggrottate; una fiamma sola gl'infocava il collo e il viso.

«Io ringrazio...» ripeté con voce soffocata e stese, tacendo, l'indice della destra prima verso il quadrettino dai capelli biondi, poi verso la stanza di Edith. Finalmente lo alzò al soffitto.

«E Dio», diss'egli. «In passato io credeva vi fosse là, sopra le nuvole, un re di Prussia».

Qui Steinegge scosse violentemente il pugno sempre a indice teso.

«No, no, credete me», soggiunse.

«Io l'ho creduto sempre, caro Steinegge», rispose Silla. «Guai a me se non lo credessi».

«Se Voi sapeste», disse Steinegge, «come sono contento! Alle volte ho paura perché lo sono troppo e non lo merito, oh no! Ma poi mi consolo perché tutto il merito è di mia figlia. Oh, mia figlia, caro amico...!»

Steinegge giunse le mani.

«Io non posso», diss'egli, «questo mi muove troppo il cuore di dir cosa è mia figlia».

«Lo credo», disse Silla stringendogli forte la mano. «La conosco».

«No, no, Voi non conoscete niente. Bisogna sentire come parla con me di queste cose di che parlano i preti. Pensate, i discorsi dei preti sono cattivi organetti, e questi di Edith sono come musica che si sente in sogno quando si è giovani. Noi andiamo qualche volta in chiesa, ma noi non parliamo mai di preti. E di arte come intende, oh! Io nasco adesso per quest'arte; io non capivo niente. Siamo andati ieri... Come si dice? A Brera, a Brera. Pensate Voi se aveste ad aprire adesso un libro tedesco, qualche grande libro come Goethe. Voi capireste otto, dieci parole per pagina. Questo Vi farebbe senso. Vi farebbe battere il cuore di cominciare a vedere otto o dieci lumi nelle tenebre, e andreste pensando cosa può dire Goethe in quella pagina. Così ha fatto senso a me, ieri, di cominciare a capire, ascoltando Edith, qualche cosa di quadri. E di letteratura, mio caro amico! Questo Klopstock! Questo Novalis! Questo Schiller! Ma non parlerà mai con Voi; non credete! Bene!»

Qui gli occhi di Steinegge, capitano o no, s'empirono di lagrime; la sua voce discese a un tono sommesso, ma vibrato.

«Noi abbiamo una domestica per poche ore al giorno. Poi Edith fa tutto lei, così semplicemente, così allegramente come uno va a passeggio. Io sono un vecchio poltrone goloso e prendo il caffè a letto. Io Vi assicuro, non sono goloso del caffè; sono goloso di veder entrare mia figlia e sentirmi dire: "Buon giorno, papà" in tedesco. Ogni mattina è come se la ritrovassi dopo dodici anni. Ella mi porta il caffè, mi pulisce gli abiti e anche deve qualche volta cucirli! Intanto noi parliamo del nostro paese, di tante cose passate, lontane, e anche un po' dell'avvenire. Edith ha tre lezioni quasi tutti i giorni. Vi sono due signore, la signora Pedulli Ripa e la signora Serpi, due signore oh, fff!» Steinegge spalancò gli occhi e alzò le mani soffiando, «che sono innamorate di lei e le loro figlie anche; e tante volte vorrebbero rimandarla a casa con la loro carrozza, ma ella non ha mai accettato, perché sa che io non vorrei salire in carrozza».

«Voi?» disse Silla. «Che c'entrate Voi?»

«Oh sì, perché io aspetto nella strada tutto il tempo».

«E perché non vorreste salire in carrozza?»

«Questo non sarebbe conveniente, caro amico. E così mia figlia è sempre venuta con me, sia vento, sia pioggia. Io sono orgoglioso allora e ho piacere che così mia figlia, quando esce dalla porta di questi signori, non è più maestra. L'hanno invitata a pranzo, volevano condurla a teatro. Non è mai andata, per fare compagnia a me; no, no!»

Gli brillavano anche i capelli mentre diceva "No, no" e il naso gli si raggrinziva su fino alla radice.

«Sapete cosa facciamo, la sera? Prima Edith lavora e io faccio il sunto francese di questo Gneist per il signor conte. Dopo

Edith mi legge Schiller e Uhland, oppure mi dice poesie moderne che io non conosco, poesie di Freiligrath, di Geibel, di... di...»

«Di Heine».

«No, mia figlia non legge questo Heinrich Heine. Lo ho conosciuto questo uomo a Parigi. Non è stato buon tedesco. Se Voi veniste qualche volta di sera, io Vi tradurrei queste poesie e Vi darei una tazza di thè, perché Edith mi fa il thè ogni sera».

«Voi», disse Silla sorridendo, «Voi pigliate il thè?»

Steinegge si pose a ridere d'un riso muto, contorcendosi, gesticolando.

«Ah, Voi siete un maligno uomo. Capisco, capisco. È come *seder König in Thule*, il Re in Tule, Voi sapete? si mettesse a bere un decotto, non è vero? Io bevo adesso due bicchieri a pranzo e non altro».

«È vostra figlia che lo desidera?»

«No, no, voglio io. Mia figlia mi pregava di prender vino la sera, e mi prega ancora adesso, ma io ho visto una volta per i suoi occhi il suo cuore e io prendo thè, caro amico».

«V'invidio», disse Silla e prese il cappello per andarsene. Steinegge lo trattenne.

«Aspettate, venite a passeggio con noi».

Silla esitò a rispondere.

«Oh, venite, venite!»

Steinegge andò a battere alla porta di Edith e la prego di uscire un momento.

Edith venne tosto e porse affabilmente la mano a Silla.

«Buon giorno», diss'ella. «Che lezione lunga!»

Era graziosa nel suo abito nero, semplicissimo, corto ma non troppo, con un mazzolino di viole alla cintura, il suo medaglione d'oro e onice sul petto e una stretta golettina bianca che le rifletteva sul collo un candore diffuso, trasparente. Le ricche trecce eran raccolte sopra la nuca. Nel viso delicato, leggermente roseo, la bocca e gli occhi avevano una espressione più spiccata di fermezza. È strano come quegli occhi esprimessero intelligenza della vita reale, contemperata di bontà: come nello scherzo, nel sorriso che li illuminava sovente, vi apparisse sotto all'iride un color di dolcezza triste; quale se un altro spirito infuso al suo, uno spirito malinconico si ravvivasse qualche poco nella gaiezza di lei.

Ella e Silla si parlavano con certa familiarità amichevole in cui, per un sottile osservatore, si disegnava più evidente il riserbo; come due persone unite e in pari tempo divise da mutuo rispetto mostrano meglio lo studio di non toccarsi quanto più si camminano accosto. Il contegno di Silla tradiva maggiormente queste cautele talvolta eccessive, questa cura di trattenersi; Edith aveva modi più spontanei ed eguali, misurati da un riserbo tranquillo, ingenito. Si conoscevano oramai da oltre sei mesi; si vedevano spesso, non in un freddo salone di ricevimento, ma nella intimità violenta d'una stanza tepida di vita domestica; li univa una persona cara, benché in diverso grado, ad ambedue. Sin dai primi giorni della loro conoscenza Edith aveva parlato a Silla del Palazzo e dei suoi abitanti. Di Marina, conoscendo tutta la coperta storia delle relazioni loro, gli aveva toccato il meno possibile. Silla s'era ben avvisto di tale studio; né Edith poteva dubitare ch'egli non ne indovinasse la causa. Quel conscio silenzio serviva pure, in qualche modo, di occulto legame tra loro; essendo quasi un accordo ignoto a tutti, stretto senza la parola fra le anime, in argomento d'amore. Simili segreti fra due persone che si stimano e si vedono spesso, congiungono, in sulle prime, con qualche dolcezza; ma poi cresciuta la familiarità, l'amicizia ch'essi aiutano, il silenzio, in luogo di congiungere, divide, quella dolcezza diventa pena, desiderio inquieto; e il desiderio comincia a tradirsi con i discorsi che tentano obliqui l'argomento proibito. Allora come fra due gocce vicine sopra un piano liscio basta il tocco di un capello perché trabocchino l'una nell'altra, così il tocco di una parola sola rompe gli ultimi ritegni alla effusione del cuore e l'amicizia diventa piena.

Ma Edith e Silla non parevano vicini a questo punto.

Ella accettò ben volentieri la proposta di suo padre e andò a mettersi il soprabito ed il cappello. Anche Steinegge chiese licenza a Silla, con grandi cerimonie, di attendere all'ornamento della propria persona. Silla andò intanto ad affacciarsi al balcone sul Naviglio.

L'aprile brillava quella sera nel cielo lucido e soffiava la lieta novella di primavera sulla vecchia città che beveva i soffi tepidi per ogni finestra. Quei soffi si spandevano blandi per le piazze, saltavano per le vie, sibilavano ai canti. Lassù in alto passavano a grandi ondate silenziose, movendo per le finestre degli abbaini biancherie pendenti dalle imposte, fiori schierati sul davanzale, che nella dolcezza infinita del tramonto primaverile ridevano al cielo, innocenti, dalle vecchie case piene di colpa. Il sole cadeva alle spalle di Silla. La casa dove egli stava e le altre sulla stessa linea a destra e a sinistra, cupo bastione colossale, gittavan ombra sui giardinetti ai loro piedi, sul Naviglio, la via e parte delle case di fronte. Sotto il balcone, a sinistra, si spiccava dal primo piano, fra due macchie di grandi magnolie, una terrazza a quadroni bianchi e rossi e balaustrata di granito rosa. Cinque o sei uomini in giubba e cravatta bianca, senza guanti, vi passeggiavano fumando. Una signora, una lunga cometa di velluto azzurro con una camelia bianca in testa, vi comparve a braccio di un signore piccolo, grasso, anch'egli in giubba e cravatta bianca. I fumatori le si fecero tosto attorno con rispettosa premura. Dal balcone di Silla non si potevano intendere le parole, ma si udivano le voci e si distingueva benissimo quella del piccolo signore grasso, il commendatore Vezza. Silla conosceva quella dama, tenace bellezza di quarantacinque anni, divisa da pochi anni da un marito giuocatore e nota per le sue velleità letterarie, per i suoi cuochi di prima riga e per gli amanti di quarta che le si attribuivano. Un acre sapore di sensualità elegante saliva da quel terrazzo nella purezza della sera, un'aura di mille piaceri squisiti, raffinati dallo spirito, come l'odore indistinto di leccornie che dalle cucine sotterranee d'un grande albergo fuma nella via. Ma lassù nelle grandi ondate del vento questo filo di fumo mondano si perdeva. Lassù si respirava una dolcezza simile alle malinconie indefinibili dell'adolescenza casta, un turbamento d'affetto che non ha uscita, un desiderio di aprire il cuore. Silla non pensava a cosa alcuna: gli tornavano in mente i ricordi di paesi lontani, vaghe sensazioni amorose della sua prima giovinezza, cadenze in minore e versi di canzoni popolari; uno fra gli altri che lo perseguitava quel giorno, un verso marchigiano, quanto dolce!

Boccuccia riderella spandifiori.

«Signor Silla», disse Edith sorridendo, «Ella resta qui?»

Egli si scosse, si voltò in fretta e si scusò della sua distrazione.

Edith e Steinegge non attendevano che lui. Edith aveva un soprabito grigio scuro e una *toque* nera, con il velo calato.

«È un peccato», le disse Silla, «di dover scendere».

«Lei amerebbe camminare nelle nuvole?»

Egli la guardò un po' piccato, notò la recondita tristezza del suo sorrise e tacque.

«Scusi», diss'ella, «non ho poesia».

Non aveva poesia, forse, ma ve n'era tanta nella voce con cui lo disse, nella graziosa persona illuminata dal sole cadente.

«Andiamo, dunque», disse Steinegge.

«Non è possibile», rispose finalmente Silla a Edith, nell'uscire.

Ci aveva pensato molto. Edith non parlò, né si poté vedere con qual viso accogliesse la tarda risposta di Silla, perché ella era già sulla scala e vi faceva scuro.

Era una consolazione uscire da quella scala fredda e buia nella strada ancor chiara del sole recente, nitida dopo una giornata di vento, quanto il cilindro di Steinegge. Questi camminava a sinistra di sua figlia, rigido come un Y capovolto.

«Oh», diss'egli, fermandosi a un tratto, «sapete, caro amico? Oggi mi ha scritto Innocenzo».

Fece atto di cercarsi la lettera nelle tasche del soprabito, ma, ad una rapida occhiata di Edith, disse di averla dimenticata a casa e ne parlò a Silla con entusiasmo.

«Molto affettuosa», disse Edith, «e molto...»

Non trovava la parola.

«Non *spiritosa*, no. C'è un'altra parola italiana che mi pare, così per istinto, migliore in questo caso».

«Arguta?» disse Silla.

«Sì, arguta».

Edith seppe ripeterne gran parte a Silla. Non era la prima volta che don Innocenzo aveva scritto al suo buon amico tedesco, appagando così un desiderio segretamente confidatogli da Edith prima di lasciare il Palazzo. Le sue lettere improntate di bontà e di arguzia erano scritte classicamente, in forma alquanto artificiosa, come usa l'uomo colto che ne scrive poche. Toccava stavolta di tristi casi avvenuti nella sua parrocchia, di grandi dolori sopportati con la umile pace cristiana. Parlava con riverenza di queste virtù dei suoi poveri contadini punto democratici; parlava della fede come un uomo che nella sua giovinezza ha combattuto per non smarrirla e, avendo pur vinto, guarda con grande indulgenza a chi ha lottato e perduto. Narrava che la neve, il gelo e le grandi piogge, avevano danneggiato il soffitto della sua chiesa e che, la domenica precedente, vi era venuto per caso a suonare l'organo un giovane maestro, il quale aveva magistralmente eseguita certa musica di un tedesco, di Bach, gli pareva. Al popolo la musica era piaciuta poco: ma lui n'era ancora imparadisato. Raccontava che i lavori della cartiera erano molto avanzati e che parecchi tegami e cocci preistorici, scoperti nello scavo delle fondamenta, fregiavano adesso il suo museo privato. Annunciava che le tepide coste de' suoi monti, le rive settentrionali del lago, erano in piena primavera e ne descriveva l'aspetto con studiata eleganza di stile. Chiudeva con un caldo invito agli Steinegge di venir a passare qualche giorno da lui presto, presto.

Edith ripeté quasi alla lettera lo scritto del curato, omettendone solo una certa parte. Era strano udir parlar di lago, di montagne, di vita semplice, sul corso di Porta Venezia tra il doppio flutto della gente che calava ai bastioni, tra il fragor sordo delle ruote sulle trottatoie e il calpestio vibrato dei cavalli di lusso, davanti alle cantonate bianche, rosse, gialle di affissi d'ogni genere. Non c'era più sole; le nubi dorate riflettevano da ponente una luce calda sulle case più alte e il vento portava in viso l'odore di primavera, di sigari, di profumeria. Le signore che scendevano il bastione in carrozza, parevano correr giù verso l'orizzonte limpido, abbandonarsi con insolito languore, silenziose, alle carezze dell'aria tepida. E due lunghi rivi neri di gente, picchiettati d'abiti chiari femminili, scendevano a destra e a sinistra del Corso con un gran rombo confuso di passi e di voci, come due lunghe striscie di stoffa pesante trascinate pei marciapiedi fuori del fitto ombroso della città. Tutte le finestre erano aperte. Pareva a Silla che tutti i cuori lo fossero pure, che quella corrente di uomini portasse tesori di pensieri gai, d'immagini ridenti, che riflettesse la ingenua giovinezza eterna della primavera. Anche nel color delle pietre, tuttavia calde di sole, egli sentiva il prepotente aprile che non valendo a mettervi la vita, ve ne metteva quasi il desiderio, la speranza lontana. Non gli toccava il cuore udir parlare del lago e delle montagne; nessuna voce del passato si ridestava in lui.

«Non scrive altro quel signor curato?» disse egli a Edith.

«Null'altro», rispose per lei Steinegge.

«Come? Non parla del Palazzo?»

«Oh, qualche parola, sì».

«Non parla del matrimonio di donna Marina?»

Steinegge non poté rispondere, perché un tilbury sopravvenne di gran trotto, tuonando sul ciottolato vicino a Silla che si voltò a guardare il cavallo, un bel sauro snello.

«Bello», s'affrettò a dire il capitano di cavalleria, appena passato il tilbury, «bello, ma troppo leggero. Cavallo ungherese; io conosco. Migliore da sella».

«Dunque», ripeté Silla, «non parla del matrimonio?»

Steinegge lo guardò. Non gli pareva vero che fosse così indifferente.

«Sì», diss'egli, «mi pare che scriva qualche cosa».

Suo padre fa il diplomatico, signorina».

«Non lo credo», rispose Edith. «Lo faresti troppo male, papà; non è vero? Ma, e Lei, signor Silla, cosa fa?»

«Faccio il curioso, vuol dire. Ha ragione. Ma è curiosità innocentissima, lo creda».

Disse queste ultime parole con enfasi, come per far loro esprimere più di quello che potevano. Allora Steinegge uscì dalle sue trincee; con qualche cautela, però spiegandosi lentamente.

«Ecco», diss'egli, «pare che le cose vadano lisce e che il matrimonio non tarderà molto a farsi».

«Lo credo bene. Non è combinato da sei mesi?»

«Sì, sì, ma capite bene, caro amico, i preparativi, questo è lungo. Adesso poi si fa presto, pare; prestissimo».

«Me ne rallegro assai», disse Silla tranquillamente.

Steinegge fece uscire anche le sue riserve.

«Il matrimonio», diss'egli, «si fa, pare, questa sera, ventinove aprile. Pare che il popolo vuol fare grandi cose; musiche, fuochi d'artificio. Ci è stata la scritta. Si dice che il conte Cesare voleva costituire a donna Marina una dote di trecentoventimila lire, ma che essa ha preferito un'obbligazione diretta del conte allo sposo per questa somma, da sottoscriversi all'atto del matrimonio. Il conte Cesare non è stato bene due giorni, ma ora è guarito. Il conte Nepo si è fermato al Palazzo una settimana, in principio di questo mese, e i domestici vanno dicendo che è molto avaro, ma il parroco afferma che non è vero e racconta di aver ricevuto cento lire per i poveri».

Steinegge scherzò su questo splendore di munificenza che aveva abbagliato il povero prete; ma Silla lo contraddisse risolutamente, sostenne che alle buone azioni non si piglia la misura, che non si arrovesciano per guardarne la fodera. Parlava vivacissimo, di vena, interrompendosi spesso per salutare i suoi conoscenti, per fare a Edith osservazioni gaie su persone e cose che gli passavano sotto gli occhi. Tutti coloro che lo salutavano, guardavano poi Edith curiosamente. Edith gli rispondeva breve, senza guardarlo, o solo quando non ne poteva a meno. Ella non sorrideva più, si era fatta grave. Prese il braccio di suo padre.

Silla ammutolì poco a poco esso pure. Sospettò che Edith avesse attribuito un significato preciso alla sua dichiarata indifferenza per il matrimonio della marchesina di Malombra, e che volesse tenersi in guardia. Il cuore gli batté forte, una oscura dolcezza gli confuse i pensieri. Qualcuno, dall'onda della gente, lo salutò in quel momento; non rispose. Camminava in mezzo alla folla come se né vedesse né udisse alcuno.

Erano giunti presso al bastione. Vi spirava un'aria men tepida, pregna dell'odor de' prati; ma la folla saliva tuttavia densa al viale di sinistra, e, al di sopra de' cappelli si vedevano sfilar lentamente nel viale di mezzo, facendo il giro, cocchieri pettoruti, cocchieri umili, cocchieri appaiati a staffieri, cocchieri solitari, cocchieri soddisfatti, cocchieri rassegnati, cocchieri scuri, cocchieri gialli, rossi, azzurri, e verdi. Edith avrebbe voluto ritornare indietro; l'aria le pareva umida; temeva che suo padre ne soffrisse. Steinegge ne rise. Quando mai aveva notato sua figlia ch'egli si curasse del secco e dell'umido? E il Corso lo divertiva tanto! Edith non insisté.

All'entrata del viale, Steinegge alzò in aria tutte e due le braccia e tirò una allegra mitraglia d'interiezioni tedesche a un signore piantato lì a vedere sfilare le carrozze. Questo signore, un tal C... col quale Steinegge aveva tentato di fondare, tempo addietro, una *Corrispondenza litografica* si voltò, lo guardò e gli venne incontro stendendogli la mano.

«Scusate», disse Steinegge a Edith e Silla, «questo è C... Io debbo parlare. Andate avanti; vengo subito».

Edith non ebbe tempo di rispondere perché suo padre era già sgusciato via attraverso la gente che, sopravvenendo fitta e continua, non consentiva di fermarsi. Fatti pochi passi, ella volle uscire sul gran viale a guardare indietro, ma non vide suo padre. Fermarsi lì ad aspettare non le garbava; le pareva di sentirsi più imbarazzata, più sola. Silla le consigliò sommessamente di andare avanti, come le aveva detto suo padre, ond'egli, passando oltre fra la gente, non li avesse poi a cercar senza frutto.

Essi camminavano fra il viale affollato e il lungo cordone di curiosi intenti a guardar le carrozze che andavano al passo, fermandosi di tempo in tempo. Camminavano discosti l'uno dall'altra, senza parlare, guardando tutte le carrozze con grande attenzione, fossero calessi alla Daumont o sudicie cittadine. Ad ogni tratto Edith voltava il capo a guardar indietro.

Intanto, le sconfinate campagne di levante, al di là del bastione, si vedevano nelle ombre della sera sotto l'azzurro pallido del cielo che si confondeva quasi, laggiù all'orizzonte, con esse, distese, aperte avidamente agli inenarrabili amori della notte di aprile. Apparivano fra una carrozza e l'altra, scomparivano, riapparivano, grande immagine di pace, al di là di quel brulichio mondano. A ponente le case oscure della città si disegnavano sul cielo aranciato che posava una languida luce calda nei bassi prati dei giardini, il margine scoperto del viale. La striscia nera della gente a piedi moveva lenta, assaporando l'ora dolce, l'aria pura, odorata di primavera e di eleganza, il rumor soffice delle carrozze, musica della ricchezza indolente, piena d'immagini tentatrici. E le signore, negli equipaggi di gala, passavano e ripassavano sotto la nebbia verdognola dei grandi platani, come Dee infingarde, fra gli sguardi ardenti, la curiosità invidiosa del pubblico, blandite da questi acri vapori d'ammirazione, fiso l'occhio al di sopra di essi, in qualche invisibile. Quel moto lento e molle, quella stanca inquietudine umana pareano consentire col nuovo turbamento, con le nascenti passioni della terra. Silla avrebbe voluto parlare, interrompere un silenzio pieno d'imbarazzo e di trepide immaginazioni, ma non ne trovava la via. Arrivarono davanti al caffè dei giardini mentre molte persone se ne rovesciavano sul viale, rompendo la corrente del passaggio. Egli offerse allora il braccio alla sua compagna, che lo ringraziò e vi pose appena la mano. Silla sentì sul cuore quel tocco leggero. Fendette la gente, facendo strada a Edith, guardando alla sfuggita la piccola mano che gli pendeva inerte sul braccio. Strinse, per istinto, il braccio e, senza saper bene quello che si dicesse, sentendo confusamente di fare un discorso avventato:

«Scusi», cominciò donna Marina, «Le ha mai parlato di me?»

Edith non s'aspettava una domanda simile. Non ritirò più la mano e rispose semplicemente:

«Sì».

Certo ella stava preparando qualche spiegazione cauta per una seconda domanda, inevitabile; ma la seconda domanda non venne.

«Che sera soave!» disse Silla. «Si rinasce. Si sente l'aprile nel cuore. Lei non voleva dirmi tutto quel che ha scritto quel signor curato: e io ho avuto tanto piacere di udirlo da Suo padre!»

Il braccio di Edith si mosse un poco, ma non si ritrasse.

«Ella non sa, quando si ha una mano ferita, come si eviti ogni stretta, anche d'un'altra mano amica, e quale consolazione sia sentirsela afferrare un giorno e non provare più dolore!»

«Vuol dire», rispose Edith, «ch'era una scalfitura e che questa persona teme molto il male. Se son poi ferite dell'anima, allora per me sarebbe un grande avvilimento non sentirle più, guarire come si guarisce da una febbre, come queste piante guariscono dall'inverno. Non le pare? Quanta gente! E papà che non viene?»

Ella si sciolse pian piano da Silla e si fermò; Steinegge non compariva.

«Perdoni, signorina Edith», disse Silla con voce leggermente tremante. «Ella mi giudica male. Ad esser giudicato male ci sono avvezzo sin da quando è morta mia madre. La colpa n'è in gran parte mia, del mio carattere; però è una cosa amara! Con un po' di orgoglio e di fede in altri giudici o qua o via di qua, si resiste; ma qualche volta anche l'orgoglio e la fede cascano in fondo al cuore; il cuore stesso pare che si sprofondi. Mi lasci dire una parola, signorina Edith. Io non trovo negli uomini che indifferenza e nella fortuna che derisione. Vado tuttavia avanti a fronte alta, finora; ma, creda, è crudele di ferire uno cui tutti voltan le spalle. La prego di darmi il Suo braccio e di ascoltarmi un momento».

«Non credo d'averla offesa», disse Edith, appoggiando ancora la mano al braccio di lui, «son cose umane».

Egli prese risolutamente con la sinistra quella mano restìa, allargò il braccio, la trasse avanti e parlò tra la folla indifferente, a voce bassa, con maggior effusione di cuore, con maggior franchezza di spirito che se si fosse trovato solo con Edith in un deserto:

«Cose umane? Sì, certo, ma non la cosa che Lei crede. Non sono guarito come una pianta, a forza di sole e d'aria, dimenticando; ho voluto guarire, con indomita volontà; mi sono strappato dal cuore una febbre maligna che mi avviliva. Perché io non la stimo e non l'ho stimata mai».

«No?» disse Edith con vivacità involontaria.

«No, mai. Mi creda, Lei che ha l'anima tanto alta. Ho bisogno che qualcheduno come Lei mi creda e abbia un poco d'amicizia per me. Non ne parlo mai a nessuno, sa, ma mi succede spesso, solo come sono, senz'amicizie, senz'amore, senza genio, senza riputazione, senza speranze, mi succede di sentirmi morire nell'altezza in cui mi sforzo di tenere il mio spirito, studiando, lavorando, pensando a Dio. Sento allora tante voci sinistre, sempre più forti, sempre più forti, chiamarmi giù abbasso, in qualche fango che spenga il pensiero. Scusi, signorina Edith, Le dà noia che io parli tanto di me?»

«Oh no», diss'ella piano. «Non avrei creduto quello che dice».

«Lo so; il mio cuore è ben chiuso di solito. Questa sera parlo perché mi pare di essere in sogno».

«Ella sogna», disse Edith, «di parlare ad una persona morta da lungo tempo, cui si può confidarsi[207]».

«No, faccio un sogno da notte di primavera, come ne potranno fare questi vecchi platani pieni di speranze, quando si alzerà la luna e la gente andrà via. Sogno di mettere anch'io una volta foglie e fiori, di parlar sottovoce, dopo tanto silenzio, con la primavera blanda, di raccontarle tutte le tristezze dell'autunno e dell'inverno, come se fossero passati de' secoli. Dunque senta. Io non la stimavo. Premetto questo: nelle mie ore di sconforto ho sempre avuto lo stolido istinto di qualche fatalità oscura che mi domini. Ora Suo padre non ha potuto raccontarle tutto perché non sa tutto. Io mi confido alla primavera blanda. Qualche tempo fa ho pubblicato un libro anonimo, intitolato *Un sogno*».

«Si potrà leggere?», chiese Edith.

Lo leggerà. Poco tempo prima ch'io partissi pel Palazzo, capitò, alla tipografia ond'era uscito il libro, una lettera diretta all'autore di *Un sogno* e sottoscritta: *Cecilia*. Era una lettera sfavillante di spirito sarcastico, intarsiata di motti francesi, profumata, in cui si parlava molto di fatalità e di destino. Il tono di questa signora Cecilia non mi era pienamente simpatico, ma pure la lettera aveva un certo fascino d'ingegno e di stranezza: e poi sorrida pura, blandiva il mio amor proprio che ha ben di rado assaporato la lode pubblica, e trovava una dolcezza molto più delicata nelle parole direttemi segretamente da una lettrice sconosciuta. Vede se Le confido anche le mie miserie. Insomma risposi. La replica di Cecilia mi capitò la vigilia della mia partenza per il Palazzo. Era piena di frizzi e di domande curiose, impertinenti. Decisi di rompere: le scrissi un'ultima lettera che cominciai a Palazzo e spedii qui nei due giorni in cui venni a prender i miei libri. Lei sa da Suo padre per qual cagione e in qual modo partii dal Palazzo. Quel giorno stesso avevo scoperto per caso, indovini! Che Cecilia era donna Marina. Nella notte parto, trovo lei nella sua lancia. Avemmo un colloquio violento. Sopravvenne un temporale: dovetti ricondurla a casa. Non Le dirò come né perché, ma fui tentato fieramente di non partire più. Mi strappai da lei gittandole il suo finto nome, *Cecilia*. Fuggii pieno di sgomento, pieno della stolta idea che mi perseguita, d'esser giuoco di una potenza nemica che mi mostra ogni tanto la felicità vicina, me la offre, me la porta via quando sto per afferrarla. Ci volle tutto il mio orgoglio... Lei mi crede modesto, signorina Edith? No, non lo sono, tranne qualche volta, nelle ore di scoramento; allora mi sento abbietto addirittura. Ci volle dunque tutto il mio orgoglio spiritualista per giungere a calcarmi ai piedi queste paure vigliacche; ci volle, per liberarmi da sentimenti non degni, un lavorar feroce, sia tuffandomi ne' libri antichi come in acque fredde, sia scrivendo di cose ideali in cui il mio pensiero si esalta e si riposa. E così ho vinto. Solo questa sera potei comprendere quanto pienamente ho vinto. E Lei...»

«Oh», disse allora Edith fermandosi, «dove siamo?»

Erano soli sul viale. Avevano oltrepassato senza avvedersene il punto dove le carrozze e la gente giravano indietro.

Edith arrossì della sua distrazione e si voltò in fretta, lasciando il braccio di Silla. Poi temé forse di averlo offeso con quell'atto brusco.

«Non potevo sapere queste cose», diss'ella. «Non ho compreso tutto quello che ha raccontato, ma lo credo. Se sapesse quale concetto ha di Lei mio padre! Non sono italiana», soggiunse con forza, «non so se è vero ch'Ella non ha riputazione; ma non è certo vero», continuò abbassando la voce, «che Ella non ha amicizie».

Fosse per la tenera poesia d'aprile o per la emozione delle confidenze recenti, Silla era così disposto che le semplici parole di lei gli abbuiarono la vista. Le riprese il braccio.

«Ah», disse, «è vero, è vero ch'Ella mi crede anche se non mi comprende interamente, è vero che ha fede in me? Ebbene, la riputazione, la fama più splendida, io la darei cento, mille volte se l'avessi, non per un'amicizia, non basta...»

Il braccio di Edith tremò nel suo.

Egli proseguì con voce incerta, diversa dalla sua solita, camminando come se le gambe non sapesser tenere la via diritta né la misura del passo: «Per un'anima. Per un'anima che accettasse, che volesse da me, per sé sola, le creazioni del mio ingegno e del mio cuore; per un'anima chiusa a tutti fuor che a me, com'io sarei chiuso in lei. Dovrebbe essere appassionata e pura come il puro cielo. Noi ameremmo insieme, uno attraverso l'altro, Dio e il creato con un amore di potenza sovrumana. Pare a me che saremmo forti nella nostra unione, come tutta questa gente non sospetta neppure che si possa esserlo, più forti del tempo, della sventura e della morte; pare a me che intenderemmo l'essere delle cose, il loro spirito; che ci attraverserebbero la mente visioni del nostro avvenire, splendori incredibili di visioni. La troverò quest'anima?»

«Sarebbe un'anima egoista», disse Edith, «se volesse tutte per sé sola le opere del Suo ingegno e del Suo cuore. La gloria, lo sento, deve avere in sé qualche cosa di vuoto, persino, di triste forse, per uno spirito come il Suo; ma aver la potenza di far amare, di far piangere, di muovere le anime al bene e non usarla! Avere della luce nel pensiero e nasconderla, non inviarla dritta a traverso questa gran confusione torbida del mondo!»

«Questo non è per me, signorina Edith. Il poco che ho scritto è affondato in silenzio, partecipando della mia sfortuna. Forse qualcuno, un giorno, frugando, per farsi del merito, tra le cose dimenticate...»

Ecco Steinegge, rosso, trafelato. «Finalmente!» diss'egli. «Io credeva[208] che eravate saliti sopra qualche albero. Io ho corso su e giù come un bracco».

«Perdonami, caro papà», disse Edith soavemente, staccandosi da Silla e prendendo il braccio di suo padre, benché questi, sempre cerimonioso, protestasse. «Siamo esciti per un breve tratto dalla gente».

Ella gli parlò carezzevole, in tedesco, stringendosi a lui quasi volesse compensarlo, provasse un rimorso. Il povero Steinegge, imparadisato, si scusava di non averli raggiunti prima, come se la colpa fosse sua. Silla non parlava.

Passeggiarono così un pezzo. La gente e le carrozze si venivano ormai diradando. I viali, i giardini, le case lontane s'intorbidavano di mistero. Le donne, camminando languidamente, guardavano i passeggeri con occhi fatti audaci dall'ombra. Si udiva parlare sotto i viali, da lontano; di là dai giardini, lungo le case tenebrose, i fanali, occhi ardenti della grande città pronta al piacere, si aprivano uno dopo l'altro. Sopra le case il cielo sereno, senza stelle, aveva ancora un tepido chiaror di perla che si stendeva blando sul margine scoperto del bastione e sulla spianata bianca del caffè dei giardini, a cui Steinegge si avviava con propositi di munificenza. In faccia al cavalcavia era fermo un elegante calesse vuoto. Uno staffiere teneva aperto lo sportello, volgendo il capo a due signore che venivano dal caffè. Silla salutò. Una di quelle, nel passargli vicino, gli disse con una vocina piena di grazie:

«Si ricordi. Dopo il *Re*».

«Io mi congratulo molto, caro amico», disse Steinegge.

«Oh, di che?» rispose Silla sdegnosamente. «È la signora De Bella. Un'antipatica bambola di Parigi. Non ci vado mai. Se sapeste come l'ho conosciuta! Lo scorso autunno un certo G... che studia filologia a Berlino, mi manda dei versi di un nostro antico poeta, Bonvesin de Riva, stampati colà. Contemporaneamente manda degli altri libri fors'anche delle fotografie, a questa signora che allora era a Varese. Per un equivoco della Posta, anche il mio libricino fu portato a casa sua, qui a Milano. Ella fa una corsa da Varese proprio quel giorno e m'incontra in via San Giuseppe con mia zia Pernetti che accompagnavo. Mia zia si ferma, e dopo molte chiacchiere ha la bontà di presentarmi. Questa signora fa un atto di sorpresa. "Ma io" dice "ho della roba Sua!" Io non capisco e non rispondo. "Lei" soggiunge "è ben l'autore di *Un sogno*?" Rimasi sbalordito. Allora ella mi parla, ridendo, del libriccino, e mi dice candidamente che G... ci aveva posto dentro un biglietto dove si leggeva: "Mandami una copia del tuo *Sogno*. Mi fece mille premure perché andassi a trovarla, e vi andai difatti un paio di volte in dicembre. Poi non ci tornai più. Oggi mi ha scritto che desiderava parlarmi e che ci vada domani sera dopo il teatro".

Silla raccontò tutto questo con calore, come se volesse giustificarsi di quella relazione.

Sedettero fuori del caffè. I fanali non v'erano ancora accesi e i tavoli quasi deserti. Uscivano invece dall'interno con la gran luce del gas, le voci vibrate dei garzoni, l'acciottolio delle tazze e delle sottocoppe, il tintinnio dei cucchiaini e delle monete buttate sui vassoi. Steinegge cominciò a parlare di quel tal C..., che aveva conosciuto in Oriente. S'erano trovati a Bukarest nel 1857 e, l'anno dopo, a Costantinopoli; quindi nel 1860 a Torino. Steinegge parlava assai volentieri del suo soggiorno nei domini del "sublime portinaio". Da C... passò a Stambul e al Bosforo. Tocca il cuore udir parlare nelle ombre del crepuscolo di paesi lontani, di costumi bizzarri, di strane lingue sconosciute. Silla guardava spesso Edith, ascoltava il narratore come chi ascolta una dolce musica leggendo e pensando, che le sue lettere e i pensieri si colorano di poesia, e neppure una nota gli resta nella memoria. Era la elegante forma bruna di Edith ch'egli vestiva di poesia, udendo parlare di cipressi, di fontane moresche, di palazzi bianchi, di mare brillante. Ogni linea della bella persona gli appariva improntata di grazie nuove, gli pareva segno di un'idea attraente, impenetrabile. Non vedeva l'occhio, lo immaginava; ne sentiva sul cuore lo sguardo con la sua dolcezza. Immaginava pure i pensieri di lei; no, non i pensieri, ma piuttosto vagamente, la dignità e la tranquillità loro, la purezza altera. E sentiva in se stesso una luce serena, un calore così lontano, gli pareva, dall'indifferenza come dalla passione, un sorgere di non so quale indefinibile fede. Provava la sensazione di salire, alla lettera; e un singolare esaltamento della potenza visiva per cui le grandi ombre degli alberi del bastione, i profili taglienti delle macchie brune intorno a lui, gli oggetti vicini, tutto gli riesciva[209] straordinariamente netto e vivo; nuovo, perciò, interessante come al tempo della sua fanciullezza.

Steinegge intanto parlava. Descrisse un episodio comico della sua traversata da Costantinopoli a Messina. A quel punto il gas del fanale vicino, tocco dal lume dell'accenditore, divampò sonoro, arse in viso a Edith.

Ella era pallidissima, grave, e non guardava suo padre. Si scosse allora e si pose ad ascoltarlo con attenzione troppo subitanea ed intensa per essere sincera. Silla se ne avvide, n'ebbe un lampo di piacere nel petto.

Quando più tardi riaccompagnò a casa il padre e la figlia, pochissime parole furono scambiate fra loro. Nel separarsi, Silla stese la mano a Edith, che esitò ad accordargli la sua e la ritrasse tosto. Egli udì appena i saluti chiassosi di Steinegge: se n'andò via dolente e insieme avido di esser solo. Si allontanò a capo chino e a lenti passi, immaginando fortemente il viso pallido e gli occhi di lei quando il divampare del gas la sorprese; ripensando ad una ad una le parole scambiate, le proprie confidenze, la protesta d'amicizia, così singolare sulle caute labbra di Edith, la sua evidente trepidazione, nello staccarsi dal padre, dimenticato poi mentr'egli, Silla, le dava il braccio e le parlava. Non ne traeva nessuna espressa conclusione; si guardava il braccio là dove s'era posata la mano di Edith, odorava queste memorie come un profumo. E pareva che a poco a poco se ne inebriasse. Dalla via poco frequentata dove abitavano gli Steinegge, moveva inconscio verso il cuore della città. La gente cominciava a spesseggiare, crescevano gli splendori dei negozi, lo strepito delle carrozze. Alzò la testa e affrettò il passo. Gli saliva dentro una foga d'orgoglio non del tutto insolita in lui che in tali condizioni di spirito cercava, godeva la folla per la voluttà acuta di sentirsele ignoto e di disprezzarla, di dominarla col pensiero. Trovatosi a un tratto sul corso Vittorio, si gettò nel fiume della gente.

Egli aveva detto a Edith: «Un'anima! Un'anima sola che accetti le creazioni del mio ingegno!»

Ma questo era il grido delle sue tristezze scorate, quando si sentiva debole a fronte del mondo indifferente e di un sinistro demonio confitto nel suo fianco. Grido dell'ora nera, vôta[210] di fede e di speranza. Non sarebbe stato sincero quando l'ingegno gli ardeva di vigore audace e il demonio sinistro taceva; che allora l'uomo, ebbro di felicità fiera, disprezzava le dimenticanze del pubblico, le ingiustizie amare della critica, la insolenza dei fortunati, il maligno volto della stessa beffarda fortuna; scriveva, non per ambizione, né per diletto, né pel sublime amore dell'Arte ch'è la musa dei grandi ingegni, ma per la coscienza di un dovere ideale verso Dio, per obbedire alla vasta mano prepotente che gli si piantava tra le spalle, lo curvava, lo schiacciava sul suo tavolo di lavoro, spremendogli dal cuore il sangue vitale che ora ingiallisce ne' suoi libri dimenticati. Tra queste rade ore splendide gli correvano lunghi intervalli bui. La vasta mano si alzava dalle sue spalle, ogni luce di pensiero si spegneva in una tenebra pesante d'inerzia; tutte le passate delusioni lo rimordevano al cuore, tutte le vecchie ferite sanguinavano; egli numerava con acre piacere doloroso le fallite speranze della prima giovinezza, le contrarietà strane, incredibili che aveva provate, sempre e dovunque, sul suo cammino, le funeste contraddizioni insite nella sua stessa natura; poco a poco non lavorava, non pregava più, non sentiva più Dio. Allora il suo paziente nemico mortale, il demonio confitto nel suo fianco, sorgeva e gli strideva nel sangue.

Era il demonio della voluttà tetra. L'adolescenza e la prima giovinezza di Silla erano state pure. La santa protezione di sua madre, le tendenze artistiche e la squisita nobiltà del suo spirito, la fatica degli studi, l'ambizione letteraria, lo avevano preservato dalle corruzioni grossolane che avvelenano quell'età. Aveva allora il sangue tranquillo, la mente illuminata di bellezze femminili ideali, sovrumane per l'intelligenza ancor più che per la perfezione delle forme. Di tempo in tempo si credeva innamorato. I suoi amori cercavano sempre lo sconosciuto e l'impossibile. Uno sguardo, un sorriso, una voce di qualche dama di cui non sapeva il nome, gli si figgevano[211] in cuore per mesi. Allora il solo pensiero degli amori vili gli metteva orrore; tutto il fuoco della sua giovinezza bruciava nel cuore e nel cervello. Dopo le prime disillusioni letterarie, nell'abbattimento che ne seguì, quel fuoco divorante gli scese intero ai sensi. Egli vi ripugnò lungamente e quindi si gittò abbasso.

Non cercò facili amori, gli era impossibile piegar l'anima alla ipocrisia di parole menzognere: volle il tetro piacere muto che si offre nelle ombre cittadine. Ne uscì tosto[212] stupefatto, palpitante, in ira a se stesso; ritrovò il calore perduto dell'ingegno e dell'affetto, ritrovò i suoi amori ideali, riprese la penna, afferrò il concetto del dovere verso Dio come una fune di salvamento[213]. Ricadde quindi e si rialzò più volte, lottando sempre, soffrendo nella sconfitta incredibili prostrazioni di spirito, col presentimento angoscioso di un'ultima caduta irrimediabile, di un abisso che lo avrebbe finalmente inghiottito per sempre. Perché in lui l'antagonismo dello spirito e dei sensi era così violento che il prevalere di una parte opprimeva l'altra. Non aveva mai conosciuto il giusto equilibrio dell'amore umano né potuto trovar durevole corrispondenza di quell'affetto sublime e puro ch'egli invocava con angoscia quando Iddio si ritraeva da lui. Gli era toccata due volte la rara e inestimabile ventura di essere amato come voleva egli, col fuoco dell'anima. Uno di questi amori fu troncato subito da necessità fatali e ineluttabili; l'altro scomparve misteriosamente, lasciando Silla pieno di terrore, come se avesse veduta l'ombra e udito il sarcasmo del destino. La passione di sensi e di fantasia ispiratagli da Marina lo attraversò quale una vampa di polvere.

Tornato a Milano spense a forza il bruciante ricordo di lei in ostinati studi di greco e di filosofia religiosa alternati con un lavoro fantastico e uno studio morale. Non fu mai colto in quell'inverno dal cupo silenzio interiore che soleva precedere in lui le tempeste furiose dei sensi. Una così lunga tranquillità gli ritemprò lo spirito, gli rese quasi la freschezza dell'adolescenza; e ora, con lo sguardo e la dolce voce di Edith nel petto, egli si sentiva casto e potente, guardava in faccia all'avvenire aperto, vôto[214] di fantasmi paurosi. Andava fra la gente colla voluttà del nuotatore gagliardo che fende da padrone la spuma e il fragore delle onde. Sentiva la stolta fede che sarebbe giunto un giorno a signoreggiar con l'ingegno quella folla così avida negli occhi di bellezza fisica, di piacere, ferma e densa intorno al fulgore dei gioielli, ferma e densa intorno alla ridente luce di certe altre vetrine, paradisi della gola; palpitante nel sinistro fascino dell'oro, abbrutita nelle cupidigie del ventre. Qual sogno opporsi a lei, sfidarne la viltà e la superbia, frustrarla in viso come una fiera, gittarla indietro sgomenta e doma, con la potenza di una divina ispirazione interiore e della parola, amando ed essendo amato senza fine da una donna come Edith, sicuro, in questa fiamma, dal fango ignobile!

Passava, così fantasticando, lungo il Duomo. La tacita mole enorme, assediata dai fanali a gas, pigmee scolte del secolo nemico, ne portava sul fianco il picciol lume che moriva a breve altezza nell'ombra; e l'ombra sfumava più in su in un fioco albor puro, dove salivano guglie, pinnacoli, trine marmoree color di neve lontana, prima dell'aurora. Quella visione di marmi e di luna, inutili, adorabili magnificenze dell'ideale, ruppe a Silla le fantasie, forse non vôte di ambizione e di rancori contro gli uomini, gli refrigerò il cuore, vi mise un gran desiderio di silenzio. Egli si avviò verso casa sua. Abitava lontano, presso Sant'Ambrogio. Quando entrò nella chiara piazza deserta gli si affacciò, alta sopra le case di via S. Vittore, la luna. Silla trasalì e si levò il cappello involontariamente. Aveva ella presieduto alla sua nascita la fredda e solenne signora che veniva a guardarlo tristamente in faccia nei momenti gravi della vita, adesso come un'altra sera, quand'ella usciva tra i nuvoloni sull'Alpe di Fiori e gittava nelle acque nere del lago una spezzata lama d'argento? Silla rise di se stesso e si disse che era un saluto di congedo alla vecchia amante.

Egli vegliò a lungo nella sua cameretta al quarto piano, che guardava in un cortile quadrato, stretto e profondo. Tenne la finestra aperta. Fuori della finestra sul ballatoio c'eran de' vasi fioriti di violacciocche, che mandavano odore nella stanza. Dal suo tavolo Silla vedeva sopra la opposta muraglia bianca, tra gli abbaini e i fumaioli del tetto, una lista di cielo e qualche stella pallida nella luce lunare. Egli trasse il manoscritto di un racconto incominciato durante l'inverno con questo titolo *Nemesi*, ne rilesse alcune pagine e non gli piacquero. Depose il manoscritto, pensò a Edith.

«Buona sera», disse una voce dalla finestra.

Era uno studente dell'Istituto Superiore che alloggiava in fondo al ballatoio. Silla lo salutò.

«Vengo di là, sa», soggiunse l'altro che si compiaceva di raccontargli i suoi amori. «Mi ha congedato subito e non vuole che ci torni prima di posdomani, perché dice di essere andata oggi a confessarsi. Ma che fatica ha fatto! Che fatica!»

Il giovane pareva ubriaco di questo pensiero. Parlava ridendo, ansando.

«Sa, sono sentimentale per forza questa sera. Farò un po' di musica. Farò uscire dalla finestra quella bionda, quella ch'è venuta l'altro ieri. Come? Non la conosce? Al terzo piano, prima finestra a dritta. Dove c'è lume. Una francese. Buona sera».

Se ne andò cantando a mezza voce sopra un motivo dei *Lombardi*, certa strofetta composta per il prof. B...»

«Per ridurre all'orizzonte
la pendenza del terreno
si moltiplica il coseno
per la stessa inclinazion».

Entrato nella sua camera, lasciò l'uscio spalancato e tempestò sul piano un walzer diabolico, da far ballare i morti. Silla, infastidito dal dialogo e dalla musica, si alzò per chiudere la finestra. Ma era così soave l'odore dei fiori, gli piaceva tanto quella muraglia tutta bianca di luna, quel cielo puro! Guardò abbasso. La signorina francese era uscita sul ballatoio del terzo piano e si appoggiava alla ringhiera, fumando. Due cameriere ballavano da un'altra parte e rispondevano a interlocutori invisibili; un capitano in pensione stava alla finestra, in berretto da notte, con la sua giovine governante. Silla chiuse la finestra. La santa notte di primavera gli pareva ammorbata e guasta. Chiuse vetri e imposte con impeto, tornò al suo tavolo, e dopo aver pensato a lungo con il capo tra le mani, afferrò un foglio di carta, scrisse precipitosamente:

«È amore? Quale amore? Sono ancora tranquillo abbastanza, voglio riflettere, studiarmi finché mi è possibile. Io sento, pensando a lei, di desiderare qualche cosa di ignoto a me stesso, d'inconcepibile dal pensiero umano. Il mio desiderio è tanto puro che lo scrivere – è puro – mi costa uno sforzo, mi ripugna. Ma tuttavia vi è veramente una commozione fisica in me, specialmente nel petto. Vi è un reale movimento nel sangue o nei nervi, che corrisponde alla esaltazione del mio spirito. Sono incapace, in questo punto, di un ragionamento freddo, ma sento invincibilmente che se quello che io provo è amore, esso non è solamente spirituale. Lo penso, lo credo, sono barlumi di una vita futura più nobile che si destano in me, presentimenti d'uno squisito amore fisico, non concepibile in questa tenebra. Solo questo io so, che dev'essere immensamente più degno dello spirito, benché forse capace ancora di altre sublimi trasformazioni. Tento d'immaginare la unione intera, il mio sguardo nel suo, il cuore nel cuore, un fuoco di pensieri commisti, un palpito che ad ogni momento ci divida e ci unisca. Sento altresì che queste idee esaltano la mia intelligenza e abbattono il corpo, ne troncano i desideri più vili.

Signore degli spiriti, tu me li doni questi divini fantasmi, ombre del futuro, questi ardori che mi levano dal fango verso te. Non abbandonarmi, fa ch'io sia amato. Tu lo sai, non è solo dolcezza che io cerco nell'amore; è lo sdegno d'ogni viltà, è la forza di combattere per il bene e per il vero malgrado l'indifferenza degli uomini, l'occulto nemico esterno, i tuoi silenzi paurosi. Padre, rispondi al grido dell'anima mia, fa ch'io sia amato!

Vedi, tra queste sublimi speranze mi assalta l'angoscia che siano una derisione ancora e mi stringo ad esse e sospiro."

Ah no!»

Gettò la penna, spiegazzò fra le dita lo scritto e lo arse alla candela. Prese poscia[215] un libricino di note. Rilesse queste parole tracciatevi anni prima:

«È finito. Creare ancora, creare fantasmi di quanto ho desiderato invano, lasciare un ricordo, un'eco dell'anima mia profonda e partire attraverso gli abissi per qualche stella lontana da cui questa terra dura non si veda nemmeno! Dio, gli uomini, la giovinezza, la fede, l'amore, tutto mi abbandona».

Vi scrisse sotto: "29 aprile 1865".

Spero.

NOTE

207. Ripetizione del riflessivo accettata nella forma arcaica.
208. Forma arcaica.
209. Forma arcaica.
210. "Vuota, vacante".
211. "Affiggevano".
212. "Presto, subito", forma arcaica.
213. "Salvezza".
214. Vedi nota 211.
215. "Poi, dopo".

Capitolo II - Quid me persequeris?

Egli dormì poco quella notte. Da S. Ambrogio la gran voce solenne delle ore gli riempiva la stanza, si confondeva al suo sopore inquieto, mettendovi l'aspettazione[216] del domani sconosciuto. Verso l'alba si addormentò profondamente e non si svegliò che a giorno inoltrato. Una luce grigia entrava dalla finestra. Pioveva.

Silla si sentiva rotta la persona come se avesse fatto quella notte venti leghe a piedi per domare un'agitazione febbrile, cresciuta invece con la spossatezza del corpo. Gli venne l'idea di uscire per una lunga corsa sui bastioni ma poi non ne fece nulla. Rimase un pezzo seduto sul letto a guardar dalla finestra il cielo freddo, uggioso come di febbraio, i tetti lucidi, e contro le scure finestre opposte, i fili tremoli della piova che sussurravano sulle tegole come uno strascico di veli leggeri e schiamazzavano nel cortile sotto i canali.

Guardava, si può dire senza pensare o, almeno, pensando senza il governo della volontà, disordinatamente. Era la penombra di un sogno in cui le idee duravano a muoversi a caso come ospiti stupefatti di stanze signorili dove il padrone non compare. Egli sentiva però nel cuore qualche cosa che la sera precedente non c'era ancora, un misto di stanchezza e di eccitazione, una sorda sofferenza che si ravvivava quando negli occhi intenti alla piova gli entrava lo sguardo immaginato di Edith. Era un triste dubbio che gli faceva male. Le nuvole grigie lo sapevano, la piova lo diceva e lo ripeteva:

«Piangi, piangi, non ti ama, non ti ama».

Egli durava fatica a difendersi dallo stolto sospetto che anche Edith avesse cangiato dalla sera precedente, come il cielo; che la notte, il sonno, altri pensieri avessero spenta la sua inclinazione nascente, se pure questa inclinazione non era un abbaglio visionario. Sarebbe andato da lei quel giorno stesso a portarle *Un sogno*; gliel'aveva promesso. Come ne sarebbe accolto?

Teneva presso di sé quasi tutta l'edizione del suo libro, un gran fascio di copie, polverose al di fuori, candide, intatte al di dentro, come vecchie monachelle innocenti. Ne tolse una e pensò alla dedica che avrebbe dovuto scrivere. Ne preparò otto o dieci. Quale gli pareva fredda, quale pretensiosa. Finalmente scrisse sulla guardia del libro:

Alla Primavera blanda
C. S.

Subito dopo ne fu malcontento, sentì che bisognava dire di più, farle intendere quel che sentiva. Sul libro stesso? No, non era conveniente. Perché? Non trovò un *perché* abbastanza imperioso e scrisse sotto la dedica:

"La Primavera blanda è amata da uno scrittore oscuro cui nessuno ama. Per lei, per lei sola egli potrà esser grande e forte, vincer la fortuna e l'oblio. Se n'è respinto, si lascerà cadere a fondo".

Appena scritto volle troncare con un lavoro pacato quell'agitazione che lo spossava. Ricorse a un vecchio manoscritto, suo fedele compagno, che gli cresceva sotto lentamente, fra gli altri lavori, nutriti in parte con la meditazione astratta, in parte con la esperienza quotidiana degli uomini e della vita. Erano studi morali dal vero. Pareva a Silla che la letteratura moderna fosse soverchiamente scarsa di questi libri, in cui parecchi grandi scrittori del passato hanno ritratto l'uomo interno con tranquillità scientifica e con arte squisita di stile. E gli pareva che in tale studio i fatti e le osservazioni contemporanee dovessero raffrontarsi a fatti e osservazioni antiche, onde misurare il valore morale, relativo e assoluto, della nostra generazione. Per lui il valore delle trasformazioni religiose e politiche, degli stessi progressi scientifici e materiali si risolveva nella somma, non di verità o di prosperità, ma di bene e di male morale che ne discende; perché se il bene in generale è lo scopo a cui tutta la molteplice attività umana intende, il bene morale è la sua legge stessa, la condizione della sua potenza durevole; senza dire che per mezzo di esso, termine d'una equazione misteriosa, l'uomo si accosta alla essenza della verità e della bellezza assai più che per mezzo della scienza e dell'arte. La quale arte egli giudicava a questa stregua medesima, pure disprezzando, come puerile e falsa, la teoria dell'insegnamento morale diretto. Teneva ch'esatte cifre misuratrici del valore morale esistessero veramente, ma fossero impenetrabili in questa vita allo spirito umano; non pregiava come elemento di ricerca quelle delle statistiche, in cui le unità vengono aggregate arbitrariamente per certi caratteri comuni, affatto esterni e propri, per alcuni rami di statistica, più della legge che dei fatti umani; tutti più o meno disformi tra loro nell'aspetto, e di cui non si può cogliere la vera misura morale che là dove si generano, dove la statistica non sa entrare, dove la osservazione psicologica può trovare argomento di classificarli in modo affatto nuovo, affatto impensato, da sconvolgere molte tabelle e molte opinioni. Preferiva perciò, a grossolani indizi aritmetici, l'opera degli osservatori morali, attenti a cogliere negli atti, nelle parole umane i motivi interni; l'opera di pensatori acuti nel coordinare queste osservazioni praticate da molti in ogni campo della vita, nel dedurre giudizi quasi scientifici. Voleva che le osservazioni si facessero e si esponessero con la massima precisione possibile; attribuiva perciò poco valore a quelle che sono nei romanzi. Ingegno non lucido, mistico di tendenze, potente per certe intuizioni fugaci piuttosto che per nerbo suo proprio e costante, egli aveva idee poco definite, poco pratiche; ardente spiritualista e perciò proclive a considerare di preferenza, nell'umanità, la origine e il fine; amava, anche in tenue materia, appoggiarsi a qualche grande principio generale. Era quindi male atto alla fredda osservazione scientifica, se pure ella è completamente possibile in tali argomenti e se il solo vero frutto da sperarne non è la conoscenza dell'osservatore stesso.

Ma egli non obbediva soltanto a un concetto filosofico; cercava pure in quel lavoro certa consolazione delle offese recategli dal mondo. Tenuto in poca stima dai suoi congiunti che l'avevano per un sognatore ozioso; negletto dagli amici che si dilungavano da lui, amico inutile, seguendo la propria fortuna o le cure domestiche; ferito da inciviltà disdegnose di critici, di letterati, di editori, si compiaceva di studiare questi tipi familiari, *sine ira et studio*[217], con equa temperanza. Era il suo conforto orgoglioso tenerli sotto la penna e perdonar loro.

Stava ora lavorando a un saggio sull'ipocrisia. Inconscio seguace d'idee preconcette e assolute, voleva dimostrarvi che la menzogna e la debolezza morale sono caratteristiche di questo tempo, salvo a dedurne in seguito che discendono dalle sue tendenze positiviste, ossia dall'essersi oscurato nelle anime il principio metafisico del vero; e che le verità conquistate nell'ordine fisico, infinitesimali raggi di quel principio, non hanno né possono avere il menomo[218] valore di sostituirlo quale generatore di salute morale. Molto più grave gli pareva questo prosperare della menzogna in tanta libertà di parola e d'azione. Perché ne trovava infetta la vita sociale e politica, come le arti, le lettere e le industrie stesse, nelle quali discende a complice abietta d'inganno persino la scienza. Osservava ne' suoi conoscenti il fenomeno frequentissimo dell'ipocrisia a rovescio, ossia la dissimulazione dei sentimenti più retti e più nobili, delle opinioni più ragionevoli; l'opposto linguaggio che erano usi tenere sulle persone e le cose, secondo il numero e la qualità degli uditori. Ne induceva che se le vere opinioni umane avessero improvvisamente a scoprirsi, il mondo sbigottirebbe di trovarsi tanto diverso da quello che crede. Una sì larga infusione di falsità volontaria, corrompendo interamente le parole e le azioni umane, deve generare il falso, che è quanto dire il male, nell'organismo della società, poiché questo si modifica senza posa per le parole, per le azioni umane. Silla preferiva la sincerità, anche nell'errore, a qualunque men disonesta ipocrisia. Citava esempi in appoggio al suo assunto, e aveva ora per le mani il suo amico Steinegge.

Steinegge era un esempio singolare di rettitudine morale accoppiata alle opinioni più false in ogni argomento. V'erano nei suoi errori un candore, una sincerità leale senza pari. Egli non poteva neppur credere, in fatto, alla menzogna né alla disonestà negli altri benché dicesse male, in astratto, di mezzo mondo. Parlava da scettico e sarebbe caduto in ogni trappola di briccone volgare. Il suo calor generoso si apprendeva altrui, la sua schiettezza provocava schiettezza; e le opinioni, violente e zoppe, lungi dal nuocere, non si reggevano in piedi. Pareva a Silla che se fosse possibile rappresentare una generazione con un uomo solo, come altri ha fatto per la umanità intera, la generazione presente verrebbe raffigurata in un uomo colto, acuto di mente e basso di animo, attivo, ambizioso, doppio, sensuale senza passione, forte di molta fede in se stesso, vantatore, malato d'umori vaganti che lo molestano, sempre a fior di pelle e talvolta gli minacciano i visceri. Steinegge era molto migliore di questo tipo. Sotto il suo cerimonioso abito nero del secolo decimonono v'era un gran cuore barbaro, pieno di idee sbagliate e di sangue sano. Silla pensava a lui con la penna inerte sulla carta e lo sguardo a' fili tremoli della piova. Non poteva continuare la sua tranquilla analisi psicologica; gli pareva di offendere quell'uomo ingenuo che gli voleva tanto bene, e certo non avrebbe sospettato mai che l'amico suo gli volesse praticare una vivisezione sul cervello e sul cuore. Se lo vedeva là ritto davanti col suo onesto viso cherusco[219] e gli occhietti scintillanti, gli udiva dire con impeto soffocato: «La meritate voi?»

E lui, Silla, si alzava in piedi, gli rispondeva: «La meriterò. Sarò il suo sostegno, la sua difesa e il suo orgoglio. Non si troverà in me un atomo di falsità mai, non un pensiero ond'ella sia esclusa. Combatterò per le alte cose ch'ella ama, sotto gli occhi suoi, virilmente».

Poi quella voce gli faceva delle altre domande. Egli si commosse nel pensiero di tante fredde difficoltà amare, pronte per lui da ogni parte. Immaginò un altro colloquio intimo con la propria madre. Ella gli diceva con indulgente calma tante cose savie che a lui non sarebbero mai venute in mente, lo sgomentava e lo rincorava insieme con la sua pacata scienza della vita, con l'elevato concetto del dovere e la ferma fede nella volontà umana e nella provvidenza. No, non era facile l'avvenire. Dai suoi parenti materni non poteva attendere appoggio se non lasciando gli studi per il commercio. Gli avevano già detto chiaro che non sperasse d'essere incoraggiato da loro a vivere ozioso, a leggicchiare e scribacchiare senza costrutto. Gli pagavano il modico assegno di cui viveva stentatamente, frutto di una somma di ragione di sua madre che essi avevano trattenuto presso di sé salvandola dal naufragio di Silla. Più di così non era da aspettarsi da costoro che avevano edificato del proprio la canonica e le scuole comunali del paese dove filavano seta e villeggiavano. Ceder loro? Si sentiva portare in aria dallo sdegno, solo a pensarvi. Avrebbe dovuto, accasandosi, trarre denaro dal proprio ingegno. Come? I suoi libri non gli avevano ancora fruttato un soldo, e il loro successo non lasciava presagire migliore fortuna per l'avvenire. Avrebbe tradotto qualche ora al giorno, dal francese e dall'inglese, a un tanto la pagina; ma era poi sicuro di trovar lavoro? Come correva la sua fantasia! E la grigia piova tremola gli ripeteva in fondo al cortile, per le grondaie, sui tetti lucidi:

Piangi, piangi, non ti ama, non ti ama.

Si alzò e uscì di casa.

Più tardi egli non seppe ricordar bene che avesse fatto durante le lunghe ore trascorse da questo punto al momento in cui pose piede in casa Steinegge. Camminò trasognato, sui bastioni deserti, sotto i platani grondanti e per vie remote della città, senza riconoscerle; attraversò quartieri opposti a quello abitato dagli Steinegge. Si trattenne lungamente in un piccolo caffè tetro, dove due vecchi giuocavano a domino e la padrona, seduta accanto ad essi con un grosso gatto grigio sulle ginocchia, guardava piovere nella via stretta. Dietro il banco un orologio scandiva col suo tic-tac minuti interminabili.

Questi minuti eterni venivano sempre accelerando il passo; all'accostarsi del momento prestabilito battevano via a precipizio come il suo cuore.

Giunto, per la più lunga via possibile, alla nota porta, non vi entrò né si fermò. Gli parve che il suo destino l'attendesse là dentro. Andò avanti per qualche centinaio di passi, poi, bruscamente, tornò indietro, passò la soglia disprezzandosi, paragonandosi a un fanciullo ridicolo che desidera da lontano la donna amata e la teme da presso. Si volse alla portinaia senza parlare. Ella lo conosceva e disse alzando la testa dal lavoro: «In casa».

Salì le scale adagio, aggrappandosi nervosamente alla branca. Suonato il campanello si sentì chetare i nervi, si meravigliò seco stesso[220] d'essersi lasciato tanto turbare dalla fantasia.

«Oh! Oh! Caro amico! Date! Oh! questa è una grande fortuna con questo tempo tedesco. Date!» vociferò Steinegge, che gli aveva aperto e gli toglieva di mano a forza l'ombrello e il cappello.

«Buon giorno, signor Silla», disse Edith quietamente. Ella era seduta presso la finestra e lavorava. Aveva alzato il viso, né roseo, né pallido, per il breve saluto e s'era volta quindi a guardar dalla finestra il "tempo tedesco".

Entrava lassù dallo sterminato cielo bianco una gran luce quasi nervosa. Sul tavolo, spoglio del suo bel tappeto azzurro e nero, posavano due o tre grossi volumi, un calamaio e un manoscritto aggruppati presso la sedia da dove s'era alzato Steinegge.

«Voi vedete», disse Steinegge, «questo Gneist è un grande uomo, grandemente stimato in Germania. Bisogna leggere un articolo di questa Rivista *Unsere Zeit*. Voi sapete? Oh, uff! Ma io sono un piccolo uomo, e quando ho tradotto cinque o sei pagine, non è possibile andare avanti; è questo. Voi, Voi dovreste imparar presto il tedesco e tradurre il *Self-Government* per la Vostra nazione. Io lavoro per il signor conte perché io devo mangiare, ma io getto questa fatica in un pozzo, e poi io traduco in francese molto male. Io credo che guadagnereste molti denari perché tutti gl'italiani comprerebbero. No? Voi non credete? Voi non credete? Ooh! Questo mi meraviglia molto, caro amico. Se avessi denari, farei tradurre per speculazione a mie spese. No? Ah, no. Questo mi meraviglia molto. Sedete. Voi avete un libro?»

«È un libro che mi permetto di offrire alla signorina Edith», rispose Silla, posando il volume sullo scaffaletto accanto al busto di Schiller, e guardando Edith.

«Oh, molte grazie, caro amico», disse Steinegge.

Edith posò le mani sul lavoro e volse il capo a Silla.

«Grazie», diss'ella, tra attonita e curiosa. «Che libro è?»

«Il libro di cui Le ho parlato iersera».

«Iersera?»

«Guardalo dunque!» disse Steinegge, porgendole il volumetto con un leggero atto d'impazienza, il primo forse che gli sfuggisse parlando con sua figlia.

«Ah, il suo libro *Un sogno*! Lo leggerò volentieri, certo. Lo leggeremo insieme, papà, per riposarti del tuo *Gneist*[221]. Ti prego».

Gli rese il libro, senza sfogliarlo, non senza però aver intravvisto la dedica e le quattro righe scrittevi sotto, e si ripose al lavoro.

«Io sono sicuro che sarà bellissimo e che ci troveremo grande piacere», disse Steinegge, rosso rosso, per cercare di supplire alla freddezza di sua figlia. «Versi?»

«No».

«No?»

«Io credeva che Voi foste poeta».

«Perché?»

«Scusate, mio caro». Steinegge prese con ambo le mani, ridendo, il braccio del suo interlocutore. «Per la Vostra cravatta che è sempre fuori di posto. Io ho dato lezione in Torino a un giovane, il quale diceva che i poeti in Italia si conoscono dalla cravatta non in prosa, non a posto. Non fate versi Voi?»

«Mai».

«Questo è un racconto?»

«Sì».

«Sarà stato molto lodato, io credo, dal pubblico e dai giornali, non è vero? Avrà fatto rumore?»

«Sì, il rumore di un sasso che cade in un pozzo. È stato accolto gelidamente. Non ha trovato una sola persona, neppure tra le poche a cui l'offersi, che l'abbia accolto come si accoglie un forestiere raccomandato da qualche amico, un visitatore onesto, civile, senza ingegno forse, ma non senza cuore, posso dirlo, il quale vi domanda solo di essere udito quando vorrete Voi».

«Come mai? Questa sarà invidia, io credo».

«No, no, no. Ci sono uomini e libri sfortunati che spirano antipatia persino a' cuori più gentili».

«Questo è vero, mio caro amico, questo è vero sempre».

«Mi pare che un autore non lo dovrebbe credere», osservò Edith senza alzare il capo dal lavoro.

Silla tacque.

«Perché, Edith?» chiese Steinegge.

«Perché questa opinione gli deve togliere la fede, la forza; gli deve impedire di studiare bene i difetti delle sue opere».

«No», disse Silla. «Per un pezzo si dura saldi, anzi, più la fortuna ci combatte, più la si disprezza, più si lavora, più si cerca di appagare noi stessi, la nostra coscienza. Le ferite stimolano quasi, danno vigore; ma poi ne capita una inaspettata nel fianco, e allora non c'è più che da cader bene, a fronte alta, senza chieder pietà».

«Sarà vero, ma direi che bisogna diffidar molto della nostra fantasia, e badar bene di non attribuire alla fortuna quello che non le va attribuito. Non Le pare? Non è più virile di crederci poco alla fortuna?»

«Oh», esclamò Steinegge, «come non vuoi credere alla fortuna? Saresti tu esule, quasi povera, e sola con un vecchio poltrone se non ci fosse la fortuna?»

Gli occhi di Edith scintillarono.

«Papà!» diss'ella.

Egli non ebbe il coraggio di confermar colla voce, ma confermò col capo, ridendo silenziosamente, quello che aveva detto.

Edith si alzò e gli si avvicinò.

«Scusi, signor Silla», diss'ella appassionatamente. «Lei è nostro amico e mi permette di dire una parola a papà. Puoi tu ignorare», soggiunse rivolta a quest'ultimo, «che non v'ha[223] per me felicità maggiore di vivere con te, sempre con te solo, amar te, servir te, sentirmi protetta da te, sapere che tu mi vuoi bcnc?»

Ella disse questo in italiano e poi continuò in tedesco la sua effusione affettuosa. Intanto, suo padre la interrompeva con esclamazioni e gesti, batteva con le mani su *Gneist*[224] e sul tavolo; ogni muscolo del suo viso grinzoso lottava con la commozione. Stava per essere vinto. Trarre l'orologio, esclamare: «Oh, C... che mi aspetta», correre a pigliarsi il cappello, fare un gran gesto di saluto a Silla e infilar la porta, fu un punto solo. Edith lo chiamò; non le rispose; corse per trattenerlo, egli era già in fondo alle scale, senza ombrello. Ella rimase sospesa un momento, pallidissima; si compose tuttavia subito e invece d'avviarsi alla sua sedia presso la finestra, s'indugiò a disporre meglio le lucernine e i fiori sul piano del caminetto.

«Signorina Edith», cominciò Silla con voce alterata.

Ella si voltò, gli tese la mano e disse: «Buon giorno».

Silla tacque un momento, poi soggiunse: «Scusi. Le rubo un minuto di più. Volevo dirle che solo adesso, dopo molte incertezze e ripugnanze, comincio a credere alla fortuna».

Edith tacque.

«Può intendermi, signorina Edith?»

«Signor Silla, Lei è amico di mio padre e quindi è amico mio. Io non capisco perché Lei mi faccia tali discorsi. Non conosco bene la Sua lingua, ma se Lei vuole far dire alle parole più del dovere, questo non è bene e io non voglio».

Ella disse "non voglio" con altera energia, con agitazione. Non parve comandare a Silla soltanto.

Silla s'inchinò.

«Non intendo», rispose, «far dire alle parole più del dovere e non me ne rimprovero una sola. Del resto, ero venuto per dire a Suo padre che domani non posso pigliar lezione. Vorrebbe Lei avere la estrema bontà di avvertirmelo?»

«Lo farò certo».

«Mille grazie. Buon giorno, signorina».

Egli andò e riprese il suo povero libro sullo scaffaletto.

«Perché?» disse Edith.

Egli sorrise scuotendo la testa come per dire *che Le importa*? «Mio padre l'ha veduto», diss'ella, quasi timidamente, ma senza emozione. Silla posò il libro sul tavolo e, fatto un saluto profondo, a cui ella rispose appena, uscì.

Edith, rimasta sola, tornò a sedere presso alla finestra e riprese sulle ginocchia il fazzoletto che stava orlando per suo padre. L'ago era caduto a terra e n'era uscito il filo. Ella volle infilarlo di nuovo. Le tremavano le mani; era impossibile venirne a capo. Allora chinò il viso come se lavorasse, e andò poco che due grosse lagrime caddero sulla tela. Si alzò, depose il fazzoletto, andò a pigliare *Un sogno*, aperse stando in piedi presso il tavolo e, tosto vista la dedica manoscritta, voltò senza leggere, alcune pagine. Quindi, sfogliando pagina per pagina, tornò alla dedica, vi si fermò. Per quanto tempo!

Finalmente chiuse il libro con violenza, andò a metterlo sullo scaffaletto dietro il busto di Schiller. Se ne pentì, lo riprese, lo pose accanto al busto dove l'aveva messo prima suo padre. Aperse il balcone e si appoggiò alla ringhiera.

Pioveva sempre e tirava vento. I ciuffi verdognoli degli alberi che rizzavano il capo tra casa e casa, lontano, si dondolavano malinconicamente. Una cortina biancastra chiudeva l'orizzonte tutto all'ingiro; dal lembo inferiore trasparivano le campagne fosche. Era un grande spettacolo di tristezza appassionata. Ma Edith non guardava né vedeva. Era venuta a cercar l'aria libera, viva, rinnovatrice di tutto, gradiva il battere delle fitte punterelline fredde. Si tolse di là dopo lungo tempo e andò a scrivere la lettera seguente a don Innocenzo.

Milano, 30 aprile 1865

Onoratissimo signore ed amico,

accetteremo la cara amichevole offerta di venir qualche giorno in casa Sua. Le siamo tanto, tanto grati! Mi pare che il signor conte non potrà offendersi se non andiamo al Palazzo; avrà bisogno di riposo dopo tanta confusione, tanta gente in casa per il matrimonio. E mio padre e io abbiamo pure bisogno subito di quiete e di verde. Scusi il cattivo italiano; non so come esprimere il mio concetto. Voglio dire che abbiamo bisogno di quel silenzio e riposo che si trova nei campi verdi, atto a quietare certi pensieri non del tutto sani e a farne nascere altri così freschi e semplici, così vogliosi di aria pura come le foglie degli alberi e dell'erba. È quasi certo che partiremo posdomani.

Da qualche tempo mio padre non ha progredito come speravo e io sono in sospetto doloroso di me stessa. Io temo di non aver scelta[225] la buona via e di non avere adoperato bene il grande amore di mio padre per me; mi viene nel pensiero che sarebbe forse stato meglio entrare risolutamente su quel terreno sin da principio, richiamare, pregare, esigere, e che non avrei perduto parte della mia influenza, come dubito averla perduta ora con le mie cautele forse troppo mondane, con mostrargli che sono tranquilla e contenta come se non avessi nessuna nube nell'anima.

Ho creduto, onoratissimo e caro signore, di domandare consiglio a un buon vecchio prete dal quale sono andata a Pasqua. Egli mi ha consigliato di fare speciali divozioni[226] alla Vergine e a molti santi. Credo umilmente che questo è buono; ma io ho bisogno di sapere come fare, come parlare con mio padre tutti i momenti e non può essere poco importante se commetto errore o no. Non mi pare di poter avere aiuto superiore se non adopero anche, il meglio che posso, la mia ragione. Dio mi ha molto concesso perché mio padre ora viene in chiesa e so che sicuramente prega; ma questo è stato ottenuto assai presto, in principio. Egli ascolta molto volentieri parlare di cose religiose, come cerco io qualche volta, e pare allora disposto alla fede; ma se si tocca di quelle pratiche in cui entra necessariamente il sacerdote, io vedo quanto egli soffre di non esprimere la sua ripugnanza violenta. Forse nei primi tempi e forse ancora adesso egli vincerebbe, se io lo pregassi, questa ripugnanza: ma debbo io pregarlo? Posso io mettere alla tortura il mio spirito? Può esser mai questo il mio dovere filiale? E ne verrebbe un frutto buono, accetto a Dio? Quando penso le grandi sventure che ha sofferto mio padre e il suo lungo vivere fra uomini che non curano le cose dell'anima e penso la sua onestà di ferro, il tenerissimo amore ch'egli ha per mia madre *ancora adesso* e per me, la fede in Dio che gli è tornata, io sento di riverire mio padre come una persona santa, benché non pratica come io e tanta piccola gente che io conosco; e mi pare male costringerlo ad atti che il suo cuore non desidera. Questi sono i miei intimi combattimenti.

Ho bisogno, onoratissimo signore, della Sua parola viva, nella quale è un grande lume, una forza. E sovra tutto[227] desidero che mio padre si trovi con Lei qualche tempo. Mio padre ha veramente simpatia per Lei, sentimento impossibile a conciliarsi con altri suoi. Questo è per me come un muto indice scolpito al principio di una via.

Credo che vi sarebbe poca sincerità in me se Le dicessi ora che io ho bisogno del suo aiuto pure per me stessa.

Lei sa come io comprendo il mio dovere verso mio padre. Sono convinta che, comprendendolo io così, così è. Io devo essere intera per mio padre, il quale non ha nessun'altra persona al mondo. Per lunghi anni egli ha vagato tutto solo sulla terra, soffrendo fatiche, ingiurie e fame, mentre io vivevo a Nassau come una damigella ricca, senza mandargli neppure un saluto. È poca cosa, per compensarlo di questo, tutto l'affetto umano ch'è nel mio cuore. Io non mi esprimo qui come vorrei; Le spiegherò meglio tutto questo a voce nella Sua casetta solinga[228] tra i prati innocenti.

Le dirò ch'io sono stata per un momento un misero cuore fragile, aperto alla sorpresa, e che il mio spirito, rialzatosi con violenza, è ancor intorbidato di dolore, di paura e anche di alcuna dolcezza, di alcuna compiacenza nel soffrire almeno una piccolissima cosa per il mio povero vecchio padre. È una confessione affatto non religiosa che io farò a Lei, onoratissimo signore, per trovarvi gradevole umiliazione e sollievo, ombre del divino che sono, io credo, anche nelle confessioni umane; e altresì per sciogliermi dalla poesia bruciante del segreto. Mi perdoni questa lunga lettera. Mi pare, scrivendo a Lei, d'acquistare maggior fede e maggiore speranza. Quello che io sento e vedo della religione in Italia non è spesso secondo il mio cuore, forse perché io sono un freddo carattere tedesco; se v'è qui dentro fumo d'orgoglio, me lo dica, è la mia mala inclinazione; certo io trovo nella Sua parola un raro suono d'intimo argento, a cui tutta l'anima mia si apre.

Preghi Dio per noi e ci voglia bene.

E. S.

Silla discese le scale con amara calma, gonfia di ironia verso se stesso, come se godesse ad ogni scalino calcare qualcuna delle stolide illusioni, delle folli fantasie portate lassù pochi momenti prima; calcarle con orgoglio virile, alzando fronte e cuore contro il nemico invisibile. Anche lì in quel cortile la perpetua piova[229] ripeteva "piangi", ma non egli era[230] inclinato a piangere. Per la terza volta gli falliva la speranza di un amore in cui, placato l'angoscioso grido dell'anima, sentirsi forte, sentirsi puro, sicuramente e per sempre, non vedersi più davanti nella veglia e nei sogni il sinistro fantasma di un'ultima caduta senza rimedio nel buio. Per la terza volta, Dio gli diceva: «Vedi come è bello? Non l'avrai».

Ma avrebbe egli pianto come un bambino, come un vile? No, mai. Il suo orgoglio e i cupi presentimenti non gli permettevano neppure di pensare quello che altri si sarebbe proposto; combattere, vincere Edith con lunga guerra. Che Edith potesse dissimulare non sospettò neppure un istante. Essere amato, lui? Impossibile, lo sapeva bene.

Nella via, a pochi passi dalla porta degli Steinegge, incontrò un editore di seconda riga, a cui era stato presentato e raccomandato, come autore, pochi giorni prima. Colui guardò da un'altra parte, passò senza salutarlo. Che importava mai a Silla di questo, adesso? Si strinse nelle spalle. Poteva ben resistere anche a questo, poteva ben disprezzare quel signore che si credeva lecito d'essere incivile con gli autori di cui non voleva pubblicare gli scritti. Lotterebbe finché avesse sangue nel cervello e nel cuore[231]. E ne aveva ancor molto, ricco di vigorosi pensieri, di dolcezza e di collera. Egli sentiva d'avere molte cose a dire in servizio del vero, molte belle e forti pagine di cose, prima di scendere ignorato e sdegnoso, alla fine della sua giornata, nel sepolcro, con l'altera coscienza di essersi serbato equo a un Dio ingiusto.

Concetto fiero e superbo che, sorto nella solitudine del suo spirito, metteva stupore in lui stesso, gl'infondeva una forza demoniaca. N'era stato tentato altre volte, ma lo aveva respinto sempre. Adesso gli cedeva, se ne ubriacava. Passando presso il Duomo volle entrarvi, come soleva fare talvolta nelle sue battaglie interne.

Andò a sedere nella navata di mezzo, presso alla croce. Due o tre vecchie signore vestite di nero pregavano allo Scurolo[232] nella luce piovosa delle alte finestre; il passo frettoloso di un chierico si udiva da lontano verso la porta di fianco nelle tenebre; qualche figura esotica si moveva lentamente nel chiarore caldo dei finestroni dell'abside. Silla, raumiliato[233] a un tratto, appoggiò sul banco le braccia e sulle braccia il capo, chiese dal profondo del cuore al Re degli spiriti: *Quid me persequeris*?

Allora si fece dentro a lui un gran silenzio freddo come quello della cattedrale e più nero. Pareva che l'ombra delle colonne formidabili fosse penetrata a schiacciarvi ogni pensiero. Quello stesso interno del Duomo, quella mente colossale nel poema di granito che si effonde magnifico al sole, mente ordinata, solida e misteriosa come la mente della *Divina Commedia*, divenne allora del tutto muta per lui. Un senso di uggia pesante l'oppresse. La sua volontà resistette inutilmente; non poteva scuotere quel mantello di piombo. Cercò di ricordarsi del tempo passato, quando, fanciullo, veniva in Duomo con sua madre, immaginando, al suono dell'organo, i deserti di oriente, le palme, il mare, la vita contemplativa. Niente, niente, niente; la memoria era intorpidita, il cuore vuoto e senza eco. Qualcuno gliel'aveva percosso col fuoco, disseccato. Egli seguiva con l'occhio assopito i pochi forestieri che venivano dall'abside col cappello in mano, lenti, guardando in alto. Le colonne accigliate spiravano tedio, vapori di sonno salivano dal pavimento, le porte, tratto tratto, sbadigliavano. Era come una plumbea calma in fondo ad acque morte, che non sentono il passar dei secoli. Silla non ripeté la sua domanda, poiché non gli si voleva rispondere. Cercò deliberatamente nella memoria qualche profana immagine voluttuosa. Si rivide nella lancia *Saetta*, fra le grandi onde accorrenti, in faccia a Marina che gli piegava incontro il viso, disegnandosi sul chiarore abbagliante del lago sfolgorato dietro a lei dai lampi. Ne sentì i piccoli piedi appoggiati a' suoi. La fredda chiesa piena di tedio s'intepidiva, si ravvivava; era un acre piacere fissare le pietre ascetiche, trarne questa luce, questo calore dei sensi, conoscer la voce dolce e forte del tentatore; abbandonarsi a lei. La fantasia correva ad altre immagini febbrili. Marina era con lui, non più fra le onde, ma nella sua stanza del Palazzo, gli diceva "finalmente!", gli prendeva la mano, lo traeva a sé sorridendo con un dito alle labbra, nella notte profonda... Si alzò e uscì di chiesa, vacillando. Dio gli aveva risposto.

NOTE

216. "L'attesa".
217. Espressione utilizzata da Tacito negli *Annales*, per indicare un'esposizione obiettiva e imparziale dei fatti. Letteralmente, significa: "Senza rabbia né pregiudizi".
218. "Minimo", forma arcaica.
219. "Germanico, tedesco". I Cherusci erano, appunto, una tribù germanica stanziatasi lungo il Reno tra il I secolo a.C. e il I secolo d.C.
220. "Con sé stesso", forma arcaica.
221. "Spirito", letteralmente. "Per far riposare il tuo animo (oppresso)".
222. Forma arcaica.
223. Forma arcaica che vuole l'ausiliare "avere" in luogo di "essere".
224. "Sul cuore", in questo caso, non letteralmente.
225. "Scelto", forma arcaica che vuole il predicato declinato, nel genere, come il suo complemento oggetto.
226. "Devozioni", forma arcaica.
227. Forma arcaica di "soprattutto".
228. "Solitaria".
229. Forma aulica di "pioggia".
230. "Ma egli non era incline…"
231. "Avrebbe lottato finché avrebbe avuto sangue…"
232. Lo *scurolo*, in dialetto lombardo, è un generico "luogo sacro"; in particolare, però, così fu chiamata la cripta del duomo di Milano (dove vennero sepolte le spoglie di san Carlo Borromeo).
233. "Ammansito". Forma aulica e letteraria.

Capitolo III - “Ho pianto in sogno”

«Ah Dio, Silla, che orrore!» disse la signora De Bella entrando come un nembo di seta in cui due piedini nervosi tempestavano a colpi sordi. «Buona sera. È un pezzo che mi aspetta? Come va?»

Ella gittò sulla spalliera d’una poltrona la sua pelliccia bianca e porse a Silla una manina nuda, luccicante d’anelli. Anche la sua bocca ridente, i suoi occhi celesti scintillavano. Ella era in tulle nero e sott’abito di seta azzurra, scoperte le spalle e le braccia che aveva bellissime, senza un braccialetto, né un medaglione, con due grandi anelli di turchesi e perle agli orecchi, un fiore azzurro in seno, un altro nei capelli biondi, molto incipriati, raccolti sopra la nuca come un gruppo di grossi serpenti. Aveva un profumo tiepido di *veloutine*[234] che parlava della sua pelle morbida.

Silla s’inchinò.

«Come va? Che bravo Silla! Non si pentirà d’esser venuto, sa? Ho tante cosettine carine carine a dirle. Sieda! Ma che orrore, neh! Come, non era in teatro Lei? Ah, non c’era. Senta bene. Adesso verrà qualcuno. Sa, dopo teatro ho dei buoni amici che vengono a prendere il thè. Stasera ci sarà M... che, quando viene, fa sempre un po’ di temporale sul mio piano. Lo conosce? Non ha niente del pianista tipo, ma suona bene. Lei prenderà un posticino vicino a me: vicino vicino. Cara! (Si ricordi, parleremo)».

Ella si alzò e andò incontro a una signora annunciata in quel momento, che al primo entrare artigliò Silla con una occhiata fredda e poi si rivolse sorridendo a salutar la padrona di casa.

«Che orrore, eh?» disse donna Giulia.

Presentò Silla e riprese: «Che orrore, cara te!»

«Io lo sapevo prima. Hai visto la Mirellina?»

«Euh, euh! Doveva venir qua stasera. Ma come hai fatto a saperlo?»

Il cameriere tornò ad annunciare. Entrarono quasi di seguito parecchie signore e parecchi cavalieri. Le signore cinsero Giulia di un grazioso cicalio di salutini, di risatine discrete, di parolette sfumate morbidamente. Le curve spalle bianche raccolte in mezzo alla sala parata di raso azzurro, sotto la opaca luce aurea che si spandeva dai globi smerigliati delle lampade, parevano petali caduti là da un'alta invisibile magnolia grandiflora. Degli occhialetti scintillanti di curiosità oblique, delle sgraziate braccia nere s'insinuavano nel gruppo cercando un sorriso, una stretta di mano di Giulia. La sua testolina bionda oscillava, come la testa di un uccellino vispo. Il gruppo si sciolse, si disperse nella sala.

Silla aveva incontrata quella gente in altre case, tempo addietro, quando soleva frequentare la società molto più che non facesse ora. Le signore appartenevano alla nobiltà di secondo ordine e alla alta borghesia. Giovani e belle quasi tutte, avevano in gran parte l'aura di nascosti amori passati e presenti, di cui la gente sapeva quel tanto che basta ad accendere le fantasie sensuali, a mostrar loro negli occhi d'una donna certi languori, certi ardori che forse non ci sono. Tre o quattro di quei giovani stessi che prima attorniavano le dame e poi s'erano aggruppati intorno all'una e all'altra di esse, venivan creduti amanti felici di altrettante signore presenti. Nessuno l'avrebbe indovinato al loro contegno, salvo forse a qualche rapido sguardo di sospetto geloso, saettato di quando in quando da un capo all'altro della sala. La meno prudente era una nobile signora sui quarant'anni, scollata sino a mezzo il dorso, sfoggiatamente elegante. Ell'era venuta dopo le altre, sola, un momento prima del suo amante, un giovane ufficiale d'artiglieria. Quando l'infelice parlava a qualche signora, colei lo mordeva cogli occhi.

Faceva caldo là dentro, benché fossero aperte due larghe porte che mettevano in due altre sale illuminate: la sala dei grandi ricevimenti, gialla, grandissima, zeppa di suppellettili e quadri antichi: e la sala da musica, rosso-cupa, dove s'intravvedeva la voluttuosa Baiadera di C..., in marmo di Carrara. Nella sala azzurra v'era un tepore profumato di bellezza viva, segretamente disposta ad amare. Quei vapori salivano al cervello di Silla e, sopravvenendo dopo lunghi mesi di vita solitaria e studiosa, glielo offuscavano, gli dicevano quale fosse la felicità intensa, la vera, la sola, sia pur fugace, che è offerta all'uomo, sia pur da un cattivo genio; essere follemente amato da una di quelle donne altere con lo squisito condimento di tutte le eleganze e della colpa.

«La Mirellina non si vede», disse qualcuno.

Era la terza volta che si ripeteva questo discorso, ma la nobile signora venuta per l'ultima non l'aveva inteso.

«Che orrore, neh, Laura?», le disse la padrona di casa.

«Cara...» rispose donna Laura che badava ad altro. "Giboyer, neh?"

«Oh giusto!» rispose Giulia ridendo. «Non parlo mica della commedia».

«Laura non poteva vedere», osservò un'altra signora.

«Ah, sicuro, perché ci stai sopra».

«Ora capisco!» esclamò donna Laura. «Altro che orrore. Me l'ha detto mio marito. Vi vedevo tutti guardare e non capivo il perché. Vedevo un ciuffo de' capelli rossi di don Pippo e un braccio nudo dall'altra parte».

«Io però», osservò un'altra signora dopo aver dato un leggero colpo di ventaglio al suo vicino che le sussurrava qualche cosa all'orecchio «io trovo che la Mirellina ha avuto torto di andar via».

«Si è tradita da sé», soggiunse un giovane elegante che afferrava sempre l'occasione di tradurre le frasi degli altri, tanto per parlare.

Nc scguì un dialogo animato fra tutti. Chi biasimava, chi scusava questa "Mirellina" ch'era partita dal teatro perché il suo amante v'era comparso con una signorina di ventura. Si parlava molto ma evitando ogni espressione troppo viva riguardo alla dama, velando e smorzando le parole per non offendere, senza volerlo, alcuni dei presenti di quelli che avevano simili intrighi.

«È stato un capriccio di Pippo», disse un giovinotto. «Ella ne ha perdonati tanti a suo marito; dunque?»

Ci fu un breve silenzio, come quando taluno dice cose poco opportune.

«È lei, chi è, propriamente?» chiese la signora che non aveva capito bene.

Parecchie voci le risposero; qui non c'eran più riguardi. Era una russa, no, un'inglese, no, un'americana. Ciascuno degli uomini pretendeva essere informato meglio. Si chiamava Sacha Ferline. Nome falso. Era venuta a Milano a studiare il canto, stava all'*Hôtel de la Ville*, e spendeva moltissimo: in questo eran tutti d'accordo. Don Pippo n'era innamorato. Tutt'altro! Alcuni parlavano di certe attrattive, sorridendo misteriosamente. Le signore pigliavano un'aria seria, si parlavano tra loro con gli occhi maliziosi.

Il cameriere annunciò la signora Mirelli.

Fu un soffio agghiacciato. Giulia, che stava preparando il thè, corse rossa rossa incontro a donna Milla Mirelli, una bella piccina, rotonda, pallida, con gli occhi neri.

«Oh, cara, cara!» diss'ella. «Non ti speravo più».

«Che vuoi? Mio marito ha mandato a chiamarmi a teatro per Max. Sai com'è mio marito. Max aveva tossito una volta, non era niente. Intanto io mi son tutta rimescolata... Buona sera, Laura... E son venuta a compensarmi da te... Buona sera, Emilia... Ho fatto bene? Buona sera, buona sera».

Tutti si erano ricomposti, facevano ressa intorno a donna Mina per salutarla, con un fervore insolito. Giulia tornò al suo thè. Dame e cavalieri rimasero in piedi, conversando di certe cose, della commedia, del principe di Piemonte che vi assisteva, di madamigella Desclée a cui le signore facevano qualche piccola censura. Gli uomini approvavano per cortigianeria; in cuor loro andavano tutti pazzi della Desclée. Silla che l'aveva udita una volta sola, ne prese la difesa; parlò del suo sguardo magnetico, del sorriso, della voce intelligente, di quel *je t'aime* dolce e grave che faceva pensare alla voce della regina Yseult nel verso di Maria di Francia:

La voix douce et bas li tons[235].

Non era corretto, in quella riunione, il calore del suo parlare. Molti ne sorrisero; pure, a taluna, questo giovane che ragionava con tanto fuoco della grazia e della bellezza non dispiacque. Lo punsero con qualche epigramma a fior di labbro, accentato di freddezza beffarda; ma poi più d'una gli rivolse la parola chiedendogli a bruciapelo, indiscretamente, delle sue opinioni e dei suoi gusti. La contessa Antonietta V..., una brutta sentimentale, amante di Heine e di Schumann, se lo trasse vicino per dirgli in segreto che lo approvava, che la Desclée era la donna da lei più invidiata sulla terra, che quella gente lì non capiva niente. Disse che avrebbe voluto sapere da lui se andassero d'accordo in tante altre cose, lo invitò ai suoi lunedì e finì porgendogli, con un sorriso, la sua tazza di thè vuota.

«Guarda l'Antonietta», disse una signora a donna Mina.

«Adesso comincia a parlar d'amicizia. Non credi?»

«Ma lui, chi è?» rispose donna Mina, distratta.

«Un certo Silla, nipote di filandieri, credo, che fila dei libri clandestini».

Giulia gittò due parole nell'orecchio a un giovane, che andò quindi spargendole qua e là, sottovoce, e poi s'accostò sorridendo al maestro M... che sorseggiava il suo thè in disparte. Il giovane pareva domandare qualche cosa e il maestro schermirsi. Più persone gli si strinsero attorno insistendo con la voce e il gesto. Donna Giulia gli mandò senza muoversi una delle sue vocine toccanti. Allora colui si arrese e mosse, tra i "bravo" sommessi, verso la sala da musica, gemendo: «Ma... non saprei... veramente».

Giulia gittò altre due parole nell'orecchio del suo primo ministro e, passando presso a Silla, gli disse piano e rapidamente, senza guardarlo: «Lei resti qui con me».

Tutti si avviarono nella sala da musica.

«Cosa suonerò?» disse il maestro, seduto davanti a un magnifico Érard, con le mani sulle ginocchia, guardando la candela di sinistra.

«Ci suoni *Frühlingsnacht*[236]», gli sussurrò con la sua voce timida la contessa Antonietta, che suonava ella pure stupendamente.

«Oh, troppo poco», disse l'agente segreto di donna Giulia. «Ci vuole un gran pezzo di concerto».

A quel tempo regnava ancora Thalberg. Qualcuno propose la sua fantasia sulla *Sonnambula*.

«Ecco il temporale», disse donna Giulia a Silla, mentre il maestro tuonava sulla tastiera per isgranchirsi le dita, come un Giove invecchiato.

Ella si gittò in una poltrona dove non potevano vederla dall'altra sala. I suoi capelli biondi, le spalle ignude spiccavano mirabilmente sul raso azzurro. Batté con la punta del ventaglio di madreperla e pizzo una scranna vicina. Silla obbedì.

«C'è una signorina», diss'ella, «che s'interessa molto di Lei».

«Di me?»

«Di Lei. La prego, Silla, non faccia il modesto. Non mi piacciono gli uomini modesti. Di lei, sicuro. Una signorina molto bella, molto nobile, molto elegante, di molto spirito, molto amica mia insomma. Faccia un inchino. Questa signorina ha letto il suo *Sogno* anonimo e le è piaciuto molto, pare, come è piaciuto a me».

Silla fece un secondo inchino.

«E questa signorina», diss'egli sorridendo, «si chiama...?»

«Oh come corre, come corre!» rispose donna Giulia con una risatina sottovoce. «Questa signorina non si può sapere come si chiama. Questa signorina non conosce Lei. Sa appena il suo nome, perché gliel'ho fatto sapere io l'anno scorso dopo quel giorno che ci siamo incontrati in via San Giuseppe. Me lo aveva chiesto pochi giorni prima, ma se non era il nostro amico di Berlino e un po' così (Donna Giulia si fece scintillare sulla fronte, con un atto grazioso della mano, gli anelli)...»

«Non l'avrei saputo certo. Convien dire che il nome le sia andato molto a genio perché le ha messa attorno una curiosità, un interesse, una cosa insomma! Sa? Voleva conoscere la Sua vita, le Sue abitudini, le Sue relazioni, tante cosettine a cui ci teniamo noi donne. Io le avevo promesso un monte di informazioni, sperando che quest'inverno Lei si sarebbe lasciato vedere un po' di frequente. Ma Lei ha fatto l'orso. Dio, Silla, come ha fatto l'orso! Dunque senta; adesso deve venire spesso, spesso, spesso e lasciarsi studiare un po'».

Ella gli stese la mano sorridendo e trattenne quella di Silla.

Donna Giulia aveva una bella riputazione di civetta.

Si diceva però ch'ell'era una farfallina d'amianto. La definizione era attribuita a suo marito che non le si vedeva mai accanto né in casa, né fuori, e che avrebbe giustificato a questo modo, in un colloquio intimo, la sua fiducia indolente. Silla lo sapeva; gli balenò che la signorina ignota fosse una ispirazione poetica, ma egli presumeva troppo poco di sé per affermare risolutamente quest'idea.

«Verrò certo», diss'egli, «ma non per una *x* così nebulosa...»

«No, no, no», lo interuppe Giulia. «Non complimenti. Dio, ne sento tanti, Silla! Dica che verrà molto per la *x* e un pochino anche per me, non è vero? o per mia cugina Antonietta», soggiunse con un malizioso sorriso, «La conosceva?»

«L'ho vista una volta in casa B...»

«Ah, va dalla B..., Lei? Senta, non cerchi mica la *x* fra le mie amiche, sa! Non sta a Milano».

«Non sta a Milano?» disse Silla trasalendo.

«No. Zitto adesso. Come è bello questo».

Il piano cantava:

Ah non credea mirarti.

La lenta melodia saliva saliva affannosamente una via dolorosa, cadeva spossata, rilanciavasi avanti, ricadeva con la sua divina grazia di movenze.

«Dio, come pesta» disse Giulia. «Capisco niente», soggiunse in milanese sospirando. «Senta adesso se non pare una canzone napoletana»:

Piangeva sempre ca dormiva sola.

Ella si commoveva, il suo petto, le spalle si sollevavano, tradivano un flutto interno. Alla ripresa della melodia mormorò:

«Questo lo fa bene».

Infatti M... eseguiva la variazione del trillo perfettamente. Pareva un tremito melodioso di due ali prigioniere, folli di dolore.

«Non sta a Milano», riprese Giulia, tranquillissima, quando ricominciò più furiosa che mai la tempesta degli accordi.

«Oh, sta in una cornice romantica. Si figuri un laghetto perduto tra le montagne, un castello nero nero seduto sulla riva verde, un castellano nerissimo, insomma un'occhiata di Scozia. Io non ci sono stata, sa, ma me lo figuro così. Ci devono essere dei grandi cipressi. D'un solitario poi! Il lago è impossibile, senza ville tranne questa. Se non fa lui un po' di *causerie*[237] quando c'è vento, silenzio profondo sempre, sempre. La mia amica ha una barchettina e gira sola, magari la notte, come una dea selvaggia. Sa, un magnifico posto per un capriccio, per passarvi un quindici giorni in buona compagnia, *dormant peu, rêvant beaucoup*[238], leggendo qualche libro amico, dolce e tranquillo, erborizzando sulle montagne, facendo musica la sera, sul lago; non di questa, però! Povera *Sonnambula*, che eccidio, quel Thalberg![239] Ma lei, la mia amica, ci fu relegata sola, con uno zio tiranno...»

Giulia balzò in piedi, interrompendosi, e corse nell'altra sala, mentre M... rosso, sudato, coi capelli cadenti sugli occhi, schiacciava gli ultimi accordi. Ella batté, piano, le mani.

«Perfetto», disse.

Vi fu qualche altro sommesso applauso e molti "benissimo" detti più o meno forte secondo la riconosciuta autorità del giudice. Quelli che non capivano affatto si sussurravano fra loro: «Benissimo, eh?»

«Perfettamente».

La contessa Antonietta cercava Silla con gli occhi. Egli comparve qualche momento dopo, pallido, trasognato. Andò a contemplare la Baiadera di marmo.

«Che le pare di questa musica?» gli sussurrò a fianco la vocina morbida di donna Antonietta.

Egli si voltò bruscamente, come sorpreso; credette che la signora gli avesse parlato della statua, e rispose a caso: «Bellissima!»

«Oh, anche Lei! No no, è un orrore. Voglio rifarla io la Sua educazione musicale».

«Antonietta!» disse donna Giulia. «Mi accompagni un po' di Schumann?»

«Certo cara. Lei stia attento», disse donna Antonietta a Silla, sottovoce; e andò al piano, levandosi i guanti, fra un fuoco vivo di complimenti.

Allora l'ufficiale d'artiglieria, un piemontese, piccolo, snello, con due occhi sfavillanti di brio diabolico, venne a stringere la mano a Silla.

«Tu qui!» diss'egli.

Conoscenti d'Università, si erano poi riveduti, ma di rado.

«Sediamo qui in un angolo», soggiunse l'ufficiale, «e chiacchieriamo un po' mentre quegl'imbecilli si rompono la testa col loro Schumann. Come va che ti trovo in società? In tre mesi che sono a Milano non ti ho veduto mai. Qual è la tua?...»

«La mia?»

«Eh, Cr..., sì la tua *maîtresse*? Sai qual è la mia? È quel pezzo là in bianco e *mauve* (malva) con quel monte Rosa di spalle. La conosci? È contessa, baronessa, marchesa, che so io, il diavolo che la porti. Cambio presto, è troppo gelosa. Un pezzo da quaranta suonati. Ma è ancora bella donna. Cr... se è bella donna! E come sente! La tua non sarà mica quel gambero che suona, eh!»

«Sei pazzo, taci», rispose Silla.

«È forse la... la... è inutile, io dimentico tutti i nomi; quella bruna in rosa, insomma? Ah no no! quella lì è di B... La padrona di casa, canaglia?»

«Ma no, via, taci».

«Bravo, a quella lì ci voglio far la corte io. *Toujours de l'audace*[240]. Ma è impossibile che non ci abbi anche la tua. Cosa si viene a far qui se non si viene a fare all'amore? Guarda che gruppo di belle donne! Posson dar dei punti, per forme, a quel pezzo di marmo lì, ci scommetto; almeno la mia certo; e sono di marmo caldo. Vedi la bruna, che magnifiche occhiate a B... Guarda tre passi a destra, gira gira adagio finché trova gli occhi di lui, vi getta dentro un bacio e finisce piano piano il suo quarto di giro».

Intanto, donna Giulia cantava con poca voce ma con molta arte un'appassionata musica scritta da Schumann su parole di Reine. Ella usava questa inelegante versione fatta per lei da un poetucolo giovinetto che palpitava presso il piano, guardando la dolce bocca onde uscivano, ebbri di amore, i suoi versi.

Ho pianto in sogno, ho pianto:
Giacevi nell'avel.[241]
Balzai dal sonno; il pianto
Spandeami a' cigli un vel.

Ho pianto in sogno, ho pianto:
Ero tradito e sol.
Balzai dal sonno, e tanto
Piansi d'amaro duol.
Ho pianto in sogno, ho pianto:
M'eri fedele ancor.
Balzai dal sonno; il pianto
Pioveami a fiumi ogn'or.

«Lasciami ascoltare», disse Silla, e andò all'angolo opposto della sala. Si trovò presso alla signora Mirelli ch'era pallidissima e aveva le lagrime agli occhi. Donna Giulia cantava:

Ho pianto in sogno, ho pianto:
ero tradito e sol.

Pareva veramente una musica mista a qualche triste sogno, con le sue prime note insistenti dolorose. Diceva a Silla come la piova in casa di Edith: «Piangi, il tuo sogno è finito».

Ma egli, sbalordito, credeva di sognarne un altro, amaro anche questo. L'amica di donna Giulia era Marina. Marina avea tanto pensato a lui! Ah, quello sguardo sorpreso al chiaro dei lampi! Forse lo aveva amato. Sperarlo adesso quando egli avrebbe avuto bisogno di dimenticare il mondo e l'anima nelle braccia di una donna, ed ella viaggiava, novella sposa, chi sa per dove! Derisione, derisione! Gli altri erano felici! Gli altri avevano l'amore voluttuoso di cui respirava il profumo, l'amore appassionato di cui ascoltava lo slancio nella musica che mirava su verso il cielo, spossata, in un grido:

Balzai dal sonno; il pianto
Pioveami a fiumi ogn'or.

Gli altri, gli uomini come quell'ufficiale! Gli applausi, assai caldi stavolta, lo scossero. Si avvicinò al piano, con la febbre addosso. Tutti lodavano la musica e le esecutrici che invocarono una parola di lode per il poetucolo, rosso rosso. Egli ebbe da donna Giulia uno special sorriso a cui parve tenesse molto.

«Dunque?» chiese donna Antonietta a Silla, riassettando i guanti alle sue dita affusolate. «Ha pianto?»

«No, perché non piango mai; ma ho sognato di piangere».

«*Malheur à qui n'est pas ému*»[242], diss'ella. «Lunedì le faremo sentir qualche altra cosa».

Ella andò quindi ad abbracciare Giulia.

«Addio, cara», disse.

«Così presto?»

Fu il segnale dello scioglimento. Tutte le carrozze erano state annunziate. Baci, sorrisi, paroline affettuose, ringraziamenti. Silla fu degli ultimi che vennero a stringer la mano a donna Giulia. Ella gliela rifiutò.

«Aspetti lì», disse. «La sequestro per due minuti ancora».

Si voltò quindi al prigioniero. «Pensare», diss'ella, «che io ho fatto una brutta parte per Lei, prima di conoscerla! Non mi domandi niente, non voglio essere indiscreta. Dica un poco, Silla, non piglia fuoco per le mie rivelazioni di stasera? Ne aggiungerò un'altra; quest'inverno la signorina voleva il Suo ritratto. Io ho detto: no, carina, si va troppo avanti. Adesso poi, se ha pigliato fuoco, spengo. La signorina dev'essersi fatta sposa ier sera ed è felice. Lo porti a me, il ritratto. Sempre il venerdì, sa bene, tra le quattro e le sei».

«Ma...»

«Non c'è un *ma*. Vada, vada che non facciamo dire cattiverie. Venerdì!»

Egli discese le scale dietro la Mirelli, ch'era con donna Laura. Pareva che avessero lasciato in sala il loro viso amabile e presone uno brusco nell'anticamera. La Mirelli parlava piano, in fretta, guardando in basso.

Silla non intese che queste parole:

«Ho capito benissimo».

C'erano cavalli nell'atrio che si impennavano, scalpitavano, facevano il fracasso d'uno squadrone. Gli staffieri chiamavano le carrozze. Silla scivolò in mezzo a quella confusione e uscì solo.

Stava per mettere la chiave nella toppa della sua porta, quando fu accostato da un fattorino del telegrafo.

«Di grazia», disse questi, «un certo signor Corrado Silla la[243] sta in quella porta lì?»

«Sono io».

«Tanto meglio. Telegramma urgente. Vuole un lapis?»

Silla scrisse la ricevuta sotto un fanale vicino. L'altro se ne andò. Silla aperse il telegramma e lesse:

«Il conte Cesare, gravemente infermo, desidera che Ella venga al Palazzo. M. di Malombra, ne La prega. Domani alle 10 ant. Vi sarà un calesse alla stazione».

Cecilia

Egli partì alla mattina.

NOTE

234. Una sorta di crema dolce.
235. Letteralmente: "La voce morbida e i toni bassi".
236. Una sonata di Schumann.
237. "Conversazione".
238. "Dormire poco, sognare molto"
239. Pianista e compositore austriaco, esecutore de La Sonnambula di V. Bellini.
240. "Sempre l'audacia (vince)…"
241. "…nella tomba".
242. "Guai a chi non sa commuoversi!"
243. Costrutto dialettale.

PARTE QUARTA

Malombra

Capitolo I - Lo so, lo so, egli è qui ancora

Silla arrivò alle dieci e mezzo alla stazione di... Il mattino era caldo e ventoso. Le vette dei grandi abeti che nereggiavano lì presso in un giardino, i nitidi profili de' monti lontani spiccavano nel cielo vitreo. Molti viaggiatori salivano sul treno, aspettati, salutati da' loro conoscenti. In tutti i vagoni si chiacchierava, si rideva, si vociava. Quando la locomotiva ebbe trascinato via quegli strepiti con il soffio leonino, parve a Silla, nel silenzio vôto della strada, esser colto dalla stessa ferrea mano di cui otto mesi prima aveva immaginato, partendo in ferrovia di notte, che chiudesse inesorabilmente gli sportelli dei vagoni e portasse via tanti esseri umani nelle tenebre. Guardò il treno già lontano, bramò per un istante seguirne la fuga disperata.

Fuori della stazione c'era il giovinotto dell'altra volta con la sua cavallina.

«To'», diss'egli quando vide Silla, «è il signore di quella sera. Andiamo al Palazzo, non è vero, signore?»

«Sei qui per me, tu?»

«È quello che vorrei sapere anch'io. Era di venire ieri mattina coi bagagli degli sposi, là del Palazzo. Vado a prenderli. Fronte indietro. Non si parte più. E poi, ieri sera, io dormiva[244] pacifico come un "tre lire", mica ubriaco, vede! È l'acqua che mi mette sonno a me. Basta. Si sente un maledetto "toc-toc", la donna (ce l'ho ancora quell'impiastro) la va ad aprire; cosa l'è, l'è quel Rico, quel figlio del giardiniere del Palazzo con un dispaccio di esser qui stamattina con la cavalla, vuoto, alle 10. Trovarmi vuoto a quest'ora, magari, è una di quelle asinate che io non ne faccio. Sicché...»

«Basta, basta. E il conte come sta?»

«Sta bene».

«Come! Non è ammalato?»

«L'ho visto io l'altro giorno. Era un po' giù, un po' vecchio, un po' brutto, un po' gobbo, che so io! Un po' mezzo andato, ma stava bene. Se però non si è ammalato ieri».

«Cosa t'hanno detto ieri mattina quando sei andato al Palazzo per i bagagli?»

«M'han detto niente del tutto. C'era il giardiniere al cancello, che quando mi ha visto venire da lontano, si è piantato in mezzo alla strada e ha cominciato a far di no col braccio a questa maniera qui e poi a fare a questa maniera qui che andassi fuori dai piedi: ed io allora ho fatto "Piglia!" a quest'altra maniera qui, ho voltato la bestia e sono andato a fermarmi a Lecco. Son venuto poi a casa tardi e sono andato a letto subito».

Intanto s'eran posti in viaggio e la cavalla trotterellava a capo chino, fiutando la strada, spazzando via con due noncuranti colpi di coda a destra e a sinistra le frustate tra serie e scherzose del padrone. Questi smise di parlare. Passavan gli alberi, le siepi fiorite. Casupole sedute nei campi si venivano alzando su tra i gelsi, guardavano, e poi, adagio adagio, si riacquattavano. I monti giravano, mutando aspetto, intorno alla strada serpeggiante. Le note cime imminenti al lago nascosto si affacciavano a Silla ora da destra ora da sinistra, gli crescevano sugli occhi, come le inquietudini febbrili nelle vene.

Il vetturino non poteva tacere a lungo.

«Ah», diss'egli, «l'altra sera era bello trovarsi al Palazzo!»

«Perché?»

«Perché la signora donna Marina si è fatta sposa ieri mattina; non lo sa! Prima anzi la era di sposarsi l'altra sera e poi, lo so io! han come cambiato. Insomma l'altra sera ci fu una casa del diavolo».

Egli continuò un pezzo a descrivere enfaticamente le luminarie, i fuochi, le musiche; ma Silla non ne ascoltò parola.

Ella era dunque già sposa davvero e gli scriveva in quel modo con quel nome! Ma la parola Cecilia a piè del telegramma aveva pur vita, voce, passione; gridava «ti amo; vieni!»

Un giorno dopo le nozze! E il conte era veramente ammalato, o no? Se non era ammalato, perché gli sposi non erano più partiti? La sua fantasia si perdeva; egli trasaliva quando, in mezzo a dubbi d'ogni sorta, gli lampeggiava in mente con una tagliente nettezza di dettagli, la immagine del Palazzo, del giardino, del lago, quali li avrebbe veduti fra due ore, fra un'ora e tre quarti, fra un'ora e mezzo. Ne provava una contrazione nervosa, pensava chi avrebbe veduto prima, quali parole avrebbe udite, come si sarebbe comportato con lei. E se il conte non avesse nulla, se fosse un inganno! Ad ogni svolta della via tutti questi pensieri lo martellavano più forte. Tratto tratto ne balzava fuori, rinnovando il proposito di andar ciecamente, a coscienza muta, là dove lo portassero la occulta violenza delle cose e le passioni sue libere, oh sì, libere finalmente dopo tante stolte lotte inutili che non gli avevano conciliato né gli uomini né Dio. Non era una strada quella striscia bianca, nitida innanzi a lui, fumante di polvere alle sue spalle; era una furiosa corrente che non risale, una corrente da seguire oramai nel piacere e nel dolore sino a qualunque abisso, tanto più avidamente bramato quanto più profondo. Attraverserebbe forse qualche ora splendida come quel magico paese lì, quel verde poema ariostesco di folli colline che dalle montagne saltavano al piano in disordine, portando in collo e sui fianchi ville, torri, giardini, inghirlandate di vigneti, curve intorno a laghetti pieni di cielo. E poi...

«Dica un po' Lei, signore», saltò il vetturino, «è vero che lo sposo ha questo gran mucchio di denari?»

«Non lo so».

«Ma lo conosce, però, Lei?»

«No».

«Vedo. Io l'ho visto un paio di volte, ma stando al mio poco talento di me[245], dev'essere un... Che pazzia, un fior di ragazza come quella lì! Segno che i denari son tanti. E io devo esser nato pitocco![246] Ci promettono sempre il mondo di là, a noi; ma io ci ho una maledetta paura che sia ancor peggiore di questo. Se in paradiso non si hanno a trovare che preti, vecchie, bambini da mammella e straccioni, caro il mio signore, è proprio mica il mio sito. Ih!»

Egli tirò una frustata rabbiosa alla povera bestia che toccava allora una strada selciata fra due file di case, l'ultima borgata sulla via del Palazzo.

Faceva caldo. La cavalla si fermò davanti a un'osteria e il suo padrone gridò che gli portassero il solito "calamaio e inchiostro".

«E così», disse l'ostessa che venne a servirlo, «è morto, eh?»

«Chi è morto?»

«To', il signore, là del Palazzo».

«Chi l'ha detto!» esclamò Silla, pallido.

«L'uomo della Cecchina gobba che è passato adesso, saranno cinque minuti. L'hanno mica incontrato?»

«Andiamo, presto!» disse Silla.

«Andiamo pure», rispose il vetturino rendendo il bicchiere all'ostessa, «ma se è andato avanti lui, per me non gli corro dietro».

«Presto, ti dico!»

L'altro si strinse nelle spalle e frustò la cavalla.

«Morto!» disse tra sé Silla. «E io che non ci pensavo nemmeno, a lui!»

Si rimproverò acerbamente questa dimenticanza di egoista, e gli riempì il cuore una dolorosa tenerezza per l'intemerato amico della madre sua, per il vecchio severo che gli aveva aperto le braccia in nome d'una memoria santa. Egli lo aveva offeso con la sua fuga occulta dal Palazzo; lo sapeva per una lettera ricevutane subito dopo, a Milano. Non ne provava rimorso, parendogli aver operato allora onestamente; ma pure gli era acerbo che il conte fosse sceso nella tomba con questo risentimento. Morto! Mezz'ora ancora e vedrebbe[247] il Palazzo, tetro, solenne, pieno di freddo e di silenzio, circondato dalle austere montagne; come uno a cui la morte portò via qualche persona cara, siede impietrato dal dolore fra gli amici muti. E le proprie avversità incomportabili, come le sentiva ora, nello stupore di quell'annuncio, stranamente attenuate! Una porta segreta gli si era spalancata davanti improvvisamente; non vi si vedeva che ombra; ma ne spirava un'aria fredda, piena di calma. Godere, soffrire, amare, quanto durano? Ove finiscono? E, sovra tutto, cosa ne resta?

Il cuore gli batteva forte forte quando dal colle dell'ultima salita cominciò a discendere verso il lago, che si vedeva luccicare in fondo alla valle tra le frondi dei vecchi castani.

A mezzo il viottolo che dalla strada provinciale mette al giardino c'era il Rico, grave, col berretto in mano.

«Dunque?» disse Silla.

«Sempre lo stesso», rispose il ragazzo.

«Ah, è vivo?»

«Signor sì, signor sì. Adesso ci sono già i signori dottori».

«Quali dottori?»

«C'è il nostro, quello nuovo, e il signor padre Tosi. È arrivato da Lecco stamattina. Aspetti. Ci ho un biglietto per Lei dalla signora donna Marina. Lei non deve dire a nessuno che ha trovato me, e io ho da dir niente che ho trovato Lei».

«Silla prese il biglietto che non aveva indirizzo. Non poteva venir a capo d'aprirlo, tanto le mani tremavano. Finalmente lo aperse e vi lesse: «Silenzio sul telegramma». Intanto, il Rico mise[248] un fischio acutissimo.

«Perché, silenzio?» pensò Silla. «E come è possibile?»

Ripose il biglietto e chiese al ragazzo della malattia del conte. Il conte non si sentiva bene da qualche tempo. La mattina del giorno prima era stato trovato a terra, fra il suo letto e l'uscio, svenuto, con la fisionomia stravolta. Soccorso, si era un po' riavuto. Però la Giovanna diceva che non aveva più ricuperato la parola né l'intelligenza. Era una testimonianza gravissima che colpì Silla. Se il conte non parlava né intendeva, come spiegare il telegramma di Cecilia? Poteva esserci stato un lucido intervallo. Ma se il telegramma era menzognero, si spiegava bene il biglietto.

«Chi c'è adesso nel Palazzo?» diss'egli.

«C'è il signor sposo, la sua signora mamma, la signora Catte, un signore vecchio di Venezia, che è poi uno dei signori compari, e un altro signore che è stato qui ancora quando c'era Lei».

«Finotti?»

«Signor no».

«Ferrieri?»

«Signor no».

«Vezza?»

«Vezza, signor sì, Vezza, che è poi l'altro compare».

Il cancello del giardino era aperto. Il Rico si cacciò fra gli abeti e scomparve. Silla discese verso la scalinata.

Ed ecco i cipressi, la voce quieta del fonte, ecco laggiù, tra il verde vigneto e il verde lago scintillante di sole, i tetti neri del palazzo. La voce uguale diceva nel gran silenzio del mezzogiorno: «Lo so, lo so, l'ho saputo sempre, egli è qui ancora, non v'è stupore per l'acqua indifferente che passa senza posa. So la sua storia, so il suo destino e quello di Lei e quello dell'uomo che giace nella stanza buia, nell'ombra della morte. Lo so, lo so. So qual mistero hanno nel cuore colui che più non parla e la donna che palpita, sola, con la fronte appoggiata all'ebano freddo, agli avori dello stipo antico. Questo non può turbare la mia pace. Va, va discendi, confondi ad altre parole il suono delle tue, ad altre passioni il rivo torbido di quelle che gitta il tuo cuore finché passino e si dileguino insieme. Tutto questo è simile alla mia sorte. Lo so, lo so, lo so».

Arrivato all'ultimo ripiano della scalinata, vide la Giovanna attraversar la loggia in punta di piedi e a capo chino, dall'ala destra alla sinistra. La vide levare il braccio a un gesto sconsolato in risposta a qualcuno che le era venuto incontro, e tirar via.

Nel cortile non c'era nessuno. Nel vestibolo, neppure. Salendo le scale Silla udì camminare in alto e, a intervalli, una voce maschia che parlava forte. Un domestico venne su, correndo, dietro a lui, lo inquadrò nel passargli a fianco, lo salutò meravigliato, lo accompagnò sino alla porta del salotto da cui usciva la voce forte. Silla si dispose di veder Marina; entrò.

Marina non v'era. V'erano la contessa Fosca, suo figlio, il comm. Vezza, un altro signore attempato vestito di nero e il padre Tosi dei Fatebene-fratelli, che Silla conosceva di vista, un bell'uomo maestoso, sui cinquanta, dalla gran fronte piena d'anima, dal profilo falcato, dagli occhi pregni di volontà veemente e di umorismo bizzarro. Egli diede appena un'occhiata allo sconosciuto che entrava e continuò a parlare col comm. Vezza. Il signore attempato si alzò rispettosamente, la contessa Fosca e Nepo si guardavano attoniti, il Vezza inarcò un momento le sopracciglia e fece un freddo cenno di saluto.

Per fortuna entrò la Giovanna. «Ah, caro Signore!» diss'ella, «il signor Silla!» Ella gli andò incontro con gli occhi lagrimosi e le mani giunte sul petto.

«Ah, come ha fatto bene a venire! Dev'essere stata la Provvidenza che gliel'ha posto in cuore. Venga a vederlo! Può venire, signor padre Tosi?»

«Per carità, cosa vi pensate, Giovanna?» esclamò la contessa. «Bisogna lasciarlo quieto».

«Lasciarlo quieto, quieto per carità», ripeté Nepo.

Silla si voltò al frate, che guardò un momento la Giovanna con singolar espressione di dolcezza, e disse quindi a Silla bruscamente: «Lei conosce l'ammalato?»

«Sì, signore».

«Se le fa piacere di non conoscerlo più e di non esserne conosciuto, vada pure. Per l'ammalato fa lo stesso, finora».

La Giovanna fece un gesto supplichevole.

«Cara vecchia!» disse il frate. «Conducilo pure, ma non bisogna mica mettere tanto in moto la Provvidenza. Cosa fai?»

Quest'apostrofe era diretta al cameriere che gli disponeva davanti, sulla mensa, un gruppo scintillante di vasellami d'argento e di cristallo.

«Per qual frate mi pigli? Portami un pane e un bicchier di vino».

«Mi pare un'imprudenza», insistette Nepo vedendo la Giovanna uscir con Silla.

«Se fosse un'imprudenza non l'avrei permessa», rispose il frate.

«Ci farei un bacio», diss'egli al Vezza, «ci farei un bacio a quella vecchiettina, povero topolino bello, che trotticchia sempre di qua e di là, con quella cuffiettina a punta, con quella faccetta piena di *magon*[249]. È una bellezza».

La contessa lo guardava con tanto d'occhi.

«*Che tomo*[250] *ch'el xe*!» diss'ella al signore attempato, mentre il frate si sbrigava rapidamente della parca refezione. «Bisognerebbe anche ridere se si potesse. Non la parte mica subito, padre?[251]»

«Non lo so», rispose asciutto il frate.

«Eh, perché si diceva che La volesse partir subito».

«Si diceva».

«Ma non La parte più?»

«Non lo so».

«*De dia*!» mormorò la contessa indispettita.

«Signora», disse il frate con forza e solennità, «la malattia, l'ho già detto, è semplicissima. Una emiplegia destra. L'ammalato può riaversi o morire di questo primo assalto, come Dio vorrà. La causa della malattia è oscura e io vorrei conoscerla, onde, se l'ammalato guarisce, impedire una ricaduta».

«Ma, oh Dio, la causa, benedetto...»

Il frate le piantò in viso due occhi sfolgoranti.

«Sì, non serve, caro, che La mi tiri quegli occhi», saltò su la contessa inasprita. «Ella è una cima di professore, ma ne ho conosciute anch'io delle cime e ho sempre udito dir loro, che, quanto a cause di malattie, è un brutto discorrere».

«E poi lo zio non può parlare», disse Nepo.

«Signora», rispose il frate senza badare a costui, «il padre Tosi non è una cima e ha fatto due grandi corbellerie; ha voluto esser medico, ha voluto esser frate; ma L'avverto che se si fosse fatto commissario di polizia, sarebbe diventato grande. Ho l'onore...».

Egli si toccò la calotta, si alzò e uscì.

«Bel discorso!» disse la contessa. «Mi pare un bel matto! E quell'altro? Come è capitato qua quell'altro? Non capisco. Vedete», diss'ella, volta al signore attempato, «colui è *quell'amigo*. Vi ricordate, che v'ho raccontato, quel tale che si temeva... sì, mi capite. Vi pare un bel momento di venire qua? Ed era convenienza, domando io, che quella pettegola di quella *siora Zanze* lo facesse entrare in camera così sui due piedi? Per carità, per amor del cielo, Zorzi, non andate via, non piantatemi qua. Non la può andar lunga, si capisce».

«Come posso fare, dama?» rispose il vecchio cavaliere giungendo le mani. «A Venezia mi aspettano fra due giorni».

«Zitto!» disse Nepo accostando l'orecchio alla porta ond'era uscito il frate.

Il signor Zorzi tacque. La contessa Fosca guardava suo figlio, ansiosa, trattenendo il fiato.

«Niente», disse Nepo, scostandosi dall'uscio.

«Cosa c'era?» chiese la contessa.

«Mi pareva udir parlare, ma non è stato vero. Senta, avvocato; come intende Lei quel discorso di quel cialtrone di frate sul commissario di polizia? Che intende dire? Che siamo assassini? Che rubiamo? È una cosa intollerabile».

«Oh no», rispose il signor Zorzi, «si capisce che è uno strambo, che tante volte gli vien da dire una spampanata, e lui, fuori!»

«Commissario di polizia! Bel discorso», ripeteva Nepo camminando a gran passi su e giù per la stanza e facendosi vento.

Un uscio si aperse pian piano, ne spuntò il naso di Catte.

La contessa Fosca e Nepo corsero a lei. Si mosse anche l'avvocato, ma sostò riguardoso qualche passo indietro dagli altri due che scambiarono con Catte poche parole sommesse. Catte si ritirò, l'uscio fu chiuso; madre e figlio si voltarono accigliati all'avvocato che chiese premurosamente: «Dunque?»

«Niente, *fio*», rispose la contessa sconsolata. «Non mi vuole».

«Neppure Lei, contessa?»

«Ma no. Oh Dio, hanno da toccare a me queste storie. Ne capite qualche cosa Voi?»

«In coscienza, contessa, non potrei dir di sì».

«Ah, qua bisogna finirla, qua bisogna finirla. Nepo mio, bisogna che tu La veda, per amore o per forza; bisogna che tu Le parli, che La si spieghi, che si sappia se La è malata, cosa La pensa, cosa La vuole; sapere, insomma, in nome di Dio, sapere!»

Nepo scosse l'occhialino dal naso. «Tu non capisci niente», diss'egli.

«Zitto!» soggiunse vedendo ch'ella voleva parlare, e continuò col suo fare cattedratico: «Non facciamo sciocchezze. Non c'è da insistere. Non si farebbe che irritare. Io ho abbastanza cuore, cara mamma, per comprendere che bisogna rispettare in questi momenti il dolore di una nipote affettuosa. Vorrà che si ritardi il matrimonio! Sia. Non son mica, avvocato, un ragazzo impaziente. Capisci bene cara mamma, un giovinotto...!»

L'avvocato ebbe negli occhi, guardando la contessa, un

lampo d'ironia e di pietà.

Nepo gli si avvicinò, lo pigliò per un bottone del soprabito, gli parlò mettendogli quasi il naso sul viso: «Ella che a tanta probità congiunge tanta oculatezza e comprende così bene fino a qual punto possano andare insieme i legittimi interessi e le convenienze, Ella non vorrà certo censurarmi se io dico che un altro grave affare si impone in questo momento. Io sono disinteressato, premetto; ma... Bravo!» esclamò, ritirando la mano e il naso. «Vedo che mi capisce. L'obbligazione, capperi! Io prego Dio che conservi lo zio al nostro amore per lunghi anni, ma se succede una disgrazia! L'obbligazione a mio favore doveva essere sottoscritta ieri mattina. Sarà più in grado di sottoscriverla? Ci vuole una sorveglianza d'ogni ora. Non bisogna lasciar passare un lucido intervallo!»

«Sì, ma, ohe», disse l'avvocato serio serio, «patto avanti, che sia lucido questo intervallo; patto avanti, che sia molto lucido; e che ci sia il dottore; sì, perché tutto va bene, ma che non andiamo in un imbroglio».

Si udì la voce di padre Tosi che parlava in loggia.

«Vado a vedere dello zio», disse Nepo; e uscì.

«Dopo tutto», disse la contessa, «*mio fio*[252] aveva ragione con quell'affare del commissario di polizia. È stato un bel tiro, sapete».

«Altro se è stato un bel tiro! Parlerò io a quel signor frate, se la contessa permette».

«Sì, sì, fate, parlate, tutto ciò che volete. Oh Dio, Zorzi, che monte di pasticci! Qua non si sa in che mondo si sia. Qua non si capisce niente. Qua ci si marita e non ci si marita. Qua non c'è ora di mangiare, qua non c'è ora di dormire. E tutto, in nome di Dio...! Oh che vita, oh che vita!»

Entrò il cameriere a sparecchiare. Non si sbrigava mai; pareva che giocasse con le posate e il vasellame.

«Andate là, andate là anche voi, Zorzi», disse la contessa. «Io vado a riposare un pochetto. Non ho chiuso occhio stanotte, non ne posso più. E tu chiamami Catte, benedetto. Zorzi», diss'ella poi che il cameriere se ne fu andato in cerca di Catte, «guardate di cavarci qualche cosa a quel signor Silla».

Silla non era entrato subito dal conte. S'era fatto prima raccontar dalla Giovanna i casi di quei due giorni. Povera Giovanna! Parlava con una fioca voce accorata che pareva venir da lontano, da lontano, da un mondo di dolore.

Il matrimonio era stato fissato per la sera del 29. La signora donna Marina, all'ultimo momento, lo aveva fatto differire al mattino del 30. Però la sera del 29 vi erano stati ugualmente i fuochi sul lago e la musica. Il conte vi si era divertito e stava secondo il suo solito. Giorni addietro aveva sofferto di un leggero malessere, ma non ne parlava più. Di aspetto era giù, questo sì, ma da un pezzo, oh, da un gran pezzo! La Giovanna ebbe una reticenza espressiva; pare che facesse risalire, nel suo pensiero, questo crollo del conte all'epoca in cui Silla aveva lasciato il Palazzo. Insomma, quella sera non c'erano novità. Il matrimonio si doveva fare alle sette del mattino. Alle cinque Giovanna aveva dovuto entrare dal conte per certe chiavi e lo aveva trovato a terra semivivo, con tutti i segni dell'apoplessia. A questo punto del suo racconto, fosse commozione o altro, s'interruppe. Ripigliò dicendo che s'eran chiamati subito il medico e il parroco; che il primo, un brav'uomo succeduto da pochi mesi al vecchio dottore, giudicando il caso gravissimo, aveva chiesto subito un consulto, e consigliato di provvedere alle cose di religione. Purtroppo non c'era né parola né intelligenza; il parroco non aveva potuto far altro che amministrare l'olio santo. Fatalmente il padre Tosi non era stato trovato nella sua residenza, e non era venuto che un paio d'ore prima di Silla. Durante la giornata il conte non aveva migliorato né peggiorato. Alla sera il medico era stato contento di trovare un po' di febbre che si era forse anche accresciuta nella notte. La fisionomia pareva alquanto ricomposta, l'occhio era meno vitreo, e anche le labbra, ogni tanto si provavano di articolare qualche parola. La Giovanna sperava che se potesse riconoscere Silla, ne avrebbe un gran conforto. «Non può averne altri», diss'ella.

«E il matrimonio?» chiese Silla.

«Ah signore!» rispose la Giovanna. «Non so niente. La signora donna Marina non ha mai posto piede fuori della sua camera dal 29 di sera in poi. Pare che sia ammalata perché ieri mattina s'è fatta portare una quantità di ghiaccio. Non vuol vedere né il suo fidanzato né la signora contessa. Da lei non ci va che la sua cameriera e il ragazzo; sa, il barcaiuolo. Oh Signore, per me già desidero solo che guarisca il signor padrone e poi per tutto il resto...! Venga, venga. Chi sa come sarebbe contento se lo potesse riconoscere!»

Appena si vedeva, entrando nell'afa della camera, la testa dell'infermo come una macchia oscura sul cuscino biancastro, e seduto, presso alla finestra socchiusa, il medico curante. La Giovanna si accostò al letto con Silla, si chinò su quella povera testa e sussurrò qualche parola. Il conte guardò Silla con due occhi torbidi, poi si volse lentamente a Giovanna e mosse le labbra. Ella vi accostò l'orecchio, raccolse a stento questa parola: «*Beive*»[253].

Per lunghi anni non gli era venuta alla bocca parola alcuna nel dialetto natio, se non in qualche momento di sdegno; tornavano adesso nelle ombre sinistre della morte. La malattia fulminea lo aveva atterrato, spogliato in un secondo della sua forza imperiosa, della sua intelligenza rapida, della sua memoria tenace di tante cose, di tante persone: lo aveva risospinto dalla forte vecchiaia alla infanzia radendogli dalla mente tutto, fuor che le prime voci apprese ne' primi anni.

La Giovanna gli diede da bere, poi tentò di richiamare la sua attenzione a Silla.

«Basta», disse la voce del medico nelle tenebre.

La donna uscì con Silla, accorata. Incontrarono il frate nel corridoio.

«E così», diss'egli. «Niente, eh? lo sapevo bene».

«E cosa ne dice?» gemette la Giovanna.

«È presto, cara la mia tosa. Bisognerebbe sapere se avremo o no un secondo attacco. Certo occorre che il giuoco non si rinnovi, altrimenti me lo ammazzano di colpo. Ci hai detto nulla a questo giovinotto?»

«Signor no».

«Bene, senti, Giovanninetta, vorrei che mi accompagnassi a veder la casa. Dopo mi farai preparare una sedia in loggia perché possa fumare un poco. Se non fumo, tra un quarto d'ora scoppio».

Mentre Giovanna e il frate giravano per la casa, Silla, appoggiato alla balaustrata della loggia, guardava il lago verde dormente al sole. Eran proprio passati tanti mesi? Le montagne, la quiete profonda lo riprendevano come cosa loro; e gli pareva non essere mai andato via, aver sognato Milano, un lungo inverno, penosi pensieri. Ma dalle pietre, dalle vecchie pietre austere prorompeva subito il vero presente, lo sgomento che una malattia mortale diffonde intorno all'uomo colpito, sopra tutto la immagine di lei, che, tenendosi nell'ombra, empiva la casa di sé. Perché si nascondeva? Gli pareva ad ogni momento udirne il passo, il fruscio delle vesti, veder avanzarsi da quella parte quella sua bellezza altera e fantastica. E si voltava a guardare la loggia vuota, stava in ascolto.

Eccola, forse! No, era l'amico dei Salvador, l'avvocato Giorgio Mirovich. Passò camminando in punta di piedi, salutò Silla con un cerimonioso "servo" e s'avviò verso la camera del conte. Ne ritornò subito e chiese a Silla, parlando mezzo veneto, mezzo italiano, se avesse visto quel signor frate. Avutane risposta che era in giro per la casa con la Giovanna, soggiunse: "ha un certo linguaggio quel signor frate!" e si fermò lì a conversare. Perla d'onest'uomo, ma cortigianescamente devoto alla contessa Fosca, antica fiamma, aveva modi quando burberi, quando cerimoniosi, un parlar franco, e insieme cauto. Mirava a scoprire come Silla avesse risaputa la malattia del conte. Silla gli disse che se ne parlava da tutti nei paesi vicini e ch'erano persino corse voci di maggiore sventura. Non lasciò intendere dove precisamente avesse attinta la notizia egli stesso né di dove fosse partito quella mattina, benché non dubitasse che per mezzo del vetturale lo si avrebbe facilmente conosciuto. L'avvocato, a cui ripugnavano le investigazioni oblique, uscì presto di argomento. Confidò a Silla la profonda avversione per quei luoghi inospiti, per le montagne dritte come muri, per quella casa della malinconia. Anch'egli, come la sua vecchia amica, non ne poteva più; non vedeva l'ora di sentirsi gridare: «*Sia premi*» e «*Sia stali*»[254] sotto le finestre.

Finalmente il frate ritornò e Silla discese in giardino.

V'era il commendator Vezza che si divertiva a gettare del pane ai cavedini. Silla lo evitò, attraversò il cortile per uscire dal cancello. Passò accanto alla porticina della darsena, guardò le barche, guardò su per la scaletta segreta che serve all'ala destra del Palazzo. Vuoto e silenzio. Oltrepassò il cancello e, fatti pochi passi sulla strada di N... si voltò.

Lassù la nota finestra d'angolo era chiusa. Il sole, declinando, batteva sulle persiane, sulla grande muraglia grigia, scintillava sulla magnolia lucida del giardinetto pensile. Di vita umana non vi era indizio. Silla fece un lungo passeggio vagando per i sentieri più solitari e tornò al Palazzo dalla stessa parte. La finestra era ancora chiusa benché il sole non battesse ormai più che sui tetti. Silla rientrò in casa, con il presentimento chc Marina non avrebbe dato segno di vita durante il giorno, ma che la vedrebbe nella notte.

NOTE

244. Forma arcaica.
245. Rafforzativo atto a sminuire, per antifrasi, il valore di sé.
246. "Straccione".
247. "Avrebbe visto..."
248. "Emise".
249. "Magone, groppo".
250. "Che bellimbusto!"
251. Costruzioni dialettali.
252. "Mio figlio".
253. "Bevi".
254. "Fermi a sinistra, fermi a destra!"

Capitolo II - Un mistero

Il pranzo fu triste. Il padre Tosi si alzò da tavola subito dopo la minestra per andare dal conte, e non ritornò più. La contessa e Nepo mangiavano compunti. Il signor Vezza aveva voglia di chiacchierare, temendo che quel silenzio malinconico gli preparasse una digestione laboriosa. Scelse a interlocutore l'avvocato Mirovich e gli parlò di Venezia, de' suoi amici di colà, del caffè e pannera[255] in gelo, dell'Istituto Veneto e delle gondole, tirando in mezzo Virgilio per amore o per forza:

Convulsum remis, rostrisque tridentibus aequor.[256]

L'avvocato si seccava e rispondeva corto, ma il commendatore tirava via a ronzare, fra un boccone e l'altro, arrischiando qualche sorriso, tanto sano a pranzo. Silla taceva come i Salvador. La contessa lo squadrò ben bene fin dalla minestra, nel chinarsi sul cucchiaio, e poi ogni volta che il cameriere gli presentava le vivande. Ella soffriva evidentemente di dove tacere, gittava a Nepo delle occhiate espressive, che dicevano "parlo, non ne posso più" ma Nepo la fissava con i suoi grossi occhi miopi, le chiudeva la bocca.

Alla fine del pranzo, venne la Giovanna, le disse all'orecchio che il padre Tosi si disponeva a partire e desiderava avere prima un colloquio colle[257] persone di famiglia, com'era inteso col signor avvocato.

«Avvertite la marchesina», rispose Fosca.

«L'ho già avvertita, ma dice che non può venire».

«Ditele che si andrà noi da lei».

«Oh, ha già detto che non vuol nessuno».

Silla si levò subito da tavola e, fatto un tacito saluto, se n'andò.

«L'ha capita», disse Nepo. «Potete dirci voi, Giovanna, come è venuto quel signore lì e chi gli ha detto di fermarsi?»

«Come sia venuto non lo so. Di fermarsi, magari l'ho pregato anch'io perché so che al signor padrone gli è tanto rincresciuto quando è andato via e ho idea che se lo potrà riconoscere, gli farà tanto bene di vederlo. Mi aveva fin detto il signor padrone di tenergli la stanza sempre pronta pel caso che avesse a ritornare».

«Voi non dovete pregarlo niente affatto», disse Nepo. «In questa circostanza dovevate prendere gli ordini dalla marchesina e quasi anche i miei, posso dire. E adesso avvertite il padre che noi lo aspettiamo nella camera della contessa Salvador. Anche Lei, sa, commendator Vezza, come amico di mio zio. Intendiamoci, amico vero; perché certi altri amici non li pareggerei davvero alle persone di famiglia».

Il commendator Vezza, felice nella sua curiosità, fece un cenno di gradimento.

Il frate entrò subito dopo gli altri nella camera della contessa e, toccandosi la calotta, sedette, senza aspettare invito, sopra un seggiolone a fianco del canapè dove la contessa Fosca, irrequieta, sgomentata, batteva nervosamente sulle ginocchia il suo gran ventaglio chiuso. L'avvocato Mirovich, imbarazzato, guardando ora il frate, ora il pavimento, cominciò a dire: «A spiegazione delle parole... delle parole... non chiare, ecco, delle parole non chiare che il padre ha pronunciato stamattina in presenza del conte, della contessa e... sì, infatti, di altre persone... egli desidera fare alcune comunicazioni, non é vero? Alcune comunicazioni circa la malattia per la quale venne invitato a consulto».

«Cioè», disse il frate, «desidero! Niente affatto, desidero. È mio dovere. Io vado per le corte, signori, e chiamo le cose col loro nome. Il mio dovere è d'informare Loro signori, che, a mio avviso, il conte d'Ormengo è stato...»

Prima ch'egli compiesse la frase la contessa Fosca lasciò cadere il ventaglio. Nepo si alzò in piedi. Gli altri due non si mossero.

«Assassinato», disse lentamente il frate, dopo un istante di esitazione, levando gli occhi a Nepo con il pugno sinistro sopra una coscia e l'avambraccio destro attraversato all'altra.

«Oh Dio, oh Dio, oh Dio!» gemé la contessa spalancando tanto d'occhi spaventati. Nepo alzò le braccia, mise un'esclamazione d'incredulità sdegnosa. L'avvocato procurava di chetarli con gran gesti, diceva con le mani e il capo che non si spaventassero, che aspettassero. Nepo cedette; ma la contessa ripeteva “Oh Dio, oh Dio!” sempre più forte e scoppiò in lagrime.

«Ella poteva essere più prudente, padre», osservò bruscamente il Mirovich accostandosi alla contessa per sostenerla e farle animo.

«Santo Dio benedetto», singhiozzava costei. «Questi orrori... di parole! Dopo pranzo anche!»

«Signora mia», disse il frate, «l’interesse dell'ammalato vuole che si parli chiaro e presto. Io poi ho l'abitudine di dire la verità anche dopo pranzo».

«Continui, continui!» esclamò l’avvocato. «Si spieghi presto».

«Lo avrei già fatto se il signore e la signora fossero più pazienti. Non intendo dire che si sieno adoperati armi o veleno. Un ragazzo conosce l’apoplessia; nel nostro caso si tratta veramente di apoplessia. Dico “assassinato” perché sono convinto che vi è nell’origine di questo male l’azione violenta d’una persona».

«Questo è assurdo!» gridò Nepo.

«Lei è assurdo, signor mio bello», riprese il frate, battendo le sillabe ad una ad una e guardandolo tra ironico e serio. «Lei è assurdo. Io, per esempio, sono malato di cuore e non Lei, ma le persone che amo possono uccidermi senza veleno né armi».

«Dunque Lei dice...» suggerì il Vezza per tagliar corto alla discussione irritante.

«Io dico», rispose il frate, «che l’ammalato fu colpito d’apoplessia durante un’emozione violenta, terribile».

«Ma cosa? ma come?» chiese la contessa tutta lagrimosa. «In nome di Dio, come? Non la ci tenga qua sulla corda per tanto tempo! La parli, che Dio la benedica. Ci vuol Ella far morire a once?»

«Prima di proseguire», disse il frate, «vorrei sapere se tutte le persone della famiglia sono presenti».

Nessuno parlò.

«Ci sono tutti?» ripeté il frate.

Qualcuno disse piano: «Manca la marchesina».

«La marchesina, mia promessa sposa», disse Nepo enfaticamente, «è indisposta».

«Come si chiama questa marchesina?» chiese il frate.

«Marchesina Crusnelli di Malombra».

«Il nome, il nome di battesimo!»

«Marchesina Marina», disse Nepo.

Il frate tacque un momento, poi soggiunse: «Marina. Non ha altri nomi?»

«Sì. È Marina Vittoria. Ma che importa?»

«Importa molto, signor conte. Moltissimo importa. Come si chiamano le donne di servizio che sono in casa, oltre a Giovanna?»

«Catte, intanto», rispose la contessa.

«Fanny», suggerì il commendator Vezza. Nessun altro nome fu pronunciato.

«Dunque», continuò il frate, «non v'è donna in casa che abbia nome Cecilia?»

«No» risposero tutti, uno dopo l'altro.

«Ebbene, io sono convinto che l'altra notte una donna, una Cecilia, è entrata nella stanza del conte Cesare e lo ha spaventato, lo ha irritato a morte».

Nessuno fiatò. I Salvador, il Vezza guardavano il frate a bocca aperta; il Mirovich teneva gli occhi bassi, il mento sul petto; pareva sapesse già da prima quello che il frate veniva dicendo. Questi si alzò e andò a piantarsi in mezzo alla camera.

«Ecco», diss'egli accennando alla parete sinistra, «quello è il letto; il conte fu trovato qui in camicia, bocconi sul pavimento, con le braccia distese verso l'uscio. Questo lo sanno anche Loro signori. Ma vi sono delle altre cose che non sanno. L'uscio del corridoio, che il conte chiude sempre quando va a letto, era aperto. Sul letto fu trovato da Giovanna un guanto, questo».

Egli trasse di tasca un guanto piccolissimo. Il Vezza e Nepo lo afferrarono insieme, corsero alla finestra per esaminarlo bene. Nepo esclamò subito: «Buon Dio, non è un guanto. Fu, chissà quando, un guanto 5 1/4 o 5 1/2, a un sol bottone; un guanto da ragazzina di dodici anni: adesso è un cencio scolorato, ammuffito».

«Bene, quel cencio, che non può appartenere al conte, non cadde sul suo letto, ma vi fu gettato, perché il letto è assai largo e il guanto si trovò confitto fra il capezzale e la parete. Il candeliere del conte, lo smoccolatoio, la tazza che egli è solito tenere sul tavolino da notte, si trovarono sparsi a terra, presso l'uscio. Deve averli scagliati lui in un impeto d'ira dopo aver cercato invano, a tastoni, gli zolfanelli che dovette rovesciare dal tavolino perché si trovarono disseminati a piè del letto. La tazza fu certo scagliata, ed era piena d'acqua, perché se ne trovarono spruzzi sul pavimento, se ne trovò bagnata la manica destra della camicia del conte. Io poi vado avanti, e siccome la tazza era tuttavia intera, dico che percosse un corpo molle e cedevole, tale da spegnere il colpo e da render possibile ch'essa cadesse a terra senza spezzarsi. Cosa poté essere? Ma è evidente cosa poté, cosa dovette essere. Dovette essere l'abito a cui apparteneva questo bottone».

Nepo afferrò il bottone che il frate gli tendeva. Era un grosso bottone coperto di stoffa azzurra e bianca. Nepo lo riconobbe subito. Apparteneva a una veste da camera di Marina.

«Hum! Non lo conosco», diss'egli guardandolo attentamente.

«La signora forse potrebbe dircene qualche cosa. Faccia vedere alla signora».

«La contessa, vuol dire? Oh non lo conosce certo. Non è vero, mamma, che di queste cose io m'intendo più di te? Non è vero che se avessi veduti anche una volta sola bottoni simili addosso a qualche persona di casa, adesso riconoscerei questo?»

La contessa Fosca ardeva di vederlo e leggeva in pari tempo negli occhi di Nepo un divieto. Non sapeva risolversi.

«Oh Dio», diss'ella, «questo sì, sei famoso. Ma... in due... ah? Un'occhiata ce la posso dare anch'io, no?»

«Figurati», rispose Nepo, e le parlò con gli occhi fissi. «To'», diss'egli, «guarda pure. È inutile, già».

La contessa prese il bottone, si alzò dal canapè, e andò alla finestra dove s'indugiò qualche tempo, toccando quasi colla fronte i vetri, voltando le spalle agli altri che tacevano e aspettavano tutti in piedi, immobili.

Ella si voltò, finalmente, porse il bottone a Nepo, disse al frate, che la guardava col capo chino e le mani sui fianchi: «Niente».

Il frate non parlò né si mosse. La guardava sempre. Osservava come ogni curiosità fosse interamente scomparsa da quel volto mentre la bocca diceva: «Non ho inteso».

«Proprio niente», ripeté la contessa con voce tranquilla.

«Dove fu trovato?» chiese frettolosamente Nepo.

Il frate durò a girar gli occhi, tacendo, sulla contessa che tornava al canapè. Quindi si scosse e rispose a Nepo: Fu trovato nel pugno chiuso del conte, nel pugno sinistro. Avranno veduto un piccolo brandello di stoffa attaccato al bottone? È chiaro che fu strappato dall'abito a forza.

«Eh, sì», disse l'avvocato.

Il Vezza gli lanciò un'occhiata ironica. Il sagace commendatore sospettava che il bottone fosse stato riconosciuto e giudicava quindi prudente non interporsi in quel momento fra il Salvador e il frate.

«La Giovanna», proseguì costui, «che è entrata per la prima nella camera, ha osservato parte di queste cose, senza capire. Prima ha creduto a un ladro, cosa inverosimile; poi ha trovato chiavi, danari, portafogli intatti sul cassettone dove sono ancora adesso; dunque, ladri no. Allora ha pensato che il conte, sentendosi male, avesse voluto chiamare, uscire in cerca d'aiuto: cosa assurda perché non si spiegano, lasciando stare il guanto, neppure la tazza e il candeliere gittati lontano: non si spiega sopra tutto che il conte non ubbia suonato il campanello. A ogni modo la Giovanna ha inteso, così confusamente, che c'era del mistero. Non ha parlato a nessuno per non sparger inutilmente sospetti temerari, ma si è confidata a me, forse per l'abito che porto. Io allora ho fatto questo».

La contessa, Nepo, il Vezza pendevano dal suo labbro; non respiravano neppure.

«L'intelligenza dell'ammalato è oscurata, moltissimo oscurata: tuttavia qualche barlume, da ieri sera in poi, mi dice il medico curante, ne appare ancora. Quando io ho saputo queste cose, ho esaminato bene bene la Giovanna, ho fatto le mie induzioni e mi sono formato il mio convincimento. Poi ho interrogato l'ammalato».

Il gran ventaglio della contessa Fosca le uscì di mano, le cadde dalle ginocchia. Né lei si piegò né altri si mosse a raccattarlo.

«Ho dovuto interrogarlo, per la sua condizione, a più riprese. Già non si poteva pretendere che rispondesse più di *sì* e *no*. Ho cominciato con domandargli se qualcuno era stato in camera durante la notte. Niente. Ho ripetuto la domanda. Era forse troppo lunga; mi guardava e non tentava neppure di rispondere, né con le labbra né col capo. Allora ho provato a dirgli addirittura: "Un uomo?" Non risponde ancora. "Una donna?" Oh! L'occhio e le labbra si muovono, qualche cosa vogliono dire. Lo lascio quieto un'ora. Intanto, ci fu un progresso nelle condizioni della intelligenza e della lingua. Domandò alla Giovanna da bere. Appena partito il medico tornai alla prova. Dico: "Il nome di quella donna!" Non mi risponde, ma un momento dopo, mentre mi chinavo sopra di lui con un cerino per esaminare la cute, si mette a fissarmi e a tartagliare. Gli accosto l'orecchio alle labbra, mi par di capire: "famiglia"; io suppongo che desideri veder loro, gli rispondo qualche cosa, gli dico di star tranquillo. Egli seguita; l'ascolto ancora, credo d'intendere un'altra parola, provo a dirgli: "Cecilia?" Tace subito, e vorrei, signori, che aveste veduti quegli occhi come si dilatarono, come mi riguardarono, quale espressione prese il viso sfigurato di quell'uomo. Adesso un'altra cosa. Chi dorme nell'ala destra del palazzo, oltre il conte?»

«Perché domanda questo?» disse Nepo.

«Posto che una persona, oltre l'ammalato, dorma nell'ala destra del palazzo, questa persona...» il frate alzò la voce ed aggrottò le sopracciglia, «molto più se indisposta, deve avere udito, deve sapere qualche cosa. Consiglio Loro signori di interrogarla bene».

«Io ho l'onore di assicurarla, padre», disse Nepo acceso in volto, parlando *ex cathedra*, «che s'Ella intende con tali parole insinuare sospetti poco leciti e niente affatto convenienti a carico di una dama che sta per appartenermi strettamente, Ella s'inganna a partito e offende le stesse persone alle quali parla».

«Lei non sa quello che si dice, mio caro Signore», rispose il frate, a voce bassa e con forzata calma. «Non sa che io sono avezzo a cercare la verità, magari frugando con il coltello nelle carni e nelle ossa della gente, tanto d'una gran dama, quanto d'un facchino, colla stessa freddezza. Taglio e squarcio per trovarla e la trovo quasi sempre, sa, impassibile come un dio; poco m'importa, mentre cerco, che mi scongiurino o che mi bestemmino. E Lei pretende ch'io mi guardi dall'accennare anche da lontano a quello che può essere il vero, per non offendere una signora, i suoi parenti e i suoi amici, quando sono convinto che c'è di mezzo un ammalato che assisto? Ma Lei mi fa ridere, per Dio! Del resto, adesso, loro signori conoscono i fatti. Si ricordino che se l'ammalato si ricupera, una nuova emozione simile alla passata lo ucciderà sul colpo. Il padre Tosi ha fatto il suo dovere e se ne va».

Egli si alzò e guardò l'orologio. Il suo legnetto doveva già trovarsi sulla strada provinciale, allo sbocco del viottolo del Palazzo.

«S'intende», disse l'avvocato, «che il padre non farà parola fuori di qui...»

«È il primo consiglio di questo genere che mi si dà», rispose il frate, «e non lo ricevo. Buona sera a Lor signori».

«Chi lo paga?» sussurrò il Mirovich a Nepo dopo che quegli fu uscito.

«Cosa è mai venuto in mente al medico di suggerir quel cialtrone lì!» disse Nepo evitando di rispondere. «Se avessi saputo che doveva poi anche tardar un giorno, avrei fatto venire io Namias da Venezia! Adesso tu starai male, mamma».

«Altro che male, altro che male!» gemette la contessa.

«Già; matto villano! Avrai bisogno di quiete», disse Nepo con un accento nuovo di premura filiale. «Andiamo, andiamo, lasciamola sola. Vi dico la verità che anch'io non ne posso più di prendere un po' d'aria. Mi fa piacere Lei, avvocato, di andar a vedere dello zio. Io vado a prendere il mio cappello e passo dal cortile. Lei mi dirà dalla loggia se le cose vanno in ordine, come spero».

Dopo le dieci di sera i Salvador, il Vezza, l'avvocato e Silla erano aggruppati, in piedi, presso al tavolo del salotto. Ascoltavano il dottore che rendeva conto dello stato dell'infermo prima di andarsene a casa. Costui, vestito di nero alla moda di vent'anni indietro, ragionava sulla malattia, gittando in viso a quei diffidenti signori di città parecchi nomi greci e barbari, parecchie citazioni di autori e di giornali scientifici. La lucerna posata in mezzo alla tavola, col suo gran paralume scuro, lasciava nella penombra le persone e la camera, metteva sul tappeto una macchia luminosa circolare dov'entravano le grosse mani rubiconde del dottore che parlava. A suo avviso le cose procedevano in modo abbastanza soddisfacente. La gamba destra aveva riacquistati, in parte, alcuni movimenti e anche il braccio non era più completamente inerte. Nell'intelligenza e nella favella i progressi erano, per verità, meno sensibili, ma si poteva, anzi si doveva ritenere che col tempo si sarebbe ottenuto molto; se non la guarigione completa, almeno...

Colui era giunto a questa svolta promettente della sua prognosi quando si fermò alzando il mento e guardando con gli occhi socchiusi oltre alla cerchia dei suoi uditori. Fece quindi un cenno rispettoso di saluto. Tutti si voltarono; era donna Marina.

Il gruppo allora si agitò e si scompose in movimenti diversi.

La contessa Fosca e Nepo si avvicinarono a Marina, gli altri fecero posto; tutto questo lentamente e senza parole. Nepo guardava la sua fidanzata con due grossi occhi stupidi, sgomenti.

«Buona sera», sussurrò Marina. Poiché il medico taceva, gli disse un po' più forte con la sua voce noncurante: «Prego».

Ell'era vestita di nero o di azzurro carico; non si poteva distinguer bene.

Appena si vedeano le linee eleganti della bella persona, i grandi occhi, il pallore uniforme del viso e del collo. Si guardò un momento alle spalle, quasi cercando una sedia. Nepo insistette perché sedesse sul canapè, ma ella scelse una poltrona proprio in faccia al medico.

«Almeno», proseguì costui, incerto, magnetizzato dagli occhi grandi che lo fissavano, «l'uso delle gambe... fors'anche, in parte, l'uso del braccio... dico in parte, in parte... si potranno ricuperare... e anche l'intelligenza... però, per l'intelligenza, è difficile, molto difficile».

Pareva pigliar involontariamente la intonazione dagli occhi di donna Marina.

Il commendatore Vezza li studiava da vicino quegli occhi, procurando di non farsi scorgere dai Salvador. Aveano un fuoco vago e febbrile, una espressione di curiosità intensa, qualche cosa di nuovo che colpì il commendatore.

Qualcuno entra; il signor parroco che viene a prender notizie. Il povero don Innocenzo, miope, imbarazzato, non riconosceva nessuno, salutava a sproposito, si scusava, suggeva l'aria con le labbra, serrate come se il pavimento gli scottasse. Intanto il dottore si congedò. V'era un ghiaccio nella stanza: nessuno parlava forte. Nepo, curvo sulla spalliera delle poltrona di Marina, le chiedeva sottovoce della sua salute, si doleva di non averla mai potuta veder in quei due giorni. La contessa Fosca dall'altra parte tentennava. Si piegava verso Marina, le sussurava una frase; si ritraeva per non porsi troppo avanti fra lei e Nepo; quindi cedette alla tentazione. Il parroco prendeva le notizie del conte dall'avvocato Mirovich, in disparte. Silla non s'era mosso mai. Marina nell'entrare lo aveva guardato un momento, lo aveva confitto, quasi impietrito al suo posto.

Ella si alzò.

«Amerei dire una parola al signor Silla», disse.

Questi, pallidissimo, s'inchinò.

La contessa, Nepo, il Vezza, stupefatti, guardavano Marina, aspettando uno scoppio, una scena come quella dell'anno prima. L'avvocato interruppe la sua relazione; Don Innocenzo non capiva; gli diceva: «E dunque?»

«Non qui», disse Marina.

Il Vezza e il Mirovich fecero atto, un po' tardi, di ritirarsi. I Salvador non si mossero.

«Restino pure», soggiunse Marina. «Ho bisogno di prendere aria. Scende in giardino, signor Silla?»

Questi s'inchinò daccapo.

«In giardino?» esclamò la contessa Fosca con uno scatto di malcontento.

«Con questo fresco?» soggiunse poi. «Non mi pare...»

«Con questo umido?» disse Nepo. «Piuttosto in loggia».

«Buonasera», disse Marina. «Faccio un giro e poi rientro nelle mie camere».

Nepo volle replicare qualche cosa, s'imbarazzò, balbettò poche parole. Donna Marina fece un passo verso l'uscio e guardò fisso Silla, che venne ad aprirglielo. «Buona sera», diss'ella ancora, uscendo.

Nessuno le rispose.

Marina discese lentamente, con piedi silenziosi di fata, in mezzo alla larga scala semioscura. Silla le teneva dietro, stretto alla gola da commozioni inesprimibili, quasi cieco. Ancora un momento e sarebbe stato solo con lei, nella notte.

La porta a vetri che mette in giardino era spalancata. Il lume del vestibolo, oscillando all'aria notturna, mostrava di fuori un lembo di ghiaia rosea; presso all'uscio, sopra una sedia, lo scialle bianco di Marina. Ella lo porse a Silla, si fermò perché glielo posasse sulle spalle. Le loro mani si incontrarono; eran gelate.

«Fa freddo», disse Marina, stringendosi lo scialle sul petto. Pareva un'altra voce; quasi tremante. Silla non rispose; credeva ch'ella gli sentisse il cuore a battere. Le posò un momento le mani alle braccia quasi per ravviarle lo scialle. Ella trasalì; le spalle, il seno le si sollevarono. Uscì senza dire parola, fece una cinquantina di passi nel viale e s'appoggiò alla balaustrata, guardando il lago.

La notte era oscura. Poche stelle lucevano nel cielo nebbioso fra le enormi montagne nere che affondavano l'ombre nel lago. Il gorgoglio delle fontane, il canto lontano dei grilli nelle praterie, andavano e venivano col vento.

Silla non vedeva che la elegante figura bianca, curva sulla balaustrata presso a lui.

«Cecilia», disse piano accostandosele.

Ella appoggiava il mento alle mani congiunte. Ne stese una a Silla senza voltar la testa, e gli disse appassionatamente: «Sì, mi chiami sempre così. Si ricorda?»

Egli strinse con ambedue le proprie quella mano di raso odoroso. Temeva di esser freddo, di non aver neppur sensi in quel momento. Se la recò alle labbra, ve le impresse, veementi, sul polso.

«Mi dica: si ricorda?» ripeté Marina.

«Oh Cecilia!» diss'egli.

Le voltò la mano, vi abbassò rapidamente il viso sul palmo,

se la serrò sugli occhi, parlò convulso: «Non v'è più mondo, se sapesse, per me! Non vi son parenti, né amici, né passato, né avvenire: niente, niente; non v'è che Lei, mi prenda, mi prenda tutto!»

Voleva esaltarsi e vi riusciva. Si trasse quel piccolo palmo sulla bocca; pensò alla propria vita amara, al mondo ingiusto, vi soffocò uno spasimo di passione che dovette entrar nel sangue di lei, attraversandolo sino al cuore.

«No, no», diceva ella con voce interrotta, mancante, «adesso no». Avevan la febbre tutti e due.

«Quando si è ricordato?» disse Marina.

Ella era fissa nell'idea di Cecilia Varrega, che avrebbe ritrovato, nella seconda esistenza terrena, il suo primo amante.

«Iersera», diss'egli credendo aver intesa la domanda. «Iersera, dalla signora De Bella, che mi parlò di lei; dopo hanno fatto una musica che mi ha rotto il cuore, me ne ha tratto fuori tante cose. Esco di là mezzo pazzo, trovo il Suo telegramma. Allora mi si è illuminato tutto, ho sentito il destino prendermi, portarmi qua. Mi lasci questa mano, questa dolcezza infinita. Lei non sa che passione è la mia. Mi par di morire a non spiegarmi e non posso parlare. Vorrei esser tratto giù per sempre, con Lei, in quest'acqua che mi chiama».

Egli tirò a sé la inerte mano prigioniera, il braccio, la persona.

«Domani», sussurrò Marina, resistendo, «domani sera dopo le undici, sulla scaletta della darsena».

Egli non voleva lasciar quella mano, vi figgeva le labbra insaziabili.

«Venga», diss'ella a un tratto concitata, «mi segua, discosto, non mi parli e, sulla porta, mi lasci. Lo sapevo».

Silla comprese e obbedì. Fatti due passi, vide qualcuno nell'ombra. Era Catte.

«Ah, è qui, marchesina. L'ho cercata dappertutto. Sua Eccellenza mi aveva dato questo scialle per Lei».

Marina non degnò rispondere né tampoco guardar la cameriera: fece dalla porta un saluto freddo a Silla e sparve nel vestibolo.

Silla attraversò il cortile, salì la scalinata ed escitone di fianco sedette sull'erba sotto un cipresso, vi rimase un pezzo bevendo il forte odore dell'albero, ascendendo con gli occhi per l'alta colonna nera sino alle stelle.

Più tardi la contessa Fosca, chiusa con Nepo nella sua camera da letto, smaniava, singhiozzava, esclamava contro il frate che aveva raccontato quelle cose orribili, contro la dama milanese che le aveva date le prime informazioni di Marina; si domandava cosa mai vi potesse essere fra Marina e suo zio, cosa mai ella avesse detto, cosa mai avesse fatto quella notte; protestava di perder la testa, di volerne uscire, di volerne far uscire Nepo a ogni costo, di voler piantare quella benedetta casa e il suo padrone e la sua padrona, e i denari e tutto. Quando aveva finito, ricominciava. Nepo taceva sempre, ingrugnato; solamente, se sua madre alzava troppo la voce, le faceva un gesto iracondo. Ella resisteva, sulle prime; gli diceva: «E cosa fai tu col tuo tacere?»

Ma Nepo s'inviperiva.

Allora la povera donna diventava umile, piagnucolosa; ripeteva: «Nepo, la è matta! Nepo, la è matta!»

Voleva chiamar l'avvocato, consultarlo. Nepo si oppose tanto risolutamente ch'ella credette leggergli in viso un proposito, un piano bell'e pronto. Gli domandò che intendesse fare.

«Aspettare», diss'egli, «non compromettere niente».

«Per la donazione, caro, ho paura. Adesso la va peggio».

«Aspettare», ripeté Nepo.

«Bel discorso!»

Egli scosse via l'occhialettto, prese sua madre per le braccia, le immerse gli occhi negli occhi e disse con voce soffocata: «Se non c'è testamento?»

La contessa pensò un poco, guardandolo.

«Resta tutto suo?» diss'ella. «Tutto di Marina?»

Nepo si tirò indietro, allargò le braccia.

«Eh!» diss'egli, e soggiunse: «Allora ci penseremo».

Seguì un lungo silenzio.

«Perdi un bottone, viscere», disse la contessa piano con dolcezza.

Nepo si guardò il bottone che gli penzolava dall'abito, rispose nello stesso tono: «Momolo che non guarda mai. Vado a vedere del conte».

«E il tiro di stasera?» disse la contessa mentre egli se ne andava. «Bello, sai!»

«Per quello non ho nessun pensiero», disse Nepo. «Intanto hai sentito Catte, come li ha visti tornare a casa. Credo poi, anche a giudicare dalle parole di Marina, che né scuse né complimenti gliene abbia fatti certo. Vedrai che domattina, per non dire stanotte, l'uomo se ne va. Cosa vuoi pensare? Dopo che è partito l'altra volta a quel modo e per quella cagione!»

«Lui lo ha detto a Mirovich come è venuto; ha detto che ha saputo in un paese qui vicino della malattia del conte. Dunque vado».

Nepo trovò in galleria Catte a chiacchierare con l'avvocato e col Vezza che fumavano. Catte, veduto il padrone, se la svignò; gli altri due non avevano notizie precise dell'ammalato, dopo la partenza del dottore. Nepo si avviò in punta di piedi a pigliarne, e coloro ripresero il loro dialogo. Parlavano degli strani casi cui assistevano: il Vezza con l'interesse d'un egoista curioso; il Mirovich con qualche pena per la devozione che portava alla contessa Fosca. Facevano mille supposizioni diverse, ricadevano sempre a dire, come la contessa Fosca, di non capirci nulla. Il Mirovich concluse: «È proprio il caso di dire come i chioggiotti[258]: «*Co se ga rasonao se ga falao*».

Il Vezza disse qualche cosa, dopo un lungo silenzio, sulla pace profonda della notte; e il suo compagno, pensando a Venezia, a' tempi passati, mormorò la prima strofa della canzonetta che comincia:

Stanote de Nina...

«Bella, bella, bella! Avanti, avanti!» disse il commendatore. Nepo rientrò in loggia.

«Come va?» gli chiese l'avvocato.

«Peggio, peggio assai, purtroppo», rispose Nepo e passò oltre.

«Che brutto affare», sospirò l'avvocato.

«Ma!»

Lo zampillo del cortile parlò solo per un momento dietro a loro.

«Era malandato, già, in salute», disse il commendatore.

«Eh, sì».

«Adesso restava anche solo», tornò a dire il Vezza.

«Eh, questo sì».

«Quasi, quasi...»

«Oh, lo credo anch'io».

Parlò ancora solo la voce blanda. Il Vezza gittò il suo sigaro.

«Che veleno!» diss'egli.

«Dunque?» soggiunse dopo una breve pausa.

«Cosa, dunque?»

«La canzonetta?»

«Ah, ecco *Stanote de Nina...*» L'avvocato abbassò la voce, e la tramontana leggera che attraversava gli archi, sciolse, portò via le parole voluttuose.

Nella sua stanza, dove un fioco lumicino posato a terra spandeva nell'aria calda e greve certo chiarore sepolcrale, il conte Cesare supino, immobile, non vedeva la Giovanna seduta presso il letto con le mani sfiduciate sulle ginocchia, e gli occhi fissi in lui. Credeva invece di veder la figura di sua nipote ritta in mezzo alla camera. Era sua nipote e un'altra persona nello stesso tempo, ciò gli pareva naturale. Si moveva, parlava, guardava con due occhi pieni di delirio; come mai se quella persona era morta e sepolta da lungo tempo? Egli lo sapeva bene ch'era stata sepolta, ricordava d'averlo inteso da suo padre; ma dove, dove? Tormentosa dimenticanza! C'era pure nella sua memoria quel luogo, quel nome; ve lo sentiva muoversi, salire, salire finché ne scattò su, in lettere visibili.

Credette allora cavar di sotto le lenzuola il braccio destro, stenderlo, appuntar l'indice a colei, dirle ch'ella mentiva e ch'era ben sepolta ad Oleggio, nella cappella di famiglia. Ma la donna lo minacciava ancora, lo sfidava, gli gettava un guanto; pareva Marina ed era la prima moglie di suo padre, la contessa Cecilia Varrega. Ella lo sentiva, parlava di antiche colpe, di una vendetta da compiere. Allora egli immaginava lanciarsi smanioso d'ira dal letto, e tutto si confondeva nella sua mente in una torbida visione a cui intendeva ansando, come se sulla porta della morte gli apparisse, al di là, un pauroso dramma sovrumano.

C'era un peggioramento improvviso, la paralisi minacciava il polmone.

Il Palazzo non era parso mai così cupo come quella notte, malgrado i lumi che vi vegliarono fino all'alba.

NOTE

255. "Panna".
256. "(Tutto il mare) battuto dai remi e dai rostri a tridente si spalanca". *Eneide*, libro V, v. 140.
257. "Con le..."
258. Gli abitanti di Chioggia (che si esprimono in un dialetto molto simile al veneziano puro).

Capitolo III - Quiete

«Come hanno fatto bene! Come hanno fatto bene!» ripeteva Marta correndo su per la scala della canonica a portar le valigette di Edith e di suo padre nelle stanze preparate per essi, a spalancar porte e finestre. Gridava dall'alto a don Innocenzo: «È contento, mo?»

Tornava giù in furia, tutta scalmanata, veniva a protestare che la canonica non era il Palazzo, che non avrebbero trovato questo, che non avrebbero trovato quello. Ardeva dalla voglia di dare un bacio a Edith, ma non osò. Steinegge, impolverato come una vecchia bottiglia di Bordeaux, protestava dal canto suo contro tanti complimenti, esclamando, giungendo le mani, gesticolando: e don Innocenzo, cui lucevano gli occhi dal piacere, gli dava ragione contro Marta, diceva di credere che sicuramente i suoi ospiti si sarebbero trovati bene in casa sua: altrimenti non li avrebbe pregati di venire. Allora Marta si voltava contro il padrone. «Ma ha da dire queste cose Lei? Ma tocca a Lei dire queste cose?»

«Bene bene», rispondeva il povero prete vedendola inalberarsi, «via, via, chetatevi».

«Oh bella», soggiungeva poi, volto agli Steinegge, «ho visto che ha lavorato tanto, che ha preparata tanta roba!»

Qui Steinegge esclamava daccapo, e Marta, disperata di aver un padrone simile, scappava in cucina per non perdergli il rispetto.

«Mi dica Lei, signorina», chiese don Innocenzo a Edith, «ho detto male? Lo sanno anche Loro, non è vero, che sono un povero parroco?»

«Noi gran signori amiamo qualche volta discendere», rispose Edith, scherzando.

La piccola casa rideva tutta. Non c'era granello di polvere sugli arredi né sulle invetriate: le tendine di percallo[259] bianco, appena lavate e stirate, diffondevano nelle stanzette una luce color di perla, mandavano odore di nettezza. Nel salottino da pranzo a pian terreno un passero solitario gorgheggiava festosamente fra le due porte che mettevano nell'orto; in mezzo alla tavola un vasetto di porcellana bianca portava dei fiori. Da quelle due porte, da ogni finestra della casa entrava il verde tenero della campagna, entrava un senso profondo di riposo per chi veniva dalla città e aveva ancora negli occhi il frastuono del treno, nelle ossa la stanchezza di una lunga corsa in carrozza. V'era tranquillità e pace perfino nell'alto canapè di vecchio stampo, nelle antiche incisioni giallognole del salotto, negli uccelli impagliati che nidificavano dentro due campane di vetro, sopra il caminetto dello studio. Anche l'orologio a pendolo fra le due campane, con la sua raucedine acuta e sfiatata di vecchione sordo, riposava lo spirito. E v'era, sotto a questo sorridere pacato della casetta, una castità verginale, senza sospetto, posata innocentemente in seno alla natura amorosa, aperta alla contemplazione della vita. La si leggeva perfino nella forma incomoda di certe suppellettili: perché se tutto là dentro diceva pace e quiete, né gli alti canapè stretti, né le seggiole impagliate a spalliera verticale permettevano la voluttà del riposo spensierato e delle immagini vagabonde. Dallo studio, zeppo di libri, usciva uno spirito di austerità pensosa; cosicché l'aspetto della casa rendeva immagine, in qualche modo, dell'aspetto di don Innocenzo, ilare, semplice, pieno di pensiero.

Questi era beato di aver seco[260] gli Steinegge. Gli ravvivavano un po' la solitudine di cui soffriva, in fondo, nella sua ingenua ammirazione della società moderna, nella sua passione per conversare di politica, di letteratura, d'ogni novità curiosa. Di Steinegge s'era innamorato di slancio; per Edith sentiva, specialmente dopo l'ultima sua lettera, un alto rispetto, misto però di soggezione. La fiducia di uno spirito così nobile lo sgomentava, quasi. Temeva di non sapervi corrispondere, di non poter afferrare certe finezze femminili, di non intender bene certe squisitezze di sentimento in cui bisognava entrare per consigliar quell'anima, per esercitare l'ufficio religioso che gli veniva chiesto. Sentiva in pari tempo un vago sospetto che vi fosse nell'ascetismo di Edith qualche cosa di eccessivo e di tenace da doversi combattere. Era insomma il suo compito attraente ma grave, di quelli che lo trasformavano, che lo facevano pensar con calma, parlar con misura, operar con cautela.

Prima ancora che Edith e suo padre salissero alle loro stanze, il parroco volle condurli, malgrado le osservazioni di Marta, a veder i rosai, le fragole e i piselli dell'orto. Il suo orticello gli pareva meraviglioso e se ne teneva: parlava del grossolano coltivatore come se il verde uscito dai pochi granellini sparsi sulle aiuole, e i fiori usciti dal verde, e i frutti dai fiori fossero tanti miracoli suoi. E ora Steinegge, un altro botanico profondo, spargeva a destra e a sinistra, sulle fragole e sui piselli, i suoi grossi complimenti, difendendosi con altri complimenti da Marta che gli veniva dietro per spazzolargli il soprabito. Edith s'indugiava a guardar distratta il verde un po' freddo dei prati sotto il cielo nuvoloso, a odorar i bottoni di rosa. Puro odore pio! Faceva pensare alla preghiera d'un bambino. Ma don Innocenzo beveva voluttuosamente le profane lodi di Steinegge con dei: «Non è vero? Eh! dica la verità!»

Dopo i piselli fece vedere a' suoi ospiti le novità della casa. Prima *Veuillot*, un passero solitario, chiacchierone impertinente, al quale era rimasto quel nomignolo dopo che un allegro prete, seccato dal suo cicaleccio continuo, si era voltato a gridargli: «Taci, Veuillot!».

«E io mi godo di tenerlo in gabbia», soggiunse ferocemente don Innocenzo, raccontato l'aneddoto. Aveva pure a mostrare de' nuovi tegami preistorici trovati scavando le fondamenta della cartiera, del gran dado bianco che si vedeva sorgere laggiù oltre i pioppi del fiumicello, in mezzo a una chiazza nerastra, a una piaga schifosa del verde. Don Innocenzo era ancora entusiasta della cartiera, forse anche un po' per la scoperta dei suoi tegami. Passando per lo studio, Steinegge chinò un momento il capo a un libro aperto sullo scrittoio davanti al seggiolone di Don Innocenzo. Questo saltò lesto come un ragazzo a ghermire il libro e se lo strinse al petto, ridendo, rosso fino al vertice del cranio. Steinegge, rosso anche lui, fece le sue scuse.

«A Lei! A Lei! Vada là! Lo prenda, lo prenda!» rispose don Innocenzo porgendogli a due mani il libro che l'altro non voleva pigliare.

«Ah!» diss'egli, appena v'ebbe data un'occhiata, «*Mein Gott, Mein Gott*![261] Non avrei mai creduto questo».

Era una grammatica tedesca.

«Taccia, vada là, vada là che non capisco niente!» esclamò don Innocenzo ridendo sempre; e gli ritolse il libro, lo gittò sullo scrittoio, vi posò su il suo berretto a croce e scappò a raggiungere Edith.

Adesso non c'era proprio più nulla da vedere e la casetta tornò silenziosa, perché gli Steinegge si ritirarono nelle loro stanze al primo piano, mentre Marta stendeva la tovaglia.

Placido silenzio, interrotto appena dal tintinnio delle posate di Marta, da qualche passo pesante sulla stradicciuola di là dall'orto. Edith era felice di sapersi così lontana da Milano, in mezzo a tanta quiete e a tanto verde, come ella stessa aveva scritto; e, nel disfare la valigetta, chiamò suo padre, gli domandò s'era contento. Egli venne dalla sua camera con la cravatta in mano e gli occhietti scintillanti. Altro che contento! Edith gli fece vedere due bei bottoni di rosa in un bicchiere posato sul cassettone e un volume di Lessing: *Nathan der Weise*[262]. Li aveva anche suo padre i fiori sul cassettone e aveva la storia della guerra dei trent'anni di Schiller in tedesco. Che gentilezza di quel don Innocenzo e che accoglienza cordiale! A Edith pareva un po' invecchiato; a Steinegge no. E Marta, che cordialità, povera donna! Si scambiavano le loro impressioni a bassa voce, mentre Edith disponeva nel cassettone la sua roba. Aveva portato alcuni libri tedeschi e italiani, ma non *Un sogno*. A suo padre che si dolse un poco di questa omissione, ella non rispose parola; gli passò invece una mano sotto il braccio, lo trasse alla finestra che guardava l'orto, la stradicciuola, i prati, i pioppi lontani dal fiume, le colline al di là e tanta distesa di nuvole bianche.

«Mi par d'essere una fanciulla», disse Edith, «e trovarmi la sera nel mio letto dopo essermi smarrita il giorno fuori di casa, e aver pianto, aver provate tante angoscie. Non ti senti, papà, meno straniero qui che a Milano?»

Qualcuno parlava nell'orto. V'era don Innocenzo con una vecchia contadina che si lagnava, piagnucolando, della sua nuora. Il parroco cercava di chetarla; allora la vecchia cominciava, chinando il capo, un'altra storia più segreta ed egualmente triste che don Innocenzo interrompeva con dei *bene bene* soddisfatti, come se a questo nuovo malanno gli fosse più facile trovar il rimedio.

Le cacciò di fretta in mano alcune monete e la mandò via bruscamente.

«Che strega quella donna lì!» disse Marta di dentro. «Spero bene che non le avrà dato niente».

«Cosa vi viene in testa?» rispose don Innocenzo.

«Anche le rose, anche i libri tedeschi», disse Steinegge dalla finestra. vQuesta è troppa attenzione, signor curato. Noi non sappiamo...!»

«Oh, son libracci vecchi di casa mia. Vengano giù, vengano giù che si desina subito."

Il desinare cominciò allegramente. Marta si moltiplicava. Aveva il suo posto a tavola, ma andava e veniva continuamente dalla cucina, malgrado le preghiere degli ospiti e le osservazioni del padrone. Edith le dichiarò che per quel primo giorno lasciava fare, ma che all'indomani si sarebbe presa, o per amore o per forza, la sua parte dell'azienda domestica. Marta rispose con una fila di *mai più* acuti. Steinegge si offerse come aiutante cuoco, promise i *Klosse*, disse di averli insegnati a Paolo del Palazzo. Il povero don Innocenzo non sapeva che riscaldare il caffè e si propose, modestamente, per questo.

«A proposito!» esclamò Steinegge, guardandolo parlare senz'ascoltarlo, impaziente che finisse, «Non abbiamo ancora domandato del signor conte!»

«Sono stato al Palazzo due ore fa», rispose don Innocenzo. «Andava un po' meglio di ieri sera».

«Come, un po' meglio?»

Steinegge si piegò in avanti, ansioso.

«Malato?» esclamò Edith, sorpresa.

«Non sanno niente?» replicò il curato.

«Ma no!»

«Credevo che Marta, non so, che qualcheduno lo avesse detto Loro. Euh, cose tristissime, dolorosissime!»

«Ah, Signore, non sanno niente!» disse Marta in piedi, con le mani appoggiate alla tavola. «Ma sicuro! Come han da fare Loro a saperlo? Non son che due giorni».

«Ma in nome di Dio, cosa è questo?» disse Steinegge.

«Ecco», rispose don Innocenzo, «cos'è oggi? Mercoledì. Bene, lunedì mattina, anzi nella notte dalla domenica al lunedì, il conte ebbe un attacco d'apoplessia».

«Oh!»

Don Innocenzo, corretto qualche volta da Marta, raccontò quello che sapeva della malattia. Steinegge non poteva darsi pace di questa sciagura; Edith pure n'era dolentissima.

«E gli sposi?» diss'ella.

«Oh, non sono ancora sposi», rispose il curato.

«E lo diventeranno giusto il giorno del Giudizio», soggiunse Marta.

Il suo padrone la sgridò, disse che il matrimonio era solamente differito e che c'erano bene state tutte le ragioni per differirlo. Marta se n'andò in cucina brontolando.

«Ci sono poi degli altri pasticci», disse don Innocenzo a mezza voce.

Steinegge non pensava più a mangiare; posò le braccia sul tavolo aspettando.

«Dopo, dopo», sussurrò il prete con un gesto e un'occhiata verso la cucina.

«Oh, non mi attendevo questo!» esclamò Steinegge.

Edith domandò di donna Marina. Il parroco disse che stava bene, che l'aveva veduta la sera prima.

Intanto Marta aveva portato l'allesso e non parlava più, indispettita pel[264] rabbuffo del padrone, dolente che quel vitello così tenero e saporito e i capperi in aceto preparati da lei avessero, per il malaugurato discorso, a passar senza lodi; prevedendo che la stessa sorte sarebbe toccata all'arrosto.

«Dopo pranzo andremo a Palazzo, non è vero, papà?» disse Edith.

«Certo, oh!»

Il solo Veuillot non aveva perduto la sua loquacità allegra: a furia di chiacchiere si fece ascoltare dai commensali, fece parlare di sé, dell'ingiusto nome di guerra che gli avevano dato. Il sole cadente rideva sul soffitto. Don Innocenzo cominciò a parlare de' suoi cocci preistorici, dei dotti che dovean venire a vederli.

Edith faceva delle osservazioni critiche di cui suo padre si scandolezzava. Egli prestava intera fede ai cocci e ai dotti, parlava delle palafitte svizzere che conosceva. Ad un tratto s'interruppe ricordandosi che doveva andare al Palazzo.

«Aspetti», gli disse don Innocenzo, «aspetti il caffè. Mi pare che si potrebbe uscire a prenderlo nell'orto, non è vero?»

Uscirono nell'orto all'aria dolce, odorata di primavera. Il sole avea rotto le nuvole e toccava quasi le colline di ponente: la casetta ne ardeva, i vetri ne sfolgoravano. Edith volle portar lei il caffè. Steinegge e don Innocenzo sedettero ad aspettarlo sul muricciuolo dell'orto in faccia al salotto.

«Marta è una buona donna», disse don Innocenzo, «ma è una gran chiacchierona. Ci sono de' pasticci al Palazzo. Intanto è tornato quel tale Silla».

Steinegge diè un balzo.

«Oh scusi, non è possibile! Se l'ho visto io a Milano l'altro giorno, in casa mia, e non mi ha detto niente!»

«Tant'è; adesso è qui».

«Lei lo ha veduto?»

«Certo».

«Oh, ma questo! Scusi molto, io credo che i Suoi occhi non L'hanno servita bene! Oh, è impossibile questa cosa! Lui qui, al Palazzo?»

Si alzò e si pose a camminar in fretta su e giù lungo il muricciuolo, borbottando in tedesco. Si fermò su' due piedi. Gli era balenata un'idea.

«Forse è stato richiamato?» diss'egli. «Forse per telegrafo?»

«Può essere, ma non credo, perché il conte Le ho detto in che stato è, la marchesina non lo poteva soffrire quando fu qui l'altra volta, e i Salvador non lo conoscono».

«E che cosa fa qui?»

«Mah! Sa bene cosa si diceva di lui? Pare che venendo in questo momento abbia messo una spina negli occhi della marchesina e dei Salvador».

«Per l'eredità? Oh questa è bugia, questa è calunnia!» disse Steinegge concitato. «Mi scusi, Ella non sa, signor parroco, Ella non creda. Il signor Silla non è niente affatto quello che si diceva e giuro che non è venuto qua con questa cosa vile nel cuore».

Don Innocenzo gli accennò di tacere. Marta sulla porta della cucina, contendeva a Edith il vassoio del caffè.

«Ma no», diceva, «ma no, son mica cose da far Lei queste: Bene, faccia un po' come vuole, là!»

Edith veniva a passi corti, sorridente, un po' compresa della sua missione, tenendo gli occhi sulle chicchere a fiorami rossi e verdi, sulla zuccheriera pure a fiorami, sul bricco che traballava. Il fuoco del tramonto le batteva in viso, batteva sul vassoio, sulle mani sottili.

«Non sai», le disse suo padre in tedesco, impetuosamente, «che il signor Silla è qui?»

Ella si fermò e tacque un momento, senza fare altro segno di sorpresa.

Poi chiese quietamente: «Dove, qui?»

«Al Palazzo».

Venne a posar il vassoio sul muricciuolo e domandò a don Innocenzo se il caffè gli piaceva dolce o amaro.

Suo padre si stupiva di una tale indifferenza. Forse ella sapeva qualche cosa? Forse Silla le aveva detto una parola l'altro giorno?

No, Silla non le aveva detto niente, ed ella non sapeva niente. Osservò che il signor Silla poteva essere stato richiamato per telegrafo.

«Signora no, per quel signore là non l'hanno mica fatto battere il telegrafo», disse dietro a lei Marta ch'era venuta a portare un cucchiaino. Don Innocenzo, intento al caffè e alla discussione, non s'era avvisto di lei.

«Che ne sapete voi?» diss'egli.

«Perché non ho a saper qualche cosettina anch'io, povera donna?» rispose la petulante Marta. «Quel signore lì è proprio caduto dalle nuvole. Nessuno se l'aspettava, cari Loro. Non c'è che la Giovanna che sia contenta, perché sa, neh, che il signor conte gli voleva così bene. Gli altri non lo possono vedere, specialmente la signora donna Marina. Il mio signor padrone a me, magari, non dice niente; ma lui lo sa bene che ieri sera la signora donna Marina l'ha fatto andar giù in giardino, questo signor Silla, per dargli una ramanzina!»

«Come sapete voi queste cose?» disse don Innocenzo stupefatto.

«Ne so così delle cose io. È mica vero forse?»

«Che lo ha fatto scendere in giardino sì, è vero; ma cosa gli abbia poi detto non la so io e non lo sapete neanche voi».

«Che abbiamo udito, no, magari; nessuno ha udito; ma chi può saperlo dice che gli avrà detto d'andar via perché è lei che lo ha fatto andar via l'altra volta».

«Ma non è partito?» disse Edith.

«No, sinora, no, non è partito; almeno credo. Lo ha visto Lei oggi, signor curato?»

«Sì, l'ho incontrato sulla scala».

«Vogliamo andare, Edith?» chiese Steinegge.

«Oh no, papà, ho pensato che il momento non è opportuno per la mia visita. Vacci tu. Io resto con don Innocenzo».

«Stasera abbiamo il mese di maggio», le disse questi.

«Bene, verrò in chiesa».

A Steinegge dispiaceva andar solo, ma non insistette e partì. Marta rientrò in casa col suo vassoio, lasciandoli soli, seduti sul muricciuolo, il parroco e Edith.

«È buono sa», diss'ella con passione. «È buono; oh tanto più di me! E le vuole un bene a Lei! Desiderava immensamente di venir qua. È una provvidenza questa simpatia che ha per lei, malgrado la Sua veste. Anche ieri a sera si parlava di religione. Io dicevo che vi sono delle anime naturalmente mediatrici fra il comune degli uomini e Dio, qualunque sia la forma della loro vita terrena, e che Lei, per esempio, signor curato, anche se non fosse sacerdote...»

«Oh, signora Edith!»

«Sì, sì, Lei è una di queste anime. Lo credo e mi fa bene il crederlo, mi fa bene il dirlo. Se sapesse quanto abbiamo bisogno di Lei! Bene, mio padre diceva anche lui di poterlo credere».

Parlava con emozione tanto forte quanto era stata subitanea.

«Si consoli», disse don Innocenzo, «si consoli. Suo padre è forse più vicino a Dio di molti che esercitano il mio ministero, di me per il primo che ho sempre vissuto una vita blanda, una vita neghittosa, senza vere tribolazioni, senza opere, con frequenti languori di spirito, benché da tanti anni io entri ogni giorno nella profondità di Dio, benché io viva, si può dire, nel calore di tante anime grandi che lo hanno amato. Sono meno che niente, signora Edith. Ma sa cosa c'è di vero in questo che Lei ha detto? C'è che un sentimento puro d'interessi terreni, anche per qualche persona indegna, anche, arrivo a dire, per le cose inanimate, o almeno che noi crediamo inanimate, alza l'anima. E quest'anima che si alza, vede, naturalmente più in là; se lo slancio è molto forte, può vedere addirittura la meta; non vedrà la via, ma vedrà la meta. Il Suo signor padre mi vuol bene, non so come né perché. Non c'entra il sangue in questo affetto, né la consuetudine, né alcun interesse. Non c'entra neppure quella comunanza di opinioni ch'è il solito fondamento dell'amicizia e che pure vi mette, non Le pare? Un'ombra di egoismo. Il suo affetto per un povero disutile come me gli allontana il cuore da quei rancori iracondi che sono, credo, il più grande ostacolo sulla sua via verso la Chiesa e anche, dirò, stando nel campo della religione naturale, verso Dio. Mentre egli è con me e sente piacere d'essere con me, sono sicuro che, senza alcun merito da parte mia, una certa pace si fa nel cuore; se gli viene in mente, allora, quel tale passato, gli parrà un po' più lontano di prima. Lavoreremo. Otterremo, vedrà. Lei ha fatto benissimo intanto a non insistere, a non premere, a non molestarlo con troppo zelo».

«Povero papà!» disse Edith, sospirando. Lo immaginava con il suo caro viso onesto, lo vedeva contento, sereno, lontano dal sospettare di malinconie segrete nel cuore di sua figlia.

«Gli ha mai parlato di pratiche?» chiese don Innocenzo, sottovoce.

«Direttamente, mai», rispose Edith nello stesso tono. «Cosa vuole? La confessione, per esempio! Io comprendo che per lui è l'atto più odioso, più ripugnante che si possa concepire. Quando vado in chiesa vuol sempre accompagnarmi. In questo tempo io sono andata due volte alla confessione. Sa, io ci vado assai di rado».

«Non biasimo!» disse don Innocenzo.

Parlar di religione all'aperto nelle prime ombre della sera move l'anima. N'escono allora certe intime opinioni timide che di giorno stanno nascoste per paura della gente e anche un poco di altre opinioni imposte alla nostra coscienza docile, venute dal di fuori con autorità di maestri o di libri o di esempi.

«Egli non parlò né la prima né la seconda volta», proseguì Edith, «ma soffriva, s'intendeva bene: e dopo, per un po' di tempo restava triste, taciturno. Io vedo i suoi pensieri. Povero papà, non può immaginarli Lei i cattivi compagni che ha avuto. Non han potuto guastare il suo cuore, ma gli hanno empita la mente di tante vecchie volgarità misere!»

Il sagrestano entrò nell'orto e, salutato il parroco, andò a prendere le chiavi della chiesa. Don Innocenzo tolse commiato da Edith, che rimase seduta sul muricciuolo. Appena fu sola, si sentì spossata da un accoramento profondo. Ell'aveva amato e rinunciato all'amor suo, ma pure solo allora le pareva di aver interamente perduto Silla, solo allora che lo sapeva tornato al Palazzo, presso Marina. Pochi minuti dopo le campane della chiesa, colorata ancora dall'ultima luce calda del tramonto, suonarono. A Edith pareva che dicessero "Addio, amore, dolce amore; addio, giovinezza soave".

Si alzò e rientrò in casa; ma anche lì penetrava la voce delle campane benché più languida. "Addio, addio". Edith salì nella sua stanza. La finestra n'era aperta, e le campane vi ripetevano più forte che mai "Addio". Fra le cortine bianche, nel ponente, scintillava la stella della sera. Edith non voleva intenerirsi: andò nella camera di suo padre, vi si sentì tranquilla e vi chiuse la finestra senza sapere bene il perché. Si pose a spazzolar un soprabito, guardò se i bottoni eran saldi; poi lo ripiegò, lo posò sopra una sedia, si fece a comporre i guanciali sul suo letto, a spianare e rincalzar le lenzuola col tenero studio di una mamma che rifà il letticciuolo del suo bambino convalescente. Stette quindi a guardare la stella pura, in pace, stavolta; e udì Marta che chiamava dall'orto: «Signora! Oh, Signora!»

Marta desiderava sapere se la signora Edith sarebbe andata anche lei in chiesa, perché allora avrebbero potuto uscire insieme e chiudere la porta di casa.

Si confusero alle poche donne che salivano dal paesello, coperte il capo di grandi fazzoletti scuri, entravano una dopo l'altra nella chiesa muta, porgevano la destra alla pila dell'acqua benedetta e, piegato il capo a pochi lumi dell'altar maggiore si perdevano, quale a destra, quale a sinistra, nelle tenebre dei banchi. Don Innocenzo uscì presto in cotta e stola a leggere le preghiere alla Vergine, alternandole con parecchi *pater* e *ave*.

Edith avrebbe voluto seguir quelle preghiere col cuore e non lo poteva, tanto erano pomposamente false e sdolcinate. Le pareva impossibile che don Innocenzo non avesse potuto trovar nulla di più degno del grande spirito puro di Maria, la impersonazione cristiana del femminile eterno. In fatto, don Innocenzo aveva tentato in addietro d'introdurre altre preghiere di sua fattura, molto più semplici e severe; ma quelle prime si recitavano da anni ed anni, piacevano alla gente assai di più. Gli arroganti santocchi e le santocchie del paese fecero una tale devota sommossa, seccarono tanto il povero curato per avere daccapo i troni, i manti, le corone di stelle, che bisognò cedere. Edith non si accorse di allontanarsi col pensiero dalle preghiere e dalla chiesa. Tornava all'Orrido, udiva Marina chiederle di Silla, parlare di suo cugino, delle sue idee sul matrimonio, dirle: «Se in avvenire udrà parlare di me, contro di me, si ricordi questa sera».

Poi passeggiava sui bastioni di Milano con Silla, lo ascoltava parlar di Marina, rileggeva la dedica manoscritta di *Un sogno*, le parole: «se n'è respinto, si lascerà cadere a fondo». Una gran luce le spiegava tutto. Si scosse, si dolse della sua distrazione e, chino il viso sul banco, chiusi gli occhi, con uno sforzo del pensiero e del cuore, si slanciò a Dio.

Ma non poteva perseverarvi. I pensieri di prima la riprendevano tosto, la portavano lontano, cedevano per poco a un altro sforzo di volontà. Così lottando non udì la voce di don Innocenzo, né il mormorio grave, uniforme della gente nell'oscurità, non ascoltò il canto delle litanie che uscì per la porta aperta, andò lontano sopra i sussurri del vento vespertino.

Una mano le si posò sulla spalla; era suo padre.

«Sono venuto adesso», le diss'egli all'orecchio. «Vuoi che mi fermi un poco qui con te?»

«Oh sì, papà. Sarai stanco, siedi».

«Sedette ella pure e gli prese una mano fra le sue. Steinegge tacque un momento poi disse timidamente: È finito?»

«Sì, papà. Vuoi aspettarmi fuori?»

«No, no. Non possiamo noi dire qualche cosa insieme?»

Ella gli strinse la mano. «Parla tu», diss'egli.

«Pensiamo alla mamma», rispose Edith. «Parli lei al Signore, gli domandi per noi la sua luce e la sua pace, sempre. Gli dica che perdoniamo a tutti coloro che ci hanno fatto del male; e non è vero, papà? A tutti».

Steinegge non rispondeva; la sua mano tremava fra quelle di Edith.

«Dimmi di sì, papà. Siamo così contenti!»

«Oh, Edith, s'è per quelli che han fatto del male solo a me!»

«A tutti, papà, a tutti».

«Farò il possibile», diss'egli.

La chiesa era vuota, il sagrestano aveva già chiusi i chiavistelli della porta laterale e don Innocenzo scendeva verso la porta maggiore. Gli Steinegge si alzarono e uscirono con lui. Edith si fermò un momento sulla soglia.

«Come è bello!» diss'ella.

Tutto il cielo era terso fra i profili taglienti dei monti e delle colline sin giù nel ponente, dove la stella della sera discendeva scintillante. Tirava vento. Dietro alla chiesa, sul monte, le macchie stormivano. La valle pareva un immenso drappo scuro, mal disteso a piè delle limpide stelle ignude.

«Peccato che non è luna!» osservò Steinegge.

Edith disse che qualche volta preferiva alla luna la luce non sentimentale delle stelle. Il suo pensiero era che la luna, piccola terra, piccola schiava nostra, forse un tempo congiunta al pianeta, blandisce col suo lume certe passioni terrene, ammollisce i cuori; mentre le stelle austere, indifferenti, a noi, esaltano lo spirito. Questo era il suo pensiero, ma non lo spiegò. Fece solo osservare a don Innocenzo, che quella sera la luce di Venere era tanto forte da segnare ombre sul muro bianco della chiesa.

«È quasi come la luna», diss'ella, «è dolce anche questa, ma a me pare più pia».

Tutto le pareva pio in quella disposizione di spirito, anche la voce del vento dietro la chiesa.

«Come va al Palazzo?» chiese don Innocenzo che doveva scendere a visitare una ragazzina inferma.

«Un poco meglio, pare un poco meglio; pare che l'attacco al polmone è passato».

«Oh Edith, questa casa, questa casa!» esclamò Steinegge dopo che don Innocenzo se ne fu andato.

«Oh!»

Egli fece tre gran passi avanti, alzando le braccia, agitando le mani distese.

Edith non parlò fino al cancello della canonica.

«Credevo che non venissero più», disse Marta aprendo. «E così, signore?»

«Va un poco meglio. Vogliamo fare ancora due passi, Edith?»

Ella acconsentì. Invece di scendere direttamente al villaggio, presero la stradicciuola che gira sotto l'orto e cala di sghembo a raggiungere la strada comunale a poche centinaia di metri dalle prime case.

Steinegge raccontò la sua visita al Palazzo, dove aveva visto la contessa Fosca e Giovanna. La Contessa, prima di salutarlo, aveva esclamato: «Oh, non è qua anche quest'altro adesso?»

Ma poi saputolo ospite della canonica, gli si era mostrata cordialissima. Steinegge non aveva inteso un terzo de' suoi discorsi sul triste fatto, delle sue lamentele sulla "Babilonia" che regnava al Palazzo. Secondo la contessa, Marina era inconsolabile, non usciva mai o quasi mai dalle sue stanze. Del matrimonio non gli aveva detto verbo, ma gliene aveva parlato Giovanna. La povera Giovanna, sparuta, lagrimosa, gli aveva fatto infinita pietà. Il suo gran pensiero era il conte; del resto si curava soltanto per le impressioni che potesse riportarne il suo ammalato, ricuperando la intelligenza. Ell'avrebbe voluto che il matrimonio si facesse subito e se ne andassero via tutti. Secondo lei, quella signora contessa e quel signor conte di Venezia non miravano che ai denari. Le avean già domandato s'ella sapeva che il suo padrone avesse fatto testamento.

«Ma vi è qualche cosa che mi mette più angustia di tutto questo», soggiunse Steinegge. «Ho veduto Silla».

Edith tacque.

«Oh, mi ha fatto una impressione di trovarlo lì! Parve sorpreso anche lui, ma mi sfuggì, mi salutò appena, non mi chiese di te, niente!»

«Non c'era bisogno, papà, che ti chiedesse di me».

«Ma eravamo pure buoni amici, io credo? Non è naturale questo. Temo di saper troppe cose, Edith. Temo... Tu puoi capire cosa temo. D'altra parte, quella sera, a Milano, pareva ben guarito quando si parlò del matrimonio. Non è vero, mi pare di averti già raccontato...»

«Sì, sì, lo so, papà. Dove andiamo? Qui non è piacevole».

Avean raggiunta la strada comunale. Vi faceva scuro, Venere era scomparsa; l'aria portava dalle bassure della valle uno sparso gracidar di rane, un odore grave ai prati umidi.

«Prendiamo a sinistra», disse Steinegge, «faremo il giro e torneremo a casa per il paese e la chiesa».

Si avvicinarono pian piano verso il villaggio, a braccetto. Edith parlò della cara Germania e del passato. Avea sempre da raccontar qualche cosa di nuovo sulla sua adolescenza, qualche cosa che le tornava alla memoria a caso, specialmente nelle ombre della sera. Suo padre se ne commoveva, s'inteneriva, non tanto per le piccole vicende narrategli, quanto per l'idea che adesso gli anni tristi eran passati, che ella era lì al suo fianco.

Nel villaggio trovarono don Innocenzo che usciva da una povera casupola. Udirono una donna, che lo avea accompagnato col lume sulla via, dirgli angosciosamente:

«E così, signor curato?»

«Fatevi coraggio, Maria», rispondeva don Innocenzo, «donatela al Signore».

La donna appoggiò il capo al muro e pianse.

«Andate, Maria, tornate su», disse don Innocenzo dolcemente.

La donna piangeva sempre e non si moveva.

«Si conforti», disse Edith. «Pregheremo per lei».

Quella si voltò al suono della voce sconosciuta e rispose come se avesse dimestichezza con Edith.

«Venga su anche Lei, venga a veder com'è bella».

Don Innocenzo sulle prime si oppose, ma Edith volle contentar quella povera donna e salì con lei dall'inferma. In cucina due fanciulle giocavano sedute a terra. Il padre, curvo sul fuoco, stava riscaldando un caffè; non si mosse né a salutare né a guardare. Chiese bruscamente a sua moglie: «Devo portarglielo?»

«Oh, Signore!», diss'ella sconsolata.

Egli proferì, con voce rotta, poche parole iraconde e sedette, cupo, sul focolare.

L'ammalata era una fanciulla di dodici anni, bionda, delicata, che moriva tranquilla, credendo di guarire.

Edith ridiscese pochi minuti dopo nella via dove suo padre e don Innocenzo l'aspettavano.

«È da vergognarsi», diss'ella, «di tanti nostri piccoli dolori».

Nessuno dei tre aperse più bocca a casa, dove si divisero. Steinegge, sentendosi stanco, andò a letto, don Innocenzo si ritirò nel suo studio a dir l'ufficio. Edith andò in cucina ad ascoltare una conferenza di Marta su vitali argomenti d'economia domestica, sui prezzi dello zucchero e del caffè, sul modo di "metter là" i pomidoro e i capperi in aceto, sulla tela più robusta e a buon mercato. Dopo mezz'ora di chiacchiere Edith lasciò la cucina e venne a bussar sommessamente all'uscio dello studio.

Don Innocenzo non si aspettava la sua visita; le domandò sorridendo se fosse accaduta qualche cosa. Ella rispose: «No, volevo dirle una parola».

Il prete comprese tosto dal volto di lei che doveva essere una parola grave, e si compose pure a gravità.

«Prego», diss'egli, alzandosi a mezzo e accennando una sedia presso di lui. Quindi attese in silenzio.

Passarono due minuti prima che le labbra di lei si aprissero. Don Innocenzo si pose a guardare attentamente il piano della scrivania, a spazzar col mignolo della destra, a soffiar via leggermente una polvere immaginaria. Finalmente Edith parlò.

Ella non fece alcun preambolo e cominciò subito a raccontare quello che suo padre le aveva detto intorno alla passione concepita da Silla per Marina prima della sua fuga dal Palazzo; proseguì a dire dello strano contegno, degli strani discorsi tenuti da Marina durante la gita all'Orrido, delle proprie impressioni nell'udir annunciare, quella stessa sera, il matrimonio Salvador. Narrò quindi con voce men sicura il passeggio sui bastioni, la indifferenza ostentata con la quale Silla avea accolto la notizia che le nozze stavano per celebrarsi, le confidenze che le aveva fatte poi. Soggiunse risolutamente, lottando con la emozione interna e vincendo, che si era confermata quella sera in un sospetto concepito qualche tempo prima riguardo alle disposizioni di Silla verso di lei; che non v'era stato un discorso diretto ma molti indizi, e che il proprio contegno era forse apparso tale da lasciar credere a una corrispondenza di sentimenti. Disse, coprendosi il viso con le mani, che n'era dolentissima e se ne trovava ben punita.

«Oh Dio», disse don Innocenzo con voce imbarazzata, «fin qua... poi non so... ma non mi pare...»

Allora venne il racconto della mattina seguente della visita di Silla, della gelida accoglienza fattagli, delle parole trovate nel suo libro. Qui don Innocenzo si scosse, indovinando, assai tardi, a quale sospetto conducesse il racconto di Edith. Ella non tacque il recente incontro di Silla con suo padre e la impressione riportatane da questo. Temeva di qualche triste mistero nascosto nell'ombra del Palazzo, e si rimproverava di aver favorito, per poca vigilanza, un sentimento che, non accolto, poteva spingere Silla a men che onesti propositi.

«Ho creduto», diss'ella, «di dover raccontare tutto a Lei perché mi pare bene che Lei, andando al Palazzo, sappia queste cose quantunque vi sia del biasimo per me».

Don Innocenzo si fregava le mani lentamente, suggendo l'aria come se gli dolessero.

«Non so proprio», diss'egli, «quale biasimo vi possa essere...»

Pareva tuttavia che una lieve ombra fredda ve ne fosse dentro di lui. Masticava parole vaghe come chi non arriva a raccapezzarsi bene. Domandò a Edith che uomo fosse questo signor Silla. Ella disse che lo credeva uno spirito nobile, ma ammalato, offeso dalle contrarietà della vita.

«E Le pareva che avesse inclinazione per Lei?»

Edith non rispose.

«Ma Ella dal canto Suo non ne provava alcuna per lui, e solo per un equivoco il signor Silla poté sperare d'essere corrisposto?»

«No, signore, temo di no, non per un equivoco».

Ella pronunciò queste parole a voce bassissima, chinando la

fronte alle mani conserte sulla scrivania.

Don Innocenzo tacque guardando i capelli giovanili, lucenti di bagliori dorati. Quella scoperta gli faceva pena; gli doleva trovar passione dove aveva pensato non esser che pace, gli doleva veder piegarsi afflitta la bella testa intelligente. Al tempo andato, nelle lunghe ore ch'egli soleva passare meditando e leggendo, nel suo studiolo, altre immagini di donne pensose e vereconde erano salite dalla terra o uscite dai libri santi innanzi agli occhi suoi. Gli pareva ora che la rauca voce dell'orologio gli dicesse "Ti ricordi?" Ecco, dopo tanti anni, una di queste figure, viva e vera, non più pericolosa ormai per lui che per un fanciulletto innocente. E soffriva di vederla ferita, perché vi era pur qualche cosa in lei della sua propria giovinezza intemerata, di certi ideali femminili contemplati a quel tempo, con trepida riverenza, da lontano.

Edith alzò il viso e se lo coperse con le mani.

«Temo», diss'ella, «di non aver fatto tutto il possibile per nascondere l'animo mio».

«Ma, se questo giovine signore ha uno spirito nobile, se aveva inclinazione per Lei, se Ella stessa... scusi, sto alle Sue parole... se Ella stessa... ma perché allora?»

Le mani le caddero dal viso, due occhi umidi brillarono davanti a don Innocenzo.

«Oh, signor curato, Lei che sa, come può credere? Come farei ciò mentre mio padre ha tanto bisogno di me? Mettere accanto e forse contro al mio dovere di figlia un dovere più forte! Sarei venuta in Italia per questo, signor curato? Non è poi neppure la mia vocazione; ne sono convinta».

«Veramente convinta?» disse don Innocenzo, grave. «Sa veramente quanto è grande oggi, quanto lo può essere domani il sacrificio che si propone?»

«No», rispose Edith giungendo le mani, «non dica questo, non dica questo! Ciò che faccio è niente rispetto a quanto io debbo a mio padre. Così Dio mi accordi ch'egli venga alla fede! Intanto, son felice che non abbia sospettato di nulla. Quanto a me potrò anche dimenticare. Lei mi aiuti!»

Povero prete, aiutare a combatter l'amore! Nella sua grande

bontà ingenua, il sacrificio di Edith gli pareva irragionevole. Se quest'uomo era nobile, se l'amava, certo avrebbe amato egli pure con affetto filiale il padre di lei, certo avrebbe cooperato al santo fine che Edith si prefiggeva.

«È necessario», diss'egli, «è utile davvero questo sacrificio? Pensiamo bene. Potrebb'essere che Suo padre desiderasse veder Lei collocata, che questo pensiero gli procacciasse delle angustie segrete. Anche questo; sa Ella di quanti e quali mezzi si può servire Dio per condurre alla fede un'anima? Forse nell'ambiente di una famiglia cristiana ve ne sono tanti che Lei adesso non immagina neppure. Parlo per l'avvenire. Per quello che è stato metta il Suo cuore in pace. Se qualche male avesse a succedere, nessuna colpa può ricadere sopra di Lei. No, nessuna, lo creda. Quand'anche Ella avesse dato a questo signore segno... non so... di simpatia, insomma, Ella non sarebbe mai responsabile davanti a Dio delle azioni disoneste che colui ora commettesse».

«No», diss'ella, «ma sarebbe un gran dolore».

Don Innocenzo tacque; cercava parole che non venivano. Gli facevano invece violenza altri pensieri generati dal racconto di Edith; il sospetto di una trama disonesta, il dubbio di dover fare qualche cosa presto, fors'anche subito, per combattere i disegni che Edith pareva attribuire a Marina e che Marina stessa le aveva manifestati indirettamente dal settembre, parlando di un'amica sua sposatasi per odio e per disprezzo, per giungere all'amante attraverso il marito.

«Mi parli con piena sincerità», diss'egli *ex abrupto*,[265] «è convinta o no che vi sia un accordo tra il signor Silla e donna Marina? Non abbia riguardi: non si tratta qui di maldicenze né di quei giudizi che il Vangelo riprova. Il mio ministero potrebbe forse venir esercitato per il bene e io debbo sapere, per quanto è possibile, la verità. Ella che conosce le persone e i fatti, mi dica schietto, che convinzione ha?»

«Due giorni fa non c'era di sicuro», rispose Edith, «ma oggi temo di sì».

«Come? Che ci sia accordo?»

«Temo che succeda: ho questo presentimento».

«Teme che succeda», disse don Innocenzo parlando a se stesso, e, fattosi puntello d'un gomito alla scrivania, con il palmo della mano sulla fronte e le dita inquiete sul cranio, rifletté. Dopo qualche tempo aperse il cassetto della scrivania e ne tolse della carta.

«Ella non ha risposto», diss'egli, «alle parole che il signor Silla scrisse in quel volume per Lei?»

«No, signore».

«Come?» chiese don Innocenzo.

Ella presentiva forse la proposta del curato, parlava così piano!

«No, non ho risposto».

Il prete si alzò in piedi.

«Bene, risponda», diss'egli.

Anche Edith, involontariamente, si alzò; vide, senz'altre parole, il concetto di don Innocenzo.

«Subito», disse questi, accostando il calamaio alla carta, che aveva posta sulla scrivania.

«Crede, signor curato, che questo possa essere un dovere per me? Subito?»

«Lo credo. Il mio dovere sarà poi di giudicare se e quando la lettera debba essere consegnata. Sieda al mio posto».

Edith sedette tacendo, prese la penna con mano ferma e guardò il curato.

Gli occhi di lui presero un'espressione solenne, la fronte diventò augusta.

«Non so di queste cose», diss'egli commosso, «ma ho sempre avuta l'idea che invece di un legame di passione, santificato o no, vi possa essere fra due anime veramente nobili, veramente forti, un altro legame d'affetto, santo in se medesimo; un amore, diciamo pure questa parola tanto grande, interamente conforme all'ideale cristiano dell'intima unione fra tutte le anime umane nella loro via verso Dio. Arrivo a dire che non v'è sulla terra niente di più bello di un legame simile, benché il legame coniugale sia sacro ed abbia un significato augusto. Ella vuol fare questo sacrificio a suo padre: sia; ma perché svellersi dal cuore anche la memoria della persona che Le fu cara? Perché rinunciare a un sentimento vivificante che Le fa desiderare il bene temporale ed eterno di questa persona quanto Lei stessa? Perché l'altra persona non potrebbe serbare un sentimento simile verso di Lei, sì che ambedue, sapendo l'uno dell'altro, battessero vie diverse nel mondo e compiessero i propri doveri con questo gran vigore nel segreto dell'anima? Scriva così, scriva così».

«Lei è un santo», disse Edith. V'erano sul suo viso e nella sua voce dei tristi *ma*...

«Io sento bene», soggiunse, «la bellezza di questa unione, ma gli basterebbe, a lui? Non combatterebbe poi con tanto maggior violenza il mio proposito, non mi porterebbe a cimenti dolorosi?»

Don Innocenzo rimase mortificato. Sentiva di conoscere il mondo tanto meno di lei, di non poter sostenere la discussione; ma il suo convincimento rimaneva.

«Sarà», diss'egli sospirando. «Scriva come vuole, anche poche parole, purché gli rialzino il cuore».

Ella non disse niente, si mise a pensare con la penna in mano, guardando il lume. Il curato aperse la finestra e appoggiò le braccia sul davanzale. Le stelle lo guardavano, davano ragione a lui, ma la terra nera gli dava torto.

Dopo brevi momenti Edith lo chiamò, gli porse spiegato il biglietto che aveva scritto.

«No», diss'egli, «non leggerò certamente; mi dica solo se son parole che possano infondere...»

«Oh don Innocenzo», esclamò Edith, supplichevole, «ho scritto, ho fatto il Suo desiderio. Legga se vuole, ma non mi faccia più domande, non me ne parli più!»

«Bene, bene, stia di buon animo, si ricordi che il Signore ci dice di non abbandonarci alla tristezza e vada a riposare che è tardi».

Prima d'entrare in camera Edith origliò all'uscio socchiuso di suo padre. Dormiva. Non vi poteva esser per lei sonno più dolce, più commovente del suo respiro placido, eguale come quello d'un bambino. Andò a posar il lume nella propria camera, tornò lì al buio, appoggiò la fronte allo stipite ascoltando, cercando una pace, una forza di cui aveva bisogno.

In quel momento le ore pesanti caddero a una a una dall'orologio del campanile, batterono con la loro gran voce solenne sul tetto, sulle scale, sui pavimenti sonori della piccola casa addormentata. Edith alzò il capo a contarle con sgomento, come se fossero colpi menati a una porta di bronzo da qualche formidabile ospite inatteso.

Erano le dieci e mezzo.

NOTE

259. Variante di "percalle". Si tratta di una tela di cotone molto leggera, con le due facce identiche.
260. "Con sé".
261. "Mio Dio!"
262. Si tratta di un noto dramma di Lessing.
263. Modo di dire popolare per indicare che non lo saranno mai.
264. "Per il..."
265. "All'improvviso".

Capitolo IV - L'ospite formidabile

Silla, ch'era sdraiato sull'erba, balzò a sedere e contò le ore. Dieci e mezzo. Trasse l'orologio, lo guardò al fioco lume delle stelle. Dieci e mezzo. Lo sapeva che dovevano essere le dieci e mezzo: aveva guardato l'orologio due minuti prima per la centesima volta. Abbrancò l'erba con le dita convulse, ne strappò due manciate. Marina aveva detto: dopo le undici.

Lasciò cader le braccia inerti, piegò il collo, si accasciò tutto come se un piede enorme gli calcasse le spalle. Pensò in quel momento con certa stupidità fredda e lenta all'atto sleale che stava per compiere sotto il tetto d'un amico ammalato gravemente; pensò ai propositi del passato, alla vicenda di cadute e di vittorie, sovra tutto al sinistro presentimento antico di un'ultima caduta senza rimedio, di un abisso orribile predisposto chi sa in qual punto della sua vita, dove si sarebbe perduto, anima e corpo, per sempre. Sentì senza sgomento d'esservi giunto, d'avere un piede proteso nel vuoto.

Un'amara energia gli corse le vene, ogni pensiero scomparve dalla sua mente, tranne il pensiero dell'ora che incalzava.

Era lì da un'ora allo stesso posto della sera precedente sull'erba del vigneto, accanto a un cipresso. Quelle cinque ore eterne del dopopranzo, che pareva non avessero a passar mai, eccole corse, svanite, come un secondo. Guardò l'orologio; mancavano venticinque minuti alle undici.

Andrebbe[266] subito? Aspetterebbe là? Si crucciava di non sentire ardere il sangue di un desiderio più violento. Gli pareva esser torturato nel cervello e nei nervi dall'aspettazione[267] febbrile; non altro. Forse l'incontro di Steinegge? No, non voleva pensare a quel nome.

Si alzò ad abbracciare il gran tronco del cipresso e, chiusi gli occhi, immaginò di origliare, fermo sulla scaletta; assaporò più volte, rinnovandone la immaginazione, il venir lento di un sussurro; sentì un'aura profumata, due piccole mani che prendevan le sue protese, e lo traevano su, nelle tenebre. Ella saliva a ritroso ed egli seguivala, muti l'uno e l'altra; ma le mani intrecciate parlavano insieme un linguaggio tanto inesprimibilmente forte e dolce che essi ristavano ansanti; quasi folli; e...

Si spiccò dal cipresso con una spinta impetuosa. Guardò ancora l'orologio: erano le undici meno un quarto. Passò dal vigneto sulla scalinata e discese adagio adagio, in punta di piedi, trattenendo il respiro, sostando ad ogni rumore che si mescesse al gorgoglio delle fontane. Giunto nel cortile si fermò un istante. Nessun lume, nessuna voce usciva dal Palazzo nero. Prese a dritta, rasente il muro, sotto le sparse braccia pendule delle passiflore e dei gelsomini, spinse la porticina della darsena, entrò nel buio. Si vedeva solo, a sinistra, il principio della scaletta e sulla bocca della darsena l'ondular vago dell'acqua che di tratto in tratto posava sulla chiglia delle barche un bacio quieto. Allora balenò a Silla che forse quel convegno avrebbe potuto riescir diverso dalle immaginazioni sue, che forse Marina non l'amava, ch'era mossa da qualche strano capriccio. Avrebbe ella voluto prendersi giuoco di lui, lasciarlo lì tutta la notte?

Sedette sulla scaletta, guardando, per l'alto finestrino ovale che la rischiarava, uno spicchio di cielo, la punta di un cipresso, una stellina pallida.

Mancavano sette minuti alle undici. V'erano due minuti di differenza tra il suo orologio e quello della chiesa. A quest'ultimo dovevano essere le undici meno nove. Pensò che quando il suo facesse le undici, egli avrebbe ad aspettare due minuti ancora, due minuti eterni, tormentosi. Ed ecco sopra il suo capo, nelle profondità del Palazzo, da qualche orologio più affrettato degli altri, un batter di ore stridenti. Per donna Marina erano le undici.

Si alzò, salì la scala sin dove non giungeva più il chiarore del finestrino, puntò le mani alle due pareti e, proteso in avanti, stette in ascolto.

Silenzio.

Il gemer lieve d'un uscio gli fermò il respiro. Seguì un sussurro di passi cauti, una voce; non una voce, un soffio rapido: «Renato!»

Silla si gittava già in avanti e gli ricadde il piede.

Un momento dopo udì chiamare ancora, ma più forte, stavolta: «Renato!»

La voce gli pareva e non gli pareva di donna Marina. Diede un passo addietro.

Allora udì scender veloce un rumore di vesti, ristar di botto.

«Silla, Silla!» disse donna Marina.

Era ben lei; non poteva vederla, ma la sentiva in faccia, a pochi scalini di distanza.

«Non sono Renato», diss'egli senza muoversi.

«Ah, non ricorda il nome! La vostra mano!»

Balzò giù con impeto, cadde sul braccio sinistro di Silla che la strinse, l'alzò quasi da terra.

«Era vero», diss'ella con voce morente, tenendogli le labbra sul collo, «era vero quello che mi avete detto ier sera?»

Silla non rispose, la strinse più forte, le baciò la spalla, si sentì premer forte la guancia da un'altra guancia di velluto, da un piccolo orecchio caldo.

«Era vero?» ripeté Marina teneramente.

Non si poteva sentirsi palpitar sul petto quella bellezza altera, respirare il tepore odoroso che le usciva dal seno, udirsene al collo la fioca voce e non perdere ogni lume di pensiero. Silla poté dir appena: «E tu?»

«Dio, da quanto!» rispose Marina. Poi, come per subitaneo pensiero, si sciolse con impeto da Silla, gli appuntò le mani alle spalle.

«Dunque non ti ricordi tutto!» diss'ella.

Egli non capì, rispose a caso, ebbro, tendendo le braccia: «Tutto, tutto!»

«Anche di Genova?»

Le parole strane non entrarono nella mente di Silla, che ripeté impaziente: «Tutto, tutto!»

Marina gli afferrò le mani, gliele congiunse con impeto. «Ringrazia Dio», diss'ella.

Stavolta il nome terribile gli strinse le viscere come un pugno freddo.

Egli tacque stupefatto, a mani giunte. Marina tacque pure per pochi momenti, aspettando ch'egli pregasse col pensiero; quindi gli passò la mano destra sotto il braccio, e sussurrò: «Adesso andiamo!» e si volse a risalir la scala.

Egli si lasciava tirar su, restando uno scalino indietro, tacendo.

Trovarono un pianerottolo dove la scaletta svoltava a destra.

«Vieni, dunque», disse Marina, lasciando il braccio di lui e cingendogli col proprio la vita. Gli posò quindi la bocca all'orecchio, vi gettò dentro un bisbiglio.

Egli dimenticò le parole incomprensibili di prima, tornò cieco, le rispose.

«Zitto, adesso», diss'ella mettendogli la sinistra sulle labbra.

Spinse una porticina ed entrò in un corridoio. Teneva Silla per mano e lo precedeva, camminando cauta rasente la parete. Ad un tratto si fermò, credette udir passi e voci, stette in ascolto.

Le voci venivano dal piano inferiore, dal corridoio vicino alla camera del conte.

Non vi badò più, andò avanti. Si udì la sua mano tentar un uscio, girar una maniglia. Una lama di luce brillò nel corridoio, un odor di rose avvolse Silla. Entrarono.

V'erano candele accese sulla ribalta calata dello stipo, sul piano aperto, sopra una libreria bassa. Dalla porta spalancata della camera da letto entrava pure un debole chiarore. Grandi mazzi sciolti di glicine celesti, di rose bianche e gialle erano sparsi un po' dappertutto.

Marina saltò nel chiarore delle candele, trasse dentro Silla, chiuse l'uscio, ne girò la chiave, tutto in un lampo, lucente gli occhi di riso muto, lucente d'oro il collo e i polsi ignudi, bianca, a grandi ricami azzurri, la persona. Lasciò Silla, balzò in due slanci al piano e prima che egli ne la strappasse, attaccò, con fuoco demoniaco, la siciliana del *Roberto*.

«Li sfido!» diss'ella lasciandosi trascinar via. «Li ho sfidati bene anche ieri sera: no? E non hanno inteso niente».

Silla aspettava che qualcuno, inteso il piano, salisse.

Marina si strinse nelle spalle, si sciolse da lui, cadde quasi supina in una poltrona.

«Qua!» diss'ella, accennandogli di sedere a terra presso a lei. «Tutte le tue memorie».

Silla non rispose.

«Il ballo, prima», soggiunse subito Marina. «Non comprendi? Il ballo Doria!» ella batté il piede a terra impaziente.

«Non comprendo», diss'egli.

Marina si rizzò di schianto a sedere.

«Non m'hai detto che ti ricordi?» V'era in lui un demonio che s'irritava di queste ciance vane, non si curava di comprenderle o no. Prese colle mani di ghiaccio quelle di lei, la piegò a forza sulla spalliera della poltrona, si curvò a risponderle.

«Non so nulla, non ricordo nulla. Non ho vissuto mai, mai tranne adesso. Sapevo solo che sarebbe venuto, questo momento! Ho la frenesia di goderlo».

Egli provava la sensazione vertiginosa di scendere in un gran vuoto senza fondo, desiderava avidamente di precipitare sempre più giù, senza rimedio.

«Non stringermi così», disse Marina cercando svincolar le mani. «Non voglio!» esclamò, poiché l'altro non l'ascoltava. Fu tanto superbo l'impero del suo sguardo e della sua voce che Silla obbedì. Si alzò in piedi, si allontanò da lui lenta, a capo chino. Si voltò improvvisamente, batté il piede a terra.

«Pensa! Ma pensa!» disse.

Un brivido corse pel sangue a Silla, glielo raffreddò. Non so quale informe presentimento pauroso sorgeva in lui.

Marina gli chiese precipitosamente: «Perché mi hai chiamato Cecilia quella sera?»

«Perché avevo scoperto ch'eri la Cecilia delle lettere».

Ella rifletté un istante e disse con calma:

«Certo, me l'ero ben immaginato. Ma ieri a sera», soggiunse con l'impeto di prima, «ma poco fa, perché dirmi che ti ricordi?»

«Perché ho creduto che parlassi della nostra corrispondenza e del momento in cui ti strinsi fra le braccia, qui sotto, in darsena».

Ella sedette allo stipo, ne cavò il manoscritto, parve immergersi per qualche minuto nella lettura delle vecchie carte giallognole, si alzò bruscamente.

«Ti dirò un segreto che riguarda anche te», diss'ella, e spense prima le due candele dello stipo, quindi le altre del piano, della libreria, tranquillamente, senza proferir parola, come se quelle fiamme fossero vive e potessero udire. Solo dalla porta aperta della camera da letto entrava un chiaror languido sul pavimento, sui mobili più vicini.

Marina prese Silla pel braccio, lo trasse nell'angolo più oscuro, presso la porta del corridoio, gli sussurrò: «Tu non sai chi sono».

Egli non comprendeva, non rispondeva: quell'informe presentimento saliva in lui angoscioso.

«Ti ricordi quella sera in loggia, la dama che tu accusavi, per cui mi sdegnai?»

Silla taceva sempre.

«Non ti ricordi? La contessa Varrega d'Ormengo?»

«Sì», diss'egli ricordandosi a un tratto, aspettando ansiosamente che Marina si spiegasse. Ma ella gli posò la fronte ad una spalla e ruppe in singhiozzi dicendo due parole che Silla non intese. Piegò il viso sui capelli di lei, la pregò di ripeterle.

«Sono io», diss'ella singhiozzando ancora. E tosto un movimento involontario di Silla, una sommessa esclamazione dolorosa la scossero. Dié un passo indietro, esclamò: «Dunque mi credi?»

«Oh no!» interruppe Silla.

La parola, non proferita, indovinata, risuonò più forte.

Marina non piangeva più. Disse piano: «Come siete tutti bassi. Dio!»

V'era stato un tempo in cui nessuno avrebbe potuto dir basso a Corrado Silla; ma questo tempo non era più ed egli lo sentì acutamente.

«Tu, tu», continuò Marina, «tu mi hai scritto che questa era la tua fede, una vita precedente. Ma che fede era mai? Era una fantasia, e non una fede. Ti dico "è vero" e tu hai paura, mi credi pazza! Chi ti aveva detto, piccolo cuor vile, di fare il grande? Va!»

Una dopo l'altra le parole fiere frustavano Silla in viso, lo avvinghiavano nella loro logica veemente, lo irritavano, gli mettevano un'avidità crescente di sapere, di udire. Egli la incalzò di domande violente, passando dalla preghiera allo sdegno. Ella lo ribatteva indietro colla sua sillaba dura: «Va'! Va'!»

Finalmente si arrese.

«Ascoltami!», disse, «camminiamo».

Si avviarono lentamente, girando intorno al piano, passando ad ora ad ora nel chiarore che veniva dalla camera da letto, perdendosi nell'ombra. Marina parlava rapidamente, tanto sottovoce che Silla, per udirne le parole, dovea piegar l'orecchio alla bocca di lei.

V'era sul suo viso, le prime volte che passò nella luce, una curiosità febbrile: quindi vi ripassò con gli occhi vitrei sbarrati. Marina parlava tenendosi sempre un pugno stretto alla fronte. Ad un tratto, nell'ombra, si fermarono.

«Ma come?» diss'egli.

Marina non rispose. Un momento dopo si udì lo scatto di una molla. Poi egli fece un'altra domanda sommessa. Marina andò nella camera da letto, ritornò con una candela accesa, la posò sullo stipo. Anche ella era livida e gli occhi suoi avevano una cupa espressione indefinibile. Silla afferrò il manoscritto avidamente. Marina seguiva, attenta, la sinistra storia sulle labbra mute, sulle sopracciglia, sulle mani tremanti di lui. Durante quel mortale silenzio, passi precipitati suonarono a più riprese nel corridoio del piano inferiore, ma né l'uno né l'altro li udirono. Di tempo in tempo Silla fremeva, pronunciava, leggendo, alcune parole; ed ella allora, alitando affannosamente, appuntava l'indice sul manoscritto.

«Ti ricordi questo?» le diss'egli una volta. Continuando a leggere.

«Tutto, tutto», rispose. «Leggi qui, leggi forte».

Silla lesse: «Dicevano che rinascerei, che vivrei ancora qui tra queste mura, qui mi vendicherei, qui amerei Renato e sarei amata da lui; dicevano un'altra cosa buia, incomprensibile, indecifrabile; forse il nome ch'egli porterà allora».

«E tu non ricordi!» diss'ella dolorosamente.

Egli non la intese, soggiogato dal fascino del manoscritto: tirò via a leggere in silenzio. Un altro passo lo fe' inorridire, lo costrinse ad alzar la voce leggendo:

«Allora, allora vorrei rizzarmi sul cataletto e parlare».

«E ho parlato», diss'ella, «l'altra notte, come se fossi appena uscita dal cataletto; l'ho ferito a morte».

Silla non le badò, continuò a leggere. Giunto alle parole: «Quando nella seconda vita», si vide strappar di mano il manoscritto da Marina, che gli prese poi a due mani la testa, gliela curvò, gliela strinse.

«E tu non credevi!» disse. «Ma poi ti ho perdonato perché ti amo, perché Dio, vedi, Dio vuole così; e poi perché anch'io, sulle prime, non ho creduto. Ecco, mi sono inginocchiata qui. Così».

Cadde ginocchioni, appoggiò le braccia e il capo sulla ribalta dello stipo.

«E ho pensato, ho pensato, ho cercato nella mia memoria. Niente. Ma poi la fede m'è venuta come un fulmine, ho creduto», soggiunse balzando in piedi, mettendo una mano sulla spalla di Silla, «e adesso, da pochi giorni, mi ricordo di tutto, di ogni minuzia».

Si fermò, lo guardò un momento negli occhi, e, piegato il capo sul petto, disse teneramente: «Non comprendi che sono stata, che l'anima mia è stata nella tomba tanto e tanto, non so quanto, prima di sciogliersi da quell'altra cosa orribile? Parlami d'amore, vedi quanto ho sofferto. Spero che ti ricorderai anche tu. Ti ho posato le labbra sul cuore; vorrei vedervi dentro, aiutarti a trovare. E t'ho amato subito, sai; appena ti vidi, la prima volta».

La ragione di Silla si oscurava ancora per il turbamento della lettura, per la molle bellezza di Marina, per la voce blanda, più voluttuosa del tocco.

Ella rialzò il capo. «Ma non volevo», disse. «Bisogna pure che ti dica tutto. Credevo che il conte Cesare ti avesse fatto venire per me; volevo odiarti, mi sarei morsa il cuore perché, quando ti vedevo, quando ti udivo, palpitava. Ah, quella sera in barca, dopo le tue parole superbe, insolenti, se tu avessi osato! Quando mi riconducesti alla cappelletta...»

«Alla darsena», diss'egli involontariamente.

Ella fece un gesto d'impazienza.

«Ma no! Alla cappelletta: non ti ricordi? Quando mi riconducesti là e mi lasciasti, gittandomi il mio primo nome, caddi come morta. Ripensai e compresi; mi dissi: è lui, sarà lui; presto o tardi, contro tutto, contro tutti, sarà lui, qui. Vengono i Salvador, per me. Lo sai che son parenti della famiglia d'Ormengo? Allora Dio, perché la volontà di Dio sfolgora in tutta questa cosa, Dio mi fece vedere la vendetta che veniva da sé. Guarda, la sera stessa in cui fu conchiuso[268] il matrimonio... sai, dopo avergli detto sì, ebbi un'ora di sfiducia terribile... seppi che Lorenzo eri tu. Si stabilì il 29 aprile per il matrimonio. Io scrissi a Parigi... no, non a Parigi, a Milano; come mi si confondono i nomi! Volevo sapere mille cose di te. Tu non ci andavi mai, da Giulia. Intanto il 29 aprile si avvicinava. Quando penso com'ero fredda e sicura in principio! Negli ultimi giorni non lo ero più. Avevo la febbre tutte le notti: la febbre! Volevo sposarlo e poi calpestarlo, per amor tuo, ma tu non venivi mai. Feci differire il matrimonio di un giorno. La notte prima, che notte! Alzai le mani a Dio dal mio letto. Allora Dio mi ha toccato qui».

Ella prese una mano di Silla, se la pose sulla fronte.

«Mi ha toccato qui e ho visto quel che dovevo fare. Sono andata giù, gli ho parlato. La sera dopo ti mandai il telegramma. E tu, allora?»

Silla si sentiva assalire furiosamente alla sua volta dalla follia. Le pareti, lo stipo, gli occhi di Marina, la solitaria candela gli rotavano in giro vertiginosamente. Non ebbe il tempo di rispondere perché l'uscio che dalla camera da letto metteva nel corridoio, sonò[269] di più colpi, fu aperto con violenza. Una figura che per lungo tempo non si era fatta vedere al Palazzo, vi aveva fatto ritorno nel cuore della notte, un'ora prima, mentre Silla attendeva Marina sulla scaletta. Giovanna vegliava presso il conte sopito. Gli altri dormivano sognando nel dolce sonno primaverile, chi il fragor di Milano, chi la quiete di Venezia, chi eredità, chi pranzi, chi Nina dalle braccia di neve. Ogni cancello, ogni porta s'erano aperti a quest'ospite, con l'atterrita obbedienza muta di servi sorpresi dal ritorno impensato del signore. Era salito sino alla camera del conte, e ciascuna pietra della casa aveva intanto sussurrato alla vicina il suo funebre nome: "MORTE".

«Marchesina, marchesina!» esclamò Fanny entrando. Vide Silla e tacque, fulminata. Silla si staccò da Marina, si trasse un passo indietro. Marina, sorpresa un momento, si riebbe tosto, gli riprese la mano sdegnando dissimulare, vibrò a Fanny un imperioso:

«Che hai?»

«Il signor conte!» rispose Fanny.

«Ebbene?»

«C'è venuto un altro accidente un'ora fa e adesso è dietro a morire! Han detto di venir giù, di far presto».

Marina spiccò un salto verso la cameriera.

«Muore?» diss'ella.

Fanny aveva ben visto alla sua padrona, da tre giorni, degli occhi strani; mai come in quel punto. Sgomentata, non rispose. Stava sulla porta col lume in mano, scarmigliata, nudo il collo, guardando Marina con occhi stralunati, torbidi ancora di sonno.

«Vieni!» disse Marina a Silla, e si slanciò, tenendolo per mano, nel corridoio oscuro.

«C'è giù anche il prete», disse Fanny ripigliando fiato.

Silla aveva voluto, al primo momento, resistere, gittar da sé la mano nervosa che lo stringeva, ma una voce gli aveva gridato dentro: «Vile! Adesso l'abbandoni?» Seguì Marina. Fanny veniva lor dietro tenendo alto il lume, stupefatta, ricacciandosi in gola una fila di esclamazioni.

Il lume stesso pareva agitarsi pieno d'angoscia come se giungesse incontro ad esso, pel corridoio nero, il soffio grave e solenne della morte.

Veniva su per la scala il chiarore d'un altro lume. Qualcuno chiamò dal basso: «Signora Fanny, signora Fanny!»

Era il cameriere che saliva affannato col lume in mano. Domandò a Fanny, senza badare agli altri due, se avesse un crocifisso.

«No, no, nella camera della signora Giovanna, nella camera della signora Giovanna!» gli gridò dietro, dal fondo, la voce di Catte. Fanny si mise a singhiozzare, e il cameriere, fatto un gesto di fastidio, ridiscese, scambiò parole veementi con Catte. Una porta lontana s'aperse, qualcuno zittì sdegnosamente. Subito dopo la voce tranquilla del medico disse forte:

«Ghiaccio!»

Voci sommesse, frettolose, ripetevano: «Ghiaccio, ghiaccio!»

Marina non correva più, scendeva adagio adagio, trepida suo malgrado. Le ombre del Palazzo erano piene di terrore augusto;

quelle voci spaventate, quei lumi di cui si vedevan qua e là fugaci riverberi, lo accrescevano. Prima ch'ella mettesse piede sul corridoio del piano inferiore, passarono il Vezza ed il Mirovich, senza cravatta né solino; curvi, frettolosi. Il giardiniere che recava il ghiaccio li raggiunse, li urtò col gomito, passò loro davanti. Improvvisamente si udì la voce sonora di don Innocenzo: «*Renova in eo, piissime Pater, quidquid terrena fragilitate...*»[270]

Poi più nulla. Certo un uscio era stato aperto e richiuso.

Marina e Silla uscirono sul corridoio seguiti da Fanny, videro il Vezza e il Mirovich aprir piano piano l'uscio del conte, scivolar dentro; udirono ancora per un istante, la voce di don Innocenzo: «*Commendo te omnipotenti Deo*».[271]

Fanny die' in uno strido, posò il lume a terra e fuggì.

Marina si fermò, si voltò a guardarla.

«Stupida!» diss'ella. Poi sussurrò a Silla: «L'altra notte, andando da lui a vendicarmi, son caduta qui, a quest'ora stessa. Non te l'ho detto che l'ho ferito a morte?»

E fe' un passo avanti. Ma in quel punto si sentì cinger la vita dalle mani poderose di Silla, riportar di peso sulla scala. Tacque un momento, sbalordita; quindi, ingannandosi sulle intenzioni di lui, gli disse sorridendo: «Dopo!»

Egli non parlò.

«Lasciami dunque!»

«No», rispose Silla. Non era più la ebbra voce di prima; era la voce d'uno che vede subitamente qualche cosa orribile.

«Come?», diss'ella.

Si contorse tutta, si divincolò, quale una serpe nell'artiglio dello sparviero. Si racchetò subito, cupa.

«Ohe, quel lume! Chi ha lasciato lì quel lume?» disse Catte che veniva dal lato opposto alla camera del conte. Un'altra voce commossa ripeteva: «Gesummaria, Gesummaria!»

Fanny aveva posato il lume sul primo scalino. Catte e la contessa Fosca passarono, guardarono su per la scala, si fermarono. Allora Silla, quasi involontariamente, lasciò libera Marina, che saltò nel corridoio sugli occhi attoniti delle due donne e passò loro davanti, senza salutarle. La contessa Fosca tutta imbacuccata in un gran scialle nero, guardò Silla con un lampo, sul suo faccione volgare, di severa dignità; non disse motto e passò oltre. Silla discese nel corridoio, la vide entrare con Catte nella camera del conte. Non vide Marina, capì che doveva esservi già entrata, si batté rabbiosamente i pugni sulla fronte. Balzò quindi in punta di piedi all'uscio del moribondo e origliò.

«*Suscipe, Domine*», diceva don Innocenzo, «*servum tuum in locum sperandae sibi salvationis a misericordia tua*»[272].

Una larga voce, breve e grave come un soffio di organo appena tocco, rispose: «*Amen*».

Silla strinse, come chi affoga, la maniglia dell'uscio. Questo fu aperto; si sussurrò: «Avanti!»

Egli entrò, non guardò, non vide; cadde ginocchioni presso una sedia, accanto alla porta.

La luce d'una candela posata a terra presso il letto batteva sulle bianche lenzuola cadenti, sui pomi d'ottone della lettiera, sui frantumi di ghiaccio sparsi pel pavimento; gittava attraverso la camera la grande ombra di don Innocenzo, ritto presso al moribondo di cui si udiva il rantolo affannoso, precipitato. Da piè del letto, nella penombra, stava il medico, ritto; accanto a lui Giovanna, inginocchiata, soffocava i singhiozzi nelle coltri. Dispersi nelle ombre dell'ampia camera erano inginocchiati la contessa Fosca e suo figlio, il Vezza, i domestici, il giardiniere. Questi e il cameriere del conte piangevano. Il Mirovich, vecchio mondano, stava appoggiato alla parete in un angolo. Se ne sarebbe andato volentieri; restava per un riguardo alla contessa.

Un'altra persona era in piedi in mezzo alla camera, a pochi passi dall'uscio: Marina. Le si vedevan bene la punta lucida, vibrante d'uno stivaletto, la gonna bianca a ricami azzurri; pareva tener le braccia incrociate sul petto; del viso nulla discernevano né la contessa Fosca, né suo figlio, né il Vezza che le avean gli occhi addosso.

Don Innocenzo proferiva ad alta voce le preghiere *commendationis animae*[273] con il *Rituale* alla mano, senza leggervi mai. Non mostrò d'avvedersi di Marina né di Silla. Non dipartiva lo sguardo da quella testa con la bocca aperta e gli occhi chiusi, coperta di ghiaccio, inclinata sull'omero sinistro, cadaverica. Parlava con accento di profonda pietà: quando disse «*ignorantias eius, quaesumus, ne memineris, Domine*»[274], le parole suonarono più alte e commosse, parvero esprimere un'appassionata fede, che Dio accoglierebbe nella sua pace quello spirito, il quale, dopo aver operato il bene sulla terra senza pensare a Lui, Gli giungeva davanti come chi navigando diritto e fermo verso una mèta conosciuta, trovò invece gran terre nuove e gloria imperitura. In quella notte d'angoscia e di trepidi bisbigli, le sonore parole sacre volte con tanta fede a un Essere affermato presente e invisibile sopra l'uomo colpito da Lui, affermato padrone di chi Gli parlava e di tutti i circostanti credenti o no, empivano la camera di sgomento. Si sentivano due potenze sovrumane a fronte: una luminosa, eloquente, infocata di pietà, tenace, instancabile; l'altra buia, muta. E questo appariva grande, che la prima, disconosciuta dal giacente e in vita e in morte, offesane con parole d'indifferenza, fors'anche di spregio, veniva nell'ultima sua ora, non richiesta da lui, non potendone più attendere né bene né male, a coprirlo, a difenderlo, a parlare alto per esso in un giudizio terribile. Quando il prete sostava per qualche istante, s'udiva il moribondo ansar precipitosamente come se un leone gli si fosse accosciato su. A un tratto quel rantolo parve mancare.

«È la fine», disse don Innocenzo volgendosi agli astanti. Vide Marina in piedi, le accennò che s'inginocchiasse, poi si curvò sul letto, pronunciò con voce chiara le ultime preghiere.

Marina fece due passi avanti; il lume della candela ascese fino al suo viso pallido, alle nari[275] frementi, alle sopracciglia contratte.

«Conte Cesare!», diss'ella.

Tutti trasalirono, si rizzarono sulle ginocchia, esterrefatti, a guardarla: tutti, tranne don Innocenzo. Questi non fece che un gesto, con la sinistra, verso lei.

Ella non indietreggiò, non piegò. Stese le braccia, appuntò gl'indici, come due pugnali, al morente, esclamò: «Cecilia è qui...»

Un fremito d'esclamazioni sorde, uno scricchiolar di seggiole, un fruscio di piedi corse per la stanza. Don Innocenzo si voltò: «Via!» diss'egli.

Nepo, il Vezza, il Mirovich fecero un passo verso la donna ritta in mezzo alla camera come un fantasma.

«In nome del Signore la conducano via!» singhiozzò Giovanna. «È lei che l'ha ucciso!»

Nello stesso istante, Marina gittò indietro le braccia coi pugni chiusi, piegò avanti il viso e il petto. Nessuno dei tre osò avvicinarsele, fermarle parole stridenti: «Con il suo amante!»

Allora fu visto Silla slanciarsi a lei, levarla tra le braccia.

«Per vederti morire!» gridò ella in aria, dibattendosi. Fu un lampo; si udì un'usciata violenta. Silla e Marina sparvero, la camera tornò silenziosa. Nepo, il Vezza e l'avvocato mossero in punta di piedi verso la porta.

«Nepo!» disse la contessa Fosca sottovoce, con forza. «Qui!»

Egli obbedì, le andò vicino. Gli altri due uscirono.

«Il conte Cesare non ha potuto udir parola», disse don Innocenzo pigliando la candela e posandola sul comodino. «Egli dorme in pace».

Il medico si avvicinò, posò una mano sul cuore del conte, trasse l'orologio e disse forte: «Un'ora e trentacinque minuti».

Don Innocenzo cominciò subito le preghiere per l'anima partita.

Una voce chiamò dalla porta il medico, che uscì. Anche i domestici, per ordine di Nepo, uscirono tutti, tranne Giovanna che, inginocchiata al letto del suo padrone, rispondeva con voce debole, desolata, alle preghiere del curato. Nepo accese due candele che erano sul cassettone. Le fiammelle, allargandosi come due occhi spaventati, mostrarono poco a poco al suo viso cupido le chiavi del conte sul cassettone, la contessa Fosca pochi passi discosto, il Mirovich che rientrava pallido, col ribrezzo sul volto della cosa stesa sul letto, a sinistra. Costui si fermò sulla porta e guardò Nepo, aggrottando le sopracciglia. La contessa lo vide, ruppe in singhiozzi, andò a stendergli il braccio che il vecchio cavaliere prese ossequiosamente, e uscì con esso.

Nepo tolse le chiavi e una candela: si provò pian piano ad aprire uno stipo addossato alla parete di fronte al letto tentando tutte le chiavi senza riuscirvi.

«Oh Signore!» disse la Giovanna con accorato sdegno. Don Innocenzo s'interruppe.

«O pregare o uscire», diss'egli.

Ma Nepo non gli badò. Curvo sullo stipo, girando la chiave nella serratura, figgendovi quasi il lungo naso, pareva una donnola fremebonda, inarcata a spiare, a odorar per qualche pertugio la preda.

La collera salì al viso di don Innocenzo.

«Vado io», disse.

Avrebbe afferrato colui, lo avrebbe gittato alla porta se Giovanna, supplichevole, non lo avesse trattenuto.

«Lasci stare», diss'ella, «seguiti, seguiti, non me lo abbandoni».

Intanto, Nepo aveva trovata la chiave buona, aperto lo stipo e trattane, dopo breve frugare, una carta piegata. L'accostò alla candela cui reggeva con la sinistra, vi lesse una soprascritta, abbruciandosi i capelli. Il Mirovich, rientrato allora senza ch'egli se ne avvedesse, gli si avvicinò, gli disse con la sua severa voce proba: «A me».

«Bisogna leggere subito», disse Nepo, confuso. «Voglio sapere dove sono, in casa di chi».

Uscirono insieme.

Anche le preghiere *in expiratione*[276] erano finite. Don Innocenzo pregò ancora per qualche tempo, indi tolse congedo da Giovanna, che non fu in grado di articolar parola.

La povera vecchia, rimasta sola col padrone, pose sulla testiera del letto le candele accese da Nepo, mise a posto le seggiole sparse per la stanza, studiandosi di non far rumore come se il conte dormisse. Sedette poscia[277] presso al letto guardando il crocifisso posato sul petto del cadavere. Ella aveva fedelmente, umilmente servito il conte per quarant'anni, senza toccarne mai parole aspre né affettuose, ma sentendone la intiera[278] fiducia e una coperta benevolenza. Gli aveva sempre voluto, in vita, un bene rispettoso, da essere inferiore. Mai mai non gli era stata così vicina come adesso ch'egli non era più il padrone in casa sua, che gente estranea metteva mano liberamente alle chiavi, mentre ella sola di tanti servi, di tanti amici gli rimaneva accanto, devota come nei giorni passati della sua alterezza, della sua forza. Mai mai non gli era stata così vicina come adesso che la croce gli posava sul cuore; una piccola croce tolta quella notte dalla camera di lei. Si alzò, venne a baciar per la prima volta, una dopo l'altra, le mani inerti fra cui la croce posava, ne provò consolazione infinita e pianse.

Don Innocenzo, escito[279] nel corridoio, lo trovò scuro. Fatti pochi passi pian piano tastando il muro, perdette la tramontana e si fermò, disposto a retrocedere in cerca di lume. Stette in ascolto. Udì strida e lamenti che venivano dall'alto, a intervalli; anche parole, ma non gli riuscì di afferrarne alcuna. Riconobbe però la voce di donna Marina. Nessuno rispondeva. Colpi sordi di passi frettolosi attraversavano il soffitto del corridoio, poi tacevano. Al di sotto, a fronte di don Innocenzo, tutto era silenzio come alle sue spalle. Che accadeva lassù? Le strida i lamenti continuavano. Ore d'angoscia in cui il cuore della casa tace, vuoto di vita e un'agitazione mista di stupore e disordine invade le membra senza governo! Don Innocenzo, calmo al cospetto della morte, calmo durante la terribile apparizione di Marina, qui si turbava.

Un passo rapido risuonò sul soffitto, traboccò per la scala nel corridoio.

«Lume!» disse don Innocenzo.

«Ah, Signore!» esclamò colui ch'era disceso, correndo via a precipizio nel buio.

Il curato riconobbe il Rico, lo chiamò, ma inutilmente.

Si vide aprire e sparire a fronte una luce debole, andò avanti a caso e, spinto un uscio, si trovò in loggia.

«Ah, il signor curato!» disse il Rico che stava per scappare dall'altra parte.

Potevano essere le due. Faceva fresco. Il cielo si era tutto coperto daccapo di nuvole malinconicamente chiare fra la luna invisibile, appena spuntata, e il tacito specchio del lago.

«Vien qua!» disse il curato. «Dove vai?»

«Vado a pigliar la medicina».

«Cosa c'è?»

«Che senta!»

Le grida ricominciarono, in quel momento, più distinte. Don Innocenzo s'affacciò alla balaustrata, guardò in alto a destra, vide illuminata la finestra d'angolo del piano superiore. La voce veniva di lassù. Adesso parevano rimproveri, imprecazioni, poi lamenti, poi silenzio.

«È la signora donna Marina», disse il Rico sottovoce. «È come matta. C'è su il signor dottore e il signor Silla. La gliene dice di tutti i colori al signor Silla».

«Non c'è nessun altro?»

«C'è anche la mia mamma. C'è stata un momento la signora Fanny, ma è scappata».

«E tu cosa vai a prendere?»

«Lo so io? Il signor dottore ha detto un certo nome come corallo. E mi ha detto di chiamare la Luisa del Battista per venire a curarla».

Don Innocenzo si tolse la lettera di tasca e la diede al ragazzo.

«Portala», diss'egli, «nella camera del signor Silla e poi discendiamo insieme».

Anche nell'altr'ala del Palazzo cominciava allora un'agitazione sorda.

Da più d'una fessura d'uscio trapelavan lume e bisbigli. I fili dei campanelli trasalivano, sussultavano impazienti: se ne udiva strillar lontano la voce chiara, imperiosa. Sulle scale don Innocenzo e il Rico trovarono Momolo che scendeva con un lume.

«Forse si va!» diss'egli. Essi non risposero.

Esciti che furono dal Palazzo, il Rico partì di corsa per la sua missione, il curato si incamminò lentamente guardando i grandi cipressi pensosi. Al cancello incontrò Steinegge. «Lei qui?», diss'egli.

«La campana: ho inteso la campana», rispose Steinegge con voce commossa. «Oh, questo è un dolore! Io dovrei piangere per quest'uomo».

Egli abbracciò e baciò don Innocenzo, soffocando un singhiozzo, poi disse in fretta:

«Si può andare avanti? Ha visto il signor Silla?»

«Eh!» rispose don Innocenzo. «Altro che visto!» e raccontò la lunga scena, poi quanto gli aveva riferito il Rico.

Steinegge fremeva, sbuffava; non lasciò quasi che don Innocenzo finisse e corse via con un gesto risoluto che voleva dire:

«Vado io». Entrò nel Palazzo mentre ne usciva il giardiniere, che pareva aver gran fretta e non lo riconobbe.

Salendo le scale incontrò Fanny che scendeva con Catte singhiozzando, ripetendo:

«Voglio andar via, voglio andar via!»

«Andrete, andrete», rispondeva Catte "ma pazienza, benedetta. Volete lasciar la vostra padrona in quello stato?"

«So di niente, io, voglio andar via!»

«Madre santa, che vita!» disse Catte a Steinegge, che stringendosi alla ringhiera per lasciarle passare, le guardava attonito. Egli stava per domandar loro qualche cosa, quando la contessa Fosca gridò dall'alto: «Ohe, questo Momolo!»

«Subito, Eccellenza!» rispose Catte, e scese in fretta, trascinando giù Fanny. Steinegge continuò, pure in fretta, a salire.

«Momolo», disse la contessa, scambiando Steinegge pel suo servitore, «avrà inteso bene, eh, quell'altro? Un legno e un biroccino alle sei. Ah, siete voi? Scusate, caro voi».

«Parte, la signora contessa?»

«Sì, sì, e maledetta quella volta che son venuta».

Nepo chiamò sua madre all'uscio del salotto. Si vide dietro a lui l'avvocato Mirovich seduto al tavolo con una lucerna, un calamaio e due gran fogli davanti a sé. La contessa entrò in salotto e l'uscio ne fu richiuso sul viso a Steinegge. Questi trovò nella loggia il Vezza appoggiato alla balaustrata verso il lago; gli si avvicinò col cappello in mano per parlargli; ma colui, guardatolo appena e accennatogli di tacere, volse il capo dall'altra parte, ascoltando.

Si udì un gemito lungo, debole.

«Donna Marina?» disse Steinegge.

L'altro non rispose, ascoltò ancora. Non si udì più nulla. Allora quegli, come uscisse da un sogno, si mise a parlare affrettatamente: «Cose orribili, sa. Le hanno detto?»

«Sì, mi ha detto qualche cosa il signor curato».

«Oh, Lei non ha idea di quel momento! Guardi».

Il Vezza rappresentò tutta la scena appuntino, parlando sottovoce, interrompendosi tratto tratto per ascoltare.

«Io esco», diss'egli poi, «con l'avvocato Mirovich, sa, l'avvocato dei Salvador. Trovo nel corridoio donna Marina in preda a convulsioni terribili. Non gridava perché aveva addentato l'abito dell'altro qui al petto, gemeva. Si chiama il medico, la cameriera, la moglie del giardiniere. A gran pena riescono a trarla su per la scala, senza poterle aprir la bocca.

Dopo non so più niente di positivo; deve aver continuato il delirio violento. Adesso si capisce che è più tranquilla, ma fino a poco fa sono state, mi dicono, urla, maledizioni, suppliche incomposte. Parlava sempre a quell'altro. Ed egli è là, capisce? Non è disceso mai. Oh! cose incredibili. Quando si pensa quella scena, qui in loggia l'anno scorso! A proposito, lo sa che stanotte quando il povero Cesare ebbe l'ultimo attacco, loro due erano insieme?»

Erano insieme?»

Insieme, insieme! Li ha trovati la Fanny in camera da letto».

«Oh!» esclamò Steinegge. Gittò via il cappello, rimase a braccia aperte.

«Insieme», riprese il Vezza dopo un breve silenzio. «E in un momento lo hanno saputo tutti».

«Commendatore», disse Nepo dall'altro capo della loggia, «vuol favorire?»

Il commendatore uscì, rientrò pochi minuti dopo.

«Che confusione!» diss'egli. «Lo sa che partono?»

«Chi?» rispose Steinegge distratto.

«I Salvador; alle sei. Che vuole? Appena successa la disgrazia, il conte Nepo non ha perso tempo, ha cercato e trovato il testamento ch'è olografo e ha la data di quindici giorni sono. L'ospitale di Novara è erede universale. Per i Salvador ci sarà forse questione, perché c'è ordine all'erede di vender la possessione di Lomellina, onde soddisfare entro due anni le trecentoventimila lire di cui, dice il testatore, "faccio donazione a mio cugino il conte Nepomuceno Salvador di Venezia". Donna Marina non ha niente. C'è poi una infinità di legati. Cesare si è ricordato di tutti, da gentiluomo, veramente. C'è anche un assegno vitalizio per Lei. Io sono esecutore testamentario. Del resto è ben naturale che i Salvador se nc vadano; non c'è neanche onore, per loro, a restar qui. Il conte avrebbe voluto fare del chiasso, che so io, battersi;

ma se n'è lasciato dissuadere subito».

Catte venne a pregare il commendatore di andare ancora dalla contessa, e Steinegge rimase solo.

Non era stato mai un gran sognatore il povero Steinegge, pure qualche sogno, durante il suo mezzo secolo di vita, l'avea fatto anche lui, di tempo in tempo; qualche piccolo sogno come la libertà della patria, la pace della famiglia. Il suo ultimo sogno, umile e timido, era stato che sua moglie sarebbe guarita e che avrebbero trovato un pane in Alsazia; soffiatogli via dalla fortuna anche questo, non aveva sognato più.

Per meglio dire, non aveva più creduto di sognare, perché adesso, guardando il lago dalla loggia del Palazzo, e sentendosi il cuore tutto amaro, capì che un'altra speranza, natagli spontaneamente, inavvertita da lui, gli si era rotta e gli faceva male. Chi avrebbe pensato che Silla potesse dissimulare a quel modo? Deliberò di aspettarlo.

Nessuna voce veniva più dalla camera di Marina; tutta quell'ala del Palazzo era muta. Dall'altra parte si udivano ancora spesso colpi d'usci sbattuti, strilli di campanelli. Spesso si apriva la porta della loggia, si chiamava sommessamente un nome o l'altro. Nessuno rispondeva; una testa usciva a guardare, poi spariva e l'uscio si richiudeva lentamente. Voci di donne si alzavano un momento in litigio, ma erano fatte tacere subito. Passi frequenti crosciavano sulla ghiaia del cortile, salivano la scalinata; in alto, pei sentieri del vigneto si gridava e qualche volta si rideva. Per fortuna i bagagli dei Salvador eran quasi pronti fin da due giorni prima; la contessa li faceva portar su alla casetta del giardiniere.

Steinegge, fermo in loggia all'ultima arcata di ponente, con le spalle al lago, le braccia incrociate sul petto, aspettò a lungo, con gli occhi sulla porta onde sperava veder uscire Silla.

Finalmente udì venire pel corridoio i passi di due persone. Ascoltò trattenendo il fiato; non parlavano. La porta si aperse.

«Siamo intesi, dottore», disse Silla. «Riferisca le condizioni gravi in cui ho dovuto prestare la mia assistenza; riferisca lo stato di sopore e di abbattimento in cui ella si trova presentemente, e se qualcuno Le domanda di me, La prego rispondere a nome mio che per un'ora mi si troverà qui in loggia».

La voce era sinistramente fredda. Qualcuno che portava un lume tornò indietro; il medico attraversò la loggia, Silla vi entrò dopo di lui.

Steinegge gli si fece incontro.

«Signor Silla!» diss'egli.

L'altro non gli rispose, non si voltò nemmanco a guardarlo, andò a buttar le braccia sulla balaustrata verso il cortile.

Steinegge fece un altro passo.

«Signor Silla, non mi riconoscete?»

Silenzio.

«Ah, quand'è così, bene».

Egli tornò dov'era prima e tacque, guardando Silla che non si muoveva.

«Io non so», diss'egli. «Io non credo d'aver meritato questo».

Nessuna risposta.

«Questo è amaro, signor Silla, di venire come amico ed essere accolto così! Io voleva solamente dirvi che io avrei preferito non vedervi più mai qui; anche adesso io vorrei piuttosto vedere una buona onesta bocca di fucile sul Vostro petto, per Dio! Ero venuto per dire a Voi questo e altre cose, ma poiché Voi non volete ascoltarmi, io vado. Addio».

S'incamminò per uscire. Allora Silla, senza voltare il capo, gli disse freddamente: «Dica a Sua figlia che ho tenuto parola e son caduto a fondo».

«A mia figlia! Questo?»

«Sì, e adesso vada. Vada, vada via!» ripeté Silla con passione improvvisa perché Steinegge, sorpreso, tornava verso di lui. Questi piegò il capo in atto di rassegnazione e se n'andò.

Due lanterne, un corteo silenzioso attraversano il cortile. Subito dopo il commendatore viene ad avvertire Silla che i Salvador sono andati ad aspettar la carrozza in casa del giardiniere, e che, s'egli desidera, può comunicargli una disposizione del conte che lo riguarda.

L'uscio si chiuse dietro a loro, la loggia rimase vuota.

NOTE

266. "Sarebbe andato..."
267. "Attesa".
268. Forma arcaica di "concluso".
269. Forma arcaica e aulica di "suonò".
270. "Rimettigli, o Padre Misericordioso, ogni fragilità terrena..." si tratta di una preghiera degli infermi, allora di estrema consuetudine...
271. "Ti raccomando a Dio Onnipotente..."
272. "Accogli, o Dio, il tuo servo, perché possa sperare nella sua salvezza ad opera della tua misericordia".
273. "...dell'affidamento delle anime".
274. "Preghiamo affinché non venga dimenticato..."
275. "Narici", forma arcaica.
276. "Nell'esalare l'ultimo respiro..." Si tratta della preghiera formulata dal moribondo o, in sua vece, dal sacerdote; a essa seguono le preghiere successive alla morte.
277. "Poi..." forma arcaica.
278. Forma arcaica di "intera".
279. "Uscito".

Capitolo V - Inetto a vivere

L'alba nasceva sopra i grandi sassi malinconici dell'Alpe dei Fiori, circonfusi da ondate di nebbia; scopriva le alte cime grigie, sonnolente nei loro umidi mantelli di boschi, le ultime colline di ponente sfumate in un chiaror di piova, il lago plumbeo. Lì sul lago non pioveva ancora. Non si moveva fronda de' fichi, de' gelsi, degli olivi pendenti dai campicelli delle rive sull'acqua morta; le loro immagini e quelle dei muriccioli, delle rade casupole, dei sassi cespugliosi vi tacevano ferme, intere. Ma da ponente la piova[280] veniva avanti come una vela obliqua dal cielo alla terra, sempre più grande. I pioppi delle praterie la sentivano vicina, ne avevano i brividi. Anche il lago cominciava laggiù a fremere, a picchiettarsi di brevi macchie scure. Queste corsero avanti spandendosi rapidamente, si confusero in una sola striscia rugosa, in una fila di ondicine tremole che si spiegavano a ventaglio, silenziose nell'alto, bisbigliando lungo le sponde. E in queste sponde solitarie, nel lago stesso diviso più che mai dal mondo, diviso, parea per sempre, dal sole, era un arcano raccoglimento pieno di pensieri gravi, d'intimi colloqui sommessi, una quiete di chiostro in cui l'aria e le pietre parlano di alti misteri e di occulte passioni.

Le colline sparvero del tutto dietro il bianco velo della piova su cui si disegnavano neri i pioppi delle praterie, che uno dopo l'altro, da' più lontani a' più vicini, diventavan grigi essi pure, si dileguavano come fantasmi fugati dal giorno. Intanto le ondicine venivano avanti, sempre avanti, movevano in file serrate al Palazzo. E vennero a battere gorgogliando le mura, entrarono a sussurrare curiose nella darsena. Nessuna voce rispose loro. L'ala di ponente aveva tutte le finestre chiuse, ma l'altra le aveva in gran parte spalancate. Pure nemmeno da questa veniva voce né segno alcuno di vita, benché vi parlasse un disordine di letti sfatti, di cassetti aperti, di sedie scioccamente ritte in mezzo alle stanze; benché vi apparisse, a una finestra del secondo piano, una figura umana pietrificata, più pallida di quell'alba.

Appena lasciato il Vezza che gli aveva partecipate certe disposizioni del conte, Silla era venuto a cadere sul davanzale della finestra. Sapeva ora che Marina non era nemmeno nominata nel testamento e che a lui il conte aveva legate le suppellettili appartenute a sua madre, una cassetta di lettere e diecimila lire a titolo di compenso per il lavoro scientifico incominciato l'anno precedente e da proseguire come e quando Silla crederebbe meglio. Ma egli non pensava a questo; guardava venire avanti lentamente il giorno, la piova, le onde. Gli occhi vedevano male: si sentiva la testa grave più del piombo, il petto voto d'ogni sentimento. Si conosceva affondato nel disonore della sua azione sleale, in una cupa necessità: legarsi a Marina, pazza o no. Ed era tranquillo, freddo sino al cuore. Il cielo, il lago, la piova vicina gli consigliavano sonno. Chiuse la finestra, si gittò vestito sul letto. Lo trovò soffice, morbido più che mai, sentì dolce come una carezza la tela del guanciale, desiderò dormire, dimenticare; si assopì e vide uno sconosciuto che lo guardava.

Lo guardava placidamente, per qualche tempo; quindi alzando le spalle e le sopracciglia, porgendo le mani aperte, scoteva il capo quasi per dire: non c'è verso. Silla credette di capire, come a cosa più naturale del mondo, che colui gesticolava sì, ma non poteva parlare perché era morto. Allora lo riconobbe tosto[281] per un vecchio amico di famiglia suicidatosi quindici anni prima. Ne riconobbe la gran fronte calva, il mento raso, aguzzo fra due solini diritti, sopra una cravatta nera con la spilla di malachite. Meravigliò in pari tempo di non averlo riconosciuto subito; dovea saperlo che sarebbe venuto. Infatti il fantasma, leggendogli nel pensiero, gli sorrise. Quel sorriso fu per Silla un'altra rivelazione. Vide in se stesso tutta la occulta via di un pensiero, dai giorni dell'adolescenza sino a quel momento. Aveva cominciato da una dolce malinconia, dal desiderio vago di una patria lontana: era diventato poscia[282] presentimento fugace, quindi sospetto sempre combattuto, sempre più gagliardo, sempre coperto di segreto come qualche lento male orribile che ci rode, di cui si vede il nome col pensiero e non vogliamo confessarlo mai; prevaleva finalmente, alla volontà, diventava un ragionamento irrefutabile, una sentenza opprimente in tre parole: INETTO A VIVERE. Silla se le vedeva dentro chiare queste tre parole, e il fantasma sorrideva sempre, si avvicinava, gli procedeva pesante su per la persona, con gli occhi sbarrati, mettendogli un gelo nelle ossa, fermandogli il respiro. Quando giunse al cuore, Silla non vide né intese più nulla.

Gli parve svegliarsi solo, provare una dolcezza infinita e dire fra sé: «Adesso non sogno». Era in un altro mondo, quasi senza luce, tutto silenzio e riposo. Guardava, steso bocconi, in un'acqua immobile, vedeva passarvi dentro lentamente la immagine di un globo alto nel cielo, color d'alba piovosa; e ripeteva seco[283] stesso: «Eccolo, ne son fuori, son pur fuori di un gran mondo tristo»[284]. Era una consolazione profonda e tenera la sua, come si prova in un sogno d'amore. Ma gli parve a un tratto che quel globo color d'alba piovosa non procedesse più pel[285] suo cammino, si avvide che ingrandiva rapidamente, smisuratamente: colto da indicibile terrore, si svegliò.

Si vide davanti, per la finestra aperta, un largo chiarore bianco, alzò la testa inorridito, sognando ancora. Quando, raccapezzatosi, si rizzò a sedere sul letto, sentì, poco a poco, che il cuore gli doleva, la testa pesava tuttavia come il piombo, le membra erano tutte intirizzite dalla fredda aria umida della finestra; e disse a mezza voce rispondendo al proprio sogno:

«È vero, morire, non c'è altro; dormire ancora. Dormire, dormire».

Sopra il capezzale, l'angelo appassionato del Guercino pregava per lui con ardor veemente, gridava a Dio: «Chi lo ha gittato sulla terra? Chi gli negò il sospiro dell'anima sua? Chi lo mise inconscio, lo trattenne, lo ricondusse sulla via di quest'ora angosciosa?»

Silla si guardò involontariamente nello specchio scuro di fronte al letto. Vide appena un viso pallido, due occhi spenti. Pensò che pareva già morto e ch'era stato così pallido altre volte dopo un'ebbrezza tetra di sensi, nel doloroso sdegno dell'anima. Ora non v'era più sdegno in lui né forza alcuna; lo stesso proposito di morire che lo invadeva era come un infiacchimento, uno sfacelo dello spirito. Scese dal letto, andò barcollando a sedersi al tavolo, si appoggiò i gomiti, reggendosi con le mani il capo addolorato pieno di confusione. Comprendeva in nube, che bisognava pure scrivere qualche cosa a' suoi parenti, alla sua padrona di casa, e non se ne sentiva la forza. Lottò ad occhi chiusi per raccogliere le idee, ne represse con violenza il disordine, stese la mano alla penna e solo allora vide la lettera portata su da Rico. La guardò, non ne riconobbe il carattere, la depose senza aprirla e cominciò a scrivere al cav. Pernetti Anzati, suo zio, invitandolo a sospendere l'invio dei soliti interessi, poiché lui, Silla, era fortunatamente in grado di far dono del capitale alla famiglia Pernetti, statagli tanto amorosa. Prima di voltar pagina riprese quella lettera e l'aperse.

V'erano scritte queste poche linee senza intestazione e senza data:

Edith S. risponde allo scrittore oscuro ch'egli può diventare grande e forte, contro la fortuna, malgrado l'ingiustizia degli uomini. Edith ha promesso di non appartenere ad altri che al suo vecchio padre, il quale ha gran bisogno di lei; ma è libera di portare nell'intimo del suo cuore un nome che le è caro, un'anima che non affonderà mai se ama come lo dice.

Silla sorrise. «Adesso, adesso!» diss'egli. Rilesse il biglietto e si sentì morire.

Trasse il portafogli per chiudervelo, stette sospeso, considerando i caratteri netti e slanciati, pensando alla mano, alla mente pura; e pentitosi della prima idea, compreso della propria indegnità, ripose il portafogli, accese una candela, vi arse lo scritto, ne sparse dalla finestra i brandellini neri al vento e alla pioggia. Mentre li guardava svolazzar via lungo la muraglia, un domestico entrò a dirgli che il commendatore gli voleva parlare e lo attendeva nella sua camera. Silla ripose la lettera incominciata, e uscì come stava, con i capelli arruffati, con le vesti in disordine. L'orologio della scala suonò, mentr'egli passava, le nove.

«Qui», disse il commendatore, «una sorpresa non aspetta l'altra».

Silla non fece domande: attendeva che colui parlasse, che anche questa noia fosse passata per sempre. Ma il panciuto soldatino di gomma, invece di parlare, lo guardò fisso con le mani in tasca e la testa piegata sul petto.

«Cosa vuole», diss'egli, lasciando improvvisamente quella attitudine scrutatrice, «sono in una condizione penosissima. Si soffoca poi anche, qui dentro».

Aperse una finestra e andò a cadere in una poltrona di fronte a Silla.

«Penosissima», ripeté.

Silla non aperse bocca.

«Eppure», soggiunse il commendatore, sospirando, «bisogna starci. Io sono un ambasciatore sa. Un'ora fa donna Marina mi ha mandato a chiamare».

Silla trasalì.

«Lei si meraviglia. E io dunque? Mah! È così. Potevano essere le otto e un quarto; la moglie del giardiniere viene a svegliarmi e a dirmi che la marchesina mi aspetta. Io sono rimasto di sasso. "Come mai?" dico. Mi dice che ha dormito senza avere preso medicine di sorta e che si è svegliata circa alle sette, tranquilla, perfettamente in sé. Solo non ha voluto che si aprissero le persiane; ha preferito tenere accesa la candela, anzi farne accendere altre due o tre. Ha domandato, la prima cosa, se Lei è ancora qui, al Palazzo. E poi si fece ripetere i discorsi del suo delirio, tutto l'accaduto dopo...»

Il commendatore si fermò esitando.

«Parli pure», disse.

«Dopo che Lei l'ebbe portata via dalla camera del povero Cesare. E specialmente... scusi, Lei l'ha rimproverata, per quello che ha detto là?»

«A parole non l'ho rimproverata veramente: ma deve aver compreso che mi faceva orrore, perché mi ha vituperato nel suo delirio».

«Bene, è su questo orrore manifestato da Lei, mi diceva la donna, che la marchesina fece più insistenti domande. Poi si alzò e mi mandò a chiamare. Adesso, senta. Premetto: per me è malata ancora; malatissima! Sta peggio ora di stanotte, per me. Lo si vede quasi più nella bocca che negli occhi; la bocca è alla gran tempesta. Ma è un fatto che mi ha parlato con una freddezza, con una calma da fare sbalordire. Era pallida, se vuole, come un cadavere; ma non importa. Mi domanda perdono di avermi incomodato, con un'affabilità insolita in lei, poi mi dice che nella posizione stranissima in cui si trova, non ha nessuna guida, nessun aiuto; che io sono il migliore amico del suo povero zio e che stima doversi rivolgere a me per consiglio. Io, naturalmente, mi metto a sua disposizione. Ella mi domanda allora... scusi, signor Silla, Lei è disgraziatamente immischiato nelle cose che sono successe qui stanotte. Abbia pazienza, io non voglio farmi suo giudice. Non si offenda se sono costretto di ricordarle queste cose e forse anche di dirne altre che potranno spiacerle».

«Parli, parli», disse Silla.

«Bene. Mi domanda dunque dei Salvador: perché sono partiti? Io la guardo. "Eh" dico "per questo e per questo. Perché dopo gli avvenimenti di stanotte hanno creduto di non avere più niente da fare, qui". Allora ella mostra di turbarsi un poco, mi dice che comprende e scusa questo procedere, che purtroppo ha tutte le apparenze contro di sé, ma che non è colpevole affatto. E qui, poveretta, mi fa un racconto dal quale mi son ben persuaso che c'è ancora follia e follia più pericolosa, forse, del delirio violento. "Per otto giorni" dice "non sono stata responsabile delle mie azioni. Ho avuto da una persona morta comunicazioni che mi hanno scombuiato il cervello. Queste comunicazioni" dice "il signor Silla le conosce"».

«È vero», disse Silla.

«Euh!» esclamò il commendatore stupefatto. Non si aspettava questa conferma; gli sconvolgeva le idee, gli suggeriva il sospetto che neppur quell'uomo pallido dai capelli arruffati, dalle vesti scomposte, avesse il cervello interamente sano.

«È vero», ripeté Silla

«Spiritismo?» chiese il commendatore.

«No. Ma, La prego, continui».

Il Vezza aveva perduto la bussola e il filo del discorso; ci volle del buono perché potesse raccapezzarsi.

«Dunque», diss'egli, «ella sostiene, continuando, di aver vissuto otto giorni in una specie di sonnambulismo, durante il quale ha fatto cose inesplicabili di cui ora è dolentissima. Protesta della sua indifferenza, anzi della sua ripugnanza per Lei, comunque si sia comportata durante questo periodo di allucinazione. Soggiunge che spera di persuadere di tutto questo il conte Salvador, e mi prega, in due parole, di aiutarla. Cosa vuole, che le rispondessi? Che per parte mia credevo tutto, ma che non vedevo probabile di far credere nulla al conte Salvador. "E poi" le dico "capisce bene. Fanny non ha taciuto..."»

Silla lo interruppe impetuosamente.

«Quanto a questo», diss'egli, «posso dare la mia parola d'onore...»

«Benissimo, benissimo, si calmi. Capisce bene che in ogni modo per allontanare Salvador ce n'è più che abbastanza. Tornando alla marchesina, mi domandò allora con un sorriso sarcastico se si conosceva il testamento. Io glielo riferii ed ella non si turbò affatto. "Se io sono esclusa" dice "questa è una ragione, per un gentiluomo come mio cugino, di non abbandonarmi". Dopo di che mi fa un discorso riguardo a Lei: debbo confessarlo. Un discorso sensatissimo. Vi sono proprio delle convenienze imperiose che danno ragione a donna Marina, e Lei vorrà non dolersi, credo, se ho accettato di esporle il suo messaggio. Le assicuro che sono convinto di fare un'opera buona verso tutt'e due».

«Ch'io parta?» disse Silla, concitato.

Il commendatore tacque.

«Ma cosa crede Lei, che il conte Salvador possa tornare, che voglia prendere una moglie, non foss'altro, inferma di mente e diseredata? Come si posson pigliar sul serio i discorsi di una donna in quello stato? Ma si metta una mano sul cuore e mi dica se io, che purtroppo sono stato immischiato nelle vicende di questa notte, mi dica se adesso che donna Marina è lasciata dal suo fidanzato, anche per causa mia, adesso che cade dalla ricchezza nella povertà perché di suo deve aver poco o nulla, adesso che è malata di una malattia terribile, mi dica, ripeto, se posso abbandonarla di cuor leggero e tornar nel mondo come se niente fosse stato, solo perché questa donna inferma si sveglia dal delirio e mi dice: "Andate pure". Andar via, lasciarla sola con la sua sventura spaventosa? Lei, commendatore, mi consiglia questa viltà?»

«Piano, piano, piano», disse il commendatore piccato. «Non adoperiamo paroloni e riflettiamo un po' di più. Lei crede in coscienza di doversi costituir protettore della marchesina di Malombra? Non voglio esser severo con Lei perché in affari di cuore non lo sono mai, e perché dopo una notte simile, chi può avere la testa a segno? Ma mi spieghi un poco, scusi sa, che sorta di protezione può offrire alla marchesina? Ci pensi bene; una protezione poco efficace e poco onorevole, una protezione che le allontanerà tutte le altre. Perché la marchesina ha dei parenti che l'assisteranno se non per affezione, almeno per un sentimento di decoro. Ma bisogna che Lei esca di scena. Vede, non è neanche il caso, parlando chiaro, del matrimonio per riparazione; con una donna che vi respinge? Con una donna, sopra tutto, che non ha la sua ragione intera? Dunque, cosa vuol far Lei qui? Lei non ha che a partire».

Silla lottava fieramente per serbarsi freddo, per soffocare un lume indistinto di speranza che gli entrava nel cuore, e poteva turbargli, in quel frangente, il giudizio.

«Sul Suo onore, signor Vezza», diss'egli, «crede buono questo consiglio?»

«Sul mio onore, lo credo l'unico. Ella potrà accertarsi delle disposizioni di donna Marina, parlando con lei stessa. Così giudicherà anche del suo stato di mente».

«Io? Nemmeno per sogno. Se partissi, non vorrei rivederla».

«Un momento. La marchesina mi ha pregato di riferirle questo nostro colloquio, ciò che farò con la debita discrezione; e mi ha pure espresso il desiderio di parlare, a ogni modo, con Lei».

«Perché?»

«Ma! Bisognerebbe domandarlo a lei. Vada, si faccia coraggio. Io ho il diritto, per la mia età, di parlarle come un padre, signor Silla. Mi spieghi questa cosa che non posso comprendere, ricordando una certa scena dell'anno passato. Ha Lei una vera affezione per donna Marina?»

«Perdoni, non si tratta de' sentimenti miei, adesso».

«Basta, basta. Dunque le dico che Lei è persuaso di partire?»

«No, le dica solo che mi faccia saper l'ora in cui dovrò recarmi da lei».

«Sì. Per dirle la verità, il mio interesse personale sarebbe ch'Ella restasse qui ancora qualche ora. La pregherei di aiutarmi. Ho tante cose da fare. C'è da chiedere al pretore l'apposizione dei sigilli. Capirà, qui c'è tanta gente! C'è da scrivere alla Direzione dell'Ospitale di Novara. Ho già spedito un telegramma, ma non basta. Anche sul funerale avremo a discorrere. La cappella di famiglia è a Oleggio. Il conte dev'essere trasportato là? Dev'essere sepolto qui? Mi han promesso che prima delle due arriveranno gli annunzi stampati da diramare: un bel lavoro anche quello! Era più o meno cugino di mezzo Piemonte, il povero Cesare, e di mezza Toscana, anche. Insomma, quanto a me, se Lei restasse fino a stasera, ne avrei certo piacere».

Un forte soffio di vento entrò dalla finestra aperta, gonfiò le cortine.

«Oh, il vento cambia, meno male», disse il commendatore. «Anche questo tempaccio è una cosa orribile».

Silla non rispose, salutò in silenzio e tornò nella propria camera, meditabondo.

Cos'era adesso quest'altro enigma? Cos'era quest'altra commedia del destino? Egli ripensava certi esempi di maniaci risanati da un momento all'altro, nello svegliarsi. E forse il delirio di donna Marina non era stato che un eccesso passeggero, una esaltazione nervosa prodotta da circostanze veramente strane.

Se il Vezza s'ingannasse? Se fosse veramente guarita? Essa lo sdegnava adesso, lo respingeva: la catena dura sarebbe spezzata senza dubbio.

Restavano i rimorsi, la vergogna d'esser tornato al Palazzo in onta alla propria dignità con un coperto proposito di colpa, per farvisi complice di una mortale nemica del conte, mentre quest'uomo che lo aveva amato e beneficato giaceva oppresso dalla infermità. Ma pure, se rimanesse libero, non vi sarebb'egli modo di rialzarsi ancora, di purificarsi questa lunga espiazione amara? Una voce occulta gli sussurrava nel cuore qualche speranza, gli ripeteva le parole di Edith: "Non affonderà mai, se ama come lo dice". Non era più il Silla di prima che fantasticava così, seduto sul letto, mentre l'angelo del Guercino pregava sempre. Adesso l'idea del suicidio si era allontanata dalla sua mente. Non voleva ancora pigliare alcuna risoluzione per l'avvenire: aspetterebbe di aver visto donna Marina, di averle parlato. Oh, se Dio volesse essergli pietoso, rialzarlo una volta ancora! Il suo sentimento religioso, la sua fede in un segreto contatto di Dio con l'anima e nella salutare potenza del dolore, rinascevano. Si coperse il viso colle mani e si sovvenne di un'ora triste in cui, aperta la Bibbia a caso, vi aveva letto: *Infirmatus est usque ad mortem, sed Deus misertus est eius.*[286] Quanta consolazione, quanta energia di vita in questo pensiero! Immagini di un futuro migliore gli sorgevano spontanee nella mente ed egli le combatteva, temendo illudersi, prepararsi disinganni più amari. Entrare, per punirsi, nella manifattura de' suoi parenti, dare il giorno al lavoro più ingrato, la notte agli studi, poter dire a quella persona: «Sono ancor degno ch'ella mi porti nell'intimo del suo cuore!»

Queste immagini suscitavano dentro di lui una burrasca simile a quella che flagellava i tetti e le mura del palazzo. Lì pioveva ancora, ma le scogliere dell'Alpe dei Fiori nereggiavano sul cielo bianco, nitide, spazzate dal vento del nord che copriva pure le altre cime di fragore, infuriava, volendo sereno.

NOTE

280. "Pioggia"; forma aulica e arcaica.
281. "Subito"; forma arcaica.
282. "Poi".
283. "A sé stesso..."
284. "Triste".
285. "Per il..."
286. "È stato indebolito fino alla morte, ma Dio avrà misericordia di lui".

Capitolo VI - Sereno

«Ecco l'agave[287] che volevo farle vedere», disse don Innocenzo a Steinegge. «Bella eh?»

Era lì a godersi il sole, superba e triste, nel mezzo di un gran pietrone grigio, fra due brevi quinte di bosco. In alto fra il ciglio del pietrone e il cielo azzurro, magri arbusti si divincolavano ridendo nel vento trionfante che saltava sopra il valloncello, sibilava giù nel frutteto di don Innocenzo, sul tetto della canonica, si spandeva nei prati a ondate. Ciuffi di rovi penzolavano dalle fessure del sasso, lunghe e torte frange d'edera ascendevano dalle sue radici affondate nell'erba che brillava ancora di pioggia. Quel mostruoso scoglio mezzo nudo, tanto amato dall'edere, tanto paziente dei rovi, era la vita, la parola, la passione del paesaggio. Don Innocenzo aveva fatto portar lì un sedile rustico e vi passava delle ore a leggere, a pensare.

«Ci ha un che di meridionale, quell'agave, non è vero? Vede, io ci vengo spesso qui, con un libro e con i miei pensieri, respiro in quest'aria una innocenza che purifica il cuore. Ne ho bisogno perché sono astioso, rabbioso, forse anche maligno, ambizioso: no, ambizioso no, ma avaro forse: qualche volta mi par d'essere avaro, di affannarmi troppo per certe miserie d'interessi. Senta che mi confesso a Lei. Mi assolverà, poi? Io parlo intanto, perché mi fa bene; e Lei poi faccia quel che crede. Dunque, quando vedo campi coltivati, sento tanta gente fra Dio e me; qui non ci sento più nessuno e parlo col Signore da solo a solo, più volentieri perché si tratta di guai tutti miei propri. Ne avrà anche Lei, già, di questi momenti. Non ha mai niente che La inquieti?»

Steinegge confisse d'un colpo il bastone in terra.

«Oh, che cieco!» diss'egli. «Che stupido sono stato! Non aver capito niente! Non aver sospettato di niente! Credete ch'ell'avesse molta inclinazione per lui?»

«Oh no, non moltissima, spero, ma via!» disse don Innocenzo, mortificato della poca attenzione ottenuta dal suo discorso. «Si calmi. Non mi faccia pentire di averle raccontato tutto. Ho parlato per impedire che Lei domandasse spiegazioni alla signorina Edith di quel discorso del signor Silla. La signorina non deve conoscerlo: ne avrebbe troppo dispiacere. Del resto è forse meglio così, anzi diciamo addirittura; è meglio così. Ha visto che uomo era, questo signor Silla?»

«Che uomo era? No; cosa volete, lo amavo tanto! Non posso ancora giudicarlo come Voi».

Si percosse la fronte come se volesse stritolarvisi dentro tante idee penose.

«Per me!» diss'egli «per me! Io bacerei di gratitudine il posto dove ella mette i piedi e dopo le direi: "Calpestatemi perché io non capisco". Non sapete, signor curato, che mi è troppo aver tutto il cuore di Edith, che io ne sento rimorso, qualche volta, come di un grande egoismo, e che sarei felice di un matrimonio così; perché poi io sono vecchio e ci sono anche altre cose da pensare!»

«Venga», disse don Innocenzo, commosso, pigliando Steinegge pel braccio e conducendolo al sedile rustico, «fermiamoci qui, pensiamo, cerchiamo quali ragioni può aver avuto Sua figlia».

Steinegge si fermò su' due piedi, temendo qualche rivelazione impreveduta[288].

«Cosa?» diss'egli.

«Venga, venga, sieda qui».

Don Innocenzo non trovava la prima parola, stringeva convulsamente una mano con l'altra, suggeva l'aria, secondo il suo solito, per le labbra serrate.

«Si sarebbe mai accorto», cominciò finalmente, «di qualche preoccupazione, di qualche angustia nell'animo di Sua figlia?»

Steinegge trasalì.

«Denaro?» diss'egli.

«No, no».

Uno sgomento angoscioso contrasse il viso del povero uomo mentre diceva: «Salute?»

«No, no. Senta. Potrebbe darsi che Sua figlia volesse pensare a Lei solo, occuparsi di Lei solo, vivere insomma per lei solo, fino a che Ella, amico mio, ottimo e carissimo amico mio...»

Don Innocenzo gli prese, parlando, una mano.

«...intendesse quale sia quest'angustia segreta che c'è, lo so, nel cuore della signora Edith, povera signorina».

«Lo sa!» disse Steinegge, pallido, stringendo forte la mano del prete, guardandolo a bocca aperta.

«Metta che io non sia prete», continuò il curato. «Adesso non sono prete, sono un amico. Va bene? Mi ascolterà come un buon amico?»

Steinegge accennò di sì con la testa, impetuosamente, senza poter parlare.

«Bene, via, bravo. Dica, Ella ha sofferto molto, non è vero, nella vita? È stato perseguitato, calunniato, non è vero? e specialmente da persone che portano quest'abito? Sì, lo dica pure francamente. Crede che non ne conosca, io, de' preti furfanti? Dunque Lei ne ha concepito un grande aborrimento contro tutti... No, glielo credo, contro di me no; ma è un'eccezione. Ha concepito poi anche un gran dispregio per altra cosa infinitamente superiore a questi preti miserabili, per la Parola di cui dovrebbero essere custodi e ministri. Mi lasci dire, Lei parlerà dopo. Credo benissimo che dopo la venuta della signora Edith, Ella si sia molto avvicinato alla Parola; come non sarebbe? Deve averne provato, stando con Sua figlia, il calore e la luce: ma finora, tra le opere della signorina Edith e le Sue in questo argomento della religione, quale somiglianza c'è? Nessuna, non è vero? Ella non può dire di essere un cattolico e forse neanche un cristiano. Ora la signorina Edith crede, deve credere che se Lei non si sottomette di cuore e di fatto alla Chiesa, Loro non potranno poi aver parte insieme nella Risurrezione e nella Vita. Ecco il segreto doloroso. Tutto il cuore, tutti i pensieri di Sua figlia sono qui. Vuol vivere per quest'opera sola; sono certo che cerca il sacrificio di se stessa; che vi assapora una contentezza particolare, una vena nuova di speranza. Lei può andar superbo d'essere amato così. La signorina confida in Dio per toccare il suo sogno; comprende? Non vuol dirle: "Se mi ami fa questo". Mai! Vuole che le loro due anime vivano chiuse una nell'altra, in comunicazione continua, onde poco a poco, inavvertitamente, ogni giorno, ogni momento, la Fede possa entrare in Lei, amico mio. Forse non dovevo dirle questo».

«Oh!» esclamò Steinegge con voce soffocata, protestando.

«Forse non dovevo, no; ma adesso quando Lei ha detto: "Non capisco", mi si è mosso dentro qualche cosa che ha mandato sossopra la mia prudenza; ho pensato: qui bisogna parlare, bisogna fargli sapere, un sacrificio così ha da essere apprezzato, non gli parlerò come prete, ma come amico. E come prete non Le parlo; Le dico solo che io non avrei mai consigliato questo sacrificio, e che ho venerazione per Sua figlia».

Steinegge si buttò indietro il cappello sulla nuca e giunse le mani, le scosse nervosamente guardando il cielo; poi se ne coperse il viso, appoggiò i gomiti alle ginocchia.

«Avevo capito», mormorò, «la prima sera... ma poi adesso... credevo che fosse contenta...»

Don Innocenzo si chinò a raccogliere le parole inintelligibili.

«Cosa?» diss'egli affettuosamente.

«Credevo che fosse contenta», ripeté l'altro senza toglier le mani dal viso. «Adesso prego con lei... vado anche in chiesa... ho perdonato a tutti, credevo che bastasse».

Il curato fu per buttargli le braccia al collo e dirgli: «Sì, va in pace, per te, povero tribolato, per te, semplice e umile cuore, basta. Tu sei come un figliuolo mandato da suo padre nel mondo a lavorare, che, ferito, perseguitato da' suoi compagni, torna senza aver appreso né guadagnato nulla verso la casa paterna, batte piangendo alla porta che i servi gli han chiusa in faccia come a un indegno. Suo padre ha veduto, ha saputo tutto; ma non vuoi, santo Dio, che lo raccolga e lo consoli?»

Fu per dirgli così, ma si guardò l'abito e si trattenne, mordendosi le labbra; si strinse le parole nel cuore gonfio.

Steinegge, improvvisamente, scattò in piedi.

«Andiamo da lei, amico mio», diss'egli, «andiamo da lei subito. Io farò tutto, andiamo subito».

«No no no», rispose don Innocenzo. «Non accetterebbe un atto compiuto per amor suo e non per convinzione. Ci pensi, non parli alla signorina del nostro colloquio d'oggi, poiché mi dice che prega, preghi, domandi a Dio una parola nel cuore e se questa parola viene, allora sì, allora dica pure a Sua figlia: “Sappi, ho pensato, ho pregato e credo”. Prima no. E adesso mi permetta di tornare prete, di dirle: “Son qua tutto per Lei: parleremo, leggeremo, discuteremo... diremo male dei preti, se vuole!”»

Don Innocenzo aggiunse sorridendo queste parole, perché gli pareva di veder Steinegge incerto.

«Scusate», disse questi, «scusate molto, amico mio; noi non leggeremo e non discuteremo. So che i Vostri ragionamenti mi farebbero male, perché io ho uditi e letti nella mia vita troppi ragionamenti su queste cose della religione, benché io non sono filosofo né letterato. Io temerei udire da Voi argomenti uditi ancora, mi capite? Argomenti che io ho inteso mettere in polvere altre volte e che mi farebbero cadere il cuore come, scusate molto la mia franchezza, se Vi vedessi armato di carta pesta. Io credo che avrei migliore impressione da una critica come ho letto pochi giorni sono in un libro tedesco recentissimo, un libro di un tale Hartmann, molto empio per Voi, dove si dice che il cristianesimo finirà come ha cominciato, *der letzte Trost*, l’ultimo conforto dei poveri e degli afflitti. Questo mi ha colpito come una gran luce sulla Vostra fede. Notate che secondo lo scrittore tutto il genere umano dovrà un giorno trovarsi afflitto dalla vanità delle cose e della vita. D'altra parte Voi non potete avere ragionamenti che prendano gli uomini come tenaglie. Voi terreste il mondo in pugno, Voi avreste il pensiero per Voi e le passioni contro di Voi. Ma è il contrario che succede; Voi avete molto più gente di passione che gente di pensiero, molte più donne che uomini, più popolo che intelligenze. No, quello che potete prendere è il cuore, credo: quando avete preso il cuore e lo tirate a Voi, bisogna bene che tutto l'uomo venga. Così sta per accadere a me, perché il mio cuore non è in mio potere. Anche Voi, amico mio ne avete una parte: anzi, posso dirvi una cosa? la Vostra faccia, che io amo, così buona sopra il vostro abito, è un molto più forte argomento per me che tutta la Vostra teologia».

Pronunciando la parola “teologia” Steinegge arricciò il naso come se fiutasse qualche putredine.

«Che spropositi!» disse don Innocenzo con le sopracciglia aggrottate e la bocca ridente.

«Non spropositi, no!»

«Spropositi, spropositi. Non è vero che non abbiamo argomenti. Naturalmente una fede religiosa fondata sul mistero, non si può dimostrare con argomenti logici che stringano come tenaglie. Non si può trattare questo problema come i problemi di geometria; ma vi ha pure un procedimento che porta avanti verso il mistero, un procedimento assai più rapido e potente del Vostro gottoso procedimento logico che dopo tutto, caro Steinegge, non ha mai trovato da sé solo niente di molto grande. Vede, prendiamo pure la distinzione triviale della mente e del cuore; diciamo invece se vuole, l'intelligenza e l'amore, e ricordiamoci che non son mica due parti dello spirito. Vi è forse un pezzo di sole che scalda e un altro che splende? Bene. Loro signori filosofi, quando cercano la verità, dicono: noi abbiamo queste due gambe, una delle quali fa passi e slanci smisurati e sarebbe anche capace di saltare qualche ampia fenditura della via. Noi non vogliamo correre questo pericolo, noi vogliamo sentirci sempre la terra sotto i piedi. Noi non la terremo in freno questa gamba sinistra, questa gamba sentimentale, non la riporteremo al bisogno indietro appoggiandoci sull'altra, no, ma ce la taglieremo via senz'altro e andremo con una gamba sola, adagino, sin dove potremo. E così fanno, caro amico; vanno a conquistar il cielo e la terra con una gamba sola, e lo chiamano positivismo. E questa gente guiderà il mondo? Male lo guiderà».

Don Innocenzo si alzò in piedi, infuocato in viso, con gli occhi pieni di luce, bello.

«Io poi Le dico», proseguì più calmo, «che il pensiero umano non può, non deve occuparsi di ricerche religiose senza una preparazione morale. Senza cuor puro nessuna visione delle profondità di Dio. Bisogna che lo strumento di ricerca, il pensiero, sia ben predisposto; che abbia, stia attento, tutta la sua originale potenza di tendere al bene, ai principii del bene che sono poi anche i principii del vero. Ogni passione, a cominciare dall'orgoglio, determina un movimento diverso, altera quella tendenza; e allora, dove si va? Lo vediamo dove si va. Ecco perché l'insegnamento morale ha preceduto nella nostra religione l'insegnamento dogmatico. Ed ecco il primo grande aiuto del cuore nella indagine religiosa: ne determina la direzione dal punto di partenza. Partite con l'orgoglio, con la sensualità; andrete logicamente verso la negazione, il nulla, il male, perché vi è una terribile strada logica che conduce là. Partite con il cuore puro e anche, dirò, con le opere pure, accordo necessario, e andrete verso il vero. Ma come? Con la logica sola? No. Con il cuore, con il sentimento solo? Ma neppure, no certo; con tutte le facoltà dell'anima, con la ragione, con la immaginazione, con l'amore. Parlo, sa, ora, dei mezzi umani di ricerca, lascio da parte la grazia. Non si tratta d'indurre né di dedurre, ma di slanciare grandi ipotesi davanti a noi. Ci vuole fantasia per questo, calore e purezza di sentimento, ci vuole sopra tutto la facoltà più sublime dell'anima nostra, che non so come venga spiegata dai razionalisti, la facoltà d'intravvedere per subitanei chiarori interni...»

«Io non ho questa cosa», disse Steinegge.

«D'intravvedere idee superiori alla potenza ordinaria della mente in cui sorgono, sorprendenti per lei stessa. Allora comincia intorno a questa ipotesi il paziente lavoro logico della ragione per veder se combaciano con le verità note e tra loro, per modificarle, abbandonarle ove occorra. Certo neppur con questo procedimento si spiegano i misteri, ma si ottiene però qualche volta il risultato mirabile d'indicarli dove la Rivelazione ci dice che realmente sono, presso a poco come quel pianeta indicato da un astronomo là dove poi fu visto. E allora sopravviene la fede, se non è giunta prima. So cosa rispondono i suoi razionalisti».

«Ooh!» disse Steinegge come per iscusarsi.

Un veemente soffio calò stridendo sui rovi del sasso, mise nel bosco una follia frenetica, uno strepito che impediva di udire le parole. Don Innocenzo sempre acceso in viso, non potendo parlare, scoteva l'indice teso verso Steinegge, intendendo di dire che la risposta dei razionalisti non valeva nulla; poi alzò la testa, quasi a guardar in faccia quel diavolo di vento saltato senza riguardo in mezzo alla discussione per soffocarvi le buone ragioni, come un gran chiasso e un voto di volgo sovrano. Appena poté, proseguì a parlare.

«I razionalisti rispondono che questo modo di argomentare può essere buono per chi lo adopera, ma non prova nulla, non può servire a stabilire la verità. Stoltezza. Per essi non può servire, che sono induriti nel loro gretto sistema impotente, per altri sì. Noi parleremo e leggeremo, caro amico. Io spero di arrivare a persuaderla, con l'aiuto di Dio, che vi è una bellezza nella verità in cui si commuove e si appaga, non il cuore solo, ma tutta l'anima umana; una bellezza che noi possiamo vedere solamente in ombra e per immagine, ma con qual divino piacere! Vedere, sia pure in confuso, gli occulti accordi, le convergenze fra il creato e l'increato, per esempio fra i misteri più eccelsi della Divinità e i misteri più reconditi delle anime! Meditiamo e contempliamo insieme, sì. E adesso basta; non Le dico altro».

«Caro amico», rispose Steinegge sospirando, «può essere che Voi parlate molto bene, ma Voi non conoscete me. Questo che mi proponete sarebbe assai buono per un giovane, il quale sente bisogno di muovere il suo pensiero, ha una grande curiosità di mente e si compiace più di aver fatto da sé una piccola scoperta con travaglio, che di aver comodamente preso molto sapere preparato sul suo tavolo. Oh, io ho conosciuto e un poco sono stato anch'io così una volta. Adesso io sono un vecchio stanco; io ho la testa piena di opinioni contro di Voi, che forse non sono giuste perché gli uomini e i libri dai quali le ho prese non valevano forse molto, ma che non potrei mandar fuori con ragionamenti perché non ho la forza. Io devo dire il vero, che alcune sono già partite da quando mia figlia è con me; io non so come sono partite; per ragionamenti no certo. Potrò dividermi amichevolmente anche dalle altre, potrò dir loro: tacete, perché mia figlia vuole; tacete interamente, quando io dirò questo e quando io farò quest'altro, perché non vi posso scacciare, ma sono risoluto a non ascoltarvi. Forse allora, col tempo, partiranno anche sole. Permettete, amico mio; io credo che avrò molta maggiore compiacenza facendo così, che se Voi mi persuadeste con dimostrazioni. Cosa posso io dare a Edith se non do questo? Cosa posso io lasciare a mia figlia quando muoio, se non le lascio una memoria interamente dolce, interamente cara? Guardate, non mi è mai passato per la mente, quando vedeva Edith andare a confessarsi, che sarei diviso da Lei nell'altra vita, perché non andava anch'io a inginocchiarmi davanti a un prete: è quello che più mi ripugna, ma se Edith lo desidera...! Oh, ma come, come mi ha nascosto questo!»

Alzò le mani giunte al cielo, le scosse nervosamente.

«La prima sera, sì, m'era venuto in mente e anche il mattino dopo, quando l'ho accompagnata a Messa, qui nella Vostra chiesa: ma poi ella era sempre così affettuosa, così tenera con me! Mi parlava spesso di religione, ma solo raccontando i suoi pensieri, i suoi sentimenti, come se questa cosa riguardasse lei e non me. Io ascoltava con gran piacere, come Voi che siete Italiano e volete restare italiano ascoltereste mia figlia, se vi parlasse del nostro mondo tedesco, della nostra poesia e della nostra musica. Quando ho cominciato a venire in chiesa, a pregare con lei, godeva sì, ma pareva quasi temere che io mi tediassi, che io facessi per compiacere a lei. Solo di una cosa mi pregava con passione: ch'io perdonassi».

«E ha perdonato?» disse don Innocenzo.

«Io ho fatto i più grandi sforzi», rispose Steinegge commovendosi. «Io ho, non perdonato, dimenticato quelli che hanno fatto male a me; e anche per gli altri...» La voce gli morì in gola soffocata. «Ho fatto quel che ho potuto», diss'egli.

Don Innocenzo, pure commosso, tacque. Forse la coscienza lo accusava di ricordare con soverchio sdegno, egli prete, certe offese troppo men gravi di quelle patite dal povero Steinegge, cristiano senza saperlo, più cristiano di lui.

Il vento parlava per le macchie, per i capi frondosi degli alberi: lo si vedeva correre sul velluto dell'erba, cangiarne il verde.

«Bel tempo!» disse Steinegge, lottando ancora con l'emozione.

«Bello», rispose il curato.

Steinegge stette un po' silenzioso, poi abbracciò appassionatamente don Innocenzo, lo baciò sulla spalla, gli disse con voce inintelligibile: «Andiamo da Edith».

«Bene, ma non gliene parli per adesso, aspetti e poi mostri che la Sua risoluzione è spontanea».

Steinegge, per tutta risposta, prese il braccio del suo interlocutore, glielo strinse forte e si pose in cammino.

Fatti pochi passi, udirono Marta che gridava in su dall'orto della canonica.

«Oh, signor curato! Oh, signor curato!»

C'era della gente nell'orto, uomini e donne. Don Innocenzo sorpreso, affrettò il passo.

V'erano la Giunta, il presidente della Congregazione di Carità e il capitano della guardia nazionale venuti per parlare al curato delle esequie del conte che dovevano seguire l'indomani mattina. Era corsa voce di grossi legati ai poveri del paese. Il capitano, un ex garibaldino barbuto, aveva prese informazioni dirette al Palazzo. C'erano infatti 70.000 lire per un asilo d'infanzia e 30.000 lire per tre doti annue alle ragazze povere del paese. Il capitano avea subito fatto il suo programma di onoranze funebri al generoso testatore e intontitone il sindaco e il presidente della Congregazione di Carità, chiamandoli con amichevole compatimento "gran villanacci p..." perché essi imbarazzati e non avendo la menoma idea di "quel che si fa adesso", come diceva lui, esitavano, si guardavano in faccia, brontolavano che non erano pratici che la era "pazzia" buttar via dei denari per un morto che finalmente, diceva il sindaco, al Comune, propriamente al Comune, non aveva lasciato nulla. Per movere quei due fossili il capitano avea dato fuoco all'opinione pubblica, li avea portati con un gruppo di amici suoi dal curato, a domandarne l'autorevole parere. Costoro attorniavano don Innocenzo, parlandogli tutti in una volta, gridandosi l'un l'altro di tacere, discutendo un guazzabuglio di progetti e di emendamenti. Guardia nazionale, piccola tenuta, alta tenuta, una salva, tre salve, musica del tal paese, musica del tal altro, discorso in chiesa, discorso al cimitero. Don Innocenzo ottenne a stento che si chetassero e lo seguissero in casa. Allora si fecero avanti cinque o sei ragazze, le più briose civettuole del paese, che avevano prima assalita Marta e ora affrontarono il signor curato, rosse, rosse, con gli occhi ancor lucidi di riso. Venivano a nome delle ragazze del paese, a domandar fiori da farne ghirlande pel feretro del loro benefattore. Marta aveva dato loro un rabbuffo, aveva detto ch'erano "sfacciatone" di venir lì dal curato a portar via fiori, magari per metterseli in testa o per donarli a quel mucchio di amorosi che avean sempre alle sottane. Una delle ragazze le aveva risposto per le rime tra le risate della compagnia. Il curato non badò alle occhiatacce né ai borbottamenti di Marta, abbandonò senza difesa i suoi poveri fiori.

Steinegge era impaziente di vedere Edith, non per parlarle, ma per leggere attraverso quel viso, per assaporare meglio la compiacenza segreta di aver in cuore una buona, insperata notizia da confidarle alla prima occasione; presto, senza dubbio. Ella non era nell'orto. Steinegge si congedò con profonde scappellate dalle autorità e corse su nella camera di sua figlia.

Non era neppur lì. C'erano però sul letto il suo cappellino, i guanti e un piccolo album. Steinegge l'aperse, vide uno schizzo preso dalla riva del lago, sotto i pioppi. Riconobbe subito i denti pittoreschi dell'Alpe dei Fiori, quelle stesse cime che otto mesi prima, coperte di nuvoloni minacciosi, avean fatto dire a Edith: andiamo nella tragedia. La disegnatrice avea scritto in un angolo: *"Am Aarensee"* A Steinegge venne subito in mente la canzone malinconica:

Ach tief im Herzen da sitzt ihr Weh,
Das weiss nur der vielgrüne Wald.[289]

Il paesaggio morto, freddo, a luci di neve e ombre di piombo, ricordava più lo spirito afflitto che il bosco verde. Steinegge si accorò, sentì confusamente che il male doveva essere più profondo di quanto gli avesse detto don Innocenzo. Dov'era dunque Edith? Perché non poteva egli porgerle subito almeno una consolazione, almeno il premio del sacrificio ch'ella aveva compiuto? Il chiasso che si faceva in salotto e nell'orto, le voci rozze dei contadini, le risa spensierate delle ragazze lo irritavano. Se Edith udisse tutto quello strepito, come si sentirebbe amaramente sola! Gli parve di udir camminare nell'orto, e andò alla finestra. Era Edith, uscita dal salotto dove stava apparecchiando la tavola prima che entrasse il curato con le autorità. Steinegge la rimproverò amorosamente di stare al sole senza ombrellino, volle portarglielo malgrado le sue proteste; ma sceso nell'orto, non la vide più. La cercò in casa, non v'era; finalmente la scoperse presso il cancello dell'orto che parlava con le ragazze affaccendate a spogliare i rosai. Non la chiamò ne le portò l'ombrellino, temendo riuscire importuno, figurandosi che non amasse ora trovarsi con lui.

Si ritirò dietro l'angolo della casa per non farsi nemmeno vedere da sua figlia. Gli parve, guardando l'orizzonte lontano, che sarebbe andato via per sempre, avrebbe rinunciato a Edith pur di tornare indietro a quel momento in cui Silla avea portato il suo libro. Sì, sì, come ricordava adesso le proteste appassionate di lei! E dire che tanto male, tanto dolore veniva dalla cecità sua, dal non aver egli mai capito l'angustia segreta di sua figlia!

Intanto, nel salotto si giunse a un accordo. Le voci si chetarono, si abbassarono, il curato e gli altri uscirono nell'orto discorrendo tranquillamente.

«Niente di meglio», diceva don Innocenzo, soddisfatto, guardando Steinegge.

«Ma!» rispose il capitano, «a me l'ha proprio detto il signor commendatore Vezza. Io non gli domandavo niente; mi disse lui che stasera il signor Silla va via e che non bisogna credere a tutte le chiacchiere».

«Ma Oh!» esclamò Steinegge con due occhi scintillanti di lieta sorpresa. «Ma Perdonate se io entro nei vostri discorsi. Come vi ha detto veramente il signor Vezza?»

Il capitano ripeté quanto aveva detto prima, soggiunse poi quel che sapeva dello stato di Marina. Seguirono i commenti degli uditori, ciascuno dei quali aveva un'ipotesi diversa.

Edith avea messo un po' di soggezione alle ragazze turbolente. Le raccontarono che il signor capitano aveva suggerito di far venire la ghirlanda da Como o da Milano, ma che loro avean voluto fiori del paese. L'armatura della ghirlanda si stava già preparando; quanto a' fiori, non avevano ancora pensato come li disporrebbero. Edith consigliò un intreccio di frondi d'ulivo e di rose bianche con una croce di viole. Volle coglier le rose ella stessa perché le povere piante non fossero straziate e i bottoni sciupati senza necessità. Udiva gli altri parlare, e, immaginando che parlassero del Palazzo, si pungeva le mani senza avvedersene, tagliava gli steli o troppo lunghi o troppo corti. Era tanto pallida che le ragazze credettero si sentisse male e la pregarono di smettere. Ella confessò d'avere un po' di mal di capo, ma non volle smettere temendo esser chiamata da suo padre, avere a restar sola con lui e non sapergli nascondere il suo turbamento. Sopraggiunsero gli uomini, la salutarono, si fermarono a guardare i fiori, a chiacchierare con le ragazze della loro fortuna, dei tanti matrimoni che si farebbero quind'innanzi in paese. Steinegge era rimasto indietro. Edith lo vide. Egli pareva impaziente che il crocchio si sciogliesse. Camminava in su e in giù, dava un'occhiata ogni tanto alla gente che aveva preso radice, fra i rosai. Anche Marta venne a guardar dall'angolo della casa, facendosi schermo agli occhi con la sinistra. Ella disse poi qualche cosa a Steinegge, il quale accennò a Edith di venire, e le andò incontro porgendole l'ombrellino aperto. La rimproverò di volersi pigliare per forza un mal di capo e le disse scherzosamente ch'era in collera con lei perché quella mattina lo aveva abbandonato ed era corsa via come una farfallina capricciosa. Dove mai avea svolazzato la signorina? Già si saran fatte delle imprudenze, si sarà andati in qualche luogo pericoloso, vicino a qualche acqua infida, piena di malinconie, per raccoglervi canzonette gittate via mesi addietro.

«Oh, papà», disse Edith, «non va bene, prima di tutto andar a guardare nel mio album, e poi non va bene far certe supposizioni. Le ho lasciate dove sono, io, le malinconie; nel lago, nell'Arendsee. E della canzonetta, lì sulla riva, non ho trovato che il titolo. Quello non fa male. E poi non ti ricordi come abbiamo riso l'anno scorso? Lo finirò quello schizzo e ci metterò Lei, signore, che corre poco rispettosamente dietro sua figlia, con l'ombrello sotto il braccio. Vorrei poterci mettere anche quelle risate».

«Ne metteremo delle altre», disse Steinegge. «Vedi questo sole, questo verde, questo vento se non è tutta una grande risata! Pensa se noi fossimo a Milano! È giovinezza che si beve qui. Non vogliamo camminare, oggi. Sei stanca?»

«No, papà; ma dove vuoi andare?»

«Così, a passeggio. Signora Marta! Signora Marta! Posso io domandare quando si pranza?»

«Alle tre», gridò Marta dalla cucina.

«Allora possiamo andare, per esempio, fino alla cartiera».

«Bravi, bravi! Vengo anch'io», disse don Innocenzo, che avea congedato allora allora tutta la brigata. «Devo parlare all'ingegnere direttore dei lavori».

Edith salì alla sua camera per il cappellino e i guanti. Quando ridiscese, suo padre ed il curato, che parlavano insieme, s'interruppero. Ella vide loro in viso una contentezza nuova, si fermò, interrogandoli con lo sguardo.

«Andiamo! Presto!» disse Steinegge, e dimentico questa volta delle solite cerimonie, s'incamminò per il primo.

Don Innocenzo colse il destro di sussurrare a Edith: «Non c'è più niente tra quei due: egli parte stasera».

Edith aperse la bocca per domandare qualche cosa, ma suo padre si voltò a chiamarla e anche Marta gridava dalla cucina: «Facciano presto che non hanno mica tanto tempo!»

Edith non ebbe più modo di domandare spiegazioni. Solo all'uscir dal cancello il curato le gittò nell'orecchio altre due parole. «Forse il Suo biglietto!»

«Il mio...?» rispose Edith. Don Innocenzo fe' cenno di sì e andò a prendere il braccio di Steinegge.

Edith, trasalì. Il curato non le aveva detto che il suo biglietto era stato consegnato. Come mai, dopo quei fatti? Anche questa partenza di Silla era ella una fortuna così grande? Non veniva dopo mali irreparabili? Sì, ma però era un bene, senza dubbio. Pazienza, pensava, se il suo biglietto aveva fatto del bene, pazienza essersi posta senza saperlo, fra così turpi intrighi, aver parlato meglio che amichevolmente a chi se n'era reso indegno. Vi si rassegnava, ringraziava Dio, che si fosse servito di lei per un atto di misericordia. Ma sentiva in pari tempo che il sacrificio proprio sarebbe diventato in avvenire più difficile, tormentoso, che quest'uomo avrebbe tentato riavvicinarsi a lei, discolparsi de' suoi errori. E allora? Allora la lotta sarebbe ricominciata nell'animo suo, quanto fiera! Perché se a Milano avea sperato esser tocca nella immaginazione soltanto e s'era studiata di convincersene con un attento e forse imprudente esame di se stessa, adesso non s'illudeva più: era il cuore che mandava sangue.

«Edith!» chiamò suo padre perch'ella era rimasta qualche passo indietro.

Ella alzò gli occhi, lo vide a braccio del curato, un lampo di speranza le attraversò l'anima. Balzò a fianco di suo padre.

«Eccomi», disse.

Entravano allora nella strada nuova che spiccandosi dal villaggio recideva i prati sino al fiume: una brutta cicatrice a vederla dall'alto, come di qualche gran fendente calato sul verde: bianca, dritta, fra due righe di pioppi nani, sottili. Piacevole passeggio, però. Era voluttuoso mettersi per quell'ampio mar verde, morbido, magnifico nel suo disordine di fiori, potente nell'odor di vita che ne saliva, nelle ondate d'erba che slanciava da destra e da manca ad assalir l'argine della strada, ad ascenderlo per ricongiungere un giorno sopra di esso la sua pompa, i suoi amori eterni. I piccoli pioppi si movevano al vento; qualche grossa nube bianca vagava pel cielo, e l'ombre ne correano sui prati, sulla celeste lama scintillante del lago, la tingeano di viola.

«È magnifico tutto questo verde», disse Steinegge guardandosi in giro. «Pare di essere in fondo a una tazza di Reno».

«Vuota», osservò don Innocenzo.

«Oh, questa è un'idea triste, non affatto necessaria. Vi è pure in questa tazza, che Voi dite vuota, una fragranza, uno spirito che *exhilarat cor*, che rischiara il cervello, non è vero? Io mi meraviglio di Voi: io sono molto spiritualista adesso, amico mio, sono capace di trovare che l'acqua del fiume dove andiamo, bevuta lì sulla riva sotto quei grandi pioppi, contiene sole, ha un sapore di primavera ilare che inebria meglio del Johannisberg».

«Si voltino», disse don Innocenzo, «guardino la mia casetta come sta bene».

Stava bene infatti la piccola casetta, al di sopra delle altre e in disparte, bianca sotto il suo tetto inclinato.

«Pare che ci guardi anche lei», osservò Edith, «e ci sorrida come una buona nonnina che non si può muovere».

«Oh», esclamò Steinegge, «io sarei felice di viver qui».

«E io, papa? Pare di sentirsi voler bene da tutto, qui. A Lei, signor curato, ci trovi un nido».

«C'è il mio», diss'egli. «Bravi, vengano a stare col vecchio prete. Perché no? Non sarebbe una bella cosa? Non starebbero bene in casa mia? Mi par che Marta s'ingegni abbastanza, non è vero?»

Edith sorrideva, suo padre si confondeva in esclamazioni e proteste di gratitudine.

«No, no», disse Edith. «Prima, è una cosa impossibile per noi lasciar Milano, e poi così non andrebbe. Ci vorrebbe un'altra casettina».

«Veramente? Lei starebbe qui, per sempre, in questa solitudine?»

Edith rispose con gli occhi gravi, meravigliati. Don Innocenzo ammutolì.

«Non sarebbe il solo tesoro sepolto in questo paese», disse Steinegge volgendosi al curato con un gesto ossequioso.

Don Innocenzo si schermì, arrossendo e ridendo, dall'incensata.

«Anche Lei ci sarebbe, non è vero?» diss'egli.

«Oh no, io sarei qui un tegame preistorico. Io vi starei molto bene, ma mia figlia non deve, oh no!»

«Perché mai, papà?»

Egli rispose impetuosamente in tedesco, come faceva sempre nel bollore dell'affetto o dello sdegno. Si voltò quindi a don Innocenzo senz'aspettare la replica di Edith.

«Non è vero», diss'egli, «che questo paese non è per una giovane signorina, a meno che non fosse una *Nixe*?[290]»

«Una *Nixe*? Chi sa?» disse Edith. «Amo le acque limpide, i prati, i boschi...»

«Oh sì, ma io non credo che le *Nixen* amino anche dei brutti vecchi gialli come me e vadano a spasso col signor curato. Sai cosa vedo io adesso nella mia fantasia?»

Il bizzarro uomo si fermò, allargando le braccia e chiudendo gli occhi.

Vedo il molto onorevole signor Andreas Gotthold Steinegge che ha i capelli un poco più bianchi di adesso e sta in casa del suo carissimo amico qui vicino, il quale non ha affatto più capelli. Io vedo questo signore tedesco che tiene un giornale in mano e sta fortemente discutendo sulla questione dello Schleswig-Holstein con il suo amico il quale gli fa portare... un dito, un solo di Valtellina per mandar giù il duca di Augustemburg. Eh? Non è questo?»

Aperse gli occhi un momento per guardar don Innocenzo che rideva e tornò a chiuderli.

«E adesso vedo... Oh, cosa vedo? Una giovane Nixe vestita da viaggio che entra in salotto come una stella cadente, abbraccia il vecchio gufo tedesco e dice che è venuta a passare due giorni fra le acque limpide, i prati, i boschi. "Sola?" dice il gufo. Allora questa *Nixe* fa un piccolo gesto con un piccolo dito che io conosco...»

Steinegge aperse gli occhi, prese la mano di Edith per baciarla; ma Edith la ritrasse in fretta ed egli, lasciatala, fece quattro gran passi avanti ridendo, e si voltò a guardarla.

«Non è una bella visione?» diss'egli.

Edith tardò un momento a rispondere. Non sapeva che pensare. C'era in quel discorso di suo padre una occulta intenzione, un proposito deliberato?

«Dunque sei stanco di me?» diss'ella. «Vuoi viver solo?»

«Come solo?» esclamò don Innocenzo. «Non sente che vivrebbe con me?»

«Io sono stanco, molto stanco di te», rispose Steinegge, «ma non vorrei vivere solo. Verrei a riposarmi della tua compagnia, qui con il signor curato, per qualche mese dell'anno. Vedi, io non scherzo più adesso, io avrei bisogno di stare molto, molto tempo qui con il signor curato».

Edith guardò quest'ultimo. Era egli entrato nel grande argomento? Si avviavan bene le cose? Il curato guardava con attenzione un baroccio che veniva dalla cartiera, faticosamente, sulla strada male assodata.

«Noi vogliamo cercare una pietra filosofale», continuò Steinegge, «una pietra che cangi in oro tutto quello che è brutto, scuro fuori di noi, e, molto più, dentro di noi».

«E la si trova qui, questa pietra preziosa?» disse Edith, palpitando.

«Io non so, io spero».

«E perché non la cercherei anch'io con voi?»

«Perché non ne hai bisogno, perché non vogliamo».

«Ma cosa ne farai di me, papà?»

«Oh, non si sa ancora».

A queste punto sopraggiunse il baroccio e divise Edith da' suoi due compagni. Don Innocenzo si accostò rapidamente a Steinegge e gli disse all'orecchio: Non vada troppo avanti».

«Non posso», rispose l'altro.

Il barroccio passò.

Erano giunti presso al fiume dove la strada faceva un gomito, scendeva per la sponda destra, lungo i grandi pioppi, fino alla cartiera.

«Lei va», disse Steinegge al curato. «Noi l'aspetteremo qui».

Scese con sua figlia dal ciglio della strada sul pendìo erboso, sino all'ombra d'un macigno enorme ch'entrava dritto nel fiume. Erano un delizioso poema le acque verdi e pure, un poema popolare antico, di quelli che l'ingenuo cuore umano, troppo pieno di amore e di fantasie, versava. Passavano tra i margini sassosi o fioriti, saltando, ridendo, cantando, serene sino al fondo scabro. Blandivan l'erbe, mordevano i sassi; anche dal filo della corrente venivan su tratto tratto de' fremiti appassionati, si spandevano in leggere spume. A tante voci rispondeva dall'alto il gaio stormire de' pioppi appuntati al cielo di zaffiro.

«Ah», disse Steinegge.

So viel der Mai auch Blümlein beut
Zu Trost und Augenweide...

Edith lo interruppe: «Perché, papà, mi hai detto quella cosa?»

«Quale?»

«Che vorresti un giorno esser diviso da me».

«Oh no, non diviso. Solamente io verrei a passare qualche tempo qui. Mai diviso. In niente diviso. Capisci? In niente».

Disse quest'ultime parole sottovoce, prendendole ambedue le mani.

«Sì, io penso ora per la prima volta che non dobbiamo più esser divisi in qualche cosa qui dentro».

Si strinse quelle mani sul cuore.

Le labbra, le nari di Edith si contrassero; le si strinse la gola.

Egli la trasse giù senza parlare a sedere sull'erba, sedette accanto a lei.

«Io non posso», diss'egli, quasi parlando a se stesso. «Ho il petto pieno di questa cosa. È vero, Edith, noi non siamo stati bene uniti mai. Ti ricordi la sera che sei venuta, quando io entrai in camera e tu pregavi alla finestra? Che angoscia fu per me allora! Io pensai che non mi avresti amato perché non credevo come te. E il giorno dopo, mentre tu eri a Messa, ti ricordi che io sono uscito? Sai cosa ho fatto durante la Messa?»

Egli parlava come uno che non sa se deve ridere o piangere.

«Ho parlato a Dio, l'ho pregato di non mettersi fra te e me, di non togliermi il tuo amore».

Edith gli strinse convulsamente la mano, serrando le labbra, sorridendogli con gli occhi umidi.

«E tu sei poi sempre stata così tenera, così buona con me che mi hai fatto il paradiso intorno e io ho inteso che Dio mi aveva ascoltato. Questo mi ha commosso perché sapevo di non meritar niente. Oh no, credi. Mi ha commosso, dunque, di vedere che Dio ti permetteva di essere tanto amorosa con me. Ero felice, ma non sempre. Quando noi andavamo in chiesa insieme, io pregavo, ringraziavo Dio, vicino a te; ma pure vi era qualche cosa nel mio cuore, qualche cosa di freddo e di penoso, come se io fossi fuori della porta e tu avanti a tutti, presso l'altare. Insomma mi pareva esser tanto lontano da te. Mi odiavo in quel momento ed ero così stupido di amar meno anche te. Quando poi...»

Esitò un istante, quindi accostò la bocca all'orecchio di Edith, le sussurrò parole cui ella non rispose e ripigliò forte:

«Quanto soffrivo! Una cosa che mi ripugnava tanto! Forse per le memorie irritanti ch'erano nel mio cuore, forse perché ero geloso di quell'uomo nascosto a cui tu confidavi i tuoi pensieri. Non solo, geloso; pauroso anche. Sentivo che anche restando invisibile, sconosciuto, poteva ferirmi, togliermi un poco della tua stima, del tuo amore. Sai che qualche notte non ho dormito per questo? Dopo ti vedevo sempre uguale con me, dimenticavo, tornavo ilare. Ieri, trovandomi ancora con don Innocenzo, stando nella sua chiesa, ho sentito quanto lunga strada avevo fatto in pochi mesi, quasi senza saperlo. Ho avuto l'impressione, come di essere sulla porta aperta di un paese sospirato e non poter entrare. Adesso... senti. Edith, figlia mia».

Ella, silenziosa, piegò il viso verso di lui, stringendogli sempre una mano fra le sue.

«Sono entrato», diss'egli, a voce bassa e vibrata. Edith abbassò la testa su quella mano, vi fisse le labbra. «Sono entrato. Non domandarmi come. So che il mondo mi pare inesprimibilmente diverso da quello di prima, ora che ho nell'anima il proposito di abbandonarmi interamente alla tua fede. Come si può dir questo, che io riposo sopra tutto quello che io vedo? Eppure è così; io non ho mai provato una sensazione di riposo simile a questa che mi viene per gli occhi nel cuore. Tu riderai se io ti dico che sento un grande amore per qualche cosa che è nella natura intorno a me. Cosa ne dici, Edith, di tutto questo?»

Ella alzò il viso bagnato di lagrime.

«Mi domandi, papà? Mi domandi?» Non poté dir altro. Il suo sacrificio era stato accettato da Dio, ricompensato subito. L'anima sua traboccava di questa fede mista allo sgomento, allo sdegno di non sentirsi felice.

«Contenta?» disse Steinegge. Scese a intingere il fazzoletto nell'acqua e lo porse a Edith che sorrise, se ne deterse gli occhi.

«Sai», diss'egli, «sono contento per un'altra cosa, anche».

Ella non parlò.

«So del nostro amico Silla che va via dal Palazzo. Pare che non ci è stato affatto il male che si credeva».

«Papà», disse Edith alzandosi, «lo sa don Innocenzo quello che mi hai detto prima?»

«Un poco, solo un poco».

Ella guardò un momento il grosso macigno a cui era quasi appoggiata e si rizzò sulla punta de' piedi per cogliere un fiorellino che usciva da un crepaccio. Lo chiuse nel medaglione d'onice e disse quindi a suo padre: «Un ricordo di questo luogo e di questo momento. Dimmelo ancora" soggiunse teneramente "dimmi che sei felice e che questi pensieri sono proprio nati nel tuo cuore. Tornamelo a dire. Papà».

«Guarda dove sono!» disse una voce dalla strada. Edith non la udì, si ripose a sedere sull'erba presso a suo padre, che riconobbe la voce di don Innocenzo, ed esclamò volgendosi a lui raggiante:

«Così presto?»

Don Innocenzo vide, comprese, non rispose.

«Signor curato», disse Edith risalita con suo padre sulla strada. «Ella ritrova un'altra Edith».

Don Innocenzo si provò a far l'ingenuo, ma ci riusciva solo quando non lo faceva apposta.

«Possibile?» disse, con tale accento di meraviglia da far credere che prendesse alla lettera queste parole: *un'altra*.

Ma poi non vi ebbero più domande né spiegazioni. Edith camminava a braccio di suo padre, appoggiandogli quasi il capo alla spalla. Don Innocenzo teneva lor dietro soffiando perché il capitano aveva preso un passo di carica. Attraversarono così i prati senza parlare. Don Innocenzo non ne poteva più; si fermò trafelato.

«Bella», diss'egli, «quella striscia di lago, non è vero?»

Forse non la vedeva neppure. Gli Steinegge si fermarono.

«Povero conte Cesare», disse il padre dopo un momento di contemplazione. «A proposito, signor curato, avete inteso anche voi che il signor Silla parte questa sera dal Palazzo?»

Edith si staccò da lui, si girò a guardar i prati da un'altra parte.

«Oh, furia amorosa di fiori protesi al sole onnipotente, erbe tripudianti, ubriache di vento, qual ristoro esser voi, viver la vostra vita d'un giorno, sentirsi tacere la memoria, il cuore, quel tumulto faticoso di pensieri assidui a lottar insieme, a fare e disfare l'avvenire; non essere che polvere e sole, non aver nel sangue che primavera!»

«Andiamo, Edith», disse Steinegge. Quella cara voce la scosse, la tolse al pensiero non degno.

Salendo alla canonica, Edith precedeva d'un passo a capo chino, il curato e suo padre, vedeva le loro due ombre spuntarle a fianco sulla via. Steinegge incominciò ancora a parlare del Palazzo, ed ella vide l'ombra del curato accennar con la testa; dopo di che Steincggc lasciò cadere il discorso.

Quando rientrarono in casa, Marta li avvertì che il pranzo sarebbe pronto[291] fra pochi minuti. Edith si fece dare da lei la chiave della chiesa, corse via, sorridendo a suo padre.

Tutto era vivo per la campagna, tutto si moveva e parlava nel vento; tutto era morte nella vôta chiesa fredda, tranne la lampada dell'altar maggiore. Una luce debole si spandeva dagli alti finestroni laterali sugli angeli e i santi vinosi del soffitto estatici nelle loro nuvole di bambagia. Edith si inginocchiò sul primo banco, ringraziò Dio, gli offerse tutto il suo cuore, tutto, tutto, tutto; e più ripeteva il suo slancio di volontà devota, più la fredda chiesa muta e persino la fiamma austera della lampada le dicevano: no, non lo puoi, non è tuo; tu speri che quegli ti ami ancora e torni degno di te, sino a che tu possa appoggiarti per sempre al suo petto virile, affrontare con esso e attraversar la vita. Ma ella non voleva che fosse così, e pareva ritogliere quello che aveva liberamente offerto, e si sentiva invadere il cuore da un arido disgusto di se stessa.

Marta venne a chiamarla.

«Signora! Oh signora! Presto ch'è in tavola! Oramai il Signore lo sa cosa ci vuole per lei».

Edith sorrise.

NOTE

287. Tipo di pianta, tipica dei giardini.
288. "Imprevista"; forma arcaica.
289. "In fondo al cuore risiede il vero dolore, e ciò che resta è una verde foresta..."
290. In tedesco: una sirena.
291. "Sarebbe stato pronto..."

Capitolo VII - Malombra

Alle due pomeridiane il commendatore e Silla lavoravano in biblioteca. Preparavano lettere e telegrammi d'affari, liste di persone a cui mandare la partecipazione di morte. Il Vezza aveva una parlantina inesauribile. Seduto al tavolo del conte Cesare, di fronte a Silla, discorrendo, scrivendo, buttando da parte una carta, pigliandone un'altra, non taceva che per guardare la punta della penna, per rileggere con un tal brontolio inarticolato quello che aveva scritto o per spremersi con la sinistra dalle gote e dal mento qualche frase che non gli veniva pronta come le altre. Ogni tanto, discorrendo, dava un'occhiata a Silla e un tocco discretissimo nell'argomento della misteriosa comunicazione avuta da Marina. Ma quegli rispondeva a monosillabi o non rispondeva affatto. Pensava al colloquio avuto lì col povero conte nell'agosto precedente, la sera dopo il suo arrivo al Palazzo. Gli pareva udire ancora il vocione solenne e quel furibondo pugno sul tavolo. Adesso il sole fendeva obliquo la sala dalle finestre verso il lago, la empiva d'un chiaror verde dorato; e l'uomo giaceva in una camera vicina, senza vita. Quale mutamento! Scriveva, scriveva, buttando egli pure una carta per pigliarne un'altra, non rileggendo mai, trasalendo a ogni tratto nell'accorgersi di una parola omessa o sbagliata. Richiamava i pensieri a raccolta e tosto gli sfuggivano daccapo.

«I telegrammi son fatti», disse il Vezza. «Adesso suoniamo per farli portare. Vuol favorire? Grazie. E le lettere per gli agenti, per i fittabili? Almeno quelli là di Oleggio bisognerebbe informarli subito. Chi ne sa il nome? Mi secca cercare i registri prima che venga il pretore da C... E cosa fa quel benedetto uomo? Sa ch'è anche organista quel pretore lì? Capace, se v'è per caso una funzione in chiesa, di non venire ad apporre i sigilli prima di stasera. E verrà pescando, probabilmente, per guadagnarsi la cena. Non Le pare, Silla, che vi sia un certo odore qui? No? Le assicuro che non vedo l'ora di essere a Milano. E Lei, scusi, che progetti ha?»

Silla rimase un po' sorpreso.

Entrò il cameriere.

«Questi telegrammi», disse il Vezza. «Mandare qualcuno subito».

«Sa?», ripigliò parlando a Silla, «desideravo sapere se ha progetti, perché io avrei una proposta da farle».

«Quale proposta?»

«Non si prenderebbe intanto una boccata d'aria pura?»

Uscirono nel giardinetto pensile. Il vento passava alto nel vigneto, scendeva a sfuriare nel cortile curvando in qua e in là sulla ghiaia lo zampillo ondulante della fontana: lì taceva.

«Che bellezza e che allegria!» disse il commendatore. «Mi dica un po' se pare che sia morto il padrone?»

«A me sì», rispose Silla.

«A me no. Fa niente, senta. Io ho l'incarico di cercare un insegnante di storia e di letteratura italiana per un eccellente istituto privato di Milano. Ventidue ore alla settimana, due mesi di vacanze, duemila e duecento lire di stipendio. Ci va?»

Silla gli stese la mano, lo ringraziò con effusione.

«Ma», diss'egli, «non ho abilitazione».

«Peuh! Non è una difficoltà. M'impegno io per questo. Che diavolo fanno quelli là?»

Quelli là erano il giardiniere e Fanny affaccendati a cogliere fiori nelle aiuole di fronte all'arancera, che di lì s'intravedevano con una striscia di lago fra l'ala sinistra del palazzo e la muraglia verde semicircolare del cortile.

Il Vezza accennò con la mano a Fanny, che attraversò correndo il cortile e venne sotto la ringhiera del giardinetto.

«Cosa fate?» diss'egli.

«È la mia signora», rispose Fanny in aria di mistero inarcando le sopracciglia e porgendo le labbra.

«Perché? Per il funerale?»

«Off! Sì che gliene importa del funerale! Per il pranzo! Come, non lo sa? Non gliel'ha detto il signor Paolo, che la ci ha ordinato un fior di pranzo, che anzi lui ha detto in cucina che non avrebbe fatto niente senza un ordine suo, di Lei?»

«Signora Fanny?» chiamò il giardiniere.

«Vengo! – E lo sa dove c'è l'ordine di preparare il pranzo? In loggia. Dico io, con questo vento! E io devo star qui a cogliere fiori, che patisco tanto il vento, io!»

«Signora Fanny!» gridò ancora il giardiniere.

«Vengo! – Una bella roba anche questa, neh! Io già a momenti pianto tutto. Non voglio mica diventar come lei, con quest'ariaccia e questo demonio di sole sulla testa».

«Signora Fanny!» chiamò il giardiniere per la terza volta. «Viene o non viene?»

«Vengo, vengo! – L'è perché se non faccio io, quell'altro là non sa far nulla con garbo. – Me lo diceva anche il signor don Cecchino Pedrati che Lei già lo avrà inteso nominare, perché è una casa grande quella...»

«Sì sì, vada pure», disse il Vezza.

Fanny andò via gridando al giardiniere se non vedeva che i signori le parlavano.

Il commendatore si voltò a Silla.

«Voglio andar a sentire di questo pranzo», diss'egli. «Quella bestia del cuoco che non viene a dirmi niente!»

«È una cosa impossibile», disse Silla.

«Lo credo bene. Non gliel'ho detto, io, stamattina? Tutt'altro che guarita! E il dottore, quando viene».

«Veramente dovrebb'essere qui a momenti. È venuto stamattina, un minuto prima che la si svegliasse e ha detto che non poteva tornare prima delle due. Adesso c'è a letto con la febbre anche la Giovanna».

«Signor Silla», disse il Rico dalla porta della biblioteca, «ha detto così la signora donna Marina di far piacere ad andar su da lei un momento».

«Ci siamo», pensò il commendatore. «Bel dramma, però».

Silla entrò in casa senza dir parola.

Il Rico lo accompagnò di sopra, gli aperse l'uscio della camera dello stipo antico.

Marina era ritta in mezzo alla camera, nella luce delle finestre spalancate.

«Lascia apcrto», diss'ella al ragazzo, prima di rivolgersi a Silla. «E adesso scendi in giardino, va ad aiutare tuo padre e Fanny.

Subito!»

Ella uscì nel corridoio, vi si trattenne un momento ascoltando il ragazzo scender le scale; poi si voltò rapidamente a guardar Silla.

Portava la stessa veste bianca a ricami azzurri della sera precedente; aveva i capelli in disordine, il viso livido.

Silla s'inchinò, ossequioso. Rialzando il viso, la vide voltargli le spalle, muover lenta verso la finestra. Ella tornò poi a furia sulla porta del corridoio, chiamando: «Rico!»

Ma il ragazzo era già lontano e non intese. Si fermò allora a guardar Silla per la seconda volta e disse: «Nessuno. Non c'è nessuno».

Egli non poté fraintendere il lungo sguardo pieno di appassionate domande mute, sentì ch'ella aveva ingannato il Vezza, ma rimase impassibile.

Tutto il fuoco degli occhi di lei si spense a un tratto.

«Buon giorno», diss'ella.

Il saluto parve cader gelato dal terzo cielo.

«Vezza Le ha parlato», soggiunse.

«Sarei partito subito, marchesina, se...»

«Lo so, lo so».

Silla tacque. Lo stipo d'ebano a tarsie d'avorio, i fiori ancora sparsi per la camera gli ripetevano la terribile storia della notte precedente.

«Lo so», ripeté Marina con voce risoluta e sdegnosa, «ma non basta». E fece un passo verso Silla.

«Lo ha inteso, dunque», diss'ella, «che la mia fu una allucinazione?»

Silla accennò di sì. Era a qualche distanza da lei, dall'altra parte del piano. Essa si rovesciò quasi bocconi sul piano, alzando il viso a guardar l'uomo.

«E lo ha creduto?» disse. «Ed è contento di andarsene?»

Silla non rispose.

«Già», mormorò Marina, socchiudendo gli occhi come una fiera blandita. «Una cosa naturale, una cosa semplice, una cosa comoda! Va bene!» esclamò rialzandosi.

V'era sul piano un vaso con delle rose e de' grappoli di glicine, sciolti. Ne strappò una manciata, li avventò sul pavimento.

«Partire va bene», diss'ella, «ma non basta. Non si sente in dovere di fare altri sacrifici per me?»

La sua voce fremeva, così parlando, d'ironia amara.

«Sono ai Suoi ordini, marchesina», rispose Silla gravemente. «Qualunque sacrificio».

«Grazie. Dunque sarebbe anche disposto di scrivere al conte Salvador!»

«Al conte Salvador?» esclamò Silla sorpreso. «Cosa dovrei scrivergli?»

«Ch'Ella parte di qua per sempre e non cercherà mai di rivedermi».

«Questo Le basta?»

«Com'è buono!» disse Marina sottovoce.

«Posso esserlo col signor conte Salvador», rispose Silla freddamente. «Mi sono posto stanotte a sua disposizione, l'ho aspettato un'ora, ed egli non si è lasciato vedere».

«Ah, lo odia, Lei?» esclamò Marina con due occhi lampeggianti.

«Io? No».

Ella si pose a camminare su e giù per la camera, si fermò un tratto, dicendo: «Ma iersera sì, eh, che lo odiava? Iersera alle undici?»

Silla pensò un momento e rispose: «Marchesina, è stata un'allucinazione anche la mia».

Ella rise forte, d'un riso che strinse il cuore a Silla.

«Allora», disse, «Le perdono tutto ed è affare finito».

«Dunque la marchesina non desidera più nulla da me?»

«Grazie», rispose Marina sorridendo amabilmente. «Nulla. Ci vedremo ancora a pranzo, non è vero? Lei pranza qui? Ne La prego», soggiunse perché Silla esitava.

Egli sapeva che questo pranzo non si farebbe,[292] ma non credette prudente di entrare nell'argomento e s'inchinò ringraziando.

Mentr'egli usciva, Marina batté con la mano sullo stipo antico, e disse: «Sa? Distrutto!»

Silla si voltò, vide la bella mano bianca ch'esprimeva in aria, con un breve gesto, lo sparir di qualche cosa, la bella testa che salutava ancora, sorridendo.

«Meglio», diss'egli.

Appena percorso il corridoio e posto il piede sulla scala si udì, alle spalle, un grido acutissimo. Balzò indietro alla porta ond'era uscito, vi stette in ascolto, trattenendo il respiro. Udì accorrere un fruscio d'abiti, la chiave girò nella toppa. Silla si allontanò, discese le scale pieno d'inquietudini.

Era Marina che aveva gettato quel grido e poi chiuso l'uscio a chiave. Si diede dei pugni nella fronte per domarsi, aperse lo stipo, trasse il manoscritto sulla ribalta calata, e puntosi il braccio sinistro scrisse col sangue sotto le ultime parole di Cecilia:

C'est ceci qui a fait cela.
3 Mai 1865
Marquise de Malombra,
jadis comtesse Varrega.[293]

Dopo di che aperse un cassetto dello stipo e ne tolse un elegantissimo astuccio da pistole, in cuoio, con lo stemma della famiglia di Malombra, uno scudo d'azzurro alla cometa d'argento, al canton franco di nero, caricato d'un giglio d'argento.

«Sapete», diss'ella, parlando alle armi, «ha accettato di partire. Non ha inteso ch'era una prova».

Silla trovò in biblioteca il commendatore che lo aspettava frugando gli scaffali con il naso e con gli occhi ghiotti. Gli raccontò il colloquio, le ultime parole cortesi di donna Marina, il grido udito dal corridoio; disse che non aveva rifiutato espressamente l'invito a pranzo perché vedeva una donna malata, verso la quale bisognava procedere con le maggiori cautele. Secondo lui era necessario un sollecito provvedimento medico. Suggerì di telegrafare a questi parenti di Milano che procurassero di portarla via subito dal Palazzo, soggiorno pessimo per lei. Il Vezza rispose che lo farebbe[294], che intanto aveva sospeso il pranzo e contava sul medico onde persuadere donna Marina di rinunciarvi spontaneamente. Mentre diceva questo, comparve il medico.

Questi ascoltò la relazione dello stato di tranquillità relativa in cui s'era trovata la marchesina svegliandosi e accettò di adoperarsi per farle abbandonare l'idea del pranzo. Promise che sarebbe tornato a dar conto della sua missione.

Stette assente a lungo. Quando ricomparve aveva la sua faccia de' sinistri presagi, la più scura.

«Dunque?» gli chiese il Vezza.

Il medico guardava Silla, esitava a rispondere.

«Ella può parlare liberamente», osservò il commendatore.

«Bene. Io, già, signori, parlo da medico, senza riguardi personali, e dico: andiamo male, dipende da Loro che non vada peggio».

«Ma guardi!» disse il Vezza. «Pensare che stamattina era tranquillissima!»

«Oh, anch'io l'ho trovata tranquillissima. Al primo vederla mi sono consolato, meravigliato anzi; un minuto dopo, la sua calma non mi piaceva più. Vedono, dopo il travaglio nervoso di stanotte quella donna lì doveva essere a terra, oggi, sfasciata. Ma no; non abbiamo che il pallore veramente straordinario e la cerchiatura livida degli occhi. Manca ogni altro sintomo di stanchezza, di depressione. Abbiamo apiressi completa e un polso di cento battute almeno. Qui, mi son detto subito, l'accesso nervoso sussiste ancora, questa calma non è fisiologica, è una coazione della volontà; e forse tale antagonismo esagera alcuni fenomeni nervosi, la frequenza del polso, per esempio. Le ho parlato di quel tale argomento. La presi pel verso della salute, le dissi che aveva bisogno di quiete, che farebbe bene a restare tutto il giorno in assoluto riposo, e non uscire di camera neppure pel pranzo. Ah!»

Qui il dottore agitò le braccia come se la parola non bastasse più al racconto.

«Confesso che due occhi simili non li ho mai visti. In un minuto secondo è cresciuta un palmo. Mi ha investito con una veemenza! Anzi, se debbo dire il vero, si è scagliata più contro di lei, signor commendatore, che contro di me, perché ha compreso subito, con l'acume de' monomaniaci, che dovevo aver parlato con Lei. Si vede ch'era in sospetto d'una opposizione. Ha detto che si vuole imporle, che non prende lezioni da nessuno, che le rincresce non aver invitate cinquanta persone; e via di questo passo con una irritazione che la soffocava, la faceva tremare come una foglia. Io cercavo di chetarla. Oh, sì, non era possibile, si adirava sempre più. Finalmente dovetti prometterle che tutto si sarebbe fatto secondo i suoi desideri e che anzi mi sarei fermato a pranzo anch'io; e credano, signori, bisogna finirla così. Non consiglierei a nessuno di contraddire una donna che esce da una crisi come quella di stanotte e offre indizi così minacciosi di ricadervi. Ecco».

«Dunque?» domandò il commendator Vezza.

«Dunque io, per parte mia», rispose il dottore con fermezza, «farei quello che desidera, benché non ci avrò davvero tutti i gusti».

«E se noi due ci astenessimo, Lei crede...»

«Ma! Ripeto che non lo farei».

Il commendatore consultò Silla con gli occhi.

«Quanto a me», disse questi, «non c'interverrò in nessun caso. Si potrà dirle che non sentendomi bene non ho voglia di pranzare e che sono ancora occupato in queste lettere. Meglio ancora; potrò partir prima del pranzo. Del resto, dottore, supponga che donna Marina abbia subìto sino a stanotte l'influenza di una forte scossa morale, e che adesso, per una ragione o per l'altra, se ne sia liberata: non ammette Lei che dei nervi tanto turbati, quantunque rimessi a posto, vibrino ancora per un po' di tempo? Non ammette che, se la causa del male è distrutta, debba ritenersi improbabile una recidiva?»

Il dottore considerò per qualche tempo Silla, prima di rispondere.

«Badi, sa», diss'egli, «che quand'anche la causa del male fosse distrutta, non ne discenderebbe mica che adesso si potesse impunemente irritare questa donna, i cui nervi, come dice Lei, vibrano ancora tutti: una donna, noti, molto mal disposta inizialmente se ha potuto accogliere certi fantasmi. Ma, domando io se n'è poi liberata?»

«Parrebbe di sì», rispose Silla, «o almeno c'è qualche ragione di sperarlo. Lei stessa lo dice, intanto».

«E io», replicò il medico, «mi perdoni, ne dubito».

Gli altri due lo guardarono silenziosi, aspettando.

«Stavo per lasciarla», diss'egli, «ero già sulla soglia, quando mi richiamò "Dottore, venga qua". Me le avvicino, ella si scopre l'avambraccio sinistro, mi dice: "Vuol vedere delle ferite profonde?" Mi mostra due o tre punture di zanzara e soggiunge: "Si può morire di questo?" Io non capisco, eh; la guardo. "Non crede" dice lei "che un'anima possa passare di lì? Pure le assicuro" dice "che ha cominciato; un pensiero e un segreto ne sono già usciti". Così mi ha detto. Ma facciano grazia, signori, queste parole, nella loro assurdità, non generano il sospetto che sussista sempre la forte preoccupazione morale di cui parlava il signore? Del resto, a quella signora bisogna pensarci sul serio e subito. Qui non può stare».

«Provvederemo», rispose il Vezza. «Adesso Lei va dalla Giovanna?»

«Vado dalla Giovanna».

«E ci rivedremo alle cinque?»

«Alle cinque».

«Oh sì, ho un gran piacere che allora Lei si trovi qui».

«Io partirò alle cinque», disse Silla.

Il commendatore parve poco contento.

«A che ora», diss'egli, «passa da... l'ultimo treno per Milano?»

«Alle nove e mezzo».

«Oh, allora può partire anche dopo le sei. Così vede come va questo pranzo».

Il dottore uscì. Gli altri due sedettero al tavolo e ricominciarono a lavorare.

Il vento durava a fischiare e urlare, le onde schiamazzavano intorno al Palazzo, selvaggi spettatori accorsi a un dramma che non cominciava mai, invasi dalle furie dell'impazienza. Era, intorno alle vecchie mura impassibili uno scatenamento di passioni feroci che volevano subito lo spettacolo, volevano veder soffrire, morire, se possibile, uno di questi piccoli re superbi della terra. Che si aspettava? Le onde schiaffeggiavano, insultavano l'edificio, balzavano sullo scoglio a piè della loggia, tempestavano su tutte le rive, si rizzavan lontano, le une dietro le altre, con un largo clamore di folla fremebonda. Il vento saltava a destra, a sinistra, in alto, in basso, impazzito, furioso, passava e ripassava per la loggia stridendo, ingiuriando gli attori invisibili. Anche i cipressi grandi dondolavan la punta, le viti stormivano, i gelsi e i miti ulivi sparsi pe' campicelli si contorcevano, si dimenavano, colti dalla stessa follìa. Le montagne guardavan là, severe. Ma la scena taceva sempre: i personaggi si tenevano ancora nascosti.

Dopo le tre, infuriando sempre il vento, entrarono in loggia Fanny, il cameriere, il giardiniere e il Rico, si affacciarono alle arcate verso il lago, guardando un po' il cielo, un po' i monti, un po' le onde tumultuanti al basso, che urlavano "no, no, non voi!" Parvero consultarsi. Fanny uscì dalla porta di destra gittando col braccio sinistro una imprecazione al cielo ed alla terra; gli altri rimasero. Ella tornò subito, probabilmente con gli ordini della sua padrona, e i tre colleghi le si raccolsero attorno. Uscirono poi tutti insieme da sinistra e rientrarono con un gran tappeto scuro quasi nero, che stesero dalle tre arcate posteriori della loggia a tre delle cinque anteriori, lasciando scoperti a destra e a sinistra due spicchi di pavimento. Poi il giardiniere, aiutato da suo figlio e da due garzoni, portò su dal giardino, con due barelle, moltissimi vasi di camelie, d'azalee, di cinerarie e di calceolarie in fiore e quattro grandi dracene *australes*. Si portarono pure due gradinate rustiche di legno e si addossarono ai fianchi della loggia tra le due porte e la balaustrata posteriore. Fanny e il cameriere portarono tre piccoli tavoli, quattro poltrone cremisine e una elegantissima giardiniera di metallo dorato, dono giunto a Marina due settimane prima dalla signora Giulia De Bella. Poi donna Marina stessa, stretta nel suo scialletto bianco che le disegnava le forme, entrò lentamente, negligentemente in loggia, si fermò davanti all'arcata di mezzo e cominciò a dare degli ordini senza muovere un dito, indicando i luoghi e le cose col girar della persona e del viso.

L'ombra della costa boscosa a ponente del Palazzo avanzava rapida verso levante. Il vento si rabboniva, le onde si azzittivano come se avessero visto Marina entrar in scena.

Ella vi si trattenne fino a che fu bene avviata l'esecuzione de' suoi ordini, poi si ritirò accennando al Rico di seguirla.

Una scena sontuosa, elegante apparve, a opera finita, dentro dalle colonne austere, dal cornicione accigliato della loggia. Agli angoli le dracene sprizzavan su come getti verdi dall'enormi azalee in fiore aggruppate a' lor piedi, spandevano in alto una piova di sottili foglie ondulate, ricadevano graziosamente. A destra e a sinistra le due gradinate gremite di cinerarie e di calceolarie versavano dall'alto due cascate di mille colori sul tappeto cupo. Sei grandi vasi di camelie, ritti sulla balaustrata posteriore, chiudevano il fondo della scena. Il meno piccino dei tavoli, con due posate, stava quasi addossato all'arco di mezzo; gli altri, a una posata per ciascuno, posti per isghembo[295] a' lati del primo, si fronteggiavano. Tovaglie grigio giallognole di Fiandra li coprivano tutti e tre sino a terra, mettevano in quella nervosa musica di colori tre note quiete e gravi su cui si smorzavano anche i toni acuti dei cristalli e degli argenti. Sul davanti e nel mezzo, la giardiniera dorata di donna Giulia posava sul fondo scuro del tappeto una tenera nudità di giacinti delicati, spogli d'ogni verde, stretti nel baglior del metallo, che tentavano, come un dolce odoroso, il palato, promettendo squisitezze voluttuose, penetranti nel sangue.

«Ai signori e ai matti obbedisce anche il vento», disse Fanny che aveva pensato veder tutto l'apparecchio sossopra[296] in un attimo.

Dopo le quattro e mezzo il commendatore e Silla entrarono in loggia dalla biblioteca; quasi contemporaneamente vi entrò dall'altra parte il medico. Tutti e tre si fermarono attoniti, considerando l'ordine elegante della scena, la pompa dei colori che spiccavano sul tappeto oscuro.

«Tutto lei, capite!» disse il Vezza, ancora più sgomentato che sorpreso.

Era lei, sì, che aveva disposto tutto e vi si vedeva l'immagine sua; un cuor nero, una fantasia accesa, una intelligenza scossa ma non caduta.

«Io torno in biblioteca», disse Silla, «finisco quegl'indirizzi, poi me ne vado dalla scaletta».

«No, no, La prego!» esclamò il Vezza. «Se assolutamente non

vuol pranzare con noi, almeno ci stia vicino. Io le assicuro che ho la febbre addosso. Avremo fatto male, dottore, a essere condiscendenti? Ho dovuto far avvertire i domestici, sa, ch'era ordine Suo di accontentare donna Marina. Per carità, Silla, stia vicino, stia lì nel salotto, almeno. Faccia questo favore a me».

«Bene», rispose Silla, «mi porterò là da lavorare; ma si ricordi, appena finito il pranzo vado via».

Il dottore era agitatissimo, si giustificava del consiglio che aveva dato, adduceva una quantità di ragioni buone e cattive. Si capiva che dubitava egli stesso di avere sbagliato.

«Non sapevo poi tutto, stamattina», diss'egli, «non avevo parlato con la Giovanna».

Accennò agli altri due di avvicinarglisi.

«Lo sanno Loro come la è stata del povero conte?[297]»

Sapevano e non sapevano. Il dialogo continuò sottovoce.

Silla guardò l'orologio; mancava un quarto alle cinque. Andò in biblioteca a pigliarsi le carte e passò poi nel salotto a lavorare.

Gli altri due, discorrendo, videro passare sotto la loggia il battello di casa condotto dal Rico.

«Dove vai?» gli gridò il Vezza.

«A R... Ordine della signora donna Marina», rispose quegli.

«Doveva ben parlare con me, prima di obbedire a lei», brontolò il commendatore, e riprese il suo discorso.

«Ecco», diss'egli, «io lo avrei preparato così, il telegramma. Noti che la persona cui lo dirigo ha molto cuore e una coscienza scrupolosa, ma stenta un poco a muoversi, a pigliare risoluzioni gravi. Dunque direi così: "Per espresso volere medico curante, onde togliermi grandi responsabilità, avverto Lei più stretta parente signorina di Malombra sua salute esige pronto allontanamento questa dimora».

«Metta *prontissimo*», disse il dottore.

«Metterò *prontissimo*».

«Metta anche...»

Il dottore non poté compir la frase, perché donna Marina comparve sulla soglia.

Vestiva un abito ordinato da lei alla sua antica sarta di Parigi che ne conosceva bene l'umor bizzarro, un ricco e strano abito di *moire* azzurro cupo, a lungo strascico, da cui le saliva sul fianco destro una grande cometa ricamata in argento. Sul davanti della vita accollata, attillatissima, era inserto un alto e stretto scudo di velluto nero arditamente traforato nel mezzo, in forma di giglio, sulla pelle bianca. Marina non era più così pallida; un lieve rossor febbrile le macchiava le guance; gli occhi brillavano come diamanti.

«Musica!» diss'ella sorridendo e guardando il lago. «Quella che vuoi, lago mio! Non è vero, Vezza, che la musica è ipocrita come un vecchio ebreo e ci dice sempre quello che il nostro cuore desidera? Non è per questo che ha tanti amici?»

«Marchesina», rispose quegli cercando di fare il disinvolto, «fuori di noi non c'è musica, non c'è che un vento. Le corde sono dentro di noi e suonano secondo il tempo che vi fa».

«Da Lei ci deve far sempre sereno, eh? Un sereno cattolico: e queste onde Le dicono: come è dolce ridere, come si balla bene, qui! Dov'è il signor Silla?»

«Ecco...», incominciò il Vezza imbarazzato.

«Partito no!» esclamò donna Marina fieramente, afferrandolo per un braccio e stringendoglielo forte.

«No, no, no, è qui», rispose colui in fretta, «ma debbo fare le sue scuse. Non si sente bene, non potrebbe pranzare; e siccome ha avuto la gentilezza di offrirmi il suo aiuto per alcune faccende urgenti, così adesso...»

Ella non lo lasciò finire, gli chiese imperiosamente

«Dov'è?»

Le tremava la voce.

«Ma», rispose il commendatore, titubante. «Non so... poco fa era in biblioteca...»

«Vada e gli dica che lo aspettiamo».

«È nel salotto» disse il medico. «È occupato a scrivere. Accetti le sue scuse, marchesina, ne La prego».

Ella rifletté un istante e poi rispose con voce vibrata: «La Sua parola, ch'è nel salotto!»

«La mia parola».

«Bene», diss'ella pacatamente «verrà più tardi senza esser chiamato. Del resto, caro Vezza, da me ci fa nuvolo, un tempo triste. Dica Lei, dottore, non è una malattia la tristezza? Non abbassa la fiamma della vita? Ella mi darebbe dei cordiali se mi sentisse il sangue scorrer più lento; qualche sinistro alcool mascherato. Ma se io prendo invece gli spiriti vitali dei fiori, l'aria pura, la conversazione degli uomini sereni come il nostro amico Vezza, degli uomini esperti del dolore come Lei, chi vorrà censurarmi? Ecco sciolto, signori, l'enigma di questo pranzo, e pranziamo. Lei qua, Vezza, presso a me; e Lei, dottore, lì, alla mia destra».

Il pranzo incominciò.

I commensali di donna Marina tacevano, gustavano appena delle vivande. Il commendatore deplorava in cuor suo che il pranzo finissimo, servito con eleganza squisita, tra i fiori, da una giovane e bella donna, gli fosse capitato in un momento disadatto e in circostanze tali da non poterlo affatto gustare né con il palato né con lo spirito. E accarezzava la sola idea piacevole che gli sorridesse in mente: raccontar la scena nei salotti di Milano, con arte, a cuore placido. Si guardava cautamente attorno, imparava a memoria le dracene e le azalee, le cascate di cinerarie e di calceolarie, sbirciava il *moire* della sua vicina, e per quanto poteva, il giglio bianco nello scudo di velluto. Ma gli occhi curiosi dei fiori schierati sulle gradinate come in un teatro, gli dicevano che lo spettacolo non era finito.

Il dottore studiava continuamente Marina, temendo qualche accesso come quello della sera precedente o della notte in cui era entrata la prima volta dal conte. Si teneva pronto, spiava, senza parere, ogni movimento di lei. Egli comprendeva solo adesso l'importanza attribuita da Marina a questo pranzo e si rimproverava di avervi acconsentito. Non poteva difendersi da tristi presentimenti. Il luogo così aperto sul cortile e sul lago gli metteva paura. E gli metteva paura il contegno sempre più inquieto di Marina, che dopo un cucchiaio di zuppa non aveva mangiato punto.

«Che silenzio», diss'ella finalmente. «Mi par d'essere fra le ombre. Somiglio a Proserpina?»

«Oh!» rispose il commendatore storditamente. «Lei farebbe risuscitare i morti».

Subito gli venne in mente l'uomo sfigurato che giaceva sotto un lenzuolo a pochi passi dalla loggia; gli corse un brivido nelle ossa.

«Pure», replicò Marina, «i miei ospiti sono lugubri come giudici infernali. Versatemi del Bordeaux», diss'ella al vecchio cameriere che serviva solo, più lugubre ancora dei convitati. «Anche a questi signori».

Il cameriere obbedì. Devoto al povero conte da lui servito per ventidue anni, gli pareva d'essere alla tortura. Versava con mano tremante, facendo tintinnare il collo della bottiglia sull'orlo dei calici.

«Vi prego di assaggiar questo vino», disse Marina.

«Pensatelo, adesso. Non vi trovate un lontano sapore d'Acheronte?»

Il commendatore alzò il calice, lo sperò, vi posò ancora le labbra e disse: «Ha qualche cosa d'insolito».

«Supponga dunque, commendatore Radamanto», disse Marina con voce commossa, contraendo nervosamente gli angoli della bocca, «che per certe mie ragioni io abbia pensato...»

Si lasciò cadere sulla spalliera della poltrona, porgendo le labbra, facendo con la mano l'atto di chi butta via sdegnosamente una cosa spregevole.

«Sa», diss'ella, «questa vita è così vile! Supponga dunque ch'io abbia pensato di aprir la porta e uscire quando muore il sole, in mezzo ai fiori, portando meco[298] alcuni amici di spirito pel caso che il viaggio fosse troppo lungo. Supponga che in quel Bordeaux...»

Il Vezza trasalì, guardò il cameriere ritto presso la porta di sinistra, impassibile.

«Oh!» esclamò Marina, «come mi crede subito!»

Si fe' versare dell'altro vino e si recò il calice alla bocca.

«Sapore insolito?» diss'ella. «Se è puro, questo Bordeaux, come un'*Ave Maria*! È stato uno scherzo di Proserpina. - Bevete», proseguì concitata, «cavalieri dalla triste figura. Provvedetevi di cuore e di spirito».

Il dottore non bevve. Sentiva venire una tempesta. Il Vezza si accostò invece al consiglio di donna Marina e vuotò il suo bicchiere.

«Bravo!» diss'ella facendosi pallida. «Si ispiri per una risposta difficile».

«Di Proserpina in Sfinge, marchesina?»

«In Sfinge, sì, e vicina a diventar di pietra o più fredda ancora! Ma che prima parlerà, dirà tutto. Dunque...»

Ell'era andata diventando sempre più pallida. A questo punto un tremito di tutta la persona le spezzò la voce. I due uomini si alzarono in piedi. Ella strinse il coltello, ne ficcò rabbiosamente la punta nel tavolo.

«Quieta, quieta», disse il medico pigliandole una mano gelata, piegandosi sopra di lei. Ella si era già vinta, respinse la mano del medico e si alzò.

«Aria!» diss'ella.

Passò con impeto fra il tavolo suo e quello del dottore, e si slanciò alla balaustrata verso il lago.

Il dottore le fu addosso d'un salto per afferrarla, trattenerla.

Ma ella si era già voltata e piantava in viso al Vezza due occhi scintillanti.

«Dunque», esclamò affrettandosi di parlare, di far dimenticare un momento di debolezza, «crede Lei che un'anima umana possa vivere sulla terra più di una volta?»

E perché il Vezza, smarrito, sgomento, taceva, gli gridò: «Risponda!»

«Ma no, ma no!» diss'egli.

«Sì, invece! Lo può!»

Nessuno fiatò. Il giardiniere, il cuoco, Fanny, avvertiti dal cameriere, salirono frettolosi le scale per venire ad origliare, a spiare. Il vento era caduto; le onde lente sussurravano a piè dei muri: «Udite! udite!»

E nel silenzio vibrò da capo la voce di Marina.

«Sessant'anni or sono, il padre di quel morto là», (ell'appuntò l'indice all'ala del Palazzo), «ha chiuso qui dentro come un lupo idrofobo la sua prima moglie, l'ha fatta morire fibra a fibra. Questa donna è tornata dal sepolcro a vendicarsi della maledetta razza che ha comandato qui fino a stanotte!»

Teneva gli occhi fissi sulla porta a destra, ch'era aperta perché avean disposto la credenza nella sala vicina.

«Marchesina!» le disse il dottore con accento di blando rimprovero. «Ma no! Perché dice queste cose?»

In pari tempo le pigliò il braccio sinistro con la sua mano di ferro.

«Là c'è gente!» gridò Marina. «Avanti, avanti tutti».

Fanny e gli altri fuggirono, per tornar poi subito in punta di piedi a spiare, nascondendosi da lei.

Silla venne sulla porla del salotto. Di là non poteva veder Marina, ma la intendeva benissimo. Adesso diceva: «Avanti! egli non viene perché la sa la storia. Ma non la sa tutta, non la sa tutta; bisogna che gli racconti la fine. Tornata dal sepolcro, e questo è il mio banchetto di vittoria!»

La voce, subitamente, le si affiochì. Ell'abbracciò la colonna presso cui stava, vi appoggiò la fronte scotendola con veemenza come se volesse cacciarvela dentro, mise un lungo gemito rauco, appassionato, da far gelare il sangue a chi l'udiva.

«L'infermiera, la donna di stanotte!» disse forte il medico verso la porta, e si voltò poi a Marina, di cui teneva sempre il braccio.

«Andiamo, marchesina», diss'egli dolcemente, «ha ragione, ma sia buona, venga via, non dica queste cose che le fanno male».

Ell'alzò il viso, si ravviò con la destra i capelli arruffati sulla fronte, trapassando ancora con l'occhio avido la porta e la sala semioscura. Sul suo petto ansante il giglio scendeva e saliva, pareva lottar per aprirsi. La moglie del giardiniere si affacciò alla porta. Ella le accennò violentemente, con il braccio libero, di farsi da banda, e disse al medico parlando più con un gesto che con la voce:

«Sì, andiamo via, andiamo nel salotto».

«E nella Sua camera non sarebbe meglio?»

«No, no, nel salotto. Ma mi lasci!»

Ella disse quest'ultime parole in atto così dignitoso e fiero che il dottore obbedì, e si accontentò di seguirla. A lui premeva sopra tutto, in quel momento, allontanarla dalla balaustrata.

Marina s'incamminò lentamente, tenendo la mano destra nella tasca dell'abito. Il Vezza e il cameriere la guardarono passare, allibiti. Il dottore che la seguiva, si fermò un momento per dar un ordine all'infermiera. Intanto Marina arrivò alla porta.

Fanny, il cuoco e il giardiniere s'erano tirati da banda[299] per lasciarla passare senza esserne visti. In sala le imposte erano chiuse a mezzo e le tende calate.

Silla stava sulla soglia del salotto. Vide Marina venire ed ebbe un momento d'incertezza. Non sapeva se farsi avanti o da parte o ritirarsi nel salotto. Ella fece due passi rapidi verso di lui, disse: «Oh, buon viaggio», e alzò la mano destra.

Un colpo di pistola brillò e tuonò. Silla cadde. Fanny scappò urlando, il dottore saltò in sala, gridò agli uomini: «Tenerla!» e si precipitò sul caduto. Il Vezza, il cameriere, l'altra donna corsero dentro gridando a veder chi fosse. Il giardiniere e il cuoco vociferavano, si eccitavano l'un l'altro a trattener Marina, che voltasi indietro, passò in mezzo a tutti, con la pistola fumante in pugno, senza che alcuno osasse toccarle un dito, attraversò la loggia, ne uscì per la porta opposta, la chiuse a chiave dietro di sé. Tutto questo accadde in meno di due minuti.

Il giardiniere e il cameriere, vergognandosi di sé irruppero sulla porta, la sfondarono a colpi di spalla. Il corridoio era vuoto. Si fermarono incerti, aspettando un colpo, una palla nel petto, forse.

«Avanti, vili!» urlò il dottore slanciandosi in mezzo ad essi. Si fermò nel corridoio, stette in orecchi. Nessun rumore.

«Fermi lì, voi», diss'egli e saltò nella camera del conte.

Vuota. Le candele vi ardevano quiete.

Entrarono, egli nella camera da letto, gli altri due in quella dello stipo. Vuote.

Il dottore si cacciò le mani nei capelli, esclamò rabbiosamente: «Maledetti vili!»

«In biblioteca!» disse il giardiniere.

Saltarono giù per le scale, il dottore primo. Toccato il corridoio, udì un urlio, distinse la voce del commendatore che gridava: «La barca! la barca!» Corse in loggia, s'affacciò al lago.

Marina, sola nella lancia, passava lì sotto, pigliava il lago piegando a levante. Sul sedile di poppa si vedeva la pistola.

«Al battello!» disse il dottore.

Il Vezza gli gridò dietro: «Per la scaletta segreta!»

Scesero per la scaletta segreta. Il dottore cadde e ruzzolò sino al fondo; ma fu tosto in piedi, a tempo di udire una imprecazione del giardiniere che si fermò di botto sulla scala.

«Il battello non c'è», diss'egli. «L'ha mandato via col Rico prima di pranzo».

«Sarà tornato!» disse il dottore e spinse palpitando l'uscio della darsena.

Vuota. Le catene del battello e della lancia pendevano sull'acqua.

Fu per stramazzare a terra. Lì vicino, lo sapeva bene, non vi erano altre barche.

«Giardiniere!» diss'egli. «Al paese! Una barca e degli uomini».

Il giardiniere sparve per la porticina del cortile.

«Dio, Dio, Dio!» esclamò il dottore alzando le braccia.

Gli altri continuavano a gridare dalla loggia: «Presto! Presto!»

Ed ecco il giardiniere tornare di corsa.

«Occorre anche il prete?» diss'egli.

Il dottore gli mise i pugni al viso.

«Stupido, non vedi che sono venuto via io?»

Colui non capì bene, ma tornò via, e il dottore corse di sopra.

Una finestra dell'ultimo piano si aperse, una voce debole domandò:

«Cosa c'è? Cos'è accaduto?»

Era la Giovanna.

Qualcuno rispose dal cortile: «È succeduto[300] che hanno ammazzato il signor Silla».

«Oh Madonna Santa!» diss'ella.

Si udì il giardiniere gridare da lontano. Altre voci gli rispondevano. Il passo d'un contadino che scendeva a salti suonò sulla scalinata; lo seguì un altro. Venivan curiosi, avvertiti da una scintilla elettrica. Il padrone era morto; entrarono in casa arditamente. De' ragazzi passarono il cancello del cortile, scivolarono in casa essi pure, saliron le scale. Volevano entrare nel salotto, sapevano che l'uomo era là. Ne uscì il dottore, entratovi un momento prima.

«Via», diss'egli con voce terribile.

I ragazzi fuggirono.

Quegli parlò a qualcuno ch'era rimasto dentro.

Fino a che non venga il pretore, nessuno!»

Poi chiuse l'uscio.

Il Vezza e gli altri si strinsero attorno affannati.

«Euh?» diss'egli. «Non ve l'ho detto prima? Passato il cuore».

Una finestra della sala era stata spalancata. Egli vi accorse e dietro a lui, in silenzio angoscioso, tutti: il Vezza, la gente di servizio, i due contadini. Fu aperta anche l'altra finestra. *Saetta* era già lontana a capo d'una lunga scia obliqua sul lago quasi tranquillo. Marina si vedeva bene, si vedeva l'interrotto luccicar dei remi. Il Vezza, ch'era miope, disse: «È ferma».

Infatti non pareva avanzasse.

«No, no», risposero gli altri.

Uno dei contadini, soldato in congedo, ch'era salito sopra una sedia per veder meglio, disse: «Con una carabina la butterei giù».

Fanny andò via singhiozzando, poi tornò a guardare.

«Ma, per Dio, dove va?» esclamò il dottore.

Nessuno rispose.

Un minuto dopo, il contadino ch'era in piedi sulla sedia, disse: «Va in Val Malombra. È dritta in mira alla valle».

Fanny ricominciò a strillare. Il dottore l'abbrancò per un braccio, la trascinò via e le impose di star zitta.

«Perché in Val Malombra?» diss'egli.

«C'è un sentiero che passa la montagna», rispose l'altro, «e mena poi giù sulla strada grossa».

«Non si può prenderlo quel sentiero[301] dalla riva di Val Malombra», osservò il secondo contadino.

«Si può sì. Basta andar su al Pozzo dell'Acquafonda. È un affare di cinque minuti».

«Eccoli!» gridò la moglie del giardiniere.

Un battello a quattro remi usciva rapidamente dal seno di R... per gettarsi di fianco sulla lancia.

Il dottore si accostò le palme alla bocca, urlò a quella volta: «Presto!»

«La prenderanno?» chiese il commendatore.

«In acqua, no», si rispose. «La lancia in quattro colpi è a terra: per quelli là ci vogliono dieci minuti».

Saetta si avvicinava al piccolo golfo scuro di Val Malombra. Il battello era in faccia al Palazzo. Ad un tratto due uomini lasciarono i remi e saltarono di prora gridando, non s'intendeva che...

«Una barca!» esclamò il dottore.

«Ferma!» urlò con quanto fiato aveva. «Ferma la lancia!»

Poi si volse ai due contadini.

«È il pretore. In fondo al giardino voialtri! E gridate!»

Urlò ancora, spiccando le sillabe: «Assassinio! Ferma la lancia!»

Infatti un'altra barca veniva da levante verso il Palazzo, passava allora a un tiro di fucile da *Saetta*. Malgrado il vociar disperato dal battello e dal Palazzo, quella barca seguiva sempre, tranquillamente, la sua via.

«Non sentono», disse il dottore. «Gridate tutti, per Dio!»

Egli stesso fece uno sforzo supremo.

Il Vezza, i domestici, le donne gridarono con voce strozzata, impotente: «Ferma la lancia!»

La barca veniva sempre avanti.

Saetta scomparve.

NOTE

292. "...non si sarebbe fatto".
293. "È questo che ha fatto ciò. 3 maggio 1865. Marchesa Malombra, una volta contessa Varrega."
294. "Avrebbe fatto".
295. "In obliquo".
296. "Sottosopra".
297. "Sanno cosa è realmente accaduto al povero conte?" – espressione dialettale.
298. "Con me..."
299. "Fatti da parte..."
300. "Successo" forma arcaica.
301. Italiano dialettale.

Capitolo VIII - Finalmente amato

Un'ombra nera comparve sulla porta aperta del salotto di don Innocenzo, nascondendo il cielo stellato; una voce disse: «Niente».

Il curato non la riconobbe, alzò il paralume della lucerna. «Ah! Niente?» diss'egli.

«Niente?» ripeté Steinegge.

Si alzarono ambedue in fretta, si accostarono al nuovo venuto.

«C'erano sei uomini» disse costui, il sindaco, con la sua soffice e solida placidità lombarda. «Quattro guardie nazionali e due carabinieri. Han girato tutto il bosco. Già, se ci fosse stata, l'avrebbero trovata anche i primi quattro del battello che sono arrivati a terra un dieci o dodici minuti dopo di lei. È bell'e da vedere dov'è quella lì».

Steinegge gli accennò, con una faccia supplichevole, di tacere, di uscire. Il sindaco non capiva, ma seguì nell'orto gli altri due che, fuori, gli sussurravano una parola.

«Ah!» diss'egli.

Non aveva veduto nel salotto un'altra persona seduta in un angolo tra il canapè e la parete. Ella non aveva dato segno di vita all'apparir del sindaco né durante il suo discorso, ma si alzò poi che il salotto rimase vuoto e venne sulla porta dell'orto dove il lume della modesta lucernetta moriva nelle grandi ombre chiare della notte serena senza luna.

«C'è chi vuol sostenere», diceva il sindaco dilungandosi con il curato e Steinegge verso il cancello, «che abbia preso i monti. Ma s'immagini un po' una donna come quella se vuol prendere i monti! Per andar dove, poi? Io non ci metto nessun dubbio. Lei, è giù, quieta come un olio, nel Pozzo dell'Acquafonda, sa bene, quel buco che c'è là in Val Malombra».

Edith non poté udire altro, perché coloro svoltarono il canto della casa e in cucina c'era crocchio,[302] si parlava forte. Ell'andò a sedere sul muricciuolo in faccia alla porticina chiara che gittava tante chiacchiere nella notte solenne.

Erano tutte donne là in cucina, vecchie comari linguacciute, amiche di Marta.

«Maledette zucche», diceva una voce rude, soverchiando le altre, «non capite che la è sempre stata matta, peggio, quasi, di quella d'una volta? Lui era il suo amoroso, che anche l'estate passata, quando fu qui, si trovarono insieme di notte fuori di casa, e questo lo ha raccontato anche il *pitòr* se vi ricordate bene. Adesso lui voleva piantarla e lei non ha detto né uno né due, e ha fatto il colpo. Eh! Ce ne sono bene tutti i giorni, sulle gazzette di quei fatti lì!»

«Oh anima!» disse un'altra comare. «E come faceva ad averci le pistole?»

«Ce l'ha sempre avute le pistole. Almeno questo agosto ce le aveva di sicuro, perché il giardiniere lo raccontava che la sua padroncina si divertiva a sparare addosso alle statue».

«E il signor dottore», saltò su una terza, «dice che aveva paura che la si volesse ammazzar lei; ma che non ci è mai venuto in mente che volesse ammazzar quell'altro».

«Non avrà saputo bene la storia. Sì che si voleva ammazzare quella lì! Dicono ch'è giù nel Pozzo dell'Acquafonda. Credeteci voialtre. So anch'io che non l'hanno trovata. Una gamba di quella sorta! L'ho incontrata io due o tre volte su per i boschi. Bisognava vedere che demonio! Chi sa dove l'è a quest'ora. Guardate, se ha incontrato quella compagnia di zingari che c'è intorno, non mi stupirei niente che si fosse messa con loro. E non son mica io sola che la pensi così».

Le altre non credevano, dicevano che bisognerebbe scandagliare il Pozzo dell'Acquafonda. Ma questo non era possibile per la profondità grande e perché il Pozzo era tutto a gomiti.

Intanto il sindaco, il curato e Steinegge ritornarono, sempre discorrendo, sui propri passi. Essi dovettero vedere bene Edith sul muricciuolo, perché dalla porta della cucina un poco di chiarore giungeva sino a lei.

«Credano pure», diceva il sindaco, «qui la è una voce sola: se lei era matta, lui era un poco di buono anche lui. Perché già è stata una gran figura quella di venir qua a far l'amore con la signora donna Marina intanto che il povero signor conte era in punto di morte, e proprio quando lei doveva sposarsi con un altro. Ci pare? Diceva giusto il pretore stasera che la ci sta bene d'aver fatto quella fine».

Steinegge avea visto Edith, ma pensò che fosse meglio per lei udire queste cose, poiché il curato gli aveva fatto sperare che non si trattasse di una passione profonda.

«Mi sono ingannato anch'io», diss'egli, «ed era facile ingannarsi su quest'uomo, perché era simpatico, assai simpatico. Io credo che era infinitamente meglio in parole che in fatti. Non ha mai avuto sentimento vero né per la marchesina di Malombra né per altra persona, io direi. Vedete, ho conosciuto molti di questi letterati. Sono tutti così. Sentono l'amore ora qui ora lì come un male nervoso che non è mai serio. L'altro giorno è corso al Palazzo, oggi andava via, chi sa domani dove si sarebbe attaccato!»

«Bene», disse don Innocenzo, «*parce sepulto*[303]».

«E ha sentito della lettera?» disse il sindaco.

«No. Che lettera?»

«Questo è il bello. Quel signor commendatore ha come frugato nella roba del signor Silla e ci ha trovato dentro una lettera incominciata. Non c'è su nomi, non c'è su che "Caro zio" e poi una pagina di scritto che somiglia a un testamento. Pare proprio che sapesse di esser vicino a fare la fine che ha fatta. Come la spiegano loro?»

«Lo avrà minacciato di ammazzarlo», disse don Innocenzo.

«Gran brutte cose», concluse il sindaco, «gran brutti pasticci! Anche viver da galantuomini è una bella roba, non è vero, signor curato? Di quegli affari lì non ne capitano».

«Non giudichiamo nessuno», rispose il curato.

Dopo un breve silenzio il sindaco tolse congedo. Gli altri due lo accompagnarono sino al cancello. Quando egli si fu allontanato, Steinegge cinse col braccio la vita di don Innocenzo, gli posò la fronte sopra una spalla.

«Povera Edith, povera Edith», diss'egli.

«Non tema, è forte la Sua Edith, e ha poi in sé un'altra forza che vince tutto, anche la morte».

«Sì, ma soffrirà, soffrirà! Non Le pareva però che gli fosse molto attaccata, non è vero? Me lo ha già detto, ma me lo dica ancora, mi dica proprio sinceramente quel che pare a Lei».

Era scuro, per fortuna, e Steinegge non poteva vedere sul viso sincero di don Innocenzo i suoi veri convincimenti, il dolore d'aver incoraggiato esso pure l'affetto di Edith per quell'infelice.

«Mi pare di no», rispose strascicando le parole. «Spero di no. Era una conoscenza molto recente. Spero che potrà dimenticare presto ogni cosa come un brutto sogno. Ha pensato bene Lei, di partire domattina. Me ne dispiace, ma è necessario. Là a Milano bisogna non parlarne più, mai più. E adesso zitto».

Si avvicinarono a Edith camminando adagio, senza parlare. Quando arrivarono a lei, ella si alzò, si unì ad essi. Tornarono insieme, lungo il muricciuolo, sino in faccia alla porta del salotto. Steinegge piegò a quella volta, Edith sedette sul muricciuolo.

«Ah», diss'egli fermandosi, «io credeva...»

«Non qui, papà?»

«Mi pare che per te fosse meglio entrare».

Ella si alzò, abbracciò silenziosamente suo padre e rientrò in salotto con lui, andò a sedere nell'angolo di prima. Steinegge e il curato sedettero anch'essi muti, guardando oscillar l'ombra intorno al piedestallo della lucerna. Le voci della cucina si spensero. Una dopo l'altra le amiche di Marta passarono nell'orto, come ombre di lanterna magica, davanti al salotto, sussurrandovi dentro un *riverisco*. Si udì il canto dei grilli e delle rane giù per le bassure dei prati.

«A che ora gli hai detto, papà, al vetturino?» chiese Edith.

«Alle cinque e mezzo, cara, per il treno delle otto e mezzo».

«E adesso che ore sono?»

«Le dieci».

«Non parlarono più. Un quarto d'ora dopo entrò Marta per vedere se vi fossero disposizioni di andare a letto. Guardò un momento, esitante, il suo padrone e si ritirò in punta di piedi come sarebbe uscita di chiesa in un momento solenne. Poco dopo rimise dentro la testa e domandò se doveva chiudere le imposte».

«No no», rispose Edith.

«Non è un poco umido?» disse Steinegge volgendosi a don Innocenzo.

«Oh no, a quest'altezza no», rispose il curato.

Ma Edith, si curava ella se fosse o non fosse umido? Per quella porta si vedeva un arco di cielo azzurro, tutto occhi scintillanti.

Stelle, soggiorno di pace, come siete lontane, dolcezza e speranza nostra! Come si sente, guardandovi, quando il cuore è puro, la piccina vanità odiosa di tante cose che paiono grandi al sole, la bellezza sublime della morte! Indefinita via delle anime che salgono eternamente di vita in vita, di splendore in splendore, come si sospira, nella tristezza, che la notte veridica tolga via dagli occhi nostri il chiarore cieco che nasconde te e le tue case lucenti! Allora lo spirito vien meno di desiderio, si figura essere atteso lassù, esser compianto, esser guardato con dolcezza grave da gente che ci ama, conosce il mistero che ci condanna qui al dolore, conosce i nostri pensieri e vede i nostri errori tacendo, perché un'alta potenza inflessibile lo vuole.

Marta girava per la cucina, sprangava gli usci, tossiva, preparava i lumi, battendoli sulla tavola. Allora Edith ruppe il silenzio.

«Sarai stanco, papà», diss'ella, «e domani devi svegliarti per tempo».

Steinegge fu lievemente commosso di udir così calma la dolce voce.

«Io credo che andrò a letto, sì», diss'egli. «Domattina prima di partire debbo stare anche un poco qui col signor curato».

Questi chiamò Marta, le disse di portare un lume e di porre le chiavi della chiesa in salotto, sul tavolo, prima di andare a coricarsi.

Edith non si moveva.

«E tu», disse Steinegge, «non vieni?»

Ella rispose che non aveva sonno, lo pregò di lasciarla ancora un pochino con don Innocenzo, per quest'ultima sera.

Suo padre si dolse affettuosamente che lo mandasse a letto lui.

«Ma tu ne hai bisogno» diss'ella.

Lo abbracciò, gli sussurrò all'orecchio un saluto commosso. Egli balbettò poche parole incomprensibili, prese il lume e salì le scale come se andasse, colla sciabola in pugno, al nemico.

Marta recò un altro lume pel suo padrone; ma don Innocenzo, a un cenno di Edith, congedò la domestica, le disse di andare pure a letto.

Appena si dileguò su per le scale il rumore de' passi di costei, Edith giunse le mani e guardò il curato.

«Dio l'ha esaudita», diss'egli. «Ha accettato il suo sacrificio».

Ella lo guardava sempre, a mani giunte, e non parlava; ma le si vedevano lagrime negli occhi. Don Innocenzo, guadagnato, oppresso da quel dolore intenso, tacque.

Edith piegò la fronte sul braccio del canapè e disse piano, con voce soffocata: «Non poterlo difendere...!» riprese dopo un momento di silenzio: «Anche mio padre! Tanto ingiusto!»

«Ma no, ingiusto...», provò a dire don Innocenzo.

Ella alzò una mano senza rispondere, indi la posò sul legno, lo strinse nervosamente, mordendosi le labbra e, vinto il singhiozzo che l'assaliva, disse: «Venga qua».

Il curato, stretto egli pure alla gola dall'emozione, sedette sul canapè, vicino a lei.

«Vengo», diss'egli, «ma non parliamo di questo, parliamo dell'altra buona notizia che Suo padre Le ha dato e che ha dato anche a me. Tutto il resto è stato un cattivo sogno di cui non abbiamo colpa; dimentichiamolo».

«No», rispose Edith con passione, «non me l'ha detto Lei ieri sera che dovevo portarlo nel cuore? E adesso che tutti lo accusano, lo insultano, ed egli non può dire una sola parola di difesa, avendone tante, io, don Innocenzo, lo dimenticherò, lo abbandonerò anche col pensiero? Mai finché avrò vita, e spero che lo potrà sapere nel mondo più giusto in cui si trova. Lui senza sentimento? Ascolti...».

Il curato piegò il fianco e il capo verso di lei che, sempre china sul braccio del canapè, parlava con un fil di voce: «Vorrei che lo avesse conosciuto come l'ho conosciuto io. Aveva un sentimento vero, sa, più delicato di quello di una donna. Ed è stata la sua sventura, perché così non poteva riuscire nel mondo né intendersi con la gente solita. E si è chiuso in sé, nelle sue amarezze. Quando poi gli è mancato un ultimo appoggio, è caduto. Io credo che avesse religione: ho inteso da lui discorsi pieni di sentimento religioso. Quando parlava di Dio e dello spirito, si esaltava. Aveva capito, egli, i miei segreti pensieri circa mio padre e li approvava nel suo cuore. Me ne sono accorta un giorno dal modo che mi guardò incontrandoci mentre uscivamo dal Duomo, mio padre ed io. Veniva da noi quasi tutti i giorni e non ho mai udita una parola che fosse da riprendere. Era scrupoloso in questo. Noi in Germania non siamo educate come le giovani italiane e conosciamo più il mondo: ma egli aveva un tal rispetto per me, una tal prudenza in tutti i suoi discorsi, come se io fossi una bambina di dieci anni. Anche nella sera al passeggio mi parlò con effusione di cuore, senza una parola sola diretta che potesse turbarmi e farmi arrossire. E adesso sentir quel sindaco fare quei discorsi orribili!»

«No... non mi pare...» balbettò don Innocenzo.

«Ho udito tutto, tutto, signor curato. Io sono sicura che se egli è ritornato al Palazzo, vi fu richiamato da lei, chi sa in che modo, con quali istanze! Mi ricordo troppo i discorsi che mi ha fatto andando all'Orrido. Le dico che sono sicura come se avessi veduta la lettera o il telegramma. E lui allora era negletto o respinto da tutti. Chi sa, chi sa, don Innocenzo, che cattivi pensieri avrà avuto, povero giovane, vedendosi trattar così bruscamente da me, con tutti i miei principii religiosi! Lui che domandava aiuto per non affondare! Potevo ben fare diversamente, esser sincera, parlargli allora come gli ho scritto dopo; ma ho creduto...»

Non poté continuare.

«No, signora Edith», rispose don Innocenzo, «non bisogna mettersi in mente queste cose. Come poteva Ella prevedere un caso simile? Volendo compiere un sacrificio tanto nobile, si è comportata nel modo più saggio, con lo scopo di non favorire illusioni, di lasciare il giovane interamente libero. La sua coscienza è purissima e dev'essere tranquilla».

Dopo qualche tempo, Edith levò il viso. «E non esser qui domani!» diss'ella.

«È meglio, creda. Non potrebbe dissimulare con suo padre: e chi sa quanto soffrirebbe di vederla così».

«Almeno», sussurrò Edith, «guardi che qualche pietosa creatura lo segua anche lui. Preghi anche dopo», soggiunse, «e faccia pregare...»

Don Innocenzo glielo promise, ma ella non era contenta ancora, aveva qualche penosa parola da aggiungere: «Hanno scritto a' suoi parenti?»

«Non lo so».

«Già non lo amavano neppur essi. Vorrei pensare io per una memoria, come posso. Bisognerebbe che mi aiutasse Lei perché nessuno ha da saper niente e mio padre meno di tutti».

Don Innocenzo le prese una mano, gliela strinse silenziosamente.

«Le manderò un piccolo disegno da Milano», disse ella. «Per questa cosa Lei mi scriverà ferma in posta».

«Farò tutto», rispose il prete, «come per un fratello».

L'olio della lucerna veniva meno, la notte entrava nella camera.

Don Innocenzo si alzò.

«Adesso vada a riposare», diss'egli. Ma Edith chiese di aspettare un poco onde ricomporsi pel caso che suo padre non dormisse ancora e la chiamasse.

«Guardi», disse affacciandosi alla soglia, «che pace!»

S'appoggiò allo stipite contemplando il cielo che si veniva coprendo di nubi. Però molte stelle scintillavano ancora in mezzo a grandi finestre azzurre. L'orologio della chiesa suonò le undici.

«Un'ora», disse Edith, «e poi è finito anche questo giorno. Mi pare che domani il sole nascerà di un altro colore e che lo vedrò poi sempre così. Quanti anni ancora?»

«Oh molti, molti. Glielo auguro con tutto il cuore».

«Non so. Penso a mia madre».

«Perché a Sua madre?»

Edith non rispose, prese un bastone ch'era lì fuori appoggiato al muro e tracciò con la punta dei segni sulla ghiaia.

«Cosa fa?» chiese il curato.

«Nulla», diss'ella e colla punta stessa diede di frego[304] a quei segni.

La finestra di suo padre fu aperta in quel momento. Lo si udì esclamare: «Cosa è questo? Ancora alzati?»

«Ancora, papà. Non senti che notte dolce? Non abbiamo sonno».

«Si fa scuro verso i monti, eh? Io ho paura che avremo acqua domattina. Sai, Edith, ho pensato che a Milano bisogna ricordarsi della lezione in casa Pedulli-Ripa poiché siamo partiti senza avvertire la signora».

«Sì, papà».

«Sarebbe bene anche andare dalla signora M..., che riceve domani».

«Volentieri, papà».

«Scusa, avresti per caso veduto il mio bastone?»

«È qui».

«Vuoi essere così buona di portarmelo su per unirlo all'ombrello e di portarmi anche il portasigari che ho dimenticato in salotto?»

«Vengo subito, papà».

Ella entrò nel salotto e fece a don Innocenzo un saluto silenzioso con la mano. Quegli raccolse il portasigari lasciato da Steinegge sopra una sedia e lo porse a lei che, conoscendone l'origine, lo prese senza guardarlo.

Il curato, rimasto solo, pensò: «Cos'avrà scritto?»

Spense la lucerna, aspettò che Steinegge chiudesse la finestra e che tacessero i passi sul soffitto del salotto; quindi tolse il suo lumicino, andò fuori e si curvò, inchinandolo sulla ghiaia a guardare.

Certo era stata tracciata una parola nella ghiaia, ma non si poteva decifrarla perché la prima metà n'era cancellata. Ne rimanevano intatte le quattro ultime lettere, rigide lettere straniere che il curato, dopo molto studio, lesse così: *...mweh.*

Il resto era illeggibile.

«*Weh* deve significare *male* in tedesco», disse tra sé don Innocenzo. «Ma la *m*?»

Finì di cancellare la parola e rientrò, pensoso, in salotto.

Intanto, nell'ombre sinistre del Palazzo, l'angelo del Guercino pregava senza posa per l'uomo gettato d'un colpo, a tradimento, nell'eternità. La sua vita era stata breve, povera di opere, macchiata di molte segrete miserie e, sulla fine, di errori già misurati dal duro giudizio umano. Tuttavia, egli aveva sostenute virilmente le battaglie dello spirito, cadendo a ogni tratto, ma rialzandosi, ferito, per combattere ancora; aveva amato sino alla febbre e alle lagrime divini fantasmi che non ha la terra, ideali di una vita sublime che intravvedeva, tribolato e solo, nel futuro; era passato più volte con amaro cuore ma con fermo viso tra la noncuranza degli uomini e il silenzio di Dio, sentendosi sulla testa l'ombra di un nemico derisore; peggio ancora, sentendosi mal connesso nell'intima sua essenza, afflitto da dolorose contraddizioni, inetto alle opere grandi che vagheggiava, alle piccole che lo premevano, a farsi amare, a vivere; sospinto quindi ogni giorno un passo, dalla violenta malignità delle cose e dalle infermità della propria natura, a qualche paurosa rovina.

Scoprendogli il volto lo si sarebbe veduto placido. Forse lo spirito, deposti gli uffici del moto e del senso, sciolto da ogni legame vitale, vi posava ancora tranquillo; come chi è sul punto di lasciar per sempre, dopo lungo soggiorno, una casa onde pur desiderava partirsi, che sta sulla soglia contento, ma senza rancori ormai né impazienze, anzi con un'ombra di pietà per le camere chiuse, abbandonate al silenzio. Sapeva di andare alla pace, al sospirato riposo; e sapeva pure, nella chiara visione appena incominciata per esso, di essere finalmente amato, secondo i suoi sogni della vita terrestre, da un cuore tenero e forte che gli sarebbe fedele senza fine. Sulla faccia opposta di tante cose che guardate da questo nostro lato della morte gli eran parse iniquamente scure, ammirava un ordinato disegno, una luce di bontà e di sapienza.

Ma le fontane, discorrendo tra loro nella notte quieta, dicevano che Marina era passata come Cecilia, il conte Cesare come i suoi avi, che nuovi signori verrebbero per passare alla loro volta e non valeva la pena di turbarsene. Quando, presso l'alba, uscì la luna e si posò sul pavimento della loggia, sulla pompa delle dracene e delle azalee che nessuno avea pensato a rimuovere, ella parve cercar là dentro, col suo sorriso voluttuoso, ciò che non si trovava ancora, quella notte, nel Palazzo, ma che la vicenda delle cose umane vi ha quindi portato: degli altri occhi da empir di chimere, degli altri cuori da muovere alla passione, invece di quelli che se n'erano appena liberati per sempre.

NOTE

302. "Folla, gruppo di persone riunite…"
303. "Perdona chi è stato, ormai, sepolto". Espressione tratta dal libro III dell'Eneide.
304. "Cancellò…"

INDICE